U0060282

台語文學概論

Daiqi Vunhak Gailun

Introduction to Taiwanese Literature

張春凰 江永進 沈冬青 / 合著

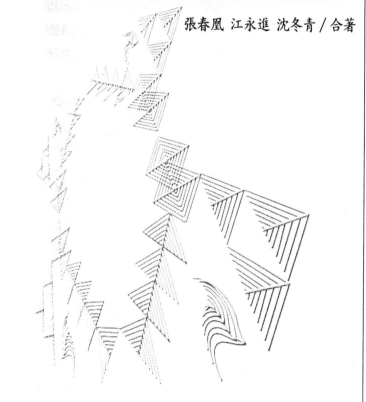

目錄

目錄

關係本冊

第一講座 台語 e 情境 gah 前景

第二講座 母語文運動

第三講座　台語民間文學

第四講座　台語詩

第五講座 台語散文

第六講座　台語合集

第八講座　台語小說

第九講座　台語戲劇

第十講座 台語文字形式

附錄

序文

台灣話寫作加油

范文芳*

　　Ngai（我）寫這篇文字，愛向春凰恭喜，恭喜伊掘力將 Hoklo 話寫作 gai（的）現代台語文學史，作一擺比較徹底 gai 整理。

　　春凰本人早年攻讀 gai，係圖書館科學同資訊研究，多年來非常積極參與熱愛台灣本土 gai 種種社會運動，其中，尤其有兩項工作，係伊兩公婆（伊老公係統計學教授江永進）共一下合作打拚 gai，一項係台語教學，一項係台語寫作。

　　有關台語寫作，伊兩公婆有一種堅定、硬殼 gai 信念，用自家最熟絡、親切 gai 台語，表達自家土地，族群發生 gai 種種，使用 gai 書寫方式，無必要受到漢字 gai 束縛，一時 na（若）係尋不著適當 gai 漢字，就用最簡單方便 gai 羅馬字拼音，an ngiong（這樣）就不會犧牲了流利、親切、生動 gai 母語思緒，這種做法，ngai 本人也贊成，雖然比起來，Hakga 話有音無漢字 gai 機會較少，ngai 會在文中第一次出現羅馬字 gai 時節，用括號內中文意譯 gai 方式處理。

　　春凰花了四、五年 gai 時間，用電腦做有力 gai 工具，收集、整理了近百年來，有關台語（Hoklo 話為例）gai 研究、運動、團體、個人、著作、資料非常多，有可能時，就加上自家或者有關 gai 內行人寫 gai 介紹、評述。伊將這本書，安做《台語文學概論》，最主要 gai 介紹同論述，係對近五十年來，一 deu（些）從事台語研究、編寫、推廣、出書、出期刊 gai 個人或團體、向讀者介紹同表揚，這部份，客家朋友出發較慢，表現 gai 成績也較弱，ngai 對書中表揚 gai 王育德、鄭良偉等先輩，表示敬意。

　　春凰本人，有盡多詩篇、散文，已經結集出版 gai《青春 e 路途》、

《雞啼》、《愛 di 土地發酵》，大部分係台語文學 gai 創作，其他評論性 gai 文章，在各種關心本土 gai 新聞、期刊發表，不論文學性 gai 散文、詩歌，也係論述性 gai 文章，在在表現出這位婦人家 gai 性情 lau（和）特色：

一·對台灣，台語 gai 熱烈認同。

二·表現台灣現代婦女 gai 轉變腳色。

三·用強韌 gai 意志力量，代換了傳統 gai 陰柔感情。

有關台語文學底肚（內底）gai 民間文學、現代詩，本書收集了盡豐富 gai 資料、文獻，也有較多 gai 評論 lau 紹介。其中陳雷、胡民祥、陳明仁、張春凰等人 gai 紹介明顯偏多，顛倒無提到早年 gai 吳晟《吾鄉印象》，蕭麗紅《千江有水千江月》、《白水湖的春天》小說中也有盡多 gai Hoklo 話，林強 gai 流行歌也係盡好 gai Hoklo 詩歌。

春凰對台灣 gai 客語文學、原住民文學並無提到，一方面因為伊無內行，另外一方面也是因為伊集中心力，先整理 Hoklo 方面 gai 文獻資料，有關客語、原住民 gai 文學，就愛等待後續者，繼續打拚咧。

Hakga 部分，有黃子堯做過整理、編寫，不過主要係介紹近百年客籍文學作家、作品，比較不係用客語寫作為討論根據。

對於自家母語 gai 堅持，不論在一般社交場合，也係在文學創作上，Hoklo 朋友確實比客家、原住民較勇敢、satmang（打拚），ngai 感覺到台灣人（各種籍貫認同本土 gai 人）應該向春凰這種朋友學習。

*范文芳老師

新竹莊下竹東人，目前在新竹師範學院語文教育系做教授，幾十年受中文 gai 訓練，發現中文思維 gai 盡多缺失，回歸到台灣客語 gai 寫作。

在台灣教授協會 gai 盡多朋友，全習慣 ngai 在公開場合用客語發言，想用台灣 gai 語言思考，來建立台灣文化 gai 自信。

　　主要 gai 客語寫作，有《木麻黃 gai 故事，1994》，《頭前溪 gai 故事，1998》。

　　(本文是客語寫作)

台語文學新世紀新面貌

——序『台語文學概論』

李勤岸

　　二十一世紀開正，台語文學雄心壯志、猗身展翼，充分表現伊有
資格佇台灣文學的國土做主人的態勢。 台灣新本土社結社，發表驚
動文林的萬言宣言，發行印刷精美的『台灣 e 文藝』；『海翁台語文學』
同時創刊，發行全國各書局。這兩個台語文學雜誌的發行，宣告台語
文學的草莽時期已經結束，新世紀來臨，台語文學堂堂皇皇正式進入
台灣文學的殿堂。

　　台語文學到旦有甚物成就？鄭良偉、曾金金主編的『大學台語課
本』上下二冊（遠流出版社），林央敏策畫出版的『台語文學一甲子』
（前衛出版社）三冊，以及黃勁連策畫出版的『台語文學大系』精裝
十四冊（金安出版社）具體提出成績。另外，張春凰編寫『台語文學
概論』，台語文學整個面貌到遮清楚展現出來。

　　葉石濤的『台灣文學史綱』記載的是台灣殖民語文學的歷史。 林
央敏的『台語文學史論』是個人的雜論文集。會使講，到旦咱猶無一
本台語文學史的專冊。張春凰這本『台語文學概論』應該是第一本台
語文學史。 若講『文學史』，大概唔是作者的企圖，咱嘛無必要用這
個尺度來看待這本冊；不過，若講是『文學概論』，伊是不止成功的
一本冊。

　　其實這本冊唔單是『文學概論』，閣是一本『母語運動概論』。佇
『導論』，講起『台語的情境及前景』，第一講就是『母語運動』。佇
台語文學的範疇強調母語的重要性真正確，因為若無母語就無母語文

學；母語運動若無成功，母語文學無可能成功；母語教育若無落實，母語文學就無前途。聯合國教科文組織（UNESCO）佇 1952 年發函各會員國，呼籲各國實施母語教育，無論佇彼個地區母語是偌衰微，講母語的人口是偌少，攏應當用母語來教育子弟。因為語言及文化是有相對性的密切關係，用母語教育才會當將彼個語族的文化傳承落去，而且用母語教育會當互囝仔的潛能完全發揮出來。同時，台灣猶是聯合國安理會五大會員國之一，同時的政府不但無執行教科文組織這個進步、遠見的呼籲，顛倒實施屠殺母語的殖民語政策。五十多過去啊，當初彼個殖民政府落台啊，咱欲佇九年一貫的國民教育實施母語教育啊，母語課是國小必選的課程啊。雖然教育部猶是舊官僚掌權，ve 當完全照咱的理想推行，不過母語教育的時代列車已經開動，甚物人欲做擋路的石頭，一定會互時代的大輦碾碎。

　　除了台語文學傳統定義上包括的台語詩、台語散文、台語小說、台語戲劇以外，民間文學及台語圖文嘛各佔一章。按呢就將台語文學向前向後各擴充一大步。台語文學毋是只有創作文學，民間文學自早就在民間口傳，這攏是活跳跳表現各階層台灣人生活及感情的文學，有歌謠、話語、故事等形式。民間文學會使講是民族精神的寄託所在，歐洲民族國家找尋民族主義、國家獨立的過程中，攏會轉去民間收集民間文學、復興母語。這及母語文學的創作是精神一致的，母語文學的創作應當愛踏出去民間，吸收先民民族精神的養分，豐富台語文學的內涵。台灣文學之父賴和佇日據時代就有這個先見之明，從事、鼓舞民間文學的采集。這幾年來，胡萬川教授的全精神投入，已經相當有成績。台語圖文集一向攏互人看無上目，認為是『尪仔冊』。這本冊將『台語圖文集』列做一講，雖然篇幅無濟，卻是相當有創見。內底所紹介的『尪仔冊』，除了陳義仁的漫畫以外，真少人知影，其中包括一本繪本、一本散文水印版畫集及一本散文詩彩墨畫集。

　　一般講台語文學攏按三Ｏ年代郭秋生、黃石輝所發起的台灣話文運動講起。事實上，佇二Ｏ年代教會白話字小說就已經產生，完全使用教會羅馬字，有短篇、中篇，嘛有長篇小說。這是及彼個文學運動無相關的另外一條母語文學的戰線，是教會牧師為著傳揚福音，考慮白話字佇信徒中的普遍性，自然而然採用寫作的，算是台語文學的上早的早春。這五本小說佇台語文學史上有歷史的價值，對台灣話的文獻語料嘛是真有貢獻。忽略這五本小說，佇台語文學，佇母語運動攏是相當大的缺陷。佳哉，這本冊有好好仔紹介 yin，按呢才算是完整的『台語文學概論』。

　　台語詩是台語文學上有成績的部份，嘛是這本冊上有分量的部份。會當欲用『台語詩的女性觀點』開頭，雖然是可能編者是女性的關係，嘛是真進步的觀點。會當將家己印行的詩集，鄭雅怡的『我有一個夢』做代先，證明編者的用心及眼光。

　　台語散文及戲劇的作者及創作量攏無濟，所有的作家及作品佇遮攏有真詳細的討論，應該攏無漏鉤去才著。

　　想欲對台語文學有初步的瞭解，這本冊是重要的入門。台語文運動的歷史及現況、台語文學的作家及作品、甚至台語文的相關網站，這本冊攏會當 cua 你進入這個全新的世界，觀看新世紀台語文學的新面貌。欲講你呣是一個台灣文化的文盲，若呣知影這本冊內底所講的台語文學的基本知識，你需要真大的勇氣。

　　真歡喜佇來哈佛大學教台語進前收著春凰用快捷寄來台南的初稿，不止仔有分量的一疊稿件，飄過太平洋，搬搬搖搖，來到大西洋邊的波士頓。趁猶未開學，緊寫這篇序文。

　　　　李勤岸　　　　2001 年八月初序佇哈佛大學東亞語文系

註解

a. 勤岸寫"春凰：我用全漢寫作，請保持原貌"
   春凰講"勤岸：失禮，有三字漢字電腦造字，我無"所以只好用
   拼音字來表示。

b. 因爲寄送時間精差，繪本有收錄兩本

快樂 e 閱讀

呂菁菁*

　　首先,我 veh 感謝春凰 ho 我 zit e 機會,di leh zit 本冊 iah 未出版進前,diorh 將全文印出來 ho 我讀。冊真厚,內容真豐富,我分做一章一章,zah di 身軀邊,di leh 工作 e 空 pang diorh 緊 teh 出來讀。我一頁一頁、一行一行、一字一字詳細讀。讀 e 時陣心內感覺領受真深,ma 感覺真感動。Zit 種感動是源自 zit 本冊內底所描寫 e 內容、春凰幼li e 敘事文筆、以及透過文字感受 diorh ziah nih 豐富 e 內容背後,有ziah nih 濟人用 yin e 生命所做 e 付出。

　　這 m 是一本簡單 e 冊。Veh 感受伊 e 深度,上無台語 e 口語能力愛到某一 e 程度、對台語 e 拼音系統有熟、以及 vat 有過閱讀台文 e經驗。Zit 款 e 讀者 di leh 讀 diorh zit 本冊了後,一定會發覺 zit 本冊真正是一 e 寶藏,而且 di leh 閱讀 e 時(不管讀外慢)long 一直浸 di leh用台文閱讀 e 快樂內面。相對來講,na 是一 hen 開,就調取華語 e 語意來讀文章內面 e 漢字,拄 diorh 羅馬字 e 部分 diorh cin cai ga 跳過去,按呢 zit 寡文章對讀者 e 啓發性 diorh 差不多會失去百分之八十以上。

　　咱定定 di 講,台語是一個 gah 華語全款,是一個有獨立地位 e語言,理論上一個人會使以台語來進行聽、講、讀、寫。但是事實上,以目前 e 台文出版情形來講,數量猶原是無夠濟,大家閱讀台文 e 風氣 iau 未打開。以作品 e 題材來講,用台文來寫評論 gah 做智識性 e概論 e 冊 ka 罕見。Di leh zit 種情形下,zit 本冊 e 完成實在是提供一本真好 e 台文閱讀材料,示範用台文表現深度思想 e 可行性。伊所針對 e 讀者並 m 是初學者,但是普遍來講,寫 ho 初學者讀 e 台文 ka 濟,寫 ho 進階級 e 台文讀者 e 作品 ka 少。Na veh 實現以台語文來進行聽、講、讀、寫 zit 個理想，咱 ng 望將來 edang 有真濟親像春凰 zit 款 e 人才投入台文 e 寫作。

我想，將來等 zit 本冊印出來 e 時，一定有一寡人 di leh 開始看了後，diorh 會開始問：「亞熱帶 gam 是台語詞？」、「妥協 gam 是台語詞？」、「呈現 gam 是台語詞？」……。另外有一寡人 e 注意力會 kng di 某一個漢字寫了 diorh iah 是 m diorh，有一寡人會將注意力 kng di 伊所使用 e 拼音方式看了是 m 是會慣勢。Zit 寡感覺是程度 ve vai e 台語文讀者 di leh 閱讀 zit 本冊 e 同時，自然會產生 e 疑問。但是，講實在話，zit 寡問題實在 m 是本冊 e 重點。重要 e 是，zit 本冊所表現出來 e 恢宏 e 廣度，gah yin 對 ziah nih 濟人、事、文化、感情 e 紀錄。

Edang 有 zit 本冊 e 紀錄，是咱所有台灣人 e 驕傲，普通 di leh 文人社會中，總是批評 e 人濟，創作 e 人少。咱定定強調台灣文化、台灣自尊，但是大部分總是 ka 片段 e 評論，真正 diam diam 坐落來用五年十年 e qong 工來做全面性 e 整理 e 人 ka 少。咱應該真歡喜有人願意付出 yin e 心力來 dann(擔)zit 款 kangkue，咱應該表示肯定，ga yin 鼓勵。

台語因為長久以來 di leh 社會中 ka 少以書面 e 方式出現，而且 di 生活中 e 使用 ma 偏重 di leh 某一部分 e 使用場合，所以 di leh 語詞 e 選取頂面，不時會拄 diorh "有意無詞" e 情形。春凰 vat ga 我提起 zit 個問題，我想這 ma 是每一個經驗過用台文寫作 e 人 long 會拄 diorh e 問題。春凰 ga 我講，伊所採取 e 對應方式，diorh 是用引進新複合詞 e 方式，來增加台文 e 表達深度。Kia di 語言是一個動態 e 系統 zit 個角度來看，我 edang 同意春凰 e 作法。

最後，ng 望 zit 本冊出版了後 edang 大賣，ng 望讀者買 zit 本冊了後 long edang 認真拍拚 ga 讀 ho 完。是按怎 ng 望 edang 大賣？因為大賣就代表關心台語文學 e 人濟，願意去增強家己 di leh 台語文學方面 e 智識 e 人濟。了解 lu 濟，體會 lu 深，lu 會對家己所生長 e zit 塊土地產生感謝、珍惜 e 心情。我想，這也就是春凰這 gui 年來無暝無日寫 zit 本冊上大 e ng 望。

*呂菁菁
國立新竹師範學院、台灣語言 gah 語文教育研究所副教授兼所長

我看著希望 gah 力量

蕭媽媽*

　　我真歡喜為春凰姊寫序，六多來看伊 gah 江永進教授為台語運動拍拚走 zong 無私 e 奉獻，ho 我感動，但是 ma 真感慨，尤其 zit 兩年來，春凰姊一面工作，又 gorh 四界教台文，希望 ga 台灣 e 語言 gah 文化湠出去，伊一面認真寫書，為著 veh 證明台語 e 現代性，ma 為著展現台灣文化 gah 台灣意識 e 必要性。Zit 本冊是第一本完全詳細有系統討論台語文學 e 著作。有一寡人懷疑台文書寫 e 可能性，zit 本冊是台文書寫上好 e 證明，台文不但 edang 寫，過去以來，已經有真濟人費心、努力創作，春凰姊用心、用感情搜集整理介紹評論。包括早期 gah "e 世代" e 作家，會使講伊完整寫出台語文學 e 記錄，近百年來一群人所行 e 艱苦路。

　　我感動 ma 感慨 e 理由是，親像 zit 種工作，veh 單單靠個人 e 力量，攏是愛透支心力精神去對抗華文霸權。春凰姊上大 e 資源是伊 e 堅強意志 gah 伊對台灣文化 e 愛。阮兩個人 di 仝一間辦公室鬥陣六年，我時常 edang 分享伊 e 台文運動經驗 gah 理念，所以我深深瞭解做台文運動 e 辛苦 gah 犧牲。

　　文化 e 覺醒往往行 di 政治覺醒 e 頭前。重視母語 gah 母語文化 e 保存是世界普遍 e 認識，幾百年來，台語受有形 gah 無形壓制自甘納縮 di 烏暗 e 壁角怨嘆是無效 e，因為春凰 gah 江教授 e 關係，我熟 sai 真濟 gah yin 仝款拍拚犧牲 e 台文運動朋友，我 di zia- e 朋友 e 熱情中，看著希望 gah 力量。

　　Zit 本冊為台文創作書寫 gah 運動開一條新 e 路；ho 咱深深體會母語 e 堅強生命 gah 活力；不管行 di 歷史 e 暗路有外長，不管文化

gah 媒體 e 霸權有外惡毒，母語永遠是咱 e 血脈，是咱 zit le 土地 e 認同 gah 愛。為著 zit e 理由，咱愛 gorh 卡努力，m 是 ganna 保存，咱愛 ga 推向現代世界 e 舞台，展現台灣文化 gah 語言 e 主體性。

　　我 zit 幾年研究愛爾蘭文學，上大 e 認識是愛爾蘭人 yin 對語言文化 e 堅持。英國殖民愛爾蘭將近七百多，雖然用各種粗魯殘忍 e 手段想 veh 消滅愛爾蘭 e 語言文化；但是 zit 七百年 e 殖民歷史，dor 是愛爾蘭七百年拼命保護母語 e 奮鬥過程。我不時 le 想：是啥麼理由，ganna 一百年外來統治，dor ga 台灣人壓制 gah m 敢講台語 ve 曉寫台文？春凰姐 zit 本冊 ho 我對台文運動 e 信心，咱 m 是 m 敢講，ve 曉寫，咱 di 壓迫 e 暗路中間，早早 dor 有真濟人寫出咱對台灣 e 愛，gorh 卡歡喜 e 是真濟有創作活力 gah 堅強意志 e 先輩作家，少年朋友已經 teh 筆寫，用網路 le 討論，台文運動開步走向新 e 科技時代。春凰姐 e 努力提醒咱，應該有夠卡濟人來創作，評論台文。

　　台語文學 e 新生命 dor 是台灣 e 希望。

*蕭媽媽　國立清華大學外語系副教授

自序－用滿滿 e 感心…

張春凰

　　Zit 本冊收錄介紹近一世紀來 e 台語寫作資料，難免有漏溝去 e 所在，請多多指教、包涵。

　　Zit 本冊是我 di 新竹市社區大學講授母語課程 e 教材整理，因為到目前為止，iau 無一本 ka 完整 e 台語文學概論讀本，veh 開台語文學 zit 門課大約攏是克難式 e 散印講義，對講授者 gah 學習者攏造成不便，希望這對台文界有參考 e 初步形體紹介。

　　Zit 本冊由 1999 年春季，開始構思，仝年夏季落筆，到 2001 年熱人完成。其中 di 1999 年冬天一季約四個月 e 時間，我 lang 落來完成《靈魂 e 所在》。當然，進行中，有真濟代誌 deh 發生，如無定時 e 過敏 e 困擾、行程緊奏 e 母語種籽老師訓練，da 家 e 心苦病疼到安心往身等等。Veh 來 e dor 接受，di veh 完成 zit 本冊寫作 e 過程中，因為有一個目標，顛倒將我個人提昇到人生 e 另外一個境界，雖然我一直想 veh 擺脫 zit 層 "苦海"，不過，我 ma 慶幸盡早完成，m 免愈積愈濟 e 台文作品，ho 我寫 ve 結尾，好佳哉，總算有一個階段性 e 整理，親像 gorh 生一個新生兒 e 歡喜。

　　Zit 本冊採用電腦正常 e 用字，無法度現形 e 字體、台語特別詞 gah 造字用拼音字顯示。另外江永進教授提議以華文漢字註解 e 形式，隨時提示閱讀認知來輔助漢羅文字、義、音 e 特質。（請參閱第十講座）

　　Zit 本冊有三人共筆。主要 e 部份討論台語文學 e 內文是由張春凰主筆(第一、二、三、四、五、六、七、八、九講座)；台語文字形式討論 e 部份由江永進執筆(第十講座 gah 附錄一、二)、部份台語文

界 e 作者、張春凰 e 散文作品介紹、雜誌資料、網際網路資料、社團
介紹、gah 民間文學作品收集等由沈冬青操筆，由我增補，詩、散文、
合集、圖文集等部份 ma 承蒙冬青校對。Di "母語文運動"、"台語
文 e 情境 gah 前景" 二章，有真濟觀點長期以來，因為永進不時 deh
將伊 e 思考過程，經過分析、歸納、辨證 gah 運動面向、使用者觀點
(end user、user oriented) 等，結合學習者順向反應心理原理，並注重台
語文 e 現代化、生活化、資訊化、國際化 e 面向來凸顯台灣精神 gah
本土主體性。長期以來，受著永進 e 感化到獨立思考，無疑 e，永進
對 zit 本冊 e 內化 di 我 e 筆針有深化 e 反應。永進講："成功是唯一
e 美德"、"愛愈分愈濟、愈分愈有創作力"、"無未來 dor 無傳統"
等，並十外冬來總是 di 台語文 e 初步整理 kangkue 方面 deh 釘地基，
伊會曉做 e 工作，用大易資訊 e 王贊傑所講 e "永進有技術 gorh 有理
念"，免講是台語人，連 di 台灣人內底 dor 算 Top。另一方面，因為
伊思考 e 速度 gah 講述 e 特質，除了連續無斷 e 軟體寫作 gah 職務，
有 "述而不作" e 現象，所以我 dor 親像 ho 伊指導 e 學生，盡弟子之
勞，kikikokkok 用伊製作 e "台音輸入法" 慢慢仔 ga dok 落來，ma
算是對伊有交差。總講一句，原則上，文本內容若是有筆誤，由張春
凰負絕大部份 e 責任。

　　我寫 zit 本冊 e 感想，是 gah 作者 edang 直接做精神上 e 交流、
迫家己 ga 文本讀完，跨過冊 ganna 是 veh 用、參考 e 功能 niania，對
台語文 e 現代情景做整理，ma 希望 di 咱 e 台語文做一個前觀 e 願景。

　　有人寫序文 e 冊加減 edang ho 阮做參考，做一寡引導 gorh 另外
生出 ka 濟 e 看法，對作者 gah 整個 e 台文環境做養份，無序文 e 冊
dor 愛真有耐性去讀 gah 體會作者 e 用意，di 文字方式 e 表達方面因
為積聚著各式各樣 e 書寫方式，ganna di 閱讀上 dor 分別出來文字工
具 e 功能，一本一本 ui 頭到尾讀透透，難字、罕用字 e 過關真明顯

dor di 時間上有真大 e 差別，一定愛買弄漢字 e 學問嗎？文字障礙構成弱勢 e 台語文發展阻礙，若無 di 世界文字史 gah 字母史 e 演變，dor 無成立。

九〇年代母語文藝復興 e 腳跡漸漸變做顯學，見證過去濟濟先輩對母語保育 e 付出心血，yin 用個人 e 力量、一生 e 奉獻做石頭 ho 人踏，起造著現此時 e 成果，攏是珍貴 e 文化資產，寫 zit 本冊 ma 是 veh 向母語文化工作者致意。

我讀完每一本冊，冊 e 本體已經面目全非，表面上是愛冊人 e 損失，實質上是寫冊人對整個台語文認識 e 深化。自從踏入台語界以來，前七八冬曆內 e 資料是永進購買收集 e ka 濟，包括 di 演講場、政見發表會、冊店、個人新冊發表會等，後四五冬 e 台語冊主要由我搜集購得。

用三冬外 e 時間來完成 zit 本冊，其中有經過新竹師院(桃竹苗)、國北師、台中縣、台北縣、基隆市等地區教育局所舉辦 e 母語種籽教師訓練，雖然 ma 影響著完稿 e 進度，mgor ma 更加 sak 我 veh 完成 zit 本冊 e 決心，基礎的 e 目標一旦完成，進一步 e 探索 dor 愛引 cua 使用者擴充 ka 闊 gorh ka 深 e 面向，再激造新創作，台文所需要 e 是真正 e 現代化，現代化 e 台文成熟度需要大量 e 使用 gah 全面化。

六冬來，我 di 清華大學外語系跟隨廖炳惠教授做國科會人文科學專題計劃 e 執行，因為工作上 e 需要，現代文學評論方法加加減減有接觸著，先後參與著台灣文學、台灣歷史專題、英美小說、性別 gah 電影、西洋詩專題、旅行理論、西洋文學評論等課程 gah 專題論述，加上 veh 初步整理台語文學雛型 e 意志，而且 gorh 有十冬從事母語文化工作 gah 寫作 e 經驗，gorh ui 台下行上台頂，使得由助理到主筆、一位參與運動者到實踐者、台文作家抽身出來看作家、學習者到講授者 e 身份等等，在在處處攏 deh 豐富著著作本身 e 內涵。藉著寫作 e

本身，我 ma 體悟著一種修行者 e 心理路程，若無謙卑 dor 無進步，無善意識 dor 做 ve 長久。

感謝眾多台文界 e 好朋友，幫助我一寡需要 e 訊息，比如李勤岸教授聽著我 e 需求，趕緊將伊改寫 gah 註解好 e 台語全羅小說文本初稿送來 ho 我看；陳雷先生送伊 2001 年春天 di 台南做小說專題演說 e 大綱 ui 加拿大 ho 我參考 ma 牽引我尋 cue 資料 e 來源；胡民祥先生用空運寄送簡忠松等海外 e 出版品 ho 我做介紹 e 根據；呂興昌先生 gah 先生娘 ho 我一寡資訊，陳萬益教授、胡萬川教授、林央敏、黃勁連、楊允言、張學謙、劉森雨、素主、豐惠、素枝、德樺、鳳珍、芳芳、嘉芬、A-bon、台灣 e 店等 ma ho 我 zit 方面 e 幫贊。

張炎憲老師、呂菁菁老師、蕭嬌嬌老師、周碧娥老師、仁園、長能、美琪、獻忠、松亭、有舜、素卿、錦堂、志瑋、鄰安 gah 慰慈、育德 gah 慶賢、文芳 gah 月梅、永國 gah 多青、炳惠 gah 書帆等，一直我 ho 我 e 精神上 深度 e 支持。

多謝我 di 新竹市社區大學 e 學生，yin 自從來上台語課了後，自頭到尾 e 捧場，上感心 e 代誌是雖然學生人數無真濟，yin 對母語工作卻是相當投入，ho 我歡喜 gah 心花開，若 m 是 yin e 課業間接 e 催生，相信 veh 完成 zit 本冊一定會拖延。比如明琴因為本身是癌症患者 gorh 長期 di 病院做義工一直想 veh 寫《病院 e 春天》e 劇本，di 按呢 e 需求之下，我 dor gorh 加戲劇 zit 個講座，而且為著配合教學 e 需要 ma 提早完成 zit 個單元，總是老師無代先試一下，ve 使教學生，可能是經過思考 gah 閱讀 e 浸透，雖然一向無 di zit 個範圍行踏，ma 因為需要，做著第一次 e 接觸。這 ma 愛感謝清大外語系文學組研究生張文誠、劉森雨替我傳一部份資料 gah 楊莉莉老師 ho 我諮詢。

Zit 本冊已經是我 e 第五本成品，起因 di 台語界無 zit 款 e 冊，ma 受著阮翁 e 鼓勵，di 漫長 e 寫作當中，愛感謝伊經常載我去做

YOGA e 運動，無論透風落雨，尤其是 di 大雨中 qiah 大支雨傘接引我上車 e 情景，di 大雨中 e 暗夜車路，兩人雙腳澹 loklok 行向車內，dor 是按呢，我 e 五十肩 dann edang ho 我無掛礙完成 zit 項文化工程。因為書寫 zit 本冊，阮翁看我投入 e 形，甚至伊 ma di 後生 e 面前講："lin 媽媽已經比我 ka 專心 lo！"，gorh 有一工，後生用平穩 e 話氣 ga 我講："我愛學 lin 二人 e 好處。"品璁 ui 細漢看我出冊，到 zitma ma 已經大三，大漢到 edang 替 zit 本冊排版，真多謝伊、ma 真歡喜。

我 ma 愛感謝我 e 爸爸媽媽兄弟姊妹，三多來，yin 攏愛問我 deh 無閒啥麼，常常我愛 ga yin 講："iau deh 奮鬥！"按呢 e 奮鬥，雖然消瘦落肉，總是我甲意按呢 gah lin 分享！每遍出冊，我 e 細漢小弟圓通一定 di 後壁做封面設計，恬恬仔做，ho 我差教。

感謝長久以來做台灣文化出版界捍衛者，前衛出版社 e 林文欽先生。

結尾 a，阮愛感謝 di 無閒 e 人生內底，范文方老師用客語幫我寫序、蕭媽媽教授 ma 無提辭、以及呂菁菁教授隨身帶去美國繼續奮力寫序 e 誠意，然後有李勤岸 suah 腳去 Harvard 大學東亞語文系高就 e 旅途，ma 免不了 ho 我拖累著 e 任務。Zit 本《台語文學概論》應該是第一本綜合作品介紹、賞析、評論，按怎講 dor 是一句話，愈接愈濟、愈分愈濟，dizia 再次感謝眾多親友 e 栽培。

關係本冊

關係本冊

　　絕大部份收集並紹介現有文獻 gah 集做成冊 e 資料，單篇散開 ka 無系統性 e 無 di 專文述說，當然無介紹 e 一寡資料 ma 是因爲無收集著，致使無 di 本冊內底。

　　本冊 e 述作有幾個要點：

1. 先以文學形式類分，再以編年順序，再配合相關作者作品集合。

2. 以漢羅並用形式寫就、以斜體字代表外文、[ ]表示華文、以標楷字體爲引用文。

3. 引用文句，爲使讀者方便閱讀，大約有改做對應 e 台音式通用拼音。

4. 因爲台文作者 e 身份大部份攏身兼數職，而且所提著 e 作者往往重覆出現，一方面是因爲 yin 本身 e 著作等身 gah 拚生拚死爲台灣母語、一方面 ma 是作品 e 質量豐富，內容值得介紹使然。

5. 索引 e 製作經驗欠缺 gah 距離出版時間緊促，所以 dizit 版無做，ng 望第二版再補足，ma 因爲按呢書目目錄 dor 列出來章節要點，方便初步閱查。

6. 書目 gah 參考文獻每一節有引用 ma 重覆列出，方便讀者使用。

7. 製作 zit 本冊過程是作者家己利用《台音輸入法》輸入、厝內人排版 gah 設計封面以節省出版成本 gah 時間，除了印刷，已經以 PC 做到 98%以上 DIY。

8. 附錄 A〈三種主要拼音方案〉，以便讀者對照。

9. 附錄 B〈台音式調記順序 e 選擇理由〉，ho 對台語傳統調序有困擾 e 學習者做參考。

10. 2002 年 e 第二刷針對 2001 年 e 第一刷有做一寡錯誤 e 修正 gah 版面調整。

第一講座

台語 e 情景 gah 前景

一、台語 e 背景

1. 母語 e 消失期、整理期、理論期 gah 實踐期

　　台灣 e 地理環境，歷經地殼變動，台灣 e 歷史背景，全款是多元變動。台灣 e 史前史有一萬五千多以上（註一），有文字記載 dann 講是四百年 niania，而且 zit 四百年攏是一個殖民時代，因為受著強勢漢文化 gah 語言 e 影響，語文 e 變遷 ma 受著真大 e 變化，歷史 e 過往 di 語文全款留落混合交織（*hybridity*）現象。超過一世紀，因為受過日本帝國、中華民國 e 體制，母語遭受消音，母文 e 書寫無普遍化 ma 無標準化。

　　雖然台灣人有苦慘 e 遭遇，親像地殼 e 變動、朝代 e 變動，台灣人並無驚 hiann，以拍斷手骨顛倒勇 e 在腹台灣精神，一直 deh 追求有尊嚴 e 主體性。長久以來，台語 e 情況經過人為消滅期，mgor 攏一直有人 deh 整理、收集、鼓舞 gah 實踐互相配合。

　　台語 e 歷史經過消失期、整理期、理論期 gah 實踐期 e 循環，di 2001 年書寫方式雖然 iau 是百花齊放 e 時代，mgor，作品本身呈現已經達到成熟期 e 程度，而且經過民間自發性 e 組織 gah 學術界、文化界長期 e 努力，2001 年 9 月，正式進入教育體制。以下以消失期、整理期、實踐期來看台語 e 概況，並以相關刊物 gah 論述舉例，對母語文化運動先輩奮鬥 e 精神有所敬意，並 ho 後隨者有所檢討，veh 進入"e 時代"，除了熱心、拍拚，難免愛有所心理準備 gah 眼光。

(1) 消失期

　　是日人 e "國語運動" gah 國民黨主政 e "國語政策"，二個政權分別攏有五十多 e 時間，國府統治對母語 e 破壞比日治 gorh ka

慘，原因是手段更加激烈、媒體工具進入家庭無所不止。

(2) 整理期

民間文學 gah 字典、辭典等，di 三〇 gah 九〇年代一直攏扮演相當重要 e 整理角色，ui 李獻璋到胡萬川等，範圍 gah 量 e 生長直升，質 e 改變使得台語書寫愈來愈成熟。

(3) 理論期

啓蒙運動對民眾意識、心理認知 e 鼓吹是實驗期 e 特徵。語言學家 gah 文化界人士攏是扮演 e 主要角色。1921 年 10 月蔣渭水、蔡培火等第一代台灣當地知識份子組成 "台灣文化協會"，尚且以《台灣青年》、《台灣民報》等刊物述作。一方面對日本人強制語言同化 e 不滿，另一方面提出漢文復興運動、白話文運動、台語羅馬字運動、台灣話文運動。1931 年 7 月 24 日，黃石輝 di《台灣新聞》發表〈再談鄉土文學〉主張使用台灣話文，同年，12 月創辦推 sak、實踐台灣話文字化 e《南音》雜誌。本底這是 zit 種多元化 e 主張，但是引起廖漢臣、張我軍等人 e 反對，yin 認為台語是粗俗幼稚、無標準化、祖國 e 中國人看無，所以引發出台灣文化界 e 第一次 "鄉土文學論戰"。事實上，語文是平等 e，語文背後 e 人文有伊 e 生活性 gah 豐富性，並無 guan 低貴俗之分，有大細目是封建 e 產物，因為封建 e 本質是自私、階級、宰制、暴力，所以既得利益心態往往 m 願尊重別人 e 權利，按呢 e 情形，被壓制 e 一方 dor 會為尊嚴宣戰，di 七〇年代鄉土文學對中國文學 e 論戰風雲再起，並無意外。到八〇年代以來 e 論戰除了鄉土文學對中國文學，另外，di 語文 e 部份，林宗源認定用台灣話文寫就 e 作品 ka 是真真正正 e 台灣文學，以 "台文" 對 "中文" 書寫台灣 ma 引起風波。Zit 種文學範圍 gah 語文使用論爭現象，其實 di 文本以母文書寫上 gai 基本，

並且有領導指標，完全用母語、母文表達 gah 生活結合，是真自然
e 代誌，所以九〇年代以來，寫台文 e 人自然愈來愈濟。理論 gah
實踐是黏做伙 e。理論是實踐 e 基礎，實踐是理論 e 證明。到九〇
年代 e 母語文藝復興運動，有真濟成熟 e 論說用台語書寫，如鄭良
偉、江永進、胡民祥、李勤岸、林央敏、林宗源、宋澤萊、黃勁連、
張學謙、施正鋒、戴寶村、蔣為文、陳雷、鄭良光、洪惟仁、蕃薯
花專欄、吳長能攏是示範。(註二)

(4) 實踐期

文藝復興運動 e 成果，一定愛行入成熟期，ui 運用實踐到使用
e 本土化、全民化、全面化、生活化、現代化、國際化 ka edang 算
完成。經過實踐，台語文整合，漸漸會並存 gah 融合，實踐 e 要素
是培養實力。教會白話字超過一百多 e 使用，是完完全全 e 母語母
文實踐，因為初屬 di 基督教圈內底 (註三)，所以往往有人講："有
一個阿婆 a mvat 字，mgor 伊真 qau，伊會曉寫白話字！"，這是以
漢字做本位中心 e 偏見 gah 排斥心理。另外，文學作品往往攏 edang
跳過文字、語言 e 限制，先寫落去 ka 講，只要有系統性，主要是
deh 寫內容、m 是 deh 寫單字，所以文學作品是實踐 e 實體。如《台
灣文學》、《台灣新文化》、《台灣文藝》、《台灣新文學》、《自立晚報》、
《民眾日報》、《台灣日報》、《台灣 e 文藝》等刊物攏先後登過真濟
台文。上可觀 e 是，九〇年代以來，di 民間文學、詩、散文、合集、
圖文集、小說、戲劇等個人專作及台語專門刊物，一本一本、一波
一波攏接續落來，已經是使得實踐期 e 成績愈來愈厚，這 ma 是構
成《台語文學概論》zit 本冊 e 主體，目前所有 e 成果值得珍惜，
ma mtang hiaubai，應該時刻檢討，dann 會達到正常化目標。

2. 正式進入教育體制

　　台灣母語經過剝削、壓制、歧視將近百年 e 災難，使得絕大部份人民 di 失語 gah 失育雙層劫數之下，喪失信心，長期麻痺、自卑之下，di 政策 e 謀殺 gah 自我放棄，已經面臨消失 e 危機（註四）。經過民間團體 e 努力，學者 gah 文化界 e 拍拚，透過立法委員 e 爭取，九〇年先後有鄉土語言教育，國小實施母語課程，過程起起落落，政府 e 態度攏無夠積極，甚至到 2001 年，母語課程已經自小學一年開始做必選修科目，連拼音方案猶無決定，而且 gorh 將原來 e 二節課消減做一節課，使得母語教育前途效果可議。

　　另外是真理大學 e 台語文系、新竹師範學院 e 台語所、台南師範學院 e 鄉土語言研究所 e 成立，攏是培育母語母文 e 重要機構，各大學 e 台語文課程如：鄭良偉 di 清華大學 di 九〇年初開台語讀寫、呂興昌 di 清華大學開台語詩專題、張學謙 di 台東師範學院開台語寫讀、沈冬青 di 交通大學開台語文學、廖瑞明 di 靜宜大學開台語讀寫等課程，di 學院形成培養母語文新手。民間 e 社區大學課程 ma 有台語文讀寫欣賞 gah 電腦台文，如張春凰、江永進、鄭有舜、糠獻忠、尤美琪等 di 新竹社區大學，陳明仁 di 台北新莊社區大學，吳長能 di 台北大同社區大學等提供台語課程，對社會人士做一個另類學習服務。台中台灣文化學院 e 語言組必修母語，維持時間長久。

　　為 veh 因應九十年度九年一貫母語教學，教育部 di 師資認證方面，2001 年 3 月曾經籌組討論，不過雷聲大無落雨，到 2001 年 7 月攏無進展（註五）。Di 母語種籽教師培訓，委託各縣市文化中心、縣市政府教育局、師範學院等實施 72 或 36 點鐘 e 研習課程，其中以台北縣政府教育局、台南市政府上積極。

3. 危機感 e 認知

　　政策搖動無定、教育時數減少、必選修無必考 e 評估、母語教育 gah 生活脫離、母語無全面生活化、中文環境 e 取代性 guan，種種 e 消弱。雖然母語教育將 veh 進入義務教育課程，恐驚學生認爲母語只是應付學校 e 約束而已，厝內 e 家長 ma 無要無緊，反正老師有教 dor 好；另一面是，有 e 家長認爲母語 m 免 di 學校教，di 厝內講 dor 好（註六），對母語正常環境 di 書寫使用、教育使用、公共場所使用一點仔 dor 無警覺。雖然電視媒體現此時 e "玉玲瓏" 節目系列受著觀眾 e 歡迎，ma 造成多語交織風潮，有解構單一語言獨霸現象，mgor，因爲政府無要意 gah 人民 e 認知無夠深入，母語雖然進入每禮拜一點鐘 e 義務教育課程，恐驚母語工作群鬆化心理準備 gah 喪失配合母語使用 e 正常進行，暫時 ciann iann e 母語恢復工事無強 e 意志 gah 決心做基地，浮面 e 娛樂入心歡喜，顛倒是一款迴光返照，使得台灣母語加速邊緣化，母語流失、文化母體無氣脈，是社會文化相當嚴重 e 損失。

註解

（註一）

　　按　宋文薰、連照美　"台灣西海岸中部地區的文化層序" 國立台灣大學考古人類學刊，第 37、38 期，p.90，提著當時 di 台東八仙洞 cue 著半公克燒過 e 物件，化驗 "碳 14" 有一萬五千多以上 e 活動證據，因爲探測 "碳 14" e 樣本量通常攏需要一公克，所以台灣有人類活動可靠 e 腳跡是一萬五千多以上，根據 zit 篇文章人類學家宋文薰 e 推測，台灣有人類 e 活動腳跡，應該有三、四萬年以上。

　　*多謝好友宋和女士提供 zit 個文獻。

（註二）

a. 彭瑞金　回歸寫實與本土化運動（1970～1977）、本土化的實踐與演變
（1980～）；《台灣新文學運動 40 年》第五、六章。（自立晚報，1991）

b. 宋澤萊　戰後台灣第二波鄉土文學運動（1980～1997），《台灣新文學》
1997 年秋季號。

c. 請參考本冊"母語運動"單元

（註三）

1885 年台灣 e 第一份報紙是用白話字發行 e《台灣府城教會報》(按張學謙
(1997)又稱《台灣教會公報》)。

1920～25 年蔡培火等人將羅馬字推展到社會民眾，受著 1.總督府以普及羅
馬字有妨害日語 e 推行被禁止，同時受著知識份子漢民族意識 e 排斥。2.
根據黃典城 1953 年 e 統計，台灣有三萬人左右使用白話字。

（註四）

a. 福爾摩沙文教基金會。消失中 e 母語！？——民眾 e 母語能力 gah 對語
言政策 e 看法。1996，06・18 民意調查報告；《台語世界》第 14 期 1997
年 8 月 pp.4-10。

b. 許銘洲報導。原住民母語快速流失　三族僅剩單字。《自立晚報》2001，
01・04。

c. 許銘洲報導。母語政策與台灣危機專題系列報導。《自立晚報》2001，03・
20～29 第 6 版。

（註五）

a. 國小需 5000 名語言師資　小五英語師資五月進行甄選……至於鄉土語
言師資，國教司指出，委託台師大及新竹師院研議的鄉土語言師資認證
簡章預定下周定案，三月下旬發售。《自由時報》2001，03・07，8 版。

b. 范文芳　請行政院管管教育部吧！《台灣日報》2001，06・08，時論專欄。

c. 台教會要求撤退曾志朗　李登輝建議"聲音"大一點　讓陳總統直接聽
到。《台灣日報》2001，06・17，5 版。

  d. 若政院遲不決定　教部將採漢語拼音　馬英九表示　願等教部做決定後
   再做全盤變更《台灣日報》2001，06・17，5 版。

  e. 拼音爭議　曾志朗提臨時動議案《台灣日報》2001，06・29，7 版。

  f. 有關教育部對拼音方案，詳細資料可再進一步參考台灣通用語言拼音網
   站：http://abc.iis.sinica.edu.tw

（註六）

  a. 麗雅。語言・孩子・家庭・教育。《自由時報》2001，06・11，自由論壇。

  b. 張學謙　回歸家庭、社區的母語世代傳承：論學校教育的限制及其超越，
   母語教育研討會，新竹師院，2001，9 月。

參考文獻

史明。台灣人四百年史。北市：自由時報週刊／蓬萊文化，1980。

劉峰松、李筱峰。台灣歷史閱覽。台北市：自立晚報，1994。

彭瑞金　〈語、文、文學〉，《台語文學運動論文集》，呂興昌主編。
  台北市：前衛，1998，p.172-5。

林殿傑。九年一貫課程之基本認識。台北市：仁林，2000。

張學謙。書寫的意識型態分析：以《台灣青年》為例）。（原以"海
  外 e 台語文運動（1960 年代）：以《台灣青年》為例"）。228
  五十週年學術研討會 1997，02・20-23，美國：聖地亞哥。

二、台語 e 情境

1. 三〇年代 e 本土語文落難

  日本人來台灣統治五十年，頭起先為著需要，殖民者 e 官僚如伊
澤修二 di 1895 年來台灣（見黃宣範 1993，p.82-83），mdann 學習在地

語，ma gorh 發明假名注音符號、編台語教科書，是台灣創辦現代教育 e 先進，伊是將台語、日語平等列入教育 e 人，可惜 zit 款光景維持無久。1915 年日本總督府積極推動日語 e「國語練習會」，1920 年透過立法規定日語做公用語言，1922 年公佈"台灣教育令"將漢文改做選修，1937 年推行"皇民化運動"正式廢除學校 e 台語漢文科、停止報刊 e 漢文欄，推 sak "國語家庭"，di 學校讀冊若講台語 dor 受著毒打 e 體罰。這是第一遍母語文 e 烏暗期。

2. 1947 年～1990 年 di 白色恐怖影響之下 e 本土語文 e 劫數

1945 年日人退治台灣，zit 冬 10 月 25 日國民政府來台接管，1946 年成立"國語推行委員會"，做國語運動 e 機關；1947 年 2 月 28 日發生二二八事件，大量政治屠殺；1949 年 5 月 20 日起，台灣進入戒嚴時期，配合仝年 5 月初 9 di 南京公佈 e "動員戡亂時期臨時條款"體制，自按呢，台灣陷入白色恐怖 e 全烏期。

1951 年，全台文盲 140 萬以上。

1956 年教育廳下令全面禁止台語。

1963 年實施禁止學校使用方言。

1969 年禁止使用羅馬字，《台灣府城教會報》di 1885 年創刊 1969 年 3 月以後停刊，在地各種羅馬字母語聖經受查禁。總共出 1050 期，以全羅馬字書寫，是出版上早，擋上久 e 台語報紙。

1973 年限制電視方言節目。

1987 年 8 月 20 日教育廳通令國中、國校不得再以體罰、罰錢手段制裁校園內底講方言 e 學生。

　　1988 年 6 月 18 日新聞局向一台電視公司警告不可故意講 "台灣國語"，以表示政府推行國語 e 決心。

　　有以上種種 e 條例 gah 規定，母語生存 e 空間已經進入第二遍全烏時期，會使講是混亂 gorh 破害 e 消失期。

　　教育、政策、媒體 gah 人民喪失自覺 e 情況之下，母語文嚴重萎縮，無文字 e 民族，di 符碼鼎興、知識爆炸 e 時代，就親像無目睭、無嘴 gah 無耳 e 殘障者，台灣各族群應該自我力行，並督促政府積極實施。尤其是 di 公共場所同步翻譯 gah 語文使用環境 e 鼓舞 gah 保障，應該重現。

參考文獻

黃宣範。語言、社會與族群意識－－台灣語言社會學的研究。台北市：文鶴，1993。

李筱峰。解讀二二八。台北市：玉山社，1998。

李筱峰。台灣歷史 100 件大事。台北市：玉山社，1999。

王蜀桂。讓我們說母語。台中市：晨星，1995。

3. 風霜中 e 日日春～人文著作 gah 科技運用

　　這是一個 "台灣運動" e 偉大時代。

　　文化建設、文化 e 創造是偉大 e 精神事業。今仔日咱 deh 進行 zit 個偉大 e 建設。雖然咱處 di 重重文化危機中——比如面對政經制度結構性 e 嚴重謬誤而無可奈何，部份人心敗壞，社會異化，迷失人生意義等。但是經歷四百年歷史風霜 e 台灣人，受盡異族壓迫統治 e 台灣人，已經煉就金剛 ve piann 之身，咱 di 文化創造建設中 e 危機 gah 契機，dor 像鳳凰自焚再生 e 過程，不斷接受挑戰、回應挑戰，不斷演

化進展。(引譯自《台灣運動的文化困局轉機》—李喬)

《台灣府城教會報》di 1885 年創刊起始，到 2001 年，台語文有民間文學、詩集、散文集、合集、圖文集、小說、戲劇、網路台文等，ma 有電腦輸入系統，gorh 擁有先進 e 語音辨識技術（註一），所有 e 成就攏是台灣人母語文化運動者 e 心血所累積落來 e，台語文一步一步辛苦 e 腳印，正是結合人文 gah 科技運用 e 智識結晶。因為按呢，台語文 ma keh 入 "e 世代" e 行列。有按呢淡薄成績，親像是風霜中 e 日日春，咱需要眼光看 ka 遠 leh，因為江永進講："成功是唯一 e 美德"、"無未來 dor 無傳統"，咱更加愛 gorh ka 謙卑、謹慎、斟酌 gah 繼續拍拚。

註解

（註一）

　　請參考本 "母語文運動" 單元，"科技 gah 人文 e 對話" 節段。

4. 戒嚴時代 捍衛母語文化 e 戰士：《台灣文化》、《台灣青年》、《台灣風物》等

(1) 保存 e 風範——《台灣文化》

1946 年 9 月 15 日台灣文化協進會出版《台灣文化》，1950 年 2 月停刊。

《台灣文化》是光復初期創刊 e 期刊中，維持上久，水準上 guan，影響上大 e 一份雜誌。包括 hit 當時全台、大陸及本省文化界 e 菁英。

Zit 抱雜誌有刊登台灣 e 在地語文作品，但數量有限，比率真低

e 母文，du 好反應在地文化困局。比如：楊雲萍 e〈最新手巾歌（台灣民歌）〉、黃耀鏻詞・邱快齊曲 e〈「童謠」放風吹〉、味橄 e〈台灣的國語運動〉、林清月 e〈台灣民間歌謠〉、胡莫 e〈廈門方言之羅馬拼音法〉、廖漢臣 e〈談談民歌的搜集〉、林清月錄記 e〈民間歌謠〉、朱兆祥 e〈廈門方言羅馬字草案〉、胡莫 e〈談談聲調問題及其他〉、陳紹馨 e〈從諺語看人的一生〉（部份台語）、顏晴雲 e〈泰耶諺語初輯〉、黃得時 e〈關於台灣歌謠的搜集〉等。

1946 年 du 好是國民黨政府接受台灣初期，隔多 228 事件發生，"本省""外省" e 用詞一再出現，（如：二卷一期，p.18，19，25，32……，二卷二期，p.32，33……等），hit 個時陣，社會主要語文是台、日，zit 個事件發生 e 衝突，gah 新來中原語文 e 使用所產生 e 對立 gah 傷害，所造成時代 e 悲劇，語文 e 斷層是因素之一。228 事件以後到 1993 年，zit 時間本地語言整體 e 狀況，di 黃宣範 e《語言、社會與族群意識－－台灣語言社會學的研究》e 第三章〈台灣的語言衝突〉講著真詳細。比較 1951 年以後 e《台灣風物》，zit 段母語重建 e 工事真弱。值得注意是林清月 e 民間歌謠是用母文形式寫就。雖然《台灣文化》並無《台灣風物》含蓋 hiah-nih-a 豐富母語相關資料，《台灣文化》已經扮演開路先鋒 e 角色，做一個文化刊物示範。

(2) 啟蒙鼓吹 e 號角──《台灣青年》

《台灣青年》di 1920 年日據時代由台灣文化協會所創辦 e 民族運動重要刊物。經過將近四十年，zit 款國族主體性代表意義 gah 精神 e 名稱，di 1960 年再度延用，並延伸到海外 e 奮鬥。

1960 年 2 月 28 日，228 受害家族王育德及留日學生黃昭堂、廖建龍等人 di 日本創辦《台灣青年》雜誌，宣揚台灣人獨立建國 e 理念、稱揚台灣民族自決 e 主張。Di 語文方面，王育德 e〈台灣話講座〉，連續刊登 di 1960 年 4 月到 1964 年 1 月，總共 24 講。Di 最後 zit 回講座，王育德主張漢羅並用，有"台語漢羅之父"之稱，伊無實際作品，可是 di 理論上有貢獻。1966 年，《台灣青年》di 文字上擺脫漢字中心主義，首創漢羅合用方式，di 內容上運用本土文化資源，啓發台灣民族意識、批判極權、建立以台灣做主體 e 文化民族主義。

《台灣青年》mdann di 建國理念影響著美國、歐洲、加拿大 e 台獨組織，而且引起言語革命，形成母語建國 e 實際行動，其中以美國 e 蔡正隆、胡民祥 gah 簡忠松等上 gai 積極，di 國內 ma 有人呼應。（註一）

註解

（註一）

  a. 請參考請參考本冊"母語文運動"單元，有關王育德 e 部份。
  b. 請參考本冊"母語文運動"單元 gah 胡民祥、簡忠松相關著作紹介。
  c. 戴寶川　台語 gah 建國運動，《台語世界》第 4 期，1996，10 月。
  d. 建國黨 ma 開過台語班。

參考文獻：

洪惟仁。王育德與台語文字化。《台語文摘》vol.5，no.4，pp.12-32，1992。
張學謙。愛爾蘭 e 語言運動及獨立建國。《台語世界》第 3 期，1996，9 月。
張學謙。海外 e 台語文運動（1960 年代）：以《台灣青年》爲例。228 五十週年學術研討會 1997，02‧20-23，美國：聖地亞哥。
林央敏。台語文學運動史論。台北市：前衛，1996。

胡民祥。母語建國。《台灣公論報》1995，03‧25 社論。

胡民祥。歐洲文藝復興中民族母語文運動 e 啓示。《台語世界》第 4、5、6 期，
　　1996，10、11、12 月。

梅祖麟。"紀念台灣話研究的前驅者王育德先生"《台灣風物》vol.4o，no.1，
　　1990，pp.139-145。

王育德作。黃國彥譯。台灣話講座。台北市：自立晚報，1993。

(3) 採集 gah 整理 e 主角——《台灣風物》

　　《台灣風物》1951 年到 2001 年，一直維持連續 e 五十冬，是戰後民間出版品維持上久長 e 刊物。Ui 作者群 e 特徵來看，全款 e 作者群，如楊雲萍、陳紹馨、吳新榮、黃得時、林清月、戴炎輝、宋文薰、廖漢臣、胡莫等，早前 ma di《民俗台灣》、《台灣文化》出現，按呢 e 脈絡 ho 台灣精神有所傳續，ma 有積極 e 意義。誠像長久以來，擔任主編 e 張炎憲 di《台灣風物分類索引》中〈台灣風物四十年－代序〉所講 e：起初以民俗習慣 e 採集記錄 gah 隨筆爲主，扮演台灣文化香火傳承 e 角色，起造日治時代民俗研究 gah 戰後台灣研究 e 橋樑，除了保持民俗採風 e 傳統，漸漸扮演學術專題角色。

　　Di 1991 年，du 好是出版四十冬 e 腳 dau 有出版一本高賢治編 e《台灣風物分類索引》。藝文類分做 "語文篇" gah "文學篇（附歌謠）"，"語文篇" 總共刊錄 144 篇，"文學篇（附歌謠）" 有 177 篇。"語文篇" 除了〈淮河謠俗語考〉（18 期 4 卷，p.71-4，1968/8）以外，其他攏是以本地語爲主 e 文章，絕大多數 e 文錄攏是佔社會大多數 e 台語。"文學篇" 有關本地歌謠 e 份量，如：〈北投童謠〉、〈鹿港普度謠〉、〈台灣歌謠集〉、〈俚歌百首〉、〈恆春民謠「思想起」〉、〈吉貝耍「牽曲」的手抄本〉，ganna ui 篇名看起來有 66 篇以

上屬於台語文。

藝文類 e 內容大約是俗語、語錄、用語、詞彙、辭典、歌謠等 e 收集 gah 考釋，zia e 資料真明顯 deh 現示屬 di 民間文學 gah 詞典整理 e 階段。

Di 戒嚴時期，edang 維持按呢 e 篇幅，對母語文化 e 保育，相當可貴。第四十多以後，近年來 e《台灣風物》ma 是保持相當 e 篇幅 deh 登錄母語相關 e 資料，如：許極燉 e〈台語的訓讀、訓用與文白異讀之辨〉（vol.46，no.1，pp.158－80）；胡莫 e〈談談「討論台語之道」──再答許極燉教授〉（vol.46，no.2，pp.103－164，1996，8）等攏表示注重母語文化 e 用心。

除了以 "語文篇" gah "文學篇（附歌謠）" 做例，其他如：地名、禮俗、傳說、民間故事等等⋯⋯，攏是現此時民間文學、認識台灣 e 豐富教材資源，甚至 di 二十五項 e 條目分類，包括分類索引、篇名索引、譯者索引、筆名對照，內容有總類、歷史、地理、勝蹟、禮俗、宗教、政治、社會、教育、交通、軍事、司法、涉外關係、經濟、考古、傳記、藝文、傳說、掌故、史料、建築、圖片、生物、原住民、雜類，變成是一抱相當可觀台灣 e 百科全書。

Zit 抱雜誌，若是轉譯做母語版，gorh 加上關鍵詞 e 索引，dor 是真真正正 e 台灣百科全書。《台灣風物》di 母語頂面扮演過渡時期 gah 理論啓盟鼓舞角色，同時 ma 凸現漢字獨尊 e 台灣文化。以強勢語文書寫往往是一部分推 sak 母語者講："veh 啓蒙人 dor 愛 ho 人看有 e 理由"，這有現實性 e 考慮 gah 實踐性 e 衝突。

5. 1970～1980 年代，消失期中 e 論述

(1) 林進輝編。台灣語言問題論集。台北市：林進輝出版；台灣文藝雜誌社發行，1983。

林進輝簡介 di 冊裡無紹介，有關資料若 cue 有 ka gorh 補充。Zit 本冊收集 30 篇文章，共 219 頁，分做 a. 語言與政治；b. 國語與方言；c. 方言與文化；d. 電視與語言等四個主題，除了鄭良偉 e〈論雙語式語言統一的理論與實踐──兼論台灣需要「語言計劃」〉（p.14-31）、劉福增 e〈國語妨礙語言自由〉（p.32-49）、夏宗漢 e〈論國語與方言──國語、閩南語與客語應並列為官定語言〉（p.53-66）、洪炎秋 e〈國語和方言〉、黃宣範 e〈國語與方言之間〉（p.77-86）、巫永福 e〈河洛人談台灣話〉（p.117-126）　林進輝 e〈開放閩南語電視台的幾點補充意見〉（p.185-196）等文章有 10 頁以上，其他大約攏是短文。

文本內容收集 1972-1983 年期間 e 論作，分別登刊 di《亞洲商報》1 篇、《八十年代》31 期，1983 年 2 月 zit 本 dor 有 7 篇，另外 gorh 加上第 9 期，1981 年，3 月有 1 篇，總共有 8 篇、《聯合報》3 篇、《大學雜誌》2 篇、《中國時報》2 篇、《民生報》2 篇、《亞洲人》2 篇、《自立晚報》2 篇、《台灣文藝》1 篇、《國語日報》1 篇、《深耕》2 篇、《翡翠週刊》1 篇、《台灣日報》1 篇、《綜合月刊》1 篇、《中央日報》1 篇、《自由時報》1 篇。以上 zia e 期刊，除了報紙《國語日報》、《聯合報》、《中國時報》、《民生報》、《台灣日報》、《中央日報》、《自由時報》、《自立晚報》每日 deh 出 e 報紙，大眾有印象以外，其他雜誌一般人並無啥麼機會接觸，顛倒是《八十年代》對社會語言 e 病態提出注重 e 呼聲。

1972 到 1983 年，長達 12 年 e 時間，ganna 271 頁 e 文章，一冬無夠 23 頁，一頁以 600 字來算，一月日無夠二頁 1200 字，眾多人民（1980 人口普查台灣人口總數是 17,805,067 人，見黃宣範 1993，p.25）一個人 ganna 分著 1,200/17,805,067 字，換一句話講，連一點墨汁 dor 難以接觸，veh 知影有關語言 e 代誌 gah 資訊，親像 veh 去天頂挽仙桃 hiah-nih-a 困難。以書目計量（*bibliometrics*）e 角度來看，zit 種吞食式 e 文化霸權 ho 台灣人 e 腳脊骿起 ga-ling-sun。

(2) 洪惟仁。回歸鄉土回歸傳統。台北市：自立晚報，1986。209 頁。

　　Zit 本冊包括上卷評論篇、下卷實踐篇，涵蓋文化評論、語言評論、文化調查、方言調查，將台灣話整理，有系統來保存，對台灣話 e 過去、現在、gah 將來提出見解。

　　後來 di《台灣語言危機》e 自序文中，作者講：《回歸鄉土回歸傳統》銷路無好，影響伊出冊 e 意願，按呢 zit 句話，講出來八○年代母語 iau 是禁鎖時代。Di zit 種封閉期，伊 dor 有所見解 gah 準備，顯然 dor 是接九○年母語時代 e 來臨，莫怪，洪惟仁確實 di 後來十冬，di 台語運動界有明星 e 架勢。

6. 1990～2001 重建 gah 實踐期間 e 成績單

(1) 洪惟仁 e 實力

洪惟仁。台灣語言危機。台北市：前衛，1992。260 頁

洪惟仁。台灣方言之旅。台北市：前衛，1992。251 頁

洪惟仁。台語文學與台語文字。台北市：前衛，1992。255 頁。

　　洪惟仁，1946 年出世，嘉義新港人，清華大學語研所博士班肄

業，現任元智大學中文系副教授。歷任《台灣語文學會》理事，現任會長。

　　1984 年以〈台灣話的價值〉發表 di《台灣風物》（vol.34，no.1，pp.57-70，1984，3。），拍開在地母語文化運動 e 開路鼓，1986 年《回歸鄉土回歸傳統》e 出版，ga 恬靜 e 母語危機投落一粒前進性 e 炸彈。

　　承《回歸鄉土回歸傳統》，部份內容再現 di《台灣語言危機》、《台灣方言之旅》、《台語文學與台語文字》1992 年出 e zit 三本冊(得著巫永福文學獎)，ho 台灣人長期處 di 被壓抑 e 母語環境初步得著一滴甘泉，zia e 準備 ma di 九〇年代解嚴以後，本土文化復興運動 e 初期，ho 洪惟仁 ui 台灣頭到台灣尾走場（註一）。

　　《台灣語言危機》談論台灣 e 語言政策 gah 語言問題；《台灣方言之旅》分別介紹台語文獻之旅、台灣方言之旅、台灣夕陽語言之旅、海外台語之旅；《台語文學與台語文字》簡介台語古典文學 gah 台語語源、對台語文字提出見解。此三本冊做例，di 重建 gah 實踐期間有充分 e 代表性。尤其《台灣河佬語聲調研究》（1985）、《台灣河佬語聲調研究》（1985）、《台灣禮俗語典》（1990）、《台灣哲諺典》（1994）、《《彙音妙悟》與古代泉州音》（1996）等系列著作，具備整理、保存、重建、詮釋、研究特點。

　　九〇年代，di 台語界，有四個人士 cua 頭（通稱山頭，霸氣 siunn 重），di 美國有鄭良偉、日本有許極燉、台美各一半 e 林繼雄、台灣有洪惟仁。洪惟仁因為有身在台灣 e 方便，換一句話講，除了伊本身 e 學養，ma 吸收本地 e 土壤養份，受著人心盼望長久 e 母語復興 e 民眾，通尾仔有一個寄託，di 短短時間內滾絞台灣 e 母語界歸屬 di 珍惜母語文化本質 e 旗下。1991 年 8 月 17 日籌備一段時間

e《台灣語文學會》成立，一時之間台灣文化界、語言學界 e 菁英積聚做伙。這初步 e 眼光 gah 拍拚，洪惟仁是有相當 e 行動力。(註二)

洪惟仁 e 著作真濟，伊講用華語寫台語問題目的是 veh ho 讀者看有，藉著看有、讀有來喚醒民眾，這 edang 代表著母語 veh 進入正常化 e zit 個過渡現象。伊 di 母語運動 e 鼓吹配合民間文學頂面 e 整理、著作，尤其是《台灣禮俗語典》、《台灣哲諺典》、《台灣經典笑話》等 e 出版，是繼續《台灣風物》雜誌眾多民間文學文作 e 單行本合集，di 適當 e 時間出現，du 好安慰著台灣人 e 苦悶。

另外 di《《彙音妙悟》與古代泉州音》、《台灣河佬語聲調研究》等 e 出版，更加現示伊 e 學問。Di 九〇年代母語、母文 e 重建 gah 整理有貢獻，基本上，洪惟仁語言學家 e 知識是飽水 e，qau di 文獻收集 gah 方言調查。不過，伊 e 個性 qau ga 人嫌（註三），帶著個人 e 特殊色彩。

另外，主持《台語文摘》、《掖種》等刊物 gah《台語研究班》等事務，ma vat di 靜宜大學中文系接聘副教授職位，到 1995 年左右 gorh 去清華大學語言研究所進修博士學位，雖然私底下伊自稱"老秀才"，看起來，好老運是平常時累積起來 e 。(註四)

洪惟仁傾向用全漢字，屬古典派。伊 e 後生 di 厝內叫伊"阿爹"。Di 學術 e 成就 guan 過創作方面，ma 因為有真厚 e 台語傳統知識，對民間文學 e 整理、詮釋理路清明，可惜伊對傳統漢字造字 e 堅持，gah 現代"e 世代"資訊、電腦主流無相容。(註五)

註解

（註一）

a. 請參考《台灣語言危機》作者自序文。

b. 1990 年 e 熱天，交大台研社舉辦一系列 e 母語文化演講，洪惟仁來新竹演講，關心在地文化 e 江永進去聽，會後江永進請洪惟仁來厝內談論，二人講 gah 天光，gorh ga 洪惟仁載轉去汐止。從此江永進踏入台語界，並結合統計、語文、資訊、電機學術背景，從事台語語音辨識工作。江永進 e 牽手張春凰 ma di 1994 年出版第一本台語散文集《青春 e 路途》(見張春凰 1994，2000，我用母語寫作 e 經驗)，連後加入母語文化工作，連後有《台語世界》gah《時行台灣文月刊》。除了江永進，張裕宏、羅肇錦、曹逢甫、董忠司、連金發、董育儒等會員，攏 di 母語運動上分別擔當 kangkue，雖然 zit 個會 e 會員，後來 di 實際運用上各有發展，但是擴充力愈來愈大。

（註二）

台灣語言音標方案擬議和完成， 台灣語文學會會訊 no.1，1992，1・15。

（註三）

請看洪惟仁 gah 黃勁連 e 著作所寫 e 序文。

（註四）

洪惟仁 di 清華大學就學期間，研究室 du 好 gah 筆者工作室全棟，本底二家 dor 是因為關心台語文熟悉。洪老師 di 台語知識頂面是江永進初期 e 諮詢老師。

（註五）

a. 本冊 "民間文學" 有關洪惟仁 e 介紹。

b. 請參考 "加學、加聽、做肥底"，《台語這條路》pp.1-44。

(2) 鄭良偉 e 貢獻

鄭良偉，1931 年出世，印地安那大學語言學博士，現任 Hawaii

大學東亞語言系教授。研究課題包括一般語言學、計算語言學、應用語言學、漢語語言學等。

1978 到 2000 年總共有 18 本作品，不管是合作 iah 是個人專述，不管是創作 iah 是編注，鄭良偉教授是理論、整理、推 sak、實踐 e 代表人物之一。伊是現代語言學家，對台語 e 研究有傑出 e 貢獻，對栽培台語人才，如張學謙、曾金金、李勤岸等 ma 相當有看頭。伊信仰教會白話字 e 傳統，對教會白話字 e 光榮，一如牧師 e 忠心，伊是白話字 e 一代宗師。因為信仰 gah 語言學 e 結合，堅持 di 母語文化工作，年久月深，有真可觀 e 著作陸續出現，是台語界 e 長青樹。

時常被邀請轉來台灣擔任客座 gah 特殊研究計劃，因為長久客居 di 美國，di 本地 e 影響力比在地運動者 ka 細。

鄭良偉教授注重現代化 e 語文趨向，所以大力提倡漢羅並用 e 書面語，經過伊整理 gah 推展，九〇年代 e 漢羅並用台語文，成做主流之一，"漢羅文選讀" 已經被教育部列入母語種子教師訓練課程之一，伊是功臣之一。

Ui 早年 e 鄭良偉，來看台南人 e 堅持：

1972 年，"第一屆國家建設研究會" 召請海外學者轉來台灣提供國是建言，由青輔會主辦，教育部協辦。Zit 項 kangkue 又 gorh 落 di 我 e 肩胛頂。……di zit 遍 e 大拜拜人群中，我特別注意被邀請轉來 e 台灣人所扮演 e 角色，大約分做：a. hiaubai 型，yin 結學人名牌、講台灣國語，外表 gah 大多數外省 "學人" 仝款；b. potann 型，yin qau 歌功誦德，建立人際關係，四界搶鏡頭、di 媒體出風頭；c. 掩掩 iapiap 型，yin ve 大方，順路轉來食拜拜，門鬧熱，只有算人頭，無見解 ma m 敢發言；d. 忠實在腹型 e，就事論事，有

　　所建設性；e.用心良苦型 e，di 一百五十個學者中間，我發現一個
真正 e 台灣人，用一張厚紙枋，表明圖表，di 大會中說明"台灣話"
e 重要性，要求"政府"採取多種語言政策。（引譯自張良澤《四
十五自述》台北市：前衛，1988，pp.203-5）

　　　鄭良偉 e 貢獻是以伊 e 論作，對台語界 e 進展有真大 e 幫贊。
不管台語會有外大 e 改革，di 伊七十歲 e 年紀，應該看會著實質上
e 影響。下面以著作表列舉來證明伊 e 成就。

鄭良偉等主編。大學台語文選（上冊）。台北市：遠流，2000。

鄭良偉。台語華語的結構及動向：台語的語音與詞法台、華語的接
　　觸與同義語的互動（I）。台北市：遠流，1997。

鄭良偉。台語華語的結構及動向：台、華語的接觸與同義語的互動
　　（II）。台北市：遠流，1997。

鄭良偉。台語華語的結構及動向：台、華語的時空疑問與否定（III）。
　　台北市：遠流，1997。

鄭良偉。台語華語的結構及動向：台、華語的代詞焦點與範圍（IV）。
　　台北市：遠流，1997。

賴仁聲著／鄭良偉注。可愛的仇人。台北市：自立晚報，1992。

鄭良偉／本英子　等。從華語看日本漢語的發音。台北市：台灣學
　　生，1990。

鄭良偉。演變中的台灣社會語文：多語社會及雙語教育。台北市：
　　自立晚報，1990。

鄭良偉。親子台語。台北市：自立報系，1990。

鄭良偉。生活台語。台北市：自立報系，1990。

鄭良偉。台語詩六家選。台北市：前衛，1990。

鄭良偉。國語常用虛詞及其台語對應詞釋例。台北市：文鶴，1989。

鄭良偉／黃淑芬。台美雙語課本。台北市：自立晚報，1989。

鄭良偉／黃宣範。現代台灣話研究論文集。台北市：文鶴，1988。

鄭良偉。從國語看台語的發音。台北市：台灣學生，1987。

鄭良偉。台語與國語字音對應規律的研究。台北市：學生，1979。

鄭良偉／鄭謝淑娟。台灣福建話的語言結構及標音法。台北市：學
生，1978。

(3) 許極燉 e 熱心

許極燉。台灣話通論。台北市：南天，2000。

許極燉。台灣語概論。台北市：前衛，1998。

許極燉。常用漢字台語辭典。台北市：前衛，1998。

許極燉。台語文字話的方向。台北市：自立報系，1992。

許極燉。台灣話流浪記。台北市：台灣語文研究發展基金會，1988。

許極燉。回鄉記。（台文創作，無資料出版社）1987。

　　許極燉，1935 年出世，高雄縣人，台大歷史系畢業，東京大學大學院博士班結業，現任教日本明治大學等。Di 日本 gah 王育德亦師亦友。

　　許極燉是歷史學家，有專述《台灣近代發展史》，時常 di 報章論壇書寫台語意見，目前是全球通用拼音協會，日本分會主持。

　　由著作來看，許極燉 ma 是典型 e 理論、整理、採集學者，按呢 e 作品量，伊對母語母文 e 熱誠度十足。

　　雖然伊人 di 日本，卻是台灣有重要 e 活動，時常攏會 du 著。Di 伊 e 故鄉旗山 ma 有成立一個世界通用拼音分會，許極燉一生走 zong 推 sak 母語志事 ho 人感佩。但是，日本到台灣 zit 條線實在 ka 長。

(4) 林繼雄 e 苦心

林繼雄。大學台文課本。台南市：育德文教基金會，1995。

林繼雄。台語教學法（中小學集幼稚園教師用）。台南市：大夏，
　　1990。

林繼雄。台灣話現代文書法讀本。台南市：大夏，1990。

林繼雄。資訊時代的台灣話語文。台南市：大夏，1990。

　　林繼雄，1930 年出世，台南人，台大化學系畢業，美國
Case-Western Reserve 大學化學博士。曾任成功大學化學教職，di
台中台灣文化學院 gah 成功大學教台語課程。早期有《皮革》、《基
礎化學論》著作，是科學家 gah 母語文化工作者。

　　林繼雄 e 現代文書法是全羅馬字 e 書寫法，往往伊攏用華語做
翻譯、對照。伊 vat di 美國推行，di 台灣少數人會曉，中興大學機
械系莊勝雄教授 ma 有相當接近 e 書寫系統，叫做普實台文。

(5) 胡鑫麟 e 用心

胡鑫麟。實用台語小字典。台北市：自立晚報，1994。

胡鑫麟。台文初步。台北市：自立晚報，1994。

胡鑫麟。分類台語小組小辭典。台北市：自立晚報，1994。

　　胡鑫麟，1919 年出世，台南市人，台北帝國大學醫學博士。曾
隱居美國 *Boston*。

　　早年以胡莫做筆名 di《台灣文化》gah《台灣風物》攏有豐富
e 母語文相關論述，di hit 種烏天暗地 e 語文環境，有系統性 e 理
論，到 1994 年 du 好開花結子，用心至深。

(6) 黃宣範 e 專研

黃宣範。語言、社會與族群意識－－台灣語言社會學的研究。台北
　　市：文鶴，1993。

　　黃宣範，1941 年出世，台南人。台大外文系，美國 *Ohio* 州立
大學語言學博士，現任台大外文系語言學教授。

　　本冊總共 453 頁，分做：a. 導論；b. 台灣各族群的人口與政經
力量；c. 台灣的語言衝突；d. 國語運動與日語運動——比較的研
究；e. 方言與國語的生態關係；f. 語言與族群意識；g. 台灣各種
雙語家庭；h. 語言轉移、選擇和語言衰亡；i. 中部客家方言島的消
失；j. 多語現象與雙語教育；k. 廣電法和影視中的語言問題；l. 台
語文字化；m. 各國的語言政策；n. 結語。

　　Zit 本冊整理近百年來台灣社會語言系統性 e 變遷情形，而且根
據編年語言史條例清楚，是難得 e 台灣社會語言學文獻。Ui 母語 e
烏暗期到天光期之搜集、整理、記述，有達到現代人專研 e 水準，
若是有機會，冊 e 重要術語、關鍵詞 edang 進一步做索引，嘉惠讀
者 gah 研究者，會更加完美。

(7) 王蜀桂 e 語言報導文學

王蜀桂。讓我們說母語。台中市：晨星，1995。

　　王蜀桂 1947 年出世，世界新專編採科畢業，從事報導文學一
二十多。特別以採訪原住民族群面向，本冊再度以南島母語文為主
做報導，伊關心 di 弱勢中 e 弱勢者，是一個了不起 e 人。

　　全冊十五篇包括為排灣族、鄒族、阿美族、泰雅族、賽德克、布農族等族群 e 語言、文法、語典、歌曲、民俗、巫術等。這 e 背後功臣是來自歐美洲 e 神父 gah 修女，有 yin 無怨無悔 e 大愛，顛倒 di 台灣長期內在殖民之下，台灣 e 原住民文化得著保育，其中坎坷 e 過程真是 ho 咱家己人面紅。

(8) 施正鋒 e 語言、政治 gah 建國理念

施正鋒編。語言政治與政策。台北市：前衛，1996。

　　施正鋒 1958 年出世，台中阿罩霧人。美國 *Ohio* 州立大學政治學博士，專攻比較外交政策、國際政治經濟、族群政治，現任淡江大學公共行政學系。

　　《語言政治與政策》是 1995 年 8 月 8-9 日 di 台大理學院思亮館國際會議廳，台灣教授協會所主辦 e "語言政治與政策學術研討會" 論文集。

　　Zit 本冊論文頁數有 502 頁，收錄 14 篇論文：鄭良偉 e〈民主政治目標及語言政策〉(台華文)、施正鋒 e〈語言的政治關聯性〉、張裕宏 e〈台灣現行語言政策動機的分析〉、李勤岸 e〈語言政策及台灣獨立〉(台華文)、范文芳 e〈建國路上的語言障礙〉、張維邦 e〈魁北克「民族主義」與法語為官方語言的制訂〉、洪鎌德 e〈新加坡多元語言的教育與政策之析評〉、張學謙 e〈紐西蘭原住民的語言規劃〉(台華文)、林修澈 e〈中國的民族語言政策〉、羅肇錦 e〈滿清統治與漢語質變〉、江文瑜 e〈由台北縣學生和老師對母語教學之態度調查看母語教學之前景〉、瓦歷斯・諾幹 e〈從現代的教育政策看母語教育〉、陳恆嘉 e〈對日據時代的語文運動

看台灣作家的語文困境〉、林繼雄 e〈新時代的台語文〉。

Di 前頁顯示"獻 ho 蔡正隆博士"，充分表達著母語文化工作者感懷蔡正隆博士身前帶病爲台灣母語建國 e 理念，做一個繼承遺志 gah 實踐 e 回報。Di zit 場會議上，咱應該看會出來海內外、文化界、學術界各方高手做伙，集思廣益。難得 e 是一群人攏 iau gorh 忠心護持台灣 e 母語，di 母語、文化猶無夠達成一個滿意 e 坎站，猶 gorh 繼續付出。

施正鋒博士 ma 是爲台灣 e 政治、語言、文化等出力，甚至是博士貼郵票 e kangkue ma 是照做。

(9) 林央敏 e 操心

林央敏匯集台文 e 全貌，是九〇年來文學、運動理論、詩、歌曲、散文、字典 e 綜合體，伊 e 意願透過行動力實行，是集整理、理論、實踐做一伙，所有 e 成就 di 台語界起造一個里程碑。伊是文學家、語言學家 gah 母語文化運動者，伊 e 精神象徵 edang 做爲台灣人 e 風範（註一）。

林央敏。台語文學選。台南市：金安文教，2001。

林央敏。語言文化與民族國家。台北市：前衛，1998。

林央敏。台語詩一甲子。台北市：前衛，1998。

林央敏。台語散文一紀年。台北市：前衛，1998。

林央敏。故鄉台灣的情歌。台北市：前衛，1997。

林央敏。台語文化釘根書。台北市：前衛，1997。

林央敏。台語文學運動史論。台北市：前衛，1996。

林央敏。寒星照孤影。台北市：前衛，1996。

林央敏。駛向台灣的航路。台北市：前衛，1992。

林央敏。簡明台語字典。台北市：前衛，1991。

　　除了以上 e 作品，林央敏 gorh 是《茄苳月刊》e 推生者，第一任台語文推展協會會長（1995）年創立。現任《台灣 e 文藝》顧問。

註解

（註一）

　　請參考本冊台語詩、台語散文、台語合集單元，有關林央敏 e 介紹。

(10) 江永進 e 發心

　　江永進，1954 年出世，高雄縣大社鄉人。台大數學系畢業，清華大學應數所碩士，美國 FSU 統計博士。現任教清華大學統計所。

　　江永進做 e kangkue ka 偏向數位化 e 電子檔案，比如《台音輸入法》e 製作，連紙版 e《一百分鐘拼音課程》ma ga kng 入去電子檔案中，《拼音練習程式》ma 是電子版。只要有接觸過伊或是經過拼音課程教習 e 學習者，特別是母語種籽教師訓練 e 學生，一大批人攏使用過，因為版權所有，歡迎 kopy，所以到 dann 也無做商業發行。讀者有興趣 edang 去 www.daiqi.nthu.edu.tw 掠軟體。

　　江永進發心將伊 e 能力、學識 kng di 母語頂面，對寫程式 gorh 有興趣，di 台語界 e 科技運用方面，是一個特殊 e 例。伊講："是台語文來 cue 咱 e，m 是咱去 cue 台語文 e！"，ma 自稱是寫程式 e 烏手師傅！

　　伊長期專注 deh 做資料整理 kangkue，比如用台語口語頻率調查，di 真短 e 時間、真少 e 資源完成，然後 gorh 應用 di 輸入法 e 製作內容。《台音輸入法》是一個智慧型 e 輸入工具，至少有十個功能：a. 字詞混合輸入；b. 自動換詞功能；c. edang 自動提示；d. 提示 未拍齒； e. 專用輸入齒輸入常用字；f. 選字選詞有記憶；g. 音頭輸入；h. 簡單 e 全形、半形符號輸入；i. 分號齒方便漢羅並用 e 台文文字方式；j. 整合對照表造詞程式，自定詞庫等特色。因為欠少大量 e 語料庫，所以有一寡理想 iau 無法度達到。《台音輸入法》包括一個六萬條以上 e 詞庫，本身 dor 是一本電子字典。許世楷博士用《台音輸入法》拍台文、中文，伊講："方便、好用！" ma 有一寡改進 e 建議，gorh 講："a lin 攏 m 知走去到 dor 去 a，阮攏 due ve 著！"

　　早 di 1978 年 e 腳 dau，江永進做碩士生 e 時陣，為著 veh 翻譯 *David S. Moore* "*Statistics Concept and Controversies*" e 第一版（目前已經出第四版，也有中文版），dorh 有發覺類似漢羅並用 zit 種文字方式是上 gai 直接 gah 方便。這影響《台音輸入法》e 製作 e 系統分析 gah 應用 e 理念。會做《台音輸入法》除了看見台文被壓迫 e 事實、ma 是實際需要。長期 e 經驗 gah 關懷，di 推展 e 面向伊得著是"簡單 好用 效率 guan"（*simple and powerful*）e 原則，希望對台語 e 弱脈搶救有所幫贊。

　　江永進做 e kangkue 是初基的（dik）e，伊扮演 e 角色，是利用工具 e 方便性，來幫助弱勢 e 母語群，對語音辨識 e 研究、自動翻譯等領域攏是伊 e 規劃 gah 進行中 e 工作生涯，應用 di 母語界是伊樂意 e 志事。一直做一直有新 e 物件產生，因為無閒 gah 霧 sasa，伊 di 過程中 e 專心，往往 ve 記得收成。伊講用長久 e 時間思考、解決問題，ui 實踐到應用，常常 ganna 歡喜十分鐘 niania，歡喜了，ma 是愛 gorh 繼續做，做研究真歡喜，歡喜本身使得伊 gorh 愛去開發深一層 e 工事。深夜 e 恬靜 gah 薰 陪伴著伊，已經過了十二多，

十二冬 e 持續，願力是支持伊發心 e 泉水，因為伊講：“我是台灣人！”。（註一）

註解

（註一）

請參考本冊“母語文運動 科技 gah 人文 e 對話”及詩集“流動”有關江永進 e 介紹。

7. 刊物類 **gah** 台語雜誌發行表

　　Ui　1899 年到 2001 年，台語文刊物有可觀 e 成績，zit 類 e 雜誌 di 大約攏有真明顯 e 運動性，對台語 e 願景有前瞻性，所以啟蒙 e 特色真重，雖然有部份因為人力、財力、時空 e 限制等因素停刊，或轉型，zia e 雜誌已經為台語人 e 腳跡留著光榮文獻，這是所有台灣人 e 文學財產，是真真正正 e 台灣日日春，m 驚落土爛，只有 veh 生湠 e 生命力。以下特別列出各雜誌，ho 咱 e 囝孫知影父母話 e 父母堅持，並以年代排列，做一個歷史 e 回顧。

台同會　　1899　臺灣語叢誌/台灣語同志會。臺北博文館印行，1-9，1899。

台灣語同志　1899　台灣土語叢誌。第一號至第九號。台北：博文堂。古亭書屋　1975 印行。

台同會　　1902　臺灣語學雜叢誌/台灣語同志。臺北日日新報：博文館，1902-1908。

臺語會　　1904　語友/臺語會，臺灣語學院，1904。

臺語研會 1908 臺灣語學雜誌－－語苑/臺灣語研究會，1908。

Barnett，M． 1919　Ch-ch* tiah-li． 台南：新樓書房，1919，87p。

台語推廣 1975 台語通訊（雙月刊） 台語推廣中心出版委員會 N‧Y‧，1975‧8 月。

台語文摘 1989～1995 台語社同仁會 洪惟仁發行 1989‧8‧15 創刊，革新號出 10 期。（總號 34 期）

台語點心擔 1990 自立晚報本土副刊，每禮拜一。

台語特刊 1991 教會公報社。

Hong-hiong＝風向 1989～1992 屏東高樹長老教會陳義仁牧師出18期。

蕃薯詩刊 1991～1996 蕃薯詩社 發行人林宗源 1991‧5‧25 創刊。出 7 期。

台語風 1992～1994 吳秀麗發行 1992.6 創刊。出 12 期。

台語學生 1992～1994 學生台灣文語文促進會。楊允言發行 1992‧6。出 22 期。

台文通訊 1992 台文通訊第一期到第十二期合訂本。Taiwanese Writing Forum‧洛杉磯。

台文通訊 1993 台文通訊第十三期到第二十四期合訂本。Taiwanese Writing Forum‧洛杉磯。

台文通訊 1994 台文通訊第二十五期到第三十六期合訂本。Taiwanese Writing Forum‧洛杉磯。

台文研究社 1994 台灣語文研究社通訊。台中。

普實台文 1995 莊勝雄發行 1995‧1 創刊。台中。

台灣語文雜誌 1994～ 台灣語文研究社 林清祥發行 台中。季刊。

台灣鄉土雜誌 1994～ 屏東台灣鄉土雜誌社。出 44 期。

野百合團契 1995 台灣百合 長老教會發行 1995‧8‧1 創刊。

台江詩刊 1995～漢字七字仔，創辦人兼主編蔡奇蘭。

茄苳月刊 1995～1999 台語文推展協會 林央敏發行 1995‧5‧28

創刊。出 25 期。

披種 1995～　台語社　洪惟仁發行　1995.6。

台灣百合論壇　1995～1996　聰美姊記念基金會。美國紐約/台南。出 9 期。

台語世界　1996～1998　台語世界雜誌社　游堅煜發行　1996・7 創刊。出 17 期。

台文 Bong 報　　1996～　廖瑞銘發行　1996・10 創刊。

島鄉台語文學　1998～　島鄉台文工作室　卓世岳發行　1998・3・30 創刊。陳金順主編。

時行台灣文月刊　　1998～　台語文會發行　1998・11・5 創刊，1-16 為單月刊，17 期以後改採雙月刊。沈冬青主編。

蓮蕉花台文雜誌　　1999～　賴妙華發行　1999・1 創刊。季刊。

菅芒花台語文學　　1999～　台南市菅芒花台語文學會　顏惠山發行。1999・1 創刊。季刊。

Tai-oan-ji（台灣字）2000～　高雄致語羅馬字研習會　主編鄭詩宗。

台灣 e 文藝　2001～　王世勛創辦，主編胡長松，前衛出版執行 2001・1 創刊。季刊。

海翁台語文學　2001～　蔡金安創辦，主編黃勁連，2001・2 創刊。雙月刊。

（沈冬青收集，張春凰增補，參考文獻：陳豐惠〈台語文雜誌及社團簡介〉2000 台語文研討會，pp.59-62）

三、台語 e 前景

1.　多語 e 台灣

　　經過將近百年 e 母語文運動，多語 e 台灣一直是台灣人 e 願望，多語多元、去中心、避免邊緣化，一直是對抗封建、文化霸權（*hegemony*）e 壓制，來爭取人權 e 基本平等權。日本 e 企業因爲多元競爭、多樣並存，創造出世界一流品質 e 產品，瑞士人民國民所得往往是全球第一，yin 有四項官方語言，各語族群互相尊重，這攏 m 是封建 gah 文化霸權 e 環境創造會出來 e 特色。台灣是多語族群，已經是進入現代化 e 國家，無應該 gorh 有獨尊華語 e 鴨霸心態，ng 望逐家相疼 tang，珍惜咱台灣特有 e 母語文化，以《**228 母語週宣言**》做例來相合鼓勵：

　　　自人種來看，

　　　咱有漢人 e 血統，ma 有仝款濟 e 平埔原住民血統，

　　　所以講，　有唐山公，　無唐山媽。

　　　自語言來講，

　　　咱有漢語 e 傳統，有南島語 e 背景，

　　　ma 有日語影響 e 豐富拼音外來語。

　　　繼承多元 e 血統、　語言、　文化，

　　　咱現在終於 veh 重新學習，　學習如何做伙生活；

　　　di 紀念 228 當中，　咱現在 ui 學習母語 e 自信開始，

　　　學習互相尊重，　學習對台灣土地 e 認同。

　　　（網路台文　首頁・1998 江永進起草）

2. 行政 e 力量

2000 年《教育文化傳播》（新世紀 新出路－陳水扁國家藍圖 6）（註一），包括教育、文化、傳播媒體白皮書。Di 第六章跨世紀文化振興方案，**"五、設置國家語言研究機構"**：

台灣部份族群有語言失傳的問題，現行的語言也需要更多活用的機會。我們的方案是，設國家語言研究機構，進行台灣國族群語言資料蒐集，並研究有利於各族群語言使用的環境。（p.116）

過去舊政府對母語文 e 迫害、扭曲已經使得台灣各語群行到 veh 絕滅 e 危機，2000 年總統第二次民選，陳水扁 ma 提出母語政策。雖然自就任一多外以來，du 著一寡政治風暴 gah 世界性 e 經濟衰退，mgor di 母語建設上，因為教育部無盡責，行政院 e 失職，行政 e 力量 di 母語文化建設，猶無發揮預期 e 效益，比如，2001 年九月，全台灣已經 veh 實施國校母語教育，到七月上基本 e 拼音方案，iau 無定著，實在真了然。

不過，一向攏是民間自發性 gah 草根性 e 母語組織團體一直 deh 繼續發揮力量，ga 台語文提昇到 **"e 世代"** e 水準，下面咱列出來台文相關網際網路，做為參考文獻。

註解：

（註一）

陳水扁總統競選指揮中心。《教育文化傳播》。台北市：國家藍圖委員會，2000。

3. 資訊化時代 e 台語文相關網站

(1) 綜合類

TE Khaisu e TAIGI Page

http://www.cs.washington.edu/homes/chou/taiwanese.html

Kin-Lam's Homepage

http://www.isi.edu/sims/chunnan/kunlam.html

WUFI's Taibun Page

http://www.wufi.org.tw/taibun.htm

客家雜誌、台灣公論報、太平洋時報、電子網路同步發行

http://home.il.net/~alchu/hakka/hakkafal.htm

客台語專刊 1997.1 設北美台灣客家語文基金會

http://www.home.il.net/~alshu//hakka/hakkafal.htm

網路台文

科技、文化、文學、歷史、佛經、九年一貫教育母語專題、台音輸入法系統；
時行台灣文月刊、客語文、Horlor 台語同時同步發行

http://www.daiqi.nthu.edu.tw

(2) 文學類

暗光鳥 e 厝

http://how.to/taiwan/

台灣 e 文藝

http://tw.egroups.com/grouptwne

台南社會教育館台語文學研習班

http://www.tncsec.gov.tw/

台灣小厝 taiwan cottage

http://home.keynet.tw/cottage

台灣文學作品的粟倉

http://www.umdnj.edu/~chenchen/lit.html

台灣文學研究工作室

http://www.ncku.edu.tw/~taiwan/taioan/

向陽工坊

http://home.kimo.com.tw/xiangyang/Lin2.htm

楊允言（Ungian）e 首頁

http://home.keyciti.com/Ungian

遇見一首詩

http://residence.educities.edu.tw/chiouru

閩南語俗曲唱本「歌仔冊」全文資料庫

http://plaza16.mbn.or.jp/~sunliong/kua-a-chheh.htm

(3) 文化類

ㄚ滿歌仔戲文化站

http://members.tripod.com/%7Ewhisbih/index.htm

台文通訊（英語）

http://www.formosa.com/taibun/ti_cnf_

台文報馬仔站　台文 Bong 報、台文通訊、李江卻台語文教基金會

http://www.bongpo.com.tw

台語日報

http://home1.8d8d.com/Knowledge/SocialScience/discover.taiwanese.com.tw

台灣ㄟ花蕊歌仔戲藝術文化資訊站

http://fly.to/Twopera　　（1997.10 set）

台灣文化小站

http://www.hello.com.tw/~keven2

台灣介花蕊文化佈秧站（華語）　尚和歌仔戲團

http://www.taconet.com.tw/sunhope/workshop

記鯤島本土文化園地－踏話頭

http://demol.nkhc.edu.tw/teacher/t0015/head-1.htm

海洋台灣 Ocean Taiwan

http://www.occeantaiwan.com/

福爾摩沙之歌－台灣 2000 年

http://www.thenews.com.tw/taiwan2000/

野百合

http://www.taiwanese.org

南瀛田調筆記簿

http://tust.bang.com.tw

西田社　蔡振家 1996 設　西田社布袋戲基金會

http://www.seden.org.tw

閩南語字彙（一）

http://www.edu.tq/mandr/clc/dict/htm/taihtm/b1.htm

(4) 語言類

台大台語文社

http://www.taiwanese.com/tso/tgbs

台文印象館

http://www.taconet.com.tw/Apeeng/

台語拼音字—普實台文

http://www.taconet.com.tw/hioong

台語寫真集

http://www.taconet.com.tw/wtchurch/

台語 kap 台語文

http://www.edutech.org.tw/taiguo0/TAIGUO0.htm

台語天地

http://olddoc.tmc.edu.tw/chiaushin/

台語世界

http://www.wufi.org.tw/daiqo.htm

台語社

http://www.thvs.tp.edu.tw/pluto/

台語詩

http://home.pchome.com.tw/art/ago9622/index.html

台灣咁仔店

http://www.taiwan123.com.tw

台灣通用語言拼音網站

http://abc.iis.sinica.edu.tw

台灣話語音漢字辭典

http://www.edutech.org.tw/dict/Sutiern0.htm

台灣學生社

http://tc.formosa.org

台灣獨立建國聯盟/台語文專欄

http://www.wufi.org.tw/taibun.htm

台灣基督長老教會大安教會

http://norya2.ame.ntu.edu.tw/taan/

北市劍潭國小鄉土教學台語教材

http://www.jtes.tp.edu.tw/f0252.htm

典雅台語資料分享

http://cmp.nkhc.edu.tw/homepage/teacher/t0015/person/w2.htm

童謠天地

http://j-yulin.virtualave.net/kidsong/kid_song.htm

http://www.hotsys-haksys.com

猴囡仔耶巢：台員話網頁

http://daiwanway.dynip.com

九〇年代以來校園台語文運動概況

http://203.64.42.21/iug/ungian/Chokphin/90/90.htm

古雅台語人

http://residence.educities.edu.tw/huanyin

歌城台語基督教會

http://www.geocities.com/Heartland/Ridge/6432

HOTSYS-HAKSYS 台語文系統

掖種

http://www.ttgs.org.tw

http://www.ionet.net.tw/~taigisia

育德文教基金會

http://www.edutech.org.tw

劉大元兮台語 page

http://members.aol.com/tayuanliu/index.html

失落的漢學　台灣閩南語

http://members.nbci.com/lostsinica/

美國達拉斯基督教會

http://web2.airmail.net/fccd/fccd.htm

(5) 政府網站

教育部

http://www.edu.tw/mandrbbs1-4-7.htm

僑委會

http://www.macroview.times.net

（沈冬青收集，張春凰增補）

由眾多相關網站來看，比較起來政府成績偏低。

4. 書寫語文——ui *Plato* 到 "*e* 世代" 知識經濟創造

　　類似現代台灣本土 e 母語書寫，上 gai 早 e 文獻是 1566 年 e《陳三五娘》民間文學，以漢文字記錄劇本。一百五十多前，西方傳教士為著記述當地語言 gah 在地話 e 聖經翻譯，有接近拉丁式 e 羅馬拼音系統，《台灣府城教會報》di 1885 年創刊 1969 年三月以後停刊。換一句話講，台文 e 形式早早 dor 有全羅 gah 全漢 e 形式，只是教育、信仰、傳播、政治等因素，使得台語文被沈埋，人民 ma 漸漸 ve 記得、ma m 知影過去咱所有 e 文化財產。

　　1960 年代以後，知識份子智覺著地方 gah 外界接觸需要愈來愈大，進入二十一世紀地域全球化、國際資訊村 e 趨勢愈來愈明顯，台語文 e 多面向需求有其必要性。其中 di 書面化 dor 有漢羅並用 e 文字方式產生。因為實際 e 需要 gah 實踐以後 e 效果，di 質 gah 量頂面形成一股擋 ve diau e 力量，2001 年正式將 "漢羅並用" 台語文納入母語種籽訓練課程。

　　"漢羅並用" 文字形式 di 日本 e 漢和文已經實行一段時間，di 韓文 gah 廣東文 ma 是全款存在。台語漢羅文，雖然 m 是世界第一炮，ma 可能是以後定型 e 台語文，mgor，ui 語文承載文化 e 意義來講，有一定 e 成本效益存在，這是取漢字 gah 羅馬拼音字 e 方便性 gah 認知能量 e 特質。其實，咱若行入去冊店，啥人敢講上進步 e 電腦冊 dor 一本全部用漢字寫就？上明顯 e 是咱日常用 e 1、2、3 阿拉伯數字。阿拉伯數字所以流行全世界，顯然是具備著真簡單、高功能 e 特質。

漢字 ka 偏視覺上圖型表意，拼音字 ka 偏聽覺上言說傳達。取漢字 gah 羅馬字 e 優點，使得文字符號 e 功能 edang 發揮，處理台灣話 e 特別詞 gah 新生語 ham 外來語使用拼音字更加 edang 補充漢字 e 不足，按呢，使得台灣母語文字 e 工具功能發揮到上好 e 境界。

Di 古希臘，自然哲學家、辨證法者 *Heracleitus* 已經提出 "*Logos*" zit 個概念，"*Logos*" 是 "言說" e 意思，"*Logos*" e 功能 dor 是 ga 某一種代誌、物件、思想等展示出來 ho 人看，或以言談 e 聲音傳達或交流，來溝通，使得人 gah 人中間有一個和諧 e 中心點，這 gorh 類似愛遵守 e 規範 gah 守約，所以 "*Logos*" 有理性 gah 智慧 e 崇高性。以言談、講話為重 e "*Logocentrism*" 〔邏各斯中心主義〕e 高峰期，有 *Platonism* 〔柏拉圖主義〕時期、*Rousseauism* 〔盧梭主義〕時期 gah 結構主義[*structuralism*]時期。*Plato*、*Rousseau*、*Levis Strauss* 〔李維斯陀〕等人 e 看法 gah 主張是聲音為第一優先，書寫做後。簡單講一句，"*Logocentrism*" 〔邏各斯中心主義〕主要是指聲音中心主義（*Phonocentrism*）。

Levis Strauss 是法國思想家 gah 結構主義 e 大師之一，ui 六〇年代初期開始，結構主義流透到哲學、語言學、社會學、人類學、心理學、精神分析學、思想史等領域。就言談 zit 點來論，*Rousseau*、*Levis Strauss* 兩人攏指責 "書寫（文字）的暴力"（*Voilence of the Letter*），認為書寫破壞著自然 e 和諧，造成階級、權威、gah 罪惡。*Levis Strauss* 更加指出：原住民 m 知 *Rousseau* 是啥麼，yin 彼此之間以聲音做交往 e 媒介，並和諧相處，殖民者引進書寫，並以文字寫作做統治 gah 剝

削 e 工具。言說有人在場 dor 有聲音所承載 e 內容、理念、秘訣、語調、語魂等，若無人在場，功能可能喪失（除非有現代 e 錄音 gah 音訊傳播），這 gorh ho 文學批評家兼理論家 e **Baerte** 早期以 **Logos** 中心主義 e 在場 gah 無在場、出席 gah 欠席（*absent and president*）e 先後順序、優劣分別提出辨證。換一句話講，以 "**Logocentrism**" 做中心主義 e 主見是西方學術舞台上崇尚 "理性"、"聲音"、"言談"、"智慧" e "**Structuralism**" e 要點引伸。

後結構主義 e 靈魂人物法國思想家 **Derrida**〔德希達〕，對書寫（*writing*）被 **Logos** 思維 gah 言論 e 壓制感覺不平，對以 **Logos** 做中心 e 結構提出解構。也 dor 是，就 **Destructuralism**〔解構主義〕gah **Poststructuralism**〔後結構主義〕是針對書寫 e 特質，對結構主義提出質疑、解放。**Derrida** 對 **Logos** 過度壓落書寫 e 功能，並無想 veh 形成對立或強烈 e 對抗，伊想 veh ho 兩者無平等 e 關係鬆化，連後有一個對等 e 平面點。**Baerte** 所講 e 人聲存在 di "人 e 實體" 頂面，隨著人體死亡 失落 "在場" e 優先性，事實上，**Baerte** e 理念透過 "書寫" 無因為伊 e 過往致使流失，書寫保留落來言說講述 e 智慧、實證在在，書寫是言說 e 近似值（*appromaxation*），這 gorh ga **Baerte** 本身晚期 e "文本 e 生產性 gah 歡暢性" 之論述，將言說 gah 書寫 e 優點作一個結合。書寫本身當然有 Levis Strauss 所控訴 e 文化霸權實例，落 di 歹人手頭書寫變做暴力工具；另外一面書寫保持文化記事、檔案、資料，di 好人手中同時表揚善道德、善知識來制衡文章暴力，亦無重大過失。總講一句，**Derrida** 重視著言說 gah 書寫 e 特質 gah 優點。

當母語需要流傳，記載 dor 扮演重大角色。台灣母語嚴重流失，需要積極透過書寫來搶救保育並傳承，若無 ma 有消滅 e 危機。漢羅並用 e 文字形式，顯然方便著保育 ham 發展本地語文 e 內涵 gah 言說

e 需要。

古希臘自 *Socrtes*〔蘇格拉底〕（470-399B.C.）e《古希臘三哲人語錄》到 *Plato*〔柏拉圖〕e《對話錄》，明顯以聲音、言談為主。Di 東方，孔子 ma 講："述而不作"、佛陀 e 經說、到最近 di 台灣興盛 e 口述歷史，攏是以言語交流做優先。*Plato* 更以 "講" e 方式來貶價 "書寫" e 身份，mgor，伊 e《理想國》、《對話錄》、《教育 e 藝術》、《理性論》，卻以 "文本" 書寫方式留傳到全世界。《論語》、《佛說阿彌陀經》unna ho 弟子記述而得流傳、《二二八口述歷史》ma 是透過言語 gah 書寫形式並用而成。趣味 e 代誌是歷史有記載、有文字 e 考證 dann 叫 "史實"，若無 dor 叫做 "史前史"，彷彿有 "野蠻、荒涼" e 意味。所以言語、聲音 e 存在，di 過去必須是人在、語在、智慧在，若無 dor 是人亡、語亡、文化亡。殖民者以帝國主義、極權統治 e 姿態，用強勢武功征服被殖民者，而且以考查（*scan*）了後以統整過 e 文字記錄，經過歸納、分析，監視著他者（*other*）e 地域 gah 各種資源，進一步侵略、佔有、消滅殖民地 e 資源 gah 文化。

英國、法國、西班牙、日本等按呢做，中國系統以喜愛和平 e 口號東征西討，行到 dor 食到 dor，漢字文化圈 ma 以強勢文化形態 zam 倒邊圍地區。台灣人因為無文字只有馴服 gah 隱遁 di 征服者 gah 統治者 e 手下 gah 身後，文字、地契、條規攏在人定、在人宰制，用別人 e 文字 變做人 e 頭腦 gah 思想，講別人 e 話語 變做別人 e 嘴舌 gah 言談。好佳哉，知識份子 gah 中產階級攏真早 dor 覺悟著 "語文是身份 gah 認同" e 基本要素，以 "主體性 e 書寫" 來抵抗殖民者 e "文化霸權"。Di 1964 年代，王育德 di 日本感受著多形式文字運用 e 功能，提出漢羅並用 e 方便性 gah 必要性。其實，有現代文化衝擊 e 人，應該有 zit 款 e 直覺，你若有機會 veh 翻譯一本或寫一篇有關物理學、經濟學、統計學、生物科技、文學評論、旅遊介紹等 e 物件，馬上面對著漢字 e 限制 gah 不足，你若 di 網路以 BBS 交談，速度、用字馬上 dor di 輸入 gah 輸出反應，採取多種多樣 e 文字 e 自然必要。這 dor 是一種趨勢所需要 e 本質。漢羅並用 e 主張 gah 應用，其實 di "*e* 世代" e 網路交涉、*talking* 已經自然時行，m 免 dor 啥麼理論帶領，是需要，dor 是需要。

漢字從來 dor m 是為台文設計 e，漢字 veh 全部適應台文書面化，至少有 30% e 差距，漢字 m 是全部傳統台語 e 本身，veh 表達台語 e 全精神當然無可能。"Rohau" 原意是 "陷阱"，用來掠動物 e 活動，以 "羅浮" e 漢字音來取代原住民 e "Rohau"，時常有 gah 法國巴黎 e "羅浮宮" 聯想，一個 di 自然界求生 e 生活方式，suah 變做 di 高樓大廈空調中 e 博物館，真正是 o-lok-vok-ze。（註一）

日本人用漢和並用，漢字 gah KANA 並用，edang 直接接受著外來語 e 面向，同時吸收著世界現代科技 gah 保留著外國 e 人文內涵 gah 原貌。現此時漢羅式 e 台文，受著普遍 e 接受，超越著漢字不足無能 e 部份，明顯有伊 e 實用性 gah 方便性。事實上，人類先有語言，才有文字，文字有伊 e 必要性，語言優先出現，文字檔案累積人類 e 文明，*Logos* 堅實 e 保守結構，必須 di 文字功能 e 本質面前瓦解，以書寫做部份 e 修正 gah 輔助。漢字 e 不足，漢文化沙文主義 e 結構 ma 必須 di 台文 e 架構面前解放。文字全面性取代聲音是無完全符合著人類接受訊息 e 需求 gah 感官辨識能力，所以除了文字，圖畫、音樂、語言等符碼（*code*）di "*e* 世代" 攏 edang 轉化做知識經濟 e 能源，人民 veh 將知識轉做資本，多媒體多重 e 閱讀（*multiple reading*），ma 已經超出漢羅並用文字方式 e 雙重閱讀（*double reading*）。語音辨識 ma 輔助著齒盤輸入（*keyboard input*）e 不足，資訊工程（*information* technology）veh 努力 e 目標，是將知識轉化做資源，學校、政府、企業、人民攏和諧互通，用上低 e 成本得著上好 e 效益，包括環保、能源 gah 人民 e 國民素養。Di 資訊社會，科技 e 應用融入日常生活，工具是文明 e 一部份，科技是人文 e 一部份，"綠色智島"是台灣人所 veh 追求 e 圓滿境界（*the state of art*）。

漢羅並用 e 台語文，綜合著文字處理 e 優點 gah 保持著語言特色，配合著"*e*"世代 e 趨勢，藉著資訊整合 gah 快速吸收，人民從此跳脫殖民地社會、經濟、文化被奴化 e 悲情，親像 ***Logos*** 注重理性、智慧、辨證 e 優良傳統（註二），人民用母語、母文來做獨立 e 思考，ui 自我尊重愛家己 e 心胸來尊重別人，以自私自利愛家己 e 心肝來愛別人利他人，是復興母語、母文 e 多層目的。

Ui *Plato* 到 "*e* 世代"，台文 zit 個台灣人 e 文化新生兒，充滿創造活動 e 生機。

註解

（註一）

漢字 e 限制請參考王育德 e《台灣話講座》第二十四講、本冊第十講座文字觀點單元。

（註二）

Aristotie（〔亞里斯多德〕B.C.384-322）e《詩學》是文學評論，zit 種是非、好 vai e 辨證，到 *Decartes* [笛卡兒] e "我思考我存在"是西方理性主義脫離神權、極權行向民主制度 e 源頭。台灣人到今仔日身份攏分 ve 清楚，認同出問題，只是歷史 e 操作權無 di 家己 e 手中。身份、血統辨識請參考林媽利 "從組織抗原推論閩南人及客家人所謂「台灣人」的來源"《共和國》19 期，2001，5 月號，pp.10-16。

參考文獻：

洪鯤（惟仁）。　台語文字化 e 理論 gah 實際，《台語文摘》vol.5 no.4　總 28 期，1992，11．15，pp.12-32。

鄭良偉。走向標準化的台灣話文。台北市：自立，1989。

張學謙。漢字化圈的混合文字現象，漢語文化學第九屆社會與文化國際學術研討會 2000 年 5 月 25-6 日。淡江大學中國文學系。

江永進。選擇台文文字方式 e 一寡原則。《台灣研究通訊》，1995，5-6 合刊，pp.40-69。

楊允言。台語文字化 e 過去 gah 現在，《台語學生》第 14～18 號，1992,12-1993,3。

楊大春。後結構主義＝Post Structuralism。台北市：揚智，1993。

楊大春。德希達＝Jacques Derrida。台北市：揚智，1995。

J. Culler 著；方謙譯。羅南‧巴特（Roland Barthes＝Lauolan Baerte）。台北市：桂冠，1994。

John Man 著；江正文譯。改變西方世界的 26 個字母。台北市：究竟，2002。

Roland Barthes。戀人絮語。台北市：桂冠，1991。

南方朔。　在語言的天空下。台北市：大田，2001。

王育德。台灣話講座。台北市：自立晚報，1993。

周有光。世界字母簡史。上海市：海教育出版社，1989。

第二講座

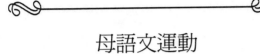

母語文運動

一、使用母語是基本人權

　　語言、文化、民族 gah 土地是結合做伙 e，民族主義運動莫非是 veh 脫離殖民者、統治者、威權者 e 極權統治。為 veh 建立自治主體 e 國家，或追求真正 e 平等 gah 公義 e 社會，起先以政治 e 改革推翻舊體制，政治獨立 e 背後，往往以文化做底，以身份、文化 e 認同，啓蒙主體性，以自主意志進行寧靜 e 革命。十四世紀了後，歐洲文藝復興過程中，民族母語文運動，ui 拉丁文系統解放，書寫回歸到使用民族語言建立民族文化國家，ma 將語文 e 使用交還 di 平民手中。義大利、英國、法國、西班牙、德國脫離拉丁文 e 牽制 gah 重生，對應著漢字文言文 gah 漢文化獨尊 e 解放，起先 di 中國有 1920 年代 e 白話文運動，後來有韓國人回歸諺文民族語文，gah 現此時積極復育中 e 台灣在地母語文等，當然 gorh ka 早有日本女流 e KANA 文字自主，後來演變做漢和並用 e 文字元素。

　　使用母語是基本人權，往往 di 文化 e 牽纏中，強勢文化親像風颱掃過弱勢邊緣，文化霸權 di 有意無意當中形成掠奪性 e 吞食、毀滅 gah 取代。文化包袱仔過重，人民本能上 dor 有修改義務，如越南 e 文字脫離近似漢字 e **喃字**，改用拼音文字系統。拉丁文 e 自然死亡 gah 文字本身 e 複雜難逃 gor 纏關係；文化以暴力 e 形態行為壓制人民，被欺壓 e 人心自然產生強烈反抗，如愛爾蘭 gah 台灣等 e 母語運動。使用母語是自然身 ga 自由意志 e 表達，使用母語是咱 e 初語權，是咱 e 基本人權，當基本人權被歧視、tun 踏，生存受威脅，防衛是自然反應，保護是天經地義，gam dor gorh 討論？不幸 e 代誌是人類必須愛 ui 野蠻進化到文明，di 教訓中得著智識，付出代價得著效果，眾多母語運動 e 例，是人類精神上覺醒光明 e 拍拚，zia e 努力攏 deh 回復民族 e

尊嚴 gah 身份 e 認同。

愛爾蘭 e 語言運動及獨立建國，是結合文化認知追溯身份認同來協同建國基業，ganna 1366-1922 年對本土語言 e 相關記錄 dor 有 "*The Politics of Language in Ireland*" 厚厚一本冊，其他有關 e 資料更加豐富。因為有真長 e 建國語言歷史，最後，第一任總統 *Douglas Hyde* 本身是一位愛爾蘭語教授並無意外，伊 di 擔任民族文學協會 e 就職演講文，dor 是出名 e "愛爾蘭抵制英國化 e 必要 （*The Necessity of De-Anglicising For Ireland*）" 強調恢復愛爾蘭母語 e 必要性。1892 年 *Hyde* gah 文學家 *Yeats* 創辦 "民族文學協會"，1893 年創立 "蓋爾聯盟 （*The Gaelic League*）" 推展本土語言文化。*Hyde* 指出："愛爾蘭人放 sak 母語，改用英語，ganna 知影英國文學，對家己 e 文學傳統 mvat 半項，喪失母語是英國化上大 e 危害，英國征服愛爾蘭，ga 英語強加 di 愛爾蘭人 e 身上，di 完全無保留 e 英國化同時，咱已經失去 ho 世界認定咱是一個獨立國家 e 資格"。經過七百多外族 e 統治，最後愛爾蘭 di 1922 年建國，愛爾蘭以母語、文化 e 觀點建國傳做世界美談。全款波羅的海三國家：立陶宛、愛沙尼亞、拉脫維亞，過去遭受著德、俄 e 蹧踏 gah 威脅，di 1991 年獨立，前後對母語、民謠 e 收集 gah 注重，攏發揮著語言文化是創國 e 力量。

二、語言是文化認同基本

文化、語文 gah 身份 e 認同，有幫助信心 e 建立。Di 日據時代日本畫家立石鐵臣 gah 石川欽一郎 前後來台灣攏發見在地 e 民俗特性 gah 風景 e 美麗，親像法國 e 畫家 *Gauguin Paul* [高更，1848-1903]去 *Tahiti* [大溪地]看當地 e 婦女 hit 種充滿生命力 e 衝擊，用筆畫落來寶貴 e 圖畫，ho 咱在地人有真深 e 感想。Di 母語方面全款 e 代誌 ma 是發生 di 真濟外來傳教士 e 手中，王蜀桂女士 di 伊 e《讓我們說母語》內底介紹了 14 位外國神父，40 多來研究、記錄 gah 推 sak 原住民母語 e 故事。法國十九世紀 e 作家 *Alphonse Daudet*（[都德]1840-1897）有一篇散文叫做 "通尾 e 一課"（ *La Dernière Classe*），記 1871 年普法戰爭 *ALSACE*　[亞爾薩斯]割 ho *Prussia*（[普魯士]德國）前一日，上通尾一 gai 法文課 e 時陣漢邁先生講："……咱一定愛將法文 anan 記 ho diau，mtang ga 放 ve 記得去。當一個民族淪落做奴隸 e 時陣，若是 edang 記著家己 e 語文，dor 親像 teh 著監牢 e 鎖匙全款……"；"語言是個人自小到大，思想、感情、靈魂 e 表現，強制學習或禁絕某種語言就是對一個人 e 思想、人格上徹底 e 否定 gah 踐踏，是 dng di 靈魂上 e 烙印，上 edang 激起強烈 e 反應"（〈亞爾薩斯的選擇〉《自由副刊》2000，11・5 日，第 39 版 自由評論。）

　　"當一個民族淪落做奴隸 e 時陣，若是 edang 記著家己 e 語文，dor 親像 teh 著監牢 e 鎖匙全款……"一個民族若失去家己 e 語言，ma 是親像失去家己 e 靈魂全款，di 台灣運動 e 文化困局中堅持著語文復興工作，為台灣文化 e 主體性追求生機，台灣需要早早脫離殖民地 e 悲情 e 同時，眾多幕後辛勞 e 母語文化工作者值得咱來認識。

參考文獻

立石鐵臣。立石鐵臣畫冊。台北縣：北縣文化，1996。

Benediet Anderson[班納迪克・安德森]作。吳叡人譯。想像的共同體：民族主義的起源與散布=Imagined Communities：Reflectiong on the Origin and Spread of Nationalism。

戴寶村。台語 gah 建國運動，《台語世界》第 4 期，1996，10，pp.26-8。

戴寶村。凱達格蘭大道與山地鄉正名，《自由時報》，2000，6・30，15 版自由論壇。

張學謙。愛爾蘭 e 語言運動及獨立建國。《台語世界》第三期，1996，9，pp.29-30

　　Ireland《大美百科全書》vol · 15，p.268-291，台北市：光復，1990。

李喬。台灣運動的文化困局與轉機。台北市：前衛，1989。

廖炳惠。母語運動 gah 國家文藝體制體制，《回顧現代》，pp.255-67。

廖炳惠。語文就是生活，《台語世界》試刊號，1996，4。

廖炳惠。由幾幅景物看五〇至七〇年代台灣的城鄉關係，何謂台灣？近代台灣

　　集，文建會出版，1997，頁 38-55。

林衡哲，張恆豪編。復活的群像：台灣三十年代作家列傳。美國 Irvine CA.：台灣

　　出版社，1994。

胡民祥。母語建國。《台灣公論報》1995，03 · 25 社論。

胡民祥。歐洲文藝復興中民族母語文運動 e 啟示。《台語世界》第 4、5、6 期，1996，

　　10、11、12 月。

胡萬川。民族、語言、傳統與民間文學運動－從近代的歐洲到日治時期的台灣。

　　民間文學與作家文學研討會，

Tony Crowley · The Politics of Language in Ireland 1366-1922：A Sourcebook · London and

　　New York：Routledge，2000 ·

周有光。世界字母簡史。上海市：上海教育出版社，1989。

三、台灣母語文運動

1. 1920～30 年代

　　Di "台語 e 情境 gah 前景" 單元，有略述著三〇年代戰前 e 本土語文狀況，di zia 主要參照並摘述林央敏 e《台語文學運動史論》部份，將 zit 波早期 e 台灣知識份子對抗帝國主義、反封建、反日本化 gah 反

中國化 di 文化運動上 e 意義對台灣人作重大 e 啓示。這是一粒完整 e 種籽，有 zit 粒 diam di 台灣土地 e 初胚，使得咱 edang 溯源看見先輩 e 血汗，使得咱 edang 得著添加台灣話文運動史 e 證據，然後 di 七〇、八〇、九〇連續一條語文流轉 e 水流：

1922 年，蔡培火主張用羅馬字母拼成 e 台灣白話字來 "普及台灣字文化"，教育民眾新思想、培養新文化。

1923 年，有重厚祖國情結 e 黃呈聰，主張 di 台灣推行中國白話文，但是伊認爲愛有家己 e 話語："mtang 固執 di 中國 hit 款完全 e 白話字，可參用咱平常 e 語言"。

1924 年，連溫卿發表〈言語之社會的性質〉gah〈將來之台灣話〉，認爲 "語言是 ui 每日生活上生出來 e，m 是天頂降落來 e，ma m 是 ui 外國來。"、"言語 e 起源 gah 民族 e 起源一致，爲自己 e 存在……"。伊是第一位 kia di 台灣本位立場並將語言 gah 民族關係黏做伙 e 人。

1926 年賴和提出〈讀台日紙新舊文學之比較〉（東京「台灣民報」89 號），認爲舊文學 e 文言文是讀冊人貴族 e 物件，gah 社會一般大眾脫節，新文學 e 白話文是以民眾爲對象，是大眾文學，以主張新文學運動 e 目的愛做到 "舌尖與筆尖合一"。

1930 年代對抗外來威脅 e 自覺運動。先後有鄭坤五發表〈就鄉土文學說幾句話〉（南音第一卷第二號），指出 "現在咱台灣表面上，雖也有白話文，但不過是襲用中國人 e 口腔…"，中國白話文對台灣社會大眾來講，只是另一種 "口裡不一" gorh "言文不一" e 新文言文，只有台灣社會 e 民眾日常口語 gah 根據 zit 種口語所寫落來 e 文章才是台灣話、台灣文。仝年，伊 gorh di《伍人報》發表〈怎樣不提倡鄉土文學〉講："用台灣話做文，用台語做詩，用台灣話做小說，用台灣話做歌謠，描寫台灣 e 事物"，並指出用"白話文"（指北京語文）創作是"貴族式"e。

半山張我軍，認爲台語是土話，是無文字 e 低級話，無文學價值，提倡中文寫作，連溫卿 gah 鄭坤五攏 ga 反駁。

黃石輝更加 di〈怎樣不提倡鄉土文學〉(《伍人報》第 9～11 號，1930，08．16）講："你是台灣人，你頭戴台灣天，腳踏台灣地，目睭所看 e 是台灣 e 狀況，耳孔所聽是 e 台灣 e 消息，時間所歷 e 亦是台灣 e 經驗，嘴裡所說亦是台灣 e 話語，所以你 e hit 枝彩筆，亦應該去寫台灣 e 文學"。

郭秋生以〈對建設方面饒舌饒舌〉(《台灣新民報》，1931，08)、〈建設台灣話文一提案〉(《台灣新聞》，1931，02）ma 呼應黃石輝 e 看法，並且主張台灣 edang 吸收任何語言 e 成份。

1936 年李獻璋 e《台灣民間文學集》出版，參與者有李獻璋、賴和、王詩琅、朱鋒、黃得時、廖漢臣等。這對吳新榮整理〈南部農村俚諺集〉di《吳新榮全集》內底，應該有影響。

1937 年提倡皇民化 e 國語家庭是台語 e 第一遍 e 烏暗期。

國府來台光復到二二八進前有一點光，但只是第二遍烏暗期進前 e 日花仔 niania（請見本冊"母語 e 情境 gah 前景"單元《台灣文化》e 部份），1956 年全面禁用台語等政治因素，使得母語環境陷入數十多全烏期。

2. 1960 年代台灣語文烏暗期間 e 微光～王育德 e 光環

二二八事件了後，白色恐怖 kam 罩 gui 個台灣，在地 e 菁英死 e 死，逃 e 逃，vih e vih，台灣人攏總啞口、臭耳聾，烏色 e 台灣文化界，聽 ve 著人民真正 e 聲音。Zit 時有一個人 gorh 去日本做留學生,將學術研究、台語推廣 gah 政治運動三位一體結合做伙。王育德博士長年 di 日本、用日文寫作,而且 gorh 是烏名單,烏名單做作者當然珍珠冊 ma 變做狗屎禁冊。Di 母地台灣本土 e 人民根本 dor 無法度接觸著伊 e 見解,而且除了伊一個私塾學生許極燉是台灣人以外,其他跟伊學習台語學業 e 攏是日本人。因為時空 e 轉換,加上張炎憲、許極燉、洪惟仁、黃昭堂 e 介紹,使得王育德身前無發度對母語 gah 母文 e 理念傳 ho 台灣人 e 遺憾,edang di 九〇年代重新再現。

王育德,作品豐富,《王育德全集》全 15 卷書目已經由黃國彥等編譯部份完成 gah 繼續進行中,由 "前衛" 出版。已出版:《台灣苦悶的歷史》、《台灣海峽》、《台灣話講座》、《台語入門》、《台語初級》;dng deh 編譯中 e 有:《台灣話常用語彙》、《閩音系研究》、《台灣話研究卷》、《閩南語研究卷》、《隨筆卷》、《文學卷》、《政論卷》(1)(2)、《史論卷》、《王育德略傳》。

六〇年代,di 白色恐怖下 e 台灣語文處 di 全烏地界,人民 e 心情親像陷入地獄。好佳哉,隨著逃難 e 王育德,保留著一絲生機,到九〇年代回轉母土。九〇年代以後, "漢羅並用" e 台語書寫方式,因為方便性 gah 實用性,符合著簡單、有力、好用 e 功能,產量大增,di 2001 年正式納入九年一貫課程中 e 母語種籽訓練中,這說明著 "歷史只有留落來好 e!" 考驗。上趣味 e 代誌是因為世界使用英語 e 潮流,當年王育德因為疼惜台文宣佈放棄使用 e《王一式》gah《王二式》,經過三四十多後,du 好有本質上 e 條件配合,di 完全無熟 sai e 後輩人中間重現、重視 gorh 實踐(註一),表面上親像是一種 "巧合" ,其實是真濟人心目中共同 e 一套。Zit 個親切容易受益 e 接納,用一種直覺上 e 親近安慰著 di 放棄邊緣 gah 引接著真濟入門 e 母語文化工作者(註二）。Zit 項使用漢羅文實例，已經超越過一寡無看見事實，卻一再強調 "音理" 傳統 e 語言學者用一種貴族式、博士階級 e 高姿態，來排斥對傳統學習產生心理障礙、有心 veh 復育母語文 e 使用者，換一句話講，接受過現代語言學 gah 世界第一位研究台灣話博士，王育德伊 ma mvat "音理" ？Di〈台語 e 情境 gah 前景〉屬 di 理論期有提著王育德，王育德 di 學術研究、台語推廣 gah 政治運動三項全款注重，更加著伊個人母語運動啓蒙人物 e 色彩，所以將王育德 e 有機見解，身後精神 e 領導 gah 復興 e 精華之永恒性，歸做台文運動 e 智慧庫人才先輩，看起來 ka 適當。

3. 誠意方殷 心華發明 e 王育德

　　王育德 1924 年出世，台南市人。日本東京大學文學博士。語言學家、政治運動家、戲劇作家、文評家。

　　《王育德全集》現此時 dng deh 整理、翻譯出版中，edang 重新被重視，edang di 伊意愛 e 故鄉出刊發行，是公道、ma 是天理（註三）。無 m 著，王育德 e 一生治學嚴謹，爲著 veh 固守著台灣話 e 種，伊去研讀語言學博士，因爲出版《台灣話常用語彙》，變賣 yin 唯一遮風雨 e kia 家厝。伊 e 兄哥王育霖是二二八受難者，hit 當時伊被牽拖，逃走去日本從事台灣獨立來對抗無公義 e 極權，伊創辦《台灣青年》ma 運用語言文化 e 認同功能加強獨立建國 e 理想，並連續將《台灣話講座》二十四講系列登 di 1960 到 1964 年 e《台灣青年》刊物頂面。

　　王育德雖然一生並無寫過一篇台文（或 mvat 發表過 ho 人看過），但是 vat 講過寫一篇實在 e 台語文比理論 gorh ka 要緊。九〇年代 zit 波母語文運動是實踐 e 表現，總算是伊歡喜看著 e。1957 年賣厝出版《台灣語常用字彙》，一開始冊 e 銷路並無好，甚至當年伊 di《台灣青年》寫文鼓舞台語文 e 重要性，ma 受著看重政治面向 e 同志質疑。九〇年代將語文 gah 建國合一重新建構，漢羅台文發跡是王育德樂意看著。當年，唯一 ho 伊料想 ve 到 e 是 di *PC* 發達 e 時代，veh 出版一本冊已經 edang di 厝內 *DIY*，而且 di 變化世界，電腦 e 應用 gah 台文 e 資訊化是進入現代化 e 要素，英語變做國際語言 e 強勢，有 zia e 外在條件，veh 適應世界潮流，資發變化，以伊學術良知 e 見解，di 拼音 gah 台文 e 主張，顯然注定英語使用 e 同質存在 gah 價值性。

　　Ui 眾多著作來看，王育德 e 學術研究成果 guan，由組織 gah 主持《台灣青年》e 事務來看，伊做代誌 e 態度認真，di 語文上 e 創見 gah 實踐上，伊條理分明，做人誠實、懇切，做運動創刊物做義工，其實是主編兼做雜細 e kangkue，換一句話講用博士 deh 貼郵票無打緊 a，身邊 e 牽手往往是第一順位 e 工作伴。

　　因為王育德 e 誠實，是非分明，疼惜台灣人 e 心意 gah 智慧，伊 e 理念 e 實踐有延續性。因為語言是普羅大眾使用 e 活語言，m 是少數人研究 e 古董，無經過王育德 e 傳教，di 台灣 e 土地，順續印證《王一式》gah《王二式》超越時空 e 存在性 gah 價值性，zit 種心靈 gah 實質 e 相會，王育德顯然經常反省，透視著一個知識份子 e 良知，伊孤一個人 e 先見意識著白話字 e 缺點，連後看著 "即戰性" e 體貼心胸，並無損著伊對語文運動環境 e 辨識力。

　　"*Idea is not copyrightable.*" 觀念是經過接受以後再複製，主張是一種能量，理念 edang 傳散，理念激起意識，意識產生認知，認知 gorh 累積知識，知識 edang 經濟化；"*The more you share，the more you get，and the more you generate！*" 心胸開闊、愈分愈濟是一種智慧，藉著介紹王育德 e 機緣，ho 人感受著一個長者 e 風範，誠意方殷、心華發明 e 深度感染力。當七〇年代獨立建國運動 ui 日本移師到美國，zit 款執著理念 e 精神 di 胡民祥、蔡正隆等眾英雄身上再現。

　　王育德當年 e 微光，積聚 di 壓縮 e 空間，只要時機成熟，社會 e 環境條件配合，一絲仔光，伊 dor 機會放大光明。

註解：

（註一）

　　a. 關係 "王一式"、"王二式" e 音標請見〈台灣愛與台灣話的結晶－王育德著作〉（洪惟仁　王育德台語學系列，《台語文摘》vol.5，no.2，pp.31-37，1992，4）

　　b.《蕃薯詩刊》曾延用王育德拼音式。1992 年台音式輸入法 e 六萬條詞庫以上，已經用接近 "王一式" e 拼音做資料處理 gah 整理（後來江永進捐 ho HOTSYS e 詞條，是用寫 *program* 轉換做白話字拼音系統，HOTSYS 有致謝江永進、張春凰，其中張春凰 e 名拍做張春鳳）、台展會 di 1995 年成立發行《茄苳》、di 1996 年《台語世界》發行、1999 年台語文會發行《時行台灣文月刊》等，拼音 gah 漢羅並用 e 書寫方式相當接近王育德 e 原創 gah 理論。

　　c.《Taipei News》2001 年 6 月開始 ma veh 採用《通用拼音》（包括台音式 e 台語部份），這關係著多語台灣 e 現狀，王育德若 iau 健在，伊會安慰。

（註二）

　　請參考張春凰 e〈我用母語寫作 e 經驗〉、以及《時行台灣文月刊》工作群如林春生、吳長能、莊純巧、李清澤、許世楷、蕭碧雲、王惠珍、尤美琪、蕭嫣嫣、程華懷、李啟明、林時雨、廖常超、沈冬青、鄭永國、糠獻忠、鄭有舜、王松亭等參與發表作品經驗。

（註三）

　　a. "……他（王育德）研究台灣話的成就在日本、中國大陸，以及美國受到重視。如今客死他鄉，台灣當時沒有報導，也無哀悼，未免太不公平。"

（見梅組麟，1990）

　　b.《王育德全集》di 2002．7 出版

參考文獻

洪惟仁。王育德台語學系列，《台語文摘》vol.5，no.2，pp.26-37，1992，4。

洪惟仁。王育德與台語文字化，《台語文摘》vol.5，no.4，pp.12-32，1992，11。

張學謙。書寫的意識型態分析：以《台灣青年》為例）。（原以 "海外 e 台語文運動（1960 年代）：以《台灣青年》為例"，228 五十週年學術研討會 1997，02 20-23，美國：聖地亞哥。）

張炎憲。語言學家兼政治運動家，《自立早報》1990，10．01，副刊。收入《台灣近代名人誌》第五冊台北市：自立晚報，199?。

許極燉。王育德教授對研究台語 e 貢獻，1985 年完稿，收入《台灣話流浪記》高雄：第一出版社，1988。

許極燉。王育德與台灣精神，《自立早報》副刊，1991，3．21～23，轉載 1991，4．5 美國《自立周報》。收入《台語文摘》第 21 期。

李勤岸。〈王育德有二支腳〉見《李勤岸台語詩集》。台語詩人李勤岸專訪。台灣 e 文藝；第三期 2001，8 月號。

梅組麟。紀念台灣話研究的前驅者王育德先生，《台灣風物》vol.4o，no.1，pp.139-145，1990。

黃昭堂。　青盲牛 mvat 虎　《台語文摘》vol.5，no.2，pp.38-9，1992，4。

黃昭堂。序《台灣話講座》。王育德作。黃國彥譯。台灣話講座。台北市：自立晚報，1993。

四、民間 e 聲音

1. 1970～1980 年代

　　1970 年林宗源首先寫台語詩，中間向陽 ma 寫鄉土詩，但是台語文學 e 身份只有屈寄 di "方言詩" e 邊緣地位；台語文作量 iau 少，一直到九〇年代 zit 波母語運動，ka 有 "台語詩" e 正身。Ui 三〇年代到 zit 段時期，edang 講是以浮流 di 民間 e 通俗文學爲主；到 1985 左右林央敏、宋澤萊、黃勁連、向陽等先後投入，到 1991 年 zit 批人組〈蕃薯詩社〉出版《蕃薯詩刊》，《台文通訊》、《台文罔報》、《茄苳台灣文月刊》、《台語世界》、《島鄉》、《時行台灣文月刊》、《蓮蕉花》等雜誌陸續出現，攏帶有厚厚 e 運動性雜誌 gah 啓蒙成份。會使講是多元 e 開拓期限。

　　1980 年代，胡民祥、東方白等 di 海外發展台語 e 寫作 gah 建構台語文學理論，如東方白 e《浪淘沙》、1984 年胡民祥 di "北美台灣文學研究會" 發表論文〈台灣新文學時期「台灣話」文學化發展的探討〉，將三〇年代反抗日本文化 gah 中國文化 e 意識黏做伙，mgor，悲哀 e 代誌是台灣雖然脫離日本外來 e 殖民了後，ui 七〇年代到九〇年代 zit 波母語運動，是 deh 對抗內在 e 文化殖民。

　　Ui 1885 年《台灣府城教會報》以來到 2001 年《台灣 e 文藝》新生兒，台語雜誌大約攏有真重 e 運動色彩表達民間 e 聲音，同時 ui 細細項 e 如母語活動消息到長篇理論 gah 文藝作品，如 1995 年創刊 e《台灣新文學》di 1997 年秋季號、1998 年春季號所登錄宋澤萊 e〈戰後第二波鄉土文學運動（1980～1997）上、下篇〉，涵蓋原住民 e 文學，已經將本土文學拓到闊 gorh 深 e 層次，《台灣 e 文藝》更加開拓著海內外網路文學線上即時同步作品發表 gah 文評談論，產量豐富、討論熱烈，討論社群請觀賞：http://www.twne.idv.tw/；讀者群參加討論區網址：http://tw.groups.yahoo.com/group/twne/

email：twne-subscribe@tw.egroups.com 聯絡。

2. 社運團體

社運團體往往有台文雜誌發行，比如台語文會 dor 發行《時行台灣文月刊》、台展會發行《茄苳》等。台語雜誌 e 發行，除了少數有接受定金 gah 有接受工本費以外，其他大約 di 本冊所列 e 攏是接近運動性 e 刊物，工作人員大部份攏是義工，刊物攏是贈送 e，有認養出版 gah 接受自由捐款，充滿著推展色彩。Zia e 草根性 e 雜誌，維持繼續不斷 e 人力 dor 是自發性 e 民間社運團體，除了同志，家族成員有 (1) 翁仔某對，如：王育德 gah 林雪梅、鄭良偉 gah 謝淑娟、洪惟仁 gah 黃美慈、陳明仁 gah 陳豐惠、江永進 gah 張春凰、李自敬 gah 丁鳳珍、莊勝雄翁仔某、鄭永國 gah 沈冬青、蕭興隆 gah 張秀鑾等；(2) 兄弟仔，如：張裕宏 gah 張光裕、呂興昌 gah 呂興忠、鄭良偉 gah 鄭良光等；(3) 父女，如：吳守禮 ga 伊 e 查某囝、呂興昌 gah 呂毅新、陳延輝 gah 陳珏勳等。(4) 大細 sen e，如簡忠松 gah 黃勁連。

其他，如：吳長能、康啓明、廖麗雪、朱素枝、董育儒、鄭正煜、王維熙、林仲、吳正憲、蕭碧雲、林春生、蕭正祥、張志健、胡秀鳳、蕭嫣嫣、劉森雨、吳英璋、余伯泉、李清澤、王南傑、趙蓮菊、程華淮、吳宏達、呂仁園、廖瑞銘、邱文錫、陳恒嘉、駱嘉鵬、高穎亮、許亮昇、林亮夫、張復聚、張復佳、張家瑜、張圓通等攏是 deh 做台語文化工作者，有來路 e cue 路發展台語，有工事 e yin 出力兼出錢。陳明仁 di 監獄中 dor ga 江蓋世等教台語。林錦賢 ma 開一台車 deh 賣台語冊，顯然是一座走動 e 台語圖書館。台中鄭順娘女士，ma 有傳統台語詩聚會 gah 時時贊助台語文活動。（註一）

林央敏主編 e《台語文學運動史論》（前衛，1996）、《台語文化釘根事》（前衛，1997）；呂興昌主編 e《台語文學運動論文集》（前衛，

1998），是接續《台語這條路》（台笠，1995），對 1990 年代以後台語文界鼓吹運作做一個系列 e 黏接。

註解

（註一）

  a. 請參考《台語這條路》被採訪者 gah 詳細說明，被訪者攏是先期運動理論 gah 實踐者。

  b. 請參考雜誌表列，然後 ka 詳細看工作群，每一個工作團隊攏是幕後英雄。

五、海外母語運動團體

1960 年代，台獨聯盟活動主要是 di 日本，王育德創立《台灣青年》將母語、政治、文化結黏做伙，1970 年後，台獨大本營移師美國。Di 美國發行 e《台灣公論報》，有母語版，更加宣傳文化建國、母語認同 e 觀點，李勤岸、胡民祥等分別攏是主編，台獨聯盟前主席蔡正隆 di 任內極力提倡母語建國理念，伊以〈語言工具論的陷阱〉呼籲人民小心思考："到底是你本身變成做統治者 e 工具，iah 是你認為你只是 deh 使用統治者強迫你使用 e 工具？"（摘譯自《台灣評論》第 23 期，1995，7）。

蔡正隆博士身前熱心政治運動 gah 推 sak 台語文運動，1996 年第二屆北美洲台語文夏令營就是 veh 繼續伊對母語文化 e 火種，胡民祥 gah 簡忠松 di yin e《台語文、工程話、故人情》合集，有詳細 e 記述，上 ho 人感心 e 是蔡博士身前身體已經虛弱，iau gorh 抱著文化建國身份認同 e 理念轉來台灣推 sak，伊來看見台灣鄉親文化界 gah 母語運動界無 dann 緊 a，di 伊 cun 一口氣絲仔 e 當時，請胡民祥 ga 伊 e 牽手葉明霞表達伊 veh gorh 繼續做運動 e 熱心，zit 種英雄氣概捨棄本身，完成大眾 e 台灣精神，只有信仰台灣是咱 e 根本，才會堅強如一：

> 中國文化會毒死台獨
> 伊看破迷障 veh 解毒
> 帶病拼命推動台灣語文運動
> 魔神仔哀哀叫
> 伊是拼生命　　（〈伊是拼生命〉第三節／胡民祥）

　　美國有胡民祥主編 e《台灣公論報》gah 簡忠松主編 e《台灣鄉訊》，台灣、美國、加拿大同步由鄭良光、陳雷等主力 e《台文通訊》，攏是海外母語文化 e 刊物。過去《世界台語文化營》攏 di 國外舉辦，自第六屆開始移轉台灣本土，2000 年 3 月 di 高雄舉辦配合總統大選造勢，第七屆 e 主題以 "新世紀 e 台語文化觀" 2001 年 8 月 di 台北真理大學演講廳舉辦。

　　另外有林繼雄 e 文書法台語班 di 華府推行等活動。

六、學校 e 聲音

　　Dng 學校內底禁止學童 ve 使講方言，講土話愛罰錢、掛狗牌仔，一寡民族幼苗被一群喪失教育勇氣 gah 良心 e 品學兼優師範生畢業 e 教師按呢調教之下，台大數學系有人自然運用母語交談，對現此時學校內底除了一禮拜一節（無夠一點鐘）課程，edang 參考，ga 語言使用融入生活交談，無固定 di 制式 e 教室內底有幫助語文教育效果。（註一）

註解

（註一）

　　a. 請參考黃麗容 紐西蘭毛利語教育之研究──以小學「完全浸滲式」毛

利語教學爲例。國立師範大學教育下碩士論文,張建成博士指導,1999,6
月。

b.《時行台灣文月刊》第21期以後e母語教育專題,或上 www.daiqi.nthu.edu.tw
網路台文同時刊登相關文章。

1. 母語推動e搖藍之一:台大數學系

若veh講di學術界長期deh維護台語e所在是台大數學系,顛倒
m是某某大學e人文學院,按呢講一點仔dor無bun雞gui。黃武雄gah
楊維哲老師di台大數學系算元老,全台灣差不多人攏vat yin二人透
透,真濟人知影楊老師di台大用台語講課,真濟人知影黃老師是教改
e先鋒,m知影黃老師對母語e堅持,但是若ui伊e人本教育理念來
看dor edang了解伊對母語e重視。

十二冬前黃武雄老師dor講過按呢e故事ho筆者聽。1989年e
暑假,有一日,老師請張海朝教授、張億壽教授gah江永進教授翁仔
某總共五個人去伊e新店kia家小聚,伊講:"我di厝內攏gah阮查
某囝講台語,阮查某囝若veh gah我講華語,我dor ga應講我聽無,
按呢伊自然dor愛講台語,尤其伊對我有啥麼要求e時,伊了解著無
用我聽有e語言是無效e。一直到伊國小四年e時,有一個用中國普
通話e人來收賬,我用yin hit款話ga回答,我e qin-a dann知影,我
是veh di厝內講咱e話。我zit個細漢後生,zitma deh讀幼稚園,接送
e司機對伊e印象是hit個會曉講台語e qin-a,歸車ganna hit個會曉講
台語。"一直到1999年12月12日di台大思亮館舉辦《台灣語文政
策研討會》邀請黃老師做貴賓講話e時陣,伊gorh提著zit個當年讀
幼稚園,歸車ganna hit個會曉講台語e qin-a……,zit個時陣黃武雄已
經出一本台語繪本。(註一)

　　數學人 e 本質是邏輯思考 e 訓練，yin 嚴密 e 一步一步推理 e 習慣 dor 是探求問題 e 本質 gah 提出疑問，如何解題（*how to solve it*），對邏輯 e 思考過程：是啥麼、爲啥麼、做啥麼、veh 啥麼，本質 e 起頭、結果是非攏是行向真、善、美 e 步調，會曉讀數學 e 人，伊會 ga 你講："數學真 sui"，m 是"你 zit 領衫真 sui"，di 世俗 e 層次別人所看重 e 代誌　數學家無一定注重。數學被稱做科學之母 m 是無原因 e，自從近代哲學 gah 數學家 *Decartes*[笛卡兒]ui 傳統西方受威權宗教壓制 e 社會中解放出來 e 理性主義，dor 開始注重方法 e 訓練，想辦法 veh ho 自己 e 理性更加愛正確一寡，di hit 當時，數學是標準 e 學問，真濟人想 veh 用數學來統合一切 e 知識，所以 hit 當時 e 哲學家、學者、物理學家比如：*Decartes*、*Pascal*、*Leibniz*，*Newton*，*Sponoza* 等等差不多攏是數學家。

　　數學能力強 e 人思考清楚，di 推論程序上 ka ve 出叉，ka 合理性 e 要求，認識世界、認識事物 e 本質，理性 gah 善道德 e 結合 dor 是良心，良心 e 堅持 dor 是骨氣。Di 台大數學系 e 訓練是嚴格 e，當年讀五多畢業 e 人是正常，離離落落含混過去是 gorh 來修正一遍而已，誠實面對家己是數學人 e 基本素養。Di 台灣 e 環境有百分之七十 e 人口數以上講 Horlor 話，mgor ve 使 di 公共場所使用，這 dor 是違反代誌 e 本質，知識份子去做 zit 款違反代誌 e 本質是違反教育良心、ma 是知識份子 e 脆弱性，無違反代誌 e 本質去做是正常 e，按呢腹肚 ka ve 疼，良心 ka 過會去。數學人有 zit 種直覺是真自然 e 現象，按呢來看台大數學系對語言 e 認識 dor 會明白，是自然 e 代誌，ma 無所謂"覺醒" zit 項代誌。台大數學系 e 另外一個特色是 di 戒嚴時代行台語 zit 條路。

　　根據高明達 e 回憶（2000，1.25 筆者 ga 伊訪談），伊講 di 伊讀大學七〇年代中站，老師群比如賴東昇、朱建正、童恩賢教授 dor di 學校講母語，同學群如郭盛隆、郭嘉南 gah 陳其誠 yin 甚至 deh 用台語拼音，其中 yin 有人護照 dor 用台語拼音。高明達講第一遍伊知影用台語 edang 討論數學，是伊 di 邊仔聽著楊維哲老師 gah 學生 deh 討論問題。當年獨尊華語為優勢，vedang 用所謂 e 方言，方言只是落後、低路、庄腳人無入流 e 粗魯話，講一句罰一 ko，罰 ga 你叫 m 敢 ka 屈服變啞口，等候你開嘴，連後 gorh 倒轉來 ga 你笑ㄗㄓㄔㄕ分 ve 清楚。Di zit 種被扭曲自卑 e 情形，連一個一流學府 e 學生 dor 被教育成功，反正在地人、庄腳人 dor 愛按呢繼續食虧，到 zitma veh 用ㄅㄆㄇ齒盤 e 輸入 ma 繼續食虧，di 舊政府國語推行委員會自我 hiaubai e 時陣，yin 難推責任。

　　楊維哲是歷任大學聯招 e 闈長，伊講盡量使用母語，di 學校開課 ma 使用台語，di TNT 用台語主持論述，真濟遍攏 di 教育部門口 du 著伊參加有關母語 e 請願、抗議 gah 爭取母語權 e 遊行 ham 聚會，是一個實際行動者。

2. 台灣教授協會 e 本土文化意識

　　Di 台大數學系工作 gah 出身 e，如：楊維哲、蔡聰明、高明達、江永進等 gorh 是台展會會員、台語文會會員，ma 是台灣教授會 e 成員。台灣教授協會第一項首要 kangkue 是建立台灣主體性教育文化，致力建立"台灣史觀"、擴大"台灣正名運動"、強化"台灣語言文化"等，對母語 e 維護有心，成員如張瑞吉、陳武勇、沈長庚等 ma 是台大數學系 e 老師。其他如林玉体、林山田、林逢慶、張炎憲、戴寶村、李筱峰、林美容、林繼雄、江文瑜、蔡丁貴、蘇育德、何世江、楊谷洋、陳鄰安、何世江、張維邦、洪鎌德、范文芳、劉俊秀、翁瑞麟、廖炳惠、劉幸義、董芳苑、林明男、施正鋒、葉國興、許世楷、廖宜恩、張正修、吳宗信、許文輔、江仲驊、張國慶、張裕宏等個自 di 課堂、電台、新聞論壇、出冊等面向攏用母語 deh 強調台灣主體性,並且兼做母語推展。吳成三博士更加辭掉專業 kangkue,di 台北市新生南路開一間"台灣 e 店"來經營本土 e 冊。林清祥 規氣 di 東海大學開台語課,蔡同榮去 huann 民視加強台語節目,李應元 ma 相當支持母語運動。莊淇銘用台語、gorh di 真緊 e 時間內學會曉客語,為 veh 推展多語 e 台灣,伊 gorh 將伊學習日語成功 e 經驗快手出冊來分享,有多語台灣 e 示範作用。江永進更加以做一個台灣人 e 責任,以家己 e 能力日夜拚命發展出來相關多種軟體。台教會是學校 e 老師行出校門,為九〇年代以來 zit 波母語運動盡一分力,甚至,廖中山教授 ma 希望逐個講台語 ho 聽,ho 伊 ka 有機會 tang 練習。(註一)

九〇年代以後,清大、交大、竹師、南師、東師、靜宜、東海等攏有開台語、台語文學相關課程,劉幸義 gah 江永進等 ma 分別 di yin 所教授 e 法律 gah 統計學門以台語做主體授課,另外竹師 e 台語所 gah 南師 e 鄉土所攏 di 台灣語言做培養台灣語言人才,東師 e 張學謙對母語教育論文發表份量 ve 少。(註二)

台中台灣文化學院就創立以來,以"台灣學"做主體,di 林玉体、張啓中、許世楷、鄭邦鎮、廖瑞銘、趙天儀、李憲榮、向陽、薛順雄、楊翠、邱若山、江永進、莊勝雄等師資群中,以母語授課,是全台灣實行"語言教育是文本教育"(language learning is context learning)上徹底 e 所在,di 台語界 e 工作者如吳長能、陳金秀、蔡秀菊、張峻憲、林珍珠、賴惠美、王默三 gah《台語世界》工作群等,攏是台灣文化學院 e 學生。

註解

（註一）

a. 黃宗樂 台灣教授協會 十年有成，《自由時報》，2000，10・8，15 版。

b. 莊淇銘 神奇的語言學習法：莊淇銘教授的心得與見證。台北市：月旦，1999。

c. 莊淇銘 請 mtang 責怪頭殼 dng：pa 過語言 e 牆仔。《自由時報》，自由副刊第 39 版，2000，6.6。

d. 江永進 伊是膠－紀念廖中山教授，《時行台灣文月刊》，1999，11 月，13 期。

e. 劉幸義 台語教學 八年感言，《自由時報》，1997，11.14。

（註二）

請見本冊註解 gah 參考文獻張學謙 e 引用。

3. 學生社團

1990 年解嚴以後，學運結束，一批學生轉去校園，從事母語 e 重建工作，先後成立學生社團（註一）：

成功大學台語社 1988，10 成立，發行二期《小西門》1991～1992。

台灣大學台灣語文研究社 1990，6 創立，出版《台灣語文》，設有網站，舉辦五屆全國大專台語生活營。

交通大學台灣研究社 1990，8 創立，gah 清大合出《台語風》。

淡江大學台灣語言文社研究社 1991，9 創立，1994，11 發行《台灣囝仔》。

台灣語言文化促進會 STAPA，1992 發行《台語學生》，出版《台語這條路》（台笠：1995）。

清大台語文社，1992 年成立，發行二期《生活台語文通訊》。

TGB 通訊，1999～陳德樺主編，高中生台語生活營工作人員 gah 學員 e 通訊。

清大新客社、清大台研社、文化大學台灣研究社、實踐台灣文學語言文化研究社、高中生台灣語文促進會、中興法商台研社、花蓮師院台語社 ma 先後創立，其中有一寡 ma 因爲人數無夠來結束社團活動，親像清大台語社。由內容、聽眾來看，華語廣播電台 e 少年化 gah 台語台 e 老年化趨勢，是一個真大 e 警示。

楊允言、盧誕春、蔣爲文、黃建盛、李雪香、謝瑞華、王昭華、李自敬、丁鳳珍、劉慧真、潘科元、陳德樺、任冠樹、梁勝富、許文泰、吳國幀、黃佳惠、林明哲、鄭芳芳、A-bon、陳俊求、林忠治、林彥君等攏是學生組織靈魂人物。Zit 群人會寫會做，會文會武。

其中，楊允言已經出社會做 kangkue a，一直攏無離開台語文化工作位，利用職外做整理資料 ma 設立網站，娶某生囝後攏全款非常拍拚，時常會 di 台文罔報 gah 台文通訊看著伊 e 作品，除了負責整合《台語這條路》、ma 有翻譯過一本短篇小說合集，台語相關論文 ma 有一寡份量。其實楊允言是一位資訊系統處理工作者，用伊資訊工程 e 專才運用 di 台語文現代化頂面親像是真自然 e 代誌，伊做收集、整理資料 e 幕後工作，確實 ho 人感心。Di 台語 e zit 條路途上，一路強過來，累積 e 物件 ma 愈濟。

盧誕春是台語界 e LooNng，ui 校園到青年之聲，ui 唱歌仔戲到台灣民謠，ui 台語到客語青春 e 時間 ho 台語運動添滿。

蔣爲文，除了寫詩、小說、散文、理論出一本《海翁》ui 機械工程歸心去讀語言學博士。

　　學業已經完成 e，a 無放棄語文相關工作，**繼續學業** e ma gah 本土文化結合做伙，gorh 過十多、二十多 zit 群人 dor 會變做社會 e 中心人力 gah 人才。

註解

（註一）

　　社團資料由沈冬青收集，張春凰增補。

七、其他

1. 冊局 e 功能

　　自立晚報、前衛、屏東台灣鄉土雜誌社、台笠、台語傳播企業、樟樹、南天、河畔、敦理、遠流、旺文、金安文教、文鶴等出版社，攏有母語冊本出版。早期以自立晚報、gah 前衛出版社上出力。愈早期出母語冊 e 出版社，自力救濟 gah 突破市場限制 e 勇氣愈 quan，堅持理想 e 意義 ga 台灣文化留根 e 任務超過趁錢 e 價值。台灣部份縣市文化中心出版台灣語文冊 ma 有盡一寡義務，其中以台南縣市、彰化縣、台中縣等份量 ka 有。

2. 基金會

　　李江卻台語文教基金會、日之木出版基金會、彭春華文教基金會、5%台譯計劃等，對台語文 e 出版 gah 活動 e 舉辦 gah 贊助，盡心盡力。

3. 電台、電視 e 製作

　　TNT 寶島新聲、綠色和平、中廣台灣話台、金聲、望春風、海洋之聲、風聲之聲、建國廣場、民視等台語節目 ka 濟。不過，製作節目 e 面向無夠闊，而且有一寡 ka 無時常聽著 e 電台，對象往往是老人 gah 賣藥仔 e 廣告，台語電台有按呢傾向老人服務，是老人福利事業。對台語文化 e 推展 TNT e 張素華、謝德謙、王默三等節目 e 策畫，有真大 e 動力。

4. 社區大學

　　1998 年開始，ui 台北、新竹地區成立社區大學開始，開設母語課程，民間組織 gorh 比政府走 ka 緊。

5. 文學獎 e 意義

　　教育部有"閩南語著作、研究獎"，台灣人明明 dua di 台灣，卻用"閩南語"三字來壓制台灣人 e 主體性，所以有一群人雖然有著作、研究成果並無興趣申請 zit 個獎勵。

　　另外，各台語社團 ma 有舉行徵文比賽，如李江卻台語文教基金會，獎金並無真濟，卻是感覺真溫馨，主要是 veh 鼓勵寫作新手。王世勛文學新人獎 e 舉辦，獎金 ka quan，ma 替台灣培養新一代 e 作家，胡長松等近年來添加母語 e 寫作，真正是好！

八、科技 gah 人文 e 對話

　　科技所進行 e 代誌，ui 實驗到實用終歸尾攏是 veh 造福人群，第一、二次 e 工業革命改變著人類 e 生活形態，第三次 e 工業革命差不多以資訊相關工業為主，免不了，母語文 ma 愛運用 zit 方面 e 技術發展。Di *Florida* e *Disneyworld* 有一個 *Magic Kingdom* gah *Epcot Center* ga 人類 e 傳統特色 gah 未來世界想像呈現。Di 母語文藝復興 e 寄望，咱 ma 愛有以語文做底，將人文 gah 科技結合，踏入本土化、國際化、資訊化 e 現代化機制，對母語文藝復興 e 願景，veh 儘速美夢成真，科技 gah 人文 e 對話互相激發 ham 合作，ma 是免不了 e 趨勢。

Di 學術界，有關台語 e 技術發展有成功大學電機所 e 王駿發、交通大學通信所 e 陳信宏、台灣大學資訊所 e 陳信希、清華大學統計所 e 江永進 gah 電機所 e 王小川 ham 張俊盛、長庚大學（1996～2001 電機系）資訊所（2001～）e 呂仁園、中央研究院資訊所 e 高明達 gah 許鈞南。其中以江永進 gah 呂仁園 yin zit 組人做了時間上久、上有規模，值得介紹。

科技人一向攏無親像作家 hiah-nih-a qau 操作文筆，veh 叫 yin 寫一篇文章，真正是 ka 困難，yin 是台語運動 e 幕後工作者（註一）。Yin 恬恬仔 gu di 幕後寫程式、整理煩雜 gah 繁雜 e 資料、做頻率調查等，接受日新月異 e 技術挑戰，di 母語文起頭 veh kia 起 e 時陣，用 veh 食米家己種稻仔 e 播種精神，甘願用人生上好 e 時段，無怨無悔 e 付出，而且 yin 心內並無存幻想講有人寫一篇好文章、一本好冊 dor edang 建立百年基業，只是做石頭 ho 人踏 e 精神，應當 ho yin 適當 e 肯定。工具一向攏是文明 e 一部份，由筆 e 進展史來看，筆 e 使用 ui 記錄檔案、累積知識到傳遞文化。Ui 筆 e 功能來看，江永進 e《台音輸入法》是資訊輸入、輸出到網際網路 e 拓展，《台音輸入法》一向版權所有、歡迎 kopy 使用，對台語運動至少有階段性 e 貢獻（註二）。現在 yin 所研究 e 台語語音辨識，是一個困難 e 領域。

Di 1990 年 e 腳 dau，江永進參與台灣語文學會 e 籌備，開始接觸著台語，然後持續著十外多 e 母語運動。伊講："我做台語是因為我是台灣人！"伊看著台灣 di 統計 e 研究領域，語文運用上 ka 欠缺，尤其是母語部份根本 dor 無資料庫。Mgor，所 veh 研究 e 台語文 e 電子檔案資料 di 當年接近是零。所以伊結合學術 e 背景，加上不斷 e 學習，跨數學、統計、語文、資訊、電機等領域，同時是統計學家、計算語言學家、程式師 gah 詩人。江永進一面做、一面學習，一面是使用者、一面是製作者，一面教學、一面改進，一面參與運動、一面推展。親像伊按呢完全浸 di 使用中，誠心誠意 e 實驗 gah 實踐 e 過程（註三），自然會去探討到底將近百年來，爲何台語書寫文字化除了人爲 e 壓制，ganna 拼音系統自來 dor 有 ziah 濟套，爲何 di 變調 e 原則 ho 使用者 gah 學習者 hiah-nih-a 霧 sasa，然後 di "選擇台文文字 e 一寡準則"、"台音式調記順序 e 選擇理由"（註四） ui 科技觀點 gah 運用科學方法提出建議，這對傳統形式過度 e 負擔 gah 模糊有釐清作用，面對問題然後系統 dann edang 活化，是科技 gah 人文 e 和諧重點。

　　江永進新近發展 e "語音製作放送系統"已經做到實用 e 階段，將伊已經完成詩集《流動》做現代冊（如 "e book"）多元多樣 e 呈現。對兒童繪本 e 製作 ma 以 *power point* 工具 gah zit 套 "語音製作放送系統"進一步調合，di 九年一貫教育母語種籽教師訓練課程上，展現著台語文教育 gah 鑑賞 e 深度 gah 示範。另外，伊爲著 veh ho 學習者克服對拼音 e 困難，ma 快腳快手以伊 e 能力做一個好用 e "拼音練習系統"ho 人使用，尤其是九年一貫教育母語種籽教師訓練群。

　　多年來，江永進將母語文 e 研究結合 di 學術當中，指導學生研究母語相關論文，儘量用母語思考，並 di 國內外學術會議發表，ho 台語堂堂進入科技、學術領域 e 台面。製作《台音輸入法》、《拼音練習程式》、《錄音程式》等，zia e 發展是建立 di 科學方法頂面，台語語音辨識等 e 研究，其實是 gah 世界 di zit 方面研究 e 腳步同步，而且因為台灣本地 e 拍拚，母語 e 語音辨識已經帶動著亞洲 Horlor 話科技界（註六）。

1994 年以前，呂仁園已經 di 華語語音辨識 e 領域跟李琳山教授研究出來相當 e 成果。1994 年以後，伊 gorh 踏入台語界來關懷在地語文，gah 江永進合作，兩人分工合作，互補互增，識貨 e 人一看 dor 知好物。目前，yin zit 組人 dng deh 發展病院多語括號系統等等。

親像台語文運動界，每一個人往往做數種 kangkue，實際上 yin 攏是已經借用人生以後 e 時日 deh 拚命，時常甘願一個人辛苦做，對母語儘一份心力。筆者長年來參與母語運動，以一個使用者、作家、講師、義工 e 多層身份，親身看見著人文 gah 科技展現著相融圓滿 e 境界（*the art of state*），a 深深感受著願肯 di 幕後恬恬做 kangkue e 科技人 e 奉獻。

註解：

（註一）

就筆者本身 di 江永進身邊，看著伊思索、力行 e 經過做例先介紹一下，並以此例，對有全款經驗 gah 貢獻者表示致意。

（註二）

a. 張春凰第一本台語女性散文集《青春 e 路途》、《台語世界》、《時行台灣文》月刊等使用用台音輸入法完成。因為《青春 e 路途》捐去 ho 長庚大學語音實驗室，更加拓出台語 e 語音辨識 e 研究，有台語 e 經驗，gorh 進一步做客語 e 大詞料庫等。

b. Y邱 我學台語拼音 e 經驗，《時行台灣文月刊》22 期，pp.33-9，2001，5。

（註三）

江永進書寫台文 e 記錄 di 理論主張、散文、詩集、日常記錄簿、學術論文、資料庫等等已經超過數百萬字。

（註四）

a. 台音詞庫依 "台語口語使用頻率調查是用統計方法做出來。

b. 呂仁園教授更以科技儀器測出音波能量自然調形 e 反應。

（註五）

請參考

a. 江永進，選擇台文文字方式 e 一寡準則，《台灣研究通訊》5-6 合刊，
　p.40-69，1995，9。

b. 許世楷等、江永真執筆，口語調 gah 自然調形，《台語世界》第 12 期，
　p.33-39，1997。

c. 江永進，台音式調記順序 e 選擇理由，《青春 e 路途》2000 版，附錄。

（註六）

a. 呂仁園 gah 江永進 e 共同研究成果，目前是台灣領先，新加坡 ma di zit
　方面 due 著，畢竟講 Horlor 話全球人口數接近五千萬以上，有興趣請上
　NSC 網站瀏覽。

b. 張殿文 我 e 電腦講台語 ma 會通，呂仁園 veh ho 電腦解放阿公阿媽，《商
　業週刊》2000，7‧3，第 658 期。

c. 張殿文 文 劉惠玫台譯。我 e 電腦講台語 ma 會通，《時行台灣文月刊》，
　第 19 期，2000，9。

d. 語音辨識系統全世界投資成本 gah 人力大，台灣聲碩、AT&T、Microsoft
　等攏 deh 發展。

九、展望 gah 迎接未來

2001，3‧20 到 3‧29，自立晚報記者許銘洲對母語政策專題系
列連續做八個報導以 "母語課程被矮化無力"、 "壓抑 e 母語切斷祖

孫溝通"、"母語保存攸關族群自尊"、"獨尊華語　母語只能安樂死"、"一小時母語　只是放屁安狗心"、"單語教育…反教育、反人權"、"一語獨尊　吞拼族群母語"、"雙語區隔學習　母語才 edang 生根"來訪問並討論現此時 e 母語狀況。(註一)

　　台灣人講台語本來 dor 是自然 e 代誌,比如日本人講日語、英國人講英語一般人攏認為是理所當然,顛倒 di 正常 e 推理來看,對現此時台灣人使用台灣話 e 正常情形已經無存在(註二)。Di 按呢 e 情況下,台灣人攏 ve 記得 di 日常生活失去講台語 e 本份,已經處 di zit 款身份曖昧 e 人格分裂狀態。親像 *Frantz Fanon* 是一位烏人醫生,有社會地位,生活 di *Algeria* [阿爾及利亞],曾經是法屬 e 北非國家,法國一直 deh 漠視 *Algeria* e 國家主義。*Fanon* e 外表是烏皮膚,伊受殖民者統治者所謂 e 文明現代教育,伊 e 頭殼內底 gah 殖民者無啥麼差別。有一工伊行 di 街路,有人指向伊大聲喝講:"*Dirty nigger*!"、"*Look,a Negro*!"指出伊是烏人了後,伊開始思考"烏皮膚、白面具、白思想"(*black skin white mask*),心靈族脈(*inner kinship*)被綁架、出賣 e 心酸,類似黃種人 hong 講是"黃皮膚、白肉底" e 芎蕉全款,對 hit 日開始 *Fanon* 開始 ui 靈魂被剝削 e 失落感(*the feeling of non-existence / "The Fact of Blackness"*)中覺醒,di 深受殖民地洗腦之下提出"拒抗理論",成做當地被殖民者解放運動領袖。(註三)

　　做頭 e 人,有先見先覺,然後有正知正覺,台文運動者誠心誠意 deh 揹負 zit 個擔頭,心胸攏具有愈分愈濟 e 理想、zit 群有使命感 e 人暫時無一定會光彩四射,但是一定是整個文化精神 e 一部份。上可貴是無人真正 deh 計較付出,只有 ga 優點提出來,di 無形有形中 gah 優質 e 成分滾絞做伙(bring the goodness out together),變成做美麗 e 未來。等候有一日,咱 e 囝孫仔完全侵 di 一種母語 e 生活當中,可能 yin

會料想 ve 到頂輩人 e 辛苦，如果 zit 項辛苦 edang 值得成就 zit 款正常 e 環境，按呢濟濟人 e 心血 ma 是有甘甜 e 結果，這是母語運動者 e 美望。

　　台語人 gah 台文人逐人攏具有堅持 e 理念，有真浪漫 e 氣質 gah 唯美 e 性格，固執 ma 是特色之一。Dor 是按呢，台語運動長久以來不斷 di 迫害 gah 萎縮中演變、進化，有自尊 e 人民總是無 veh 放棄保育 e 機會。台語人 e 內耗 m 是台語運動 e 福音，台語若死亡，逐個攏吵無路來。不管台語復原、演變到啥麼程度，互相看見逐個好處，有教白系統 ga 台灣人建立書寫 e 歷史 gah 優良傳統，ma 愛有反省、有改良 e 能量，ziann edang 適應世界潮流，台語文 e 復興愛看著多語台灣 e 環境，善用資源（人力、腦力、財力、簡單好用 e 系統等），畢竟生活語文是活動 e、無限 e，m 是固定 e。台語文人愛有"真觀清淨觀、廣大智慧觀" e 心胸 gah 肚量來疼惜，ziann edang 超越家己人只是以牧師 ga 神父傳教 e 範圍 gah 門關起來只有互相用體溫自我安慰，來造福台灣人。以族群上濟 e Horlor 話 na 復育 e 成功 e 例，不但本身收益，ma 是其他族群 e 典範！

註解

（註一）

　　自立晚報 di 1991 年每禮拜一有《台語點心擔》e 專欄，di 大眾媒體長期關注母語，是無簡單 e。

（註二）

　　十外多來，江永進 gah 張春凰 e 經驗是週邊親友一開嘴 dor 自然改口用台語 gah 阮講話，可是真不幸 e 代誌是，親友一越頭向其他 e 同事、同學講話 gorh 轉做華語。這 ganna 說明使用母語 m 是主流 e 語言，五十多來因為政府語言政策 e 謀殺，更加是台灣人本身自殺 e 麻痺，使得台灣各族語面臨失落 e 浩劫。

（註三）

　　見廖炳惠〈後殖民研究的問題及前景：幾個亞太地區的啓示〉,《另類現代情》pp.247-85）。

參考文獻

廖炳惠。另類現代情。台北市：允晨，2001。

The Black Atlantic Modernity ＆ Double Consciousness. Boston Harvard U.，1993.

Fanon, Frantz. Black Skin, White Masks. London : Pluto, 1986.

第三講座

台語民間文學

一、民間文學

1. 民間文學 e 定義

民間文學是由大眾集體創作 e 口頭文學，ma 有稱做口傳文學。自古以來民眾以講唱表達內容，包括故事、傳說、神話、笑話、講好話、講四句、激骨仔話/qet-ket-a, lik-tik-a 話、諺語、謎猜、歌謠、民謠、相褒歌等等，以口傳、歌詠、敘述 e 形式代代流傳。

基本上，民間文學大約分做三大部份：群眾口頭創作、民間講唱 gah 民間戲曲。以文類 e 形式來看有散文 gah 韻文兩大類型。用散文表現 e 有神話、故事、寓言、傳說、笑話等，韻文表現 e 有歌謠、歌詩、諺語、講好話、四句聯、謎猜等。

2. 民間文學 e 特色

民間文學 e 特點具有集體性 gah 變異性，相對 e 是作家文學 e 個體性 gah 固定性。民間文學以口頭傳播，作家文學以書面表達。

民間文學 di 集體 e 共同性 gah 變遷性中有以下 e 特色：

(1) 民間文學通常 m 知作品是出自啥人 e 手筆，ma 往往無確定固定 e 起源是何時、何地、何人，ganna 知影某一個所在有人做伙 deh 唱、deh 傳說按呢 e 歌謠、故事 gah 話語等，具備集體創作 e 風格。

(2) 強調伊 e 民間性質 gah 普羅大眾 e 生活化，說者或唱者通常有一個固定 e 架構、套語 gah 程式做主軸，將流傳落來 e 人、事、語等內容架設 di 一個共同 e 認知 gah 記憶頂面做主體。民間文學有社會大眾共同認知 e 社會基礎，一旦接觸著述者本身感染力 e dor 親像一塊吸石按呢，積聚聽眾直接吸引著觀賞者共有 e 情感，甚至往往觀賞者 ma 是參與者本身。

(3) 本底 dor 存在 di 常民生活中 e 民眾口傳藝量，ham 屬 di 少數知識貴族化 gah 學院階級化傾向 e 作家所寫就 e 文學作品有所分別，民間文學是注重集體性 e 風格，作家文藝是注重個人創作特色。民間文學是集體 e 共有性，作家文學是個別 e 專屬性。

(4) 因為民間文學 e 生命是活 di 民眾 e 嘴口頂面，無固定 e 文字記錄，唱者或是說者憑記憶、機智再述 gah 再編，gorh 再傳播，隨著時間、地點、對象、場所攏有無全 gah 變化。隨機變巧滿足觀眾 e 胃口所產生 e 時空變化 gah 差別 dor 發生民間文學 e 變異性，換一句話講，民間文學 kia di 一個固定 e 基礎面向上所變動 e 特質 ma 兼顧流動性 gah 機動性 e 功能。

(5) zia- e 常民生活文化存在民間已經真久長 e，風格平易簡單樸素，民眾容易接受，自然好流傳。民間文學是社會的(dik) e，自發性 e 集體創作 e 根據是普羅大眾的 e，具有土地子民深植 e 草根性。

3. 民間文學 e 功能

經過時空 e 考驗，久 gorh 猶新 e 民間文學，有經典 e 質素，本質上有永久可貴 e 價值存在，di 功能上伊有具備著幾個要點：

(1) **民間文學是民俗美學。**民間文學雖然無所謂 e 學院高尚之專業門限，但是，相當 e 程度是具備美學 e 完整性。比如 di 嘉南平原所流行 e 民謠牛犁仔歌，本底 dor 是平埔族 e 祭祖歌，除了歌謠本身表達著先民敬祖感恩 gah 大自然和諧相處 e 情景，協力拍拚 di 土地生產 e 奮鬥精神 ma 充分表露。Ui 民俗藝團所組成 e 牛犁仔陣 ma 運用歌謠做了加減轉變 e 表演方式，通常 di 民間 qia 鬧熱、廟會等活動攏有演出。牛犁仔陣應該講是平埔族祭祖儀式民俗美學 e 再創作。原住民族群 e 祭典儀式當然是牛犁仔陣頭 e 一個根頭。台灣 e 民間歌仔戲 gah 布袋戲等當然 ma 是民俗美學 e 代表。

(2) **娛樂性厚**。娛樂 e 本身是注重 di 趣味性,聽故事、講笑話、看戲等,逐個來 zia 坐,食飽來哈茶,講天講地講 gah 一飯籬,攏包括 di 民間文學內底。

(3) **另類知識**。生活 e 經驗、氣候 e 變化、節氣 e 種作、教養 e 訓示、農經生產等往往攏 di 諺語 e 智慧庫現示,親像氣候 dor 有 "六月火燒埔"、"九月颱、無人知"自然現象 e 歸納;漁業養殖 dor 有 "飼魚先飼水、飼水先飼土" e 步調 gah 方法,口傳 e 祖先秘方,充分展示著 "阿公傳 阿媽傳 青草仔煉藥丸" e 另類知識。

(4) **家庭、族群、社會 e 教育機制**。語言代先書寫,民間文學是以口頭相傳為主,父教囝、族長教族民、社會 e 人情義理 gah 規矩,以口頭方式保留 gah 流傳,由小單位開始推展到社會集體 e 意識層面,形成民族性格。"講話 e 能力"是民間文學口頭相傳 e 特徵,伊扮演著訓育 e 功能。民間文學集體 e 智慧、共識 gah 功能,其實是現代人所謂 e 學院之外 e "公民教育" gah "社會大學"。

(5) **生活本身 gah 文化 e 內涵**。人 e 生存實質 gah 心事 e 流動,ham 土地環境密密相黏,台灣是海洋國家,深藍 e 大海、青翠 e 景緻、魚、鳥、花草攏是民間文學 e 內容,人民勞動 gah 拍拚生存 e 意志,ui 歌詩、民歌國風 e 抒情當中互相鼓舞、安慰 gah 流露人民內心喜樂哀苦 e 情感,特殊 e 民間文藝形式,時間久自然成做台灣是寶島 e 文化特色。

(6) **寫作材料 e 來源**。用民間故事、傳說 gah 神話再創作,往往以戲本、小說等以故事本身顯明 e 情節 gah 訓示 e 代表性,用當代 e

語言改寫 ham 重組，再現體材 e 主題，達到提醒、教化、兼顧娛樂 e 目的。比如，李喬 e《新白蛇傳》、*James Joyce* e "*Ulysses*" 等運用傳說 gah 神話做底，繼承前人 e 某一個簡明特定 e 意象，用新手法再創作、再示現。其他如林投姐、邱岡舍等台灣民間故事 ma 一再 di 電視劇改編演出。

(7) **移情作用**。看歌仔戲、布袋戲 gah 聽故事，無論是喜 iah 是悲收尾，攏有發落心情 e 轉移作用，流瀉出來加 e 勁力 gah 引起同情心，對人生 e 遭遇有平衡 e 作用。民間文學提供簡單 e 敘述、明顯 e 主題，伊有活潑生動 e 特徵，容易 ho 人接受，達到移情 e 作用。

(8) **認識身份**。Di 台灣殖民歷史 e 遭遇中，咱個人 e 身份 gah 國家整體 e 地位，文化、情感、意識甚至是體內 e 細胞、在地 e 血統，di 通常 e 一句話 "有唐山公、無唐山媽" 有所證明。特殊時空 e 演變，di 族譜、親成稱呼、文書、故事 gah 歌謠當中，有一條人類學、民族誌 gah 歷史 e 淵源 di 民間口頭認同 e 線索生存，比如陳雷 e 小說有關平埔族 Sih-la-ia 滅亡 e〈鄉史補記〉，是正史文字記錄以外，喚起身份 e 認知。Gorh 如下節 "民間文學 e 背景"，各民族收集民間文學 gah 追溯民族身份 e 認同，攏顯示采集、整理民間文學 e 重要性，使得統治者 gah 宰制者 e 書寫優勢文化，以掩滅、竄改、剪裁過 e 所謂 e "正史" 回歸原貌、或補充人死史亡失去事實根據 e 人類一段空白 gah 前史。這 ma 是 veh 搶救民間文學 gah 口述歷史相當性質 e 主要工作。

4. 民間文學 e 背景

民間文學是近代才成立 e 概念，傳統 e 社會，會曉寫字 e 文人藉著文字主導文化 e 傳承 gah 發展，社會分做貴族 gah 勞動階級，甚至用按呢來分別文明 gah 野蠻。一直到十六世紀以後，di 歐洲一寡思想家 ka 看著庶民生活 e 生命力，尤其是法國浪漫主義 e *Jean Rousseau*[盧梭]、德國 e 民族主義 *Johann G. Herder*[赫爾德]二人開啓著文人重視民間文學是人類文化共同 e 寶藏之觀念。

　　Rousseau 除了主張人是生來 dor 是平等 e 以外，ma 認爲都市 e 文明腐敗，ganna 庄腳是 iau 保有自然樸素，鄉村不止是隱遁 e 所在，gorh 是 edang ho 人寧靜思考自我發現 e 所在，是按呢，以農村農民做主體 e 平民大眾 dor 保育著 ka 完整 e 、醇美 e 傳統。原汁 gah 優質 e 傳統風俗保留著人民心內上深沈 e 記憶 gah 情感，民間傳唱 e 歌，應當是文人創作 e 重要泉源，m 是被歧視、放棄 e 對象。

　　Herder e 影響是伊認爲一個民族 e 民族精神或者是民族魂，愛 ui 語言來表現，di 語言表現本身，語言 e 精華 gorh 是存在 di 民間歌詩；民間 e 傳說、歌謠 gah 風俗是 gah 民族情感結做伙 e ，農村 e 歌謠保存著美 gah 真，是有純樸 gah 原創性 e 作品，更加是民族性格、民族精神 e 表現。

　　歌謠是民眾集體 e 產物，di *Herder* e 推 sak 影響之下，十八世紀尾、十九世紀初以後，歐洲各地，特別是未統一前 e 德國、*Finland*[芬蘭]、*Ireland*[愛爾蘭]等，有民族意識 e 知識份子，陸續投向家己 e 民族地區，經營著民間文學 e 園地。十九世紀以來，di 德國有 *Jacob Grimm* gah *Wilhelm Grimm*[格林兄弟]、*Johann L. Tieck*[蒂克]等，dor 積極下鄉去從事民間歌謠、故事、傳說、敘事詩 e 采集及整理運動。從此喚醒日爾曼 e 民族自覺，yin 認爲參加收集、整理民歌、故事是一種愛國 e 表現來對抗著法國 *Napoleon* [拿破倫] e 侵略，而且 gorh 進一步講民族精神、語言 gah 民間文學三項是 vedang 分開 e ，更加重要 e 是重視德語是代表德國人民 e 性格 gah 精神，自按呢 dor 拍破一向宮廷、貴族所重視 e 法語，gorh di 十六世紀以後決心脫離希伯來文 gah 希臘文 e

束縛，從此更加進一步發揮著文藝復興 e 實力，di 文化上真正獨立自主，近二世紀以來，ui 重視民間文學所提倡 e 民族語言 e 使用威力強大，di zia 得著證明。

　　民間文學 di 西歐，除了德國 e 提倡 gah 發展，其他如 *Ireland*、*Finland* e 建國獨立運動攏扮演一個重要 e 角色。民族母語文運動 di 歐洲文藝復興過程中搬演一個文化主要角色，講民間文學 e 采集、整理再運用是近代 zit 波民族國家形成 e 功臣之一是無過份。另外，如，拉脫維亞，拉脫維亞是波羅的海三小國之一，自古以來遭受著德、俄等強國 e 威脅，1991 年才 ui 蘇聯獨立出來。伊為著 veh 證明 yin 是一個國家，有自己 e 民族文化，一個真有名 e 作家 *Gulaham Gulin(Graham Grene)* 拍拚去搜集民間文學，成果總共有民謠七十七萬五千首、故事三十萬一千條，傳說四萬八千件、謎猜四十五萬條、諺語二十四萬四千則、咒語四萬八千項、民俗草藥三十三萬四千種。按呢 dih 拍拚，目的 dor 是 veh 表示 yin 是印歐語信路德教 e 民族，m 是信東正教 e 斯拉夫民族，最後 edang 脫離蘇聯，家己獨立。這 gorh 是一個 ui 民間文學語言文化創國 e 例。

　　咱倒轉來看民間文學 di 台灣 e 情形。台灣近四百年來一向被殖民、被邊緣化，教育無普遍化 e 背後 gorh 受著 "一個字 gah 音分離 e 漢字文化" 長期主導。漢文、漢學仔其實是少數人 gah 既得利益者 e 特權，di 民間，對漢字 e 認識是孔子公 e 代表，對漢字權威性 e 服從 ui 民間對漢字紙 e 崇拜，如看著漢字紙 ve 使 hann 過 e 禁忌。另外 gorh 有 "燒字爐" e 設立，認為漢字是神 e 代表，有漢字 e 字紙 ve 使清采 dan，一定愛 teh 去特別 e 所在處理等，攏 gorh 是近代 e 代誌。長期 di 漢文化 e kam 罩 gah 漢文 e 字 gah 音分離之下，台灣人 e 母語 di 書寫頂面一直無普遍化，一直到日治時代 1920 年左右，受著政治、民族、語言、文化、身份 gah 國家認同 e 種種問題 e 衝擊,開始了論議台灣話文 e 使用方式 gah 從事采集台灣民間文學運動 gah 工作。

采集台灣民間文學方面,一開始是 di 日人時代注重 di 原住民方面 e 采集,已經有 ve vai e 開始,但 ka 無科學性;國府來台以後台大類學系 gah 中研院民族所 ma 有人 deh 做,範圍 ma 注重 di 原住民,方法上是 ui 民族學、人類學觀點來調查,注重神話 gah 民俗 e 部份,做法 ka 科學性。另外,有文人吳瀛濤 gah 李獻璋等,尤其是 1936 年李獻璋 e 著作《台灣民間文學集》出版,這是日治時期民間自發性 e 台灣民間文學工事具體 e 成果,代表著台灣各地 e 歌謠、故事 gah 其他民間生活藝量。當年參與《台灣民間文學集》編寫工作 e 人員包括李獻璋、賴和、王詩琅、朱鋒(莊松林)、黃得時、廖漢臣等重要 e 文化工作者,賴和更加 di zit 本冊內底 ga 寫序文聲援。賴和本底 dor 有傾聽勞苦大眾心聲 e 人道精神,ma 對民間文學 e 重要性有充分 e 認識,除了日時 ga 人看病,有閒 e 時陣 ma 是親身去聽乞食人 e 歌仔調,做采集 gah 整理民間文學,比如 1930 到 1935 年中間所發表 e〈新樂府〉、〈農民謠〉、〈相思歌〉gah〈呆囝仔〉等。(註一)

李獻璋、賴和、郭秋生、吳瀛濤、黃得時、吳新榮等人陸續 e 努力,雖然中間遭受著五十冬 e 語言政策凍結,前輩 e 努力已經 ga 咱留落來土地、人民、文化三位一體 e 民間文學命脈,尤其是 1951 年以來《台灣風物》e "藝文篇" 有登錄著相當豐富 e 民間文學資料(註二),ho 九○年代 zit 波民間文學采集 gah 整理、學術研究 gah 人民自我認同 e 尋根之旅有一個重要 e 源頭 gah 啟示。現在積極參與民間文學 e 工作者有 dua di 台北有簡上仁、國立藝術學院 e 邱坤良教授;新竹清大 e 胡萬川 gah 陳素主、廖麗雪、吳國禎、楊允言等;彰化有林松源,蕭平治 gah 呂興昌等;台中有陳延輝、楊照陽、曾敦香、賴妙華等;

嘉義有陳益源，江寶釵徐清文翁仔某、董育儒 gah 蕭藤村等；台南縣永康 e 方耀乾台語文學館，台南市有董峰政 gah 林培雅等；宜蘭有林錦賢，澎湖有洪敏聰等等。

5. 民間文學 e 采集 gah 整理

　　以上所介紹 e 工作群，其中以胡萬川教授 gah 陳素主小姐為主所合作 e 工作成果有光彩 e 成績，yin e 精神 gah 所採取系統性 e 科學方法值得咱來介紹一下。按呢會方便著有興趣投入者　gah　從事者對　zit 方面 kangkue e 發落。

　　胡教授除了親身 ga liau 落去民間文學 e 文化工程做田野調查、資料采集 gah 彙整編輯 e 事務以外，辦民間文學 e 研討會、熱心立文鼓吹搶救民間文學、公開進行採編方法 gah 有關單位合作 ham 指導。按呢做種種 e 苦心 dor 是希望 ga 咱 e 民間傳統精神 gah 生命力有一個源頭 e 根本可依據，di 文化保存 e 同時，發覺過去、把握現在、開創未來。自 1992 年以來到 2001 年，一直連續 e kangkue 已經有超過 60 本單行本 e 民間文學集出版，當然 zit 幾冬以來計劃系列 e 背後有一個機要 e 靈魂人物統籌著大大細細、雜雜粹粹 e 專任助理陳素主小姐。素主長久以來對 zit 項 kangkue e 熟悉運作 gah 安排真順手，zit 款細膩、謙卑、負責 e 精神 gah 工作倫理，使得伊 e 專業成就著台灣人上有主體性 e 文化本質。顯然 yin zit 組工作人員是民間文學 e 中心，因為 di 九〇年以來，di 台灣起初 ka 有科學性 gah 系統性 e 整理民間文學做法是 ui zit 個工作室開始 e，差不多現此時有關 e 工作群攏有 gah 胡教授主持 e 計劃、參與者有所關聯。

　　有關民間文學 e 采集 gah 整理 e 系統性 gah 科學方法，現在大約是按呢做：

　　(1) 文集類別是以地方、年代、受訪對象、文體形式分類，通常 di 冊名 dor 有真明顯 e 涵蓋，比如《鳳山市閩南語故事集(高雄縣民間文學集 1)》、《羅阿蜂、陳阿勉故事專輯》、《歌謠篇》、《故事篇》等。

　　(2) di 內容 e 格式包括講述者、采錄者、時間、地點、文本、註解、中文譯文。地方以所在、地名分類，對象以人名表示，年代有採訪時間 e 年、月、日 gah 出版年，文體形式包括故事、傳說、民謠、歌謠、qin-a 歌、謎猜、笑話、民俗、儀式、禮俗、話語、諺語等，註解以母語音韻注音 gah 華文解釋。整體 e 展示是按呢，內部 e 工作原則 di 胡教授 e〈工作與認知－關於台灣的民間文學〉文中明白講一定愛注意著語言內涵(texrture)、文本(text)、講述情境及相關背景(context)三個面向。第一，語言 e 內涵 di 民間文學尤其重要，di 字音 e 原音再現有相當 e 語言特質，以台語做例，台語有束喉 gah 舒聲等、有三階 e 音樂性(so、mi、do)、有七調(基本是七調，iau 有特殊 e 情形，調 gorh 有分本調 gah 變調)、獨特 e 語法 gah 句法等，語文本身對應 e 是反映個人 e 感情、種族整體生活 e 內涵。總講一句，語言 e 語調、語魂、語感、語意、語法代表族群、地域 e 絕對特性，vedang 忽略；第二，文本是講述 e 內容，比較起來文本 e 內容經過轉譯是有 e，但是有失真 e 部份，語言 e 內涵本身是難以轉譯取代 e，veh 保持原味盡量以原面貌呈現，所以 zit 二項有密切 e 關係；第三，講述情境及相關背景是包括如何進行相關資料索取 e 內容，以 5W1H e 架構：講述者身份 gah 聽眾(who and whom)、啥麼款 e 主題(which)、講述 e 所在(where)gah 時間(when)、為何講述(why)、如何講述、吟唱(how)。講述者 e 身份、年齡、背景、性別愛標明，場所看是儀式公開或者是私底下交流、神聖或者是世俗、莊嚴抑是笑詼、個人藝量抑是團體表演、何年何月或者是日時抑是暗時、有啥麼目的、如何講說 gah 吟誦、veh 達到啥麼目的等種種 e 因素。深入 ka 細節 e 代誌，愛有民間文學採集、整理 gah

彙編手冊，如工作人員 e 訓練、工作分配各方面進度 e 甘梯圖(Gantt Chart)等(註三)。

　　除了以上 e 基本工作條件，人文學者 gah 作家 e 參與、客觀 e 普查、科學性 e 整理、資料庫 e 建立、出版資料、教育機關、傳播媒體、地方文藝活動等攏是不可分離 e 重建民間文學之工作範圍。

　　過去台灣民間文學采集 e 工作人員大部份是人類學、社會學、民族學、民俗學家等，自從九〇年代開始，投入台灣民間文學采集工作者 dor 大約是文史工作者、義工、學生 gah 中文系 e 教授等，前者以民俗研究學術為重，後者對文化保存功能為重。民間文學過去以口述、口傳為主，di 無外來、優勢 gah 混合 e 情況之下，保持伊 e 單純性可能性大，mgor 因為口頭流傳有"人存人文在，人死人文失" e 缺點，免講現此時外來優勢文化 e 取代 gah 混合 e 強勢因素，年久月深隨著人口 e 流失，文化 ma 會自然衰退，所以文化需要書寫 gah 記錄，累積 gah 活化，若無 dor 是博物館 e 瞻仰 gah 懷思而已。總講一句，從事民間文學 e 工作者扮演重要 e 文化保留角色，ho 人敬佩，另外 dor 是 di 目前母語文化嚴重流失 e 情形下，zit 款工作 m 是社會少數精英份子 e 專利，應該有 ka 濟人做伙參與。

註解

（註一）

　　胡萬川。賴和先生及李獻璋先生等民間文學觀念及工作之探討，賴和及其同時代的作家：日據時期台灣文學學術會議論文，台灣新竹，1994，11 月 25-27 日。

（註二）

　　請參考 高賢治編 《台灣風物分類索引》。台北縣：台灣風物雜誌社，1991。

（註三）

　　請參考胡萬川所著作 e《民間文學工作手冊》(台北市：文建會，1996)。

參考文獻：

張紫晨。民間文學基本知識。上海：上海文藝出版社，1979。

胡萬川。大家來搶救台灣民間文學。新竹市：清華大學中文系，199x。

胡萬川。台灣民間文學的過去與現在。台灣史料研究，1993 年，2 月。

胡萬川。民族、語言、傳統與民間文學運動——從近代的歐洲到日治時期的台灣。
　　　　民間文學與作家文學研討會，199x。

胡萬川。變與不變——民間文學本質的一個探索。台灣民間文學學術研討會。台
　　　　灣省政府文化處委辦，清華大學中文系承辦，台灣新竹，1998，3 月 7-8。

胡萬川。工作與認知——關於台灣的民間文學，199x。

胡萬川。賴和先生及李獻璋先生等民間文學觀念及工作之探討，賴和及其同時代
　　　　的作家：日據時期台灣文學學術會議論文，台灣新竹，1994，11 月 25-27
　　　　日。

胡萬川。論民間文學集體性之質變與發展。

陳益源。民俗文化與民間文學。台北市：里仁，1997。

戴寶村。台語 gah 建國運動。台語世界第四期，1996.10，p.26-28。

6. 台語民間文學 e 類型 gah 風格

　　　前述傳統上，民間文學大約分做三大部份：群眾口頭創作、民間
講唱 gah 民間戲曲。文類 e 形式有明顯 e 韻文 gah 散文兩大類型。

　　　以韻文表現 e 有歌謠、歌詩、諺語、講好話、四句聯等，散文有
神話、故事、寓言、傳說、笑話等。換一句話講，民間文學是民俗美
學，具有相當 e 學術文藝雛形，口頭文學當然是書寫文學 e 前身。

　　事實上，對比著作家文學，民間文學有明顯 e 集體常民文化生命力 deh 流布，簡單順溜 e 口語好連接，身邊發生 e 事件，自細漢耳仔邊聽著 e 故事，在在攏親像吸空氣 e 自然 gah 生長 e 需要，不止是滿足人類 e 好奇心、想像力，ma 是生活 e 一部份。本質上，民間文學流行 e 普遍性 dor 具有自然形成 e 質素。

　　Di 台灣，筆者目前所看著 e 民間文學 e 類型大約有歌謠、話語、故事。歌謠粗分做民謠、歌詩、童謠、qin-a 歌、儀式歌謠等。話語 zit 部份包括諺語、四句聯、激骨仔話、生理市場話等。故事指廣義 e 範圍，包括民間故事、神話、傳說、謎猜 gah 笑話等。大體講起來攏無出韻文 gah 散文 e 範圍，用 zit 種分類，事實上是台語 e 語言本身 dor 有旋律 e 音樂性，歌謠 gah 話語有韻文 e 特色，比如 "講好話" kng di 儀式歌謠內底，顯然 m 是完全 ganna 話語散文 e 形態，是 ka 注重講好話所 veh 表示 e 吉利內涵；"笑話" 雖然是散文式 e 敘述，ma 有鬥句 e 所在(請見下文 e 舉例)，所以下面 dor 用 ka 闊面 e 類別，將民間文學分做歌謠、話語、故事來介紹。

　　關係民間文學 e 產量非常可觀，因為民間文學有共同性 gah 集體性，風味攏是有一個主軸，個別 e 文本攏有一致性存在，dizia 只抽一寡做例來說解 gah 欣賞，無 veh 一本一本談論，請看收錄 e 書目。列出來 zit 個系列 e 著作，一來 ho 咱看會著有啥麼成果；二來提供得著資料 e 方便使用、教學 gah 研究等 e 途徑；三來若有遺珠漏勾 e 所在，請做伙來添補。有聲作品 e 部份有真濟，族繁不及備列，本節重點 kng di 書寫作品，通常 di 台語 e 書寫 iau 無真正興旺 e 情形，尤其是口語 e 流失 gah 訓讀 e 參用，帶音 e 有聲成品 dor 有輔助 e 功能，zit 部份 e 資料如台北吳成三 e「台灣 e 店」gah 阿惠 e「台灣傳播公司」大約攏有。

以下就筆者有限 e 見識將各種台灣民間文學 e 類形做一寡簡介：

(1) 歌謠

a. 民謠

　　民謠 gah 唸謠 di 民間文學 e 範圍內底看起來無真明確 e 分別，dizia dor 指講是 edang 唱 gah 唸 e 歌 gah 謠，民謠簡單講起來是名間集體流傳唱唸 e 歌謠。

　　本節所列 gah veh 介紹 e 民間文學集書目重點 kng di 台灣 Horlor 歌謠 e 部份(另外客家語系 gah 南島語系等，作者 mvat，有關客家 gah 原住民 e 書目只供小部份參考而已)。

　　一般講起來，語文 e 形成是先有語言後來 dann 有文字 e 順序是既成事實。語言轉化做書寫進前，人 e 喜樂哀愁心事律動、七情六慾、婚喪儀式、人情世事等等，經由歌聲、話語喃唸出來充滿抒情、奮鬥、勞動、鼓勵、失意、話山話水等人生 e 境遇，經由歌聲 gah 儀式等形式來調整個人情緒、促進人際互動 gah 積聚集體力量。歌謠 e 價值 dor 是先民代代相傳 e 精神食量、民族精神寄託 e 原鄉、具備土壤原汁樸實 e 養份、四正有深度，經過時間 e 考驗猶原在壁壁，歷久彌新。台灣 Horlor 歌謠有語言先天優美 e 旋律性，比如"酒矸通買無" dor 有真明顯 e 台語三音階特徵，若唸若唱 語調 gah 音調，uana 唱 uana 拍節奏，腳步會跳舞、歌聲會發翅，相當漂撇，du 好 ga 相當娛樂性 e 歌謠結合做訓示或教育 e 功能內底。

　　台灣歌謠 e 特質依簡上仁歸類做：傳統性、民族性、集體性、鄉土性、共賞性、民間性、教養性、文化性以外，歡樂性、即興性、戰鬥性、主體性、自主性、本土性 e 意味 ma 是真強。

　　台灣 Horlor 語系歌謠，有地域 e 分別，如恆春調風 e〈思想起〉、〈台東調〉、〈四季春〉、〈牛尾調〉等；嘉南調風有〈牛犁仔歌〉、〈草蜢仔弄雞公〉、〈卜卦調〉、〈搖囝仔歌〉、〈天烏烏〉、〈菅芒花〉、〈五更鼓〉、〈病子歌等〉；宜蘭調風〈diu-diu 銅仔〉；台北調風有〈崁仔腳調、台北調〉等等是有曲調、歌譜 e 歌曲。其他一般 e 唸謠，因爲台語本身 e 音樂性豐富，唸謠 e 時陣只要加牽長調，隨興隨意吟唱 dor 有歌，所以若口訣 e 數字謠、搖囝詞、講好話、拍拳賣膏藥、收驚、相褒、台灣詩風、心內話等等 e 傳統唸謠 gah 七字仔，若唸若唱 e 旋律 dor 自然流露。除了有作曲家 ga 譜曲或者是以某一條民謠 e 格式 ga 套入去(註一)，抑是唸者小可 ga 牽一個仔調 dor 出來，以下 e 例除了有採 e 譜，veh 唸 veh 唱攏可以，換一句講"唸 gah 唱"中間 e 關係 dor 真明顯。

　　關係台灣民謠，簡上仁 e 著作《台灣民謠》zit 本冊有足頂真 e 說解。簡上仁真特殊 e 所在是 di 伊本身是一位作曲家、演唱者同時 gorh 是一個深入民間歌謠 e 採訪者，老父 e 墓牌刻寫 e 是"大林"，用伊 zit 條血跡地 e 根脈連繫著民間常民生活 e 喜怒哀樂。自 1977 年以〈正月調〉一曲，得金韻獎 e 作曲賞連續到現在已經有二十外多 e 時間，用個人 e 心血南北 gah 海內外奔波攏 deh 發揚 zit 種具有美麗島嶼男女老細民衆 e 集體創作，充分 deh 展示著台灣本土文化質素 gap 傳統精神(註二)。台灣 e 民風 gah 自信必須愛 di 先民 e 精神內底看著精髓，以民謠做例，伊現場說唱，ga 聽衆引導入去時空 e 變化，比如唱嘉南平原 e〈牛犁仔歌〉，一面詮釋、一面彈奏 gah 演唱，慢慢仔 ga 咱失去真久 e 靈魂原鄉挽倒轉來。面對簡上仁 e 歌聲，原來 zit 條細漢 e 時陣，定定 di 喜慶廟會所聽著 e 歌 gah 牛犁仔陣藝演 e 記憶款款 a di 咱 e 血內溫溫仔、勻勻仔燒起來，有唐山公無唐山媽，噢！原本咱 Silaiyia e 先祖，咱 e 祖先平埔族 di 青翠 e 平洋 deh 祭祖、deh 呵咾、deh 祈求……yin 集體 deh 感恩謝拜，代代世世 deh 傳湠，傳到後代漢人來 a，Horlor 人 gah Silaiyia 混合 di zit 塊土地生湠，和平、平凡、認份 deh 過日，時空 e 流 seh 產生 zit 調平埔族歌謠 Horlor 歌：

頭戴竹笠 ue　遮日頭 a-ue　手牽 na 犁兄 ue　行到水田頭
na-ai-iorh 犁兄 ue　日曝汗愈流　大家 na 協力 a-ue　來拍拚
ai-ior-ue
na-ai-iorh –a　i-dor 犁兄 ue　日曝汗愈流 a　i-dor 大家協力來拍拚

這正是咱平洋 e 水田頭，di 日頭腳大粒汗細粒汗眾人用雙手骨力拍拚 e 先民，而且犁兄 gorh 是 deh 稱呼替人做 kangkue e 牛啊。

鏡頭來到恆春，做阿爸 e 明仔早起 veh 將查某囝嫁出門，m 甘、心酸酸，一塊臭肉 di 別人兜，veh 好、veh vai 猶 m 知，心肝頭搖擺無定親像牛尾溜 hainn 來 hainn 去，做爸 e 特別 di 出嫁 e 前一暗表示心內話 dor 唱講：

姊妹呀君啦　veh 去到千里路啊頭遠
即時 veh 來離父離母　誰人心肝 dor 加也按呢酸呀
我 e 君呀坡批 veh 去田郊　人囉底啊嗯啦
yi-a-au 來　是好　是歹　gorh iau　啊 m 仔知　〈牛尾擺〉

起源 di 宜蘭 e〈diu-diu 銅仔〉是早時農業社會時代，一種擲銅錢 e 賭錢 cit-tor 代，刺激好 sng，後來宜蘭地區東部 gah 西部有火車交通，坐火車 gah 外口有交接，心肝歡喜，心情振奮 dor ga 填入去 zit 條眾人熟悉 e 宜蘭調：

火車行到 i-dor 阿 mo i-dor diuh 唉喲 pong 空內

pong 空 e 水 i-dor　diu diu diu 銅仔 dor 阿 mo i-dor diu 仔 i-dor 滴落來

簡單 e 節奏 gah 平素 e 擬聲，有輕快、有跳躍 gah 速度感，ho 人緊聽緊會曉，流傳 e 範圍 dor 緊 gah 闊。

農村曲有〈恆春耕農歌〉，di 都會咱 ma 有高雄調 gah 台北調 e 民謠：

〈高雄民謠〉

聽人 deh 講高雄好，veh 好第一是愛河，

咱若 veh 好去 cit-tor，唉喲我 e 阿君好 m 好？

〈台北調〉

台北首都(伊 dor)台北調，也來艋舺大稻(a)埕，

第一(e)鬧熱(lo)人攏知影，大路(na)電火(gorh)光映映，

大路(na)電火(gorh)光映映。

當時庄腳人欣羨都市有電火(自來火)、水 dorh 水(自來水)、有 liu-long 電梯，高雄 e 鹽埕埔 gah 台北 e 大稻埕，當年流行 e 台語電影〈王哥柳哥遊台灣〉，dor 一項 m 是台語人 e 文化？時空 e 變遷，錯誤 e 語言政策，留 ho 咱是感慨，好佳哉 iau 有積極如簡上仁、許常惠、莊永明等 e 工作者 ho 咱做底 cue 源，搶救優質 e 台

灣文化咱愛趕緊 o！

　　其他 e 唸謠，以地方 e 產物龍蝦 e 長鬚尖尖、鹹草 e 三角花形 gah 娶 sui 某驚人搶去 e 民間俗事結做伙，同時 gorh 將身邊 e 海水配套。鹹草是一款生 di 海水 e 長草，用來作編織 gah 捆縛物件，草蓆、縛粽 e 粽 guan gah 賣魚 e 時穿魚嘴箍 guann leh 方便帶走，龍蝦是一種珍貴 e 經濟產物 gah 粗俗 qau 淚 e 鹹草，按呢 ui 生活中信手捻來 e 題材 dor 架構一條親切 e 歌謠，當時反應海洋子民文化，如〈龍蝦好食鬚尖尖〉：

龍蝦好食鬚尖尖

鹹草開花 dor 是三角捻(liam2)

海水若來 dor 是 veh 曝鹽

娶一個 sui 某驚人占

定定 ma 褲帶長長縛相連　《彰化民間文學集歌謠篇 4》

　　通常親像 zit 類 e 歌謠 e 題目攏以第一句做文目，有 e 是只取頭前四字，比如〈龍蝦好食〉，這 ma 是民間文學集提創作 e 特徵之一，雖然有固定 e 格式，但是題目 e 取法 gorh 自由無限制。

　　反應歷史 e 歌謠有日治時代 e〈軍夫歌〉：

火車慢慢 veh 起行，多謝萬歲，

喝三聲，正手 qia 旗，倒手牽囝，

我君做你去拍，送君出門好名聲。

家內放心，免探聽，雙腳 huah，

去大門外，手 qia 鋤頭無奈。

我君 zit 擺出海外，ho 我失戀強 veh 化，

希望阿君 ka 緊轉，那想心那酸，

手 qia 香足(ka)veh 入門，拜 veh 阿君 ka 緊轉。(取自《阿公阿媽的歌》p.103)

　　Zit 首歌謠其實是 deh 反應非常無人性 e 軍國主義，明明 dor 知影 veh 以人肉、性命換做太平洋戰爭 e 犧牲品，veh 去送死，gorh 表面上表示英雄 e 忠心愛國，多謝萬歲 e 扭曲心態。日本、德國 deh 起痟，台灣人 due deh 衰尾，這是被殖民 e 悲哀。Hit 當時，其實厝內有役男，上驚是收著調兵 e 紅單(赤紙/AKA GAMI)，he 是催命符仔，人人驚，心內雖然驚，表面愛假做勇敢、神聖 e 無奈，ho 人連想著李敏勇 e〈遺物〉第二葩：/戰地寄來君 e 手絹/判決書一般君 e 手絹/將我青春開始腐蝕 e 君 e 手絹/以山崩 e 轟勢埋葬我愛 e 旅途/

　　Zit 首〈軍夫歌〉唸出來為著獨裁者所謂 e "光榮"，將野心合理化，受苦者無所抗壓 e 業障述諸廳頭 e 祖先 gah 神明 e 保庇，戰爭明明 dor 是劫數，為著侵略去戰有啥麼好光榮 e 好名聲？Zit 首歌謠以平素 e 話語間接 ga 咱講啥麼是人道主義、一個查某人承受 e 擔頭有外重！

　　自古以來，可憐女性被逼落煙花 e 困境 gah 無奈，弱勢者只有用目屎洗面：

煙花歌

查某汝是哭按怎？

人客叫我點煙盤，

汝是上好 e 藝旦，

查甫叫我琵琶 qia 起來彈，

啊呀喂！俺母喂　　　　（取自《阿公阿媽的歌》p.138）

　　《阿公阿媽的歌》是方耀乾台語文學館 e 成品，zit 本 e 特色是由台南女子技術學院 2000 年畢業班家政系家五全體五十一位同學所參與 e 成果，田野調查 gah 課業結合 di 文化探索之旅，親身 e 經驗是上好 e 宣傳。民間文學 e 老師或是鄉土課程 e 教師對火 veh hua 去 e 母語應該愛有 zit 份心思 gah 責任感，覺醒著課程 e 寶貴，mtang 笨惰以家己 ve 曉做藉口 dor 清采準煞，甚至有人 gorh 將母語文 e 課程調去做他途，ho 人 hainn 頭！

b. 歌詩

　　台語 e 歌詩一向若歌若詩，di ka 古典 e 七字仔 iah 是現代詩攏有 zit 種特色。

　　〈五更鼓〉是可唱可吟 e 台灣歌詩，描述一個新婚 e 少婦 gah 翁糖甘蜜甜 e 意愛：

一更更鼓月照山　牽君 e 手摸心肝　君來問娘 veh 按怎
隨在阿君你心肝
二更更鼓月照埕　牽君 e 手入大廳　雙人相好天注定
別人言語 mtang 聽
三更更鼓月照窗　牽君 e 手入繡房　gah 君相好有所望
叫君僥娘先 mtang
四更更鼓月照門　牽君 e 手入繡床　雙人相好有所向

ka 好燒 水泡冰糖

五更更鼓天 veh 光 怎厝父母叫食飯 想 veh 開門叫君轉

手 huann 門閂心頭酸

　　親像 zit 類 e 情歌吟誦專集，近代有張裕宏集 e《台灣風》、簡上仁 e《心內話》、黃勁連編注 e《台灣國風》、《台灣褒歌(上、下)》、《台灣歌詩集》(台灣國風 gah 台灣褒歌部份重覆)。國風有民歌 e 意涵，zit 類 e 歌謠有一個特色，往往以地方、厝邊壁角 e 植物花蕊做起頭，男女意愛心事以花情、花語寄託，抒情 gorh 詠物，實物 gah 心內話互相烘託，如〈鹹草開花三股鍊〉、〈含笑開花〉等：

鹹草開花三股鍊 海水無 lim　m 知鹹

阿娘想哥 ve 走閃 阿哥想娘海摸針　　(取自《台灣風》p.100)

含笑開花芳過山 水仙開花好排壇

神魂 ho 嫂迷一半 刻虧哥仔 veh 按怎 (取自《台灣國風》p.169)

　　本土 e 台灣國風格本底 dor 充滿自信 gah 活力，人民除抒情、歡喜吟詩唱歌，ma ga 本土美好 e 本質表露：

娘仔生水十二分　看娘行路月過雲

內港無人通比論　ka sui 漢朝王昭君　　(取自《台灣風》p.124)

　　形容一個 sui 女子是勝過十分 e 十二分，不只勝過是頂港、下港，歸個內港到同時 e 國際圈中原 e 王昭君攏 ho 比過。你看描述一個女娘行路 e 姿態是月過雲如此輕巧健美，無輸一個服裝 modelu di 伸展台 e 姿勢。咱 gorh 來看台語內底 deh 形容美人 e 生張有雞卵面、柳葉眉、蔥管鼻、櫻桃嘴、葫蘆腰等,dor 一項 ve gah 西洋 e *Venus*[維納斯]比?按呢咱 dor m 免 siunn 過哈日、哈美做哈日族 gah 哈美族 la,台灣本土是一個雜混優生 e 多族所形成生命 e 共同體,人體含有平埔族基因 gah 自然共維 e 敬天積極、樂天知命 e 天性,咱有啥麼理由自卑? (註三)

c. qin-a 歌

　　qin-a 歌 dor 是童歌,ma 是歌謠 e 一部份,只是風格真特殊數量 gorh 濟,所以另提。簡上仁、李赫、王金選、林武憲、林沈默、康原、施福珍、紀淑玲、鄭智仁 gah 林心智等攏有采集保留,甚至根據台灣 qin-a 歌 e 特色來創作。Zit 部份是重要 e ,因為人之初,初語權特別重要,父母 gah 囝 e 親子活動愛注重。以下舉例有:

　　　　搖囝歌
　　*1.
　　搖啊搖　　豬腳雙爿 lior　　大麵雙碗燒　　肉員炒胡椒
　　蒜仔炒魚鰾　　veh 睏 dor 放尿　　出門 dor 坐轎
　　*2.
　　搖啊搖　　阿公偷挽茄　　挽外濟?挽一飯籬(le)
　　也有好食　也有好賣　也好 ho 咱嬰仔做度 ze
　　*3.
　　搖金囝　搖金囝　搖豬腳　搖大餅　搖檳榔　來相請

　　母仔囝連心,幼嬰仔會鼻老母 e 奶 hen(味),逐日 veh 睏 人 dor 有生物時鐘反應,心肝仔囝若聽著阿母 e 歌幸福滿足,目睭瞑瞑乖乖睏，睏一暝起來 dor pong pong 大，二個嘴 pue 紅紅，等候發嘴齒 edang gorh 食真濟好料理。父母疼囝長流水，阿母 e 雙手搖仔搖，成一個大 qau 人，以後 zit 個大 qau 人造福人群 e 時，阿母 e 雙手真正搖動世界！台灣 e 母愛 di 台灣歌全款有天下女性偉大 e 本質！

數字歌

*1.

一放雞 二放鴨 三分開 四做堆 五搭胸

六拍手 七圍牆 八摸鼻 九咬耳 十拾起

除了教 qin-a 算數字，這是囝 deh cit-tor 沙包帶動唱 e 活潑歌，兼學算數字，歌詞自由、動作靈活趣味。

*2.

一 e 炒米芳 二 e 炒韭菜 三 e ciang-ciang 滾

四 e 炒米粉 五 e 做官 六 e 分一半 七 e 七嬸婆

八 e 損大鑼 九 e 九重山 十 e 爬起來看

台灣南北攏有 zit 條數字歌，第一條是 sng 沙包，第二條是團體拍掌歌。歌詞隨地方所熟 sai e 身邊物件加加減減有變動，隨時空 e 需要 ui 歌詞 e 改變，增加人 gah 地方互動 e 親切感。親像 zit 類 e 歌是遊戲型 e。其他 e 數字歌如：

〈十二生相〉 一鼠 二牛 三虎 四兔 五龍 六蛇 七馬 八羊

九狗 十雞 十一狗 十二豬

團體活動唱遊 cit tor 歌

*1. 行橋行 li-lor，ga 剃頭姆a借剃頭刀

分組：一組約 8-10 個，先選一個做剃頭姆a kia di 邊，另選一個 ka 大漢 e qin-a 做頭前，後壁 due 其他 e qin-a due 後做一隊伍，親像雞母 cua 雞 a 囝。

開始活動，大漢 qin-a 頭王 cua 頭 seh 走、行動 di 剃頭姆 面頭前，同時重覆念唱："行橋行 li-lor，ga 剃頭姆a借剃頭 刀"

停 di 剃頭姆 e 面頭前，剃頭姆 a 回應講："我 m 借、我 m 借！"，同時 cun 手去掠摸隊伍 e qin-a 豚，hong 摸著身驅 e qin-a 愛離開隊伍，一直重覆 sng 到 qin-a 無半個，若是數次無掠著 qin-a，剃頭姆愛借人剃頭刀。（張吳嫌口述，江永進、張春凰採編）

*2. 挑選

方法：圍一個圓箍 或一排 挑選代表 輪流、順序

　　*a.點仔點水缸

　　點仔點水缸 //　啥人放屁 爛尻川

　　*b. 點仔點茶鈷

　　點 a 點茶鈷 //　啥人 ing 暗 veh 娶某

　　點 a 點茶甌 //　啥人 ing 暗 veh 來阮兜

唸謠

　　白鴿鷥

白鴿鷥車畚箕

車落溝仔墘

拾著錢圓
錢圓買餅分大姨

大姨嫌無肉
呼(ko)雞呼狗來咒詛

咒詛無
親姆婆

姆婆去做客
叫大伯

大伯去 hing 龜
叫姊夫

姊夫開窗仔賣土紙
有賣伊
無賣我

害我心肝 pokpok 彈
雞母 cua 雞 nua
雞 nua 走入店
龜咬劍

劍無尾
鱔魚咬柿粿

柿粿 bit 做周

老人仔穿破裘(hiu5)

穿 gah 十八補

娶無某

娶一個閹雞脯

　　這是取自林明男 e 台南大銃街童謠(《一陣雨》p.93-5)；zit 條歌詞是 ka 長 e，這 ma 是一條台灣地區真普遍 e 唸謠，童謠曲 gah 詞有真濟 e 變化，以白鴿鷥做主角 e 童話世界，充滿台灣在地親友人際關係、動植物 e 生態，歌詞一句一句無真有 *logic* 關係，注重童謠 e 押韻 gah 想像 e 趣味。

雞角仔

雞角雞角咯咯叫

日頭天光出來照

阿公食薰點火燒

阿媽舉香去拜廟

阿爸牽牛過田園

阿母抱嬰噓尿尿

　　農村社會 e 家居生活圖，日出做穡，牛犁田、雞角叫人起床 (ma 有特殊 e 表達法無仝款華語 e 公雞)，阿公 ka 大，先食薰享受，阿媽 ka 老做 ka 輕可 e 拜廟祈求感恩 kangkue，壯年 e zit 代是社會 e 中堅，男性做田生產、女性飼囝育後世，透早有好習慣 ga 細漢囝 si 尿(*potty trainning*)，這是一首厝內人各守本分、親情溫暖、天倫平安 dor 是福 e 農村生活歌。

手提一匹布

手提一匹布，走到雙叉路，

雄狂入當鋪，當錢一千五，

走到雙叉路，買了一擔醋，

擔到雙叉路，看著一隻兔，

放下醋，去追兔；

掠著兔，脫了褲；

包了兔，咬破褲；

走了兔，放下醋；

也無褲，也無兔；

也無醋，氣死 hit 一個姓布。

押韻、鬥句、笑詼，反應雄狂著急 e 差錯。

大頭仔

大頭仔 大累累

蠓仔叮交雉 交雉 pokpok 跳

大頭仔死翹翹

大頭 ka 有特殊，qin-a 無顧慮著大頭仔 e 心理反應為著 veh
發洩勁力，一堆 qin-a 開嘴放送做伙唸 teh 來 sng 笑人，損人無
利己，雖然講 qin-a 是天真 e，其實是殘酷 e。古早蠓仔濟，厝
內飼 e 雞仔鴨仔 e 頭時常 dor ho 蠓仔咬 gah 大細 lui，可能按呢
dor ga 大頭 gah 交雉連想。另外，民間 ma 有對擴（kok）頭 e 稱
讚，表示聰明富貴："前擴金 後擴銀 擴頭查某做夫人"。

小學生

一年 e 悾悾，二年 e 孫悟空，三年 e 吐劍光。

四年 e 凸風，五年 e 上帝公，六年 e 閻羅王。

小學生 e 心事，veh 做 qin-a 頭王 unna 愛有一定 e 順序，這是直述性 e 趣味。

Tai 雞請大舅

*1. e -a e gu-gu，tai 雞請大舅，大舅無來，qin-a 掠起來 tai (作者故鄉高雄大社歌謠，大人 gah qin-a 做伙唸，阿舅有來 dann tai 雞，無來 dor 愛取消，ga qin-a 講 sng 笑、安慰 e 歌)

*2. tai 雞請阿舅，阿舅食無了，cun 一隻雞仔爪，ho qin-a 食無夠，qin-a di 後尾門，gong-gong 哮(取自《阿公阿媽的歌》p.82，雲林崙背)

這首，反應 "天頂是天公，地下是母舅公" 天大地大母舅上大 e 親成倫理，阿舅來 dann 有雞肉通食，是歡喜代，mgor zit 個阿舅實在真大範，a 無想看做人客後壁 iau 有一堆人 deh 等茭尾，台灣人一向攏對人客膨風，對家己人克制，qin-a 一向無 gah 大人坐桌，刀煮師應該愛先留一點仔 ho yin，mtang ho 小兒失望，qin-a 當 deh 大 le，大人 mtang 營養過多啦！浪費！事實上，這是散赤時代 e 普遍現象，大人 veh 飽 gah 醉無定定有。

肚臍 gah 目睭皮

肚臍深深 veh 貯(de)金　　肚臍淺淺 veh 貯 gen

目睭皮　目睭掣(cuah)　　好事來歹事煞(suah)

　　這是有關身體 e 生理架構 gah 心理安搭 e 童謠。有一寡親像按呢 e 短句，雖然無啥麼具體 e 意思，但是 ma 足會滿足 gah 激起 qin-a 鬥句 e 幻想力，比如："鴨、鴨，tai 無肉"、"黃鶯、黃鶯，掠來相 zing"、"iau 鬼、iau 鬼，拾蔗蕊"、"剃頭剃一爿，欠 gah 錢無愛還"、"土地公，白目眉；無人請，家己來"順口溜唸，ka ve 無聊閒閒做藝量。

賣豆菜

賣豆菜　　蔭豆芽　　賣潤餅　　拖水雞
魚肉鼎　　精肉炒韭菜花　紅龜發粿
土地公伯仔 veh 食　著跋杯

　　〈賣豆菜〉以實詞連珠語接連，分開來看三葩攏無啥麼關聯，m 過卻是形成一條完整 e 兒童詩，看起來 ka 早 e 人 dor 真具備後現代主義 e 創作風格。

自動車

自動車，zidosha，火車鉤甘蔗，taigor 貓，掛目鏡，
伊老父做保正，薰炊頭，摃 ve 疼

　　〈自動車〉改變人 e 文明，日治時代 e 外來語叫 zidosha，甘蔗 gorh 是台灣 e 經濟產物，交甘蔗 ho 會社是過去一種農作經濟運作，其中一寡台灣人大剌剌 e lasap 少年家靠老父做保正欺負家己人，ho 人不滿 e 情緒 di 童謠發洩。

月娘月光光

月娘月光光，起厝田中央，田螺做水缸，

色褲做眠床，腳布做大腸。

天烏烏

天烏烏，veh 落雨，鯽仔魚 veh 娶某。

鮎 dai 做媒人，土虱做查某，龜擔燈，蝦拍鼓，

水雞扛轎大腹肚，田螺 qia 旗叫艱苦。

〈月娘月光光〉gah〈天烏烏〉具備 qin-a 世界 e 想像力，有夢 gorh 有望，對天有月光、對地有水田 e 生態、對大海洋有海底世界 e 聯想，有探索、有期待。

林沈默 di 1999 年 8 月出版《新編台中縣地方唸謠：台灣囝仔詩》涵蓋二十一鄉鎮市 e 台中縣地方唸謠，平面出版部份由王金選配合版面插畫，有聲出版部份由民俗專家林茂賢 gah 台中廣播名嘴劉菲讀誦。Zit 份作品具有民間文學 e 口語特性、台語 e 韻律、地方 e 特色 ham 歷史 gah 社會寫實，親像伊 di 大里市 e 蕃薯糖文化台灣工作室，甜甘 e 蕃薯糖身價 di 文化意涵頂面 e 強度，咱來看〈潭子鄉〉e 繁榮象徵 gah 現代化 e 警戒：

頭錢公	搶第一	入新居	清初時	潭仔墘	生親戚	張振萬
霓虹燈	呷紅圓	招墾隊	照街市	後壁孫	葫蘆墩	做稽人
拆舊曆	造水利	種地皮	請怪手	掘番田	賺青青	敲流星
種漢米	現此時	甘蔗崙	咧變天	潭仔墘	寄蕃薯	生理人
火金姑	頭家厝	炒地皮	照水池	建鄉里	錢咬錢	開基路
子孫輩	平埔祖	笑謎謎				

紀叔玲 e《鵝尾山 e 眠夢》用現代樂器呈現 qin-a 歌，如將草山頂平等里 e 唸謠〈番婆甲烏仔〉譜做曲，歌詞是 deh 描述一

個翁叫番婆 e 人為著一位 sui 某叫烏仔骨力做 e 代誌：

> 番婆貪得烏仔 sui
> 才得扁擔 tin 扯錘
> 來到半嶺扯口氣
> 行到三角窟仔崙頭嘴開開

　　康原 gah 施福珍等 e《qin-a 歌》透過傳唱來教育台灣 e 歷史、地理、民俗、語言，了解台灣文化，一寡是將流傳 e 唸詞譜曲，一寡是創作，歌唱本身 e 土味好親像隨紅毛土 e 增加減少。

　　王金選 e《指甲花》適合三歲左右開始會曉唱歌 e qin-a 仔 gah 幼稚園 e 唱遊，如〈見笑草〉：

> 見笑草　驚歹勢
> 摸一下
> 葉仔 dor 合做伙，
> 頭殼就 le-le-le

　　配合輕快、活潑 e 節奏，qin-a e 童真世界相當豐富語詞相當古錐。

d.其他

　　如乞食調、勸世歌、喜喪事歌、儀式歌謠、歌仔冊、七字仔等等攏 deh 敘述常民 e 人情世事，五花十色非常豐富。

*1. 乞食調

　　台灣過去 e 乞食是以唸唱賣藝趁食 e，有伊古錐 e 所在，zit

款身份一開始 dor 表明角色 e 人,唱歌長短雖然愛有分別頭家主 e 分額,但是一開嘴 dor 有禮數講好話,比如:"頭家 頭家娘好心好量分我一 sen 銀,tang 出好囝孫中狀元!"牽 gah 有調,有 e dor 用唱 ho 你聽:"好量 e 頭家啊,分(bun)阮一 sen 錢,ho 恁大趁錢,yi yi yi……"這是一 sen 錢 e 價碼;若是二 sen 錢 dor 加唱:"好量 e 頭家啊,分阮二 sen 錢,ho 恁大趁錢,qin-a 好育飼,大人食百二,yi yi yi……"

Zit 種〈乞食賣藝曲〉溫和有身藝 e 分食,gah 綁架案件開嘴 dor 幾百萬比較真正是天差地。

*2. 勸世歌

從善改惡歌

從善心肝 dor 正道,奸雄過對罪難逃,
若是少年有做錯,改惡從善事 dor 無。
受風受雨被雪凍,到時花開白 gah 芳,
有錢虛花免 ng 望,艱苦出身會做人。

勸世了解歌

講到當今 e 世界,鳥為食亡人為財,
想真做人著海海,死從何去生何來。
咱來出世無半項,轉去雙手又空空,
dua 這世間若眠夢,死了江山讓別人。

勸化唸佛經歌

唸佛功德得好報,唸佛回向大家學,

相招同伴唸佛號，合唸南無阿彌陀。
阿彌陀佛唸四字，先唸南無才合宜，
六字洪名唸週至，佛祖來引笑微微。

*3. 賣膏藥歌

銅鑼連拍十外聲
請大家恬恬斟酌聽
ing 暗 veh 來貴地廟口埕
拋麒麟車 bun 斗拍拳賣膏藥
阿公牽阿媽
阿兄抱阿嫂
大家緊來看
慢來看一半
死蛇咬著　死馬踢著
冷滾水燙著
眠床腳跋落眠床頂　來
緊來用阮 e 膏藥上 gai 贊
腹肚疼糊肚臍
嘴齒疼糊下頦
目睭疼糊目眉

*4. 韭菜開花一支芳

韭菜開花一支芳
粗紙落水粒粒 iunn
恁今有歌假 m 唱
腹肚脹破 veh 按怎

*5. 烏鶖做岫篙仔尾

烏鶖做岫篙仔尾

nai-hiorh kau 風半天飛

斬頭早死 qau 講話

恁某比人 ka hiau 花

*6. 普渡來

普渡來，veh 做戲

吩咐三，吩咐四，

吩咐親家姆十五來看戲。

對竹腳，厚竹刺；

對溪邊，驚跋死；

對大路，嫌費氣；

無 dor 攏 mai 去。

*7. 都馬調

Ui〈乞食調〉到〈普渡來〉e 歌謠當中，過去可愛 e 乞食分 lor 到中元祭拜、人文風俗百態，無所不止包括社會鄉里 e 人情義里，歌詞相當平民化，一條腸仔 tang 到尻川 e 條直人性，di 民間說唱藝術表露無遺。

傳統 e 歌仔冊 gah 歌仔戲曲以七字仔調，如〈五更鼓〉、〈上京赴考〉等。歌仔戲是 di 台灣 e 地方戲曲，起源 di 宜蘭地區，以早農業時代重要 e 娛樂之一， mgor 大部份攏藉用中原文化，漢文化 e 色彩 siunn 重，到 zitma 如〈洛神〉e 演出，ma ho 文化人士批評(註一)。這是社會生活 gah 認知有距離 e 關係，當然 di 台灣 veh 脫離文化殖民 gah 抗壓之下，新興文化 e 主體性愛 gah 土地 e 認同連做伙，若無造成認知錯亂 e 戲曲，ma 會遭受淘汰 e 命運。歌仔戲內面 e 哭調仔通常 deh 反應台灣人被殖民 e 悲情，尤其是歌仔冊內底 e 拍某歌有負面 e 意思。當年 ui 中原移民來台 e 羅漢腳仔祖先不免帶來漢文化，其中民間音樂韻味 e 物件旋律進行溫慢，感情含隱克制保守，zit 種 ho 人腹肚腸仔會結規球 e 風格 gah 在地平埔族 e 民謠風活潑、自由、古意條直 e 表現有所差異。現代 e 歌仔戲團當然 ma 有 ka 成功 e 如屏東 e "明華園"。以下來欣賞〈都馬調〉做 zit 節 e 結尾：

都馬調

含露牡丹啊花當紅　　　為著薄情伊一人
虛情假愛怨恨重　　　誤阮青春啊處女欉

　　都馬調旋律好聽，通俗 gorh 有雅氣，是歌仔戲重要 e 曲調，無全 e 人譜無全 e 詞傳唱民間，通常流行 di 風花雪月 e 場面，ga 感歎、懷念、綿綿意愛 e 氣氛舒緩唱出，樂器常用大 gong 弦 gah 揚琴。

*8. 儀式歌謠

　　收驚、收 nua、關鑼仔鼓、司功、廟公等，攏有專門用詞，不管迷信 a 是無知 gah 驚惶，功效是一種民俗 e 心理平衡作用。

**1.　收驚之一

一二三四　拍著驚著無代誌
一二三四　qin-a 落水無代誌

ga 細漢紅嬰仔洗身軀 e 時，veh ga 幼嬰仔 kng 入去浴桶 e 唸詞。

2. 收驚之二

無驚無嚇 食一千百八

無驚無驚 驚耳無驚人

qin-a 無張持 ho 聲 cua 一 dior，講 e 唸詞。

3. 捽鹽米

鹽米白蔥蔥、王神各煞走空空(zam 倒腳)

鹽米白記記、王神各煞走離離(zam 倒腳)

veh 走汝著走、m 走看飛山斗石(zam 倒腳)

(重覆三遍，破病驅邪用)

4. 收 nua

收 nua

收 ho 離

ho 你後胎生小弟

收 ho 乾乾

ho 你後胎生一個有 lan pa

收 ho 離

ho 你好育飼

收 ho 離

ho 你食百二

收 nua[收口水]是民間 di 幼嬰四個月 e 時透早，ga qin-a　kng di 被頂，用被 e 四個角 qiu 來 ga qin-a 拭嘴角，一面唸講。

**5.　kam 棺歌

一點東方甲乙木，囝孫代代居福祿。

二點南方丙丁火，囝孫代代發傢伙。

三點西方庚辛金，囝孫代代發萬金。

四點北方癸壬水，囝孫代代大富貴。

五點中央戊己土，囝孫壽元如彭祖。

Zit 首〈kam 棺歌〉是去邪、鎮靜悲哀、祝福人轉去另外一個世界 gah 賜福保庇在生 e 親人 e 好言好語。

**6. 食滿月酒歌

鴨卵身、鴨卵面，好親成，來相引。

Nai-hiorh nai-hiorh 飛上山，qin-a 快做官。

Nai-hiorh 飛 guanguan，qin-a 中狀元。

Nai-hiorh 飛低低，qin-a 快做父。(nai-hiorh 是大冠鷲、鷹仔)

**7. tai 雞歌

做雞做鳥無了時

趕緊去出世

世世做好額人 e 囝兒

**8. 講好話

食新娘茶講好話、iah 是婚禮致詞講：

今日是好日子　兩性來結連理

祝福新郎新娘　今年開花　明年結子

出世紅嬰仔滿月剃頭講：

鴨卵身　雞卵面；

好親成　來相稱(sior2 tin2)。

入厝食發粿、紅圓講：

食發粿 qau bu 家伙

食紅圓 qau 趁錢

註解

（註一）

簡上仁平時 di 清華大學授教 "台灣民謠" 等課程，筆者有時 ma 去聽課。gorh 時常 di 電台聽著伊 e 節目，最近一次是 2000 年 10 月 14 日 di 新竹師院聆聽伊 e "台灣歌謠 e 生命力"，伊不時 dor 強調台灣 e 民謠是人民、土地 gah 文化三體結做伙，mtang ve 記得咱 e 身軀骨是來自阿爸、身軀肉是來自阿母，gah 生養咱 e 土地。

（註二）

請參考：董峰政〈台灣民間文學的韻律之美──以台灣諺語為例〉，台灣母語文化之重生與再建學術研討會論文，p.32-44，台南市立文化中心國際廳，1999，6.16。

（註三）

a. 請參考："新台灣民族疾病漸呈現共同趨勢：醫界分析台區 88%漢人口組織抗原介於原住民 ham 漢人之間" 中華日報，1996，4.7。

b. 請參考林媽利 "從組織抗原推論閩南人及客家人所謂「台灣人」的來

源"《共和國》19 期，2001，5 月號，pp.10-16。

(2) 話語

　　台灣話 e 內容相當發達，諺語、講好話、激骨仔話、答/觸嘴鼓、相罵相褒、謎猜、儀式用詞等透過民間思考方式 gah 需要展現著一句一句簡潔話語，反應台灣人 e 人生觀 gah 集體性格。通常 zit 類 e 話語有韻文 e 押韻特色，尤其是講好話 e 四句聯 gah 七字仔，部份 e 諺語 gah 答嘴鼓、相褒 ma 是以若話若韻 e 意味展現。

a. 諺語

　　諺語 e 字面意思是傳言、俗言或直言。通常是指 ui 平常生活得著 e 經驗 gah 智慧，流傳 di 民間世俗界一般人聽有 e 普通話句，直接 gah 身邊 e 事務有親密分 ve 開 e 認知關係，因此有明顯 e 語言代表、圖騰、象徵 gah 意義，間接 deh 反映民俗、風物、人文 gah 土地、社會常態、人性 e 冷暖 e 話句 gah 道理。

　　特色：第一 量濟，照洪惟仁 di《台灣哲諺典》講台灣諺語大約有一萬條；第二 面闊，陳主顯總共編寫著作 e 台灣俗諺有十大冊，包括人生哲理、七情六慾、言語行動、生活工作、婚姻家庭、社會百態、鄉土慣俗、常識見解、應世智慧、重要啓示。諺語有 ziah 豐富 e 成果一部份 e 原因是母語 e 文字化 iau 無夠普遍，人有靈性、智慧、情感、無可預知 e 命運 gah 驚惶等 di 書面語猶未發達進前，靠口頭相傳抒發心事、思想 gah 反映人情義理是真自然 e 代誌。

　　諺語 e 內涵包羅萬象，比如：

勤有益、戲無功 / 勉勵人認真做 kangkue ka 有底，過度 cit-tor 無助益。

有心拍石 石成磚 / 有動機 gah 意志總會達到目標。

蔭地 不如心地 / 個人修行比祖先墓地地理風水 ka 實在。

葛藤揹囡出聖人 / 散赤人 ma 會出好囡孫。

天落紅雨 馬發角 / 無可能 e 代誌。

人過四十 日過畫 / 人生四十是高峰過了，身心開始衰退。

一時風 駛一時船 / 適時適地看風勢，順勢做代誌。

一支草 一點露 / 天無絕人 e 路。

初三四月眉意、十五六月當圓、二十三四月暗暝 / 月娘 gah 天體運行 e 現象若詩若畫。

雨來叮咚鼓、好天畫龍虎 / 草厝仔、破厝仔落雨 e 時陣漏水 dongdong 叫，好天 e 時陣無窗廉(li5)仔遮日，風透動樹形 ga 日光反射 e 影 di 壁頂 e 圖影有變化。

三分 sui、七分妝 / 普通人靠天生 e sui gorh 來是外表 e 打扮。

月圍箍 火燒埔 日圍箍 曝草埔 / 月圍暈大好天 日圍暈 ma 大好天。

西北雨 落無過車仔路 / 熱天台灣下港 qau 落大雨，mgor 落 e 地區攏無真大片。

田嬰結做堆 著穿棕簑 / veh 落雨 a。

正薑 二芋 / 正月種薑 二月種芋仔。

正月蔥、二月韭 / 咱人一月是蔥仔大出、二月是韭菜，巧人 veh 食愛食著時菜。

春蟳 冬毛蟹 / 選季節產物愛合時令。

溪邊魚、路邊鳥 / 無勞力 gah 付出 mtang 受益，以早傳說死溪魚、路鳥 mtang 拾來食，veh 食 a 是去菜市仔買。

好琵琶 吊半壁 / 好物無重用。

好頭不如好尾 / 艱苦頭快活尾。

guan 籃仔 假燒金 / 別有用心。

豬屎籃仔 結綵 ; 草厝仔 安玻璃窗 / 無四配。

仙人拍鼓有時錯 腳步踏錯啥人無 / 仙人 ma 有錯誤，一如希臘
　　神話 e 世界 ma 有人性。

亦著愛神 亦著愛人 / 神無完全可靠。

查某 qin-a 油麻菜籽命 / 過去查某団、查某人 e 命運先 ho
　　傳統觀念安排。

有団有団命 無団天註定 / 団是指查某団，生查某団無算人。

甘願擔菜賣蔥 m 願 gah 人公家翁婿 / vai-vai-a 翁食 ve 空，無愛
　　gah 人公家翁。

紅鞋紅鞋 denn、zo 団卡好別人生 / 紅鞋 sui 惜查某団終歸尾是
　　veh 嫁 ho 別人。

一塊臭肉 di 人兜 / 查某団嫁去兜，身價低親像臭肉，隨在人切。

一隻牛剝雙層皮 / 嚴重剝削。

阿公傳、阿媽傳青草仔鍊藥丸 / 阿公阿媽 e 撇步傳流落來。

關雞母 無損 nai-hiorh(鷹仔) /先管顧家己 。

　　台灣有青翠 e 高山有深藍 e 海洋，林木是高山 e 寶藏，有樹
木 dor 有鳥獸，平地人雖然 ka 欠缺 zit 方面 e 諺語，mgor 台灣 e
平地鳥 ma 入來 qin-a 歌謠當中，比如 nai-hiorh、黃鶯、交雉等。
海洋文化 e 諺語：海龍王辭水、掠龜走鱉、龜頭龜尾惜、田螺含
水過冬、田螺吐子(zih)為団死、水清魚現、烏仔魚驚濁水激、飼
魚先飼水 飼水先飼土、死前活鱟(hau)未死先臭等等，充分表達
出來民間文學 "近山熟鳥音，近海知魚性" e 特色。

最近採集諺語專作方面產量上升，各有優點，舉三本冊簡介：

洪惟仁 e《台灣哲諺典》將諺語歸類做：宗教、人生、物理、gah 哲學的宇宙觀四種。Zit 本冊作者 e 採集、引述註解等攏有下功夫，作者本身對傳統 e 底蒂 gah 考證 e 採集素質，值得參考。

蕭平治 e《台灣俗語鹹酸甜》為著 veh ho 讀者進一步了解文意，伊 dor 用一段短文、或對話 e 形式，講相關 e 背景、故事 gah 時事來互相扣應，附錄有諺語 gah 註解索引，是一套有水準 e 諺語典，短文本身 ma 是一篇一篇台語 e 散文作品。

陳主顯著作 e《台灣俗諺》有十大冊，包括人生哲理、七情六慾、言語行動、生活工作、婚姻家庭、社會百態、鄉土慣俗、常識見解、應世智慧、重要啟示等十個單本單元，應該講是一套 ui 諺語出發 e 台灣生活百科全書。一向台灣人 ka 無信心 ma ka 條直，一寡 ka 負面 e 諺語伊攏照錄，希望藉著各方面 e 事實，台灣人藉 zit 面鏡，愛徹底反省。

讀者 di zit 幾本冊內底 edang 查著一般常民文化 e 知識 gah 常識，不但了解著台灣民間人民、土地 gah 文化 e 緊密關係，進一步 edang 以歸納、演繹、分析 e 方法做研究 gah 發表論文。

b. 激骨仔話

激骨仔話 ma 叫做 qet ket-a 話(歇後語)，伊無直接表達字面 e 意思，愛有一點仔需要轉頭腦 e 話語，有一點仔趣味性，有時是以語音 e 相關表示，有時是轉換意思。比如： "火燒竹林寺"是無得確(竹殼)、 "烏矸仔 deh 豆油"是看 ve 出來、 "畫眉點胭脂"是面色好看、 "孫仔 gah 阿媽睏"是鎮公所、 "產婆摸尻川"是外行、 "煙筒破空"是歹管(歹講)等等。

c. 答/觸嘴鼓

答嘴鼓親像相聲，有單聲 ma 有多聲，有用講 e gah 用唱 e 。內容有教示、勸世、相褒、笑詼、相罵等，現代人 ma 有加入批判、評論 e 議題。電台 e 播音站是用聽 e ；電視 e 演員是看 gah 聽 e ，若 gorh 加上配樂 gah 拍損節奏，dor 有一點仔說唱藝術 e 意味。

教示 gah 勸世 e 意味，比如〈疼老人〉gah〈不孝囝〉：。

疼老人

疼老人　ka 有老人通好做
疼 qin-a　ka 有 qin-a 通好抱
ceh 雞屎　講著雞災
ceh 老人 講絕三代

不孝囝

不孝囝　娶了後
某是珍珠寶貝
丈姆是雲枝過月
娘父、娘 le 壁腳邊 au 柴箍
hiann 未著　燒未過
di 壁腳邊 deh ue sue

相褒 di《台灣風》(見張裕宏 1980)gah《台灣褒歌》(見黃勁連 1997)男女對講、對唱非常普遍：

阿娘生 sui

阿娘仔生 sui 像花蕊
阿哥仔緣投 gorh 古錐

拍鼓開嘴
拍鼓開嘴大港口
出入船隻看燈台
好 di 代先歹 di 後
夠遮有頭無尾梢

　　台灣人講相罵罵人，罵 gah 會出火，用明罵無用暗步，除了用激烈 e 言詞如：膨肚短命、孤 kut 絕種等，一寡咒罵，gorh 有如〈相罵〉 e 唸謠：

相罵
隔壁裝燈火
裝 ve 著　　躡腳尾
臭頭仔賣芋粿
giau 仙睏腳尾
褲腳尾結香火
腹肚邊牽電火
趁 ka 了家伙
後頭額會 kat 墓粿

　　由阿嬌、阿炮 a 演出 e 《台語相聲》是新出 e 答嘴鼓專集內底包括：男女宮授受卡親、選票倘買否、歌唱比賽、相親、辦桌、做人的道理、吃飯治天下、駛牛望月單元，融合現代時空 e 話題做趣味 e 台語雙聲演出。

d. 謎猜

謎猜是對某種事物 ia 是現象做簡短 e 描述，通常用答問 e 方式表現，有謎面 gah 謎底兩部份：

謎面，如：

1. 二個矸仔貯烏棗，日時開，暝時鎖

2. 好天一條瓜　落雨一蕊花

3. 樹頂一塊碗　雨來 deh ve 滿

4. 長若弓，圓若斗，veh 來初三四，veh 去二八九

5. 頭戴紅帽像花開，身穿紅衣胎帶來，人人講伊樂暢囝，ho 伊叫著天會開。

6. 日出滿山去，黃昏歸滿堂，年年出真主，日日採花郎

   (謎底/答案：1.目睭 2. 雨傘 3. 鳥 siu　4. 月娘 5. 雞公、雞角仔 6. 蜜蜂。)

按呢 e iorh 謎猜是 ma 是一項親子生活、田野觀察 e 活動，比一日到暗屈 di 電視頭前過度看一寡虛擬、物化 e 世界，顯然 ka 真實自然。

e. 生理話

走街仙、王祿仔仙、拍拳頭買糊葯、排擔喝布、喝甘蔗等生理場，爲著 veh 積聚人氣趁錢，dor 會 di 三角湧仔抑是廟埕變工藝弄猴戲，賣藝 savis 觀眾，爲著 veh ga 顧客 lak 袋仔內 e 錢 lan

出來，生理嘴 luilui，講 gah 嘴角全波，因為是專職 e，所以喜劇、戲劇性若 guan，人客聽著 ma-se ma-se，頭昏昏腦頓頓，錢 dor 貯 ve diau，奉送過來 a。當然 m 是所有 e 生理人攏 veh ga 人騙，問題是人攏有心理弱點 gah 顧慮 e 所在。純娛樂 e 成份是有 e，如上列可歌可說 e〈賣膏藥歌謠〉，dor 趣味，gorh 來看菜市仔招人看擔仔 e 話錦：

> 來噢！看…看…看，慢來恁著減看一半；好空 e veh ho 恁盡量搬，qin-a 兄著圍 ka 頭前，才 ve 無 de 看！阿伯阿姆仔 gah 紳士兄，恁著 kia ka 倚！少年兄、sui 姑娘仔，相準著緊喝聲。Liau 仔揀，逐項看，揀 gah 甲意才提錢。

(3) 故事

闊面 e 故事類型大約有散文式 e 神話、民間故事、傳說。以下是 zit 三種 e 簡單定義：

a. 神話

神話主要產生 di 原始社會，di 人類對自然界無夠了解 e 時陣，為著 veh 理解 gah 征服自然界 e 幻想故事 dor 叫神話。

b. 民間故事

民間故事 e 特點大約是以人 gah 人 e 關係做基礎，以現實 gah 假想成份 e 情節貫穿，來表現社會生活 gah 對人物 e 評價；藉歷史上特有 e 事件 ham 人物等普遍人人知影 e 代誌，表現主題；故事 e 情節完整，頭尾清楚，段落層次分明。民間故事又有分民間 qin-a 仔古、動物故事、寓言、生活故事 gah 笑話。

c. 傳說

傳說有故事 e 特點，mgor 虛構 e 成份 ka 重，大概有歷史、人物、地名、山脈、地方古蹟、風俗習慣、動植物 e 傳說。

以散文方式 e 神話、民間故事、傳說 gah 笑話，zit 四項大部份攏是以合集出版品 e 形態出現，dizia ma 綜合來簡介。

Di 台灣，自 1935 年出版李獻璋 e 《台灣民間文學集》收集〈鴨母王〉等二十一篇故事，由南到北包括赤崁、鳳山、台北等，故事範圍偏 di 前山，經過一甲子 e 斷層，近十多來 di 民間文學 e 採集數量開始增加，地域開始擴大，內容開始深入，宜蘭地區 ma 有成果，但是 iau 無普遍到全島嶼，花蓮、台東、甚至澎湖等地 iau 有真濟所在需要有關工作者去搶救。

《台灣民間文學集》e 故事時常 ho 搬 di 電視節目，比如林投姐、邱罔舍、鴨母王 e 故事，台灣人攏 ka 熟識，有按呢 e 成果愛歸功前輩人 ga 採集寫做冊，ho 後輩人 veh 改編有一個根據，提供 ho 人知影 e 機會。甚至連鴨母王 e 朱一貴訓練鴨仔囝排陣 e 代誌 ma 以近來 ka 科學 e 方法來知影動物 e 習性來解釋。

由胡萬川主持 e 《民間文學采集專題計劃》60 外本內底，達到 30 本左右有關民間故事 e 出版，上 ziau 勻 e 是台中縣 e 各庄頭 di 民間流傳故事 e 集合，zit 個系列 e 特色是保留著原音採訪 e 口語，樸實、直接保留著民間表達 e 語法，讀著親切。民間故事通常包涵傳說、故事 gah 笑話。Zit 個系列是九〇年來目前上豐富 e 民間文學復興 e 開路先鋒，各縣市應該愛分頭趕緊來搶救 zit 項 kangkue，因為少年 e zit 輩攏真少人知影 zit 項民間寶貝，老一輩 e 愈來愈少，無緊做 dor 流失嚴重。

由陳益源所主持 e《彰化縣民間文學集》4 本，di 中正大學 gah 同事江寶釵做類似 e 工作，攏是生力軍，gah 胡教授 e 工作系列有相同之處，因為量大，以後有機會另開專文來論述，當然更加歡迎民間文學學者成全。以下舉二個例來看：

《嘉義縣民間文學集》系列，是散文故事集，包括*1. 神話；*2. 傳說(以人物為主、歷史故事、地方山川勝蹟、動植物、土產、儀式或習俗)；*3. 民間故事(幻想故事、動物故事、生活故事、機智人物故事、寓言故事)；*4. 笑話類。比如第五集《嘉義縣布袋鎮閩南語故事》zit 本差不多是採訪蕭長洪先生個人 e 故事集，配上劉長富先生以布袋所在為主題 e 風物圖畫，漁港、鹽田 e 特色，鄉土海口 e 特色交織，展現著台灣民間 e 生命力。同時 ho 阮 zit 個外地人讀著感覺溫馨，相信在地人更加感動。

《鳳山市閩南語故事集──高雄縣民間文學集》1)包括：傳說、民間故事、笑話三部份，地域性真明顯比如：〈牛椆埔 e 由來〉、〈半屏山 e 蛇精〉、〈赤山 e 由來〉、〈觀音山 e 傳說〉、〈打狗地名 e 由來〉、〈半屏山 e 由來〉、〈柴山寶藏 e 傳說〉等。內容所提 e 地區 du 好是筆者 e 故鄉四箍笠 e 所在，過去讀冊就學 e 範圍攏有行踏過。自細漢 e 時陣，時常聽著阮老母 ga 我講類似 e 傳說，但是印象花花 a，經過閱讀記憶 ka gorh 淡薄仔倒轉來。"古早"有時仔是象徵一寡迷信、神祕、憨呆 gah 落後，有時仔 dor di 有意 gah 無意當中 ga 放 ve 記得。讀 zit 本冊，ho 我上大 e 感慨是〈風水篇〉內底有關中原來 e 地理師 gah 漢人 e 風水觀念深植人心，甚至為著利益用敗地理 e 鬥法操控著人命做出無道德 e 損壞代。Zit 種只顧地靈蔭囝孫趁大錢做大官 e 現實心態，其實是一種虛幻 e 功利主義，無拍拚、無疊實、無方法 deh 累積智識，只有用"拚 gah 你死我活" e 鬥爭法 ho 人真感歎。莫怪當十七世紀東西方攏 deh 醉心煉金術 gah 求長生不老 e 練丹幻夢中,西洋 di 陷眠中知影代誌 e 不可為,卻是取著教訓學著實驗 e 技巧 gah 觀察事物變化 e 能力,順續發展出來現代化學 e 雛形,造就西方近代文明;中國人只有紙、火箭、印刷術,連後有種種 e 戰爭、內鬥 gah 革命。到 gah 二十一世紀,du veh 強起來 e 中國,需要以貓仔愛貓鼠 e 心態文攻武嚇欺壓台灣 e 國際生存空間,西藏 e 劫數 gorh 是注定在劫難逃。尊重 gah 多元是文明社會共贏 di 和平中有充足 e 創造力 gah 生命力,今仔日中國硬死愛台灣,莫非是台灣有真好 e 戰略地理。透過故事傳說 e 整理,di 非歷史 e 紀事民風流傳當中,表達出來觀念,故事本身透漏出來 e 作用,是提供一個敘述,ui 敘述當中知影為何有迷信、神祕、戇呆 gah 落後 e 感覺,di 感覺過程中意識著正數 gah 負數,經過省思再重構、重建文化,這正是民間故事 e 意義。

另外,咱 gorh 倒轉來看經過修飾過 e 書寫民間故事:

《台灣囡仔古》內底 e〈虎姑婆〉、〈蛇郎君〉、〈虎、貓、狗相怨〉、〈鹿角還狗哥〉、〈雷公 sih na 婆〉等 edang 講是根據民間 e 故事骨柱所改編,改寫過 e 文章有 ka 流暢讀起來 ka 順,mgor ka 無口述文學 hia 有真味、粗俗有力。Zia 是典型 e 以動物為角色 e 動物故事,而且有人格化 e 傾向,如 di 動物頂面加上人 e 特點,再反應出人 gah 人 e 關係,如〈蛇郎君〉e 故事。Zit 類 e 動物故事,往往 gorh 隨著人民生活 e 需要,時常 di 動物故事內底加上某種寓意,用來教訓或暗刺別人。

民間故事篇充分流露著人性 e 善惡、情感 gah 利益爭吵衝突,比如:〈囡仔是翁仔某 e 蜈蜞釘〉、〈白賊七仔〉、〈蛇郎君〉(見

《台灣囡仔古》)。

　　故事 gah 傳說往往分 ve 清楚，往往是人間 gah 神界 e 交集 gorh 充滿人類對未知 e 驚惶 gah 幻想 ham 想像 e 世界，ui〈媽祖 e 廢親〉(見李獻璋神 1936)看出來神 e 世界有人性 e 鬥智 gah 法力相比，媽祖 e 千里眼 gah 順風耳、大道公 gah 張羅二將軍各人 e 陣營比鬥，落雨、透風各顯神通。按呢 e 情形 ma 親像希臘 e 神話，天界各神攏有明顯 e 神格，而 zit 種神格 gorh 有人性 e 特徵，如詩神 *Muse*，di 世間有 zit 種天份詩人 dor 有桂冠 e 榮譽。故事內底所呈現凡間 e 代誌，神 ma 時常介入，如歌仔戲 e〈桃花女周公鬥法〉、神仙幫助人 e〈汪師爺造深圳頭〉(見李獻璋 1936)。〈仙天會〉(見《清水鎮閩南語故事集》1996) e 眾神，ga 神仙如元世天尊、通天教 ham 李老君 e 三聖天尊、玉皇大帝、閻羅王、前光王、地藏王、觀音佛祖、月下老人、太乙真人、南極仙翁、北極仙翁、南斗星君、北斗星君、神農大帝、福德正神、牛鼻道人、羊令神君、九天玄女等會集做伙討論。幫助人間 e 世事，尤其趣味，人類 e 自私 gah 善良往往得著報應。幻想 ham 想像 e 世界 di zit 部份尤其豐沛，如〈地府調鬼〉、〈頭崁山傳奇〉、〈雷公 sih na 婆〉若真若幻想 e 牽連，di〈蛇郎君〉e 孝女兼美人 e 小梅遭受大姊 e 迫害，傳奇神話 e 傳奇性 ho 人看 gah 神神神、醉醉醉，親像《白雪公主》內底 e 會做法害人 e 紅姨婆，因為貪心 gah 嫉妒，美、醜、善、惡分明，一寡奇遇攏神化發生，gorh 親像《美女 gah 野獸》e 台灣版，按呢 e 轉變 gah 安排其實是 veh 安慰 gah 鼓勵人愛發揮善意念，故事 e 內涵 dor 是趣味、心適、高低調整深服人心，按呢 e 形式其實 ma 是具有現代小說 e 特徵。

　　廖添丁 e 故事 di《清水鎮閩南語故事集 1、2》兩集內底總共出現 5 則。廖添丁 e 故事本身是以人物爲主 e 生活故事，zit 類 e 故事有現實主義 e 色彩，勇敢、有謀、有功夫偷富濟貧，若人若神，路見不平爲弱勢者出一口氣，往往攏會得著有怨氣、有義氣 e 人民擁護 gah 崇拜。

　　敬天畏神，尊重亡魂，如：〈一世歹代三世修〉、〈天公的故事〉、〈仙天會〉(見《清水鎮閩南語故事集》1996)；ui 台灣諺語內底 e 信仰篇類文來看，"舉頭三尺有神明"，人所做 e 善 gah 惡由天神來相助 gah 裁決。有時人 ma 會怨嘆講 "天公無目睭"、"天無照甲子，人無照天理"，同時 ma 會有理性 e 一面 "仙人拍鼓有時錯、腳步踏差啥人無"、"亦著神、亦著人"、"有燒香有保庇，有食有行氣"。"有山 dor 有水、有神 dor 有鬼"，所以〈地府調鬼〉、〈奇怪事〉(見台中縣新社鄉《閩南語故事集》，1997) e 鬼魂訴苦 gah 魔神仔附身。

　　故事所採集 e 對象，有 e 人天生 dor 真 qau 講故事，話嘴花，比如素人傳述者《羅阿蜂 gah 陳阿勉故事專集》二個表姊妹攏七十外歲，講 e 口語虛詞並無造成看 e 時陣 e 阻礙，二人樂觀大方，陳老女士 e 中篇故事如〈大舜耕田〉、〈劉文龍合鯉鰡精〉等，講著是真順溜。台中縣新社鄉 e 《閩南語故事集》e 口述者是葉士杰先生，五十 tong 歲，笑話 e 部份份量 ka 濟，雖然是 ka 偏向性愛 e 笑詼代，不過攏是點到爲止，輕鬆無 m 正經 e 民間笑話，至少無刁工避免傳宗接代 e 正經代誌。七十外歲 gah 五十外歲人講 e 方向、比重顯然無全款。

(4) 笑話

　　通尾仔，di 民間文學 e 散文類，咱來談一點仔有關笑話 e 民間文學，笑話歸類 di 故事。

笑話是全世界攏有 e，di 民間文學內底各地區 ma 有真濟笑話，篇幅 ma 有長有短。《台灣經典笑話》是一本本土笑話專集，笑話 e 內容並無真正 edang 代表台語 e 笑話經典，因爲有一寡話是 siunn 過負面 gorh gah 生活脫節 ho 人笑 ve 出來，顛倒 zia e 笑話散文集有積聚台語語料 e 意義。

不過，有一寡笑話 unna 真趣味如，ui 下面二則相近 e 內容，ma 看會出來民間文學 e 共通性 gah 變異性：

新婚笑話

子婿 veh 入去按怎講啦，啊伊講："手牽蠔罩簾鼻著牡丹味"啊伊內底講："親兄近前來，牡丹我 dor 是。"

Yin 大家仔講："唉喲！人少年 dih 做 san kiu，做 gah ziah 好聽，咱 ma 來做。" "手牽蠔罩簾(li5)，鼻著老貓味。" 伊講："親兄近前來，老貓我 dor 是。"

雙手掀開

雙手掀開蠔罩簾
鼻得一陣牡丹味
牡丹我正是　雙手牽君上床去
翁管某閂，生囝 ka e sui 旦

Zit 二篇短文大約是全款 e 背景，頭一首是宜蘭地區 e 笑話(見林聰明，p.155，1998)，來到麻豆謝厝寮 dor 變做有頭二句七字仔 gah 後兩句加添七字仔 e 字詞(見方耀乾，p.147，1999)，zit 個例說明口頭文學 e 變異性 gah 地域性，隨需要增加、改變提高趣味性 gah 親切性。

而且 ma ui 散文類型 e 笑話轉到韻文類型 e 短句，同時攏保持著押韻 e 意味。

現代笑話語言 gah 語音 lam 混，親像西洋人 e 雙關語(pun)，如〔加卵〕翻做 ziadan [加蛋/在這等]、[脫口罩]翻做褪 kozau[脫褲跑]，反應單一官方語言 gah 母語 e 混擾。其實，笑了嚴肅 ga 想 dor 會替母語 e 失落流目屎。Kauseh 諷刺 e 內容有由鄭良偉翻譯李南衡 e《台語大爆笑》，edang 看出現代台語笑詼 e 另一個面貌。

事實上，笑話原底 e 意涵是普羅大眾集體創作，以諷刺為特點 e 短幅故事，m 是 ganna 輕鬆、趣味、輕浮 niania，di 思想 e 本質上是嚴肅 e，甚至 gorh di 笑詼 e 背後對 lamsam 行為 gah 敗害道德觀念 e 批判。

二、結論

除了以上所提著 e 民間文學類，其他如地名 e 考證所 veh 追溯 e 是人民 di 土地生根，比如馬鳳文 e《台灣地名的故事：阿公的布袋》是提供認識台灣一個真好 e 活潑教材。人民 di zit 塊土地生根互動，有真濟生活需要 gah 故事直接 ham 土地發生關係，土地 edang 種食是人民 e 衣食父母，平地 e 葫蘆墩其實是取伊 e 地形 gah 好地理來加強土地上人民 e 拍拚；原住民 e "巴凌" 原本是 "BALONG" 是大欓樹 e 意思，除了經濟使用 e 木材，其實 gah 萬物生態 gah 生存是一體 e，鳥隻來歇來討食，樹頂地下攏有無盡 e 寶藏；羅東 e 舊名是 "老懂" 本來 di 平埔族 e 意思是 "猴"。新竹市林仲醫師 e《皮膚病的台灣民俗醫學》gah 國立藝術學院傳統藝術研究所由林會承指導蔡雅蕙 e 碩士論文《鹿港郭新林民宅彩繪研究》，將一般台語用詞開闊到醫界、建築界 e 采集 e 例，應該愛有 gorh ka 遠 ka 深 e 開拓，來回復台灣文化 e 真面目。

　　民俗、民風、民性形成一個族群性格，雖然民間文學是 di 正史以外 e 記載 gah 流傳，事實上是伊存在著豪強 e 民間、民族精神。民間精神 e 生命存在 di 多數普羅大眾 e 中下階層，尤其是下層 e 勞動階級，講著台灣人韮菜命是大多數 e 情況，di 被正史排除 gah 有知識份子貴族階級 e 分別之下，應該回歸伊 e 面貌，當然這需要民間、作家、學術界、文學界等做伙來參與。

　　采集、整理、出版民間文學 gah 相關資料是搶救台灣精神 e 一部份，如何 di 修復當中 gorh 重建認同 e 主體性 gah 自信心，來關愛生養咱 e 土地是促進族群和諧 e 起步。

　　黃石輝 di 1930 年代已經講出："你是台灣人，你頭戴台灣天，腳踏台灣地，目睭所看 e 是台灣 e 狀況，耳孔所聽是的台灣 e 消息，時間所歷 e 亦是台灣 e 經驗，嘴裡所說亦是台灣 e 話語，所以你 e hit 枝彩筆，亦應該去寫台灣 e 文學…" 〈怎樣不提倡鄉土文學〉，民間文學是實現咱 zit 世人對 "山水有情、人生有義" 原汁 e 肥底。

三、民間文學書目

1. 歌謠類

(1) Horlor 民謠 e 部份：

Bod.Lib.新傳台灣娘仔歌。藏英國牛津 Bodleian Librarg 道光 6[1826]。

Bod.Lib.繡像王抄新娘歌。藏英國牛津 Bodleian Librarg 道光 6[1826]

平澤丁東。台灣歌謠。名著物語。台北：晃文館，410 p，1921。

謝雲聲。台灣情歌集。國立中山大學語言歷史學研究所，廣州，101p，1928。中國中山大學民俗叢書復刊。1969。

謝雲聲。閩歌甲集。國立中山大學語言歷史學研究所民俗學會叢書之一,190p,1928。

李獻璋。台灣民間文學集(包括歌謠篇、故事篇)。台中：台灣新文學社。1936。

Anonymous. 台灣歌謠集，1-6。台北帝國大學東洋文學講座輯。台北：1937。

台北東大東洋文學會。台灣歌謠書目手印本。昭和 15 年 10 月。

稻田氏。台灣歌謠集第一輯。台北：台灣藝術社，91p,1943。

OK 文藝部。台灣故事悲情歌曲。臺南奇案—「林投姊」等三種，37p，1956。

王登山。南部台灣的民謠、童謠與四句。南瀛文獻五卷合刊，39-69，1957。

GY。歌謠四種：清心歌、想思歌、吳款歌、朋友借看隨手歌。抄本，[53]leaves，19xx。

梁啓超。台灣情歌。梁啓超等著。台北：東方文化供應社，n.d.，64p,19xx。

Anonymous。台灣民謠全集。高雄：光明出版社，1966。

Anonymous。亞洲善多大全集。台灣瑞成書局，1967。

李獻璋。台灣民間文學集——歌謠篇(民歌、童謠、迷語)。台北：文充出版社，294p，1970。

Anonymous。望春風歌集。台灣民謠摘選 Texas，56p，1971。

臺總府。台灣俗曲集。台灣總督府圖書館蒐輯。台北 n.d(清代道光、光緒年間刊物)，1975。

羅燕君。我們的歌聲 / 羅燕君、蔡慧芬 台北：星光出版社，210p，1975。

林二/簡上仁。台灣民俗歌謠。台北市：眾文，1978。

李南衡主編。日據時代詩選集。[台北市]：明潭，1979。

李獻璋輯錄。清代福佬話歌謠。台灣文藝革新號 25・26 合 1982.12。

李獻璋輯錄。清代福佬話歌謠。台灣文藝革新號 25‧26 合 1982.12。

陳兆南。閩南歌冊目錄略稿——敘事篇　台灣史蹟研究論文選輯。1983。

簡上仁。台灣民謠　台北市：眾文圖書，215p，1987。

陳兆南。台灣歌冊綜錄表。199x。

李赫編。台灣囝仔歌，155p　台北市：稻田，1991。

潘稀祺。漢羅字詩歌。台南：頂州長老教會青少年團契，225p，1992。

簡上仁。台灣的囝仔歌(1-3) 台北市：自立晚報，1992。

莊永明。台灣歌謠追想曲。台北市:前衛，243p，1994。

莊永明‧孫德銘編。台灣歌謠鄉土情。孫德銘出版，415p，1994。

莊永明。〈百年來台灣歌謠傳略〉，收 di 張炎憲、林美蓉、黎中光等編《台灣
　　近百年史論文集》(財團法人吳三連台灣史料基金會，1996 年 6 月)

黃勁連編注。台灣囝仔歌一百首。台北縣汐止鎮：台語文摘。台語文摘(11)，1996。

林金田主編。台灣童謠選編專輯，216p，1997。

黃勁連編注。台灣褒歌(上、下)。台南縣新營市：南縣文化，1997。

黃勁連編注。台灣歌詩集。台南縣新營市：南縣文化，1997。

邱冠福編注。台灣童謠。台南縣新營市：南縣文化，1997。

江寶釵總編輯。嘉義市閩南語歌謠。嘉義市：嘉市文化，1997。

蕭平治。台灣民間歌謠 96 首。

臧汀生。台灣閩南語歌謠研究，台北市：台灣商務印書，1987。

康啓明。台灣三字經。安可出版社/tape。

康啓明。台灣囝仔古。安可出版社/tape。

鄭恆隆。台灣民間歌謠。台北市：南海，1989。

簡上仁。心內話－詩文之美。台北市：漢藝色研文化出版；台北市：錦德圖書總
　　經銷，1988。

陳映辰。苦瓜：台灣囝仔歌創作專輯。台北市：樂韻，1998。

林錦賢。宜蘭縣壯圍鄉囝仔歌‧老歌謠。宜蘭縣壯圍鄉：宜蘭縣壯圍鄉圖書館，

1999。

莊永明/孫德銘合編。台灣歌謠鄉土情。台北市：孫德銘，1999。

林沈默。新編台中縣地方唸謠。[台中縣]豐原市：台中縣文化，1999。

何典恭。由諺語學台語。台北縣新店市：圖文，1999。

方耀乾主編；林白梅 劉恩吟 執行編輯。阿公阿媽的歌。台南縣：方耀乾台語文
　　學館，1999。

康原 文；施福珍 曲。囝仔歌。台中市：晨星發行；台北市：知己總經銷，2000。

陳宗顯。台灣人生諺語。台北市：常民文化，2000。

陳宗顯。台灣勵志諺語。台北市：常民文化，2000。

林志冠。把氣象帶回家。台北市：麥田出版；城邦文化發行，2000。

陳義弘主編 。台灣戲謔歌詩 屏東市：安可，2000。

董峰政。母語的奶芳：台語囝仔歌。台南市：董峰政。

董峰政。文學的肥底：褒歌、七字仔、閒仔歌。台南市：董峰政，2000。

(2) Hakka 民謠 e 部份

牛郎。客家山歌 Reprint.ed　台北：東方文化書局國立北京大學中國民俗會民
　　俗叢書，143p，1974。

徐運德。客家童謠。苗栗：中原週刊社，1991。

劉鈞照。客家山歌彙編，1994。

涂敏恆。客家童謠詞曲。1994。

(3) 原住民 e 部份

黃淑璥。《台海使槎錄》，卷五至卷七〈番俗六考〉[台北市]：大通(1984 年 10
　　月，台灣文獻史料叢牽二輯，p.97-158)

黃美英主編。凱達格蘭族文獻彙編(1-3)，210p,332p,333p，1995。

廖秋吉編。排灣族傳統歌謠：來義鄉古樓村古老歌謠，77p，1996。

盧正君。魯凱族歌謠採擷，122p，1997。

戴錦花。排灣族傳統歌謠，121p，1997。

陳千武編著。台灣原住民的母語傳說。台北市：台原，1991。多奧·尤給海，阿
　　棟·尤帕斯編著。《泰雅爾族神話傳說》。台灣基督教長老會泰雅中會母語
　　推行出版，1991。

2.歌仔冊、七字仔

Anonymous。總歌仔簿　抄本。1933。

竹林書局。鄭國姓開台灣歌。新竹：竹林書局，1945。

施博爾。五百舊本「歌仔冊」目錄　台灣風物 15：4　1965.10。

※蕭平治整理　1998　益春留傘：南管 gah 歌仔戲文比較(未出版，收入呂興昌
　　教授台灣文學研究工作室網站，以下同)

　　　蕭平治整理　　　　陳三五娘

　　　蕭平治整理　　　　田中　社頭　蕭姓　祭祖歌

　　　蕭平治整理　　　　安童哥買菜歌

　　　蕭平治整理　　　　十月懷胎歌

　　　蕭平治整理　　　　花胎病囝歌

　　　蕭平治整理　　　　英台二十四送哥歌

※竹林書店尚在發行 e Horlor 歌仔冊目錄：(呂興昌教授台灣文研究工作室網站
提供)

　　　1960 六十條手巾歌

　　　1960 男愛女貪相褒歌二本(二版)

　　　1971 月台夢美女歌三本(五版)

　　　1971 連枝接葉歌三本(五版)

　　　1971 黑貓黑狗相褒歌二本(三本)

　　　1971 燒酒嫖樂勸善歌三本(五版)

1981 李三娘汲水歌六本(六版)

1985 古本白蛇傳十集(五版)

1985 孫悟空大鬧水晶宮歌(五版)

1985 周成過台灣歌三本(六版)

1985 蘇州梁士奇歌四本(五版)

1986 新開天闢地歌二本(六版)

1986 孔明獻空城計歌三本(五版)

1986 二十四孝新歌一本(六版)

1986 二林鎮大奇案歌五集(六版)

1986 二更鼓歌‧十牡丹歌二本(六版)

1986 十月花胎歌‧病子歌二本(六版)

1986 三國相褒歌二本(六版)

1986 乞食開藝旦歌二本(六版)

1986 自由取婚娛樂歌二本(六版)

1986 改編金姑看羊歌三本(六版)

1986 妲己敗紂王歌三本(六版)

1986 英台罰紙筆看花燈歌一本(八版)

1986 英台回家相思歌三本(八版)

1987 英台留學歌二本(一版)

1987 英台拜墓歌二本(八版)

1987 英台二十四拜哥歌一本(一版)

1987 英台二十四送哥歌一本(一版)

1987 英台出世歌二本(一版)

1987 桃花女周公鬥法歌三本(八版)

1987 戶蠅蚊仔大戰歌三本(八版)

1987 八七水災歌三本(一版)

1987 大明節孝歌十本(八版)

1987 大舜出世歌‧大舜坐天歌共八集(八版)

1987 三伯出山糊靈厝歌‧英台祭靈獻紙歌‧三伯顯聖歌三本(一版)

1987 三伯相思討藥方歌二本(一版)

1987 三伯英台遊西湖賞百花歌四本(一版)

1987 三伯娶英台歌三本(一版)

1987 三伯探英台歌二本(一版)

1987 甘國寶過台灣歌五本(一版)

1987 石平貴王寶川歌(八版)

1987 安童買菜歌三本(一版)

1987 勸改賭博歌二本(八版)

1987 寶島新台灣歌二本(八版)

1987 社會教化新歌二本(八版)

1987 鄭國姓開台灣歌二本(八版)

1987 茶園挽茶相褒歌二本(八版)

1987 從善改惡新歌二本(八版)

1987 雪梅思君‧愛玉自歎歌三本(八版)

1987 最新落陰相褒歌三本(八版)

1989 台南運河奇案歌四本(九版)

1989 文明勸改新歌三本(九版)

1989 陳三五娘歌四本(九版)

1989 孟姜女配夫歌六集(九版)

1989 食新娘茶講四句歌‧鬧洞房歌四本(九版)

1989 桃花過渡歌‧三婿祝壽歌‧二十四步送妹歌二本(九版)

1990 問路相褒歌一本(九版)

1990 基隆七號房慘案歌二本(九版)

1990 家貧出孝子歌二本(九版)

1990 百花相褒歌一本(九版)

1990 人心不足歌三本(九版)

1990 義賊廖添丁歌六集(九版)

1990 僥倖錢開食了歌‧冤枉錢失得了歌六本(九版)

1990 李哪叱抽龍筋歌二本(九版)

1990 姑換嫂歌二本(九版)

1990 勸少年好子歌二本(九版)

1990 勸世了解新歌(九版)

1990 三國誌劉備東吳招親歌五本(九版)

1998 薛仁貴征東歌六集(九版)

※董峰政　　董峰政 e 歌仔冊資料有 30 條(鯤島本土文化園地網站)

※涂順從　　大廣弦走天涯(介紹七字仔歌彈唱詩人蔡添登)(南瀛田調筆記簿網
　　　　　　站)

2. 諺語類

國語學校。台灣俚諺集/ 國語學校學生。台北：手稿，573P，1910。

台總府。台灣俚諺集覽。台北：臺灣總督府學務部，620；213p，1914。

臺總府。臺灣俚諺集覽。台北：南天書局，1914。

小野真盛。台灣修養講話。台北市：文武町六丁，熊谷良正。日臺俚諺日日修養。

　　　昭和 11 年 (1922)。台北：編著，1936。

廖漢臣。台灣俚諺(上)　民俗台灣 2:8，1942。台北:武陵 1979 複印。

硃眾生。台灣俗語對句 民俗台灣第四卷七期，1944。

蔡煜。稻江歲時諺──台北風土諺語　台北文物二卷三期，1953，10 版。

吳新榮。南部農村俚諺集(二)吳新榮等　南瀛文獻三卷一～二期，31-53，1955。

吳新榮。南部農村俚諺集(三)吳新榮等　南瀛文獻　三卷三～四期,34-46,1956。

吳新榮。南部農村俚諺集(四)吳新榮等　南瀛文獻　四卷上期,29-31,1956。

廖漢臣。台中市之特殊諺語　台北文物五卷一期,1956,66-81,1956。

永樂生。民謠測。南瀛文獻三卷三～四期,1956,47-50,1956。

曹甲乙。台北有關子女的俚諺　台北文物七卷三期,30-35,1958。

劉龍岡。臺諺類集1-3　台北文物七卷四期,85-86,1958、八卷一期　56-61,1959,、八卷二期124-128,1959。

曹甲乙。台北有關男女的俚諺。台北文物八卷四期,95-102,1960。

楊鏡汀(日文)。台灣土語叢誌第壹號。古亭書屋,1975。

吳瀛濤。台灣諺語。台北：台灣英文出版社,747p,1975。

張良澤編‧吳新榮原著。南台灣采風錄(吳新榮全集4)。台北：遠景,1981。

洪惟仁。臺灣禮俗語典。台北市：自立晚報社,1986。

周長楫。臺灣閩南諺語。臺北市：自立晚報,134p,1986,1992。

李方桂。剝隘土語。中央研究院史語所專刊86(二冊),1988。

　　　台灣好言吉句(台灣諺語淺釋3)。時報,1988。

　　　台灣俗語真言(台灣諺語淺釋4)。時報,1989。

田部七郎‧蔡章機。台灣土語全書(據日本明治29年本複印)。台北：中央圖書館台灣分館,174p,1990。

孫岱麟。台灣俗諺謎集。台南：西北,1990。

台灣雅言巧語(台灣諺語淺釋5)。時報,1990。

李郝。台灣的智慧十冊。台北市：稻田,1991。

藍文良。台灣諺語。543p,1991。

賴元山。開心諺語,台視「天天開心台灣俗語精選」第一輯。台北：台視文化公司,211p,1991。

台灣金言玉語(台灣諺語淺釋1)。時報,1991。

台灣土話心語(台灣諺語淺釋6)。時報,1991。

台灣醒世智言(台灣諺語淺釋 7)。時報，1991。

台灣妙言覺語(台灣諺語淺釋 8)。時報，1991。

台灣勸世嘉言(台灣諺語淺釋 9)。時報，1991。

台灣警世良言(台灣諺語淺釋 2)。時報，1991。

台語白話(台灣諺語淺釋 10)。時報，1993。

魏南安。台灣閩南諺語。台北市：自立晚報，1992。

鄧東濱。台灣諺語的管理智慧。台北市：誠正，1992。

蕭新永。台灣諺語的管理智慧。台北市：商周，1992。

洪惟仁編。台灣哲諺典。台語文摘 v.6 no，1 總 29，1993。

洪惟仁編。台灣俗語故事。407p，1995。

巫義淵。台灣俗語 ABC。

呂自揚。台灣民俗諺語析賞探源。高雄市：河畔，1994。

彭學堯。客家民俗文化特有諺語方言俗話精華。1994。

楊鏡汀。客家俗諺選集第一集。新竹縣客家文化研究叢書，199?。

藍文良。藍文信編著。台灣諺語。台北市：登福，1995。

洪秋蓮編撰。漁村諺語 100 首。台南縣：台南縣漁會特別企劃，1996。

林衡道口述；徐明珠整理。林衡道談俚語。台北市：簡漢生，1996。

呂自揚編。台灣民俗諺語析賞探源。高雄市：河畔，1993。

呂自揚編。台灣諺語之存在。高雄市：河畔，1996。

楊青矗。台灣俗語辭典。台北市：敦理，1997。

阿嬌 阿泡演出。台語相聲(答嘴鼓)。台北市：稻田發行，199x。

呂自揚編。台灣諺語講義。高雄市：河畔，1998。

許成章編著。台灣諺語講義。高雄市：河畔，1998。

魏益民編。台灣俗語集與發音法。台北市：南天，1998。

陳宗顯。台語諺語七百句。台北市：陳宗顯，1998。

陳宗顯。台語人生諺語。台北市：陳宗顯，2000。

陳宗顯。台語勵志諺語。台北市：陳宗顯，2000。

莊秋情。台灣鄉土俗語。台南縣：台南縣政府，1998。

陳正之。台灣的傳統諺語。台中縣：台灣省政府，1998。

魏益民。台灣俗語集與發音語法。台北市：南天，1998。

陳主顯。台灣俗諺語典第一卷：台灣俗諺的人生哲理。台北市：前衛，1998。

陳主顯。台灣俗諺語典第二卷：台灣俗諺的七情六慾。台北市：前衛，1998。

陳主顯。台灣俗諺語典第三卷：台灣俗諺的言語行動。台北市：前衛，1998。

陳主顯。台灣俗諺語典第四卷：台灣俗諺的生活工作。台北市：前衛，1999。

廖德添編注。客家師傅話。台北市：南天，1999。

陳憲國。實用台灣諺語典。台北縣：樟樹，1999。

賴宗寶。台灣經驗，老祖先的話。彰化縣田中鎮：賴許柔基金會，1999。

蕭平治。台灣俗語鹹酸甜(第一冊)。彰化縣田中鎮：賴許柔基金會，1999。

蕭平治。台灣俗語鹹酸甜(第二冊)。彰化縣田中鎮：賴許柔基金會，2000。

李鴻禧。台語之美(七集/每集三十分鐘)。台北市：民視文化，1999-2000。

董峰政。祖先的智慧：全鬥句的台灣俗語。台南市：董峰政，2000。

3. 歇後語/激骨仔話/lik-tik-a 話

曹銘宗。台灣歇後語(1)。聯經出版社，1993。

曹銘宗。台灣歇後語(2)。聯經出版社，1994。

曹銘宗。台灣歇後語(3)。聯經出版社，1995。

4. 謎猜、笑話類

川合真永。對譯臺灣笑話集。台北，1915,125。

李獻璋。台灣謎語纂錄。台灣新民報，1934。

Anonymous。台灣民間迷語。屏東：現代教育出版社，2 vols，1974。

蔡苑清。客家話橫山小謎語。新竹客家文化叢刊，1992。

李赫。台灣謎猜，170p，1993。

許思。趣味燈謎(台語燈謎)，148p，1993。

沈芸生。台語新樂園。台北市：號角，1993。

楊淑晴・蘇秀冠。台語猜謎・兒歌，47p，1994。

彭發勝。客家古今笑話集，1994。

洪惟仁編。台灣經典笑話　台語文摘 v.6 no,2 總 30，1993。

李南衡 作；鄭良偉編譯。李南衡台語大爆笑。台北市：旺文。，1996。

曹宗銘編。台灣地名謎猜。台北市：聯經，1996。

5. 民間故事

片崗嚴。台灣風俗誌。台灣日日新報社. 1184p，1921。

東海老人編。台灣民間傳奇。台北：泰華堂(再版)，1975。

黃宗葵。台灣地方傳說集，1943。

Engler,C A book of Stories in Colloquial Taiwanese /Engler，
    Clarance,Taichung：Taichung Catholic Diocesan Centerhouse，205p，
    1963。

陳金田譯。片崗嚴原著 台灣風俗誌 台灣日日新報社. 1184p 眾文圖書 710p，
    1981。

雨菴等。台灣民間故事　台灣畫刊雜誌社，1982。

Lee Lo-chui-khe = 濁水溪 = Lo chui River：a Taiwanese folktale / Retold
    and illustrated by Margaret Lee，Taiwanese text by Franklin Lee.
    Woodland Hills，LA：Center for study & Promotion of Taiwanese
    Languages,Inc.,1986。

王秋桂・陳慶浩主編。台灣民間故事集 台北市：遠流，1989。

李獻璋編著。台灣民間文學集　龍文，1989。

林藜。台灣傳奇　稻田，1991。

林藜。台灣民間傳奇(1-5)，1991。

沈芸生編。我聽到咧講古，151p，台北：號角，1991。

林培雅　胡萬川指導。《台灣地區邱罔舍故事研究》國立清華大學中文研究所碩
　　　士論文，1995。

林藜。台灣民間傳奇(6-12)　。1996。

董育儒編注。台灣囡仔古。台語文摘 v.6 no,3 總 31，1993。

洪敏聰。西嶼鄉民俗概述。自費出版，聯絡電話 06-926-3428，1993。

胡萬川編。東勢鎮客語故事集。台中縣立文化中心，1994。

胡萬川編。東勢鎮客語故事集(二)　。台中縣立文化中心，1994。

鄭奕宏。客話講古，1994。

陳華民。台灣俗語話講古。台北市：常民，1998。

金榮華。台東卑南族口傳文學選，202p，1989

林平衡口述；宋晶宜筆記。台灣夜譚。台北市：眾文圖書，1989。

吳瀛濤。台灣民俗。台北市：振文書局，1969。

施翠峰。台灣民間文學研究(後改名做《台灣民譚探源》)。台北市：漢光，1985。

江寶釵總編輯。布袋鎮閩南故事。朴子市：嘉義文化，1998。

賴妙華等編作。台中市台灣民間文學采錄集。台中市：中市文化，1998。

楊照陽等編作。台中市大墩民間文學采錄集。台中市：中市文化，1999。

曾敦香等編作。台中市台灣民間文學采錄集。台中市：中市文化，1999。

胡萬川　王長華總編輯。鳳山市閩南語故事集。高雄縣岡山鎮：高縣文化，1999。

陳益源。台灣民間文學探錄。台北市：里仁，1999。

陳益源。彰化縣民間文學集(四冊)。彰化市：彰縣文化，1999。

6. 布袋戲

江 武 昌 提 供 。 某 人 收 藏 的 傳 統 戲 曲 唱 片 44 張 。
(gopher://twserv.csie.nctu.edu.tw/00/culture/drama/budi/info

rm/budi006)

7. 歌仔戲

教育部社教司。布袋戲——李天祿藝師口述劇本集(1-10)，1995。

教育部社教司。皮影戲——張德成藝師家傳劇本集 15 冊，1995。

廖瓊枝。歌仔戲劇本一：陳三五娘。復興劇校，1996。

廖瓊枝。歌仔戲劇本二：山伯英台復興劇校，1996。

廖瓊枝。歌仔戲劇本三：什細記。復興劇校，1996。

鄭英珠編。歌仔戲四大齣之一山伯英台(上篇)　宜蘭縣立文化中心(宜蘭戲劇叢
　　書 4)，1997。

鄭英珠編。歌仔戲四大齣之一山伯英台(下篇)　宜蘭縣立文化中心(宜蘭戲劇叢
　　書 5)，1997。

鄭英珠編。歌仔戲四大齣之一陳三五娘(上篇)　宜蘭縣立文化中心(宜蘭戲劇叢
　　書 6)，1997。

鄭英珠編。歌仔戲四大齣之一陳三五娘(下篇)　宜蘭縣立文化中心(宜蘭戲劇叢
　　書 7)，1997。

8・ 歌仔文學 gah 漢學仔冊

平澤平七。台灣 e 歌謠　名著物語，1917。

許獻章。台灣民間文學集，1936。

許成章。高雄市志藝文志，1968。

張裕宏編注。台灣風。台北市：文華，1980。

黃勁連編注。台灣國風(台灣情詩兩百首)，台語文摘 v.7 no,4 總 33，1995。

黃勁連編注。台灣褒歌(上、下)。台南縣新營市：南縣文化，1997。

黃勁連編注。台灣歌詩集。台南縣新營市：南縣文化，2000。(註：台灣國風 gah
　　台灣褒歌部份重覆)

董峰政。千家詩：台語羅馬注音版。台南市：董峰政，2000。

董峰政。漢學仔冊精選：昔時賢文、千金譜、三字經、千字文。台南市：董峰政，
　　2000。

董峰政。台語文天地。台南市：董峰政，2000。

9. 戲劇

李赫。台灣囡仔戲。台北縣永和：稻田出版社，1992。

邱文錫。陳憲國編註。台灣演義(台灣七字仔系列一)，樟樹出版社，1997。

邱文錫。陳憲國編註。千金譜(台灣七字仔系列二)，樟樹出版社。

邱文錫。陳憲國編註。陳三五娘(台灣七字仔系列三)，樟樹出版社。

Anonymous。南管西薄。古抄本，19xx。

Anonymous。南管曲詞。抄本，19xx。

施炳華。南戲戲文(一)(二)。台南縣文化中心。

曾永義。台灣歌仔戲的發展與變遷。台北市：連經，1988。

曾永義、陳正之。台灣傳統戲曲。台北市：台灣東華，1997。

10. 綜合類

高賢治編。藝文篇，《台灣文物分類索引》。台北縣：台灣風物雜誌社，1991。

11. 其他

會文齋。同窗琴書記。會文齋，清乾隆 47(1782)，22 leaves。

山根勇藏。台灣罵語。手稿，1923。

宇井英。台灣罵語。台北：手稿，1915

張淑子。教化三味集，np，1926。

海基聯訊。你的被損破我的　海外基督徒聯合通訊　no.32，1975，24-26，1975。

曾永義。台灣的民俗技藝。台北市：學生，1989。

片岡巖叢書；陳金田譯。台灣風俗誌。台北市：眾文，1990。

陳松勇。陳松勇訐譙。台北：聯合文學出版社，177p，1993。

馬筱鳳文；張麗真圖。台灣地名的故事：阿公的布袋。台北市：台原出版；吳氏總經銷，1995。

林仲。皮膚病的台灣民俗醫學 台北市：健康世界雜誌社，2000。

蔡雅蕙鹿港郭新林民宅彩繪研究。國立藝術學院傳統藝術研究所。碩士論文。林會承指導，2000。

12. 台灣地區民間文學調查采集整理研究計劃歷年來出版情形

1992 年

台中縣立文化中心：

台中縣民間文學集（1）。石岡鄉客語歌謠。

台中縣民間文學集（2）。石岡鄉閩南語歌謠。

1993 年

台中縣立文化中心：

台中縣民間文學集（3）。石岡鄉閩南語故事集。

台中縣民間文學集（4）。石岡鄉閩南語歌謠（二）。

台中縣民間文學集（5）。石岡鄉閩南語故事集（二）。

台中縣民間文學集（6）。沙鹿鎮閩南語歌謠。

台中縣民間文學集（7）。沙鹿鎮閩南語歌謠（二）。

台中縣民間文學集（8）。沙鹿鎮諺語‧謎語集。

台中縣民間文學集（9）。石岡鄉客語歌謠（二）。

1994 年

台中縣立文化中心：

台中縣民間文學集（10）。東勢鎮客語歌謠。

台中縣民間文學集（11）。東勢鎮客語故事集。

台中縣民間文學集（12）。沙鹿鎮閩南語故事集。

台中縣民間文學集（13）。沙鹿鎮閩南語故事集（二）。

台中縣民間文學集（14）。沙鹿鎮閩南語歌謠（三）。

台中縣民間文學集（15）。東勢鎮客語故事集（二）。

台中縣民間文學集（16）。大甲鎮閩南語歌謠（一）。

彰化縣立文化中心：

彰化縣民間文學集（1）。歌謠篇（一）。

彰化縣民間文學集（2）。故事篇（一）。

彰化縣民間文學集（3）。歌謠篇（二）。

1995 年

台中縣立文化中心；

台中縣民間文學集（17）。大甲鎮閩南語歌謠（二）。

台中縣民間文學集（18）。大甲鎮閩南語故事集（一）。

台中縣民間文學集（19）。和平鄉泰雅族故事・歌謠集。

彰化縣立文化中心；

彰化縣民間文學集（4）。故事篇（二）。

彰化縣民間文學集（5）。故事篇（三）。

彰化縣民間文學集（6）。歌謠篇（三）。

彰化縣民間文學集（7）。故事篇（四）。

彰化縣民間文學集（8）。諺語・謎語篇（一）。

1996 年

台中縣立文化中心：

台中縣民間文學集（20）。東勢鎮客語故事集（三）。

台中縣民間文學集（21）。新社鄉閩南語故事集（一）。

台中縣民間文學集（22）。清水鎮閩南語故事集（一）。

台中縣民間文學集（23）。梧棲鎮閩南語故事集（一）。

彰化縣立文化中心：

彰化縣民間文學集（9）。故事篇（五）。

彰化縣民間文學集（10）。歌謠篇（四）。

1997 年

台中縣立文化中心：

台中縣民間文學集（24）。新社鄉閩南語故事集（二）。

台中縣民間文學集（25）。清水鎮閩南語故事集（二）。

台中縣民間文學集（26）。東勢鎮客語故事集（四）。

1998 年

台中縣立文化中心：

台中縣民間文學集（27）。大安鄉閩南語故事集（一）。

台中縣民間文學集（28）。外埔鄉閩南語故事集（一）。

台中縣民間文學集（29）。大安鄉閩南語故事集（二）。

宜蘭縣立文化中心：

宜蘭縣民間文學集。羅阿蜂陳阿勉故事專輯。

苗栗縣立文化中心：

苗栗縣民間文學集（1）。苗栗縣閩南語歌謠集。

苗栗縣民間文學集（2）。苗栗縣閩南語故事集。

苗栗縣民間文學集（3）。苗栗縣客語歌謠集。

苗栗縣民間文學集（4）。苗栗縣客語故事集。

1999 年

台中縣立文化中心：

台中縣民間文學集（30）。外埔鄉閩南語歌謠。

台中縣民間文學集（31）。大安鄉閩南語歌謠。

台中縣民間文學集（32）。東勢鎮客語故事集（五）。

台中縣民間文學集（33）。大安鄉閩南語故事集（三）。

苗栗縣立文化中心：

苗栗縣民間文學集（5）。苗栗縣閩南語歌謠集（二）。

苗栗縣民間文學集（6）。苗栗縣客語故事集（二）。

宜蘭縣立文化中心：

宜蘭縣民間文學集。宜蘭縣民間文學集（二）。

雲林縣立文化中心：

雲林縣民間文學集（1）。雲林縣閩南語故事（一）。

雲林縣民間文學集（2）。雲林縣閩南語歌謠（一）。

桃園縣立文化中心：

桃園縣民間文學集（1）。蘆竹鄉閩南語歌謠（一）。

桃園縣民間文學集（2）。桃園市閩南語歌謠（一）。

2000 年

桃園縣立文化中心：

桃園縣民間文學集（3）。蘆竹鄉閩南語故事（一）。

桃園縣民間文學集（4）。大園鄉閩南語歌謠（一）。

苗栗縣立文化局：

苗栗縣民間文學集（7）。苗栗縣閩南語諺語謎語集（一）。

苗栗縣民間文學集（8）。苗栗縣客語諺語謎語集（一）。

雲林縣立文化中心：

雲林縣民間文學集（2,3）。雲林縣閩南語歌謠（二）。

註：1).感謝胡萬川教授 gah 陳素主小姐提供 1992 年到 1999 年民間文學調查采
　　　集整理文獻。

　　2). 沈冬青採集，張春凰增補。

第四講座

台語詩

一、 台語詩語

1. 話頭

　　民間文學 di 字面上明確 deh 說明文學 ui 民間發酵，先有口傳文學 e 形式，然後才 ui 口述 e 形式進入書寫 e 階段。文字 du 形成 e 初期，大約攏會按詩歌做開路先鋒，台語詩 ma 無例外，所以台語詩 e 量 di 現此時 e 台語文學來講，算起來篇文是上濟，除了詩 e 短範 gorh 好落手以外，詩是表述人 e 意志、情感上直接 e 心聲。台灣人藉著歌詩保留著台語文，ma 替母語文化留落來根底，詩 e 自然特質 gah 民族文化根基互相豐富著台語文學 e 命脈。

　　台語詩 e 特色是語言本身 e 旋律性真 guan，如："酒矸 tang 買無"、"美麗大教堂"、"滷卵有夠鹹" e 話句 dor 有豐沛 e 音樂性，所以具有聲音感情、悅耳好聽、音樂性直接表達 e 方便性，這攏是詩語、吟誦本身 e 特質。

　　台語詩作表達著土地 gah 在地子民所關聯 e 人文風物，簡單講 dor 是文化 e 一部份。

2. 定義

　　台語現代詩簡單講起來 dor 是以台語創作所書寫 e 詩作。以當代台語白話文形式 e 詩篇，是 zit 個單元 veh 介紹 e 重點。現代有雙重意義：一個是時間性、一個是獨創性。只要是當代 e 創作必然是上新 e、上現代 e，積極 e 一面是 di 詩作本身尋求新形式 e 建立，消極 e 一面是 veh 脫離古板 e 束縛對舊傳統無合時空 e 部份拋棄。換一句話講，現代詩 di 未來 ma 會成做傳統 e 部份。不管按怎講，台語現代詩語，是以現代白話文，用自由 e 格式展現著詩藝 e 情境 gah 意志，除了寫實，ma 注重想像力。台語現代詩自三○年代以來，顯然受著西方現代詩藝 e 影響，所以台語現代詩是兼顧生活性、本土性 gah 國際性。

現代詩 gah 過去 e 傳統古詩、漢文詩有別。傳統詩作有四句聯、七字仔等等，形式工整有押韻，韻文 e 格律明顯固定。台語傳統歌詩，如張裕宏所編著 e《台灣風》gah 黃勁連所編註 e《台灣國風》等是民間文學 e 流風，zit 類台灣民間歌詩 e 量產豐富。現代個人著作如郭玉雲 e《土城白雲飛》、鹿耳門漁夫 e《台灣白話史詩》等是運用七字 e 方式寫就，請參考本單元下文個人著作簡介。早期漢文詩如賴和 e 作品，zit 類 e 文章 ka 少，主要是日治時代皇民化 di 語言 e 限制下，文人、知識份子對語文主體性 e 表達。若 veh gorh 追溯台灣古早人用台語讀音思考所寫就 e 古典漢詩算作台語詩，按呢算起來，台語詩 e 歷史將 veh 超過三百年，不過，過去台語書面化無普遍，ma 無具體 e 系統性，市面上難以得著。習慣上，「台語」是指白話體 e 台灣話，所講 e「台語詩」是指台灣人用台語白話文創作 e 詩本。(註一)

台語現代詩 e 內容多樣，包括：社會詩、生態詩、政治詩、戰鬥詩、懷舊詩（nostalgia）、風景詩、智慧詩、哲理詩、感懷詩、抒情詩等。新詩 e 方式自由、活潑、跳動、時代性、ka 口語化。台語現代新詩 e 發展多元，逐漸行向後現代 e 另類現代前景。

3. 寫詩 e 一寡原則

一時強烈 e 感受 mtang 放過去、長久 e 感受累積 mtang 放過去。有一個焦點，ga 詩題做中心點去擴充，有一點仔押韻 dor 可以。押韻是可有、可能、可遇不可強求，若強求 dor siunn 過死硬，顯示詩作本身（意義 gah 結構 e 完整性）特質是要點，如詩中有圖、有聲、有情、有恨、有怨、有志……等等，edang 充分表達 dor 可以。換一句話講，體驗生活本身、感官經驗（看、聽、讀、悟、寫）、加讀寡別人 e 作品，小可學一點仔 dor 好（因為 qau 人無老師），按呢 ma ka ve 受影響 siunn 大，無受束縛 ka 有個人獨創性 e 風格。寫詩 ma 會使講是一種直覺，有人講少年人有熱情真自然會寫詩，dor 是詩界英雄出少年，mgor 詩是適合各種年齡層 e 人，寫詩無困難，逐人攏會使試看 le！。

詩作完成先 kng di 邊仔一暫仔，如果 gorh 再讀，意象強度有夠，veh 表達 e 意思有達到，而且已經有"加一字嫌 siunn 濟、減一字嫌 siunn 少"應該是 edang 出門了。如果若無放心，請別人讀看 mai leh。

注意作者 gah 讀者 e 互動，作者 e 作品以"明白清楚"出現，達到思想 e 傳達以及情感 e 感染力 e 作用以後，再考慮修辭，增加美學效果。讀者透過文字 e 篇幅，了解作者 e 意思，詩 e 意義透過讀者 e 閱讀、了解、感動，gorh 再造成一次體驗轉移（*pure consciousness-revision*）。

詩文 e 情境、結構本身愛有完整性，詩 gorh 必須是自由生長 e 有機體，所以，詩 e 語言有膨風、kauseh、比喻、明喻、暗喻、抽象等等面向來增加感染力。詩 e 風格表達感官經驗，親切自然、直覺透視，台語文學 di 目前猶 gorh 是 di 發展期間，ui 傳播觀點看，詩是民族 e 心聲，適合現代性 e 推 sak 運動。

台語詩文一般攏卡短，所以用全漢字書寫 e 問題卡少，不過用訓讀、借字、音字、俗字 e 情形 ma 真普遍。

註解

（註一）

請參考林央敏 e 《台語詩一甲子》編序〈精挑細選台語詩〉p.15-19。

二、台語詩 e 女性觀點

1. 家己 e 所在

西洋詩 ui 希臘、羅馬到意、法、德、英、美 e *Sahhaph*、*Petrach*、*Shakespeare*、*Apha Benn*、*Emily Dickinson*、*Bauderlaire*、*Rilker*、*Adrienne Rich* 等，其中 *Sahhaph*、*Apha Benn*、*Emily Dickinson*、*Adrienne Rich* 是女詩人，女性詩文光彩發劍光，台語詩壇 unna 可觀。

Di 性別 e 層面上，女性 e 身體因為天生 dor 有生囝、生產 e 功能，男性 di zit 方面 dor 用 "筆" e 生產來取代或有補額 e 意味，使得文學作品 dor 形成做另外一種囝孫（*off-spring*）e 形態 deh 流傳，累積做文化族群。倒轉來看女詩人。自早以來無論東方、西洋女性作家攏是非常、非常 e 有限，男性用筆書寫相當有代言 gah 一言堂 e 父權征服性 gah 威脅性存在，女性 di 文學 gah 社會 e 地位上 guan dor 是 "母儀天下"，連 di 聖經內底，女性差不多攏是以 "聖母" e 角色出現，真少是主角，有名有姓 e 女流 di 文學史流傳 e 比例是非常 e 少。

女性 di 傳統方面是順服三從四德，尤其讀冊、vat 字是貴族、科舉 e 專利，女性 e 教育權被剝削，因此 dann 有發生：di 中國有 "女書 e 系統"；di 日本有 "kana e 女流文學"；di 法國 e 聖女貞德（*Jin of Arac*）是一個 mvat 字 e 查某人 ho 英國人看做眼中釘，藉著 "異端" e 名目，用火 ga 燒死進前 ganna di 教會 e 判決書面頂畫線做簽名，按呢必須 di 五百冬後 ka 受著教廷追封洗清伊 e 罪名；di 英國 e 文學界到二十世紀初葉 ka 有 *Virginia Woolf*（1882-1941）di《家己 e 所在》（*A Room of One's Own*，1929）出版，雖然發表作品講女作家愛有經濟能力、自己 e 空間、女性 m 是男方 e 財產等等，最後伊 ma 是行入水中了斷自己 e 形體，雖然伊有才華，ma ganna ga 女流作家欣慕性 e 宣稱伊做 "*Shakespeare e 小妹*" niania；di 美國 e *Emily Dickinson*

（1830-1886）身後留落來一千八首 e 詩，只有七首詩 di 身前有發表。

Di veh 講著女性本身放棄自己 e 書寫權，去馴服 di 別人 ga yin 制定 e 社會禮教 gah 地位之下進前 e 大前提，因為既得利益者先 ga 階級、奴化、教條道德 gah 政策 e 封建制度 e 合理化，女性 e 聲音 dor 發揮 ve 出來。全款按呢 e 情形，dor 充分看會出來台文 gah 女性 e 地位是有相當全款 e 命運。

1772 年，di 美國十八歲 e 烏人少女 *Philip Wheatley* 寫了一本冊。無人相信烏人甚至是女性會曉書寫，雖然經過 hit 當時 *Boston* 地區十八位有頭有面 e，包括總督、紳士、牧師、經商者、gah 後來起草獨立宣言 e *John Hancock* 等等得人望 e 人士 e 面試考查，證明伊有能力確確實實寫出來詩集，但是 di 當地 ma 是 vedang 出冊，一直到 1773 年 ka 航運去 *London* 出版。

咱回轉來台灣詩 e 女性觀點本身。

台語文 e 書面化作品本身 dor 少，di 全漢字、漢文化本位主義之下難以發揮在地文化 e 情境 gah 前景、殖民地 e 台灣女性詩文 e 作品更加 gorh ka 少，zit 種形同被綁架 gah 陷害 e 文化霸權之下，致使母語雖然 dor 是阿母抱囝親近骨肉 e 自然語言 e 特色，di 女性是 gorh 更加墜落 di 殖民範圍 e 次殖民困境。Dor 舉林央敏所選 e《台語詩一甲子》來做例，假使講所選 e 詩文有漏勾去，di 92 首詩內底 ganna 5 首是女性 e 作品，四捨五入勉強 ganna 佔 5.4% niania，按呢，大約知影女性台語詩 e 份量。

台灣 e 謝雪紅是少數 e 少數，但是有一寡影響，雖然女詩人 gah 社會主義 e 謝雪紅是無全款 e 類型，但是女性 e 主體性相對 e 是責任、能力、眼光 e 提高，是社會望遠鏡，全款是有浮出冰山 e 文化景觀。這 e 作家 gah 詩文值得來介紹一下。

2. 鄭雅怡。我有一個夢。家己印行。1998。

鄭雅怡，1963 年出世，高雄人，台大外文系畢業、美國 *Michigan* 大學讀新聞研究所卒業。做過記者、現為作家、文化工作者。

鄭雅怡有出《我有一個夢》，收錄 1984-1998 e 作品，家己印行，羅漢對照 gah 全羅馬字方式，羅馬字 e 部份以拍字 e 形式、漢字 gah 一寡漢羅並用 e 部份以手寫並列，白粉綠色封面，A4 sizu e 裝訂文本。有散文、評論 gah 詩，因為無書目，按筆者 ga 算起來，共 40 篇，其中詩作佔 29 篇，佔文類絕大多數，以詩 e 觀點 gah 類型來看，伊有真強烈 e 女性主義意涵。Dizia ma veh 偏向詩篇討論，散文 e 部份引用來支持伊 e 文學展現 e 整體歷程。

讀伊 e 文，全款是身為女性，聽伊 e 心聲是盡心用靈魂 deh 傾訴，ho 人心疼 gorh m 甘。無論是散文 ia 是詩文，伊親身 e 經驗 gah 對女性、婚姻、家庭、社會、政治等等 e 面向，表達 e 深度 gah 激烈 e 誠實，gah 台文界革命家李勤岸有相當 e 特色。伊 di 傳統教育升學 e 競爭內底，聯考 e 關卡是當年頭頭 e hit 個，出世 di 一個基督教家庭，伊發願 veh 吞忍所有 e 誤解 gah 孤單，完成"主"所定 e 事工："推廣羅馬字 gah 台灣文學。"

讀伊 e 作品親像唱伊生命 e 歌，di 人生 e 航線所有 e 風浪，只要伊有遇著，伊願意行，mgor，伊無願意全款不如意 e 命運 gorh 再加 di 別人 e 身上。伊獨立有自見，有能力有主張，清楚 e 理路經過反省 gah 思考，理性、感性、知性所散發 e 睿智，ho 人想起當代美國文評界現任 *Columbia* 大學印裔女教授 *Spivak，Gayatri C.* e 雄辯 gah 才華，有縱橫天下 e 氣概。同時 ma ho 人連想著全校，當今美國文評界上強調世俗批評（*secular criticism*） e 思想學者 *Edward Said*（註一）。鄭雅怡，除了台大外文系，di 美國修過 "婦女研究" e 課，後來看 ve 出來有真正進入文學批評 e 學術領域。可是伊 e 天資 gah 經歷，卻是反應出來敏利、義無反顧 e 向前行 e 良心、良知 gah 愛心，對文化本位主義、文化殖民觀點延伸出來弱勢者 e 同情，彷彿有 zit 兩位大師 e 風格。〈寡婦〉zit 篇，刁工以反諷 e 筆調來反駁傳統上濟濟男性手下宰制 e 女性，若無合男性 e 意，女性 除了 "聖母" dor 是惡毒蛇蠍，女性 veh 解除 zit 款偏見，上簡單 e 方法 dor 是自我發言。全款 e 代誌，佛經內底除了佛陀 e 母親摩耶夫人，其他女眾 ma 無明顯出現，重男輕女 e 文跡 di 女性主義提倡者認為非常嚴重，可能以早佛經 e 背景 m 是按呢，原意可能 ma m 是按呢，但是 veh 按怎使兩性有共同 e 正知、正覺，女性群眾愛努力 cue 機緣、機會 ga 扳 ho 過來。書寫權至少 edang 直接自我表白，m 免經過第二手 e 稀釋，a mtang 怨嘆別人無看著你，按呢才是真正 e 平等。咱若聽著伊 e 散文〈飼母奶〉e 有聲資料，雖然 m 是作者原音發聲，透過張素華 e 朗誦，清靜 e 暗暝，感受著是雅怡天生母愛 e 溫情 gah 意志。

詩 e 部份，略約按呢分類來介紹：惜台灣人 gah 母語：〈我有一個夢〉、〈新台灣人 e 葬式〉、〈Di 228 紀念碑〉、〈台灣國父〉、〈ho 囝 e 詩〉、〈咱猶是 lin 父〉、〈學了羅馬字了後〉、〈復想起美麗島事件〉、〈革命：對一個台語文學聚會 e 感想〉；心靈記事：〈告別我 e 20 年代：gap 阿惠去台大 hit 暝〉、〈生命 e 海邊〉、〈di 死 gap 夢 e 邊緣〉、〈遺書〉、〈獨白〉；特別關愛台灣 e 女性：〈寡婦〉、〈離婚〉、〈無名花〉、〈日日春〉、；疼同志：〈告別我 e 20 年代：離開 *Ann Arbor* 第四個秋天〉、〈告別我 e 20 年代：ho 陳文成〉、〈告別我 e 20 年代：ho 台灣學生〉、〈同志〉、〈民族歌手：聽邱垂貞演唱有感〉、〈阿母〉；伊愛伊 e 至親、老師、在意家庭 gah 人權〈我倒來啦，台灣，獻 ho 我 e 四舅…〉、〈願你安息，老師──ho 我 e 初中導師…〉、〈監護權〉、〈單親〉、〈天裡 e 父〉；

伊有堅強 e 信仰如：〈祈禱〉、〈天裡 e 父〉。

　　〈228 紀念碑——ho qin-a e 詩〉（登 di《台文通訊》62 期，1999年 3 月，p.6-13）。Veh 講伊 zit 組詩，愛先以作者散文〈斷情書〉e 文意來做詮釋。〈斷情書〉是作者以文學 e 想像，虛構 e 故事，敘述自動、主動先提出 gah 愛人分手斷情 e 批信，有痛苦 gah 目屎 mgor 必然愛做，按呢做 m 是爲著人生 e 榮華富貴，一開始 dor 開章明義講："我已經覺悟，家己無法度 gorh gah 一個無愛認同台灣，反對台灣獨立 e 人結約一世人啊。"Zit 款宣示作者對現在 e 家己 gah 一個男性、未來 e 家庭、永遠 e 國家 e 認識負責、承擔。做一個新聞工作者 e 工作倫理是 di 現實社會鏡頭 e 掠取，有文學 e 底蒂 gah 良心結合歷史 e 記實，鄭雅怡 veh 寫台灣重要 e 二二八歷史事件，副題是 "ho qin-a e 詩"，透過文字 e 記錄其實是 ho 台灣子民 e 詩：

> 美麗空虛 e 形影，圍困 di 煙霧中央。
> Ng 望咱 gorh 來 zia e 時，霧會散去。
> 埋 di 土腳底 e 干證，
> 台灣人失落 e 記憶，
> 會 ten 開咱面前，排列 di 大理石頂。〈228 紀念碑——ho qin-a e 詩〉（詩組之一）

　　二二八受難者帶孝遺腹囝郭勝華女醫師，di hit 個時代，失父、失根（外國行醫）做人 e 某 gah 新婦，一世人 e 遭遇 gah 悲劇堅強 e 代言人：

> kng 一蕊黃菊花，
> kng ve 落對你 e 思念。
> 我 e 身世親像幼幼 e 花蕊，

等 ve 赴老父疼惜，

dor 代先 ho 風吹落。

Di 我猶 ve 赴出世 e 春天，

茫霧罩 di 山谷 e 早起，

你猶留戀被單 e 燒 lor，

dor ho 兵仔拖到溪邊，

槍聲通過你 e 腳脊，

血水若露水滴落草野。

紅 gi-gi e 土地，

無審判 e 死罪，

帶 ho 我無老父 e qin-a 時，

無血色 e 青春期。（〈Di 228 紀念碑——1〉，第一葩。）

由濟濟遺族有代表性 e 失翁婦仁人郭太太（勝華 e 阿母）e 觀點，行出來苦難 e 命運，以犧牲 e 代價安魂，思念昇華做人民 e 精神：

kng 一枝百合花，

kng ve 落對你 e 思念。

咱 e 青春親像清白 e 花蕊，

開 di 久長所疼 e 土地，

受 at zih 也無怨悔。（〈Di 228 紀念碑——2〉，通尾葩。）

歷史 e 錯誤 edang 原諒，歷史 e 過往 gah 教訓 vedang 放 ve 記得！鄭雅怡 di 詩中充分書寫著傷痕 gah 記憶 e 省思，表達阿母、現代女性 e 歷史、社會、文學意識，豐富著當代女性 di 歷史舞台 e 角色。Di 電話訪問中，恬恬 e 伊，對話親像 kiau 一下鐘 dann 回應 e 伊，特別

ga 我交待："郭勝華 e 阿公雖然對伊 m 是查甫 e 有淡薄仔失望,但是取名叫勝華是 "勝過中華" ,受難者家族何等悲切 e 聲,只有親像雅怡將心比心 e 人道主義者寫會出來按呢逼近上境 e 悲憐詩來安慰卑微 e 人心。

〈生命 e 海邊〉是一篇 200 句 e 長詩所織成 e 詩作,網路、分支 gah 環結緊合 e 意境,各點、線、面攏圍 di zit 個詩題 e 母體,不但文學 e 想像充足,語文 e 力道 ma 相當豐實。單就詩題本身 dor 有真厚 e 意象,海邊 e 水是流動 e,台灣 e 海 gah 有台灣面積 hiah 大 e *Michigan* 湖水,水面波湧 gah 無邊 e 湖面心情 gah 心情 e 水捲螺一 ling 一 ling 攏是生命 e 痕跡,去 e 無影 mgor 記憶 gah 反思是心中永遠 e 腳跡。寒天 e 透早、欠雨水 e 熱天、初秋 e 黃昏,生命 di 死亡 gah 再生交織、更替。外景 gah 內心交映,受傷 e 心需要慰藉,生命 e 正數 gah 負數糾纏,死有驚惶 ma 有墓地若子宮 e 安穩(〈di 死 gap 夢 e 邊緣〉)。海邊燈塔 e 阿婆靠海食海,用生命 gah 海賭博,一個、二個、三個、翁、囝 gah 新婦攏捲去無邊 e 海, ciann 一個幼孫仔、只有放一個甜擔 ho 阿婆擔,收工補破網 e 黃昏、堅定 e 木屐聲迴盪 di 風寒 e 海岸,生命 e 變化自早以來攏 gorh 重搬,了悟以後是開朗 e 結局:

> 無論寒也是熱,
> 暗暝也是天光
> 海 dauhdauh 替接換面貌,
> 顯明各樣 e 奧妙 (〈生命 e 海邊〉通尾仔後半節)

註解

(註一)

請參看 廖炳惠。文學理論與社會實踐:批評愛德華‧薩依德於美國批評的

脈絡,《第二屆美國文學與思想研討會論文集》,p.452- 70。台北:中研院
歐美所,1991。

Edward Said 有成名著作 "*Orientalism*" 。王志弘等譯。東方主義。台北縣
新店市:立緒;紅螞蟻行銷代理,1999。

參考文獻:

Spivak, Gayatri C. The Postcolonial Critic. New York and London:Routledge,1991。

Landry, Donna and MacLean Gerald ed. The Spivak Reader:Selected Works of
Gayatri Chakravorty Spivak。New York and London:Routledge,1996。

(後記,多謝芳芳,di 阮 veh 截稿寄來 zit 本合訂本資料,對雅怡做
介紹,ma 多謝香君 ho 我電話 gah 雅怡連線。)

3. 紀淑玲。《鵝尾山 e 眠夢》。板橋市:索引有聲出版,1998。

紀淑玲,1957 年出世 di 台北淡水。台北陽明山平等國小音樂教
師。筆名田嬰。

《鵝尾山 e 眠夢》是伊台語詩歌 e 創作,寫家己 e 文、譜家己 e
歌、彈家己 e 歌、唱家己 e 歌,一位多彩多姿、多才多藝 e 查某人。
普通咱用六月 e 花:鳳凰花做學生畢業 e 送別相辭,伊用身邊 e 相思
花做綿綿 e 思念 gah m 甘。〈濛濛滬尾街〉寫淡水,〈番婆 gah 烏仔〉
寫平等里一個查甫翁叫番婆為 sui 某 e 美麗甘願為伊拍拚 e 唸謠,〈樹
林 e 風〉是自然界 e 天籟,〈鵝尾山 e 眠夢〉寫伊 e 生活 gah 美夢。伊
e 詩歌有民謠風格、優雅輕巧。

紀淑玲 di 鵝尾山頂教學生 gorh gah 學生 sng,校內是單純 e 童真
gah 環境 e 清幽,伊寫台語 e 詩歌,〈問田嬰〉是一塊 qin-a 詩,田嬰

會飛代表自由、qin-a e 美夢是自由來去天使 e 無憂無愁，可惜 he 是彼當年過往 e 代誌，因為 hit 條清氣 e 溪水頂面已經變做 diam 仔膠路。伊用歡喜、笑微微 e 心情 gah 輕快 e 節奏來回想細漢 qin-a 時，問田嬰失落 e 歡笑對 dor 位去？以早 gah 現在、存有 gah 消失對比，來關懷環境生態：

> 彼年 e 冬天，
>
> 飛來鵝尾山邊，
>
> 溪仔水，m 知 dor 位去？
>
> 烏色 e 點仔膠路，恬恬 m 敢講起！
>
> 田螺田嬰，溪水 dor 位去？
>
> 田螺田嬰，溪水 dor 位去？　（〈問田嬰〉）

紀淑玲做過布袋戲，做啥麼是啥麼，一點仔 dor 無清采，伊是一個奇蹟。

4. 荷芳。本名蘇淑芳，1964 年生，台南縣白河人。

一般女性對感情詩 e 處理，攏 ka 隱晦，如張春凰 e〈我 e 枕頭〉、藍淑貞 e〈感情即條路〉，ma ganna 點著為止。親像荷芳 e〈秋颱〉處理女性 e 情思 gah 性愛是罕有 e，熱烈、雄狂 e 愛戀以"九月颱，無人知" e 秋颱，奇巧隱喻做接受深戀迷情 e 心靈起落 e 強烈捲襲，充分表達詩作 e 手藝，同時排除女性 di 性愛方面被動、被物化 e 蹧踏，m 是親像情慾書寫 hiah-nih-a 前衛，是 di 女性有自然歡感 e 本能 e 一個主體性展現。

> 阮 ve gorh 驚喜
>
> 願意感受伊雄狂 e 嘴唇

gam 著溫濕 e 雨水

zim 遍阮祒白 e 大地

世路真歹行，

阮也認份認命！

為生存拍拚，交出青春笑笑行！（〈秋颱〉，《台語詩一甲子》，p218-9。）

5. 蔡秀菊

生於 1953 年，台中縣清水人，國立師範大學生物系畢業，國中教師，台中文化學院進修博士。長期涉獵台灣學，台文著作散見各台語文雜誌。

蔡秀菊 e〈春雨〉（《時行台灣文月刊》19 期 p.34，2000，9），表達出來重拾翁仔某感情性愛歡樂 e 心意。生活愛有變化 ka 有趣味，兩性調和是年輕生命力 e 特徵，有時愛互相提醒，撥弄是一陣春天 e 及時雨，短短 e〈春雨〉表達出來夫妻意愛長流水，三不五時查某人體貼、大方，來贖回青春活力 e 智慧。

久長以來

ve 記得初戀滋味 e

妻

di 一陣春雨了後

也學著貓 e 形跡

撥弄漸漸大 ko e

翁婿

6. 陳潔民

陳潔民本名陳淑娟，另有筆名雲水、雲琛。1970 年出世 di 台南

縣七股鄉，生長 di 彰化市，曾任國小學教師，靜宜大學中文系碩士班
畢業，目前 di 台中縣沙鹿高工 gah 靜宜大學任教，ma di「心靈城市」
網站發行 e《心靈補藥電子報》做駐欄作家。對文學、佛學、音樂、
美術有興趣。讀彰化高商 dor 開始寫作，求學期間得著彰化高商傳統
詩文學獎、臺中商專散文獎、靜宜大學心荷文學獎 gah 蓋夏文學獎 e
新詩獎、臺灣省政府文化處徵文大專組第三名；碩士論文《賴和漢詩
的主題思想研究》得著賴和文教基金會研究獎助獎。創作的文類有散
文、新詩、短篇小說、台文作品散見各報。

　　台語詩文方面的代表作有：〈阿公 e 寶貝弦仔〉、〈暗光鳥〉、〈臺
灣佛 e 悲哀〉。台語散文有：〈拍搏仔〉、〈互語言變作愛 e 大使〉、〈Gah
厝鳥仔同居〉等。Vat gah 攝影家許蒼澤、作家康原、路寒袖、岩上、
王灝、扶疏、嚴小實等合著《六〇年代臺灣囝仔：童顏童詩童歌》zit
本冊（彰化縣立文化中心出版，1999）。

　　伊自認寫作有當時 a 需要跳脫真實世界，有當時 a 投入實際 e 場
景，edang 用各種無全款 e 角度來觀察生命 e 方式。伊甲意寫一寡仔
「文以載心」e 物件，希望 edang 提醒家己，提醒別人一寡仔人生當
中 e 風景，ma 希望家己永遠保持一粒向前流動 e 真心。

　　根據伊整理過 e 詩作包括發表 gah 未發表 e 已經有五十六首
（1997-2000）。陳潔民是一位多產 e 作家，平常時 ma 是無閒，猶原
有豐富 e 作品量。寫作若食菜，只要伊願意，已經 edang 有個人全集
gah 讀者見面。看〈阿公 e 寶貝弦仔〉直接看著伊 e 創作意向：

　　　　阿公 e 弦仔
　　　　愛唱古早 e 臺灣歌
　　　　補破網 e 無奈哀嘆
　　　　雨夜花 e 酸苦心晟

　　　攏真感動阮 e 心肝

　　　阿公 e 寶貝弦仔
　　　甲阮 e 鋼琴合奏舊情綿綿
　　　配合出一種舊時代 e 懷念
　　　新潮流 e 氣味
　　　（〈阿公 e 寶貝弦仔〉（島鄉台語文學 6 期，1997，02）

　　伊 gorh 真少年 lo！九首台語囝仔詩收 di《童顏童詩童歌》，伊用鋼琴 gah 阿公 e 弦仔合奏，dor 是少年 e 伊用台文寫作全款，ga 優良 e 傳統好 e 本質 gah 現代 e 鋼琴樂音交響，新潮流 e 氣味是新興文化 e 代表，有繼承過去 ma 延伸未來，這 dor 是女性 gah 台灣 e 主體性。

　　〈傷心城〉是伊關懷社會對 921 e 傷感，修心如〈內傷〉、〈軟弱 e 真相〉e 滋味有經過 dor 變做人生哲理 e 養料，di 宗教佛理有〈心頭抓互定〉、〈歇，著是菩提〉、〈揣心〉、〈啥物是禪〉、〈安怎看破〉、〈心蓮一蕊〉、〈六度波羅蜜之「忍辱」〉、〈無論如何〉等，真正〈有量著有福〉（蓮蕉花第 7 期，2000，12 月），已經看會開：

　　　人生 e 點點滴滴
　　　攏有真濟人情義理
　　　做人愛看 ho 開開開
　　　mai siunn 計較小可代誌，謹記
　　　有量
　　　著有福氣（落尾節）

　　ziah 少年，有按呢 e 四正、平和，有上求菩提、下化眾生 e 心行

（hing2）。伊 e qin-a 詩 gorh 表現 qin-a 活潑 e 一面，伊若講著詩情、詩意 dor 活跳跳，彩色 e 生命飛 gah iaia 是：

> 窗仔門外
> 粉紅色 e 櫻花
> 一欉一欉
> 逗逗仔佇落雨天
> 沃成一幅霧霧 e 水墨畫 // （第一葩）
>
> 輕輕仔拆開汝對遠地
> 親手寫來 e 批
> 讀著汝 e 文采
> 喙角就微微仔勾起來
> 親像咧飲第一泡 e 春仔茶 // （第三葩）（〈讀汝，親像 lim 春仔茶－贈詩友釋如斌〉淡水牛津文藝第 8 期，2000，4 月。）

參考文獻：

許蒼澤、康原、路寒袖、岩上、王灝、扶疏、嚴小實、陳淑娟合著。六○年代臺灣囝仔：童顏童詩童歌。彰化縣：彰化縣立文化中心，1999）。

7. 尤美琪

　　1973 年出世，台南縣人，台北市大漢。清華大學中國文學系碩士班學生。1993 年初接觸台語作品，1996 年用台語寫詩 gah 散文。曾任網站「山抹微雲」台語文學版主，現任《時行台灣文月刊》編輯，多種文化工作義工。

　　伊有《若是相思仔花，照山崙》個人台文合集 veh 出版中，內底有詩、散文、論文，詩作 e 部份 teh 來 gah 台語詩女性觀點來做伙論。

美琪 e 台文詩目前為止，總共有四篇，〈1995 年，起風 e 彼一工〉（《台語世界》第 8 期 1997，2 月）、〈你我 e 春天〉（《茄苳台文雜誌》第 18 期）、〈無言批〉（《時行台灣文月刊》第 3 期，1999，1 月）、〈沉埋 e 星光〉（《時行台灣文月刊》第 19 期，2000，9 月）。親像胡民祥講 e：“美琪 e 詩 gah 散文雖然量少，卻是質美，呈現一款特出 e 風格”（註一）；林央敏 ma 講：“詩文所表現 e 氣氛，寫入真濟具體 e 物件 gorh 維持非常抽象 e 感覺，這正是「詩 zit 般 e 相思夢」e 特質，若無 zit 款「藝術化特質」經驗 e 詩人，或是一般人真 or、足難體會 zit 塊詩。Veh 欣賞 zit 塊詩，應該加用感覺，減用理解，因為詩所寫 e 景象 m 是一種正常 e「事實」。”（註二） 人類有一寡共同 e 感覺 gah 心靈資產，zit 種人生 e 次元 m 是親像去買水果照稱斤額付錢交易 e。讀詩 e 心靈感應，dor 講攏是哀愁、苦悶 e 感受，zit 種共同 e 秘密、奇妙 e 經驗互相振動，dor 是詩集療傷 e 作用，dor 是詩 e 積極精神 e 精華。

美琪 qau 運用詩藝深度 e 意象，詩 e 意涵隱藏性真 guan，ho 人回盪 di 美麗 e 盼望 gah 哀愁 e 氣氛。Di〈1995 年，起風 e 彼一工〉、〈你我 e 春天〉、〈無言批〉三篇，無目屎無嚴厲 e 不滿字面，mgor，天頂 e 空闊、月光、天色、花落、風霜、樹林、港口、縱貫線、北迴歸線、無言、夢想、歌唱攏非常 e 個人、非常 e 大眾化、gorh 非常 e 台灣（註三）。以實有 e 事體 gah 抽象 e 意境一再交織、重覆出現共同 e 話題 gah 經驗，莫怪伊四邊 e 文友接受著伊厚重 e 超現實、解構手法，猜 iorh 詩題 e 指涉、旨意，答案 dor 無一定，甚至往往 m 是。像伊按呢 ia di 親友 e 是無限 e 想像空間，深邃迷人，詩境 e 靈韻引 cua 讀者逼近人 e 第六感，具體、幻化、美妙有浪漫主義 e 風采：

起風 e 彼一工
雲過無星
你恬恬仔駛離船港
無留言 一言半字；

你走 e 彼一冬
雪落無話
我溫溫仔縫（tinn）著月光
hiann 一爐水 替你煮夢；

雨水跋落無情 e 天
告別 e 話未赴出嘴
是按怎花落水流
等不回秋天 e 你；

思念飛 di 縱貫線頂
批信寫 ho 斷線 e 你
是按怎地老天荒
等不回白色 e 你。
（〈無言批〉時行台灣文月刊第期，1999，1 月）

〈沉埋 e 星光〉deh 追思、安魂，寫 ho 台灣 921 大地動失去摯
愛親人 e 台灣人：

離開，di 一個無星罩霧 e 暗暝
無留落家己 e 名 gah 姓

風 di 足遠 e 所在 deh 唱歌

起風 e 時陣，滿天 e 菅芒攏染白 yin 歸山坪 e 頭鬃
雲停 diam 無話 e 電話亭頭前
手內 liap e，是隔暝冷去、失溫 e 一篏銀

Due 你 e 腳步，溫溫仔來行這條霜霜冷冷 e 無尾巷
巷無尾，猶原看著山 e 彼邊，有海湧 deh 飛
過往傾城 e 愛戀，假若冬天稀微 e 光絲
浸 lam di 熱天薄荷味 e 海洋，早 diorh 冰封清冷

無願意承認，天星是沉埋 di 土地 e 相思
任由霧藍色流血 e 月娘，浮成天頂 e 一蕊雲
天星往生了後，煞也無話相辭
指認永擺情事 e，空留墳頭一蕊安靜 e 花

只是墓草無情生發，憂傷永遠 siunn 長
只是星光無聲沉埋，假若死白 e 殘雪
我以星光為路標，作思念 e 依憑
雲無影路無跡，毋免閣問生生 gah 世世

註解

（註一）

　　胡民祥。〈冬青池永國曆〉。時行台灣文月刊第 18 期，2000 年 7 月，p.39。

（註二）

　　林央敏。〈〈你我 e 春天〉導讀〉。《台語詩一甲子》p.223。

（註三）

請見本冊合集單元對尤美琪 e 一寡介紹。

8. 鄭芳芳

1978 年出世，台北縣三重市人。台大社會系畢業，曾任台大台文社社長。現為台大新聞研究所學生。辦過全國大專台語生活營。

有社會學 e 背景，對母語運動、關懷邊緣弱勢團體、女性主義、去中心理論等等投注心血。

〈麻射〉、〈運動鞋〉（《時行台灣文月刊》14，1999，12 月號）用明白 e 日常用字分別講出女性所受 e 苦 gah 限制。〈麻射〉zit 篇對生囝 e 艱苦一開始 dor 點出 "vat 有一個查某老師講起/人叫伊算一二三/一二三四五六七/dor m 知人去/是為 diorh 生囝注麻射" 到結尾：/麻射退 ve 去/欲精神又 gorh 隨昏去/；〈運動鞋〉內容包括著一個哈日族 e 少年查某 deh 推薦一雙 di 美國賣了真好 e 名牌運動鞋：去買一雙 7 號 e 查某運動鞋 / 17 歲、白肉 e 查甫店員 / can-ciunn 日本韻 e 影星 / 留 iu-iu e 嘴鬚講 /zit 雙 di 美國賣了真好/zit 個店員 "伊 e 中文腔若 lau 英文 /應該 vue 輸 *Mexican American*"，顯然是作者對現代 XY 世代 ve 曉講在地話、皮膚 gorh 白 sat e 哈日族 gah 哈美族 e 稀微 gah 無根有所諷刺，而且店內 "gandann zit 雙是有牌 e 運動鞋/cun e 攏是四界 e 雜牌 a 鞋"，這是包裝 e 時代，人 gah 店貨攏 deh 包裝，心 gah 靈魂 ma deh 包裝? 無認同感，欠缺土地 e 日頭光 gah 力。最後， veh 得一雙走 liau 卡緊 e 運動鞋/若無/半暝 12 點 e guan-da 聲/狗 a/會抗議你 ziah 晚 gorh di 外口行/

作者真顯然是關心女性 e 安危，表示著伊對去中心、注重邊緣 e 社會角度。

女性 e 安全問題，除了生產 "生有是雞酒芳、生無是棺材板" e 冒險，除了姦殺 e 威脅，連狗仔 ma 抗議夜行 e 自由。買一雙走會緊 gorh 無聲鞋底 e 運動鞋，m 通穿女性專用 e guan 踏仔鞋，相當靈活 deh 對應女性嬌弱 e 一面。"做一個中性 e 人"，暗時 edang 正常做 kangkue 貢獻才調，暗時免除人身威脅 e 恐懼，有工作 e 自由，襯托出百貨公司紅紅花花 e 男飾服裝 gah 男用保養品，做一個中性 e 人，女性 m 是 ganna 愛靠避免危險 e 所在 gah 時段 niania，拜託 e，兩性愛做伙互相尊重。

9. 王貞文 e 台灣詩音

王貞文，現在 di 德國修習神學博士學位，有關伊 e 介紹請看本冊 "台語小說" 單元有關伊 e 簡介。

貞文會畫圖、寫散文、寫小說、寫評論、寫詩，是一位多才多藝（*versatile*）e 台文作家。"*verse*" di 英文是 "韻"、"*versicle*" 是 "短詩" gah 宗教內底一種吟唱 e "短句、細塊詩"、"*versify*" 將（散文）改寫做韻文。讀貞文 e 作品往往攏帶有厚重 e 繪畫意識、美感、醫療等面向，不止是詩中有畫、畫中有詩，更是文中有詩、有圖，真正是台灣文壇 e 奇女子，確實是 "*versatile*"、多才多藝，是 "*Muse*" e 化身 gorh ka 加！

親像伊 e 小說著作本身，基督教徒 e 身份 gah 基督教文學 e 色彩，伊關心弱者、環保、女性、台灣 e 社運群眾等，理想的 e 社會主義，透過愛、慈悲、公義、和平 e 救贖 gah 追求 e *Utopia*〔烏托邦〕理想國度。來看對 "蜘蛛" e 描述，〈蜘蛛 e 歌〉：

一、盼望

蜘蛛網 無盼望

幼幼細細

風透 雨拍 囡仔
舉（qia5）棰仔來
連鞭弄破一大空

蜘蛛網 小盼望
恬恬吐絲
等待 忍耐 只要
腹肚內有絲
m驚咱網結ve成

蜘蛛網 有盼望
慇慇勤勤（un2un2kun2kun5）
透暗織網 露水
送阮珍珠百粒
日光反照
世間百態

二、神話
阮e祖先
是手藝真好e織女
無看自己是凡人身份
敢向女神挑戰

m驚神明e權威
只有信任自己
創作美麗e能力

她（yi）e 手親像會飛

織出神明弄權 e 故事
織出慾情火熱 e 笑詼
青藍 e 大海
深深淺淺
變化無窮
跳舞 e 人群
十花五色
千款表情

由高天落來 e 女神
雖然有
金銀光耀 e 絲線
火燒草原 e 速度
總是 ve 比世間 e 織女
看透世間
進逼神界

她自信 e 笑容激出
女神 e 大受氣
神枴稍可震動咧
雷公閃呐拍落來
親像花蕊初開 e
人世間織女
一目睭久就成作

瞴瞴歹看 e 蜘蛛

人罵她驕傲
恥笑她受刑罰
蜘蛛無出聲
吐出無色 e 絲
織出八卦 e 網
日光若照來
七彩就攏顯明出來
人若斟酌看
八卦內有宇宙 e 奧秘

　三、毒虫
阮 e 網 m 是為著好看
阮 e 網欲消滅毒虫

看是幼幼 e 絲
一絲一絲是軔軔軔
黏黏黏　解 ve 開

吸血吸到肥滋滋 e 虻
吃甜吃到頭昏昏 e 糊蠅
撞到阮 e 網
阮就 ve 放伊散（sua3）　　　　（2001/4/9）

蜘蛛是屬 di 一種大自然界 e 生物，只求卑微 e 基本生存 niania，

dor 愛 gah 大自然博鬥 gah 人類 e 損斷對抗。作者以"盼望"點出掙扎中 e 生存本能，引喻眾生平等；"神話"點出蜘蛛祖先紡織神手 e 光榮 gah 驕傲受天譴，接受命運倒轉去恬恬仔織出八卦 e 網，親像 deh 修行。連後轉來以人做中心，解破人 e 偏見 gah 傲慢："人若斟酌看 八卦內有宇宙 e 奧秘"；"毒虫"引伸蜘蛛掠毒蟲 e 合理化，蜘蛛本身 ma 被看做毒蟲，點出世間對"是非"加權（*weight*）e 價值觀，由生物 DNA e 生存道理，m 知有創物者無？看起來，作者 gorh dan 一個問題 ho 讀者。

〈Di 病院內〉zit 篇，寫一個白色散亂 e 頭鬃等待死亡臨終 e 婦仁人，親人無 di 身邊 e 淒涼晚境，臨終 e 人 a 無一點仔尊嚴，親像 deh 控訴、ma 彷彿看見人 e 肉體拖累不過如此，看 ka 開 leh！〈看著阿母 e 身軀〉（45 zua）、〈阿媽 gah 狗仔囝〉（24 zua）、〈洗頭鬃〉（12 短 zua），對阿媽、媽媽、母愛、女性等議題有恩情、溫情、親情 e 思念 gah 感意。

〈三欉樹猶原 kia 在〉：

> Di 這 e
>
> 已經敗壞
>
> e 土地，
>
> 少年時
>
> ga 我安慰
>
> 遮蓋 e
>
> 三欉樹
>
> 猶原企在；
>
> 對青翠 e 葉
>
> 滴落甘露。
>
> 鳥仔 di hia

尋到安歇所在。

若 ga 詩文寫做散文 dor 是 "di 這 e 已經敗壞 e 土地,少年時 ga
我安慰遮蓋 e 三欉樹猶原 kia 在;對青翠 e 葉滴落甘露。鳥仔 di hia
尋到安歇所在。" Zit 種若詩、若散文 e 詩 e 節奏,edang 配合喘氣、
呼吸、吐納慢慢仔意會大自然 e 腹腸 gah 心胸,如何 edang 減輕破害
地球 e 警示。

〈Di 瘠牛病及口蹄疫 e 日子〉敘述口蹄動物被人類肉類市場經
濟 e 物化、奴化、屠殺、血腥 e 恐怖過程,口蹄動物染病無關人類 e
痛苦,只有關褲袋仔底 e 銀票,ng!變形 e 過度慾望。

貞文 e 詩產量相當大,原作出現 di 台灣本土社網路文學討論線
上,ma 有分別登 di《時行台灣文月刊》、《島鄉》、《台灣公論報》、《台
灣 e 文藝》等。

除了以上 e 女詩人,更加有結集成冊 e 台語詩作個人全集,作家
有郭玉雲、張春凰、藍淑貞。

10. 郭玉雲;邱文錫、陳憲國編註。土城白雲飛。台北市:樟樹,1997。

郭玉雲,1953 年出世,台北縣土城人。著作有詩集《土城白雲
飛》,是典型 e 台灣七字,總共收錄 203 首。每句七字詩,分做台灣
惜情、田穡、思親、山中好光景、學校讀冊、挽茶相褒、環保、山中
心適代、感懷、長工相思、花草滿山坪十一個單元。

郭女士是一位無受著真濟中文教育(ganna 讀六個月 niania)影
響 e "台灣素詩人",而且是 di 庄腳大漢,陳明仁先生 di《素詩人郭
玉雲》e 序文內底 dor 寫講:"用詞白話、自然,無 siann 勉強 nqi-au,
有韻文 e 氣味"比如:di 我用電話(2000/1/22)gah 伊交談 e 當陣,

伊用"年來寫詩心 tang 疼"來講著台灣 e 母語環境。伊講伊有三個大兄 gah 一個厝邊 e 羅漢腳攏真 qau　e 弦 a，只是自我娛樂，di zit 種環境下，伊自細漢 dor 會曉念四句聯，以早攏唸唸 e ho 風吹了了，隨嘴 dor gorh 講："台灣文化愛流傳"，九多來有寫六萬幾首四句聯，ganna 出 zit 本詩集，出版額 gah 作品量比起來有限。

郭女士作品 ho 人 e 印象不但是十足有韻文 e 氣味，伊 di 生活中 dor 是隨時隨地攏 edang 出口押韻，每一遍街頭運動不管是母語運動、電台 *call in*、ah 是建國運動定定 dor 有伊 e 聲音 gah 身影，而且是開嘴 dor 是 gah 主題有關 e 四句聯。Di 過去 e 女性有三姑六婆（尼姑/比丘尼、道姑、掛姑；穩婆/產婆、藥婆、師婆、牙婆、媒婆、虔婆，實際上伊 ma ga 筆者講伊若艱苦 dor 家己 di 山內採藥草醫治，伊 e 老母 ma 是替山內 e 厝邊隔壁免錢接生，甚至看人散赤 ga 人生了 gorh 掠雞 ga 人補），應該是時常 di 公眾場合 edang 拋頭露面 e 職業婦女，yin dor 有 zit 種應變 e 能力。Gah 郭女士 zi 接，伊出口成章，對身邊 e 代誌立刻反應台灣端的 e 七字仔句，ho 人印象深刻，伊 e 風格顯然有傳統 e 職業婦女種種應變 e 能力 gah 文思 e 天份。

郭女士保持著大量 e 原汁 e 台語用詞，edang 寫出來 203 首 e 詩集，上重要 e 特色是伊認真生活 e 本身。Di 翠鳥、蝌蚪 dih veh 消失 e 環境，台灣俗名叫釣魚翁 e 翠鳥、do-quai 仔（原文用杜蛙仔）e 蝌蚪，花生取代土豆 e 台灣語言 e 根，郭女士卻是土味 e。寫景特別是山內 e 生活 gah 大自然 e 變化，雲、雨、四季攏有描寫，趣味 e 代誌郭女士特別注意著細項動物，田螺、田嬰、魚溜、蜂、必勞仔（伯勞）攏是伊筆下 e 對象，本土 e 花樹如：含笑花、紅柿、狗螺仔花（山桃）、相思仔花攏 deh 反應郭女士觀察細項物件斟酌 e 本事，對台灣人文 gah 生態詩以伊個人 e 身份反映出來時代背景 e 一部份。應該講郭女士是

民俗美學 e 一部份。上重要 e 是，di 語言 e 著作中顯示出來女性 e 本
土主體性。

想 veh 聽伊吟詩，ka 一通電話 ho 伊！

11. 張春凰。愛 di 土地發酵。台北市：前衛，2000。

張春凰，1953 年出世，高雄縣大社人，美國 FSU Library School and
Information Science 碩士。1992 年開始用母語寫作。多樣文體作家。
母語教師、母語文化工作義工。

《愛 di 土地發酵》分做：山水 e 戀情、對生命 e 一寡了解、社會
鏡頭、溫純、意愛 gah 記憶、四季春夏秋冬 e 更替、心事 e 流動六個
單元。

四十歲以後 ka 做作家，有一點仔笑詼，其實 di 少年 e 時陣，伊
有按呢夢想過，只不過是用別人 e 話 dor 變做別人 e 心思，用別人 e
文 dor 變做別人 e 觀點，以早只是夢想 niania，一直到台文發現著伊，
伊 ka 真正爆發出來做一個作家 e 條件（註一）。這本質上是語言 gah
土地結合做伙 e 賜福，有土地 dann 有愛 e 基地，所以珍惜母語、復興
母語 e 願力，di zit 個慢慢進入中年人生高峰點 e 女性，cue 著台語詩
e 酵素，di 寫作 e 修道院繼續修行。伊雖然有 zit 本詩集 e 出版，mgor
自認 iau 無夠，雖然陳雷先生 di 序文 ga 寫 gah 真呵咾，伊自己 ma 愛
知影，後浪 sak 前浪，雖然伊有〈石頭〉e 精神 gah 心理準備，伊心
內真清楚若無具備善知識、善意念、善道德繼續拍拚，精進 e 成份是
無可能自動走來 cue 伊。趁伊 gorh 做會振動，伊誠意請各位先進指導。
以下略引 gah 陳雷 gah 蔡淑惠（註二）e 一寡觀點來鼓勵台灣查某人
做伙來寫台語詩。

　　張春凰 e 詩主題範圍真闊，有寫人、事、物、情、景，種種無全 e 對象，單單寫冬山河 e 景就有十首，甚至像"噭"zit 款真少有人會寫做詩 e 題目，ma 有二首。Di 伊 e 手筆下底，差不多任何對象攏會使是寫詩 e 題材。Zit 個事實實在超出一般人心目中 e 先主印象（*preconceived impression*）："女性作者，特別是少年女性作者，ganna 會寫抒情詩。"Zit 本詩集內面除了浪漫 e 抒情詩以外，ma 有政治抗爭詩、民族意識詩、社會記事詩、人生哲學詩，甚至有寫物 e「即物詩」（親像〈會喘氣 e 厝、一粒小白球征服一粒山、無根草〉等）。Di 台語詩作範圍內底，除了林宗源先生以外，我想真少人 e 詩有 zit 款變化、豐富 e 題材。Gap 現代中文新詩比較起來，有 kah 超過無 kah 輸。Di zit 方面，張春凰 e 詩表現了足明顯 e 前鋒性、開拓性。

　　Zit 本詩集《愛 di 土地發酵》內面所收集 e，全部是形式自由 e 現代詩。按文字 e 音樂性來看，咱暫時 ga yin 分做四型：

　　（1）．'標準型'：大部分 e 詩雖然文字無古典詩、韻調詩 hiah 整齊，但是有保留相當程度 e 韻調、旋律、節奏，親像/伊 e 手肚 是我 e 枕頭/寒天有燒氣/熱天有涼意/伊 e 手股是我 e 枕頭/安穩閣透氣軟暖閣四適/（〈我 e 枕頭〉）其他〈親水惜情、黃昏 e 珠淚、元宵暝 du 著情人節〉等等，咱 ga yin 叫做'標準型'。（2）．'散文型'：有一部份 e 詩，形式比'標準型'gorh kah 自由，文字 e 韻調、旋律 gorh kah 無整齊，gap 散文真接近，咱 ga yin 叫做'散文型'。親像〈老母心是石磨 a 心、拭面餅皮 e 大姑、七 gam-a 店、手印等等。Di zin 咱 edang 認出張春凰 e 詩內面散文 e 影響，ma 是伊 e 詩 gap 散文 e 交接界。（3）．'印象型'：gorh 有 e 詩文字真簡單，甚至無完整 e 句，節奏強烈明顯,但是無旋律,親像 deh 拍鼓按呢,ho 讀者一個單一閣集中 e 印象,咱 ga yin 叫做'印象型'。親像〈自然創造〉:日頭腳 e 腳仔肚/腳仔肚 e 腳力/腳仔肚 e 日頭光/日頭腳 e 腳後肚/力力力/力 e 美/美 e 力;〈黃昏〉:柔和 e 風/安詳 e 景/日落 e 黃昏靜渡 e 船隻/黃昏 e 故鄉;〈母愛〉等等。(4).'混合型':有 e 詩是以上 e 款式相濫,一首詩內面,有 e 部份是標準型,有 e 部份是散文型或者印象型。親像〈蓮霧若上市〉e 頭二段是 kah 標準型,以後是 kah 散文型。 新詩內底,zit 款混合形式 kah 少有,是張春凰 e 詩作 kah 特殊 e 所在。

張春凰 e 詩主要是寫實 e,用實物 e 動態、靜態來描寫人間 e 感情、社會 e 意識、政治 e 理念、人生 e 哲學種種,來表達主題。Zit 款寫實 e 風格,di 伊 e「即物詩」表現上界清楚。親像〈無根草〉,用無根草 e 生態來描寫台灣人無根 e 心情;〈一粒小白球征服一粒山〉,用 gor-luh-huh(golf)球 e 動態,來描寫山地 e 破壞,甚至像'鳥 e 出現'、'會喘氣 e 厝',ganna 描寫鳥 gap 厝 e 狀態,無直接描寫主題,ho 讀者家己去感受。

張春凰描寫意境 e 作風足自由無束縛,效果 ma 真有力,親像'嗽' zit 個真平常 e 生理反應,伊用氣球、強力(膠)、鋼釘、鐵錘、鑼、鼓 zia e 身外物體,gap 嚨喉鐘、五腑六臟、胸葉、腹肚腸、胸坎 zia e 解剖構造相對,用跳、黏、釘、塞、搉 e 動作 gayin 結合起來,產生活潑、足具體化 e 效果。

或者因為年歲 e 關係,張春凰 e 台文受中文 e 影響 kah 大,di 用字方面 kah 常有中文字詞合用 e 現象。Di 目前 e 台灣社會,zit 種狀況無論 di 口語或者書面語 e 範圍來攏相當普遍,ma 會使講台語文吸收外來語詞 e 進行過程。張春凰 e 詩有真原味 e 台語詞，親像抱心、手肚、生淡、石磨 a 心、ior 飼、踢密（tat-vih，一種日本式布鞋）四箍笠仔、惜命命種種，zit 款字詞甚至真濟 gap 作者仝年歲 e 台灣青年 ma 無一定 vat。Ma 有真 ze 語句會使講完全是中文 e 講法，台語口語差不多 m-vat 聽人用：前弦月、追逐、頓悟、荒涼、停泊、婆娑、糾纏盤旋、孕育、騷動、漫步、彷彿種種。有 e 是中文語詞 di 目前台語內面已經 ve 少使用 e '過度型' 語詞：忘情、透明、自從、回憶、只不過、如今、沈醉、點綴、啟發、憤怒等等。

作者 di '過渡型' 語詞方面應用上界成功，ho zia e 外來詞 di 台語文內面溶合、無生疏感。這是張春凰 zit 個年歲 e 台文作者對台語文演化特別 edang 貢獻 e 所在。真 ze 少年輩台灣人智識份子，自認台語 '無好'，就無讀台文、寫台文，講台語 e 信心興趣，其實這是無適當 e 藉口。少年人智識份子對台語文學有特別要緊 e 角色，咱看張春凰 e 台語文學就是一個上好 e 例。

伊 e 詩視界空闊，作風自由開放，意境 e 描寫真有力創新，有英雄 e 氣概。Di 台語詩壇中間，風格 gap 林宗源上界接近。‑‑（陳雷 e 序文：〈介紹張春凰 e 詩〉）

春凰 e 詩無矯揉造作、ah 是使用過度華麗 e 詞藻（zor4），是真情 e 自然筆觸，所以朗誦起來特別有韻味。Zit 本詩集無描繪濫情 e 的男女私愛，或者是對八性污濁 e 藐視，是用一種女性疼惜台灣土地 e 大愛做為詩集 e 藍圖。

Di 寄情冬山河，春凰對〈石頭〉（p.3）細膩 e 觀察讀起來真是膾炙人口。/做石頭 ho 人行踏/無怨無 ceh/做石頭 ho 人 gue 腳/無話無句/做石頭 ho 人躺坐/無聲無說/……/做石頭 ho 人擋水整河/無災無難/是按呢/堅固 e 石頭/無煩無惱……在處於最低點 e 石頭，面對伊自身 e 命運處境正是擁有最高點 e 聖潔精神，似乎隱含著身處最低層勞苦、打拚 e 群眾是締造整個時代奇蹟 e 無名英雄，比罵一 sut-sut 仔小事 dor veh 爭權奪利、一直 veh 討人情發勞騷 e hit 寡上位人士，親像是一種反諷，形成對比，或者藉石頭讚頌著母性 e 堅忍，a 可能是欽美石頭 e 東方 e 禪思哲理，石頭用沉默去抵擋語言所醞釀成 e 心靈災難，總在無聲無語 e 間隙當中，智慧恬恬 deh 挺身出面。

Di〈負擔---ho 趙老師〉（p.27） zit 首，春凰只是重覆用「負擔」這簡短 e 抽象詞意卻 siappah 兼 daudah deh 呈顯出生命裡 hit 種層層疊疊負擔 e 糾纏 ham 難題。/去結束一種負擔/是 veh 抵抗負擔/頭前快腳快手去消除負擔/後壁相連續閣有負擔……/，在這簡明 e 詩句中，無須繁複 e 意象，也無須冗長修辭 e 文句，直接簡易進入咱人 di 奮鬥 e 生命過程中心靈內底上深度 e 感觸，尤其第三、四節：/能力變成一種負擔/骨力變做替人負擔/去結束種種 e 負擔/是開始另一種 e 負擔/因為負擔本身是負擔會起 e /。這個結尾又 gorh 替負擔本身增添一層喜樂 e 氣息，m 是沉重 e 包袱仔，使得讀者整個心情逐漸向上飛揚，似乎超越對負擔 e 想像就已經無 gorh 再有 ho 負擔拖累去 e 心理意象 a，dizia 負擔是被賦予正面 e 意涵，因為負擔只不過是階段性 e 挑戰 gah 嘗試。

然而，上 ho 我感動 e 是〈手印---ho 我 di veh 小學畢業 e 後生〉（p.67） zit 首詩開始藉由手印 e 意象漸漸描繪出一位母親內心深處對囝兒 e 疼惜：du 出世 e 時/你 e 腳印/dng di 阿母生產記錄簿 lin/腳印是你 e 名/印鑑你確確實實是我 e 紅嬰仔/.../對一位 du 出生 e 紅嬰仔，腳印是伊 e 名字，這是一句十分傳神、令人拍案叫絕 e 好詩句，春凰 dor 是一位 qau 用日常普通 e 口語、用詩 e 藝術展示著人世間上細緻 e 感情，比如，另一首寫〈朋友〉：緊急 e 時/阮 dor 會想起死忠 e /ho yin 來門相工/需要 e 時/阮 dor 會想著換帖 e /請 yin 來 dau 拍拚/歡喜 e 時/阮 ma veh ho yin 知影/相招做伙來分享/...，只要是在地 e 台灣人對 zit 種語言 e 熟 sai 度，真緊、足容易 dor 會召喚著友情 e 溫馨，ho 讀詩 e 人除了有直覺 e 狂喜，感覺 zit 種語音竟然可以貼切 deh 形容（換帖 e），若是換著另一款文字，是 m 是 edang 如此傳神。

總講一句，春凰用伊詩 e 生命 deh 記錄台灣 e 風水山情、親情、土地 e 愛、政治 e 關懷、gah 四季生命 e 波動，句句台音攏深深 leh 印記 di 讀者 e 記憶內底，因為有外濟人願意為咱最親密 e 台音用詩 e 意境來築現藝術 e 殿堂呢？但伊恬恬書寫了這本《愛 di 土地發酵》dor 親像是一部攝影機瞬間留落了生命動盪不安 e 歷史記錄。--　　（蔡淑惠，〈詩情溫馨綿密——春凰 e 台語詩戀事〉）

註解

（註一）

請參考〈我用母語寫作 e 經驗〉,（《青春路途》，p.125-71。）

（註二）

請看 a. 陳雷 e 序文：〈介紹張春凰 e 詩〉,《愛 di 土地發酵》，p.III-IX。

b. 蔡淑惠，〈詩情溫馨綿密－春凰 e 台語詩戀事〉,《時行台灣文月刊》，17 期，2000，5，p.42-5。

12. 藍淑貞。思念。台南市：南市藝術中心，2000。

1946 年出世 di 屏東縣里港鄉，現居台南。台南師院、高雄師大中文系畢業。教冊超過三十冬，現任省立台南高商教師。1997 年左右開始寫台文。近年來，時常 di 母語研討會、a 是母語活動 e 所在看著伊 e 身影。不止是按呢，伊有機會 dor 有發言，di 短期內有豐富 e 詩量，印證伊是一位行動派 e 實踐者。

成功 e 查某人背後一定有一個查甫人，yin 翁仔某感情和好，當然支持伊投入寫作 gah 傳教母語 e 活動。

全詩集 83 篇 e 詩集分做：思念篇、心情篇、社會關懷篇、環保生態篇、花情、囡仔詩、七字仔詩等七個單元。

〈緣起緣滅〉、〈想 veh 去看海〉、〈心曲〉、〈失根 e 菅芒花〉、〈台灣 e 媽媽〉、〈月眉〉、轉去厝 e 路哪會迢爾遠〉等等，是表達對社會事故 gah 風氣 e 感歎，di 評判中流露著關心，〈台灣 e 媽媽〉，煩惱官商烏道舞做伙，掠 qin-a 綁票凌治，甚至偷車 ma gah 車內 e qin-a 攏駛 leh 走，真正是人神共怒。Di〈月眉〉zit 首內底，地球 e 台灣人 gam ve 歹勢？：

> 月眉彎彎
> 佇天頂 le 看儂人
> 糞掃比山 guan
> 伊心茫茫　　（〈月眉〉第一葩）

對天災 gah 生態保育 e 緊急呼聲 di〈劫數〉、〈塗牛翻身〉、〈蕉農長短調〉、〈高屏溪恬恬仔流〉、〈紅色的哀歌——悼紅樹林〉等，有憐憫、有鼓勵、有預警，2000 年 8 月 27 日 hit 下晡三點，高屏大橋終於斷裂，這是半人為 e 劫數。

〈想我細漢 e 時〉、〈做十六歲〉、〈思念阿母〉、〈阿母 e 一生〉、〈台南好城市〉、〈運河思情〉、〈鳳凰花開時〉、〈走揣西城老街〉、〈問古梅樹——延平君王的老梅樹〉等等分別 deh 對少女、老母 e 回憶 gah 思念，在生在地 e 感情延伸出來對土地 e 關係，環境是伊生命 e 一部份。同時 di〈卒業〉、〈教冊生活〉等等，顯示出來爲人師表對學生 e 鼓舞 gah 教冊 e 鹹酸甜。

藍淑貞身爲女性，對一個阿舍老父傳 yin 十個兄弟姊妹仔 ho 老母當擔，di 文中無半句對老父 e 怨言，只有思念、稱揚老母 e 美德 gah 優點，是一款智慧型 e 做法。Zit 款信念 di 伊詩文 e 用詞一再重覆 "相信" e 字眼、以鼓勵、肯定 e 口氣來祝福新人嫁娶、畢業生（如、〈卒業〉、〈幼稚園老師的祝福〉、〈婚禮的祝福〉）；珍惜親情，思念老母、呵咾翁 gah 查某囝如：〈思念仔母〉、〈阿母的一生〉、〈想我細漢的時〉、〈感情即條路〉、〈祭〉、〈查某囝的笑聲〉、〈問〉、〈自汝出世〉、〈培墓〉、〈巧克力的滋味〉等繼承著伊阿娘 e 愛心 gah 婦仁人 e 溫柔。女性 e 浪漫、樂觀 gah 豪爽：〈佇遙遠的夢中〉、〈有溪水的夢〉、〈訪埔里酒廠〉、〈楓葉情〉、〈秋戀〉、〈吉貝的暗暝〉、〈雨〉、〈思念〉、〈日頭〉等，攏是充足 e 台語美文。你看：

埔里酒廠八十年/未 lim 人先醉/veh 學李白詩百篇/淺淺 tin 酒一喙/彩霞飛甲滿面邊/朋友笑阮那酒鬼/心情若好　管伊/（〈訪埔里酒廠〉）；/一池粉紅/輕輕仔搖頭/細聲講　m 通/（〈蓮花〉）。

〈訪埔里酒廠〉二三句 dor 將埔里 e 釀酒歷史點出來，而且美酒味醇鼻著先醉，好酒沈甕底，一點點仔 dor 面紅，呵咾在地 e 珍味，用上虔誠 e 心 lim 台灣 e 厚酒，放 ho 去（ *let it be* ）盡情歡樂，有時仔 ma 來杯底 m 通飼金魚。文字修辭功夫真生動、端的、意境豐滿，結尾 e 詩句簡省、有力 e 特色，全款 di〈蓮花〉出現，zit 種趕緊擋起來

e 結束，親像 veh 拒絕 gorh 請有距離欣賞。"管伊" gah "m 通"是台語 e 常用詞，但是用 dizia 可是有文學 e 上境。藍淑貞 e 特色是用字簡單 gorh 生活化，但是內文 e 意象豐富，行句段落字數整齊，配合台語本身押韻、音樂性 e 特質，容易譜曲，除了〈地牛翻身〉已經 ho 高雄「紅木屐合唱團」e 團長陳武雄譜成曲，其他注意看 iau 有真濟 edang 譜。

伊 e 師範同學彭瑞金認為："《思念》zit 本詩集攏是知命年歲以後 e 創作，zit 種詩創作經驗，會顛覆過去真濟人過去認為詩是少年人 e 慣性文學思維吧！"藍淑貞本身是老師，有經濟獨立 e 能力，上可貴 e 是伊有獨立 e 思考，有家己發揮 e 舞台，自信、明理，這應該講是伊對傳統女性依賴心理 gah 看人面色 e 另類顛覆。

Ui 日常生活中表達著做一個現代女性、做人 e 查某囝、老師、媽媽、牽手、台文工作者 e 感想，伊 e 詩是寫實 e。有一個問題想 veh 問 e 是台灣 m 知有 deh "透西風無？"，若是有，伊提醒咱知，若是無，m 知是啥麼意象？iau 無，人 dor gorh 來感受伊 e〈楓葉情〉：

> 西風牽著秋的裙裾
> 來到山邊
> 山著開始變色
> 一點一點
> 一點一點
> 染甲歸山紅吱吱

13. 綜論

選錄 zia- e 女性台語詩做女性觀點，ui 1946 年到 1978 年中間出世 e 上少年是 22 歲，上有歲頭 e 是 54 歲 e 範圍，zit 個年齡範圍以外其他 m 是足樂觀，顯示出來上下斷裂 e 困境。Mgor 真可取 e 是，這 e 作品攏有真好 e 水準，上大 e 意義是女性 m 是有耳無嘴、有嘴啞口 e 新婦仔，恬恬 kia di 壁角 ho 人駛來駛去，ma m 是 ciah be-be 時常有掠狂（*hysterical*〔歇斯底里〕）e 失控情緒 ho 人印象 vai。突破、顛覆 zit 種印象是女性行向社會排除阻礙 e 一步，女性 e 心聲 edang 正常發言，m 免男性來代言。

綜合台灣女性台語詩有幾個特點：

（1）間接爭取女權，查某人天生 di 體能方面是弱勢，婚姻暴力、家庭問題、婦女安全 e 壓力 gah 就業問題等，di 台灣應該無真正普遍受著保障，查某人疼惜查某人，如藍淑貞 e〈台灣 e 媽媽〉、張春凰 e〈永生——思念婦運前輩彭婉如女士〉、鄭芳芳 e〈麻射〉gah〈運動鞋〉，尤其 zit 方面有心痛經驗 gah 讀過 "婦女研究" e 鄭雅怡反應上積極。

（2）關心公共事務，藍淑貞 e〈社會關懷篇〉gah〈環保生態篇〉、張春凰 e〈社會鏡頭單元〉、陳潔民 e〈傷心城〉、尤美琪 e〈沈埋 e 星光〉、王貞文 e〈三欉樹猶原 kia 在〉gah〈Di 痟牛病及口蹄疫 e 日子〉、鄭雅怡 e 婦權 gah 政治篇文攏是公共事務議題。

（3）母語著作本身有力 gorh 徹底粉碎查某人順服、馴化 e 古板圖騰。紀淑玲更加凸出，伊 e 才華表現 di 寫、唱、譜、隱居 gorh 入世，除了女性書寫 gorh 女性真聲演出，查某人當然 edang 去做布袋戲，伊 dor 去實現。親像尤美琪使用電腦書寫，有問題家己解決，現代查某人 e 生命史家己寫 dor 好啊!主導權 di 家己 e 手中，家己寫 ka 真實，m 免別人代理，親像王貞文 e 多才多藝。

（4）獨立、自信、活力，m 是米蟲，表現自我，郭玉雲 e〈擔薑母〉雖然是勞動，但是 "愈擔愈輕愈快活"、〈洗衫〉ma 有 "一片歡樂 e 笑聲"；有蔡秀菊 gah 荷芳表達"身體 e 我、心靈 e 我"之間 e 性愛和諧關係。

（5）對二二八事件 e 認識 gah 台灣意識 e 認知，實際上大多數作者攏是筆者相識 e，行街頭無輸人，di 上列 e 作者散文著作有關 228 e 文章，如張春凰 e〈下晡 e 日頭〉，尤美琪 e〈若是相思仔花照山崙〉、〈我甲意按呢想你〉甚至多少 di 詩文感受會著隱藏 e 意涵，鄭雅怡 dor 直接表白。

（6）宗教信仰 gah 慈悲心：鄭雅怡是典型 e 基督徒；禪 gah 大自然融合如陳潔民 e 眾多佛理 e 探討；藍淑貞 e〈祭〉gah 張春凰 e〈等候一片乾樹葉〉等借著對親人往生 e 禮佛懺悔接觸佛會；尤美琪有宗教 e 信仰無宗教 e 形式束縛，慈悲心隱藏 di 詩文背後如〈沈埋 e 星光〉。王貞文更以"基督教文學"暗喻詩文展現。

（7）浪漫 e 氣質、自由 e 尊重，每一位女詩人 di 詩藝 e 經營頂面攏各有特色，理想性 ma 親像長流水，m 是田嬰點水，un 豆油 e，紀淑玲有出歌集，ma 有台語小說如〈十歲彼冬〉；蔡秀菊長期 deh 做台灣學 e kangkue，各位 e 背景攏 di 作者簡介顯示。

（8）有才調無打緊仔，擔任各種角色分明，媽媽、老師、職業婦女、學生、義工等攏有聲有色真 kiang 腳。有家庭 e 女詩人同時 ma qau huann 家，有責任感，認真 e 查某人上 gai sui，"社會 e 我、現實 e 我"m 是顛覆，是兩性共創、共贏，認真 e 查某人 m 是女強人是能力適當發揮 e 莊嚴 gah 尊嚴。

另外，台灣查某人需要注意是，gah 男詩人比起來，博士級 e 男詩人有 ve 少，如林明男、胡民祥、陳雷、李勤岸、黃武雄、張瑞吉、江永進等，由中文轉過來母語寫作作家如林央敏、黃勁連、陳明仁等，數量攏是比台灣女詩人明顯足濟足濟，台灣女性需要 gorh 拍拚！

　　台語詩 e 女性觀點 iau 有真濟線點 tang 好挖，台灣 e 男男女女繼續加油！

參考文獻：

Hendricks, Margo, and Patricia Parker, eds., *Women, "Race," and Writing in the Early Modern Period.* New York: Routledge, 1994.

Henry Louis Gates, Jr. ed. Race Writing and Difference: Chicargo UP,1987.

Hershatter, Gail. "Modernizing Sex, Sexing Modernity: Prostitution in Early Twentieth Century Shanghai." *Engendering China: Women, Culture, and the State.* Eds. Christina K. Gilmartin, et al. Cambridge: Harvard UP, 1994. 147-74.

Houston A. ed. *Black British Cultural Studies:a reader*. Chicargo UP,1996.

Gilbert , Sandrs M. and Gubar , ed. Suans.*Shakespear's Sister :Feminist Essays on Women Poets.* Bloomington : Indiana　　　UP., 1977.

Virginia Woolf. A Room of One's Own. A Harvest/HBJ Book ： Harcourt Brace Jovanovich,1929.

馮翰士、廖炳惠。文學、認同、主體性。中華民國比較文學會出版，中外文學月刊發行，書林總經銷，1998。

廖炳惠。回顧現代——後現代與後殖民論文集。台北市：麥田，1994。

陳玉玲。台灣文學的國度：女性、本土、反識面論述。台北縣蘆洲市：博揚文化，2000。

顧燕翎、鄭至慧主編。女性主義經典：十八世紀歐洲啓蒙，二十世紀本土反思。台北市：女書文化，1999。

三、台語詩男眾、作家手筆畫像

　　陽剛　陰柔　百花齊放是台語詩文 gah 台灣文化 e 多樣性

（*diversity*）。

　　咱 di 台語詩群 e 眾女子、英雄好漢當中真清楚看會出來，尤其是 di 九〇年代解嚴了後 e 蕃薯詩社以前，ui《台語詩六家選》內底，zit 寡寫台語詩 e 精英 di 台灣文學論戰以後，已經做相當 e 準備 gah 實踐，這是台語詩壇 e 光榮，原因是詩社一寡 e 成員，蕃薯葉 gah 蕃薯花，脫華入台，衝破知識份子 e 脆弱性。

　　恢復台語原汁 e 母乳、無可取代 e 人類精神寶藏，台語詩 e 力量親像全台灣 e 鹽遍留海邊，有了台語詩，文學 gah 土地 e 相依相存全血跡，台灣文化 e 主體性 gah 身份認同 ka 初步確立。

　　男性台語詩人有宏亮、雄偉、優美、浪漫 gah 細膩。下列就有個人詩文全集者來討論。

1. 向陽。土地的歌。台北市：自立晚報，1985。

　　向陽本名林淇瀁，南投人，1955 年出世。文化大學日文系、新聞研究所碩士、現此時是政治大學新聞系博士研究生。

　　有關《土地 e 歌》e 評論，di 本冊 e 附錄有 5 篇包括：張漢良 e〈導讀「村長伯仔欲造橋」〉、菩提 e〈談「馬無夜草不肥注」〉、王灝 e〈不只是鄉音——試論向陽的方言詩〉；鄭良偉：〈從選詞、用韻、選字看向陽的台語詩〉《走向標準化的台灣語文》p.153-177（原載台灣文藝 99 期，1985）；胡民祥：〈台語詩六家選是長流水〉胡民祥台語文學選 p.131-138（內底有 ui 土地的歌選出來 e 十首詩）。另外 di 林央敏 e《台語詩一甲子》ma 有選二首並且有導讀，di 趙天福吟詩錄音帶內底 ma 有演出，gorh 講向陽本身有一個網站叫做"向陽工坊" ma 有收錄。

　　《土地的歌》是作者 ui 1976 到 1985 年吐詩 e 文化結晶，伊 e 可貴處是 di 當時伊家己一個大三 e 少年人上下探索。由家譜血緣、姻親 e 追溯，經過鄉里記事到都市見聞，前前後後耗時十多，di 個人寫詩求索 e 過程，起造母體所傳承 e 詩人、詩語、詩文 e 詩魂 e 修道院，所見證 e 是自然自覺、天生自發性（*spontaneous*），台語詩 e 生命力 di 被壓縮 e 困境之下，自卑自養脫化到自尊生長 e 勇健："yila！a！ha！Formosa 詩國 e 勇士！"

　　是按呢，二三十多後，gorh 來讀《土地的歌》，所謂 e 向陽方言詩集，猶原 gorh 是一欉茂然 e 長青樹。拓荒 e 36 首，作者講是粗糙之作，是啦，用字愛訓讀愛經過華語化 e 母語翻譯轉 seh，造成作者、詩集、讀者三角關係 e 理解有輕微斷裂現象，但是 di 台語文學史 e 田園土壤隱約醞釀，九〇年代 zit 大波母語文運動樹種 e 接續 buhinn 才有根頭。雖然三〇年代有賴和、六〇年代有林宗源等等牽連著 zit 條母語文學 e 肚臍帶，七〇年代 e 向陽 ganna 是一個少年家豚仔 niania，無人引 cua，奮鬥探求十多，十多《土地 e 歌》是咱台灣人共同 e 歌，永遠 kia 在在，dor 親像近年來，重新發現糙米 e 原胚菁華，重視豐足 e 營養份，有機吸收有機放熱，形成文化 e 生機共同體。無人引 cue，伊用詩來發光發熱，為後來 e 人鋪路，這是向陽 e 功德。

　　《土地的歌》是有順序 e，ui 作者 e 血跡、阿公、父母、阿舅、姑丈、姊夫描繪出來人 e 性格，對家內事到人情世事，ui 厝內人單純 e 生存穿燒食飽、性格、家常生活變渡，到出門腳口，鄉里 e 村長、校長、議員、百姓人物 e 差異，騙食、歪哥一路行到繁華 e 城市，溫和、諷刺 gah 台灣人 e 土直、愛面子、虛浮、正面歌詠倒面 kau 洗，dor 是民俗八家將、戲弄 e 傀儡戲用詩歌做敘述，ma 是無避免人性 e 自私 gah 弱點。上高明 e 是伊用台灣 e 諺語，穿插 di 詩文當中，這 e

筆法 ga 諺語 e 智慧更加一步軟化 di 序文內底，諺語 e 民間文學特質進一步提昇挪用（*approprication*），真濟人用足大 e 篇幅 deh 解說單句諺語，向陽 di 詩題直接 dor 用 “黑天暗地白色老鼠咬布袋”、 “未犁未寫水牛倒在田丘頂”、 “三更半暝一隻貓仔喵喵哮”、 “猛虎難敵猴群論”、 “青盲雞啄無蟲說”、 “好鐵不打菜刀辯”、 “烏罐仔裝豆油證”、 “馬無夜草不肥注”、 “水太清則無魚疏”、 “春花不敢望露水”、 “杯底金魚盡量飼”、 “一隻鳥仔哮無救”、 “草蜢無意弄雞公” 等等，當然 di 文中四界普採淡開，形成排山倒海 e 強烈效果；直接用口語 e “著賊偷”、 “吃頭路” 等等，按呢 e 運用延伸出來母語 e 深涵 gah 典故，甚至流傳 di 民間 e “搖囝歌” ma 重新勾勒出來台灣人 e 母愛意象，村婦、貴婦無分 e 愛囝真情，懇切哼唱，深入淺出。台灣經濟起飛，社會家庭轉形，飆車風雲引起社會 gah 家庭問題，di 都市叢林 qia 是非，zit 篇〈龍鑽溪埔〉早早 dor deh 警示，向陽 e 詩充滿了社會寫實筆調。Di “貨殖篇”，詩文是用條列式 e 會議會話、說明會 gah 公佈，向陽真明顯意識著台語文愛普遍化 e 生活 gah 經濟用語，不止是詩文，應該行向 ka 闊 e 面向，這是文化工作者必然 e 敏感度。十多 e 寫作，十多以前 e 心路歷程加加 leh，一世人 e 路途，除了台語 e qin-a 歌、qin-a 詩，向陽 e 爆發力 ma 是不可預測，有一工總是等會著。

惜花連枝愛，迎春四季紅，處處歡喜心，1993 年，8 月 22 日，di《土地的歌》，伊 e 簽名 ga 阮寫講：“感謝！拍拚！”，di 將近十多 e 母語文化工作路途上，全款阮 ma veh 回響 ho 伊 “感謝！拍拚！”，感謝伊寫 zit 本冊，全款愛 gorh 拍拚寫，總是有一工讀會著伊 e 新作品。

有關向陽 e 著作，網際網路有《向陽工坊》，收錄 zit 本冊 gah 台語 e qin-a 詩、歌，以及無集 di 紙版 e 台語詩，如 921 災難詩文〈烏暗沈落來——獻互九二一集集大地動著驚受難的靈魂〉。

2. 鄭良偉編。台語詩六家選。台北市：前衛，1990。

台語詩六家選集合著林宗源、黃勁連、黃樹根、宋澤萊、向陽、林央敏六個人 e 詩作，di 九〇年初出版，是台語文學冊 e 開路鼓。Zit 六個詩人除了宋澤萊 gah 黃樹根無出個人專輯以外（註一），其他 e 人攏有台語版獨本發行。整本 e 概論 di《胡民祥台語文學選》e 文學評論《台語詩六家選是長流水》p.131-138 有介紹 gah 論評全款。胡民祥 ma di《宋澤萊的台語詩》p.127-130，針對宋澤萊個人做全款 e 代誌。對有個人作品全集出版分別 di 下面 e 書目講述，dizia 對 zit 本冊 veh 做一個台語文學 e 簡要回顧。

《台語詩六家選》具備台語文學開拓性、啓蒙性、代表性 gah 主體性 e 功能，di 鄭良偉 e〈編注序言〉gah 林宗源 e〈我對台語文學的追求及看法〉有開宗明義 e 指出。Di 當時暗淡 e 台語書寫世界，zit 本冊 ho 濟濟台灣人看著流目屎，ho 濟濟人不管是聽有台語無，ganna 聽詩 e 演出 dor 感動，免講 ma 是流目屎。

母語文運動 e 現象，自來市場 dor 足細足微，gorh 是民間自發性對疼惜本土文化 e 寫作 gah 推 sak，六家選 gah 個人全集、或是蕃薯詩刊 e 出版品等等有重覆性是必然 e 代誌。因為教育 gah 市場（除了初中、國中開始接觸英語以外）攏是中文 e 天下，愛惜母語 e 人 cue 無物件 tang 讀，有寫、veh 寫 e 人 cue 無所在 tang 發表。《台語詩六家選》就是 di 一片被中文 kong-gu-li 包殺 e 土面頂，用盡食奶 e 氣力，ui 一絲絲仔看 ve 著 e 空縫裡 bu 出來 e 一欉台灣文學 e 花蕊，同時留落來可貴 e 種籽。親像，現此時，有電腦通用 e 少年人已經是資訊時代 e 一部份，電腦是 yin 生活 e 一部份，但是 gam 是一開始人類 dor 進入 zit 個文明？1960 年代，di 有名聲 e *Harvard* 大學 e 實驗室，ganna 一個電腦內面 e 一條真空管 dor 愛佔一間大教室 e 空間，zitma 一個 PDA（*personal digital assistant*）e 體積只有 di 手婆內，速度緊、功能 濟，咱若來看一台電腦 e 發展史牽涉著 e 世界文明 gah 人類活動，動用外濟資源！經過外濟血淚、行過艱難 e 路途，母語文運動行到 zit 個顯學 e kam 站，《台語詩六家選》當然是一港活水兼滋養著自身 zit 粒有效 e 種籽，沃著母語文 e 田園，漸漸成林。

目前 zit 六個人，攏活跳 di 台語文化界，身兼數職，是作家 ma 是母語運動家，連主編 e 鄭良偉教授 dor 是一世人 deh 做母語運動。

註解：

（註一）

a. 宋澤萊，台灣雲林人，1952 年出世，師大歷史系畢業。有關介紹請看台語小說 e 部份。本冊所選 e 六首詩合 di《福爾摩莎頌歌》（台北市：前衛，1983）

宋澤萊 di 1981 年去美國受著一對離開故鄉 vedang 轉來台灣 e 翁仔某 e 照顧。Zit 對翁仔某被隔離禁足轉來台灣，每日總是對家鄉思思念念，ma 是因為有故鄉 tang 好思念，對故鄉 e 真愛支持著他鄉異國浪者存在 e 勇氣 gah 意義。當年放逐 e 政治禁忌氣氛，激出來伊寫 zit 六首漂撇 e 台語詩。雖然 ganna 六首，mgor di 台語文學界名聲響，全收錄 di《台語六家選》、二首選 di《台語詩一甲子》、gah 趙天福 e 吟詩集資料內底。由陳金順主編 e《島鄉》台語文學刊物，親像有伊〈我美麗的島鄉〉e 形影。

Di zit《福爾摩莎頌歌》詩集內底，雖然是第一部注明用台語唸，其他 e 三部，其實有一寡 ma 真接近台語，伊若願肯，親像黃勁連按呢，gorh

用台語 ga 寫一遍,應該真好,豐富 e 正港台灣珍味。

> 頌讚福爾摩莎/妳在我們的夢中/婆娑起舞/妳的舞姿優美/膚觸圓潤/妳像少
> 女/又像母親/你總是那麼輕盈/廝磨我們受挫的/心靈…//……//我敬愛的福
> 爾摩莎啊,/求妳永遠關懷/關懷,在我的廳堂/用妳那福氣的手/庇佑/我的
> 父母/永遠健壯!/福至安康/ 〈頌讚福爾摩莎〉

b. 黃樹根,1947 年生,高雄市人,早期筆名林南。台南師專畢業、高雄師院國文系畢業。國校教師退休,笠詩社、台灣筆會會員,作品精神富戰鬥性格,有"鐵血詩人"之稱。黃樹根 e 台語詩作登 di《台語詩六家選》、《蕃薯詩刊作品集》,台華詩集《讓愛統治這塊土地》gah《台灣悲歌》(高雄縣:文化中心,1992) 內底,有重覆。

有關黃樹根 e 詩,除了胡民祥 e 評論,請看《台語詩一甲子》p.57、86 林央敏對〈阮校長講〉、〈全款 e 夢〉導讀。咱來看《台語詩六家選》內底 e〈520 農民事件〉zit 首長詩 e 頭仔尾:

> 放落鋤頭/qia 著沈重 e 心頭/行上十字街頭//teh 咱納稅人 e 血汗錢仔
> /做武器來 zautat 咱納稅人/同胞啊/gorh 忍耐只有家己食 gorg ka 濟土沙/
> 為著生命尊嚴/時間若到/雖然 diam di 家己 e 土地頂頭/請 lin kia 起來/
> 咱 無惜一戰。/

其實,黃樹根溫柔 e 一面是逐冬攏寫結婚紀念詩 ho 牽手,如登 di《鹹酸甜 e 世界》,〈全款 e 夢〉、〈夢 ve 離開〉攏是結婚紀念詩。

3. 黃勁連。雉雞若啼。台北市:台笠,1991。

《雉雞若啼》是台語歌詩選,有 14 篇選 di《台語詩六家選》內底。寫作 e 年代 ui 1987 到 1990 年,分別登刊 di 民眾日報、台灣時報、自由時報、自立早報 gah 暗報等等 e 副刊,ui 登錄被接受 di 媒體來講,

黃勁連 e 知名度是有品質保證 e。文本 e 紹介有 1990 年洪惟仁：〈雉雞塊啼——序勁連詩集《雉雞若啼》〉（zit 篇序文同時 ma 登 di《鹹酸甜的世界》p.37-48），已經有大約 e 分類 gah 見解，同時 ma 有洪 e 註解，請讀者參考。

黃勁連有修習過音樂，zit 本台語歌詩集，ganna 讀詩 e 時，dor 有現出來台語 e 音階旋律性，〈擔菜賣蔥〉gah〈行咱 e 路〉分別有趙天福吟詩 gah 洪瑞珍唸歌詩 e 錄音帶發行。一個台灣青年輕巧活潑 e 青春、浪漫 gah 憂愁，用一個浪子 e 心情吟唱，iau 未到 ho 生活 e 重擔壓死死，猶有閒 tang 喧嘩喝咻少年人 e 鬱卒，到 zitma 咱若聽著伍佰 e 搖滾台灣風演唱，有一點仔浮遊 e 虛無氣氛再度 deh 吸引青少年（註一）。詩人吐詩對故鄉、飄遊 e 感歎、自我勵志，對青澀 e 少年兄 e 共鳴 gah 氣盛 e 勁力發洩，是一種成長 e 過程，按呢來看勁連 a，dor ka 正常。講是按呢講，事實上，〈汝是台灣人——悼鄭南榕〉、〈這款的死——痛悼詹益樺〉二篇顯示出，台灣 e 民主聲嗽 gah 鄭南榕 e 壯烈自焚激動著 zit 個詩人。同時 ma 有台灣意識起航，尤其是 di 台灣政治敏感期內底，時事 gah cue 根 e 急迫性，使命感往往 di 良心 gah 良知滾絞。有人講台灣人 ve 呵咾 zit，ma 是 qau 放 ve 記得 e 民族，三二日 e 天災地變攏無 uizia 得著教訓，a 無危機意識，當然無西洋文學 e 冒險故事。其實，咱 m 是無，是咱已經適應海島 e 苦難，有一點仔麻痺去，講 ka 好聽 e 是樂天知命，講 ka 歹聽 leh，事實是咱台語人書寫無真正興旺起來。

雉雞若啼/一定是春天/一定是播田期/一定是好天氣//……//啊 阮的故鄉/已經無雉雞的叫啼/　〈雉雞若啼〉

失落 e 台灣特有珍貴鳥隻為啥麼無伊 e 形影？四箍笠仔台灣話

語 ma 漸漸 due 著失落 e 鳥隻腳步，甚至 "土地是咱 e"，變做歷史
e 傷心地，移民、殖民爲命顧三頓走 zong，信心一直 deh 消落，到台
灣現此時已經 veh 進入開發國家 e 地步，顛倒絕大部份 e 父母 gah 知
識份子 a 無意識著語文 dor 是生活，鳥隻植物生態需要保育，母語 gam
dor m 免？當政治自主了後，無文化做底是猶原無根 e，這是民族國
家 e 完整性。勁連 a 對母語 e 領域 ga liau 落去，不管是鄭南榕、a 是
濟濟台灣人天災地變 e 犧牲，veh ui 憂患 e 意識反省，zit 款故事會提
醒著台灣人，di 悲情 e 台灣，地方、城市、創傷、追思、影像中間，
ui 過去深思，對現在 teh 出解答，起造未來，記憶 gah 創傷 e 痕跡，
是詩人所關懷愛重建 e 台灣意識 gah 歡樂境界，《雉雞若啼》是開始，
ma 是堅持。

註解

（註一）

伍佰。樹枝孤鳥。台北市：魔岩唱片，1998。

4. 黃勁連。倥促兮城市。台北市：台笠，1993。

　　《倥促兮城市》是黃勁連 e 第二本台語詩集，有關 e 評論有：(1)
胡民祥 e〈台語母奶沃出來兮詩篇〉（《倥促兮城市》附錄 p.193-202；
《胡民祥台語文學選》e 文學評論 p.139-148、《黃勁連台語文學選》
附錄 p.371-380、《郡王牽著我的手》p.46-54）；(2) 洪惟仁 e〈雉雞再
啼〉（《郡王牽著我的手》p.40-45、〈倥促兮城市——序〈倥促兮城市〉
p.11-16、《黃勁連台語文學選》附錄 p.365-370）；(3) 林央敏 e〈用疼
心醞釀出來兮滋味——序黃勁連詩集《倥促兮城市》〉（《倥促兮城市》
p.6-10、《黃勁連台語文學選》附錄 p.360、364）、〈轉去故鄉吐絲的蠶
——看黃勁連 gah 伊 e 詩〉（第九屆榮後台灣詩人獎得獎人黃勁連兮文

學旅途 p.6-21－1999/10/10）。

　　黃勁連是作家，ma 是編輯者、出版者、母語文化工作者，伊知影 veh 收集文學作品有關 e 資料是真辛苦 e 代誌，所以伊 a 將有關 e 資料重覆 di 相關 e 出版品內底，按呢 ga 讀者做一個交待。另外 dor 是有 hiah 濟有頭有面死忠兼換帖 e 筆友替伊做序文，看會出來伊 e 人際關係，一方面是逐家疼惜台語文，dau 相 ging，一方面 ma 是肯定伊 e 貢獻。Di 林央敏〈轉去故鄉吐絲的蠶——看黃勁連 gah 伊 e 詩〉是上新 gah ka 完整 e 一篇，讀者 edang 參考。

　　一個都市生長 e qin-a，有一日捧一 lak 土，非常驚喜、真激動趕緊走轉去厝內 ga 上親密 e 媽媽大聲講："媽媽！媽媽！土底有蟲！你看蟲、蟲、蟲！…"發現著一個神奇生命 e 新世界 gah 土地 hiah-nih-a 接近，紅毛土隔開腳底 gah 土底 e 接觸，一旦有第一類 e 接觸，庄腳是充滿自然世界 e 奇妙。其實 di 十九世紀尾，巴黎行入資本主義 e 城市，法國詩人 *Baudelaire*[波特萊爾]dor 感受著有真大、足重 e 震動（*shock*），免講到 gah 二十世紀尾站，莫怪黃勁連對都市 e 偓促厭 sen，看輕物化 e 都市，回向自然 e 庄腳，聽蟲聲鳥叫。

　　Di 都市大漢 e qin-a m 知影竹筍 gah 土豆生 di 土腳底，m 知影土豆叫花生，是正港 e 都市 song。鄉土有真勇壯 e 根 deh 展湠，一種用心靈 gah 土分感應 e 生活美質，看 ve 著（*invisible*）e 資產豐溢 di 土地 e 世界，顯然是對比著聲光酒色 e 都會現實，語言 gah 文化 ma 是按呢 ho 統治者定義 di 進步 gah 落後 e 對比，di《偓促兮城市》黃勁連無 gorh 愛 dizia 辯論，直接用故鄉 e 人物直接指涉（*refer*），〈阮阿娘〉、〈阮 e 眠床〉、〈阮細漢 e 時〉、〈一隻飛行機〉、〈一隻白鴿鷥〉、〈憨百姓〉、〈台灣儂〉、〈流浪 e 人民〉、〈臭香 e 蕃薯〉、〈阿輝 e 娘〉等等做題目，寫〈阿輝兮娘〉按呢直接指向：

　　阿輝也出山了後/阿輝兮娘/目屎拭拭咧/伊無愛 gorh 哭/伊希望悲慘夠遮為止//伊 清早 beh 起來/探一下天色/be 一喙清飯/勻勻仔吞勻勻仔/吞一枝一枝兮蕃薯籤/吞一枝一枝傷心兮往事//然後去大圳頭/溪仔邊行來行去/然後去苦楝樹跤/咿咿哑哑唱一首/不成曲調家己編兮歌/然後去行田岸/去料想世事兮無常/去測量悽慘兮終站/去估計悲哀兮極限/然後 甚麼亦 無愛想 伊/只不過 摸伊/疼痛兮胸匣/伊疼痛兮心//然後日落黃昏時/喙咬一葉竹葉/手 guan 一籃 sansan 兮/油菜花行牛車路/轉去 轉去兮/牛車路暮色蒼茫//暗時仔誠暗/伊點一葩番仔火/看一下熏鳥去兮/壁堵 看/以後兮日子//阿輝兮娘/m 知悲哀/是 m 是結束矣/

　　Zit 首詩寫庄仔內一個婦仁人 e 傷心事，阿輝 e 娘失去阿輝 zit 個心肝仔囝，一個失神無依 e 查某人對親人出山了後，人死不復生 e 嚴酷事實，所以伊目屎拭拭 leh，無愛 gorh 再啼哭，希望悲慘到 zia 為止。接受 dor 好，對已經無去 e mai gorh 期待。但是，但是，啥麼會療伊 e 傷痕？過身去 e 人已經無話無句，只有留 ho 在生 e 人無限 e 悼念。

　　詩文分七葩，有直接指涉 e 主題了後，di 第一葩第一句連鞭指點出故事，作者已經心感身受著喪家節哀對厝邊頭尾、親成五十 e 關懷，家己做心情 e 調理。

　　第二葩，透早 beh 起來，探頭出去看天色心內先按算一日 e 行程，本來早起是日光普照 e 開始，mgor 空空 e 厝內，阿輝 e 娘孤單一個人，孤獨一個 be 清飯，沈重 e 哀傷、淒涼 e 感受壓 ve diau 已經整理過 e 心波，一枝一枝 e 蕃薯籤再度引起散赤人阿母 e 哀愁，孤單無依。食無了，隔工、隔頓 e 飯燙了閣再燙，若 m 是失神 e 老母習慣寶貝囝已經離失加煮伊 e 飯額，dor 是傷心 e 人思念吞 ve 落去飯粒，所以一直 cun 一直燙（tng2）。勻勻嘴開吞 ve 落喉、緩慢 e 節奏，暗喻著一個可憐老母 e 心海 gah 回想（*memory*）著有囝 di 身邊 e 往事來彌補著一場人生 e 創傷（*trauma*）。

厝前厝後若是看見 zit 個哀憶悲戀 e 老母，心 ma 酸，阿輝 e 娘捧著滿腹 e 憂愁，去大圳頭，溪仔邊行來行去，來回 seh 來 seh 去 cue 無 lu cang cang e 線頭，楞楞行去苦楝樹腳，孤單一個唱一條自編隨心 e 歌曲，大哭大痛 e 青驚打擊（*shock*）e 變故已經化做溪流 e 哀歌，悠悠 e 流水是老母 e 目屎，伊去向苦楝述哀情，ma 哼 ho 土底 e 愛兒聽。這是第三節段。

到田岸看著田園 e 曠闊，雖然伊去料想人生 e 無常、測量悽慘 e 尾站、估計悲哀 e 極限，伊想盡辦法 veh 拋棄心底深刻 e 陰影，mgor，心猶原抽疼，胸 kam 猶原硬漲。田 edang 種食，是咱 e 食穿父母，ma 是生命，伊 e 心思去放 ho 熟 sai e 田地聽，ho 悲聲消入土腳傳入去家己 e 骨肉。料想、測量 gah 估計是詩人 e 旁白推測，詩人 di 邊仔憂愁 e 怨嘆 hainn 頭同情，替阿輝 e 娘描繪遭遇。Zit 段用有安慰作用 e 田園風光接承第三段，巧妙 veh 轉入來第五段。

暗頭仔黃昏時，天 pu 烏，阿輝 e 娘，嘴咬一葉竹葉（竹仔是台灣 e 普遍物，竹仔枝 gann 竹葉 ma 是喪事 e 旛仔，大部份是出山 e 時，子弟 qia e，序大 ve 使 ga 序細按呢款待，因為少年一般攏 m 是按呢做伊先行），竹葉可能有真濟母仔囝 e 心適代，阿娘用竹葉仔 ga qin-a 做咯雞、包沙做肉粽辦 go-ge-hue 仔 cittor，可能做伙去挖竹筍，取過釣竿…，咬一項身邊伸手可得 e 物件，嘴 mai gorh 提起，gorh 講 ma 是全款，按呢吞忍 e 心情是真可怕，過去婦仁人 e 查某人油菜籽命 e 身影，別人 du 好牛車收工 veh 轉去歇眠洗腳手面續食一頓燒，阿輝 e 娘 ganna 轉去空空 e 厝內，ui 暮色蒼茫等待到夜色淒冷來相伴。這是第五葩段 e 意象，沈重 e 腳步、籃內瘦瘦 e 油菜無肥水，ma 點綴著阿輝 e 娘消瘦落肉。

第六葩 zit 節，一葩番仔火 ga 時間點出來，不止是暗 a，番仔油 e 背景，ma 是 ho 咱時空回轉去散赤 e 年代，散赤 e 庄腳人 gorh 再提起，未開發 e 年代，物質欠缺，孤單老母只有孤一人 gah 熏烏去 e 壁堵對看，社會福利為伊做著啥？

通尾仔，三句 ma 是傷心無尾。

苦命、認命、業命、宿命 e 阿輝 e 娘，勁連 a 用淡筆畫出來真沈重 e 傷心、孤單情境，用高明 e 手法表達出來詩 e 質素，逐段 e 進行 ui 日出到日落，竹葉 gah 苦楝攏是民間常見 e 樹欉，圳溪田岸、油菜環節相扣，筆力功夫一粒一。作者長期 deh 關照弱勢 e 憐憫心，一個人影 gah 情景，幕幕撼動著讀者，不止 ho 人看著一個村婦 e 可憐代，hit 種普遍散 gah 著驚 e 感覺 di 戰後出世 e 人猶原 hong 感覺腳脊骿 ga-ling-sun，按呢 e 命運其實是台灣人 e 縮影。Di 憂傷當中，一個婦仁人 e 傷心無底，那 dor 愛啥麼 hit 種台北國 e 人替咱寫？台北官語寫 ve 出來啦！這 dor 是勁連 a 敏銳 e 目神 gah 筆心，用本土、生活 e 語言直接、完整 gah 親切 e 吐絲表達，語詞 gah 手筆攏相當簡明 e 直接述說，感動 e 所在是內容所經營 e 氣氛，身邊 e 人物 gah 生活 e 寫照，悲傷是一種情緒本質，透過詩來救拔。

這是一篇台語 e 白話文詩，用字淺易，筆劃深沈，功力落實，意象鮮明，詩質淒美，ga 回憶 gah 創傷 di 短短 e 二百外字表露夠 siap-pah 兼 dau-dah e 境界，顯然是大師 e 筆懷。歸本詩集按呢 e 佳作 iau 真濟呢。

講著勁連 e《台譯千家詩》gah《台譯唐詩三百首》是一種 ka 接近博物館 kng di 玻璃櫥仔內 e 品味，只是觀賞 e 物件，假若是舞台頂

e 表演，難免有傳統貴族文學 e 疏離感，已經離開常民生活 e 悲喜，看晃而已，畢竟是年代差遠 a，當然特殊 e 學者 veh 研究台語 e 古音、古雅是另論。文化是生活 e 一部份，現代 e 文化有現代 e 特色，這 ma 是勁連 e zit 本詩集運筆，比散文引用真濟漢文詩詞 gah 侷促 e 罕用漢字，ka 有青 ciorh e 光彩四射。

Zit 本詩集 gah《雉雞若啼》已經有真大 e 無全，用語純熟，涵蓋 e 範圍深闊，筆意點出來 e 意象，是伊浸 di 鄉里生活 gah 用功消化 di 台語文 e 創作，ma 是認真出來 e 歲月痕跡。"行來行去"是黃勁連時常愛用 e 語句、詩句，口語 gorh 自然，運作 di 詩文內底，實際上，黃勁連一直 dizia、dihia 工作，行來行去，有"台語火車頭"e 稱呼，所以 di 詩文有真好 e 成果。

參考文獻

Walter Benjamin；translated by Harry Zohn。Charles Baudelaire：a Lyric Poet in the Era of High Capitalism。London：Verso，199x.

5. 黃勁連。台譯千家詩。台北市：台笠，1994。

黃勁連將 226 篇 e 中文千家詩集注上台語音，加上語詞 e 註解，用若散文 e 形式來詮釋詩文，台語 e 文讀音 gah 韻律是古典詩 e 特色之一，透過譯者 e 台譯說明，讀者 edang 欣賞著台語 e sui 氣、優雅，顛倒台譯 e 部份 ka 接近現代人 e 習慣，趣味性比原作 ka 好接受。這愛具備台、華語文相當 e 文學修養，同時 ma 是苦功夫。

咱來選一首 ka 白話、無澀漢字 e 詩"江樓有感"/155 首，p232，用台語來吟，gorh 對照作者 e 台譯氣味：

江樓有感（每字對應傳統調號）

獨上江樓思悄然，	dok siong gang lau su ciau ren	8715325
月光如水水如天；	quat gong ru sui sui ru ten	8152251
同來玩月人何在？	dong lai quan quat zin hor zai	5528557
風景依稀似去年。	hong ging i hi su ki len	1211735

台譯：一個人 beh 起來江邊 e 城樓，心內誠稀微。月光清明如水，水天一色。以前鬥陣來欣賞月娘 e 人，m 知現在 diam di dor 位？今 na 日 e 風景 cam 舊年差不多啊。

譯者標傳統單字原調，吟詩 veh 長 veh 短，看個人 e 感受，dizia 做一個參考。

6. 陳明仁。阿仁台語詩集：走找流浪的台灣。台北市：前衛，1992。阿仁台語詩集《流浪記事》。台北市：台笠，1995。

Zit 二本詩集，以流浪做主題 deh 傳湠流浪 e 意象，di 台語文界相當特出。

《走找流浪的台灣》有分六個單元：烏名單 e 目屎、台灣 阮 e 初戀、請你聽我講、政治人 e 故事、弱者 e 公義、新 e 台灣詩歌。詩有 31 首，歌有 7 首，除了政治人 e 故事 5 首 gah ho 王明哲譜曲 e 詩歌 7 首以外，其他 gorh 合 di 流浪記事 e 47 首內底。所以咱若探討《流浪記事》edang 一路看著詩人流浪 e 腳跡。

《流浪記事》分二卷：流浪記事（20 篇）、詩人 e-kau（27 篇）綜合 zit 二本詩集，有按呢 e 流浪：

（1）戰鬥街頭行踏 e 流浪：〈熟 sai di 選戰中──ho 阿惠〉、〈兄弟 lan di 街頭相會〉、〈Gorh du 著選舉〉等等。九〇年代 e 街頭抗議

m 是媒體所講 e "流氓、lomua、cittor-a", hit 當時,台灣 e 民主政治 du veh 天 va 霧光,猶 di 烏暗中 deh 困鬥,全理念有決心 e 台灣人頭縛布條仔行 di 街路訴求,無分社運、弱勢團體 gah 知識份子,男女老細大粒汗細粒汗,ho 水車噴水 zuann,ho 憨歹 e 警察損、扛、逐、趕、掠,親像"刑法一百條" e 廢除等等 e 抗爭,是愛一群放棄厝內 e 安穩四適、放落身邊重要 e 代誌,需要交待 gah 安慰厝內人 e 驚惶,無論風寒、雨 lam、日曝,去街頭行踏流浪抗議,積聚 e 力量來對抗社會 e 無合理現象 gah 制度,甚至絕食靜坐,街頭 e 群眾運動是一款流浪。

> Mvat 你 e 名/M 知你 dua dorh ui/無想 veh 相 cue/到時陣/總會 di 街頭相會/(第一段);/街頭是 lan e 舞台/hit 工雨落真大/大家 long 淋猴/你 huah gah 強 veh sau 聲/「愈來愈無愛行街頭/mgorh 掠爪耙 a 我上 qau」 (〈兄弟 lan di 街頭相會〉第三段)

(2)對抗主流文化去邊緣、去中心,對體制外去反體制內 e 流浪:〈再會〉,〈初會 e Pittsburgh〉、〈昨暝 關 a 嶺 deh 落雨〉、〈Gorh 聽著水雞 hau〉、〈風吹菅芒花白白〉、〈Gorh du 著選舉〉、〈走 cue 流浪 e 台灣〉、〈不幸 e 人〉、〈哀愁 e 目 ziu〉等等。KMT 一黨主政、統治台灣超過半世紀,為著 veh 顧 yin e 既得利益 gah 老法統,少數人外來 e 政權繼續殖民絕大多數 e 在地人,國家機器監控人民 e 行動,凡是無合 yin e 利益,dor 是危險人物、背叛者、烏名單、思想犯限制出入境,送去監獄,一堆酷刑 e 代誌,有人有厝 vedang 轉入去,有人 di 海外 veh 入國門被拒絕,只好偷渡入境,但是有厝是 vedang 落腳,冒著生命 e 安危 di 自己 e 故鄉流浪,通尾仔 ma 是魚 di 網內遊 seh 去土城看守所,明知逃 ve 出去天羅地網,ma 有人愛犧牲自己 e 幸福去做社會革命 e 黨工,ma 是 veh 流浪:

春風 m 知影流浪 e 故事/猶原 beh 上嶺頂/伴伊初戀 e 花蕊/講伊 e 約束/guann 天若過/伊一定 dor 轉--來/ho 嶺頂青翠 e 笑容/；/初戀 e 土地/無人 gorh 再提起/烏名單 e 故鄉 mgorh/昨暝 關 a 嶺 deh 落雨/ （〈昨暝 關 a 嶺 deh 落雨〉）

二十年無看著你/出社會了後/一個文學少年 變做/社會革命 e 黨工/ziah 了解你 e 痛苦/大家 long 看著/我哀愁 e 目 ziu/ （〈哀愁 e 目 ziu〉）

我 vat 一個人/伊 e 不幸是 cap 政治/due 人 huah 民主也關幾 lo 年/事業 bang 一邊/ziah 頭路無人 veh dih/有路無厝無囝無兒/ （〈不幸 e 人〉）

白色恐怖、烏名單，雖然是無所不止 deh 包圍，轉來故鄉真濟走 cue 台灣 e 流浪人，付出真大 e 代價，無顧個人 e 前途、財產、安定，甚至有親人過身去 e 人攏無法度見最後一面，按呢 e 目的就是希望咱台灣人 mtang gorh 繼續 di 家己 e 土地、有身無魂 deh 流浪。Ho 當政者禁腳無合作運動 e 流浪，對抗主流文化去邊緣、去中心，對體制外去反體制內 e 流浪，是一款神聖 e 使命 e 流浪。

　　(3)出外去台北新故鄉、或者是出去都會討趁 e 女子 e 流浪：〈故鄉〉、〈故鄉是出外人 e 眠夢〉、〈鐵枝 a 路 gap 阿梅〉、〈我 e 姊妹徛 di 門嘴〉、〈炭坑漁夫〉等等。為著食穿顧三頓而已，出去繁華 e 都會拍拚，ng 望親像人，競爭、複雜 e 世界，不管是自己 e 選擇 a 是被命運所逼，國家只是 veh 維護著威權，備戰、貪污等等，無顧一般人 e 福利，ho yin 受剝削自生自滅，賣身拚生命，外出流浪故鄉總是一個定點，是原生 e、a 是新生 e，脫離困苦回轉自由 e 原生初權，遷移定根 e 新生，認同 e 故鄉是流浪人 e 寄望。

> 人客，入來坐/我 e 姊妹 kia di 門嘴/伊 e 笑容親像/這條冷 gorh 濕 e 巷 a/無張無弛照入來 e 日光/真淒冷 e 溫暖/我頭 lele m 敢看伊/ganna 影著花仔裙/pupu 去思念著/故鄉 e 日子/阿梅 m 知走 ui dueh 去/　　（〈我 e 姊妹 kia di 門嘴〉）

> 烏/烏天暗地/暗 vin-vong 茫茫大海 suah 碰壁/光網 ia--落去/Sak 一船 e 心酸//風無透/海無湧/船無漏/天 suah 崩--落來/水 水水 水/已經漲到鼻 kang/耳孔 iau 是關心/「無法度 gorh 添——a!一條命啥價數/公司 long 有規定」//烏天暗地暗 vin-vong/天地/烏/　　（〈炭坑漁夫〉）

> Lan 放下 di 下港 e 故鄉/田園 pa 荒　厝頂發草/公 a-ma 攏請來台北 Lan e 故鄉 di dorh-ui？//Lin ui dorh-ui 來？/這句話 ui 米國去/gen 台灣人聚會 long 聽會著/台南、台中、台北，抑是是… …//故鄉是出外咱 e 眠夢/我知影，我 long 知影/m-gorh，mai 問我 ui dorh-ui 來/故鄉就是/lan 現此時 kia-ki e 所在/　　（〈故鄉是出外人 e 眠夢〉）

（4）短期出國離開家園 e 流浪 gah 海外鄉親、烏名單 e 呼喚：〈Di 雨中離開 *Iowa*〉、〈*Huntsville* e 月 kah 圓〉、〈*Honolulu* 落雨 e zai 起〉、〈*Ontario* 六七月 e 湖邊〉、〈*ALAMO* 獨立 e 戰士〉、〈再會，初會 e *Pittsburgh*〉、〈池袋常在 leh 落雨——記史明先生、故鄉〉等等，台灣 e 苦悶無 de 消透 e 壓力，出去溜 seh、遊學 e 訪問交流，為著故鄉、為著流浪、為著建國、為著流浪海外 e 同志，所有 e 信仰表達出詩人 e 心意，人雖然是 di 國外，心 ma 是黏 di 故鄉 e 家園、月光 gah 雲彩：

Pittsburgh e 溪河/流過七百幾座橋/清氣 e 溪水/ga Pittsburgh e 天洗 gah 白白/Carnegie e 校園/Foster 恬恬 kia di hia/親像替仝款短命 e 陳文成/譜一條靈魂 e 歌/Ho 伊 e 靈魂漂 di/故鄉白白 e 雲頂//再會，初會 e Pittsburgh/Foster e 故鄉/清白 e 鐵城/台灣清氣了後/我會倒轉—來/　　（〈再會，初會 e Pittsburgh〉）

Texas，米國 e 孤星/本土上大 e 一粒星/經過五 bai 無仝款 e 政權/留落驕傲 e 歷史/Di San Antonio e Alamo/勇敢 e 戰事/拔劍 ciang 聲/veh 獨立-- e kia 過來/……/Alamo 獨立 e 戰士/全數戰死/無留半個人/ganna 留 ho 歷史一頁評價/留 ho 觀光客笑談抑是 siau 念/（〈Alamo 獨立 e 戰士〉）

(5)漂撇 e 流浪：〈故鄉〉、〈他鄉 e 日子〉、〈Di 雨中離開 IOWA〉、〈Huntsville e 月 kah 圓〉、〈Honolulu 落雨 e zai 起〉、〈Ontario 六七月 e 湖邊〉等等，zit 部份有旅行 e 快樂，有異文化 e 衝擊，有他鄉外里 e 好朋友 gah 同志，我 an 家鄉來 ho lin 知影家內事，我來自故鄉接受鄉親 e annai，無仝 e 情景 gah 情境點著我 e 心悶，遙遠 e 距離賜我激起看著故鄉 e siu e 一切，美滿 gah ki 角同時 di 心湖來回激動。

Di 故鄉二十幾年/mvat 故鄉 e 雲/di 故鄉大漢 e 人/看無故鄉 e 山 gap 水/故鄉 是出外人 e 故鄉/出外人 e 夢中/看著故鄉 e 雲/飄來飄去/也 deh cue yin e 故鄉/　　（〈故鄉〉）

故鄉 e 月 kah 圓/浪子用歌安慰家己/今年中秋/gap 我出世仝時/Huntsville e 鄉親/家己做月餅飼月娘/Ma 有人炒米粉，炒大麵/故鄉 gam 有影遠 di 天邊// Huntsville 中秋 e 暗暝/月娘親像電火球 a/掛 di 屌尾頂/故鄉 e 月無影 kah 圓/故鄉比月 kah 光/故鄉比月 kah

圓/仝款 e 月娘/Gam 有照著故鄉/仝款 e 月娘/Gam 知影 quan 思鄉
e 心情/　　(〈*Huntsville* e 月 kah 圓〉)

人人知影"甜蜜 e 家庭"zit 條歌是一個無厝 e 漂泊者,長年短月
流浪四界去 e 人所意愛、所夢想一個 siu e 人所寫 e 詞。讀阿仁 e 詩
集,《走找流浪 e 台灣》gah《流浪記事》仝款有故鄉 gah 他鄉、家己
gah 別人(other)、貼心 gah 疏遠、在場 gah 無在場(*present and absent*)
種種 e 對比,造成作者 gah 台灣 e 命運 di 抽離主體本身 gah 逃出境外
e 攬抱 gah 距離糾纏不斷,想 veh di 拆除當中 gorh 重建、吸收沈底了
後 gorh 混合再生。一連串心悶(*homesick*)對一個有形 gah 未建造 e
理想之鄉 e 吐詩。

實體 e hit 個故鄉鄉親猶原 deh 作田,外口 e 變動 gah 影響 e 腳
步已經無聲無說 deh ua 近,阿仁去走探 ma 想 veh 保留原貌 e 故鄉,
di 固定 gah 變遷之間,伊用詩集做橋樑 veh ga 故鄉 gah 他鄉連接起來,
ma veh gah 台語人失語 e 斷層修補起來。所以,伊用流浪 e 腳跡來懷
思變化中 e 故鄉,尙且 gorh 贖回 di 變動中優質本身流失 e m 甘 gah
疼心。不管是去天邊海角,a 是台北城,攏有伊故鄉 e 形影 di 詩文出
現。去國外,台灣是伊 e 國土,去台北,竹圍 a 庄是伊 e 血跡地。Di
台灣內底故鄉 gorh 有都會 gah 庄腳 e 分別,di 語文政策內底台語 ma
有都會 gah 草地 e 差別。母語是粗俗無入流 e,被惡意壓制,只有 cun
一寡氣絲仔存在 di 民間、庄腳 deh 流浪,放伊自斷生機。

流浪對阿仁本身來講是自我 e 挑戰:"我 ho 家己 1 個答案,我
對文學 e 了解 iau 真 ge,應該繼續流浪、修行"(《A-chhun》
〈Chhiau-chhoe 文學 e 過程〉自序文 p.8)。阿仁自細漢 veh 轉少年家
㹠 e 時陣,dor 離開二林竹圍做田 e 庄腳去台中讀初中,zit 種自我選

擇 e 放逐（*exile*），搬徙、流動、旅行所 du 著 e 交界區域（*contact zone*），di 有形 e 地頭 gah 抽象文化交流 gah lam 雜現象衝擊之下，阿仁 deh 走 cue 心頭 e 智覺，親像佛陀[悉達多]離開伊心愛 e 某 gah 囝離開安穩 e 皇宮，去流浪修行得著人生 e 體悟。Di 阿仁 e 目頭內底講："台灣人流浪就是你 e 名。"（踏話頭〈流浪記事〉p.5），*Iraland* e *James Joyce* 流浪去 *Paris*，一世人心攏掛 di 伊 e 故土城鄉 *Dublin*，形成一種時空長距離 e 心悶，時空愈長愈遠故鄉 e 形相愈清楚，所以伊寫《*Ulysses*》，而且 gorh 誇口講若是有一日 *Dublin* 若火燒去，edang ui 伊 e 作品中按步就班 cue 著形像重建，伊是 "*Dear Dirty Dublin*"（註一）e 情結所發射出來 e 具體心意，逃離母國 gorh 牽腸掛肚，故鄉流浪是創作 e 能量。

　　阿仁講："有流浪 ziah 有詩"。漂撇 e 流浪，漫步雲遊四海，流浪 e 腳步行踏出來自由 e 旋律，有限 e 房間是困境，久，目識若豆仔，曠闊 e 戶外田野、綠林 ka 會 ho 人壯大，心胸才會開放，無障礙 e 空間，天地是家，孤行輕鬆、安靜隨意。流浪是飄撇 e，流浪有奇遇、ma 有冒險，自願出走野性自然，所以人離家出去晃蕩，智者 e 流浪有體會 e 機緣。阿仁 ma 愛夜遊 e 流浪，一個暗光鳥 e 生活者，di〈燕 a 湖夜釣〉營造一個夜景 gah 心境 e 交融，人生不可無流浪，自我沈思。流浪 ma 是一種高尚 e 虛榮，三不五是 a，due 流行經驗一下，親像：/鳥 a 無種也無收/自然有 tang 食/quan 見種 long ho 風颱 zann--去/Gam 是先祖犯著天條/叫 quan 擔原罪/　（〈風颱雨〉），鳥 m 免驚惶討趁交易 dor 會生存，人呢？教條、價值觀 e 束縛，反省以後 dann 會謙卑，規矩若硬化 dor 無自由，鳥 a du 著 dor 面對，風颱 veh 來 dor 來，心情放 ho 開，mtang 驚，來去流浪。

　　Di〈*Alamo* 獨立 e 戰士〉以 *Texas* e *Alamo* 獨立 e 戰士做歷史回

顧，進一步比較台灣 e 處境，相當猛掠，詩文詩語相當濃縮，表意清楚，ho 讀者無限 e 渽開力度。長長 e 頭二段對比 gah 呼應，尾段（第三段）一聲 e 無奈歎息用三句話結束，再度響起高潮：離開 *Alamo* e 時/一隻飛行機飛--過/劃一巡真明 e 雲煙/。Di〈詩人 ga 牛牽去厝尾頂〉:/詩人想 veh 犁田/用詩犁田/田園 long 起樓仔厝/詩人想 veh 寫詩/牛 long 講了了--a/詩人鄉世界宣告/這隻牛就是伊 e 詩集//詩人起 siau--a/牛起 siau—a/全世界攏起 siau--a/，siau 人 ka 會做 siau 代誌，siau 人 ma 是奇怪人，別人看伊 siau，siau 人看全世界 e 人 deh 起 siau，牛 deh 起 siau，親像西班牙 e 鬥牛 gah 鬥牛士，是人抑是牛 deh 起 siau？siau 人關 ve 著，he 流浪 e 舞台 gah 空間 dor 大，流浪 e 詩語起 siau 起來，力量 ma 大：流浪 e *Rimbaud*（註二）/用流浪 e 心情/講世俗 e 話語/星 ve 發光 e 時/雲 cue 無存在 e 意義/世事若項項公平/詩人會 dang 創啥物/ （〈詩人 e-gau〉）。

雨 e 意象 gah 目屎，di〈*Honolulu* 落雨 e zai 起〉、〈池袋常在 leh 落雨——記史明先生〉、〈昨暝 關 a 嶺 deh 落雨〉、〈風颱雨〉、〈Di ho 中離開 *IOWA*〉、〈一句話〉、〈戰爭〉、〈血〉、〈目屎〉、〈港口 e 小吹〉、〈炭坑漁夫〉 等等。阿仁一直 deh 重覆交叉使用雨 gah 目屎 e 字眼，m 知是詩人若 dng 著落雨 dor ka 有靈感，iah 是阿仁天生愛流目屎，總是伊是一個善感、熱情 qau 同情 e 人。人會流目屎是自然 e，但是受著社會教條 e 約束愛表示勇敢，目屎 mtang 隨便流，特別是男子漢按呢是喪志、軟 ziann，但是詩人是多情 e，流目屎有擔憂 gah 歡喜。落雨一定是烏陰時，pu 暗、濕澹、沈重，心情若鬱卒、苦悶，想起故鄉台灣 e 種種 o-lok-vok-ze，心 dor 酸，目屎 dor 流，流浪 e 人，雨 gah 目屎 ga 流浪者洗身軀，洗面革心。雨 ma 是甘霖，歡喜 e 目屎是甜 e，流浪者永遠 dor veh 走 cue、開拓新境界，一時 e 歡喜是長時 e 艱苦奮鬥 e 成果，歡喜可能是一 namih e 時陣 niania，享受 dor 愛奮鬥，奮鬥往往有血汗 gah 目屎。

　　《走找流浪的台灣》好 e 詩篇已經 ho 作者篩選 di《流浪記事》內底，是前衛出版社台語文學叢書 2 號。九〇年代初期 e 台語文學雖然是粗粗 a，但是大部份作品 iau di《流浪記事》存活，按呢好 vai dor 真清楚。

　　《流浪記事》zit 本冊 e 缺點是印刷 e 字體墨水無夠 ziau 勻，看起來目睭真食力。編排 ma 愛小注重一下，至少 gah 詩文本身 e 質比一下。無的確，字面 ma 是 ho 阿仁 e 目屎 do 開去 e。

註解

（註一）

　　Zit 句 dor 是 *Joyce* 引用自當代 e 查某作家 *Lady Sydney Morgan*（1780-1859），多謝蕭媽媽老師 ho 我諮詢 gorh 提供資料（Don Gifford .Joyce Annotated.U of Cali. P.：Berkeley, 1982，p.69）。

（註二）

　　Rimbaud 是法國流浪詩人。

參考文獻

Gloria Anzaldua. Borderlands=La Frontera :with an introduction by Saldivar-Hull. 2nd ed. Aunt Lute Books: San Francisco,1999.

Mary Louise Pratt. Imperial Eyes: travel writing and transculturation. Routledge:London and New York,1992.

Néstor Garcia Canclini; Translated by Christopher L. Chiappari and Silvia L. ,LÓpez ; Foreword by Renato Rosaldo. Hybrid Cultures:strategies for Entering and Leaving Modernity.U of Minnesota Press :Minneapolis,1994.

Rushdie Salman. Imaginary Homelands: essays and criticism1981-1991, Granta

Books :London, 1991.

Susan Rubin Suleiman edited. Exile and Creativity. Duke UP：Durham and London，
1998.

羅蘭巴特（Roland Barthes）；江耀進、武佩榮譯。戀人絮語一本解構主義的文本。
台北市：桂冠，1991。

7. 林央敏。駛向台灣 e 航路=開往台灣的航道。台北市：前衛，1992。

《駛向台灣 e 航路》是央敏開始探索台文 e 詩作，zit 本作品是起頭 ka 實驗性 e 著作：(1) 用字 gah 伊本人气後來 e 作品無全，如 m 通嫌台灣、呸 "e" 用日語 "の"、氣用 "气"、雲用 "云"，目的是 veh ho 人知影台文 gah 華文 e 區別；(2) 台、華對照，目的是 veh 牽引人進入台文；(3) di 附錄內面有翻譯英文詩作，veh ga 人講台文是 edang 多面 e。1989 年已經完成 e 樣本，因為電腦無法度拍出真濟爭議性 e 漢文字，所以延遲到 1992 年出版，按呢 e 試探是台文界 di 解嚴了後第一批 qia 頭旗 e 少數。

有一寡篇文 e 題目 gah《故鄉台灣的情歌》全款，mgor，經過對照，內容 gah 用字、詞句已經有脫胎換骨，這是說明央敏如何 di 國家觀念、鄉土意識、民族感情、政治立場按怎跨 hann、轉越、覺醒 e 心路歷程，誠實、勇敢 deh 面對家己 e 認同，m 驚白色恐怖，喝出台灣知識份子 e 良知，認真用母語直接、完整、親切 e 感化力，一聲一聲誠懇 deh 呼著台灣魂，di (1) 內篇：〈多節進補〉、〈駛向台灣 e 航路〉、〈抗議〉、〈引渡〉、〈蓮花火炎〉、〈變種蕃薯〉等等表達強烈 e 民族精神 gah 民主鬥士 e 台灣之愛，有人講這是悲情，但是外濟人知影 zit 種心情 e 轉換是覺醒者必然 e 心靈洗禮，有外濟人 edang 體會壓制之下受難者起性地 e 無奈；(2) 外篇：〈第一狀元行〉、〈三代立場〉、〈智識份子〉、〈戰前訓示〉、〈動物會議〉、〈生肖圖〉、〈官廳學者〉等等對投誠義士、哈美、哈日、時事、政治、官場亂相，用明比、暗喻 e 技巧大膽批評社會 e 沈淪現象，痛恨社會病態 gah 反省急呼想 veh 解救 e 心懷，親像掃尋神掃糞 sor 清清 leh，可見當時台灣已經急迫需要轉向提昇囉！(3) 什篇：如〈掃路工人〉對卑微 e 普羅大眾 e 認命辛苦 gah ui 公園拍太極拳出來 e 先生 di 清氣 e 街路頂面呸一 bu nua，用反諷 e 筆法，揭發特權國民 e 素養；〈教育概論〉親像鴨寮 e 飼鴨樣本，只是 zinn、zinn、zinn，國民教育 m 免獨立思考，只是 zinn、zinn、zinn 頭殼 zinn 破去，成績 dor 得鴨卵，央敏親像一位醫生 deh 診斷台灣社會 e 病症；(4) 歌謠篇 gah 抒情篇大約 gah《故鄉台灣的情歌》類似；(5) 翻譯篇是英文詩 e 轉譯，對所選 e 詩文，傾向全款是當年大英帝國同時是統治者、殖民者、侵略者，一個強 e 當權者合理化 deh 操作既得利益者 e 管理機制，隱約 ma 反映 di 執筆者沈重 e 心情。

附錄有〈回歸台灣文學 e 面腔〉gah〈本書台語特別字筆劃註解索引〉（自編） p.213-244 可參考。

8. 林央敏。故鄉台灣的情歌。台北市：前衛，1997。

財團法人榮後文化基金會台灣詩獎第七屆得獎人。作者簡介請看散文林央敏 e 部份。《故鄉台灣的情歌》正文有分三部份：故鄉卷 19 首、台灣卷 18 首 gah 情歌卷 19 首。

央敏 e 感情世界細膩，有天生自然 e 文學敏感度，對土地 e 感情 ui 故鄉、台灣 gah 個人有真厚 e 熱情，一個人有熱情，有情 dor 有義這是央敏上大 e 文學空間，di 實際 e 生活世界央敏是一個實踐者，di 故鄉、台灣、情歌三位一體結合做伙。

央敏 e 詩作注重美學，刻意修辭，除了 qau 用台語 e 語音旋律、押韻、對仗整齊，有傳統七字、四句聯 e 特色以外，di 台灣美景、文人心境 e 起造點上，營造現代詩 e 自由形式 gah 浪漫氣氛手法攏有挪用（*appropriation*）。咱來用第一首詩文〈若到故鄉的春天〉做例：

他鄉綠色的草園/親像一張曠闊的青眠床/懷念的心情一陣酸/想起故鄉彼爿山/鳥隻啼叫趙心肝/為怎樣會拆散/看著白雲來飄往/何日見君再相逢/

天星閃爍月帶意/悽涼的夜蟲聲引阮心悲/有一蕊烏雲匿山垃/親像對阮塊暗示/美麗形影若想起/來日再會好時期/鳥隻叫阮緊轉去/若到故鄉的春天/

若到故鄉的春天……

全篇除了每節段（*staza*）e 第二句十字字數全款，其他攏是七字 e 形式，di 第一段每句尾：園（hng）、床（cng），酸（sng）、山（suann）、肝（guann）、散（suann）、往（ong）、逢（hong），利用音頭 gah 音尾 e 押韻交織出來台語 e 音韻效果。第二節段 ma 有全款 e 運作，dor 親像音樂 e 歌詞製作配合著音 e 節奏對應整齊。這是央敏用心經營 e 所在，ma 是伊講是詩是歌、若歌若詩、也歌也詩，對土地、人民 e 情意用台語特殊 e 語感來表達。換一句話來講，台語因為有音階 e 特性，歌詩自然有吟誦、歌唱 e 特質。

天星閃爍月帶意 淒涼 e 夜蟲聲引阮心悲，天邊 e 星 gah 月、身邊 e 蟲聲，故鄉 e 春天美景 ho 人心悶啊！醇美 e 故鄉，引起多愁善感是當然啦！所以 di〈看見鄉愁〉：

鄉愁是一幅圖/深深畫置心肝內/畫著故鄉的可愛/啊！思念爹娘的目屎/燒燒滴落來/無人知！無人知！

青狂的野鳥置空中沒沒泅/開始四散走揣家己的岫（〈暮色〉）；/

月娘傳話故鄉列車若駛到，/阮會轉去庄跤，/替 yin 紡田搓草　（〈異鄉之夢〉）；/西天彩霞漸漸反烏/一群野鳥飛過竹模　（〈回鄉的路〉）；/我是一蕊流浪的浮雲/今日行過故鄉路/兩爿景緻已變生疏/消失的麻黃，熟似的田岸/只有留置阮的記智內底/看著這排生份的店面真鬧熱/心內一陣歡喜也傷悲/（啊！）哪知伴星趕到何時　（〈流浪到故鄉〉）

　　舉例 e zit 幾句，寫景、寫心情、寫夢 gah 望，好句聯接，di 故鄉卷內底真容易看著，軟 liorh、幼綿 e 故鄉情柔和、哀愁是離開 e 故鄉之戀，ma 是過去台灣農村形影消失去之歎。

　　"台灣卷" ganna 看詩文 e 題目，dor 知影央敏聲聲句句攏是台灣心、台灣情、台灣味：〈叫你一聲擱一聲〉、〈我所愛的台灣〉、〈台灣話系列〉、〈鹿耳門海風〉、〈蕃薯〉、〈M 通嫌台灣〉、〈祖先的映望〉、〈福摩沙悲歌〉、〈咱台灣〉、〈咱著覺醒〉等等，央敏講出伊英雄 e 聲勢 gah 心念 e 台灣之愛，若詩若歌 deh 牽繫著流全血統 e 台灣人 e 台灣良心精神起來噢！ma 呼喚著台灣人 e 台灣魂轉來噢！趕緊、趕緊、趕緊轉來噢！

　　"情歌卷" 央敏認真 deh 看待人 e 情懷，刁工加味一寡膨風 e 話語 deh 加權著台語 e 愛情詩，男歡女愛、鴛鴦蝴蝶 di 愛國救台灣立志情操 e 面向之外，開拓著哀怨相思綿綿心意，di《台灣風》內底已經有相傳 e 情話四句聯，談情說愛坦白開放，因爲情是無藥單 e，心酸酸，只有流瀉抒情。無論對愛慕 e 人傾訴、iah 是追思一段無緣 e 情份，愛 gah 死來昏去攏無要緊，總 a 共 a，攏是一段成長一段情，是心底 e 秘密、甘蜜、痛苦、悲傷 m 是理性 edang 解說。唱、唱、唱，唱出聲來分擔追 ve 轉來 e 遺憾 e 心理治療、ma 回想空思夢想自哀自憐 e 樂趣，唱 ho tiam，veh 按怎愛 gah 恨 ka gorh 拍算，di 附錄有〈夢中的羅曼思〉：天生月娘暗茫茫/一蕊牡丹 ham 淚夜中紅/琴聲流水陣陣

芳/若像看見彼個人/可惜是一場夢/春花落 夏水降/秋風吹 時入多/戀夢本是空/

　　央敏 di 用字 e 頂面 ma 是有台灣特殊環境語言交混 e 後現代情形，比如〈若到故鄉的春天〉e 鳥隻啼叫趙心肝，趙是取華語 e 音（tang/ ㄊㄤ、），這是 veh ho 台語人看 e，既然 veh 用訓音，不如直接用羅馬拼音。這是 veh 用全漢字整齊所受著 e 束縛，ma 是一種假設，假設讀者會曉讀 zit 字華語發音，當然央敏用另 zua 頂面注音 e 方式 gah 頁尾註解來輔助，按呢 e 例一再重覆規則一致使用。

　　《故鄉台灣的情歌》gah 伊早期 e《駛向台灣 e 航路》台文用詞 gah 修辭比較起來是有 ka 成熟 e 面貌，詩 e 意境、聽覺、語感、音魂 unna ka 圓滿光滑。

9. 林央敏主編。台語詩一甲子。台北市：前衛，1998。

　　林央敏 e《台語詩一甲子》選錄 1930 年代以來最優秀、上重要或 gai 有代表性、有時代性分屬 51 作者次、92 篇台語詩作。Ui 30 年代賴和 e〈相思歌〉、楊華 e〈女工悲曲〉、周添旺 e〈雨夜花〉、陳君玉 e〈青春謠〉、黃得時 e〈美麗島〉、陳達儒 e〈白牡丹〉，到 40 年代盧雲生 e〈搖嬰仔歌〉、許丙丁〈菅芒花〉、李臨秋 e〈補破網〉、50 年代王昶雄 e〈阮若拍開心內 e 門窗〉、60 年代 e 葉俊麟 e〈寶島四季謠〉等，di 作品 e 本身已經呈現出清楚脫離四句聯 e 固定形式，ui 作品來看台語詩作已經發展出現代歌詩 e 形影。事實上，林央敏 di 編序內底 ma 講："習慣上咱所稱 e '台語'是指白話體 e 台灣話，因此所謂 '台語詩'是指台灣人用台語白話文創作 e 詩"。真可惜 e 代誌是國語政策長期 e 扭曲 gah 壓制，到 60、70 年代除了林宗源以外，差不多無啥麼作品，到 80 年代左右台語詩作有向陽、宋澤萊、黃樹根、黃勁連、林央敏、陳明仁、林沈默、海瑩等 e 生力隊 ka gorh 漸漸仔回春，行到 90 年代台語詩作 dor 親像是本土竹雨後 e 春筍如《蕃薯詩刊》、《台文通訊》、《掖種》、《台中台語社研究通訊》、《茄苳》、《台語世界》、《台灣百合》、《台文罔報》等等人民團體刊物發行詩人 gah 作品明顯上升，甚至到世紀尾《台語詩一甲子》1998 年出爐了後，《島鄉》、《時行台灣文月刊》（網路台文同步發行）、《蓮蕉花》、《菅芒花》e 刊物 gah 台語詩個人全集 e 出版如南瀛作家作品集、菅芒花詩刊冊集，千禧年出版 e《愛 di 土地發酵》、《流動》等等，十多內底 gah 過去以來 e 詩作有可觀 e 比例出現，成做一股台語現代詩風潮。《台語詩一甲子》替當代台語文學立下時代文學史 e 符碼，台灣現代詩壇 ve 使 gorh 再忽略 zit 條正港 gah 土地結合 e 主流。

1985 年以前 e 單元編號做歌謠詩 gah 方言詩，zit 種地位 ho 人看著心酸，而且是 lanlan-sansan 親像是荒野沙漠曠地上 e 二三枝青草，無注意 cue，是無可能現現 di 你面頭前。五年後 e 五多內，份量 dor ui 1970-85 中間 e 單字數（9 篇）進步到雙字數（10 篇），1991-97 跳到逐多有 7－11 篇 e 數量，而且新作者一直加入，換一句話講，1930-90 ganna 有三十篇，1990-97dor 有 63 篇，有按呢 e 成績，帶來台文界 e 力 gah 光。當然編者以分散、分配代表性 e 原則，難免有一寡作品有遺珠之憾，不過 di 本冊內底 ma 有關係其他作者 e 紹介，希望提供有關搜集 e 線索。

《台語詩一甲子》所選 e 詩作內面大約攏有呂興昌、林央敏、胡民祥、陳金順 e 導讀、作者簡介、字音 gah 註解，veh 了解 gah 欣賞攏無困難，因為主編是林央敏先生，而且求文字 e 一致，所以所用 e 台語漢字攏是伊 95 年以後 gorh 做整理 e 字詞。Zit 本冊出版 e 意義有：(1) 將 30 年代以後，60 多 e 詩作做一個體系 e 完整性 e 整理。以時間順序（chronicle）推進介紹，台語詩史 e 影跡段落分明，類別多樣多彩，不止拍破傳統台語漢文詩 e 局限，ma 突破中文現代詩獨佔 e 局面；(2) 提供資料取得 e 方便性；(3) 一面篩選做代表性 gah 鼓勵性 e 合集，另一面 ma deh 提醒作品量 gah Horlor 語使用人口 e 比例猶原偏低；(4) 值得加權 e 點數是咱已經有啥麼，kia di 有啥麼 e 基礎面頂，gorh 好好準備出航。

經過日人皇民化政策 gah 國民黨政府語言政策 e 壓制 gah 扭曲，di 破壞中意堅 e 台灣人有 30 年代、70 年代二遍台灣文學論戰，到 80 年代台語文學運動風雲 gorh 再滾絞，zit 波文藝復興運動耕出 90 年代豐富 e 台語詩創作園地，詩題 gah 類型行向多元化，詩風 ui 民謠敘事（〈女工悲曲〉、〈青春謠〉、〈美麗島〉等）走向民族意識（〈蓮花火穎〉、〈台灣新詩〉等），ui 苦難（〈女工悲曲〉等）到立志（〈補破網〉、〈咱若拍開心內 e 門窗〉等），ui 揭發、諷刺、抗議、環保（〈阮校長講〉、〈一隻鳥仔哮無救〉、〈人講我是一條蕃薯〉、〈蓮花火穎〉、〈政績〉、〈連鎖反應〉、〈河川 gah 掌紋〉等）到重建（〈全款 e 夢、〈m 通嫌台灣〉、〈我有一個夢〉等），ui 寫實（〈阿爸 e 飯包〉、〈補破網〉、〈雉雞若啼〉、〈做稿〉、〈撐渡伯也〉、〈落土時〉、〈收成〉、〈鹽埕〉等）到意象（〈去看海〉、〈港邊〉、〈夜釣燕仔湖〉、〈青苔〉、〈你我 e 春天〉、〈拍碎 e 畫布〉等），ui 外在殖民（〈女工悲曲〉、〈浮雲四句〉、〈無望 e 厝〉等）到內在殖民（〈講一句罰一 ko〉、〈幹頭看〉、〈風吹菅芒花白白、〈燒肉粽〉、〈秋天 e 詠歎調、〈台灣製〉、〈泡茶 e 心情〉、〈我叫你一聲 gorh 一聲〉、〈十字架頂頭 e 老鼠〉、〈霧〉、〈蕃薯園換栽〉等），ui 本土（〈拜天公〉、〈五日節〉、〈故鄉 e 小火車站〉、〈蘭嶼木舟下水典禮〉等）到外在潮流 e 互動（〈台灣製〉、〈雪景〉等），《台語詩一甲子》不止繼續拓寬《台語詩六家選》推 sak 台語文 e 任務，ma 積極 deh 吸納、吸引讀者 e 面向，gorh 是為行向豐富 e 二十一世紀準備 e 里程碑。

因為方便閱讀，編者一律採取一致 e 偏向全漢用字，一方面修整了一寡混/訓用字，一方面顛倒掩 kam 著部份台語詩作現代化 gah 後現代 e 色彩，ma 壓抑著一個 ui 漢文化束縛形式釋放出來 e 形影。

10. 林宗源。林宗源台語詩集精選。台南市：南市文化，1995。

林宗源，台南市人，1935 年出世，台南省立二中高中畢業。1967 年獲吳濁流新詩獎。1991 年創立蕃薯詩社任社長，1994 年得著第三屆榮後台灣詩獎。1964 年加入「笠仔社」，對創社成員之一 e 陳千武講：「台灣文學愛用台灣話來寫」，此後，一貫堅持用母語寫作。1991 年參與創立「蕃薯詩社」，強調：台語文學就是台灣文學，台語包括 Horlor、客、原住民的語言。有「蕃薯頭」之稱。

Zit 本精選詩集總共選錄 144 篇，分做：醉影集、巴油池的抗命歌、力的建築、力的動作、食品店、選手的抗議、根、力的舞蹈、補破夢、北仔北、大寒・凍 ve 死的日日春、滴落奶水的土地、ho 老父的詩、碎玉集、黎巴嫩的抗命歌、民主 giu 筋了、梳濁水溪的夢、海外的天、風景掃瞄、權力的滋味、阮兜的地址、油桐樹的火宴 22 個單元。

另外 gorh 附錄 4 篇有關評論：(1) 金子秀夫；錦連（華語）；林宗源（台語）譯 e "林宗源的詩的世界"（先刊 di《抱著咱的夢》1992，p.58-78）；(2) 江天（江哲銀）；林宗源台譯 e〈林宗源詩觀〉（先刊 di《牽著我的手》1993，p.12-39）；(3) 呂興昌 e〈美學的捍衛戰士──論林宗源的台語詩〉；(4) 鄭良偉 e "向文字口語化邁進的林宗源台語詩"（ma 刊 di《走向標準化的台灣語》。台北市：自立晚報：1889。p.188-199）。

Zit 本詩集是作者 ui 22 本詩集選出來 e 作品，所以 22 個單元 ma 是伊 ui 1956 年到 1993 年一路行過來 e 腳印。雖然開始寫詩 e 年代真早，zit 個 ho 台語界稱做是蕃薯頭 e 老蕃薯，猶原親像一粒青蕃薯 deh 繼續寫作。1998 年 ga 伊 e 理念 gah 詩情製作一塊 VCD 叫做《凍 ve 死 e 日日春》，聲、影透出詩人 e 詩魂，做一個階段性 e 回顧 gah 整理。

林宗源 e 詩，"身體"是伊愛用 e 意象，國家是一個大 e、有機體 e 身體，由人民個體 e 身體所組成，國家 e 整體有政治、經濟、教育、立法、司法、交通、衛生、環保、文化等等 e 系統機制，由政府 gah 國民行使運轉，政治是隨機應變 e 政策行政力量，文化內底 e 文學，文學內底 e 詩作，直接交涉著土地 gah 人民生活 e 狀況，人民 e 精神面若無爽快、人格呈現扭曲事實，國民 e 素質 gah 素養直接反應出來身心失調，按呢 zit 個國家 e 身體機器失能，連鞭出現。

身體 e 存亡牽連著囝孫 e 延續，種族 e 傳承，dor 有家庭、婚姻、男女 e 關係，男女關係當然是 gah 原始 e "性愛"，生物本能有接觸作用，dann 有後代 e 生產。林宗源 e 詩，普用 "性愛" gah 對 "女體" e 意念架構 di 伊詩體 e 建造。Zit 種無隱晦、無距離 e 愛，大膽、袒白 deh 向世人告白伊對台灣無所不止 e 意愛 gah 癡情。聖經有講："翁仔某二人平平裼腹裼祖誠相見，並無感覺見笑"（創世紀，二章）、[新娘]："願伊用伊的嘴 zim 我；因為你 e 愛情比酒 ka 好"（雅歌第一首）直接講出來 *Adam* gah *Eve* 男女 e 心靈純潔。性愛有動物性 gah 神聖性，動物性是本能，責任 gah 無私 e 意愛有基礎的（dik）gah 神聖性，性愛 e 爽 veh 維持久長，di 精神面愛有一個基本律則，出身 gah 品種、然後是教養 gah 倫理，個體、社會 gah 國家 e 身體形成一個整體，這是讀林宗源 e 詩作將身體做一個明、暗比喻強烈 e 傳達。

女性 e "yi"、"妳"、"她"、"she"、"elle" 通常是國家

e 人稱代用詞，以人類來講，女性是母性具備 e 必要前提，陰柔 gah
韌力孕育著生命 e 卵，成熟 e 卵遇著 siau 內底 e 精（sperm），受精 e
卵 dann 完成生命 e 初胚，子宮 e 血滋養著生命 e 成形，胎教一如文化
e 養份，實體 gah 涵養，是會 cior deh 負責生命延續 e 動機，"性愛"
dau 了對 dang dor 是男歡女愛 e 夫妻，有公主 gah 王子 e 幸福；dau
了出叉 dor 是冤親債主，永遠 dor ve 太平。

　　對女性母體 e 國家頌讚頂禮，一開始 dor 出現 di〈中央山脈的戀
歌〉，通尾節段愈顯明：數念佇廬山的胸前 wu 著意愛的號/你含蓄著
蝴蝶蘭青芳的魔力/啊！啥物才會當 zim 著你的心/紅葩葩的珊瑚是我
心內的色水/定定定的鑽石是我心內的純情/。對追求理想 e 對象假若
女王、皇后、處女、少女 e 高貴 gah 貞操 e 嚮往，有〈另一半〉dann
會完成另外一個整體 e 目的，di〈予我一暝的愛〉：孤單的月印佇孤單
的心/冷冷的月畫我清心的夢/夢內有妳幼秀的愛/心內有我孤單的影//
月吐出絲絲仔的光/光舞著一泳一泳的熱情/點 diorh 我半生枯的心/予
我一暝的愛小姐/　di 1984 年台灣 e 政治生態 iau 是處 di 嚴霜 e 時境，
有意識著民主空氣 e 人 di zit 種處境之下是孤單 gah 盼望 e 愛，對民
主有所寄情，一如對望 gah 夢之中 e 女子（ideal girl）di 身邊、di 耳
根傾訴心事。政府 gah 人民 e 親近比如男女關係，若是有無平等 e 對
待甚至壓制，dor 真了然，所以 "愛" dor 變形，身體、腳手會 giu 筋、
會麻痺、會破病，民主 ma 會 giu 筋、會變形，所以 di〈白色的年代〉
（1956，p.13）第二葩：陰冷的空氣激滿肺部/雖然血管猶原流著熱血
/mgor 我知影我的手及腳/卻是一對染著軟骨病的兄弟/。〈變形的愛〉
（1981，p.103）：變態的性/種佇針咧鑿的府城/有身的土地/橫生無骨
的孽種/。〈盈暗 你一會來〉（1985，p.191）：盈暗 你一會來/來及我做
伙 dua 做伙/佇耳孔平講細聲話/我知影你愛我的身軀//熄花火你會
sainai/來及我做愛鬥陣/佇身邊文來武去/我知影你愛我的血//五十年來

趕 ve 走的恨/只有忍受你 zim 會痛的嘴//食我滿身的愛/我知影無死你永遠 ve 滿足//雖然我用愛去飼你的生命/雖然你用恨來報答我的愛/mgor 盈暗我 veh ga 你打成蟯仔/你愛知影我的愛已經焦去了/。〈結婚證書〉（1993，p.266）第二段 gah 第四段：假使結婚證書是一場性的契約/若按呢性愛已經是一潭死水/無激動的海湧拍打的高潮/眠床的彈簧只有反彈的慣性//…//啊！愛人啊！愛人！愛死去佗位？/我心中無結婚證書的影蹟/我的一生無聽著"你愛我"的話/我悲傷我 mvat 得著女人的愛/我的生命親像寫佇紙頂退色的字/啊！愛人啊！愛人！愛 vih 去佗位？/以上所舉例 e 愛只是一種八股形式強迫、權力、暴力、假使是仝床 ma 無仝望，有啥麼美夢 tang 織組？僵屍愛 cue 人 e 替身、吸血魔鬼愛 suh 人 e 血，貓仔 ma 真愛老鼠 e 肉體，林宗源看明 zit 種虛情假愛，長期被殖民 e 人民 ga〈無望的唇〉（1987，p.225）gah〈阮兜的地址〉（1989，p.249）一直換，詩人用詩來表明，喚醒人心，改造台灣 e 厄運。

女體 e 意象 gah 形影〈滴落奶水的土地〉六首（1983，p.131-136）取題直接 dor 用婦仁人 e 特徵比喻。〈新宿白蔥蔥真 sui〉（1986，p.211）：寫新宿 e 透早/親像白蔥蔥處女的身/。〈洞爺湖的風雪〉（1986，p.212））更加強烈表達詩人詩情對美好比如美女 e 感動 gah 激動，已經到景物完全擬人化，特別是將對象擬女人化 e 身心一體 e 性愛高潮。〈烏魚 e 目屎〉（1964，p.137）第二節：按海外搭上寒流/背著有身的台灣/佇冬至趕轉來故鄉/，女體 e 美德、美韻 gah 體態一向是藝術家描繪 e 對象，女性 e 溫柔線條若水，一種絕對 e sui，栽 di 詩人 e 理想國度。

擬人化是身體意象 e 延伸，不管是山、河樹、花等等，透過詩人 e 筆有情有愛、有四肢、聲形。Mgor，動物 e 寓言詩，如用墨 zat 仔

（墨魚）、羊、牛、蝶仔、眉角鳥仔、田鼠、燕仔、金魚、樹蛙、土狗 e 關注，用來諷刺人類 e 本位主義 gah 提倡慈悲對待萬物 e 人道主義，一再 deh 提醒做一個人應該愛具備 e 條件。

Di 大自然界風是傳媒，〈風〉（1988，p.229）、〈無風無雨安定的日子〉（1989，p.241）、〈我是風〉（1993，p.260），風 e 作用 gah 速度，破壞力 gah 建造力，iah 是脫 ve 過詩人 e 手筆，di〈力的動作〉、〈選手的抗議〉、〈力的舞蹈〉，除了藉著體育隱約顯示男性 e 氣魄，力 di 善美 gah 罪惡之間 ma deh qiu 大索，莫非是教人注意提昇人力 e 利益領域。

性愛開始了"生"，生存是一種尊嚴，無自主、無主體 e 人，詩人叫人好好反省，若無 dor "去死"〈人講你是一條蕃薯〉（1977，p.71）。母語 gah 母體 e 實質 ma 是愛有傳種 e 功能，di〈無子李鹹〉（1984，p.142）講出母語絕種 e 悲哀，對現此時逐個蕃薯種 e 家族生出來芋 e 語族，顯然原生家庭就是母語 e 一種無籽西瓜，zit 種文化自我結紮 e 悲哀，是〈講一句罰一元〉（1981，p.105）e 毒素，引起斷種 e 滅亡。

有關環保有〈外銷人種〉、〈土狗〉，環境愛保育、物種愛保育、人種愛健保 gah 教化。〈電冰箱的故事〉（1971，p.115），有 qin-a e 童真趣味、用抗議 e 語氣講冰箱腹肚內 e 侷促，對人 e 自私 kiau 一下。〈剪一段童年的日子〉（1980，p.74-84）記錄太平洋戰爭 e 殘酷歷史 gah 疏開去庄腳所遇著 e 趣味 gah 接觸著大自然 e 爽快，連後 di〈大寒‧凍 ve 死的日日春〉（1982，p.121-30）講家族史 gah 台灣人 e 生命力親像：生入無幾粒土沙的香孔/甘願食幾滴露水的日日春/憨憨仔食/憨憨仔大/春天 開佇子孫面前的夢/大寒 凍 ve 死的日日春/。

台灣人 e 抗爭史 ui 荷蘭人來到 zia，hit 當時已經是開始 a，〈巴油池的抗命歌〉ui 以早鬼湖事件到國外 e〈黎巴嫩的抗命歌〉,詩人 e 良心用血、用命來替大眾代言,這是自然 e 親近 e 愛 gah 尊重,〈土地及根的關係〉(1979,p.73):無全的語系種佇全款的土地/活成一類醉茫茫的詩/,多樣、多元 e 多音交響,親像台灣 e 玉蘭花、雜草來做伙化粧台灣 e 土地永遠 e 春天,是詩人 e〈理想國〉(1982,p.92):全款的地球全款有人類的存在/無全款的地球有無全款的人類/注意/後日//永遠舞蹈的生命啊!/

永遠舞蹈 e 生命啊!是林宗源取用性愛 gah 女體 e 本質 e 元素。

11. 李敏勇/詩 gah 朗誦;高民/作曲 gah 編曲;林根慧/監製…等。一個台灣詩人 e 心聲告白。台北市:上揚有聲出版有限公司,1995。

李敏勇,屏東恆春人,1947 年出世,四七社 e 成員,經過高雄、台中 ka dua di 台北市,曾任台灣筆會會長、台灣人權促進會執行委員,現爲台美文化交流中心董事、鄭南榕紀念基金會董事長、圓神出版社社長等。講著敏勇先生,di 詩界、文化界、台灣主體認同運動界,無人 mvat 伊。若是關心台灣前途 e 人,時常 di 本土文學集會 gah 討論會、二二八紀念會等等場所時常會 du 著伊 gah 伊 e 牽手黃麗明。Ho 人 cuah 一 diorh e 是出過六本詩集 e 伊,di 《一個台灣詩人 e 心聲告白》, zit 本以圖、文、作者原音、音樂 e 詩集是用母語 e 面貌 gah 咱見面。

《一個台灣詩人 e 心聲告白》是詩 ham 音樂 e 對話,不但是十足展出吟詩 e 節奏,ma 有實地 e 音樂製作,文本頂面更加用畫家廖德政 e 圖畫做背景。不止是一個台灣詩人 e 心聲 ma 是濟濟關心台灣人 e 心聲,詩人 e 告白 ma 是 veh 拍開眾人心靈 e 門窗,替講 ve 出來 zit 種聲音 e 人代言。Ui 出版過六本詩集內底精選出來 zit 二十一首,用伊 e 母語發出告白,將個人、咱 e 民族、國土連接。Zit 本短短、輕輕、薄薄 e 詩集分做五小輯(註一):島嶼心境、大地之歌、現實風景、心 e 對話、傾聽溫情。

　　Di 高速公路 e 夜車流 seh,聽著台灣 e 聲音,敏勇 e 舌根 anan e 聲、低沈 e 吟音,一聲一句,頓停、牽續,攏表達出來伊 ui 二十歲以來對詩、對台灣 e 情份。敏勇是寫過小說、評論、隨筆 e 人,長期按呢專注落來,加上歷史專業 e 背景,三十外多 e 修行,ui 自我心靈 e 心聲傾聽 e 微觀到世界民主 e 改革運動各種 e 宏觀,伊無放 ve 記得伊家己 gah 咱 e "心聲",一直 deh 呼喚著「咱 e 島嶼」。咱 e 島嶼,無疑問 e 是咱眾生靈魂 e 住所,伊 gorh 用英雄式 e 氣魄以天神 *Zeus* e 父威 e 能力 gah 信念來救贖著島嶼原來 e 面貌:如果你若問起/島嶼台灣 e 父親/我會 gah 你講/天是島嶼台灣 e 父親/(〈如果你若問起〉)。一切假若是注定 e,伊出世 di 多難 e 年代看見台灣 e 苦命,心疼 e 人發願來揹著眾生 e 苦楚,然後 ui 苦膽 e 汁素精鍊出藥方來治療悲哀、驚惶 e 傷痕,用安魂、寬恕 gah 祈禱,di 喪志 e 烏暗當中起造犧牲了後,必須積極儲備復活 e 力量,所以用種樹來見證:〈這 zit 工,咱來種樹仔〉,穩穩仔 ga 悲傷沈底,用牧者、傳教士 e 口氣款款仔安慰著二二八 e 亡魂 gah 苦主,進一步來提昇社會 e 公義感,因為歷史 e 錯誤是 edang 寬諒 e,可是歷史 e 教訓是 ve 使放 ve 記得去 e:咱來種樹仔/m 是為著記憶死/是 veh 擁抱生/ui 每一株新苗/ui 每一片新葉/ui 每一環新 e 年輪/希望 e 光合作用 deh 生長/茂盛 e 樹影會安慰受傷 e 土地/涼爽 e 樹蔭會安慰疼痛 e 心/,明點出來轉移傷心 e 苦力做希望 e 建築。

　　Di〈詩的光榮〉:列寧 e 夢消失去了/但普希金 e 秋天留下來/,列寧是蘇聯 e 專制君王,蘇聯解體,一夜之間列寧 e 銅像倒去了,親像一堆土沙粉仔化 di 地面,肉體 gah 權威是暫時稀微 e,普希金是詩人,伊 e 秋天詩作是永恆 e,詩作是無國界限制 e,透過詩建立文化,因為善美 e 精神是人類 e 心靈糧食。

按 2000 年 520 第十屆總統就職典禮上,敏勇 qia 頭向天朗誦〈心聲〉gah〈玉山頌〉,這印證詩 e 光榮。阮坐 di 典禮場 e 綠中區看見伊明朗朗 e 氣派,無卑無亢,眼神 e 光透出意志 e 力,以母語 e 心聲向咱 e 天公伯 a 報告,親像一隻粉鳥、一隻自由飛 seh e 信鳥。長年來 di Kedagalan e 廣場有一點點仔 e 原音 gah 回響。當然阮所知影 e 是,伊是 zitgai 總統競選文化白皮書 e 召集、起草人之一, ma 重用伊 e 文化觀。當然阮所知影 e 伊 ma 是愛做一位詩人,雖然關心政治,mgor 無愛政治 e 滾浪,gorh 講伊心愛 e 台灣國鄉,iau 有一條文化做底 e 長路愛鋪,所以伊 dor 以無欲則剛 e 自由,deh 寫時事評論。伊 e 辨證 gah 分析能力 du 好引用 di 詩作頂面,di〈伊愛鳥〉明明 dor 是 deh 抗議 zit 種引誘 gah 佔有 e 獨裁之下所有 e 畸形怪狀,國家機器卻是 ga zit 個陷阱合理化,白賊話講一大堆,鳥 gah 人 di 詩人 e 心目中是對等 e,甚至鳥有人無 e 本能,以人做本位 e 私心 gah 政客 e 野心,是詩人痛恨 e 代誌,敏勇 qau 用 zit 款 e 暗喻表達詩境,一如李魁賢講 e 詩人納入表現、象徵、新即物主義等等 e 特色。。

"鳥"是敏勇常用 di 自由 gah 和平 e 象徵,自由之鳥 e 飛行海闊天空,所歌頌自然 e 天、海、星、花、樹、節氣對人類來講是共存 e 財富,親像清氣 e 水 gah 空氣,搬 ve 振動 e 天、山 gah 河是地球生態共同 e 資產,共有 e 天地精華,是無上 e 自由快樂,為何愛有鐵窗?所以伊 di〈iu 有鐵枝仔 e 窗〉怨嘆,隱約 deh ga 咱告示人 e 心胸 gah 眼光愛看遠、看大。所以伊注重世界 e 民主窗口,尤其是東西歐 di 共產體制之下 e 民主發展、變革 gah 咱台灣類似 e 命運。若是注意讀伊 e 時事評論，伊 e 筆尖有詩文美感 gah 詩語濃縮 e 功力，讀伊 e 詩作 gorh 有評論 e kau seh 論辯邏輯、對比 gah 對立 e 安排，詩 e 美質 gah 修養豐富著伊短短 e 報紙評論文。全款敏感 e 知性 gah 本能反應 di 詩作 e 感性敘述層面，尤其是 di《戒嚴風景》zit 本詩集，用詩 e 語言 deh 戰鬥政治人事勾結 e 歹看面，*Lenin*[列寧]終歸尾會 ho 人呸嘴 nua，因爲伊在生剝削眾人，*Pushkin Alexmder*〔普希金〕總是留 ho 人懷念傳頌，因爲人攏有精神 e 原鄉，詩文是寧靜、豐實 e 心靈補給站。

敏勇重視詩 e 思想 gah 情境，伊認爲："詩想提示教訓、詩情提呈教養，教訓性 gah 教養性，雖然有寡輕重，mgor 這攏是詩 e 效用。Zit 種效用是精神性 e，親像物質性效用全款，可以用計量器衡量，mgor 人生內底必須依靠 zia e 精神性效用 ho 心靈 gorh ka 充實、豐美。"敏勇長期浸 di 詩藝 gah 關懷社會運動 e 工作坊，發射出來詩 e 功效，是難得 e 思想家詩人。

讀敏勇 e 詩，di 被蹧踏 e 國土當中有一種美滿 e 造境，ho 人聯想著美國國家公園 *Grand Canyon*〔大峽谷〕e *Zion Canyo*n 其中 "*Weeping Rock*" hit 景，親像 *Harp* e 水絲流墜 gah 水聲琴韻，he 是愛經過二千多 e 石路 lngzng ka gorh 流露 di 人 e 肉眼前，dann 滴落潭 e 美境，但是咱 e 島嶼 ma 有另外一種景緻 ho 咱愛戀喜樂，聽賞敏勇 e 詩，感受著伊 e 心境擴展到環境 gah 國境，自然體會著作者 di 詩學、歷史、社會 gah 國家意識處處面面 e 關照。Di〈心聲〉、〈自然現象〉、〈季節 e 感觸〉、〈冬夜〉、〈秋天 e 詠歎調〉、〈Gah 星 e 對話〉一直到〈玉山頌〉：遠遠看你是天；/di 真 guan e 所在/徛 di 山頂你是地；/青翠樹林，綠色田園滿四界/蝴蝶自由飛；/日時白雲擁抱你。/蝴蝶自由飛；/暗暝天星金 sihsih/啊！玉山！台灣美麗島，神聖 e 記號！/現實 e 你是父親；/ho 我魂魄，ho 我勇氣/夢中 e 你是母親；/di 我心內 ho 我愛。/行自由 e 路；/行過悲情 e 過去/走 cue 自由路；/ 殷望起造新世紀。/啊！玉山！台灣新國度，光榮 e 新標記/——這 dor 是敏勇宏觀 e 氣度。

Ui 微觀來看詩人 e 體貼，〈麵包 gah 花〉是詩人家居生活 e 哲思，敏勇下班無坐車是用步輪 e，一路散步、一路想 veh di 路中採買著啥麼款 e 心情，準備暗頓 e 料理，用魔術師 e 刀煮獻 ho 牽手 gah 一對查某囝分享。生活是詩，變化是趣味，夢中 e 人是母性 e 愛 gah 女子 e 溫純，ga 超現實表達 di 現實 e 真情生活中。Di〈象徵〉：蕃薯花插 di 胸前/咱 e 身軀 dor 假若土地/咱 e 心 dor 是蕃薯/di 土裏生長//剖開胸坎/熱血裏有咱跳動 e 心/但是咱只展露蕃薯花/di 冷風中開展//——hit 蕊胸前 e 蕃薯花，di 印象中應該 ma 是牽手美麗、明淨 e 意象，麗明女士定定伴 di 敏勇 e 身邊，明麗 e 笑容 gah 雅氣是翁仔某互相珍惜 e 氣質折射，敏勇先生做一個護主，對囝 gah 某剖開胸坎 e 愛，已然伸到表達 di 眾生 e 愛，所以詩人 e 心魂磁場自然無所不止 di 寧靜中有靈活 e 氣勢。詩人慣性沈思 di 世俗中 gorh 跳脫出世，淑世 e 心胸謹慎四正，明確簡實 e 文本有禪 e 意味。

Zit 本詩 gah 音樂 e 對話，缺點是背景音樂有時 siunn 強，有時 gorh 搶著詩 e 內涵。照伊 e 創作量 gah 速度來講，敏勇 e 台語詩當然是 siunn 少。鬥陣做伙來栽培台語詩 e 花園 ho 本土文學花蕊旺盛，有百花齊放 e 詩藝 tang 觀賞是台灣 e 幸福。

註解

（註一）：

應是五小輯，m 是首頁簡介 e 六輯。

參考文獻

李敏勇。詩情與詩想。台北市：業強出版；台北縣：聯合發行，1993。

李敏勇。戒嚴風景。台北市：笠詩社，1990。

李敏勇。腐敗國家 腐爛社會。台北市：前衛，1996。

李魁賢。台灣詩人作品論。台北市：名流，1987。（論李敏勇的詩，pp.193-209）

Leach, Nicky。Zion National Park。Sierra P.：Mariposa，Ca，2000。（感謝我 e YOGA 老師郭瑞珠 ga zit 本冊 e 圖文，di 探索旅遊轉來 gah 阮做詳細 e 心靈旅行分享）

12. 莊柏林。莊柏林台語詩選。台南縣新營市：南縣文化，1995。

莊柏林，台南縣學甲人、律師，大學兼任教授，鹽份地帶詩人、笠仔詩刊、番薯詩社同仁，1991 年設立「榮後台灣詩獎」，1994 年南瀛文學詩獎第二屆得獎人，gorh 是 2000 冬第十屆總統總統府國策顧問。

莊柏林台語詩選，題材含蓋台灣政治 e 走向，台灣 e 國際地位問題，有國無格 e 無奈，台灣人本身 e 認同問題，台灣意識 gah 文化主體性 e 建立，憂國憂民 e 心，間接對大漢本位主義、封建、愛戰、自私 e 野蠻動物侵略性格所罩圍 e 情結提出控訴，對大地被污染 e 烏穢 e 擔心，對失聲遺忘語言 e 子民 e 操煩，在在處處攏反應 di 厚重 e 鄉土情感。不但對人物、事件、河溪、草木花欉，甚至按火金姑、露水等等 e 小物件攏是注目 e 詩題。

Di 實質 e 篇幅頂面，包括現代詩 37 篇 gah 詩歌 27 篇，兩個種類有 6 首 e 題目全款，版本無仝、內容類似，詩歌經過配合曲、歌唱 e 修整，攏 ka 短。莊柏林 e 現代詩是口語 e 白話文，伊罕得用艱澀 e 漢字來 ho 讀者負擔，不過是用全漢字，形成大量借用漢字 e 訓音 gah

訓意使用，如凶戒戒、赤爬爬、清記記、乎較濟人、看駕出彩虹，甚至普通有 e 台語用詞明顯有華語痕跡，如：多少次夢見、有時也停在我頭上。這可能 gah 伊是台華語文詩作雙劍客有互相干擾、tau-lam、挪用有密切 e 關係。

莊柏林 qau 用散文詩句如：人的一生/是真濟細條的水/連起來的長流（〈生命的歌夢〉），一開始讀 dor 有直觀連接出來完整 e 一句：人的一生是真儕細條的水連起來的長流，詩人刁工用詩 e 形式，塑造出來詩感思考有段落 e 節奏，這 di〈火金姑〉e 尾段，歸段 dor 是按呢 e 典型：提著一粒清冷/的心燈到處流浪/愈飛愈懸/放出一點 二點三點/閃爍的希望/乎較濟人/行擱較遠的路。

莊柏林 e 詩 e 特質之一是伊 qau 用簡潔 e 字詞、造句，尤其是簡易 e 字詞 gah 短句，加上重覆、重疊、順序、轉換、對調 e 功能，輕靈巧妙 deh 流轉出來詩文 e 力度、強度 gah 速度。簡單 e 字面 gah 簡約 e 短句，起造出來詩 e 意味、向度、象徵、節奏 e 面向，操作文字 e 熟練，已經到深入簡出 e 功夫。如：自汝離開了後/天色漸漸暗/自汝離開了後/露水漸漸重/　（〈自汝離開了後〉；一工等過一工/一月等過一月/一冬等過一冬// 自由的風/民主的雨/也無風/也無雨（〈望雲霓〉）；一步珠淚/雨水滴/流田水/為故鄉來傷悲/　（〈一步珠淚〉）；/雨的終點/是遠遠的玉山/詩的起點/是遠遠的思念/　（〈故鄉捌佇遙遠的夢中〉）。

〈寒蟬〉gah〈老人〉是短短 e 二首詩，將詩是濃縮 e 語言特色表現出來，細條 hiang 薑仔 e 強 hiang 味，雖然是點著爲止，但是，di 風景感應 e 視覺 gah 聽覺 e 聲音、鼻覺 e 薰味攏用感官世界 e 象徵意味表達出詩 e 格式，ho 人有強烈 e 感受。

除了柔情 gah 批判，莊柏林 di〈林肯日夜傷悲〉zit 首詩顯示出來詩人 gah 哲人 e 兩面，*Lincoln* 是解放美國烏人 e 先知，出身卑微，但是天生正直、慈悲、睿智、qau 講笑話。日夜傷悲 e 美國第十六任總統堅心面對飼奴問題，伊深沈、鬱卒、悲哀 e 目神 gah 額頭 e qiau 痕，是一條條奴化 gah 自由、利益 gah 良心、分裂 gah 團結 e 政治、道德、倫理勞心苦戰 e 痕跡，伊 di 風霜中，褪赤腳潦過冰河，伊知影受風寒 e 透心疼，伊悲天憐人，重恩有情義。

奴隸制度引起南北戰爭，ui 歷史 e 意義來探討，ui 莊柏林本身是人權律師 e 職業倫理來講，這是一首英雄相惜，將有眼界、有勇氣追求自由平等 e 民本理念，盡 di 詩文內底所發揮出來 e "詩 e 意志"，做一個領導者伊需要啥麼款 e 信念 gah 心腸，顯示智慧是詩 e 理想 gah 固持。本質上，詩 e 精神是樂觀進取 e，*Lincoln* 肉體 e 犧牲變做美國精神 e 永生，*Lincoln* 做一個智者，必要愛認識勇者前進無驚惶，後世人去到白宮、*Lincoln* 紀念館追思數念伊，囝囝孫孫記 di 心肝堀仔內底內底 e 是 zit 份精神 e 傳承：

　　佇華盛頓的暗暝/親像刀塊 tai 割/樓梯頭行駕樓梯尾/我對白宮/看過波多碼克河（*Potomac River*）/少年囝仔一大堆/血染茫茫的流水/我要按怎無哀悲/　（〈林肯日夜傷悲〉）。

　　Potomac River 是美東重要河流，全長 800 公里，沿河岸邊風景美麗，有峽谷、瀑布、奔流，di DC 下游約 40 公里 e 所在形成闊 3-12 公里 e 港灣，大船 edang 航到 DC，以真濟重要 e 歷史事件出名，南北戰爭 ma 有一支聯軍叫做 *Army of the Potomac*。*Potomac* 河流日夜奔流，seh 過 *Lincoln* 紀念館，出身 di 空闊森林、曾經奮鬥浪遊 di *Mississippi* 河面、di 樹下背誦 *Shakespeare*、di 眾人面前 gah 所謂 e 貴族 *Douglas* 辯論，大聲喝出 "解放宣言"，奉尊自由主義實行人人平等，只有 *Potomac River* e 水流分享著伊 e 浪漫自由、慈愛心思。被暗

殺以後，*Lincoln* e 精神 gah 河水淵源長流，親像紀念館內伊 e 雕像日夜坐正正繼續 deh 關愛著世人，ng 望真正有一日是 "*we are the world*"。

　　詩人莊柏林早 dor 是笠仔詩社 e 社員，華語詩 ma 生產真濟，di《火鳳凰》、《莊柏林詩選》內底台語詩 e 部份大多數 gah zit 本《莊柏林台語詩選》重覆，dizia 無需要 gorh 討論。另外，值得講 e 是莊柏林將台語詩歌 gorh 製作歌唱 CD，親像西洋 e *Schubert* [舒伯特]替詩做抒情歌曲 e 系列。

　　莊律師愛用漢字，不過，無刁工去 cue 難漢字。漢字 e 使用，四角字 e 長度會 ka 整齊，相對 e 是，對外來語 e 使用形成漢字獨尊 e 封閉性，而且訓讀 e 情形 ma 增加。

參考文獻

莊柏林。火鳳凰。台南縣新營市：南縣文化，1995。

莊柏林。莊柏林詩選。台南縣新營市：南縣文化，1998。

戴爾・卡奈基著；人間製作群譯。林肯外傳。台北市：新潮　文化，1989。

大美百科全書 v.17 p.316-325；v.26 p.　　台北市：光復，1991。

13. 李勤岸。李勤岸台語詩集。台南縣新營市：南縣文化，1995。

　　李勤岸，1951 年出世，台南縣新化人，美國 *Hawaii* 大學語言博士。第八屆財團法人榮後文化基金會台灣詩獎得獎人。2000-2001 任東華大學英美文系教授。2001 年熱人任美國 *Harvard U* 東亞語文系。

　　李勤岸台語詩集 e 特色是用字非常淺白、簡單 e 日常口語，常民用語 e 生命力 di 伊 e 詩 zua 內底 gorh 活起來，對注重貴族、優美、文雅 e 詩類來講是一種另類文體，這是台灣人對政治、民性

o-lok-vok-ze 真面目 e 批評 gah 樸素子民、台灣英雄、小人物 e 寫實詩集。語句坦白、話語嚴厲雄狂,心沈重、氣深長,用心至愛痛惜台灣,表面激烈,內心溫愛是伊李勤岸英雄本色。所以詩集三步曲有第一步是認識 gah 診斷:〈歹銅舊錫〉9 篇;第二步是 ho〈出癖〉26 篇來醫治症頭;第三步培養純粹 e 好種珠胎有健康 e 養份,親像〈春雨沃過的草埔〉21 篇。一、二輯 e 強硬對比輯三 e 軟 lior 柔情。

初讀李勤岸 e 詩文,對伊利劍劍 e 氣口 gah 筆尖所顯示出來 e 戰鬥、控訴、反抗精神,反應是極端 e;mgor 若是了解眾生 e 苦難,威勢者、弱勢者 e sang 勢、欺壓、無知、媚俗、奴性、自卑 gorh 死愛面皮 gah 驚惶兼驚死等等 e 眾生相,所有 e 前因後果,伊按呢 tuh 臭,按呢體解大道,以伊是親身參與社會運動 e 經歷者,用受苦者本身全款 e 感覺,咱 dor edang 同感心受,di 拆除棄 sak 烏邪濁毒了後,一切 edang 平安順事無礙 e 苦心。

起頭 e 序文〈新台灣人三步曲〉,用親像"歹銅舊錫"、"臭酸飯"、"舊皮箱"、"舊報紙"、"尿布" e 明喻,親像羅漢 deh 講 gah 有嘴無 nua,以理性 deh 點出來中國加 di 台灣人 e 惡夢 e 一切,陷眠 e 大多數人趕緊醒起來,mtang 躊躇,台灣人 e 原神趕緊、趕緊倒轉來噢!連後,伊 ho 咱了解本尊 dor 是家己,di〈新台灣人〉鼓勵咱"我 veh 好膽做家己 e 主人"。

〈歹銅舊錫〉一再 deh 提醒台灣人,中國是烏店,好戰,以貓仔 ma 愛吞食貓鼠 e 利牙 gah 胃口無所不止 veh 攻挾、掠奪 zit 塊台灣海峽 e 重要基地,這是外憂;咱來看內患,"中華民國在台灣" e 背後是 hit 套腐敗、封建、屠殺延伸出來 e hit 個"中華民國食台灣",所以有二二八事件 gah 白色恐怖,這種歷史 e 悲痛 gah 創傷,gam 無法度解救認同 e 曖昧 gah 認賊做爸 e 人格分裂症頭?除了嚴格 deh 批判中國、中國人，同時伊 ma deh 批評台灣人 e 歹看相，di〈出癖〉伊痛批台灣 e 選舉文化、社會風氣、人民性格 e 毒瘤，親像外科醫生操刀 deh 削撩臭肉，趕緊修正毒害細胞，去除爛毒素 gah 變形細胞，gorh 講 zia- e 烏金、烏手、烏心，若是無 veh 徹底來反省背後有形、無形 e 共犯結構，到時台灣人 m 知按怎死 e，家己恐驚攏霧 sasa。親像地藏王菩薩，只要地獄無清誓不成佛，痛心慈悲 e 李勤岸苦苦行踏，di 台文詩界，ga 中國爛文化認識 ziah-nih-a 清楚 e gorh 表示 gah 一點仔 dor 無保留，伊是一粒一 e，親像胡適對五四運動對封建、落後一如臭醬甕 e 不共戴天之仇，迫切改革 e 心情 gah 苦楚，帶血汗 e sau 聲吶喝解救眾生 e 意願。因為李勤岸知影厲害 e 撒旦不孔無入，假做上帝，ho 人迷惑消魂，因為李勤岸指出一條獨立、自尊、自覺、自信 e 光明路，所以伊 due 王育德、鄭南榕、陳文成，甘願做，歡喜受。

〈春雨沃過的草埔〉是台灣之戀：鮭魚回溯、期待故鄉 e 消息，咱 e 老母 gah 母國攏是咱 e 原生母體，鐵漢硬骨以外 e 情詩、意愛穩然、隱約 di〈你的愛〉、〈皮帶情〉，dor 是 di〈牛頭及馬面〉deh kauseh 教育制度，同時 ma deh 痛心同情無辜、mvat 世事 e 國中生，這 dor 是伊 e 愛 gah 詩 e 泉水。

對李勤岸本身來講："台灣，我 e 詩神"，讀了伊 e 作品，咱相信伊無反對咱另外做一句 ga 對排："母語，我 e 靈感"來了解伊對台灣 e 深情。親像伊描述王育德：**你有兩支勇健的腳/兩支革命的腳/你一世人參與台獨運動/閣一世人參與台語運動**〈王育德有二支腳〉，王育德 e 精神已經內化 di 李勤岸 e 實踐行動。政治若獨立了後，無文化做底做根，只是一個虛幻 e 表面，若是台灣獨立了後無家己 e 語文，按呢 e 國家腳柱 dor ve 穩，行路 dor 會 ce 路皮，gorh ka 好 e 中文作品只是憨鳥替人孵卵、替人添丁而已。Gorh 講若無 ui 使用母語文，台灣 veh 有主體性 ui 自重到尊重他人來了解民主、自由 e 意義，veh 形成一個民族國家，ma 愛不哩啊辛苦。Di〈我 e 朋友胡適〉zit 篇，用解放文言文 e 胡適之名做高尚 e 文人 e 愛情冊有文學 e 市場，做台文無市場無路用，是咱台灣人應該見笑 e，上大 e 危機是中文 e 取代性功能，按呢 e 殖民文化長期培養出來 e 既得利益者，借用、混用偉大 e 胡適 e 名義是反諷。母語文若無釘根，無生存 e 土壤，才是咱 e 悲哀。

這 dor 是為啥麼 veh 抗爭。

〈高速公路〉勉勵台灣人勇敢迎接時代變化，di 全球化（*globalization*）gah 個殊化（*localization*）e 整體 gah 個體如何整合 gorh 分開，特色分明 e 趨勢，行向現代化、本土化、多元化 e 台灣。Di 文化高速公路頂面，加強台灣母語 e 國際化 di 資訊高速公路是重要 e 競爭舞台，注意文化基因 e 傳佈，親像 di 技術方面 e 內碼、外碼、交換碼、網際網路等等所面臨 e 問題 gah 世界同步發展 e 前瞻性，是革命詩人愛淡薄仔了解 e，dizia 需要 ga 建議一下。

關係李勤岸抗爭文學 e 來由 di 本冊胡民祥寫 e 序文〈落實民族解放運動的詩篇〉有豐富 e 介紹；關係台語用詞、語法、修辭 di 鄭良偉 e 序文："卡勤讀這款台語作品"，有熟似李勤岸深度 e 呵咾。

14. 鹿耳門漁夫。台灣白話史詩：四佰多第一部史詩。台南市：台笠，1998。

鹿耳門漁夫本名蔡奇蘭，1944 年出世，台南土城。早年經商，1995 年以後專注台語詩歌創作，先後成立 "台江詩社"，創辦 "台江詩刊雜誌社"，hong 稱做 "七字仔大師"，是一位鄉土詩人。

親像順著施炳華教授 di 序文所講 e zit 本冊來看、cue：(1) 有自然天成 e 韻律，押韻是七字 e 特色，通冊差不多句 gah 句 e 結尾攏有押韻，表現台語 e 音樂旋律；(2) 活跳跳 e 語言，台語 e 三連音如"失敗被捕'土土土'"（〈台灣史詩第二首〉）、二連詞如"台灣'鄭死死'"（〈台語悲歌〉）；(3) 運用諺語 e 智慧，如、"一牛來剝二領皮"、"嚴官府出厚賊"（台灣史詩第六首）等；(4) 將台語詩作 gah 生活結合 e 現代趨勢，鹿耳門漁夫善用伊細漢時陣 dor 熟 sai e 七字仔韻律特色吟唱，再現台語七字仔 e 古早味，內容有台灣史，如：〈台灣史詩、悲情台灣四部曲、一首唐山情〉等；反映時事，如：〈唐山過台灣、台灣獨立論、台灣移民圖、談選舉話民代、1994 年選後景觀、山頭治國觀、台灣有希望、總統牌枝‧台語籤詩、台灣第一猛〉等〉；勸人為善，如：〈我愛台灣勸世文、台灣白話三字經〉gah 抒懷〈祭菜頭文、隱居田園等〉e 詩類。

Di〈致李美玲記者函〉有"勸大家寫古詩 恢復讀書兮風氣"（p.196）gah〈台語白話三字經〉（p.212）有"讀古詩 知仁義" e 詩句，直接表白伊 di 傳統發見古樸良質 e 優點，所以用伊拿手 e 古詩、漢文 e 背景來寫當代 e 政治時事，用固定 e 七字仔韻律即興式 e 連來接去，di 用關鍵詞連珠斷裂 e 字句 ma 有 dau 七字模型接連 e 加詞，ho 人想起陳達隨興開嘴 e 吟唱歌風。

Zit 本台語 e 七字仔除了 di 台灣史詩部份，以分上、中、下卷共 97 頁來括略台灣近幾百年 e 歷史，咱 ma 來讀〈台加會館台語文講座致謝詞〉e 尾四對：洗衫洗褲在溪垺/這款艱苦已經過/勤儉古風緊追回/黑道兄弟該懺悔/貪官污吏要作廢/海外台僑緊聚會/保存台灣這蕊花/大家來學台灣話/，雖然是七字仔但是白話趣味 gorh 時刻關愛台灣社會 gah 文化。鹿耳門漁夫 ma 有跨腳 di 傳統 gah 現代 e〈隱居田莊〉：咱來欣賞第二葩：離開都市 來到田莊/山邊日頭 祙起床/一點微微光/

242 台語詩

寒星歹勢 甲阮問/這早就出門/野花斜頭 甲風耍（sng）/小雨小雨毛毛沃著浪子的心頭/啊! 啊! 夢中的田莊/，表達出來伊現代浪漫 e 氣質。

Ui 台灣史詩 e 回顧、先民開拓到現此時 e 過來路，鹿耳門漁夫偏重 di 有唐山公 e 漢文化，di 平埔媽部份提示偏低，而且用過去 e "生番" 稱呼，是愛斟酌 e，當然咱 ma 期待作者用伊特有 e 詩風 ga 咱吟唱台灣原住民 e 故事。

Di 當代 e 詩作，鹿耳門漁夫用 e 格式 gah 郭玉雲女士全款，前者注重 di 現實政治話題，用過去 e 七字仔講時勢 gah 社會背景；郭女士注重 di 庄腳生活 gah 過去 e 農村自然環境 e 點點滴滴，提供現代台灣社會轉向 e 生活教材。

Zit 本冊 e 小缺點是有一部份以全粉紅仔色 gah 重粉線點做紙底，讀起來目睭無爽快。

15. 方耀乾。阮阿母是太空人。台南縣新營市：南縣文化，1999。

《阮阿母是太空人》gah《予牽手的情話》是方耀乾 e 台語詩集，伊 e 真性雅致 ui 母語 e 甘 gah 蜜 e 甜份流露，掩護著老母、某囝，擴散到社會、文化 e 層次，金岫銀厝 m 值著一個溫馨、恩愛 e 家庭，用愛護守著厝家，安和 e 氣氛回響 di 有天有地 e 空間。

方耀乾 1959 年出世，台南縣安定鄉海寮人，文化學院西洋文學研究所碩士。現在任教台南女子技術學院。

Zit 本《阮阿母是太空人》e 冊是台南縣文化中心第六屆南瀛文學新人獎 e 作品。第一輯是 "阮阿母是太空人"，作者用伊 iau di 阿母 e 腹肚內 gah 伊講話 e 胎語，講 ho 中風 e 親娘聽；第二輯是 "屈原過台灣"，以孤單被害 e 詩人做象徵；第三輯是 "予牽手的情話" 25

首，後來 gorh 另外集 di《予牽手的情話》單行本內底；第四輯是"福摩莎風情畫"；第五輯是"圖畫人間"。每輯頭前有作者家己做一個簡單 e 引介。

雖然方躍乾 e 詩語淺白，mgor 是有精鍊過 e，尤其 di 意象 e 處理簡要 e 短句三二步 dor 勾繪出來。〈阮阿母是太空人〉以細漢對美國阿姆斯壯 e 欣羨 gah 夢對比著揩 sang-so、胃管如同植物人 e 媽媽，一個破碎 e 夢 iau 有真深 e 寄望：

阮阿母 suah 變做太空人/ma 穿太空衫/ma 揩氧氣筒/月娘變做病房/伊 e 一小步 ma 無半步/免講是一大步//即陣我閣再/種一個夢/ng 望阮阿母 mai 做太空人/

〈阿母，汝無乖〉：阿母，汝無乖/自細漢汝叫阮愛乖//……/阿母，汝無乖/汝 食飯一喙喙仔/汝 跤手無愛振動/汝 意志 ma 無堅強/阮愛 ho 汝 gah 阮做伙做大代誌/阮愛 ho 汝 gah 阮鬥陣行出咱 e 春天/阮 愛 ho 汝看著咱 e 光明前程//mgor/ 阿母，汝無乖/

Zit 款輕輕仔、m 甘 e 責備，親像一個母親對一個紅嬰囝講 e 溫柔話，內底有外濟心酸、無奈，dor 是讀者 ma 會 veh ga 作者 dau 祈求，拜託天公伯仔保庇，有一工 zit 個慈愛 e 媽媽清醒起來，zit 個 ng 望 dor 是假若阿乾 e 阿母，當阿乾 a，iau di 阿母 e 腹肚內振動，阿母對伊講胎語："gorh deh 踢 a！""無乖！"ganna ga 扭筋 e 腹肚皮 sorsor leh 等待新生兒出世，若是一暫仔無踢，才是煩惱啦！母囝連心，做囝 e 心情講："阿母，汝無乖"，ho 人聽著目箍紅。

詩句簡單，內容 e 深度 gah 形式 e 變化是方耀乾 di 台語詩界 e 一個變革，全款是用日常 e 口語 gah 重覆 e 手筆 di〈轉去〉：

透早適合轉去/中晝適合轉去/黃昏適合轉去/暝時適合轉去/熱天

適合轉去/寒天適合轉去/得意適合轉去/失意適合轉去/每一個時陣/攏
適合轉去/轉去看顧汝 e 某囝/轉去看顧祖先 e 夢/轉去看顧台灣 e 夢/

　　轉來轉去、來來回回，走 cue 家己 e 風格（self-fashion），di "走
揣家己" 伊已經有後現代主義 e 特色，除了無漢羅並用 e 文字形式多
樣交織，內容方面傳統 gah 自由 e 形式混合，di 伊 e 創作內底展現風
情。Di〈圖畫人生〉做一款文字 gah 圖形 e 圖象詩遊戲，有新有變 dor
有出脫，這是台文 e 另一站。

　　詩句簡單，卻是以陰柔將深沈 e 心意強烈表達出來，這是作者潛
修 e 道行，詩意會激盪出來一 ling 一 ling e 聯想、共想，進一步了解
同情 gah 作者全心，表面是少、實質是濟（less is more），是方耀乾 qau
e 所在。

　　若是一定愛講一寡缺點，di 電腦用字頂面 e 造字，vedang 變做網
際網路 e 部份是愛注意 e，di 伊長長 e 自序文內底，di 漢字後壁 e 註
解加注音，ma 拍斷讀 e 完整性，詩短，字 ka 少，全漢字 e 負擔雖然
有 ka 輕，但是 cue 漢字、造漢字全款造成外碼、內碼 gah 交換碼等等
重重 e 難關。

16. 方耀乾。予牽手的情話。台南市：十信文教基金會，1999。

　　《予牽手的情話》，總共有 50 首，每首攏是四句各四 zua，無詩
題只用編號。前二十五首包括 di《阮阿母是太空人》輯三內底，用字
gah 句詞、斷句有變動。比如：著=就、兮=的、儂＝人、妳=汝、佇=
滯等等；妳是用煎匙唱歌/掃帚吟詩/洗衫機演奏兮/藝術家/＝汝是用掃
帚寫詩/煎匙演奏/菜刀雕刻/的藝術家/〈第十九首〉。

　　用字 e 變動是漢字対台語 e 無確定性 gah 欠缺不足 e 事實，所以
前後 e 版本，往往出現用字 e 困擾，致使詩文 e 變動 gah 心情、文意

會做調整。

　　Di 葉笛 e 序文中，有講著 zit 本詩集足有日本和歌、俳句、五絕 gah 七絕 e 韻味，唸起來，語音和諧流暢，形象鮮新活跳跳，上可貴 e 是親切好讀，滋味若 leh 食鹹橄仔。

　　歐洲文藝復興時代，義大利 e 母語作家 *Petrach* 當時寫十四行詩獻 ho *Laura*，形式上 ma deh 呵咾（*glory*）一個對象，夢想、楞想中 e 目睭、形體、姿態等等以 *Laura* 做 modelu。*Demi* 是方耀乾 e 牽手 gah 情人，按呢 e 深思翁仔某恩情 gah 愛意，時刻觀想回味，滋潤著方耀乾，ma 傳溫愛 ho 牽手，gorh 寫一本母語詩集。看著方耀乾本人你無感覺著伊 e 查某囝是讀大學 a，ma m 知影伊 e 媽媽 gah 厝內人 e 拖磨，愛 e 力量，ho 伊三代人 ga 人生 e 生老病死化做勇氣。方耀乾 qau e 所在 di 伊多面多樣 deh 成就，ga 詩文、母語、家庭、文化事業結合做伙。

　　家庭是社會安定 e 力量，夫妻 e 愛是一港活泉，上帝對人類 e 愛無夠 ziau 勻，dann 有男女之愛 gah 家庭組合，愛翁愛牽手 mtang 隱藏，zit 本詩集有 hip 相圖，有台、華、英語對照，平凡夫妻好鴛鴦仙人 dor 欣羨，翁 ga 某攬著 leh，一前一後做一對，雞卵黃 e 底表示光 gah 熱，詩人按呢寫：

　　對汝總是有淡薄仔 cior ／ 思慕的南風 ／ 攬/六月的鳳凰火 ／（〈第十首〉）

m 免面紅，cior 著對象，長久 e 夫妻愛按呢培養感情，好酒愛認真釀造。

　　泡一壺醉意/切一盤對看 ／ 坐佇窗仔邊 ／ 予心情巴黎起來 ／（〈第四十四首〉）

巴黎是浪漫 e 代名詞，浪漫是夫妻愛變化 e 情話，重要是平凡中"變化" e 刺激，有人愛鑽石，有人愛送花，花言詩語是方耀乾 e 浪漫，糖甘蜜甜 e 心意是方耀乾 e 浪漫，山盟海誓 e 禮物是方耀乾 e 浪漫：

> 佇台灣海峽每一個所在 / 種一個我 / 每擺汝泅水 /藍色的我會輕輕仔共汝扶咧 / （〈第五十首〉）

甘 gah 蜜 e 真情 di《阮阿母是太空人》gah《予牽手的情話》流布。

17. 周定邦。起厝兮工儂。台南縣新營市：南縣文化，1999。

周定邦，1958 年出世，台南縣將軍鄉青鯤鯓人。四歲搬厝去台南市。國立台北工專土木工程科畢業。

Zit 本冊 ma 是台南縣文化中心第六屆南瀛文學新人獎 e 作品。評審委員會按呢講："堅持母語音色的詩質，強調現實批判的精神，對台灣主體性的思考 gah 視野，有歷史性的見證意義；風格強勁開闊，是咱這個時代真需要建立的生命圖象"。

Di 短短幾個月 e 時間 dor 有 zit 本厚厚 e 詩集，出身 di 鹽份地帶將軍鄉青鯤鯓，散赤 e 土地 gah 散赤 e 家庭，雖然已經事業有成，但是 di 伊 e 心中是同情 gah 看重普羅大眾 e 詩人。一個工程師 ui 生命 e 過程中 di 身軀邊上 gai 熟 sai e 代誌 gah 人物做描寫，只要有一點關心，做作家 m 是 hiah-nih-a 難，周定邦是一例。Kia 過台南 e 人，大約攏會注意著台南運河 e 變化〈運河兮心聲〉、〈運河哀戀〉、〈雨〉、〈雷公閃 sih 兮暗暝〉是對身邊 e 環境變化美景不再 e 惋惜 gah 政府 e 無能批判，〈悼華航摔機事件兮受難者〉、〈卜（veh）做台灣儂 m 做台灣牛〉、〈魔神仔兮世界〉、〈選舉〉、〈覺醒矣！台灣儂〉、〈佗位無死儂〉、

〈向望──對民進黨兮期待〉、〈神 e 國度〉、〈人性〉、〈芋仔蕃薯〉、〈走揣母語兮前途〉、〈無奈〉、〈台灣儂徛出來〉、〈過敏〉等等對台灣 e 政治 gah 人性腐化 e 一面用陽剛 e 口氣，倒 kau 正削，台灣人若無 veh 覺醒，真正去死好！

〈起厝兮工儂〉、〈迄個塗水師〉是伊 e 專業知識範圍，做工人有做工人 e 職業倫理 gah 手路，照起工、貼實 e 工人入詩，分工合作各行各業攏有尊嚴，職業無分 guan 低，長期 e 觀察 dor 是詩，生活 dor 是詩。

周定邦 e 詩集，相當 e 平民化、生活化，對身邊 e 少年人 di〈互囝 e 話〉、〈青春少年兄〉有關切 e 話語，寫景 ma 是伊營造業所關心 e 目標：〈細漢兮熱天夜〉、〈木棉花兮春天〉、〈海邊暮色〉、〈日月潭賞景〉、〈雪祭〉、〈蓮花鄉〉、〈青鯤鯓兮鹽埕〉等等，寫 gah 有圖：

青鯤鯓兮鹽埕 / 日頭赤炎炎 / 一片一片兮紅樹林 / 恬恬 徛佇 / 路邊　徛佇 / 田岸 / 恬恬咧聽風聲 // 青鯤鯓兮鹽埕 / 日頭赤炎炎 / 一隻一隻兮白鴿鷥 / 飛過田岸　飛過紅樹林 / yin 佇遮傳宗接代 / 佇遮生 tuann / (〈青鯤鯓兮鹽埕〉)

白白 e 鹽山恬恬 kia di hia，白鴿鷥、紅樹林 gah 風，視覺 gah 聽覺，di 赤焰焰 e 日頭腳曝日，曝鹽 e 工人，看著收成 e 鹽山恬恬仔路邊田岸，是一種秋清、涼快，紅樹林發 di 水濱，鳥隻 ma 來做伴。

親情 e 部份有：〈阿爸兮心情〉、〈互囝兮話〉、〈合（gah）阿爸作工兮日子〉、〈阿母請汝亦保重〉、〈牽手做伙行　〉等等 e 情感，gah 批評 e 文篇，ganna 是向望台灣 e "仙景" 再造。

隨興 e 靈感，多產 e 篇幅，di 幾個月內底寫成一本 52 篇 e 詩冊，母語是直接 e 酵素，〈走揣母語兮前途〉：

是啥儂無看顧／互咱分母語／流浪佇烏暗分巷路／互咱分母語／行入坎堨分路途／

若是有機會 veh gorh 出詩集，請 ga ka 全類 e 拾做伙，可能 ka 好比較。

18. 許正勳。阮若看著三輦車。台南縣新營市：南縣文化，1999。（南瀛作家作品集 45 號。）

許正勳，本名許金水，1946 年年出世 di 鹽份地帶七股鄉大潭寮人，政治大學教育研究所結業。現任台南市新興國中英語教師。

《阮若看著三輦車》有二輯分別是 "覺有情" gah "政治詩"。

環境詩 gah 生態詩有〈運河春夢〉、〈最後分潟湖〉、〈淨灘〉、〈燕南飛〉、〈燕仔來做岫〉、〈白鴒鷥林〉等等，甚至 di 植物文篇〈黃色分花海〉、〈石榴開花〉、〈仙丹若開花〉、〈紅心土菝仔〉、〈海口食蕃薯〉、〈文旦柚〉、〈鳳凰花開〉、〈粿葉樹〉、〈一欉楓樹〉、〈一條茉瓜〉等等攏是 ui 身邊四箍笠仔 e 花樹、茉果講起，生命實質 e 生態 gah 人是息息相關，常見 e 物件，是許正勳所關愛 gah 保育（care and cure）e 議題。環境愈清幽，生物 dor 愈旺盛，相對 e，人 ma 是全款，m 是 dua di 公寓內底鋪瓷磚土腳金金吹冷氣翹腳 dor ve 破病 a，人、生物界 gah 大自然是一體 e。民俗 e 部份如〈布袋戲〉、〈鹿耳門放媽祖燈〉、〈運河扒龍船〉、〈摸海仔〉、〈喝布〉、〈弄新娘〉、〈賣蜈蟲藥仔〉等等，為作品整體來講，本土 gah 地方 e 色彩厚 dutdut，詩集內容 e 地域個殊化（locolaization）相當明顯。政治篇幅是伊長年以來關心台灣政治生態 e 感受，陽剛有力，qau tuh 臭。

讀許正勳 e 詩集，有七字 e 格律，ma 有口語 e 白話詩，ho 人想起早時聽過 e 南管。寫 e 攏是台灣心台灣情，用白鴒鷥追念盧修一，看著消失去 e 三輦車哀思阿爸 e 苦命 gah 短命，苦命 e 阿娘 di "數念"中，一個做人团兒 e 心思，延伸到對台灣 e 愛是伊許正勳。

另外 di 施炳華 e 序文：〈大隻雞慢啼〉，請參考。

19. 簡忠松。黑珍珠。美國 Houston：台灣語文學校，1999。

簡忠松，1944 年出世，宜蘭二結人，台大土木碩士，美國 *Cincinnati* 大學工程碩士。經營工程顧門公司。1995 年開始寫台文。台文著作有《簡勇台語文自賞集》（1995-7），《順生善後》（1996-5-4）、《循道上岸》（1997-2-1）、《逆道》（1998-2-1）、《黑珍珠》（1992-2）。

胡民祥 e〈談簡忠松的文學〉（《台語文、工程話、故人情》p.147-181）對至友簡忠松 e 文學造詣有詳細 e 分析。

Di 本冊合集單元有關胡民祥 e 介紹，提出當年海外烏名單 e 境遇 gah 海外台美人意愛 e 家園 e 圖像，全款 di 簡忠松 e 文作 ma 有 "流離"、"記憶" gah "鄉愁" e 遭遇，所迴映出來 e 文化屬性、故鄉記憶、國民身份 gah 國家認同層面。Di 懷念家鄉、記憶創傷，喪子--〈哀念志榮〉、失友--〈悼念蔡正隆〉、〈大樹倒下悼李雅彥〉，個人--〈我若是轉宜蘭〉、〈噩夢〉、〈迷失家己〉、家園--〈美麗島 e 曙光〉、〈濁水溪〉、〈故鄉 e 新聞〉、〈故鄉印象〉，歷史--〈二二八 e 默哀〉、〈烏水溝〉、建國運動--〈工程師〉〈黑珍珠〉，形成分離 gah 複合多重關係。"流離" gah "記憶"--〈鴻雁〉、〈懷鄉石〉、〈鄉愁〉、〈天涯路〉 gah "母語"--〈請問台語先〉、〈大舌鳥〉 "母文"--〈台語詩人〉、〈香火〉、〈我行出一條路〉、〈語文先〉、"母國"--〈期待〉、〈綠色 e 路〉、〈尋根〉形成簡忠松 e 理想中 e 家鄉 gah 國族主義 e 藍圖。

一個工程人本底是理性 e 專業工程師，可是人生 e 際遇，使人理性 gah 感性豐富，di 人生 e 旅途經驗使得智慧增加，可貴 e 是簡忠松

對失親、同志 e 失落 gah 緬懷 e 透疼,轉化做文化建設 gah 建國力量,
zit 種大覺悟、大智慧,已經是上求菩提、下化眾生 e 品德。Di〈蜻蜓
點水〉、〈蟬〉、〈雷公閃電〉、〈蟾蜍與水雞〉、〈鳥籠〉、〈石頭〉、〈我行
出一條路〉、〈皈魂〉、〈雪〉、〈風箏〉、〈樹〉、〈蜂〉、〈雨〉等攏充滿著
圓滿 e 禪意,di 簡忠松 e 詩穗展現著飽水境界,請看〈初穗〉:

> 詩是用上簡單 e 字
> 排在上美 e 文句
> 表達上有哲理
> e 意象心境
> 台語詩是台灣人用
> 母語來表達意象 e
> 母語詩
> 黑珍珠
> 是我台語詩 e
> 初穗
> 用母語吟出來 e
> 初聲(〈初穗〉通尾節)

20. 陳金順。島鄉詩情。台縣板橋:島鄉台文工作室,2000。

陳金順,1966 年出世,桃仔園人,台灣藝專廣電科出業。得過
南鯤鯓台語文學獎、鹽份地帶文學創作獎等,目前是《島鄉台語文學》
主編。

《島鄉詩情》包括:"島鄉篇"、"詩情篇"兩卷,收錄 72 塊
詩。"島鄉篇"對先賢 e 追思、國家民族 e 詠歎、不義政權 e 批評、
社會現狀 e kauseh;"詩情篇"有親情 e 思慕、友情 e 珍惜、愛情 e

夢想。冊內有林央敏、宋澤萊 e 序文 gah 方耀乾 e 詩論，三個人也師也友 deh 支持陳金順。陳金順值得支持是，伊孤一個人少年人獨立撐著《島鄉台語文學》，近來 zit 份雜誌，愈編愈好，文學性提高，可見陳金順做人成功。其實陳金順 m 是一個 qau 講話 e 人，伊做人誠意，做事骨力，寫台語文拍拚，di 詩文當中，伊對鄭南榕 e 尊敬 gah 追隨 e 意志，確是深化，所以伊有理想、有普通人無 e 氣質，一個做台灣人 e 書寫主體。咱來讀伊 e〈di 雨中數念 Nailong〉：

> 昨暝建國廣場落大雨
> 有成百個拍死無退 e
> 死忠兼換帖 e
> qiah 雨傘　穿雨衫
> dihia　紀念 Nailong
>
> 七年前 e 今仔日
> 若 m 是伊用家己 e 身軀
> 換來儕儕人講話 e 自由
> 咱 na 有法度 kia dizia 沃雨
>
> 彼葩怒火
> 燒會死 Nailong e 肉身
> 燒 ve 盡
> 台灣人 e 反抗精神
>
> 透早起來
> 雨停矣
> 我 e 心肝猶閣 deh 數念 Nailong

di 昨暝　雨中　　（1996，4‧7，鄭南榕自焚七週年紀念）

陳金順用語詞淺白、簡易，按呢 e 筆尖 du 好以內容 e 厚實做後盾，全款陳金順 ma 是溫和 e 外表、恬恬 e 個性，內心可是如一座燒滾滾 e 火山，dor 是對島鄉充滿著愛 gah 熱情，所以伊一直守著伊 e 理想，一座美麗島 e 家園。

21. 江永進。流動。（forthcoming）

江永進，1954 年出世，高雄縣大社人，美國 FSU 統計博士，現執教清華大學統計學研究所。台音輸入法製作人，專注計算語言學、台語語音辨識研究、台語文教育等等。

《流動》zit 本詩集有 25 篇。是出自一個長期接觸母語運動，深入社會大眾、學習者過程、自我使用者、身邊 e 使用者、資訊化、現代化、多元化、國際化所觀察出來 e 本土化解答 e 心得，十多來，詩 e 菌種 di 江永進 e 文化 gah 理想 e 意識所激造出來 e 成果。Mvat 學過詩 e 寫作技巧，純然是一種熱情 gah 關愛 e 迫切心，親像溫室效應 di 各種條件成熟之下詩泉自然 dor 溢出來，突然福至心靈，得心應手。包括 8 篇 e “流動系列”；7 篇 e 文化解套：〈maori〉、〈yin 講〉、〈升級 e 曹雪芹〉、〈文不對題〉、〈母語政策 e 問〉、〈唱別人 e 歌〉、〈竄改多元〉；其他 10 篇有關追思 2 篇〈伊是膠——紀念廖中山〉、〈讀詩〉，關係感覺 gah 直覺有〈*Then for That Matter*〉、〈拍斷〉、〈程式是詩〉、〈趁著寒流 e 上寒〉、〈聲泉〉、〈你是 m 是心內有苦〉、〈現在，我只是 ceh 你替我安排〉、〈DNA 知影時間〉。

伊講："我可能平均二多寫一首。有一日，起霧了後 e 起霧景致，我寫六首。Gorh 有一日，我 gorh 寫六首，親像 cue 著方法。按呢做序。"事實上，di 1995 年 5 月登 di《茄苳台文雜誌》眾創刊號 e〈流動之一〉以後，當年 e 會長林央敏 dor 推伊 veh 去台語文推展協會 e 歌詩組，伊 e 回答是："我可能平均二冬寫一首，mai 啦！"然後 ga 分配去電腦組。這是伊真認份 e 所在，反應伊有自知之明，mgor 不管是按怎生出來伊 zit 本詩作 e 頭 ziunn 仔囝，這攏是伊十冬懷胎 e 結晶成品。

做一個數學、統計 gah 計算語言學 e 專家，江永進 e 用語、詞彙、態度是嚴謹 e，伊 e 謹慎是透過詩作表達出來事件 e 本質，語詞 e 正確性 e 態度。伊無用艱澀 e 難字，所以一個讀者只要有 vat 台語常用字 gorh 用五分鐘學台語 e 四十七個韻，只要會曉講台語，字面 e 直接了解無困難，veh 意會伊 e 詩意 ma 是無困難，因爲伊寫了 gai 清楚。"講 ho 清楚，ho 字詞有一個清楚 e 意義"是一個長期受著邏輯思考 e 基本習慣，講會清楚著明確表示著對一項事物 e 深刻理解，zit 種來來去去 e 流動，是作者對一項代誌"本質" e 注重，除了"本質"，"疑問" ma 是 zit 本冊 e 本質。如何解題，爲啥麼、是啥麼、veh 啥麼，合理無？會使 ve？是按怎？veh 按怎？思考代誌 e 本質，發現問題、原因，iau 無算在內，愛有可行性 e 解答才有準算。親像伊頭殼中千萬遍 e 思索，千萬 zua e 程式寫了 gorh 改、改了 gorh 寫，電腦軟體無夠用 gorh 換，應變愛變 dor 變，謙卑力行所得著 e 經驗，新陳代謝 e 結果、活化革新 e 疊實化做浪漫、昇做理想：

> 會記 dit 夜街相景 e 車燈？
> Sui 是因為咱 e 做伙流動
> 會記 dit 罩霧層 tah e 山形？
> 壯闊是因為咱 e 做伙行 seh
> 是因為咱心內 e *recursively* 延伸

是因為按呢互相 e 消磨
是因為按呢 （〈流動之一〉第尾節）

　　"recursively" 是電腦用原型 e 方法重覆運作，創新 veh 達到工具幫助人類做速度、運算、模擬、輸入 gah 輸出重要方法（critical methodlogy）。寫程式、製作輸入法、做詞庫、做比對、做運算，一厝間 e 時行電腦冊，一下仔 dor 被淘汰 e 資訊知識 gah 工具，tiam 死人 e 人力 gah 財力，只有 zit 種有使命 gah 興趣結合 e 怪胎 dann 會有享受 e 感覺，所以詩一開始，作者按呢邀請：可以 e 時，請你來坐/edang，來談論生活/親像故事/來 cue 一個　智慧出來/ （第一節）。

　　關係 "本質" di〈DNA 知影時間〉zit 篇，巧妙將遺傳基因 deh 講出漂撇世界 e 花情樹語。作者遇著老父肺癌失親 e 痛楚，關心遺傳病基因學，勤讀自私 e 基因、細胞 e 轉形 e 類書，一再探索生命 e 本質。仝款，台灣文化 e 本質 ma 是咱生存 e 一部份，台語 e 失語、失育症頭切身深刻，層層探索、反省、剝離統治者 e 文化霸權（hegemony）幕後 e 顢頇，迷信漢字 e 魔障，文化解套 ui Maori、日本到法國 e 感歎 gah 漢字人 e 主我限制，不得不提證：只有將近四萬人 e〈Maori〉人有電台有報紙有學校有文字，26 字母 e 文字；日本有 "hira kata"（hiragana/平假名、katakana/片假名）有鼎盛 e 科技文藝；1789 年 e 法國 ganna 有二千五百萬人，有博愛、平等、自由人權，全世界伊講 Horlor 話 e 已經遠遠超過當時法國人 e 二倍濟，基本 e 書寫方式 iau 無穩定，心內當然艱苦，所以有〈母語政策 e 疑問〉。〈文不對題〉是封建帝王 e 思想，保守、無知，為著既得利益只會曉〈竄改多元〉，只有〈yin 講〉咱服從，咱只有〈唱別人 e 歌〉，一寡知識份子只有老式 e "強聞博記" 有啥麼只有 "想當然耳"，只有套餐式 ga 一個古早中國作家奉待做神主牌 le？：

> 好一個升級 e 曹雪芹，
> 攏是袁枚惹出來 e 禍，
> 需要一個胡適，
> 排出祖孫。
> ---什人關心什人是祖呢？原來有名好看 dor 是事實。(〈升
> 級 e 曹雪芹〉)

有啥麼 dann e 按呢？江永進認爲因爲咱長期用人 e 話，變做人 e 心，用人 e 字變做人 e 觀點，咱已經喪失明辨 e 心思，喪失反省能力。

寫程式、cue 答案親像時鐘 hit 個無停 e 鐘 hainn，腦波前進、退回，veh hainn 達到完美 e 境界，日日夜夜，長年短月攏注心 di 伊使命性 e 母語 gah 電腦頂面。伊講 edang e 時，dor 艱苦伊一個人 ho 大眾使用台語 e 門檻降低，mgor 伊 gorh 是按呢坦然、無掛礙、性格大開大合，一旦發現系統有啥麼缺點，放棄成品 gorh 再重來是時常 e 代誌。Dor 是按呢，是雖然辛苦幾落個月，苦心 e 經營，伊 ma 講 ganna 歡喜一二日，而且 ga 牽手講講 e dor 好。這是伊流動 e 變化，di 流動變化當中 deh 穩固一個地基，di 流動變化當中 deh 拋棄舊知 gah 成見，di 流動變化當中贊同文化 e 多樣性（*diversity*），同時 di 流動變化當中具有機動性（*dynamic*）：

> 貫注感情 e 精鍊文字是詩
> 那麼貫注感情 e 程式呢？
>
> Yin 注定愛寂寞，因為程式
> 有好有 vai

有淘汰

有用途

有商業

無什人愛看

無什自己愛看

只有，隨時消耗 e 感情 gah 青春（〈程式是詩〉）

　　讀江永進 e 詩 ho 人聯想著美國女詩人 *Emily Dickinson*，世人認為 *Emily* 是一個穿白衫 e 怪才女，其實一個人需要長期沈思 di 生活中，一千八百首詩是種種詩化 e 過程，必需要孤單沈靜，外人用看 e 觀感是怪癖偏執狂。若無按呢，dor 無一百多後 e 現在愈久愈發光，*Emily* e 詩作精華 e 所在是 di 寫生活、生命本質 zit 項代誌，ga "安全"、"拒絕"、"死亡" e 概念（*concept*）用優美 e 詩筆 ga 抽象具體化，已經有哲學 e 上境（*pholisophical sublime*）。親像美國當代 e 女詩人 *Adrienne Rich* 用 "*I am traveling at the speed of power /* 我用速度 e 力道 dihle 旅行" e 心情去 *Boston* 近郊 e *Amherst* 訪 cue 伊。

　　作者愛 seh 溜、愛看霧，奇遇著聲泉。〈聲泉〉有新即物詩 e 特徵，句法簡潔節奏輕快，對完美 zit 項代誌保惜 e 細膩有絕對 e 永恒性。

聲泉

層層疊疊 e 茫霧，

輕 vang 幼浮 e 水，

有飄落 e 影。

Wu 著面 wu 著手，
有聲。

三盞路燈 e 茫霧，
有水聲，
水，流 e 聲。

會記得 mtang 靠近，
ho 伊出聲。

　　江永進 e 詩具備後現代（*postmodern*） e 特色，文字是日常用語 e 本土話（*vernacular*）、重覆、流動背後產生豐盛（*surplus*） e 意思，科技現代語、外來語，漢羅並用，作風自由；語文 e 交插使用有多音交響（*heteroglossia*） e 味、思路 e 轉換 gah 字 e 適當調整如 yin/in、wu/u 等 e 隨機應變（*continguency*），隨時 deh 放空成見 gah 再生心思活泉。

　　《流動》是 gah 時空 e 勢面、旅行 e 速度 deh 競賽 e 台語詩作另類表現，雖然 m 是數量真濟，mgor gah 咱台語運動 ui 人文 gah 科技 e 角度付出心力 sak 出一步做出見證。作者本身上可貴 e 代誌是伊本身 ma 是台語文使用者，ma 長期 deh 關注使用者 e 心理學習 gah 使用反應，厝內無電視只有電腦 e 螢幕，伊 e 心願是人文 gah 科技鬥陣發揮台語文藝復興 e 機制。

參考文獻：

潔米・富勒著；吳玲譯。孤獨是迷人的：艾蜜莉・狄瑾蓀的秘密日記。 北市： 智達國際，1999。

Rich., Adrienne Cecile. Time's Power. W.W. Norton & Company：Ner York，1989.

（1985-1988 e 23 首詩，共 58 頁）

Rich, Adrienne Cecile. "Vesuvius at Home ： the Power of Emily Dickinson "
p.99-121 in *Shakespear's Sister :Feminist Essays on Women Poets.* Edited, with
an Introuction by Sandrs M. Gilbert and Suans Gubar. Bloomington : Indiana UP.,
1977.

四、蕃薯詩刊 gah 菅芒花詩刊

蕃薯詩刊 gah 菅芒花詩刊出版品 e 系列是以詩 e 精神傳承做頭陣，內容雖然包括台語散文 gah 文學評論，有合集 e 性質，因為詩作是 zit 二個詩社 e 根頭，所以 ga yin 兩者 kng di 詩集 e 專題來討論。成員內底 e 作者，量若有夠 e 大部份攏有出個人專集 gah 專題專集，ma 分別 di 作品分類內底討論，所以 dizia veh 用 ka 一般的所蓋括 e 面向來談論。

1. 蕃薯詩刊 gah 菅芒花詩刊 e 比較

《蕃薯詩刊》有：鹹酸甜的世界（1991.8，276p.）、若夠故鄉 e 春天（1992.4，292p.）、抱著咱 e 夢（1992‧10，305p.）、郡王牽著咱的手（1993‧6，293p.）、台灣製（1993‧12，p.307）、油桐花若開（1994‧8，321p.）、台灣詩神（1996.6，283p.）等七本，發行到 1996 年 6 月第七輯，暫時停刊。

《菅芒花詩刊》：菅芒花開（1997‧6，144p.）、心悶（1997‧12，155p.）、阿福兮風吹（1998‧169p.）、菅芒花詩刊（革新號第一期）等四本，發行繼續中。

2. 《蕃薯詩刊》

成立e時間：1991 年 5 月 25 日

主旨：主張 gah 鼓吹用母語寫作。

範圍：結合海內外 e 社員，Horlor 語文、客語文、原住民語文 e 台灣在地語文。

目標：(1) 創造有台灣民族精神特色 e 新台灣文學作品；(2) 關懷台灣 gap 世界，建設有本土觀、世界觀 e 詩、散文、小說；(3) 表現社會人生、反抗惡霸、反映被壓迫者 e 艱苦大眾 e 生活心聲；(4) 提升台語文學 gap 歌詩 e 品質；(5) 追求台語 e 文字化 gap 文學化。

功能：運動性質、開拓性、啓蒙性 e 理論文章逐集攏 kng di 頭前，保持一定 e 份量，第一個組織大 gorh 有看頭 e 台灣文藝復興社團。

內容：文類包括理論、詩、散文、小說、批信、訪問、評論、台語特別詞問卷、重要徵文公告、獎勵辦法、民俗風物版畫 gah 圖片等等。

形式：A5 冊面單行本，發行日期 gah 頁數無一定。彩色封面。以冊本形式出版 gah 出售無雜誌時間限制。作者無稿費，社費 ve 少，做出版基金。

主編：黃勁連等。

影響 gah 貢獻：積聚本土語文 e 人氣 gah 作品，提供母語作家有發表 e 園地，鼓勵新人出脫，一時人文才子匯聚，吸引海內外成員 e 向心力，新枝老葉，蕃薯葉、蕃薯花，長久以來關心母語文化會寫 e 人攏加入 zit 個組織。成員內底本底 dor 有重要山頭 deh 鼓吹，其中 di hit 當時（九十年代左右）被稱做台語界 e 四大頭人，dor 有三個在內，洪惟仁 gah 鄭良偉是社員同仁，鄭 di 美國，許極燉 di 日本，同時前後對台語文 e 看法，做論述。

作者總共有 94 人次：胡民祥、羅文傑/鄭良光、鄭良偉、洪惟仁、向陽、林宗源、黃勁連、謝安通、黃恒秋、陳明瑜、岩上、劉輝雄、河洛、黃樹根、莊柏林、趙天儀、林沈默、吳鉤、陳明仁/阿仁、顏信星、李勤岸、周鴻鳴、吳夏暉、林央敏、范文芳、海瑩、洪錦田、蔡丰祺、烏皮、林錦賢、陳恒嘉、精兵、何瑞雄、紗卡布拉揚/鄭穗影、謝安通、康原、杜潘芳格、朱慧娟、林武憲、郁山、魁賢、王灝、利玉芳、謝武彰、陽柯、林佛兒、張德本、羊子喬、周華斌、林洪權、杜文靖、江天、許極燉、思英、陳雷、涂順從、金子秀夫、周明峰、王啓輝、廖榮春、李明白、王金選、阿光、簡忠松/簡勇、楊允言、段震宇、趙天福、廖瑞銘、張春凰、阿惠、周東和、江秀鳳、林明男、王寶星、東方白、林義勇、莊秋雄、蘇惠玲、盧媽義、宇奈武、黃元興、魏真光、陳明雄、郭明昆、王孟武、林仙養、山口惣司、呂興昌、施炳華、鹿耳門漁夫、張清雲、吳順發、余文欽、黃徙。

《蕃薯詩刊》是初期台語文化工作者 e 重要碼頭、母語文學 e 放射中心，有黃勁連出現 e 所在，伊 dor 親像一塊吸石，不但會吟詩、lim 酒，ma qau 吸收新會員、邀稿、校稿、編務逐項來，有伊 kia dihia，台灣文學 dor 會帶動。所以《菅芒花詩刊》e 創立 ma 是繼承著《蕃薯詩刊》e 風格。

《蕃薯詩刊》文篇作品有以理論做開頭，胡民祥、羅文傑/鄭良光、鄭良偉、洪惟仁、向陽、林宗源、黃勁連、林央敏、陳恒嘉、陳雷、鄭穗影、許極燉、阿仁、李勤岸、呂興昌、洪錦田等輪番上陣，運動性、啓發性 e 論評攏纏 di 用母語思考、書寫母語、語言 gah 文化等 e 論述頂面。雖然大部份 m 是真學術的（dik）e 技術 gah lorlor 長 e 文章大架構，mgor 攏是針對一般 e 民眾。Zia- e 人攏是熱心有經驗有實際作法 e 運動者，反正別人 m ga 咱教，咱只好家己學、家己教，甘願做歡喜行。Di 台語文學作品，提供研究 e 資料，每一個人 gah 每一篇文 e 意向 gah 美學，不管好 vai 程度，攏 deh 反應台語文學 e 現象，有一定 e 代表性，學者可取去參考。目前雖然已經停刊，但是已經 ga 台文界留落來真好 e 文學資產 gah 台語文學史 e 資料，這是對台語文學史 e 貢獻。以後 e 囝孫可能 e 感覺台語文 gam 需要運動？按呢 dor 表示母語文已經是 yin 日常生活 e 一部份，這是台語文運動者所 ng 望 gah 安慰 e 所在，所以每一個人攏扮演多重角色，文武攏來，各種文體攏 deh 試寫，gorh 往往一炮沖天是有原因 e 。

　　《蕃薯詩社》每年 e 活動一直 gah 當地南鯤鯓文藝營 gah 榮後文化基金會合辦台語文學營。

　　《蕃薯詩社》e 成員，有真濟人 edang 另 kia 爐灶。後來 gah 目前活跳 di 台語文化界有陳雷、羅文傑 e 《台文通訊》海外發行、陳明仁 gah 陳豐惠 e 《台文通訊》國內發行、陳明仁等 e 《台文罔報》、胡民祥 di 美國主編《台灣公論報》e 台語版、洪惟仁等 e 《掖種》、林央敏、黃元興等 e 《茄苳台文月刊》、江永進 gah 張春凰等 e 《時行台灣文月刊》等等團體性 e 刊物發行，尚且 zia- e 成員個別 ma 有真重要 e 作品量。另外，由 zit 陣人所擴開去 e 人員，當然有陳金順等 e 《島鄉》雜誌 gah 《茄苳台文月刊》有真深 e 淵源，高雄張復聚等 e 《全羅台灣字月刊》gah 陳明仁等有真深 e 淵源，吳長能等 e 《台語世界》、台語文會 gah 張春凰 gah 江永進有真深 e 淵源、黃勁連當然 gah 鹽份地帶、府城等所有 e 台文活動是一冬一冬 cia iann，gah 伊影響著身邊 e 大將 gah 人有重大 e 牽連。

雖然，蕃薯詩刊停止出版，但是 di 民族主義 gah 九〇年代 zit 波母語運動，已經刻印著一頁輝煌 e 歷史。雖然是暫時停刊，但是猶有活動參與，比如協助榮後基金會辦台語文學營等等。Mgor，重要 e 代誌是蕃薯詩刊已經完成了階段性 e 貢獻。

缺點 gah 限制：無法度直接做語料庫（*corpus*）有關 e 研究。客語 e 作品無濟。台語運動箍仔內 e 作者刊物，參與者成長慢，銷售量無闊，宣傳效果可能只有牧師 ga 神父傳教 e 體溫互相支持，mgor 可貴 e 是母語文化所有 e 工作者攏憨憨仔做，拍拚做 e 同時需要 ga 母語運動轉形、評詁改變。正規教育慢慢仔拖，媒體 di 母語節目 e 量 gah 質無夠濟，無夠吸引觀眾。

3. 《菅芒花詩刊》

成立 e 時間：1997 年

範圍：以台南府城地區詩人為中心 e 現代詩社。

主旨：用母語寫作。

功能：紀念台南詩人、台語文學家許丙丁，母語作者 e 園地、培養新人、以台南地方做中心，辦台灣文學營等。

內容：以詩為主，有散文、文學評論等等。

形式：A5 冊面單行本，發行日期 gah 頁數無一定，彩色封面。

編者：詩刊成員，由施炳華、黃勁連指導。

影響：《蕃薯詩刊》系列出版品停止了後，《菅芒花詩刊》繼續《蕃薯詩刊》e 角色上接近。蕃薯詩刊 e 主編黃勁連是靈魂人物，徙來《菅芒花詩刊》指導加加減減攏有先前《蕃薯詩刊》e 影跡。《蕃薯詩刊》是初期全台 gah 海外台語文化工作者 e 重要碼頭、母語文學 e 放射中心，《菅芒花詩刊》顯然是繼續發揚鹽份地帶（如整理吳新榮 e 詩、再刊許丙丁 e 詩歌等）、《蕃薯詩刊》、府城文化 e 傳統精神，有菅芒花 e 生湠力，一時新人作家 gorh 出世，如藍淑貞、方耀乾、周定邦、董峰政、許正勳、蔡享哲、陳泰然等。台南幫詩人若台灣鹽一甕。

建議：以府城文化 e 傳統精神，愛 gorh 向前向遠開拓內容來迎接時空變化。如：內容 e 變化吸引讀者；處理文字資料請徹底完全電子化（*digitalize*），mtang 造字 gah 符號，帶動網際網路 e 國際化流通，m 是小地區厝內 e 電腦看有 dor 好，同時 edang 做語料庫相關研究。

五‧台語詩風雲

除了以上 e 詩人 gah 詩作，詩人作家要有真濟如：周東和（註一）、林春生（註二）、林明男、張瑞吉、陳啟明、廖常超、林時雨、呂興昌、路寒袖（註三）、林翠玲…等等。林時雨 e 短詩集寫 gah 玲攏端的（diak）（註四），可惜伊 e 才華 gah 詩作 due 著低路 e 台語市場隱遁，親像 suisui、商業 e《台語世界》無法度生存 di 殘酷 e 現實，這 dor 是台語文學市場 e 困境。

西方現代主義 e 發生，伊 e 意涵來自已然現代性 e 社會情境，台灣社會情境 iau 未面臨全面現代化，尤其母語環境長期萎縮 e 困境，反應 di 詩作頂面一開始必然 ma 是 di 收集原汁 e 台語如七句仔、挽茶歌 e 整理。這主要 e 原因 ma 是因為：(1) 受著漢字、漢文 e 影響真深 e 關係；(2) 形式 e 束縛；(3) 現實生活 gah 內在 e 真實性。第一點 gah 第二點受著獨尊漢文化 e 洗 dng，習慣性認為漢字 dann 是字 e 第一直覺反應，初接觸 e 寫手 gah 讀者攏 ho 漢字縛 diaudiau，ve 記得台語血統一部份來自平埔族 gah 現代 e 外來語。按呢固定 e 思考形式直接影響著現實生活 gah 內在 e 真實性，比如為著 veh cue 一個漢字 cue 無 e 無方便gah本來dor無 e 漢字，可能 ga原來 e 音 gah意取代掉（tiam e 時，人 e 心理反應 gah 應付），硬硬用漢字是比壓縮 di zit 種文化霸權之下 gorh ka 無主體性。所以一旦了解母語 e 萎縮 gah 壓縮 e 多重困境，想 veh 出脫突圍，一開始 e 詩人作家 dor ui 寫實、反抗 e 運動面直接落手，民族文學 e 色彩 dor 非常明顯。親像 di 台語詩出現上濟 e 人物：陳文成、鄭南榕、詹益樺、廖中山等攏有時勢 e 代表性，台語詩作 dor 反映出來。親像陳文成有胡民祥 e〈火種〉、李勤岸 e〈陳文成倒過 e 樹仔腳〉、鄭雅怡 e〈告別我 e 20 年代：ho 陳文成〉、陳明仁 e〈再會，初會 e Pittsburgh〉等。有關鄭南榕（註五）有陳雷 e〈性命無價南榕魂〉、林央敏 e〈蓮花火穎〉、黃勁連 e〈汝是台灣人——悼鄭南榕〉gah〈這款的死——痛悼詹益樺〉、李勤岸 e〈台灣國父〉、尤其是《島鄉》di 鄭南榕自焚十週年紀念專輯有方耀乾 e〈我是一枝聖火〉、周定邦 e〈勇敢 e 台灣魂〉、許正勳 e〈汝猶咧等待〉、鄭南榕 gah 詹益樺有吳國禎 e〈開講〉等等。廖中山有張春凰 e〈門神〉、李敏勇 e〈送別 e 話〉、江永進 e〈伊是膠〉、程華淮 e〈無聲無 sue〉、林黎彩 e〈心境——思念廖中山〉等等。Di 反應母語被閹割 e 文章，差不多每一位涉及母語寫作 e 人攏有激烈 e 言詞 gah 心酸 ham 委屈，如胡民祥 e〈蕃薯 m 免著驚〉、李勤岸 e〈比較語言學〉、鄭雅怡 e〈學了羅馬字了後〉、江永進 e〈yin 講〉、陳雷 e〈母語 e

愛情〉、林央敏 e〈祖傳之寶——台灣話（1-4）〉、莊柏林 e〈台灣人講台灣話〉等等。解放民族文學 gah 政治 ma 非常利劍如胡民祥 e〈世界傳奇〉、李勤岸 e〈孽子中國——地球 ho 中國 e 批〉、鄭雅怡 e〈革命〉〈台灣國父〉、陳明仁 e〈走 cue 流浪 e 台灣〉、江永進 e〈升級 e 曹雪芹〉、林央敏 e〈叫你一聲 gorh 一聲〉、黃勁連 e〈台灣人〉。

台語詩作主題 iau 有青少年問題如：李勤岸 e〈牛頭馬面〉、周定邦〈互囝兮話〉；交通鱸鰻如：向陽〈龍鑽溪埔〉、黃勁連 e〈馬路英雄〉；環保如：林明男 e〈一陣雨〉、張春凰 e〈一粒小白球征服一粒山〉、藍淑貞 e〈環保生態篇〉、周定邦 e〈運河哀戀〉；民俗：有向陽 e〈搬布袋戲 e 姊夫〉、許正勳〈布袋戲〉；生死如：張春凰 e〈生 gah 死〉、蔣為文〈生 gah 死〉、黃勁連 e〈結局〉、莊柏林 e〈死神來揣門〉；選舉、buah qiau、台灣人 e 性格反省如：李勤岸 e〈選舉歌〉、向陽 e〈一隻鳥仔哮無救〉、陳明仁 e〈Gorh du 著選舉〉、張春凰 e〈無根草〉、林宗源 e〈人講我是一條蕃薯〉、黃勁連〈ga-zuah e 哲學〉、李勤岸 e〈新台灣人〉；吟物詩如藍淑貞 e〈花情篇〉、許正勳 e 植物詩文如：〈黃色兮花海〉、〈石榴開花〉、〈仙丹若開花〉、〈紅心土菝仔〉、〈海口食蕃薯〉）等。庄里小人物 e 描寫，向陽 gah 黃勁連 e 篇幅上濟。台灣是島嶼有高山有海洋山海文化 e 國，看海 e 寶島有豐富 e 魚產 gah 農產，虱目魚、鹽埕、海鳥、海景、稻園、竹欉、蕃薯、山景、地動、風颱、土石流，ui 林明男 e〈 膜塞目、麻虱目、虱目、虱目仔、虱目魚〉、周定邦 e〈青鯤鯓兮鹽埕〉到 李敏勇 e〈玉山頌〉、尤美琪〈沉埋 e 星光〉，喜怒哀樂、人情世事、天文地理 ma 是 veh gorh 一再唱鄭智仁 e〈Formosa 頌〉。

有人講台灣文學是粗魯 e、緊張 e，全款用按呢 e 印象來拒絕台語文學是相當無公平 e 代誌。咱會定定看著有關懷思阿母、阿爸 gah

頂一輩人 e 詩文,其實是間接 deh 感歎阿母、阿爸 e 艱苦 gah 間接被剝削所失落 e 母語文。寫實 gah 反抗到正常化 e 台語詩作,優美 e 詩作 m 是無,是做一個台灣人應有責任愛去反抗無公無義 e 社會現象,社會經過診斷、醫治以後,富裕 e 優美詩 dann 會大量出現。

　　正港 e 台語詩以本土生活語(*venacular*)e 使用,初步已經宣佈講台語文學 e 獨立,台灣民族文學 e 獨立,di 台語詩界已經有真多彩 e 花園,愛 gorh 繼續發展。

註解

（註一）

　　周東和,195x 年出世,新營人。蕃薯詩社社員,伊 e 詩量真濟,詩文特色是樸實,記錄著伊細漢時代台灣鄉土 e 情景,描寫庄腳生活、牛、農村用具等,有林仙化台灣竹編彩繪配圖,請看《台語世界》試刊號 1996,4 月,〈牧童〉:牛/ 細漢時陣 cittor 伴/雙雙行過 溪仔邊 e 田岸/有你/阮 dor ve 受風寒/gah 孤單/手 qia 長特高/拍落木瓜粒/心頭 pokpok 彈/

（註二）

　　林春生,1953 年出世,竹南人,政治大學英文系畢業。親像關心台灣前途 e 濟濟眾英雄,林春生是 di 土地 e 行踏,巡出來台灣 e 愛。正式行入台文界,因為是駛計程車 e 關係,伊講有時一首詩是 di 紅燈 e 時,趕緊提筆完成 e。伊介紹家己 e 時陣 dor 是簡單講:"我是 qia 筆 e 林春生,m 是 qia 槍 e 林春生。"伊本身是建國黨初建 e 黨員,ui 詩作 e 本身,咱 edang 讀出來一個詩人對自由、民主國家 e 追求 gah 向望,咱來看〈慰安婦〉zit 首詩文:

　　　彼當時
　　　日本台北 e 村姑
　　　幼秀美麗

自然流轉 e sui

自願做只拿慰安婦

安慰 yin 走兵 e 艱苦

身軀 ho 人畫地圖

享受海棠 e 春夢　　（〈慰安婦〉,《時行台灣文月刊》第一期,1998,

11 月）

1998 年,林春生去二二八紀念館食頭路,暗時下班外 e 時間 ma 是去駛計
程車。台灣 e 計程車司機時常是聽電台,有 ve 少 e 計程車司機是關心台灣
e 政治前途,尤其是 di 台北城,計程車司機對選舉 e 生態會使講是一個選
民 e 縮影,ui 林春生 e 詩作所反映出來 e 一個 veh 進入現代化 e 台灣,台
灣意識 du veh 生成 e 開端 e 前夜,全民對認同問題 e 重新定位,林春生代
表了 zit 個地位。2000 年離開二二八紀念館。林春生 e 作品時常 di《島鄉》、
《台語文學雜誌》、《時行台灣文月刊》、《台語世界》等發表。

（註三）

路寒袖,本名王志誠,1958 年生,台中縣大甲人,東吳大學中文系畢業,
現任台灣日報副刊總編輯兼藝文中心主任。歌詞作品曾得著金曲獎、金鼎
獎、最佳作詞人獎。有台語歌詩集《春天 e 花蕊》、《畫眉》、《往事如影·
多至圓》,由伊寫詞。

伊 di 1999 年 e 春天（4/20）受著清華大學寫作協會 e 邀請,di 清大演講,
自稱家己足臭屁,文字句意注重優雅、唯美。伊注重雕刻 e 文句,伊講:
"台語 e 趣味性,豐富性以及聲調 e 豐富性,在台語 e 深化上 veh 建立一
款新 e 美學,……"

《春天 e 花蕊》、《台北新故鄉》、《歡喜看未來》等是陳水扁 e 競選歌曲,
di 競選期間激起來台灣人消失 e 夢,這 dor 是對人性尊嚴、對人間至性 e
殘存信心。歌詩 dor 是有號召力〈青春台灣〉:

青春 e 面容　青春 e 面容　上 sui e 理想

烏色 e 島嶼　烏色 e 島嶼　日頭揣無曆

堅心 e 期待　堅心 e 期待　有夢 di 心內　（第一葩）

少年台灣新 e 風帆　駛向未來咱 e 嚮望

少年台灣新 e 風帆　駛向未來好 e 嚮望　（通尾葩）

（註四）

來欣賞林時雨 e 二片短詩：〈雲〉gah〈霧〉。

〈雲〉

飄浪走 zong

e 雲

ui 世紀進前

寄出來 e

一張批信

無寫住址

揣 ve 著　原鄉

gam 是幻想

若無

na 會 m 知 a 方向

〈霧〉

山谷是伊 e 舞池

腳步 due 著風 e 旋律

有時輕快

有時沈重

親像

五線譜頂 guan e 音符

（註五）

《陳婉真和她的兄弟們》(陳婉真編著。台北市:前衛,1992。)收集伊被關 di 監獄 hit 段時間 e 囚犯日記 gap 信函。其中有 50 頁包括批信 gah 詩是江蓋世、林永生用台語寫 e,Loonng gah Jeff ma 各寫一張台語批信 ho yin。文本中部份 e 談論 gah 對話用台語,陳婉真 ma 一直 deh 灌輸伊後生愛使用台語。另外,有關鄭南榕、詹益樺 e 事蹟 ma 有提起(p.361-66)。感謝尤美琪小姐提供 zit 份訊息 ho 阮。

參考文獻
呂興昌。"扑開門窗-台語詩中的台灣意象,詩歌中的台灣意象:第二 台灣文學學術研討會"2000 年 3 月 11-12,台南市:成大中文系、台文所承辦,台束文教基金會主辦)

六、 網路詩學

由台灣本土社主要成員所組成 e "twne",di 網路上成立文學討論社群 "twne",作家以即時創作、評論交流,兼顧根基性 gah 前瞻性,內容有豐富 e 台語 gah 客語詩作,討論熱烈、高手集中,ganna 宋澤萊 dor 發表 140 首台語詩以上,其他眾多本土作家 ma 相當踴躍,ui 台灣傳遍德國、美國、加拿大等,形成網路詩學 e 壯觀情況,有閒請你來 seh 一下:http://www.twne.idv.tw/

Zia 有真好 e 文學菌種!

七、 台語現代詩 gah 大眾歌樂

詩是厚縮 e 語言,人 e 感情 gah 思考需要表達,無論 vat 字、a 是 mvat 字人攏有熱情、感受 gah 意志 veh 發洩,而且 gah 學識地位無

絕對 e 關係，比如 *Ireland* 全國上下會曉唱民謠 e 普羅大眾滿四界，出名 e 文學家 *James Joyce* gah 伊 e 太太 *Lora Banacle* 攏是民謠歌者，更加明顯 e 是歸個 *Ireland* 民族攏是愛唱歌 e 國度，《U2》、《*Cranberry*〔小紅莓〕》、《*Boy Zone*》、《*The Corres*〔可兒家庭〕》合唱團世界有名，愛唱歌 e 民族同時 ma 出真濟 *Nobel* 文學獎作家，包括以詩作 1997 年得者 e *Cemaus Herney*（註一）。Gorh 比如咱在地 e 客家庄民歌、a 是 Dawu[雅美]族群攏是愛唱歌 e 民族。唱歌是人 e 本能，台語詩 gah 歌淵源密切，親像林央敏所講 e ："台灣歌詩 是詩是歌、若歌若詩、也歌也詩，對土地、人民 e 情意用台語特殊 e 語感來表達，換一句話來講台語因為有音階 e 特性，歌詩內底有詩歌，自然有吟誦、歌唱 e 特質，《趙天福台語詩劇場》（註二）將現代新詩吟唱，有背景配樂，表演形式自由。"Veh 結束台語詩講座以前，愛來講一點點仔台語現代流行歌 e 角色。

詩是語言文字 e 音樂。現代詩歌 歌詞如《台語詩一甲子》選錄：周添旺 e〈雨夜花〉、陳君玉 e〈青春謠〉、黃得時 e〈美麗島〉、陳達儒 e〈白牡丹〉、盧雲生 e〈搖嬰仔歌〉、許丙丁 e〈菅芒花〉、李臨秋 e〈補破網〉、王昶雄 e〈阮若拍開心內 e 門窗〉、葉俊麟 e〈寶島四季謠〉等攏是優美 e 台灣歌語，歌詞有真 guan e 文學性，會時行 ma 是有相當 e 實力 deh 傳播，gorh 講親像黃乙玲唱 e "無字 e 情批"（註三）第一段：

> 阿媽不識（mvat）字
> 但是伊講真濟代誌
> 伊講閃電是天 e 鎖匙
> 鎖匙打（pah）開有雨水

　　Zit 種歌文 e 意象 gah 比喻非常上境，一點仔 dor 無輸文學詩作。

　　Schubert〔舒伯特〕是一個真愛 ga 詩譜做歌曲 e 舒情歌王，伊 e 哀、怨、情、愁 di 歌內底開創性 gah 當時 e 大型歌劇真無仝款。Di 台灣比如：陳明瑜、郝志亮 e 詞 gah 陳明章 e 歌（註四）；路寒袖 e 詩詞如〈春天 e 花蕊〉、〈往事如影‧冬節圓〉ma 由詹宏達譜做歌、潘麗麗演唱（註五）；小刀/鄭元獻自編、自彈、自唱、自銷 e〈Ho 我一座核四廠〉（註六）；黃靜雅 e《看月娘》（註七）；沈懷一 gah 觀世音小組 e《921 安魂曲》（註八）等等，歌詞豐富涵蓋面 ma 闊。近年來 e 台語音樂著作 gah 本土意識 e qia 頭有淡薄仔關係，但是音樂是人類 e 共同資產 gah 共同語言，透過歌唱 e 歌詞不管是欣賞或是個人 e 哼唱攏是集體共同記憶 e 表演再創作，有 e 優雅、有 e 粗壯，雅俗共賞。流行歌曲本身 di 台灣大眾時行，有別於音樂廳 gah 詩藝朗誦 e 貴族味，換一句話講，流行歌幫助歌藝發落到民間。歌 e 節奏透過吟唱抒情發落心事，消受憂悶 gah 發出心聲效果強，是普羅大眾 e 音樂。唱法非常口語化，有時 ga 口語內底 e "honn、a、na、leh、la" 等虛詞去掉 dor edang 將講話 e 方式拖長做歌隨心唱，有時 gorh edang 採用 zia e 虛詞增加效果，盡情 "啊"、"啦"、"hai ior" 牽 gorh 重覆。

　　不管是那卡西走唱風味如金門王 gah 李炳輝 e〈流浪到淡水〉（註九）或是伍佰 e 搖滾樂（註十），普羅大眾 e 音樂是將平面 e 文字詩作轉化做立體 e 音響，結合視覺、聽覺 di 空闊 e 想像時空飄揚。詩 e 音樂性、社會性、意涵、風格、深度、鑑賞透過大眾音樂 e 流布 ga 台語留落來一條命脈，除了保留台灣本土流行歌 e 線路，阮認為這是上大 e 貢獻。

註解：

（註一）

感謝研究 *Ireland* 文藝 e 蕭嫣嫣老師 gah 阮討論。

（註二）

有關《趙天福台語詩劇場》e 資訊，錄音帶頂面有電話 gah 住址。另外有《趙天福千古吟唱》分古詩、新詩篇，1992。

（註三）

黃乙玲唱 e《無字 e 情批》，台語歌許常德詞、游鴻明曲、陳品編曲。上華出品，1999。

（註四）

請參考 滾石唱片陳明章 e〈下午(晡)的一齣戲〉gah〈mai 問阮 e 名〉(1999)。

（註五）

請參考 索引有聲公司製作 e《往事如影‧冬節圓》

（註六）

請參考水晶有聲出版發行，小刀/鄭元獻 e《給我一座核四廠》，1999。

（註七）

角頭音樂出版發行第六號。黃靜雅 e《看月娘》，1999。

（註八）

沈懷一 gah 觀世音小組等。《921 安魂曲》，台北市：魔岩唱片，2000。

（註九）

《流浪到淡水》。台北市：魔岩唱片，1997。

（註十）

伍佰等。樹枝孤鳥。台北市：魔岩唱片，1998。

第五講座

台語散文

一、關係散文

台文散文 e 情形，照陳萬益教授 e 看法是 du 開始（註一）。實際上，台文是 di 長期萎縮狀況下，欠缺大量 e 書面資料，這是咱必須認識 gah 拍拚 e 代誌。

目前為止，散文 e 個人全集 iau 無濟，選集有一寡，作品散見 di 各台文雜誌，量已經 deh 增加當中。散文 ka 欠缺有幾項原因：

第一　書面化無夠普遍，雖然一百五十多前以來 dor 有白話字 e 書寫，如 1871-1890 年左右馬偕博士 e《馬偕日記》、1885 年創刊 e《台灣教會公報》、1886 年周步霞 e〈北港媽的新聞〉、1895 年嚴先生 e〈台北 e 消息〉，但是時空 e 變化 gah 種種因素（註二），致使無標準化 gah 無普遍化來阻礙著台文書寫 e 成熟 gah 流傳。主要 e 原因是母語教育無納入教育體制，教育部雖然已經初步規劃 di 公元 2001 年 9 月年度開始將母語列入國校必修，到現此時，台灣母語 e 拼音系統猶原長期處 di 無穩定 e 狀態當中。

第二　使用漢字 e 文化圈內底，以中文近代散文 e 形成過程來看，di 解放文言文以後，白話文運動初期 ma 無啥麼經典著作。本底一種書寫 e 文體 veh 形成，初期主要是推展運動面 e kangkue，一旦舊 e 風格解放，新 e 文體 veh 建立，需要經過一段時間 e 準備、醞釀 gah 累積。

Di veh 介紹現有 e 台文散文著作以前，有必要提一下散文 e 定義 gah 文類，按呢可能對散文 e 認識有一寡幫贊。

1. 散文 e 定義

(1) 現代散文一般是指文學散文，gah 韻文（*verse*）相對 e 一種散文（*essay*、*prose*）文體。換一句話講，dor 是文體 e 形式無親像詩文按呢有固定 e 格律 gah 押韻 e 限制，凡是詩歌以外 e 作品攏算做散文。

(2) 台語散文是指直接以台語白話文寫作 e 文章。（註三）

散文是所有文類 e 母體。原始 e 創作不管是小說、劇本、日記、傳記、訪問口述歷史、笑話 iah 民間故事等等，起初大概攏是用散行文字書寫落來 e，後來照各種文體個別 e 結構 ham 形式 e 要求慢慢仔生長、成熟、定型以後，dor 脫離散文 e 範疇，形成獨立 e 文體。現代散文（東、西方）ma 是將小說、詩、戲劇等已經具備完整要件 e 文類去除以外，所 cun 落來 e 文學作品 e 總稱。雖然子體獨立，母體猶原在。

2. 書寫散文 e 重要性

散文是所有文體 e 母體，親像呂興昌教授所講 e：　"詩、小說 veh 寫會 sui，m 是三五多 e 功夫，人講學功夫，dor 愛先學屈馬勢，馬勢屈會 zai，功夫 zia 有底，zia 有法度出神入化。仝款，散文 ma 是詩 gah 小說 e 基礎，散文練 ho 飽，練 ho 疊實，anne，mdann 其他 e 文類 ting 好寫 gah siasia 叫，普通時表達意見、抒發感想 ma ka 會 siakpa 兼 dauda。…"　（註四）

3. 散文 e 特性

(1) 內容充滿個人色彩、個性、思想、人品、風格、體驗，所以講讀文章親像見著作者本人。Di 詩作方面膨風 e 成分卡 guan，小說 e 虛構面向 ka 大而且作者 e 身份是卡隱藏性，卡客觀、間接；散文是直接敘述作者 e 生活體驗 gah 生命歷程。

(2) 文章風格大約是表達作者本身 e 人格特色，法國作家 *Montaigne*〔蒙田〕講：　"我希望表現我本來 dor 有 e、自然 e、日常

e 面目…"（伊所講 e "*essais*" 是試探 e 意思，ui 個人生活本身去探索）。日本 e 廚川白村認爲："作者必須愛有厚重 e 個人色彩。"

　　a. 題材方面：多元、多樣，大到太空宇宙、細到蠓蟲細菌。

　　b. 開放 e 形式：因爲散文本身題材開放，所以多元、雜包、範圍大、變通大、伸 giu ma 大。散文 e 形式，無受著詩作 e 行 zua 長短分行 gah 韻律 e 格式所束縛，ma 無受著戲劇 e 固定形式 e 限制，edang 自由吸收其他文類 e 優點，而且 edang 創新，甚至 di 標點符號頂面做改變等等。

　　c. 流動 e 結構：散文 e 流動比如是一條河流，順著主題發送支流去散布，支流 ma 無離開主流，通尾仔 gorh 流入大海洋 e 總主題。所以有人講散文是水性，有所在 dor 鑽入。

　　d. 生活 e 語言：散文 e 語言是傾向 ka 口頭 e 白話文，真少是文言 e。新文學 e 語言是第一度前線系統，直接 gorh ka 主觀化，無親像第二度語言如詩歌、音樂、圖畫 e 形式是 ka 含蓄間接 e 文藝，講究押韻、節奏、旋律、色彩遠離口語。散文 e 語言是清楚、明白、自然、直接。Ma 是因爲按呢，散文語言上難達到 e 境界是用家常 e 話語 veh 傳達上漂撇 e 意象。所以散文 e 功夫是上好入門，ma 是愛勤寫 dann 會達到一定 e 功力。

4. 散文 e 分類

　　大約分抒情散文（文學性散文、傾向主觀情感）、敘事性散文（科學性散文、ka 客觀 e 記述如科普文學、自然寫作、報導文學）、論理散文（哲學性、方法性散文，注重分析超越、沈思等等）。包括抒情、寫景、狀物、敘事、歷史、議論、說理、記言/語錄、幽默、諷刺、雜文、隨筆、寓言、哲理等等。

　　歸類做 ka 特殊結構 e 類型：如日記體散文、書信體散文、序文（自序、他序、代序)、遊記(景觀式遊記、人文式遊記)、傳知/報導*reportage*（經驗式報導文學、考證式報導文學）、傳記文學（自傳、他傳）。

5. 文章 e 結構

寫散文 e 脈絡 edang 用時間順序 gah 空間定點做發展、文筆功能、內容/故事、人物、事件、作品用途/演講、寫作 e 風格…等等做底，親像一欉樹仔有根、樹箍、分枝、樹葉 gah 花蕊、ma 可能有寄生物，本質 dor 是一個完整 e 生命體。一篇散文可能強調 di 一個特殊鏡頭 e 焦點描述、述事、說明、記事、報導等等，但是會記得主題，mtang 離題，進一步做修辭 e 功夫，有意象 gorh 精確、ho 感情 e 質素飽水、ho 知識充實，ma ho 鬱卒 gah 迷思昇華做一種看會開 e 接受 gah 認知，解除悲情 gah 驚惶，再一步得受安慰 gah 再生 e 力量。

6. 寫散文 e 要點

注重 gah 生活本身 e 經驗結合，寫咱上熟 sai e 人、事、物、景觀、知識。深刻出神入化，本身 dor 是藝術。注意連接詞 e 運用/結構，將口語轉變做文本，ga 故事、代誌講 ho 入肉，每一段 e 條理明白 ho 人讀著清楚，散文 e 感染力 dor 會出來。技巧 ka 次要。讀作品 e 時陣，對文字本身需要一點仔敏感度，親像蜜蜂按呢會曉採花粉 ga 消化做蜂蜜，變做有效、有營養 e 糧食。台語因為目前作品欠缺，所以注意聽老一輩 gah 一般人所用 e 字詞按怎表達出台語 e 生動性，有真大 e 助益。

寫一篇散文好親像準備一盤仔菜：主要材料 dor 是題目、主題/主線、文字、語詞、句型、段落。題目若有 dor 差不多是文章寫一半。續落來調配料 dor 是選擇連接詞，將關鍵 e 語句 gah 段落關係接 ho 好勢，適當順口、潤滑散文 e 流暢。色、芳、味 e 裝飾效果 edang ga 台文散文 e 優美性、生動性表達出來，親像表情十足 e 諺語反應出來文字背景本身。不管是散文沙拉、有機蔬菜 e 冷盤、a 是 dim、炒、烘、炊、滷、kong、牽 qinn、白 sah、慢熬 e 腥臊，咱攏愛有一盤菜 e 特色 gah 風格。

台語散文可貴 e 所在是 di 台灣人民普遍 e 生命力 gah 土地，日常生活結做伙 e 情份，台灣文化 e 尊嚴 gah 情份，生存 di 土地人民共同 e 記憶 gah 生活方式。

7. 散文賞析

作者芸仔（註五）e〈東門城〉zit 篇，是台語散文界一粒一真罕得 e 佳作，大約二千字 e 文章，用字、詞、句、段、情節、人物、景、歷史 gah 時代 e 變遷等等，表達 e 技巧、修辭 e 幼路，di 夢 gah 現實牽黏著台灣 e 庄腳勤勞 e 生活 gah 美景，ui 俺公 gah 阿孫 e 天倫樂，延伸到殖民歷史 e 背景 gah 痕跡，簡潔 gorh 完整，已經超過博觀約取 e 境界，文學 e 意境 gah 全文 e 架構相當豐滿 gorh 緊密。用 zit 篇來做台語散文 e 範本，請逐個來欣賞：

東門城　　芸仔（1994）

我 vat di 榕樹頂做過 zit 款 e 夢。

一長條 e 亭仔腳，厝瓦內 vih 有三、四 siu 粟鳥仔 siu，鳥仔囝 du 孵出來，鳥母鳥公一出一入無閒 cih-cih。三不五時鳥仔毛 dor 參像秋天 e 落葉按呢，一片閣一片 ui 厝頂落落來。樹仔尾風若掃入來，歸土腳 e 鳥仔毛 dor 參像 ho qin-a ia 去半天頂 e 棉仔 hit 樣，dua 空中 seh 幾 lor lin 轉才閣勻勻仔停 di 柱仔腳。

"有鳥仔囝 deh 叫 ne！" deh 揀菜 e 手徙來目眉邊，掠厝頂金金相。家己 siunn 過歡喜，本成唸 di 嘴內 e 話煞講出來。

"Eh！鳥仔囝孵出來啊！" 俺公尻川 dam di 細隻椅條仔頂，雙腳踏 di 草索仔 e 兩頭，ga 秤好 e 土白仔 kiorh ho 整齊，那捆菜那講。

今仔日是收成 e 第五工啊！猶閣是 qin-a e 我，細細仔枝 e 手指頭仔有一 ling 一 ling e 青痕，he 是揀菜 e 時 cuah 黃葉留落來 e 菜汁。"第五工啊！" 心內按呢想，"明仔載田尾彼三股揀了，應該是會赴啦！" 就放膽 ga 俺公參詳。

喝一聲 "俺公！" 心內閣淡薄仔驚驚。看俺公 qiah 頭起來，吞一嘴嘴 nua 才閣續落去講。

"老師 gorh 叫我去參加畫圖比賽。"

"當時？"

"這禮拜五。"

聽講是拜五 e 代誌，俺公結歸球 e 目頭才會平去，面幹過來向我宣布：

"好！後日 ga 尾叔仔借去 e 大自轉車牽轉來，俺公才載你去。"

目一 nih，比賽 hit 日就到啊！

罕得入城 e 俺公 ham 我公孫仔兩個人，一個戴草笠仔、一個戴一頂柑仔色 e 圓帽仔，ui 厝前彼條細條 gah 兩隻牛相 du 愛相 keh e 牛車路出發。Painn di 家己 e 胛脊骿 e 畫袋仔內 kng 有畫筆、水彩、鐵牛奶罐仔、畫圖枋…。Li-li-kok-kok e 家司頭參像 deh 拍鼓乒乒乓乓沿路 kiang 來 kiang 去。路愛幹來到鱸鰻樹腳才有 diam 仔膠路。即時穿淺拖仔踏大自轉車 e 俺公歸領紗仔衫已經 ho 汗水 dam tang 過啊！

家己坐 di 後載看了 m 甘就大聲喝講：

"Veh 小歇一下無？俺公！"

"gorh 歇 dor 無燒糕皮餅 tang 買！"

俺公按呢講大自轉車 dor 幹對雙叉路 e 正旁去，鱸鰻樹林漸漸消失，大街 e 餅店就愈來愈近。Gen 擺若去比賽，俺公一定 cua 我來餅店報到，買有包四四角角 e 冬瓜、頂面下底攏 hiu 有白麻仔、哺起來有紅蔥頭味酥芳酥芳 e 糕皮餅 ho 我作中晝頓。

"是東門城 honn？無 m 著 honn？" 全款 e 問題俺公已經問過三擺 loh。

"創仔無愛畫城門？" 俺公按呢問，我才知影伊心內 deh 掛念啥物。

"俺公！東門城 e 棉樹開 e 花足大蕊 e！" 我 dam 頭向俺公畫一個大圓 ko 仔那講。

"哦！he 卡早是種櫻花。花開 e 時 dor 是春天。粉紅仔色細細仔蕊。城內無 gah 半滴風，一點一點 e 花葉仔參像天頂 e 小仙女做陣下凡落來。歸土腳假若櫻花地毯，一四界攏是，城邊 e 大圳溝 ma 是。" 俺公講 gah 大氣喘，嘴鬏噴咧。Mvat 看過櫻花 e 我聽 gah 嘴開耳開，尾仔順俺公 e 嘴尾 ga "櫻花地毯一四界攏是，城邊 e 大圳溝 ma 是。" 閣唸一遍。

"無你無愛畫城門，你是 veh 畫啥物？" 俺公閣翻倒轉來問我猶未回答 e 問題。

"畫上城橋啊。" 家己自信滿滿回答了才解釋無愛畫城門 e 原因。

"城門口有一個戴警察帽仔 e 烏人 kia di hia，逐遍若經過 hia，目睭攏驚 gah vih 起來。"

M 知是家己講 m 著話抑是日炎起來，俺公聽我按呢講目頭又閣結歸球，連嘴角 ma 受氣 gah 歪一旁。無奈 e 目神藏 di 一股閣一股有汗水 d e h 行 e 條痕中。

車停倚城門 e 大路 ginn，俺公落來 ga 大自轉車拍 kia 起來，就 ga 我抱落車。裙尾 ga 我拌拌咧，dor ga 弔 di 車手猶閣燒燒 e 糕皮餅

ham 水壺剝落來 guann ho 我。我就家己一個人行 ui hit zang veh 開花 e 大樹腳 ce 學生 qin-a 伴。當家己行到位，翻過頭來 ga 俺公 et 手 e 時，看著猶閣 kia di 東門大橋頂 e 俺公手 teh 笠仔向我 zia 行九十度 e 大禮，原來老師已經 kia di 我後壁有一 diap 久仔 loh。

畫圖 e 時間 loh 過真緊，qin-a e 世界已經有一座粗勇 e 上城橋，橋頭邊有幾 zang 仔 kia 直直樹枝分叉彎彎曲曲 cng ui 天頂 e 木棉，木棉花無半蕊，只有一四界 e 粉紅點，橋頭 ma 有，橋腳 e 水面 ma 有。手 qiah 畫筆 e 我心內一直 deh 問：

"俺公，敢是按呢？"

"俺公，敢是按呢？"……

煞那喝那清醒起來。抹有黏膠用來掠 get-le e 竹篙尾已經乾 kokkok 啊，ham 阮 zit 陣 qin-a di 榕樹頂睏一畫。粟鳥仔、青笛仔 m 知 deh hong 啥物？好參像 deh sng "大風吹"，一陣連鞭歇榕樹腳，一陣連鞭飛 di 樹枝頭。

一開始第一段 ganna 一句，疊實 deh 宣告夢境。文中 e "我" 親像 *Alice* 夢遊仙境，夢只有記憶 gah 望想，攬無、抱無，輕輕仔點著存 di 心中 e 祕密。一直到 seh 到尾仔倒算第三段："裙尾 ka 我拌拌咧…。"ka 將文中 e "我" 是一位讀國小 e 查某 qin-a 明講，gah 第二十一 zua e "一個戴草笠仔、一個戴一頂柑仔色 e 圓帽" 相呼應。俺公對櫻花 e 呵咾以 "一點一點 e 花葉仔參像天頂 e 小仙女做陣下凡落來" 來比喻回想過往 e 景色講 ho 貼心 e 孫聽。一位有威嚴 e 家中之主，一向雄威 e 查甫人 ho 幼秀 e 花蕊化開心肝堀仔，是 deh 描述花，gorh 有將血統 e 驕傲暗喻身邊古錐、乖巧骨力有才華 e 查某孫仔，不止一遍用人力車大粒汗細粒汗、penn-penn 喘 ga 查某孫仔載來載去無打緊仔，gorh 有燒燒 e 糕皮餅，作者以無 ka 加也無 ka 減 e 形容詞適切以 "燒燒 e 糕皮餅" 刻出祖孫二人 e 溫情，襯托出來有歲頭人 e 慈愛，而且 gorh 無男女分別 e 歧視。

　　除了情，透過景物 e 描寫，風景有石頭仔駛牛車 e 窄路 gah 聯接城內 e　diam 仔膠路，鱸鰻樹（木麻黃）gah 櫻花，生長土白仔 e 田園 gah 有餅店 e 都市，成做一個庄腳 gah 都會 e 對比。文中尤其將感官 e 視覺色彩固定 e 風景、茱汁 gah 流動 di 行徙牛車路無平 e 車頂載物發出 e 聲音、鳥隻、get-le（蟬）、風搖動 e 聽覺，gah 糕餅點 e 芳味 e 味覺，俺公 ui 孔明車抱孫落地 gah 傳接 ho 孫仔溫燒 e 糕皮餅種種 e 觸覺，巧妙化約點出 di　流暢輕順 e 文中，充分運用著語言 e 暗示性 gah 生動性，相當具備著十九世紀法國詩人 *Baudelaire*[波特萊爾]時代象徵主義 e 美學特色，有優雅 e 經典之風，gorh 有新感覺派 e 流風。

　　文中細項情節親像揀茱 e 動作 gah 一個幼幼 e 讀冊 qin-a veh 爭取去參加比賽 e 心理反應，目色非常敏利 gah 謹慎，真惜本份，作者三言二語 dor 以修辭 e 功夫，用字 e 簡捷 gah 精鍊 e 筆法以旁白 gah 對話分別 di 第五、六短段 gah 短句表白出來。

　　文中 e 俺公是一位負責、qau 拍算疼厝內人 e 家庭 huann 手有能力、有擔當、有愛心，是作者心目中理想 e 家長。另一面，俺公（咱 e 阿公，m 是阿公。ka 早 e 人以俺公稱呼表示親親親，qin-a 按呢叫 ma 有 sainai e 保護感；另外，有 e 序大若無按呢 ga 稱呼，表示無尊重 yin，unna 有真強 e 太上祖公威風，需要服從 e 權力管制）表達 e 是一個父權 e 時代，父權頂面閣有日人統治 e 威權，所以俺公猶原 ga 小學生 e 老師行九十度大禮 e 習慣保存，di 一個 qin-a 心內 e 陰影以 "城門口有一個戴警察帽仔 e 烏人 kia di hia，逐遍若經過 hia，目睭攏驚 kah vih 起來。" 天真、直接拒絕去畫烏人政治圖騰 gah 媚俗 e 歌功誦德，三句短句 dor 暗喻政權 e 轉換，ui 俺公 e 口氣 gah 懷思話語中點出來。雖然圳溝邊過去 e 櫻花 ho 斑脂花（木棉花）取代，日人退轉，但是留日倒轉來 e 軍人 ui 中國退守來台灣，"烏銅像 e 象徵"，作者無用激烈 e 語詞 dor 帶出台灣戒嚴時代空氣中無所不止 e 霸權，逐個人攏知影這是牛椆內 deh 惡牛母，這是文學深沈 e 渲染作用。日人時代 e 警察是酷吏，qin-a 若烏白吵、a 是無乖，到阮 zit en 五〇年代戰後 dann 出世 e 猶 gorh 是 ho 大人喝講："你 gorh 哮 gorh 吵無停，警察 dor 會來啊！"來 hann 止。日治時代是外來 e 殖民，國府是內在 e 殖民，白色恐怖粉碎了祖國 e 夢，東門城顯然代表了悲情城市 gah 台灣人民 e 記憶 ham 傷痕。文學家以隱含 e 筆路 di 短短 e zit 篇散文替咱勾勒出來跨時空 e 歷史、景物 gah 生活（大如上城橋早 dor 拆除；小如包四角多瓜、白麻仔、哺起來有紅蔥頭味 e 糕皮餅，對比著現此時 e 西洋糕點，di 城隍廟邊 e 百外冬 e 新復珍餅店猶原 deh 經營竹塹 e 風味）。1999 年，新竹市東門城建立一百七十多，重新整修 gah 規劃，城門口 hit 個戴警察帽仔 e 烏人無 gorh 再 kia di hia，2000 年台灣總統大選，政權和平轉移。東門城 e 背後 iau 有真濟台灣人 e 血、目屎 gah 光榮，zit 篇文章 m 是 deh 計較散文修辭 e 藝術，價值是 di 台文修辭 e 認知 e 範本，ho 人讀真濟遍，一遍 gorh 一遍有無全款 e 發酵作用。

一開始 e 夢到文尾夢醒，前後 gorh 貼黏做伙。一個查某 qin-a di 榕樹頂睏一醒，一個台灣大地 e 团孫睏一醒，不但有男女自由平等去 sng、去體會大自然，同時用伊 cuah 菜有菜汁色水 gah 芳味 e 雙手去彩繪。細漢有按呢 e 人格成養，大漢必然有直接適度 e 貢獻，間接 e，ma ho 人感受著台灣長久以來無分老 zinn 男女 e 覺醒，di 家己 e 所在 edang 安心仔睏，這是作者慈悲觀望 e 美夢，伊用溫柔軟性 e 筆，隱含強烈 e 彈性 deh 敘事，這是值得思考 e 深度。Gorh 再一次證明散文 m 是 ganna 花前月下 e 量 siong 品。

註解

（註一）

　　我對台語散文 e 淡薄仔意見，台灣文藝 156，1996，8 月 p.18-20。

（註二）

　　見本冊"母語運動"單元。

（註三）

　　見林央敏台語散文的文學化──《台語散文一紀年》編序。

（註四）

　　呂興昌。M 是序文。《青春 e 路途》p.I-IV。

（註五）

　　芸仔本名陳秀芬，新竹人，東吳日文系畢業，大學四年開始接觸，畢業後第一冬開始寫台文。感謝作者同意使用〈東門城〉做台語散文做範文。

參考文獻

鄭明娳。現代散文類型論。台北市：大安，1987。

二、近代台語散文著作：作家合集 gah 個人全集

　　雖然 di 九〇年代以後，台語文界詩作 gah 過去比較已經有豐富 e 產量，台語散文 ma 接 deh 興旺進行當中，以年代 e 先後，dizia 代先介紹各作家 e 合集，接落來 ka 來介紹個人全集。目前散文 e 選集有《楓樹葉仔 e 心事》gah《台語散文一紀年》。

　　合集 e 好處是 edang 集著個人 e 菁華佳作，尤其是個人 e 出版量無夠集做一本單行本，iah 是有人惜字如金客氣推辭，或財務 e 問題等因素之下，發行合集 gah 選集 ho 集體創作 e 成果出土是真需要 e 代誌。Di 台文 e 處境，集體著作更加重要。除了 zit 兩本合集，edang 選錄 e iau 有真濟，di 現時發行或停止 e 各種民間團體刊物，不但是作家發表 e 舞台，同時 ma 希望有心人 gorh 再參考。

其他如蕃薯詩刊、茄苳台文月刊 gah 台語世界雜誌等內底 e 散文份量可觀，時行台灣文月刊 unna ka 注重散文類。

1.合集

(1) 胡民祥等著；楊允言主編。楓樹葉仔 e 心事，台北縣：台語文摘雜誌社，1994。Ma 是台語文摘第 6 卷第四期 e 台語散文集。

《楓樹葉仔 e 心事》總共收錄 29 篇：〈下晡 e 心情〉/吳亦清、〈馬紗溝 gah 鹽埕〉/吳鉤、〈島嶼 e 寶藏〉/任冠樹、〈做一個香燈跤〉/李雪香、〈beh 一支山〉/林明哲、〈行過金仔城〉/林央敏、〈滬尾黃昏行〉/林裕凱、〈散文三帖〉/林宗源、〈廖添丁佇渡船枝仔內哈燒茶〉/黃元興、〈貢寮 e 薑仔花〉/黃佳惠、〈有緣相逢佇淡水〉/黃建盛、〈聽著雨聲〉/黃勁連、〈泛古〉/梁勝富、〈楓樹葉仔 e 心事〉/胡民祥、〈流浪佇政治 gah 文學〉/陳明仁、〈本里記事〉陳明瑜、〈了尾仔〉陳義仁・吳晟、〈北汕尾傳奇〉/涂順從、〈兄弟〉/周敏煌、〈阿媽 e 私傢錢〉/蔣為文、〈新正去艋舺〉/吳秀麗、〈對一支鹿角化石講起〉/林錦賢、〈請汝予我愛〉/林蔚文、〈鄭尚按爾講〉/林韻梅、〈頭殼 zam 起來做椅仔坐〉/盧媽義、〈六月鳳凰花〉/滷卵、〈出國這項代誌〉陳雷、〈觀霧記遊〉/張春凰、〈東門城〉/芸仔。

Zit 本封面古錐、薄薄 e 散文集有幾個真特別 e 特色。首先，伊收集現代 e 作品，而且 zia- e 作者有 11 個是理工出身 e、2 個醫學 e、1 個法律 e、1 個圖書館 e 背景，除了林央敏、林宗源、黃勁連、陳雷、胡民祥 gah 陳明仁以外，攏是新興 e 寫手。Ui 11 個理工 e 超過三分之一 e 情勢來看，咱發現著有一寡名聲 e 中文作家（到 1994 年為止）是非常少。其次，zit 本散文集 ma deh 宣示，戒嚴以來九〇年代初期台語文復興運動第一批 e 散文新聲，ui 校園發動 e 台語運動 e 學生作品入選。有一項趣味 e 代誌是台灣現此時 e 優勢文學，88 年度散文選（焦桐主編，台北市：九歌，2000。） e 作品有 37 篇，作者中文系出身 e 大約有 13 個，這 gah《楓樹葉仔 e 心事》e 作者有一半以上 m 是中文系出身 e 比例凸顯一寡背後 e 因素。焦桐 di 冊中「語文 gah 土地」e 部份特別講著邱坤良 e〈澎湖蚊子的一生〉"帶著一種俚俗生命力的語言，有著豐富的表情…"（博觀取約的敘述藝術/焦桐，p.13），相對 e，《楓樹葉仔 e 心事》差不多逐篇攏是母語 e 直接敘述，流露著原汁 e 常民生活味。

以在地語文做主體 e《楓樹葉仔 e 心事》，逐篇文章筆者攏看過二遍以上，甚至有 e 看五遍，逐 gai 若看著 dor 親像 deh gah 老朋友講話，讀文假若 deh 相見面全款。Zit 種一看 gorh 看 e 吸引力存在著咱生活中共同 e 記憶，用原味 e 語言 ga 情感黏做伙，di 李雪香 e〈做一個香燈跤〉11 工 e 割香 gah 追隨媽祖 e 虔誠 gah 謙虛：

> 對我來講，割香並無啥麼目的，只是來學習生活。割香 e 心情若度假共款，會使共生活中促促 e 代誌攏放 ve 記，生活變做單純，這是一種幸福！我用我 e 跤踏佇職塊土地頂懸，感受各地 e 人情；割香 ho 我看著人生美麗、善良 e 一面，予我有機會知影愛感激 e 人講實在太儕；所以我尊敬白沙墩 gah 遮 e 活了平凡但是活了真有尊嚴 e 老百姓！（後記）

這種 e 感受 di 千禧年咱人三月初 e 大甲橋頂，阮親身觀禮大甲媽祖起程去嘉義 e 大隊人馬有真大 e 感動。是啥麼力量 ho 十萬人平平安安完成一 zua 心靈行踏，專注 e 敬心 dor 是信仰。讀著雪香 e 文章，是生活 e 印證 gah 論證，份量注重 di 生活經驗深刻 e "筆"比華麗技巧 e gah 生活離體 e "文"，m 免雅文雅言 e 貴族格式，筆路輕淡，是 zit 本散文集 e 特色，是因為 zit 款撼動 e 能量，幾年來阮前前後後讀幾 lor 回，一再受感動。

另外，〈東門城〉zit 篇，ma 是出自 zit 本《楓樹葉仔 e 心事》，這是合集 e 優點。

(2) 林央敏主編。台語散文一紀年。台北市：前衛，1998。

　　《台語散文一紀年》，收錄 1987 到 1997 年、39 個作者、50 篇作品（其中有 6 篇 gah《楓樹葉仔 e 心事》重覆）、附錄 1886、1895、1935 年 e 作品各 1 篇，證明一世紀以來台文是有起頭 e，只不過被壓制、被取代，為著 veh 突破高壓 e 外在困境，說理、啓蒙 gah 議論性 e 文章 dor 遮 di 文學性 e 散文頭前做開路先鋒。好佳哉！zit 本以文學性為主 e 散文選集，ga 咱 zit 種悲情昇華，為台語文 e 正常化，做一個範例 e 宣揚。因為篇幅長度限定 di 5000 字左右範圍 e 關係，gorh 要求文學藝術 e 美感，所以 zit 50 篇 e 意義是相當反應出來當代台語散文 e 程度，當然咱 ng 望量 gah 質年年提高到有年度散文 e 選集。

　　台灣 qau 落雨，di zit 本冊內底以雨做取題 e 有〈西北雨直直落〉、〈雨落置嘉南平原〉、〈基隆雨〉、〈聽著雨聲〉、〈雨水〉，雨 e 風情 gah 台灣人一如雪 gah *Eskimo*[愛斯基摩]民族 e 氣候關係。Gah 親情有關係 e 有〈媽媽請您保重〉、〈置阿娘的身軀邊〉、〈祭母文〉、〈阮阿公〉、〈六月的鳳凰花〉、〈望你早歸〉、〈十歲彼冬〉、〈你的世界是我探眛到的天星〉、〈gah 阿爸講上久的一遍話〉、〈嫁粧加一組捽桶〉、〈阿母〉，有人 dor 有親情，是古早以來環球共同話題，台語散文以母語 e 面貌流變出來親情 e 深度情景。情分觀有〈斷情書〉、〈證據〉、〈一蕊紅玫瑰〉。抒懷 gah 鄉愁有〈滬尾黃昏行〉、〈會呼（ECHO）的日子〉、〈頂山仔跤記〉、〈稻穗飽滇著垂頭〉、〈寒星照孤影〉、〈楓葉樹仔的心事〉、〈竹抱跤飲酒〉、〈厝角鳥〉、〈日光普照的國度〉、〈台灣閣〉、〈水水的故鄉〉、〈星夜〉、〈思念燕門居〉、〈月色 gah 花蕊〉、〈藝術品〉。關係人道 gah 環保有〈我 gah 土地〉、〈客鳥〉、〈貢寮的薑阿花〉、〈鬱卒的紅樹林〉。政治 gah 文學有〈我做一個奇怪的夢〉、〈小提琴〉、〈流浪置政治 gah 文學〉、〈下晡 e 日頭〉、

〈若是相思仔花,照山崙〉。寓言式散文有〈上 sui 的春天〉。鹽份地帶人文行踏:〈鹹魚翻身〉、〈發現北汕尾〉。記事:〈楊梅山頂冷風寒〉、〈四季家居記事〉。其他:如〈鬼仔火〉用 zit 種看晃 e 態度 ga 咱講墓仔埔 e 磷光;〈風頭水尾〉記述一個七十五歲 e 普通老人親像 hit 塊生命源頭 e 風頭水尾地,雖然自認生命 e 旅途已經是風中 e 殘燭、圳水 e 尾溜、火會 hua 水會消,伊 ma 是 veh 落葉歸根,回溯一生 e 故事 gah 孫仔言語 ve 通 e 孤單,阿公阿媽 e 話 du 好透過一篇口述形式 e 文篇形態 ga 咱保留落來。王照華〈日光普照的國度〉堅持有光、奶水 e 鄉土絕對 e 存在,目光永遠放遠,外出拍天下,台文 e 心聲親像伊 e 響亮歌喉用 gitah 伴奏,傳遍台灣各地頭。《台語一幾紀年》veh 按呢延續咱 e 香火。

2. 個人散文全集

(1) 台語女性散文第一手～張春凰

張春凰。青春 e 路途。台北市:台笠,**1994**。(張春凰。青春 e 路途。台北市:前衛,**2000**。二刷)

張春凰。雞啼。台北市:前衛,**2000**。

1994 年,張春凰出版《青春 e 路途》,到 2000 年 ka gorh 再版,其中有真濟回應 gah 回響:

a. 1994 年 12/16 開始中時 e 台北活版、12/22 "開卷" 中 e〈在地 e 文字 本土 e 文學〉,到 95 年 1/26〈台語文女音清麗初唱〉－江文瑜、2/23〈書&人〉－包黛瑩文、3/9〈走出廚房,揭「筆」為文－主婦寫作風氣作風綻定〉－陳昭如 e 開卷;b. 1994 年 12/25 民眾日報〈台文寫作走出悲情〉－董青玫特稿 e 文化版;c. 1995 年 1/3 台灣時報〈用阿母的話寫文章:江永進《一百分鐘 e 台語拼音課程》 張春凰《青春 e 路途》夫妻齊心投注台文寫作〉－蘇惠昭

e 文化生活版；d. 1996 年 8 月，〈我對台語散文 e 淡薄仔意見〉陳萬益，《台灣文藝》156 期 p.18-20；e.〈Forthcoming in 1996 ROC Yearbook Literature〉by Sung-sheng Chang and Ping-hui Liao；（f）. 二位世新學生實習記者 e 訪問 gah 一寡台文讀冊會如台語世界 gah 台中台語研究社 e 社刊等等，攏是有記錄著《青春 e 路途》e 文獻。

（〈二刷記事〉p.xxxVII）

以下是沈冬青所寫 e 〈台文作家介紹：張春凰〉

張春凰，高雄縣大社鄉人，1953 出世。美國 F.S.U. Library Science & Information Study 碩士。1992 年開始用母語寫作。Vat 參與過《茄苳》、《台語世界》、《時行》台文雜誌 e 編輯 gah 多種台語運動書籍 e 出版，並擔任新竹市社區大學、新竹市文化中心，九年一貫教育台北、桃、竹、苗、台中縣等地區母語種籽教師訓練課程等 e 教授工作。著有散文集《青春 e 路途——我 e 生活台文》（1994）、《雞啼》（2000）、詩集《愛 di 土地發酵》（2000）、母語哲思錄《靈魂 e 所在——我 e 生活 YOGO》（forthcoming）。

《青春 e 路途》edang 講是近來第一本個人台語散文 e 專集，di 台語文學 e 發展上意義真大。作者 di 冊名後尾加上 "我 e 生活台文" 做副標題，這代表台文已經熟溜到 edang 用來生活記事，隨手寫落，甚且文隨意轉 e 階段，有一種即刻性 gah 方便性。也就是胡民祥所講 e："伊 e 散文 e 一大特色 dor 是生活化，dor 是生活 e 散文。"（〈情深活跳 e 散文〉）ui 作者 e 創作自述看來，edang 達到充分 e 創作量，其中得利最多 e，應該來自伊所使用 e 通用拼音輸入法。（參見〈我用母語寫作 e 經驗〉，收入《青春 e 路途》）台文創作 e 先行者大概首先 du 著寫作上頭痛 e 問題，就是文字表達 e 方式：cue 漢字 e 困難、拼音調號、電腦化工具 e 使用種種難題。張春凰大概是第一個比較全程經歷使用各種表達方式 e 台文作者，而且對這個問題有 ka 全盤 e 思考。這段過程也是作者接受台灣意識啓蒙，開始全力參與台語運動、台文創作 e 經歷；同時這ma 變成伊創作時上主要 e 信念。(另外可參見〈母語樹欉 e 養分 gah淚根〉，收入《雞啼》)

　　咱來看張春凰按哪 ga 散文 gah 生活做結合？結合到啥麼程度？伊 e 文章時常愛用"四箍笠仔"四字，上 edang 表達做爲一個散文創作者 e 思考 gah 才調。"四箍笠仔"包括目光所到 e 四周圍，大大細細項 e 事物（如：〈我 e 冊桌仔〉、〈喧嘩〉、〈天生自然〉、〈清大北院〉）；包括記憶所及 e 過去（如：〈豆花〉、〈腳桶〉、〈樣仔青〉）、心思邈遠 e 未來（如：〈綠色使者物語〉、〈檳榔 gah 蘋果〉、〈無形e 殺手——氡〉）；包括自己 e 成長經驗（如：〈青春路途〉、〈翠屏夕照〉） ma 包括身邊人物 e 面貌風格（如：〈爸爸 e 手風琴〉、〈溫和透氣〉、〈媽媽 e 裁縫車仔〉、〈蘆薈〉）。所以伊 e 散文有景、有情、有故事、有議論，充分發揮了散文 e 功能。誠如胡民祥所講："伊借 '四箍笠仔' e 生態、景觀、事物來寫情；寫親情、友情、環保情、鄉土情、台灣情。情線 guann 起來篇篇相牽相粘，粘出台灣人e 面貌、台灣大地 e 彩畫、一幅有情有愛 e 台灣人生活圖。"（〈情深活跳 e 散文〉）

　　進一步，咱 edang 提出伊散文中 e 幾個特色：

　　(1) 用母語傾訴台灣女性 e 心靈，不但記錄了上一代母親的悲哀，更加將自己的青春、希望 gah 理想訴說出來。(參見陳萬益〈台文之美－序張春凰散文集〉)

　　(2) 回憶過去 ve 流於傷懷、悲歎 e 窠臼，以開朗、惜情、積極把握 e 態度取代。如：〈中晝 e 布袋港〉："春天 m 愛等，春息走過頭。"所以〈日頭出來啦〉寫久雨了後出日頭 e 歡喜心情，四界走告逐家。〈腳桶〉文中記錄昔日替小弟洗身軀 e 一段回憶，就算講腳桶已經成爲過去 e 名詞，m 閣 "hinoki e、正港 e、穩重 e 腳桶，過去曾經有 e 歡樂，已經延續到 zimma，veh 閣交 ho 下一代。"

　　(3) Dui 作品中 edang 發現真濟記遊 e 文章，其實是來自意外 e 路過，m 是真正 e 旅遊之作。如：〈95 熱天記事〉中 "做一個臨時起意 e 遊客"，〈中晝 e 布袋港〉講 "是高速公路 e 塞車 ga 阮 sak 去改行台十七線……意外做一個海岸線 e 行踏，追逐季節 e 尾聲。" 這種 di 行路坐車、做 kangkue e lang 縫 dor veh 寫作 e 態度，影響著作者 e 作品表現：無受時間空間 e 限制，隨處寫作，無拘題材大細，以短篇為主 e 書寫方式，多夜晚 e 情景描寫等等。

　　(4) 寫景真出色。張炎憲講伊 "定定用生活中 e 景色，來作為描繪 e 主角。" "對腳桶、珍珠、檨仔青、樹仔、蘆薈、苳瓜等，只要映入伊 e 眼簾，ho 伊感受到一絲 e 光彩，伊攏會寫出來。"（〈看著台灣文學 dor 感動〉）。陳萬益 ma 特別呵咾伊 e 寫景能力："ui 字句 e 排比、比喻 e 運用 gah 擬人化 e 積極修辭，zit 段（按指〈觀霧記遊〉一文）文字所描寫 e 雲山，實在 ho 人心曠神怡，令人嚮往。白描 iah 是細染、景致 iah 是情景，di zit 本散文集，處處有可圈可點 e 佳句，zit 種寫景寫境 e 成功，正是台文進步 e 可貴 e 痕跡。"（〈台文之美〉）"用短句，清新閣準確" 來描寫風景，edang 講已經變成逐家所公認 e "典範"。（胡民祥語）

　　(5) 作品中同時展現著散文 e 知性一面。Dui〈一張收據〉咱 edang 看出作者 e 女性意識；〈花蕊 e 齣頭〉作者表現出伊圖書館 cue 資料 e 本事，將知識性 e 資料融入抒情議論 e 文章中；〈無形 e 殺手──氫〉gah〈M 是 ganna 胃酸過多會引起胃潰瘍 niania〉更加證明作者想 veh 開拓台文書寫空間 e 企圖，期待含納多元 e 文化議題 gah 全面台文書寫 e 可能性。

張春凰。靈魂 e 所在：我 e 生活 YOGA。（forthcoming）

　　"《青春 e 路途》是我真欣賞 e 一本台語散文集，伊真生活化，真有女性 e ho 人感動 e 純真，抑 gorh 有描寫了真好 e 純粹 e 台文：

〈無形 e 殺手－氡〉即類 e 散文 veh 按怎才 edang 兼有散文 e sui gah 科學 e 真是值得大家繼續拍拚。"（陳萬益。〈我對台語散文 e 淡薄仔意見〉p.20。台灣文藝 156，1996，8 月 p.18-20。）

　　　"尤其是 hit 篇講「胃幽門螺旋桿菌」e 發現 e 文章，除了 ga 咱介紹上新 e 資訊以外，等於 ma 是替 Barry Marshell zit 個澳洲 e 少年醫生做簡傳，可見做一個台文作者，不止是寫生活 e 散文，春凰姊 e 用心是真闊 e ！"（沈冬青。〈青春永遠 e 心情〉《雞啼》序文 p.XXXIV）

　　作者因爲長期 deh 做有關台語文化 e kangkue gah 經歷一寡人生 e 變動，身 gah 心 e 消磨 gah 疏忽照應，di 1995 年 6 月再次胃出血，醫生 ga 講："按照胃鏡 e 顯示，大細點 e gen-pi，過去已經有真濟遍出血，是你家己 m 知影 niania！"。寫 di 1995 年 3 月 e 〈M 是 ganna 胃酸過多會引起胃潰瘍 niania——"胃幽門螺旋桿菌" e 發現〉完成三個月後，再次受著病痛 e 襲擊。其實伊本人二十外多來，攏遭受著胃痛 e 折磨，痛苦 e 經驗真想 veh ga 人講，叫人注意，無想著無外久家己 dor 遇著臨床 e 現身說法，di zit 個寶貴 e 醫療過程了後，其他健康問題猶原無 ho 伊好食好睏。因爲學習 YOGA e 機緣，伊 gorh 完成 zit 本《靈魂 e 所在》。真正 e 原因之一是 deh 繼續拍拚陳萬益教授 e 鼓勵："散文 veh 按怎才 edang 兼有散文 e sui gah 科學 e 真。"

　　對《靈魂 e 所在》zit 本冊 e 介紹請看廖炳惠教授 e 序文－

〈**YOGA　e 體悟**〉其中部份：

　　這是一本身體實踐 e 論述，ma 是由 YOGA 衍生出來 e 環境保育哲思錄。Di 眾多政爭、情色 gah 股市 e 冊堆當中，可以講是另類 e 思維，尤其 di 真濟 YOGA 練習 e 細節頂面，春凰以細膩又 gorh 親切 e 筆尖，勾勒出伊心目中更加有意義 e 人際、社會、形上倫理，如開目鏡行 di 趁錢以外，應該關愛著顧客 e 目睭，上好「附送一本目睭保養 e 手冊」。對如何放鬆、感覺，zit 本冊由醫療技術、身心意識到四箍笠仔 e 生態 e 變化，去形容其中過程，足 edang ho 人親臨其境，彷彿 ma due deh 保持軟 simsim e 彈性，情不自禁 dor 真自然 gah 伊共鳴。雖然，春凰一再以老師 e 講解為指標，咱 edang di 伊 e 練習中間，看著逐家攏想 veh 做伙分享 e 健美意志，尤其對女性讀者來講，本書有真濟片斷如「更年期」hit 段，所談著 e 阿婆 gah 自己 e 情況，希望以後 mtang 拖累囝，看著真感心。

這是適合逐家讀而且 due deh 實踐 e 一本冊，尤其 di 現此時 zit 個社會裡，人親像 ganlok[陀螺]按呢 sehseh 轉，沈沒 di 物質、操勞之中，ve 記得調養身心，改造人際關係 gah 周遭環境，誠如春凰講 e 台灣 ma 邁入老化期，"修行靠家己"。

春凰 e YOGA 老師以實際 e 觀點 gah 關懷 e 口氣 ga 講："zit 本冊我真感動，mgor，市面上 zit 類 e 冊 m 是暢銷書。"老師知影出台文冊愛作者家己 zong 錢 gorh 愛送人拜託人讀，心內 m 甘，但是春凰長期 di 推 sak 運動行踏，上深刻感受是語言學習是文本學習（*language learning is context learning*）e 實際性。台語文 dor 是資料欠缺，無豐富語言 e 內容，中文 e 取代性過度，所以大眾才無真正去接觸，是主要 e 原因。無人買 ma 是愛出，出 zit 本冊 e 意義是李清澤老師 ga 作者講 e："我愛斟酌 ga 你看 gah 建議，因為這是台文第一本啊！"讀者 ma 愛小等一下，因為作者 ma 耐心 deh 等。

(2) 千言萬語有深情，堅心若鐵 e 楊照陽

楊照陽。暗時的後窗。台北縣新店市：漢康科技，1995。

楊照陽。追求永遠的物件。台北縣新店市：漢康科技，1997。

楊照陽，1954 年出世，彰化溪湖人，di 二冬 e 期間，伊有二本台文冊出世。讀完《暗時 e 後窗》（1995）gah《追求永遠 e 物件》

（1997）對伊 e 了解 gorh edang 進一步。Zit 兩部冊絕大部份是散文 e 文體，雖然有 cam 一寡詩 gah 民間 e 諺語，但是 ga 伊 kng di 散文範圍來介紹。

時常 di 台文營、a 是台文 e 讀冊會看著伊，mgor 見面 e 時間攏無真久，a 無真正有深入 e 交談；有時看著伊是 di 政見發表 e 演講場，伊用一台鐵馬插幾仙布袋戲尪仔，dor deh 排擔賣伊 e 台文冊；甚至，di 2000 年三月 ei 高雄舉辦 e 台文營 e 場所，伊一面聽演講、一面 ga 伊 e 冊 kng di gah 坐椅黏做伙 e 書寫桌頂，ma deh 推 sak 台文。Zit 種自產自銷 e 情形，di 台灣以華文做主流 e 市場，充分說明著台灣母語邊緣、弱勢 e 現象。楊照陽 e 一篇〈暗時的後窗〉di 台文界流傳，不但點出來土產 gah 外移 e 主體 gah 認同 e 問題，ma 顯示出來一個 di 家己 e 土地共守 e 深情，dor 親像楊照陽日日夜夜對台語文 e 認真拍拚，聲聲句句攏是"千言萬語有深情"：

伊（阿良 e 老父阿草伯）沿路講，gorh 沿路繼續看天頂遠遠暗瞑 e 星："阿良就親像，彼個後窗，講重要伊 m 是足重要，不過伊會使提供通風跟光線。但是我期待伊是一個貢獻者，若親像彼個大門。對一間孤塊厝來講，門 e 貢獻較齊（多），親像咱滯在台灣咧打拚 e 人，攏是一扇一扇 e 門，阿良會使算是、暗時 e 後窗娘娘（音/niania）"（〈暗時的後窗〉p.10）。

Di zit 兩本作品內底，總共收錄 139 篇（《暗時的後窗》78 篇、《追求永遠的物件》61 篇）。《暗時的後窗》e 短文 ka 濟，包括詩、散文、民俗採集記事、講古等等，文章 e 口語句型真豐富，但是欠缺連接詞 e 功能，有一寡標點符號 e 位置分著有斷節 e 感覺，一句話假若是應該黏做伙，suah 用 "，" ga 分開 e 語句情形重覆出現（m 知作者有啥麼特別 e 用意？），有時愛加讀幾 a 遍 dann edang 了解文中 e 含意。這表示作者求好心切 e 用心，同時 ma 顯示出台文無興旺 e 現象,因為無經典之作 tang due。《追求永遠的物件》,文章篇幅攏有增加,內容主要是針對台灣過去 e 農村 gah 樸實 e 民風 e 描寫真用心,比如〈洗門風〉、〈燙牛角〉、〈免關門門的客家庄〉等等。對台灣人 e 人性 gah 一寡 ka 粗魯 e 習性 ma 有描繪真深刻,比如生吃猴腦跟猴的笑稽代誌。作者對台灣 e 普羅大眾有真深 e 感情,伊並無專工攏寫好 e 一面 ho 你看,ganna 描出人 e 世界 e 光明面 niania,對草地人 e 生命力 gah 小人物有真入裡 e 同情心,伊替台灣底層 e 人留落來鮮明 e 縮影,其實這 ma 是過去台灣 veh 行入現代化 e 一個社會縮影,這 dor 是眾生 e 寫實寶貴資料。

Di《追求永遠的物件》內底有幾 a 篇文章攏是人生 e 遭遇,比如,〈鐵門〉、〈因果〉、〈阿福仔本性真土直〉、〈實在真不甘願〉、〈家己縛家己〉、〈找無結頭〉、〈世事多變掛〉等。若是作者 edang di 氣氛 e 營造 gah 標點符號 gorh 小修飾 gah 注意一寡,斟酌 di 情節 e 部份轉折跳了 siunn 緊 e 疏忽,憑伊 e 骨力 gah 生活面 e 接觸,後日仔一定會寫出 gorh ka 好、超越自己 e 作品出來。這 ma 是 zit 本以 "追求永遠的物件" e 篇名,做伊 veh 追求有意義 e 人生目的。

伊 e 語文方式是採全漢字,因為伊無故意去 cue 貴族所愛 e、所謂 e 有學問 e 難字、怪字(真奇怪 e 漢字本位主義心態),所以讀伊 e 文章若是會曉講台語 e 人,攏無產生真大 e 問題;另一方面,因為攏用漢字,所以訓讀、俗字、借音字 dor 濟,需要音、意 e 轉換 siunn 厚,顛倒是 ho 文章 e 閱讀 e 流暢度受淡薄阻礙。

民俗採集包括原住民 e 部份,寫著趣味,假若是人類學家來探索常民文化,di 科學知識方面 ma 有一寡,比如〈螺殼化石〉。看伊 e 文章,充分感受著台灣母土 e 台灣心 gah 台灣情,di〈看阿母跋杯〉對阿娘愛心 e 描寫 ho 人感動。論母語文 e 看法大約攏短短 a 一節一節,有看無夠氣 e 感覺,但是是伊親身力行,去實踐 e 深深感觸 e 作品,慢慢 deh ga 台語 e 散文泌開。

除了內容 e 多樣性 gah 題材 e 闊面，伊 e 台語用詞 ma 真豐富 gorh 生動，伊無去逃避生活 e 烏暗面，這提供了咱需要反省 e 主題，這是作品背後 e 意義。

總講一句，楊照陽是一位台文綜合作家，ma 是身兼台語文運動 e 推 sak 者。外表恬恬 e 伊，ui 作品內底放射出關愛本土文化 e 熱情，伊 e 可愛 dor 是一寡知識份子所謂 e ve 曉寫台文，去豐富中文 e 既得利益者藉口講 "我 ve 曉寫" e 一個示範，相比起來，一個烏手 e 磨床頭家，一個工專 e 出業生，伊 di 台文 e 國度有伊可呵咾 e 實力，講伊是一位台文 e 鬥士是在腹 e，一點仔 dor 無膨風。

(3) 鹿港庄腳 qin-a 出身 e 運將洪錦田

洪錦田。鹿港仙講古。台北縣：汐止，1995。(《台語文摘》台語文摘第 7 卷第 2 期。)

洪錦田，1949 年出世，鹿港庄腳 qin-a，高工畢業，運將，TNT 寶島電台 "台文列車" 主持人。

《仙講古》是收入《台語文摘》台語文摘第 7 卷第 2 期總 34/第 10 期 e 個人專集，1995 年 5 月 15 日出版。全集共 235 頁，分做：講古、開講、滾笑、民俗、盤喙錦五部份，全漢字。

初讀洪錦田先生 e 大作，dor 像陳明仁先生 di 序文講 e "我自願 veh 替伊寫一篇介紹 e 文章，等 veh 寫 e 時陣，才致覺著我貿（vau2）zit e 穡頭無 de 軟"（民間語言會閣活──洪錦田 e 台語文）。有影，zit 本已經 di 阮兜 kng veh 四五冬 a，因為用全漢字 gah 原汁 e 用詞，而且 "古早古早" gah "宋朝、明朝、秀才、乾隆君…" 等等 e 用語背景，di 無形中對現此時 veh 脫漢 gah 追求本土化 e 去中心 ham 注重弱勢者 e 邊緣、多元文化等等 e 因素，漢字 e 艱澀 gah 心理障礙 dor 糾纏做伙，致使忽略。這是閱讀 e 戶碇 ka guan，致使久久阮 hann ve 過 e 原因。Mgor，一旦跨過大門 e 戶碇，不得了，學著真濟。Ma gorh 有真濟問題需要請教伊，仝款阿仁講："di 阮台文寫作會內底，錦田兄寫 e 文章無人有法度 ga 掠包，m 是 zit 個寫作會 e 成員低路……，確實錦田兄 e 台語真正 lau，尤其是口語方面，伊保存真濟過去 e 台灣民間用語，講了真滑溜，閣帶淡薄仔鹿港腔，親切閣好聽。"

雖然講洪錦田 e 文大部份 e 篇幅攏是所謂 e 故事，有 gah 全面現代化 e 生活 ka 離水，但是作者 e 用意是 veh 借著古早 e 代誌、過去生活中 e 溫情 ham 台灣人 e 一寡優質民風來相傳承，按呢 e 故事對當今 e 社會有醒世、修持、gah 對台灣認同 e 嚴肅宣告 dileh，di 嚴肅性中間 ma 有趣味性存在。

趣味性 e 文章，比如：無人睞新娘、媒儂嘴、走江湖賣俗布、做牛做馬通好趁錢、啥儂卡儕胞、喙仔開開、加共我損五十下…等等，di zia- e 篇文內底咱不時 dor 有看台灣民間 e 巧勢、好嘴水、笑題內底並無真正刻薄，顛倒是一款溫暖 e 和諧，台灣人 e 溫和、土直 gah 智慧 di 民俗 e 賣布喝場 dor 真有吸引性，生理賣場如何 deh 用江湖 e 話錦 deh 招呼消費者，是愛有二步七仔 e，這除了民生需要 ma 愛有掠著人 e 心理狀態，台灣人 e 民性 gah 生活文化 dizia 表露。

警世性 e 文章，比如：臭頭鬼揀刑、大狗 beh 牆細狗趁樣等。錦田 e 人講話真溫和，dor 是寫 zit 種警世性 e 文章，ma m 是用法官 e 口氣重重 dehga 人判刑，dor 是按呢，讀伊 e 文章若是跨過字詞 e 澀味，在在處處 dor edang 得到伊對社會 gah 台語文化關愛 e 心情。

修持性 e 文章，比如：我職當今才四歲耳、曝鹽 e gah 賣雨傘 e、好歹嘛是一句話、慌狂狗食無屎、汝 gam 有定定塊講失禮等等。對人生 e 看法，對人 e 操煩、對人對事 e 態度有超脫 gah 謙虛 dileh， dor 是 di 民俗篇內底 e "拔驢仔卡" dor 點出來財叔仔 hiah-nih-a 看會開 e 老來自力更生 e 人生觀。Di 錦田 e 文章內底 zit 種哲學性 e 觀點，隨處 dor edang 感想著，dor 是按呢伊是一個平凡守本分 e 駛計程車趁食人，對家己 gah 社會有相當 e 尊嚴 gah 看重。

認同性 gah 主體性 e 文章，比如：我嘛是台灣人、外省人 ma 愛獨立、汝 ma 會曉寫台文、gam 通做尾代 e 台灣人等等，這 e 表明 dor 看會出台灣各種處境多元 lam 雜（*hybrid*）e 所在，ma 反應 di 台文 zit 個 gah 現代潮流 e 腳步 e 生命力。

最後，di〈漢字博仔〉zit 篇，對漢字 e 十花五色人 e 連想、隨想等等，按呢 "想當然耳" e 敘述，表面上是滾笑，是人心情 e 藝量，嚴格講起來是考古 gah 文字研討者 e 專門代誌，對 du veh 生成 e 台語文復興工作來講，zit 種爭論是浪費 e，親像古早 e 籃仔，所用 e 材料大約是用竹仔邊編 e，zitma 是用塑膠做 e 成品，咱是 m 是愛將 "竹" 字改做另外一種有關塑膠類 e 部首？對著時代、文明 e 流變，代先有語音 dann 有文字 e 事實現象，不如咱 e 責任 dor 來 due 錦田兄緊腳緊手 ga 寫落來。

台文是粗俗嗎？di 錦田 e 文本內底，咱會學著 "端的、看晃/欣賞、話錦" e 優雅用詞，引一句洪惟仁 di 序文〈「運將」e 心聲〉講 e 話："錦田 e 文章就「純文學」e 尺來量，可能夭袂凍算是「純文學」，但是伊確實是文學，而且上可貴 e 是伊是原作，毋是翻譯作品。"di "紛蟯（qior5）藏玄機" zit 篇 deh 描寫一個婦仁人 e 筆調：

大漢了後，才知影鳳姨儂生做誠有愛嬌，葫蘆腰，行著路親像雲過月，講著話是輕聲小說，誠好聽。

Di〈媒儂喙〉看出來媒人婆 di 婚禮 e 機智 gah 變巧：

新郎 e 伴娶，個個是目 gang 鬚筆，cuan 跤 bih 手，準備 veh gah yin 輸贏，佳哉職個光景，去予媒儂婆仔看著，媒儂婆仔歲頭六十外，世面看誠儕，緊三 huah 做兩 huah 行來，到塊著大聲喝著："好吉兆！好吉兆！天落白銀水，送來好錢水，送來好財水。無代誌啊，無代誌！起鼓啊！"

di〈走江湖賣俗布〉e 喝市招人客藝量：

"儂客官啊！俗布來共（ga）喝一暫，齣頭來加做一暫；袂予恁了行路工。唱歌、跳舞無時行，會曉捌功夫，恁才會出名。功夫咱共儘量拚。踏跤步，老手路，予恁看了舌會吐，毋是腳數是比無步。功夫是高高在上，嶺疊嶺，捌貨電台鄉親是撐去食。巧 e 教憨 e，土 e 教 song e，若看捌，請恁著加減嫌。"

di "盤喙錦" e 單元 ma 顯示出來台灣市井 e 說唱藝術，台灣 e 民間話語口口相傳，應該是親像錦田 gia 筆書寫落實 e 時段 a，若無會萎縮去，這 ho 人想著 hit 個駛車買台語文資料 e 林錦賢先生。

伊 m dann 是 ganna 一位司機，一個快樂 e 駛車服務工作者 niania，伊 e 內心是一位台灣三府內底之一 e 鹿港紳士。

洪錦田 gah 楊照陽比起來，錦田是鹿港人 e 使命帶著 ka 厚 e 漢文化 e 根，照陽是屬 di 平埔土地 e 子民。但是這 gorh 何妨？咱是成做伙 veh 來豐富共榮 e，錦田兄 e 貢獻 di zia。

(4) 耕石樓 e o-ri-sang：涂順從

涂順從台語散文集 台南縣新營市：南縣文化，1995。

耕石樓主涂順從，1948 年出世，台南縣鹽份地帶北門鄉人，輔仁大學哲學系畢業。國校教師。

涂順從台語散文集，形式上有八卷（第八卷是詩篇，只有二篇詩 gah 吳鉤 e 讀後感，頁數少 p.265-274，若分開編做附錄，對文類 ka 明確。）有 81 篇台語散文，分做七卷（〈內心情緒世界、請來 lim 一杯茶、走揣歷史跤跡、無閒事掛心頭、牽手過一世儂、耕石樓風雲錄、耕石樓點將錄〉）。文字 e 表達方式是漢羅文，基本上，伊絕大部份是用漢字。Zit 本散文集 e 文章短幅短幅，伊 e 隨思、隨想攏表達 di zit 種隨筆 e 文體頂面。

伊本底是哲學系出身 e，但是真少看著伊 deh 論 *Kant*、*Hegel*、*Nietzsche* 等等西方 e 哲學家中心思想，甚至東方 e 哲學體系思想 ma 無真正 di 伊 e 論述中出現。Gorh 講雖然是散文集，但是伊 gorh m 是用 *Bacon* 式 e 說理脈絡，伊用輕鬆、和諧、幽默 e 筆調 deh 寫伊生活中 e 片斷。伊關心學生、厝邊隔壁、親成朋友，尤其是對女性 e 觀察是用體貼 e 眼光 deh 書寫，是男性作家 ka 特別 e 所在。伊文章 e 哲學性 dor 化 di 生活 e 行動中，做人 e 道理 di 文章內底 edang ho 人感覺親切、隨和，解 tau 煩惱 gah 鬱卒 e 壓力。除了 di〈火焰山〉zit 篇用 "火焰山" zit 種誇張 e 文學用詞來形容考試前後 e "烤" 燒 gah 等待 e 掛心以外，ui 哲學系行出來 e 人，edang 如此淡出說理 e 教義，ho 人 e 感覺是伊本性看世事去吸收冊內 gah 人情事理 e 省思 gah 觀感。以後，gorh 自我內化（*internalization*）e 生活功夫。Zit 種特質有伊老母 e 特質：

天貓（va5）霧光，菜園仔就 gu 幾阿位咧掠「菜蟲」分阿婆，阮老母講：「菜蟲傷過濟，掠攏掠袂了，管伊！菜蟲食 cun 分，即換咱食。」（〈茉瓜棚仔跤〉，p.213）；

阮老母菜園仔分成果，m 是 veh 營利，也 m 是全部留落來家己食，大部份是當做社交禮物送了了，如果會當換一句：「阿婆！汝種分菜有夠好食，有夠幼，多謝！」阮母歡喜喙合袂倚，直直講：

「有物件公家食，看汝愛食啥，家己去挽！」（〈茱瓜棚仔跤〉，p.214）

若是伊本身是學哲學 e，伊 e 老母 dor 是天生 e 哲學家，這 dor 是眾生，dor 是伊 e 隨筆。Di〈無閒事掛心頭〉zit 卷內底 14 篇，是耕石樓主 e 對人生 e 體悟、樂觀 gah 積極態度 ka 明顯 e 篇文，但是會使講 zit 種氣質攏散發 di 真濟其他文章內底，如：〈知足常樂〉〈自淨其心〉、〈好佳哉〉、〈信心、勇氣、耐心〉、〈鹹魚出頭天〉，ui zit 本冊內底咱會感受著作者 e 生活態度 gah ui 伊傳送出來 e 和樂氣氛，所以耕石樓哈茶，若是半暝只要有燈火 dor 隨意入坐。當然伊 ma 以〈今夜猶 gorh 塊落雨〉來諷刺選舉前買票 e 金仔雨（p.65）；對婚姻 gah 女性 e 關注 di 牽手過一世人 zit 卷內底如：〈跋感情〉、〈binn 仔骨流浪記〉、〈緣字即條路〉、〈我愛新樂園〉等等有真濟落筆相關 e 論述。作者 ui 高職轉換做國小老師，甘願 ho qin-a pit di 伊 e 頭殼頂 qiu cuah 白頭毛：

其中有一位想 veh 扯我 e 白頭毛，我無拒絕，「無拒絕著是鼓勵」，每一位小朋友那親像塊掠虱母，拚命扯，良心講有小寡疼，但因仔手兮溫暖，透入去我兮心肝堀仔，我樂意佇微微疼兮內面，享受兒童兮天真、可愛，互我兮心 gorh 轉去因仔時陣兮浪漫無邪心境。（〈粉筆生涯〉，p.209）

耕石樓 e 樓主除了寫台文、hip 相、篆（duan2）刻、旅遊 e 趣味，ma 欣賞別人 e 好處。Di "耕石樓點將錄" zit 卷內面 dor 有伊看畫、聽歌等等 e 心得，dor 親像伊講 e，伊開自己個人 e「篆刻藝術展」是 veh 檢討 e，m 是有商業的 e（唔成冊仔，p.137）。伊 edang 寫出來按呢淡出說理 e 文筆，顯然是 di 實踐本身 e 內功所展出 e 正數觀點（*positive point of view*）。

講了優點，咱 ma 來講一點仔缺點，因為文體 ka 屬 di 隨興式

e，所以 ka 短，論理 e 架構 dor 有時看 iau 未夠氣 dor 結束 a。有一寡聯想雖然是有隨興 e 趣味性，不過 di 邏輯上 ka 無關連。隨著年紀 gah 經驗 e 累積，依作者 e 個性 gah 修養，veh 寫出一本深入淺出 e 台文哲思公案是值得期待 e，這 ma 是咱台文目前 ka 欠缺 e。

作者將 zit 本冊 e 內容，部份用華語版寫 di 台南縣南瀛文學系列，讀起來無比用母語寫 e 氣味 hiah-nih-a 深入。這 edang 提供比較，甚至，作者本身 ma edang 講出來伊對台華 e 對比經驗。

(5) 文武全打文學劍客 e 林央敏

林央敏。寒星照孤影。台北市：前衛，1996。

林央敏，1955 年出世，嘉義縣太保市人，目前 dua di 桃園 龜山。嘉義師院、輔仁大學中文系出業。曾任台語文推展協會創會長、茄苳台灣文月刊社長。央敏 di 台文界創一寡開路先鋒，伊 e qau 顯示 di 個人 e 才能頂面，一向攏是讀頭名 e 伊，勤做儉用，自律真 guan。伊會寫、會唱、會編、會走、會 sak、會……，差伊是查甫人 ve 曉生 qia-a niania。伊真有信心、伊講到做到，伊 vat 做 gah 半暝昏倒 di 浴間 e 土腳……，伊差不多逐項攏有參與著。伊多才多藝，自視真 guan。

央敏是 ui 文學少年出身，是一位多產作家，ma 是一位多獎作家，套一句 yin 牽手淑文 e 話："逐項 qau 著！"。有影 di 台語文運動界來講，央敏是天生聰明 gorh 骨力，對身外物無重視，dor 按呢生，伊 e 才華 gah 全神 e 貫注，di 詩歌、散文、評論、整理台語文集、字典等等多方面攏有真好 e 成績，長期來伊 e 用心 gah 表現，講是台灣人 e 人格者 gah 文武全才，絕無過份。

咱來看伊 e 台語散文集《寒星照孤影》（1996），漢羅並用。

文本本底 dor 分做內卷 gah 外卷，照伊 e 內容分，內卷大約有思鄉 gah 遊記；外卷大部份是批信，意念包括關係母語文 e 關切 gah 對少年 e 一代 e 互通 ham 鼓勵。

Ui 冊名 ga 意會起來，央敏親像 deh 孤芳自賞，ma 假若是對時勢 e 聲聲無奈，di 寒冷、無邊 e 靜夜、孤身獨影 ganna 想 veh 隱遁 gah 世俗無爭吵，其實 ui 伊 e 文中，伊是一位念舊懷鄉 e 熱情人。對過去 gah 故鄉 e 醇美風物 ham 善良風俗 e 數念，di〈落霜天〉對 "霜" zit 項物件，dor ve ho 伊凊心堅凍，伊對嘉南平原寒流來襲落霜 e 記憶，有刻骨入心 e 感受。伊 e 感嘆是出自家己猛掠、敏利 e 對照，zit 種價值觀加強伊對故鄉 e "根" e 溫存 gah 肯定，這 dor 是 zit 批台灣文藝復興工作者寫照 e 典型。咱來看伊寫親情，對幼囝 e 愛心 gah 付出：

我希望伊 edang 親身吸收一寡農村文化，尤其是了解故鄉 e 過去到現在，看祖先留落來 e 汗跡，体會老爸 gah 阿公艱苦過 e 草地經驗……親像台灣舊歌黃昏 e 故鄉所唱兮「Hit 爿山，hit 條溪流，永遠抱著咱 e 夢」，這個夢一直活 diam 土地內，得靠一代一代拍拚，才會開花結籽。〈挈（cua2）子回鄉〉（p.34-5）

一個細膩、慈愛 e 少年老父騎大輪車、odovai seh 水牛厝：

沿著我細漢時陣 e 腳步，dui 庄頭巷尾到厝東厝西，iah gorh 有：土地公廟、兵將寮仔；頭前田、後壁溪；菜瓜藤、木瓜 zang；芎蕉…，我沿路行沿路講，伊沿路問，我沿路解說，有時教伊唱台灣 e qin-a 歌：點仔膠、粘著腳，叫阿爸…。

親子田野教學 e 用心至深，伊 dor 是希望擴大：

大漢了後，必然會進一步發酵，轉化做對台灣 e 愛。

Di〈阿母〉,台灣土產 e 並無輸朱自清 e〈背影〉,di zit 篇內底有兩個背影:一個是 di 作者 iau 未開嘴討錢(一百 ko dor 好)以前,阿母自動 veh ho 伊二百 ko,害伊真情感動離開阿母 e 生理擔,阿母傳錢 ho 伊 e 作者背影;另外是作者真情感動流目屎 m 敢 ho 老母看著 e 心情祕密:"等 gah 騎過一個十字路口,我真想 veh uat 頭看 mai,才停落來,但是已經揣無阿母 e 形影。"(p.172)。

央敏回想 di 記憶內底發酵 gah 伊對鄉庄善良 e 民風所失落去 e 操煩形成對比,這是伊一再有回鄉隱遁 e 原由,甚至欣羨黃勁連思鄉不如歸鄉 e 願望(〈秋末蕃薯心〉p.54)。

心悶故鄉是央敏散文 e 重要部份,伊心內當然明白老厝其實是 di 庄腳 e 所在,伊以懷鄉、念舊 e 情懷去除目前社會 e 物慾,去 cue 自己 e 家園 e 草根性,使得內在 gah 鄉土 e 大自然交織出一篇一篇 e 寫景寫意,傾聽雨聲、落葉聲、蟲聲 e 交響樂:〈西北雨直直落〉、〈雨落置嘉南平原〉、〈彼年〉,〈故鄉 e 秋天〉,〈記憶在『慢慢』中間生根〉、〈田庄 e 暗頭仔〉、〈落霜天〉、寒星照孤影〉、〈懷胎故鄉〉等等。

Di 遊記:〈行過金仔城〉、〈東北一角山水〉、〈多湖城一日〉,除了寫景,對歷史 e 背景 ma 有所交待,di 美國 e 多湖城一日,對一個外地探訪者 e 角度來看,有真濟觀感,尤其對美國人民主 e 作風 gah 人文、自然景觀 e 進步、重視,做了詳細 e 敘述 gah 描寫,zia 攏是台文 e 佳作。

央敏 e 散文內涵除了寫景、抒情、理念以外,ma 引用真濟台灣 e 童謠 ham 民謠 gah 中國古詩文,按呢 e 交插牽連運用,是伊寫作 e 技巧。中文系出身 e 伊講:"偏愛古典文學 gah 台灣 e 老歌謠"〈月光悲情淚 p.125〉,伊愛引 李白(p.58)、杜牧(p.48)、白居易(p.63、p.126)、王勃(p.80)、謝靈運(p.81)、孔子(p.113)等等

e 詩詞 gah 話語；而且伊 gorh 愛引經據典（夜臨大度山 e 台灣史記載）。Di〈西北雨直直落〉用著三首童謠、di〈cua 子回鄉〉唸囡仔歌；di 文體方面伊 gorh 有明清時代筆記 e 形式，親像〈月光悲情淚〉。

講伊是一位人格者 dor 愛 ui 伊對關心台灣 e 前途 gah 參與改革 e 實踐來印證，伊是有理想 e 建國黨創黨黨員，伊關心台灣 e 政治 gah 文化，所以伊有一系列 e 著作。

Di 書寫 e 方式，央敏 ma 有伊 e 主張。伊 gah 江永進編 "全冊文字統計表"，di《寒星照孤影》是用漢羅並用 e 文字方式，作者講："文本內底 e「拼音」，挺好看做是一種台語「新形聲字」（（p.13））"。Di 閱讀上讀者有幾點感受：

a. 央敏對台文 e cue 字用心良苦，但是伊並無造字。不過伊用 e 字真重，真重 e 意思是伊用漢字通常愛加偏旁，比如：三點水/汭沕、口/嗨驛 e 嗨、草頭/蓍、人字爿/僧傍偕、日部/咏、昑等等 e 部首 gah 筆畫，使得原本常用 e 漢字 di 筆劃數加重；另外 dor 是伊 ma 愛用罕用字，看起來怪怪 gorh 生 sen 生 sen，增加台文讀者 e 負擔，比如歇、俿、怘、拊、毻、魊等等真濟 e 罕用字，ganna veh cue zia e 字例用電腦拍出來，dor di *Microsoft* e "中日韓統一 e 表意字表" cue gah veh 烏暗眩去。因為罕用，雖然全本 e 作品 ga 讀透透，全款 e 字 gorh 出現 e 時陣 ma 是生份有距離。

b. di 文本內底，不但用詞是真徹底 e 漢字成分，而且 ma ga 外來語用漢字 e 音來表達，比如：嗨驛（hai iah/驕車）、兜通（*downtown*/市中心）、冥瓏（*melong*/甜瓜）、卡魅拉（*camena*）等等。咱知影漢字 e 標音功能是非常非常 e 細絲，實質上會使講無，ganna 是形、義 niania。尤其 di〈多湖城〉hit 篇，作者有真強 deh 用漢字來區分中 gah 台、內 gah 外、東 gah 西 e 心情，但是伊是 veh 用台語 e 發音，按呢用漢字詞來發音不如用作者主張 e 新形聲字來得妥當。Di〈緬慕蕊〉zit 篇 e 篇名初看字面，阮 dor 想足久 e，其實伊是 deh

講 "*memory*"，di veh 了解 e 心理轉換過程中，若 m 是阮需要一定摸清楚伊 e 意思，盡著介紹 e 責任，真緊阮是會 ga 跳過去 e。

"*Memory*" di 後現代、後殖民 e 全球文學界是一個真熱門 e 文化論述主題，這 ma 是表示央敏有真好 e 直覺 gah 素養。有 ziah-nih-a 好 e 小品文，若是因為無第一遍 e 接觸感應，突然間雄雄 ga 讀者群電著、sann 著，是真無 cai e 遺憾。

真明顯，央敏 di 台文用語、用字 e 心願，di 漢字 e 苦勞、傳統漢詩文 e 美感 gah 台灣民族主義 e 翹翹板頂面想 veh 取一個平衡點，來顯示內在、本土社群文化 e 豐富性，攏反應 di 伊沈重 e 心境 gah 使命感。

(6) 放膽文章 拚命酒，豪情拍拚 e 黃勁連

黃勁連。潭仔墘手記。[台南市]：臺江出版；台北市：吳氏經銷，1996。

黃勁連，本名黃進蓮，1946 年出世，台南縣佳里鎮佳里興潭仔墘人。嘉義師專、文化大學中文系文藝組畢業。曾任蕃薯詩社總編輯，現任菅芒詩刊指導、台南市「傳統文教協會」主辦台語班教授。

近十多來，若是 di 鹽份地帶有台語文學營你 dor 會 du 著黃勁連，除了伊 e 人聲音宏量中氣十足，會 lim 酒以外，伊 ma 真愛 gah 新進 e 少年人做伙 hip 相。

Di 黃勁連 e 散文中引用了相當份量 e 中文古詩詞如：周邦彥（p.30）、李白、杜甫、張繼（p.34）、韋應物、李義山（p.54、p.79）、以及南北朝文人雅士（p.50），ma 愛提著岳飛、屈原、司馬遷、杜甫、白居易、蘇東坡（p.150），孔子（p.160）等等。

但是，伊 e 主體性 gorh 是追溯著遠遠 e 唐朝（聽講唐朝進朝見皇帝用台語講 e、唐詩若用台語音朗誦 gorh 有古音原味）（註一），

顯明是 deh 對逐家宣告講："台語是比普通話 gorh ka 有歷史 e"，
這 di 伊 e 出版品內底有真具體 e 背景可尋。伊愛用古典、文言 e 文
讀音，比如：鳥雀呼晴、侵曉窺檐語（p.30）、軟紅十丈兮風塵（p.31）、
皓首窮經終生（p.103）、採風擷俗（p.166）、奉爲圭臬（p.167）等
等 ui 頭到尾歸本冊攏是 zit 種古雅 e 文學性語言。有按呢 e 現象，
一方面是有一寡作品伊將家己 ka 早 e 中文著作改寫 e，所以難免
保留一寡原味。（註二）

　按呢，是黃勁連雕刻台語文 e 呈現，伊認真研究台語文 di〈彙
音寶鑑〉（p.102）講著真清楚。按呢 e 詞 gah 句，是伊 veh 表達台
語文 e 優美、深度，dor 是陳雷先生講 e 散文詩特色之一，ma 是林
央敏講伊寫 siunn 少 e 散文 hong 讀 e 督促（林序 p.10-11）：

　"頭前講著黃勁連 e 文學底真在，但是真可惜，過去伊 e 創作
力有真大部份消磨 di 編輯堆裡，…台語寫作 e 最近十冬，……，ganna
zit 本潭仔墘手記……我 veh 講伊對不起潭仔墘，ma 對不起台語文
學。"

　Di 歌仔戲內底，楊麗花 ma 定定唱出一寡文言詩詞、歌文，若
m 是有一寡漢文 e 底 gah 文學 e 心，gorh 配合著字幕，gah 生活有
距離 e 文言文其實是有聽著聲，並無體會著意，所以，伊 di 文本內
底愛用雙層 e 註解，如注音 gah 字詞解說作輔助，相對 e，文中所
引 e 一寡作家 gah 哲學家 e 見解 dor 提供無參考文獻，讀者若是有
興趣 veh 看叔本華 e 原本原文，並無直接 e 出處目錄，按呢 dor 愛
gorh 真費氣。勁連 e 文本內底其實有引用著真濟現代 e 作家，比
如：美國 e 心理學家、文學家 *Henry James*（亨利 詹姆斯 p.23）、
Longfellow（朗費羅 p.96）、*Allen Poe*（愛倫坡 p.138）、德國
Schopenbauer（叔本華 p.103）、日本鴉片詩人黑木謳子（p.168）、
佐藤春夫 gah 林芙美子等等先覺 e 來源，若是有條列落來，咱 edang

真清楚看著伊 e 心思 gah 流派，方便文學 e 探索。

因為伊愛用伊精心研究過 e 語詞，所以文本注音密密 zatzat，按呢 e 安排一方面是 veh 教人按怎發音，幫助人掠著語魂 e 文意內涵，但是基本上伊 e 文章文學的（dik）、看 e 成分比白話文讀出聲 e 比率 guan 過真濟，若 m 是真用心來閱讀，di 排版方面是視覺 e 負擔。

黃勁連 di 眠床頂有十外本 e 台語字典，而且是專職 e 讀冊、寫作 gah 研究連電話 gah 來客 dor 時常不准拍斷、侵入伊 e 專心，可見伊 di 心內滾絞旺盛 e 企圖心。伊 e 心、厝內 e 眠床、潭仔墘、佳里到鹽份地帶一直擴充，是伊 gah 阿娘 e 肚臍帶。日本 e 櫻桃小丸子出名了後，伊 e 故鄉清水鎮變成觀光 e 所在，伊 e 年紀不過三十幾歲（1965 年生），*Irland e James Joyce* 當然有紀念館，美國 e *Emily Dickinson* e 故居 *Amherst （Massachusetts，Boston* 附近） ma 有保存伊 e 樓宅；黃勁連 e 黃家 e 厝埕有 yin e 祖訓（p.33），咱 ui zit 本冊名 dor 看 e 出來黃勁連 e 拚勢。伊 di 自序講：

> dizia，我敢像盧梭（Rosseau）di 伊 e 大作《懺悔錄》起頭按呢寫「這是史無前例，後有來者 e 啊！」（寫我 e 故鄉，p.25）

黃勁連 gah 林央敏是親近 e 文友，yin 兩人 e 才情攏有台語純文學 e 書寫空間，全款是早期台語文學運動 e 大將，全款是嘉義師專出身 e 前後校友，兩人攏有天生 e 文學細胞，di 文章 e 篇幅當中，yin 是 di 中文詩詞 gah 古典文學 e 洗浴池泡過 e 作家，yin 兩人 e 台語散文是有真稠、足 kor e 古典中文基因做底蒂。若是去除獨尊中文文化霸權 e 侵略性 gah 壓制性，（因為是漢文化 e 強力過度影響，使得引用一堆 e "所謂中國 e 古典"，難免引起反效果），來用一種欣賞 e 態度，兩岸互相做好厝邊，去除血洗台灣 e 威脅，文學當然是一種人類 e 公共文化資產。所以兩粒正港 e 台灣蕃薯用真濟心

deh 推 sak 台語文，yin 離開浴池了後，yin 行過 e 所在 ma 有留落來
yin 所揀過 e 漢文化 e 芳味，只不過是 yin 兩人，原則上是 deh 製造
本土台語文化 e 芳水。語文 e 展現，親像是有人愛用洗浴乳洗身
軀、當然 ma 有人愛用本土製 e 洗浴鹽，di 各種 e 定位面向頂面各
有千秋，這是風格多樣性 e 特質。有人欣賞黃勁連 e 文體伊有伊漢
文 e 醍醐味。

通尾仔，咱來欣賞伊 e 散文：

誠久，無聽著雨聲；誠久，無店佇窗仔邊聽雨水滴；目珠看雨
落佇遠遠兮天邊，雨落在近近兮眼前；雨落在投坱邊兮松仔跤、松
仔跤兮柴堆，雨落在柴堆邊染霧；雨落在阮厝前兮菜瓜棚、埕尾兮
竹篙叉；雨落在阮厝後兮籃仔花、籃仔花軟弱兮花枝；雨落在窗前
兮 qim 坱，雨水一滴一滴、一滴一滴，唱著天然兮歌詩。（聽著雨
聲 p.57）

好天 e 時，伊著去〈竹抱跤 lim 酒〉，

佇潭仔坱 「竹抱跤」，涼風微微；對面吹來；阮參莊仔內兮朋
友時常佇遐喝酒拳，拚命 lim 燒酒；…阮有一首詩安爾寫：「lim 燒
酒退心糟火，無 lim 會破病。既然今旦日，逐家有緣來做伙，杯捧
懸，逐家來乾杯。…來，lim 台灣麥仔，來，杯底唔通飼金魚，lim
互伊馬西馬西，唔知天 gah 地！」（p.50）

這 dor 是放膽文章 拚命酒，豪情拍拚 e 黃勁連。

近來黃勁連因為編注古典文學 gah 編寫母語教材，gorh di 南部
地區舉辦濟濟 e 母語文化活動，變做台語 e 火車頭，di 創作方面顯
然無啥麼進展，這是母語文化運動者一個人做數個人 e 角色功能，
伊所行過 e 腳跡光影，日後應是放膽文章 拚命酒，化做文章 e 肥

料。

註解

（註一）

請參考竺家寧《古音之旅》。台北市：國文天地，1987。

（註二）

其實，台灣有人類存在超過一萬五千多以上，只是漢文化、漢字 ga 台灣語食 gah 無身屍，只 cun 漢文考證，漢詩、詞攏是台語外來物件，一方面是人類 e 文化共同資產，mgor，m 是台灣人 e 全部。

(7) 關懷母語文化使者：陳豐惠

陳豐惠作，楊允言編。愛母語，不是愛選舉－－陳豐惠台文作品集，台北市： 台笠，1996。

陳豐惠，1968 年出世，高雄人。國立藝專廣播電視科、東吳大學法律系、台南神學院進修、美國聖地牙哥人力資源中心組織與管理課程結業。台文通訊台灣總聯絡、台語文學有聲叢書總編輯、各電台製作主持台語文學節目等。

這是一本薄薄仔，saizu ka 細 e 小品集，edang kng di 衫褲袋 e 冊。阿惠本身是一個專職 e 台語文工作者，做了真濟雜務 e kangkue，這是一個靈魂人物 e 職務，m 是所有 e 人攏 edang 有耐性 gah 智慧去處理 e 工作，伊 di〈Vang〉zit 篇按呢講：

兩冬前，阮共同決定 veh gui 心做推廣台語文 e kangkue，用寫作、教學、企畫，我做發行、聯絡 gap 其他 e 雜務，尾仔 gorh 製作電台節目兼主持，這一路猶原有目屎也有歡喜，總是無 gorh 流浪。

阿惠 gah 阿仁 di 台北羅斯福路台大附近經營台語文化事業，di hit 種本土文化淪陷 e 文山區 gah 台灣 e 店、南天書局全款有真特別 e 意義。看著冊名會想 veh 知影是伊 deh 選啥麼，1996 年伊代表綠色本土清新黨，參選是為著母語運動。冊內有 12 篇散文，由一篇〈海風 hiu-hiu 叫〉e 詩作 qiu 開全本 e 布幕，參植物 e 插圖，加上環保再生紙，liau-liau-a 講伊 e 心路歷程 gah 生活中 e 事、人，gah 阿仁 e 作品做伙讀，咱 edang 看著 yin e 心聲 gah 合作互補 e 成就。

阿惠 e 文章對普通人認為是只有大文豪 dann edang 落筆做一個真好 e 示範，認真 e 人上蓋 sui、ma 上 ho 人欽佩，edang 維持十外冬無離開工作位置，是夢 deh 支持，親像美國烏人 e *Martin King Luther* 當年帶領烏人唱講："*We shall overcome*"，自信透過努力成就美夢。擺脫 *Negro*、*Black* 到現此時 e *American-Africa* e 名稱 dor 是按呢一點一滴累積起來 e。阿惠 di 行動以外，gorh 寫落來 zit 本冊，透過寫作，對自我 e 生長 gah 開發潛能 e 過程有所交待，伊 e 本身是九〇年代母語文運動 e 寫實狀況，這對伊來講是一個開端，對整個台語運動來講是有貢獻 e，所以伊得著 1998 年美國台僑創辦 *New Jersey* 關懷台灣基金會所頒發 e 服務獎，是在腹 e。

(8) 目 qor，mgor 心智聰明頭殼清楚 e 尤榮坤

尤榮坤。細漢 e 時陣：尤榮坤台文作品集。[台北縣]：台灣善食勞工合作社出版，1996。

尤榮坤，1957 年出世，彰化和美人，出世三個月，因身染烏瞑眩症來青瞑，gorh 致著小兒麻痺症，造成腳手萎縮，cun 用兩手各三隻 zingtau 演奏，iau 有出版台灣歌謠《行過黑水溝》(1)(2)集。

咱若看著細漢 e 時陣 zit 本簡單、素素 a e 冊皮面頂有失明 e 人 e 點字，咱差不多 dor 會 iorh 著尤榮坤是一位目瞄青盲 e 人。若是 gorh ka 詳細讀完伊 e 內文，伊 ma 是一位腳手行動不便 e 小兒麻

痺者，雖然作者無講伊 e 出世年，但是 ui 文本中 edang 知影是出生 di 戰後五〇年代左右，伊自稱：

> zit 本冊有二個特色，第一個特色 diorh 是所有 e 文章，di 我以前用北京話寫 e 時陣，完全無寫過 e。第二個特色著是所記錄落來 e 文章全部攏是 ka 庄跤氣 e 物件……。

除了按呢 e 特色，伊往往用條例式來說明為啥麼、是啥麼，按呢 e 表意，看 e 出來伊是一位理性 e 查甫人。但是若 ui 伊開放、好玄、積極參與社會活動 e 熱情，一路 ui 小學讀到研究所，ui 彰化 e 村庄到遠遠鬧熱 e 所在走去看戲，這 dor 奇啦！跤無方便會走、目睭看無 gorh 去觀戲？！di〈buah giau〉zit 篇伊 dor 明講："有 no，是看汝 veh buah iah 是 m buah。"（踏話頭 p.1）這 dor 是表達出來伊若 veh 做若有啥麼無方便 e 意志。親像伊參與台語文 e 運動，收集台語歌謠 gap 台灣戲劇 e 收集 ham 推廣 e kangkue，顯然是 ga 濟濟好跤好手明目有社會地位 e 好命人比過，這是出版 zit 本文集上好 e 意義。

失明 e 人，因為視覺 e 障礙，無視覺 e 分心，成就聽覺 e 敏利，所以有真濟人做調音師 gah 樂師 e kangkue，另外咱一向攏認為青盲仔是 deh ga 人掠龍 e，是偏重觸感 e 行業。仝款是觸感，di 尤榮坤 e 情形，伊用舌 e 味覺對食 e 品味，比如食桌、食 si-siu-a、食冰、食菜 zinn、難忘 e 早點、食鵝腿 e 文章佔著歸本冊 e 27.3%（6/22），是一種口感 e 常民經驗，di 文學上美食 e 描寫 gah 涵意是真濟（註一），伊 e 經驗是過去台灣農業時代 e 記錄。其實台灣 e 點心擔仔，好食物 ma 是流行 ve 退，di 現此時 e 夜市仔、百貨公司所設 e 食堂 gah 觀光導向 e 人文食物生理場所，攏是人山人海；用手 e 認知比如摸別人 e 頭殼；跤是行路 e 工具，跤 dah 土地 lap 著牛屎，ma 是重要 e 感覺，若無伊 dor sak 落水，di〈踏 diorh 牛屎〉gah〈buah

落水 e 時陣〉zit 兩篇有講著。聽覺 e 音感 dor di 伊會教人唱歌，甚至透過聽感伊去看電影、看布袋戲伊是用心眼 deh 看；ui 看電影、看布袋戲 gah 參與辦姑家伙 a 等等，攏看會出來伊愛鬧熱 e 活潑個性。伊拍拚儉一寡錢水仔 dor 是去 tok 尪標 gah buah giau，雖然是定定損龜，但是伊講真爽，gah 食冰 e 趣味全款，伊是一個樂天 e 人。Dor 是按呢，伊 di 文本中 e 另外一個特色 ma 是 ui 理性所延伸出來 e 哲思，相當流露出來伊樂觀 gah 靠家己 e 意志，伊自動 gah 人 buah nua 來培養人際關係，同時 ma 自我反省 gorh gah 人分享伊 e 人生道理。相命是失明 e 人另外一種行業，相命 e 人加加減減攏知影人 e 心理狀態、濟少 ma 有心理治療 e 成份。尤榮坤 m 是 deh ga 人相命，是 ga 伊 e 人生體會透過錄音 gah 楊允言 e 轉寫（*transcription*）編輯 di 書面分享 ho 逐個，善蟲仔 gorh ga 錄音做帶。

有一片電影叫做〈真情難捨〉（*First Sight*），描寫一個真實 e 故事：一個女子愛著一個青盲 e 人，愛伊 e 心靈對事物 e 感受 gah 生活態度，最後生活做伙。親像尤榮坤 e 例，是青盲 e 人行入人群無自我放棄 e 例，這是做人願力 e 例，ma 是發揮人 e 本能 e 例。另外重要 e 是，雖然伊殘障，但是老父 gah 老母 ma 是疼伊，ciann 養伊受高等教育，對命運，尤榮坤並無妥協。

註解

（註一）

　　請參考廖炳惠。〈意大利文學中的飲食男女〉，《趕赴繁會盛放的饗宴》焦桐與林水福主編。台北市：時報文化，1999，106-24。

(9) 台語 e 茄苳樹：黃元興

黃元興台語散文集。台北市：茄苳，**1999**。

　　黃元興，台北關渡人，1949 年出世，台大牙醫系畢業，終身奉獻台語研究。Zit 本散文集攏總有五十一篇（包括三篇翻譯），內容大約是寫台灣 e 人情風物、台北 e 捷運 gah 遊記等等。文體是漢羅並用，漢字佔絕大部份，拼音字 di 全文本 e 比例上 ganna 一絲仔 niania。

　　黃元興 e 散文有幾個特點：

　　a. 記實 e 風格真口語化：

　　*1. 伊親像是一位講冊 e 人，ga 每一回章節 e 故事講得生龍活虎，有本事 ga 故事講 gah ho 讀者感受著一種氣氛，假若是近在眼前 e 代誌 dor 發生 di 你 e 身軀邊，這 di 人物 gah 故事篇，比如：〈德利仙來訪〉、〈關渡人〉、〈土公仔〉、〈辜顯榮〉edang 看出。

　　*2. 伊 gorh 親像是一位古早講電影默片時代 e 辯士，ga 每一個場景 e 轉換，頭直來尾直去講 gah 真詳細，如 di〈坐船遊覽淡水江〉隨著伊 e 解說遊記，導遊 gorh 兼講古，dor 真想 veh due 伊去坐一遍台灣內地二十公里 e 觀光水線，比〈老殘遊記〉gorh ka 動人心。

　　*3. di〈烏魚籽〉zit 篇 dor 記錄台灣人 gah 烏魚籽 e 關係，ui 海洋、魚產、經濟、到烏魚籽 e 挑選、煮食 gah 品味，ho 人聯想著台灣人三月痟媽祖 e 深情，一幕一幕攏是台灣土地人文寫實 e 記錄片，gorh 再加上旁白 e 效果。

　　*4. di 用詞方面，伊充分應用了真濟 e 台語語詞中 e 口語轉折詞、虛詞、字尾助詞，比如：dann、也叨、安呢甡、安呢甡叨著、叨著、安呢、e 時瞬 nia、於瞬 nia、續落 nia e 時瞬、結果於瞬 nia、m 才於瞬 nia、毋閣呢、自那、哩、囉、啦等等。

　　*5. 運用台灣人特殊 e 招呼方式，如：大兮、王兮、小弟（自稱）、台北暢 e、國安仙兮…等等，不時 dor 出現 di 散文 e 文體內底，因為 m 是對話 e 小說體，所以加強講冊人 gah 聽者 e 氣氛。作

者 zit 種功夫顯然是伊自細漢愛聽 la-ri-qiok e 放送有關係，di〈德利仙來訪〉有作者家己 e 真情告白，所以，現此時 veh 學台語聽台語電台是有幫助 e。文字寫 di 紙頂無出聲，讀 gah 講起來 dor 有音感，講出來 e 節奏 gah 旋律 dor 有表現，咱若用讀 e du 好現出來台語本身豐富 e 音樂性，這是台語文章使用口語 e 特別 e 所在。

b. qau 用原汁 e 台語詞，如掠糊（買物件 ho 人騙去）、血跡地〔出生地〕、腳兜仔〔…的樣子、…左右〕、麗斗〔美好〕、條直〔單純〕、灶卡冷鼎〔心灰意冷〕、搬請〔誠意邀請〕、盡磅逗搭〔淋漓盡緻〕、三腳貓仔〔不成材、德行差者〕、至揚〔意氣風發〕、青頭黃目〔攪得七暈八素，勞累不堪〕、盆地 gorh 有細分做大湖（大塊盆地）、烘爐地（前有缺口，三面環繞山嶺 e 平坦地）、面桶地（四面圍死 e 純盆地）等等，di 現此時，台語文已經呈顯出來瘦枝落葉 e 萎縮情形之下，保存記錄這 e 語詞，對台語文化 e 內涵有真重要 e 意義。這 e 用詞是咱 e 常民生活中 e 內涵，m 是文言文 hit 種 gah 生活有隔離，所產生出來對使用 gah 認知心理 e 多層轉變，這 e 用詞 e 生動性包涵著台灣在地人對土地、人文 e 意涵。這對敏感 e 文字工作者敏感 e 人，特別有感應。（註一）

c. 講伊是台語界 e 茄苳樹，一點仔 dor 無過份，伊 di 作者簡介內面自稱對台語研究終身奉獻，dor 親像大欉茄苳樹 e 旺盛意志，不止是 di GanDau（關渡）茄苳 e 血跡地出世，ma 對茄苳有深情，di 台語文推展協會 veh 發行刊物，眾人接受伊 e 提議 ga 名號做 "茄苳台文月刊"，甚至 ma 用茄苳 e 三出複葉做咱推動台語文藝復興 e 精神象徵。順續，伊 ma 用 "茄苳出版社" 號名。Ui 茄苳 e 痕跡，di〈茄苳樹〉咱 edang 看著黃元興對茄苳樹延伸出來對台灣土地 e 感情，di 五十一篇幅內底對台灣 e 遊記 dor 有十篇之多（如：宜蘭之冬、坐船遊覽淡水江、拉拉山旅記、烘爐地等等）；而且對大台北都會區尤其是對捷運 e 線路 gah 語言生態 ma 非常關注，按呢 e 篇幅 ma 有五、六篇（如：參見游董、淡水線捷運站名、辛亥站等等）提出看法；對台灣 e 風俗 gah 人物，如：〈大官跟風水〉、〈德利仙來訪〉、〈關渡人〉、〈文夏〉、〈土公仔〉、〈辜顯榮〉、〈許不了來訪〉等等呵咾 gah 批判攏有；當然，伊 ma 關心台語生態，如：〈惜台員，茄苳情〉、〈挽救校園台語生態〉gah di 逐篇所念念難忘 e 台語心情，這 dor 是咱 zit 位茄苳仙 e。

除了 zia，伊 ma 對台語有所主張：強調儘量一字一音做第一原則，zit 點有伊 e 貢獻，同時 ma 做了有 ka 過頭一寡，比如：仁生（人生）、好昊（好天）…等等（參見本冊台語破義字 p.18-22）、因為一字多音 gah 多義 di 每一個語言攏有 zit 種現象，語文 e 演變，本底是先有音 ka 有字，ui 簡單、無夠用，隨著需要 gorh 增加到複雜，因為需要 e 必要，gorh 同時去除無必要 e 負擔，gorh 進一步演化來配合需求，比如採取簡單、好用 e 優點等等。尙且，di 台語內底一字同時存在文讀音 gah 白話音 e 比率相當 guan，可能有三分之一以上，這造成學習者 gah 語音辨識技術真大 e 負擔；gorh 有是受著漢字 e 束縛，黃元興 gorh 愛交待台灣人負擔〈常用台語困難字〉（p.14-17），咱 gam dor 愛 di "常用頂面" 自 cue 艱苦來折磨？ho 常用 e 好用（見 1995 江永進）是正常 e，無道理 qia 枷 ho 家己 ve 行 ve 走。台語文 veh 復興 gorh 有真濟面愛拍拼 leh。

另外是伊 e 口語虛詞、語助詞等用得濟，形成正、負二面 e 文筆展示，一方面是加強文章氣氛、聲勢等效果，一方面 dor 有 lansan 肉過多 e 缺點，稀釋了文章 e 氣味，甚至，過多 e 轉折 ma ga 讀者模糊焦點，如 di〈坐船遊覽淡水江〉內底 ganna "哩" 用了二十一個之多；"也叨"、"叨著"、"啦"、"按呢姓"、"於瞬 nia" 等等 di 文本內底滿四界，di 短短總共七段 e〈冬山河透早 nia〉gah 長長 e〈竹林寺 gah 廖添丁廟〉總共十四段（一直到第八段 dann 出現主題）兩篇比較起來，散文 e 氣味是〈冬山河透早 nia〉取勝：

冬山河 di 冬尾早春 e 透早，若拄著好昊，清涼爽勢，也叨無風無雨日頭袂燒袂冷，一透早 niania，雞未啼狗未吠時瞬，行一 zua 江墘仔，即時天清地明，江水紗茫曠闊，鴨母船仔恬恬停咧趄，有時看著月眉掛佇昊邊，紅橋紅朱朱，塭田水洸波影，海鳥陣陣，洶洶一瞬冷風灌過來，拍一下仔尻冷損哩，才知影叨是讚，e 時瞬瞬 nia，蓄薯仔做了有起呢！

黃元興 zit 欉台語文 e 茄茎樹是屬於個人的 e 努力（按呢，放 ho 民間來奮鬥自生自滅，政府應該見笑），伊對台語文 e 奉獻，di 老枝新葉 e 樹欉本身會堪得時間 e 考驗，自然留落來勇壯 e 部份、同時去除殘弱 e 贅物。

讀了黃元興 e 散文，印證著呂興昌教授親自 ga 筆者講 e：〝加聽寡黃元興 e《台語華語 2500 句對照典》會幫助語文 e 豐富性。〞

註解

（註一）

這是台語面臨退化 e 危機中，所愛拾倒轉來 e 辭彙，因為咱攏以為台語 e 諺語四句押韻工整是真了不起 e 代誌，其實 di 台語散文無法度大量生產 e 情形下，台語用詞已經有 e，參像〝手 e 狀態動作〞真豐富，如：be、but、cih、cng/穿、denn、diak、dui、e、guat、iet、iunn、kan/牽、kau、kat、kiu、la、liah/掠、liam、lak、long、lut、moh、ni、nua、qiau、qim、qiok、sa、sak、tinn、zing、zuan 等等愛 ga 拾轉來。無夠用 e，用新生詞如：網際網路、低鈉鹽等 dor ga teh 來用，慣習 dor 好。

參考文獻

江永進。選擇台文文字方式 e 一寡準則，台灣研究通訊，5-6 合刊，1995 年 9 月，pp.40-69。

(10) Qiah 筆兼 qiah 劍 e 長青樹～胡民祥

胡民祥。結束語言二二八：台語文寫作台灣公論報社論。美國德州
Huston：蔡正隆博士紀念基金會，1999。

　　Zit 本冊收錄 34 篇 e 社會時事評論，每篇 e 長度大約 di 一千字
左右，是純正 e 母語文，其中有一篇〈客家台語文 ke 新時代〉是
客語文章，表示對多語族群 e 支持 gah 敬意。

　　Zit 本社論散文集 e 出版有多層意義：

　　(a) 就文章 e 形式來講 ：*1. 拍破社論文章 ganna 用華語寫 e
範圍，按呢 e 寫作，du 好 ho 會曉講台語，可是一寡人一直講台語
我 ve 曉寫 e 人提供一個範本，只要用母語思考，知影台語 e 本質
gah 一寡原則，親像按呢，按怎講 dor 按怎寫，愈寫 dor 會愈流暢；
*2. 將母語 e 書寫範疇擴充面向，尤其現有 di 冊店 e 母語文作品大
約 gorh 停留 di 民間文學採集 gah 整理 e 階段，對台語 e 現代化有
真好 e 指針作用；

　　b. 就內容來講：*1. 對台灣政治、經濟、文化 e 三要素，成做
三柱並立，並提出針砭作用；*2. 是時事，必然 gah 世界 e 知識 gah
潮流平行，zit 本冊 kia di 本土放眼全球，以萎縮 e 母語狀況，重開
母語 e 門窗直接 gah 國際化接軌；

　　c. 就功能來講：*1. 透底用台文寫作，直接達到語文學習是文
本學習（*language learning is context learning*）e 母語文推展 gah 提
升作用，這是結合文化特色來建國，政治獨立 e 背後 gah 了後，ui
文化獨立 e 辨識來了解台灣人 e 認同，上基本 e 能量；*2. 由海外、
關心者 gah 境外旁觀者 e 理性觀點，對長久浸 di 漢文化大缸內，m
知臭酸味 e 在地人有真厚重 e 啟蒙視野；

　　d. 就私人來講：*1. 繼承陳文成愛故鄉 gah 擴展蔡正隆以文化
深植人心 e 遺志；*2. 一向攏是母語文藝復興、母語推 sak 者 e 胡

民祥，ui 論說文、詩人、散文、母語學術論文等，添加專欄作家利筆名嘴身份。(註一)

真可惜，因為經費 e 限制，di 台灣市面上 iau 無 zit 本全冊出版，甚至 di 台灣 e 報紙攏 iau 無 zit 種版面，值得咱注意。

胡民祥自細漢 dor ga 阿公用母語念批信，八〇年代 dor 開始以母語寫作，創作年齡相當早，而且創作量濟，將近二十多來，一直拍拚做、拚命寫，帶領台語文壇，伊 e ng 望是母語母文出頭天，台灣人出頭天，伊正手、倒手同時 qiah 筆兼 qiah 劍，是母語文壇 e 長青樹。

註解

（註一）

　　請參考本冊合集、小說單元有關胡民祥 e 部份。

參考文獻

胡民祥。台文路上說工程，《台語文　工程話　故人情》pp.83-115。

(11) 浪漫 e 革命鬥士～簡忠松

簡忠松。愛河。美國 *Houston* 台灣人活動中心：第六屆北美洲台語文研討會，2000。

　　簡忠松，1944 年出世，宜蘭二結人，台大土木碩士，美國 *Cincinnati* 大學工程碩士。經營工程顧問公司。1995 年開始寫台文。台文著作有《簡勇台語文自賞集》（1995-7），《順生善後》（1996-5-4）、《循道上岸》（1997-2-1）、《逆道》（1998-2-1）、《黑珍珠》（1992-2）。

　　《愛河》是 zit 本 66 頁 e *mini* 文作，包括〈婚宴〉、〈廖明徵 e CDAII〉、〈大開眼界〉、〈鄉訊編輯 e 回顧〉、〈台語文學〉gah〈愛河〉。除了〈愛河〉zit 篇，攏總 di 美國發刊 e《台灣鄉訊》登過。

　　〈廖明徵 e CDAII〉是一篇醫學台文，ma 是敘述著廖明徵自細漢 dor 發願 veh 追求克癌病症藥方所 du 著 e 挫折 gah 成功 e 過程。作者用台文思考 gah 書寫 e 本領，擴充詩作、散文 e 文學範圍，寫出 zit 篇科普台文 gah 教育性真 guan e 傳記文學面貌。這是台語現代化 e 文獻，所謂現代化 e 文獻是 edang 承載著現代人生活 e 各種形式，將語文 e 記事、檔案功能開創至無限 e 書面語文空間。台文 e 活化 dor 是使用，di 使用中拓展著智識 e 真、道德 e 善、文藝 e 美，zit 篇文章已經做到百分之九十八。有一點仔小缺點是因為直排，字 zua lor-lor 長，看起來有一點仔 tiam。

　　作者強調個人寫台文注重白話 gah 文言文兼顧，應該講是白話 gah 書寫文學語詞兼顧 e 成份 ka 明顯，因為文言文 e 定義傾向古早 e 八股文，di 伊 e 文章看 ve 出來 zit 種漢文 e 臭腳布。作者所注重 e 是語詞 e 精緻面向，應該是修辭 e 意思，簡單講是雅文俗語並探，dor 是講是採用四句聯 gah 七字 e 工整方式，如〈婚宴〉內底 e "蛤仔難兮哀歌" 配合時空 e 色彩背景 gah 人民 e 腳跡，ma 親切有力。另外，是用全漢字 e 表達，其實咱攏 edang 了解親像簡忠松 hiah-nih-a 古錐 e 革命鬥士，絕對是徹底百分之二百 e 台語人，早 dor 將漢字看做工具來使用，問題是往往 di deh 寫 e 中間，作者專注浸透 di 自我世界，對訊息 e 接受，di 讀者 e 立場，ui 華語詞轉換到台語語音，往往因為翻譯性 e 性質明顯，造成台語詞必須愛 di 語音、語意還原 e 心理反應過程，顛倒 ga zit 種擬態 e 含混性提高，形成語言 e 多層番易（*mimicry*）情況，作者本身自己真明白 e 情況，對讀者來講帶嘴音 e 文心欠缺（註二）。適當比例 e 訓讀量，di 目前台語文書寫 e 發展 e 自由空間，如何達到上 du 好 e 使用（*optimum usage*），除了是語文需要自然 ziau 測 e 進化過程，ma 是咱所愛注意 e。

　　Zit 本文作雖然細細本，magu 將作者一生 e 生長、信仰、理念、愛心、專業、才能、熱情、愛情、修心、修德、貢獻 gah 奉獻等面向，攏有一個完整 e 圓框。讀者 edang 感受著創作者 e 感性 gah 理性 e 豐富世界，尤其簡忠松一再 deh 自我修識，以創作詩文一如〈我行出一條路〉e 脈絡，堅持伊 e 一世人 e 志事，不止是 deh 實踐，透過宣誓 e 決心，督促家己，鼓舞友志，同時 ma 以寫作來療傷心靈，最後 gorh 心中充滿對牽手 e 一世情，di 成功 e 查甫人後面攏有一個好家內 e 支持之下，向四箍圍發熱，ui 私情提昇到對台灣國族、生態環保 e 大愛，一個建國運動者、理工人 gah 文化人 e 屬性 ham 特徵明顯，真真是浪漫才子、內外一致 e 革命鬥士。（註一）請看〈愛河〉：

1963 美好 e 彼年
我十九伊十七
伊高二我大一
在港都我來識（vat）伊
我招伊散步愛河邊
伊講伊猶 m 識代誌
我 ga 伊講我會教伊
啊　港都愛河邊
是我初戀
人生美好 e 開始　　　　　　　（1997，30 年結婚紀念）

　　翁仔某是同林鳥，英雄愛美人三十多如一工，平素、厚實 e 意愛滋味用三十多牽手惜情，是愛河長流水、生活內涵 e 結晶，背後 e 親情之深，自然反映著人生旅途 e 浪漫色彩，顛倒 edang 感受著是 zit 個查甫人 e 宜室宜家角色。

註解

（註一）

請參考台母語運動海外英雄錄、語詩 gah 合集單元有關簡忠松 e 作品介紹。

（註二）

讀過所有引用 e 作品，無穩定 e 漢字問題，每 du 一遍，全款 e 情形 gorh 重演，是問題。

(12) Me -liah nng-zng，台語文化界 e 武士～阿仁

Asia Jilimpo（陳明仁）。 Pha 荒 e 故事。台北市：台語傳播，2000。

陳明仁，1954 年出世，彰化二林原斗做稽庄腳。文化大學哲學碩士，專業台語文化工作者。

讀阿仁 e 散文故事集，自然會去讀伊 e 小說，來 gah 伊 e 散文做 ka 接近 e 定位。

用故事來表現散文 e 寫法 ma 是一種寫法，鐵骨仔生 e 阿仁用伊寫詩、意愛過去台灣歌、qau 講故事、寫小說 gah 戲劇 e 優點，以散文 e 形式（比如字數 e 長度，無像中、長篇小說按呢 hiah-nih-a 長）創造出另外一種故事散文。

用散文 e 角度來看，di zit 本故事散文內底，伊 ga 生活語詞巧妙用 di 故鄉 e 人情世事、田園光景、包含了庄腳 e 人物、生物、事物、風物、景物 gah 土地 e 戀情，用人物故事做底本 e 主體，發展出來牽連著 e 細節，如；竹管厝 e 描繪親像 deh ho 咱看見一幅農村 kia 家 e 圖畫、乞食 e 行頭、定婚 guan 定 gah 大餅、收驚、hip 相 e 代誌、藝量、鳥隻動物、花草植物、嘴口食物仔、有關交通工具（牛

車、腳踏車、*Vespa*)等等一幕一幕用文字，ga 心悶 e 鄉愁經過文筆 e 修飾 gah 處理，ga 咱留落來過去不可恢復倒轉（*irreversible*）gah 數念舊有（*nostalgia*）e 記事。包括精神內底深處 e 記憶 gah 永遠 e 故鄉，種種事事萬項 e 追想，不止是庄腳種作耕作方式 e pa 荒，ma 是過往台灣善良民風 e pa 荒，對比著工業化同時 ma 帶來污染土地不可復育 vedang 種作 e pa 荒，gorh ka 嚴重 e 是使用語言內容 e pa 荒。

咱來轉一個鏡頭來看，zit 本冊 e 封面是阿仁所有 e 冊內底上 sui e 一本，yin 某阿惠正面用真顯目 e 色水 ga 過去庄腳豐富 e 意像傳達出來，表現出來生機，後壁面是枯 da 死亡、殘敗 e 現象，hian-nih-a 單純原始 e 台灣面臨啥麼款 e 荒蕪 gah 墮落？透過一個單字歲數 e qin-a 兄 e 記憶 gah 記述觀點寫法，單純、天真 ho 人聯想著 *Indian* e《少年小樹 e 歌》gah 法國《小王子》e 作品。Qin-a pi 一向 ho 人講愛有耳無嘴，一個巧勢 e qin-a 基本上攏 ka 會 hong 挺 sing，藉著古錐、有夢 e 耳、嘴用筆來回想追憶，引發著咱用心靈看見樸實青翠 e *Formosa* 原貌，di 大人 pa 荒 e 性靈世界灌注一港活水。這是作者 e 安排。

咱台灣人本底有啥麼好腳跡光影 gah 人性生態，靠啥麼 deh 過日，來讀阿仁 e pa 荒 e 往事，di 伊 e 弄筆路數中間，口語 gah 文語巧妙 e 書寫文體，流暢好讀，趣味性真 guan，讀著 ve da-sor 無滋味。Di〈大崙 e a 太 kap 砂鱉〉zit 篇，除了 a 太托夢拾骨解決往身者 e 冤親債主 e 代誌，咱看會著惜福 e 環保觀念，阿仁 e 故事散文透過傳說、神話 e 故事性 gah 神秘性，如：〈Cheng 甲花〉、〈牽尪姨〉、〈地理 qin-a 先〉、〈解運 e 故事〉、〈紅襪 a 廖添丁〉、〈祖師爺掠童乩〉等等來提高台文生湠 e 機會，ma 順續 ga 咱介紹過去、或者是庄腳 e 農村社會環境有啥麼款 e 服務業，di 現此時台灣犧牲環保、工業發達背後 e 社會標準倒轉來看傳統觀點 gah 智慧，用台語文 e 筋骨來 ho 咱有智覺 e 反省機會，這 ma 是甘蔗園 v.s.科技島 e 流變（〈甘蔗園記事〉〉。Di〈乞食——庄 e 人氣者〉zit 篇，dor 是另類 e 觀點，阿仁用伊歸納 e 看法 ho 名號做 "Un-a" e zit 個乞食仙有種種人氣 e 積聚，gah 社會上依附權勢 e 奉承 po-tann 形成對比。生活 gam dor 需要表面上所定義 e 大富大貴，做乞食四海爲家流浪 ma 有逍遙自在、天地做厝 e 大富貴。另外，di 過去溫情 e 社會養飼乞食，咱 gam 無需要 di zitma 設立弱勢者 e 福利機構？過去乞食 e 權威、人性觀、自由來去 gah 唱乞食調 e *romance*、守規矩、pangkuh[龐克] e 穿插，di 阿仁 e 筆下復生，對現此時一寡掠奪性 e 經濟操作行爲，形成對比，咱到底是 veh 追求啥麼？物質？心性？愛 e 元素在在處處攏隱藏 di 故事內底，做稽人 han-van 變竅，但是收割是人工相放伴，按呢 e 分工合作，di 農村生活 e 美德 gah 美景雖然 vedang 恢復，但是精神內涵猶原相傳（〈Khioh 稻仔穗〉p.353）。

對故鄉 e 懷念過往中，阿仁用文字徹底表達出來在地新文化 e 主體性，di 文中不時出現 e 景致美感 gah 關愛母語文化 pa 荒 e 傷感，ga 處 di 危機中 e 台灣人文起造了生機。歷史是 vedang 放去 e，di 歷史 e 過程中檢討 veh 保留啥麼文化財產 ho 咱 e 囝孫仔 gah 根 e 認同，對現此時 e 生活本質 gah 文化品質有啥麼提升，阿仁無 ga 咱講白，伊用一種故事 e 敘事體示現 ho 讀者，帶著傳教士 e 精神 deh 傳承母語 e 料理，ma 帶著傳教士 e 慈悲 gah 人道主義 deh 看待人生，如〈離緣〉、〈Hip 相師父〉二篇 e 蓮治 gah〈Cheng 甲花〉、〈牽尪姨〉二篇 e A-chiang 二個女性 e 個性、形相，di 小庄腳小小 e 社會內底 e 角色是按怎，yin gorh 如何處理一寡問題 e 人生態度，dor 是 "已經有按怎 a，gorh 是 veh 按怎"，面對問題無去計較，是台灣人有量度 e 心胸。Di〈離緣〉雖然是有翁仔某名無翁仔某行，離緣 e gor 纏 ve 清，庄腳人 e 體貼、溫和 gah 條直自然解決衝突 e 激化，蓮治 ma 會使 gorh gah 前翁做好朋友，邀請來參加伊 e 新婚禮。Di〈牽尪姨〉，雖然翁 ma 有飼細姨 di 外口，A-chiang 歸氣招來做伙 dua，加人加福氣。這比爲著情愛怨恨來潑硫酸 gorh ka 和平，甚至 di〈愛 e 故事〉阿蕊用死結束生命來做無言 e 抗訴,依照事實,作者 ma veh 提醒讀者 ui 已經失去老母 e 前人囝得著後母 e 照顧 cue 出補償 e 正數值,這是無聊 gah 無奈 e 眾生,veh 安慰人 e ma 是按呢,人生本底 dor 無完滿,"無聊 gah 無奈 e 眾生"其實無啥麼需要強加啥麼教條來束縛。庄腳人 ma 有缺點,在來 dor 是愛 di 人 e 腳脊後講閒仔話,講閒仔話是有真大 e 殺傷力,當時 ma 有一種對人行為 e 約束力,好 vai 同時存在。迷信、qau 牽拖、破格、憨直等等 e 負數,總 a 共 a dor ho 醇美 e 民風正數超過去,按呢安穩 e 庄腳為三頓拍拚克苦克難,人情義理有一定 e 平衡性,可能是按呢人 gah 人、人 gah 自然 e 互動,kong 痟 gah 躁鬱 e 症頭外面 e 刺激基因 dor 罕。台灣人 e 民風正、負數值 di 歸本散文故事集內底一再重覆出現,透過故事 e 情節來搶救失落 e 文化 pa 荒園地,阿仁 di 多方面 veh 實踐作家 e 任務。

伊 ma 無用 China 古典 e 詩詞反應台語文 e 貴族性格,顛倒是用 sng 筆 e 功力凸現台灣人 e 生命力,生活 gah 土地結合 e 大多數民眾,這是伊可貴 e 特點之一。用生活 gah 順溜 e 白話文 deh 泱母語文化。伊真罕用 e 台灣諺語來勵志,這是台文 veh 行入來正常化 e 一種現象,這 ma 是生活 dor 是 "語文、語文 dor 是生活" e 寫照。顛倒伊 di 第一篇〈大崙 e a 太 kap 砂鱉〉所引用 e "相讓有 cun、相搶無份" zit 句,一直 deh 貫穿作者 e 中心思想,表面上伊是激烈先進 e,實質上,伊是和平 e。若是講弱勢者無悲觀 e 權力,照講弱勢者並無寬恕 e 資格,今仔日台文團體 veh 爭取 e 是 ho 失育 gah 失語 e 本地人治好啞口所發出來 e sau 聲 gah inn onn,zit 種代表台灣多數人 e 聲音,ho 人扭曲去 e 哮喝,ho 人心疼,變形過 e 人種,愛外久 dann 會恢復 gah 認識自己?咱愛問咱家己準備好 ve?當年美國烏人對家己信心喝講 *Black is beauty*,咱愛講 "台語文是漂撇 e"

讀阿仁 e 散文,ma 會自然愛倒轉來比較伊 e 詩集,來看伊 e

寫作 e 痕跡。Di 故事散文集內底猶原 deh 寫伊 e 故鄉，以庄腳做定點，已經 ka 無伊 di 詩集按呢四海爲家 e 浪盪漂流，可能 gah 伊 e 牽手有關係。阿仁自稱 "是 ho 阿惠招 e"，一個精彩有樣 e 查甫人是 ho 某娶入門 e 安穩，阿仁愛流浪風騷 e 本性並無脫，只是有家內 e 定點 gah 人生 e 目標，di 伊 e 散文故事所散發出來 e 是伊 ka 圓 e 筆珠，用詩犁田 hit 種利劍劍 e 口氣顯然暫停 di 階段性 e 任務。自 1996 年以來，veh 轉入小說 e 行列，到二千年 zit 本散文故事，ui《A-chhun》到《Pha 荒 e 故事》，di 故事散文中 e 語氣是 ka 溫和 e，畢竟所經過 e 攏化做肥料 gah 養份，阿仁 e 反骨並無消失，veh 堅持 e 是伊透過生長 gah 體悟，用平和趣味 e 手法來傳母語文化。

照阿仁家己 e 序文講 e "講實 e，我是 deh 寫 pha 荒 e 價值觀"。Di 故事價值觀 e 面向，阮想 veh di 論伊 e 小說 e 篇幅內底 ka gorh 加討論寡，原因是 pa 荒 e 故事 ma 有小說 e 地盤，dor 是因爲 di 文本內底用敍述者（narrator）來記事，仝款 di 電台節目內底阮 vat di 駛車 e 路途聽著阿仁 e 放送，因爲一個人扮演幾個角色，所以效果有比讀起來 ka 差（註一）。這 ma deh 說明現此時 e 台文工作者攏是校長兼 gong 鐘，逐項代誌攏做 e 原因。

註解：

（註一）

　　zit 點感覺 e 答案是永進 ga 阮解破 e。

(13) 民間文學 e 拭金師～董峰政

董峰政。母語是文化的源頭：台語文寫作集。台南市：[董峰政]，2000。

　　董峰政，1954 年出世，台南縣永康市西勢里蕃薯厝人。淡江外文系畢業，美國 *Truman* 大學教育研究所碩士。“創立過台南縣第一座圖書自動化圖書館，得著真好 e 效果，第一擺體會會著啥麼叫做“有路用”e 人，帶來真大 e 成就感”--（〈蕃薯屇囝仔的跤跡〉p.1）。1993 年開始接觸台語，現任高雄餐旅管理學院教職並擔任首任 e 圖書館主任。

除了 zit 本創作，iau 有《台語文天地》、《土地的聲嗽——台灣褒歌》、《漢學仔冊精選》、《手寫台語文散文集》、《全鬥句的俗語》、《母語的奶芳》gah《蕃薯屇的詩集》，編注、整理 zit 7 本冊是無簡單 e 苦工夫，因爲伊長期浸透 di 民間文學 e 滋養氣氛，不但看見著母語是文化 e 活化石，ma 全心全力一頭投入去母語運動 e 行列。Ui《母語是文化的源頭：台語文寫作集》作者以 36 篇 e 敘事、論說散文發射熱力，敘說台語語言 e 優美性、多變性、豐富性、藝術性、音樂性、古老性，ui zia- e 多層厚度切入，gorh ui 生活性 gah 趣味性輸出。董峰政說唱鬥句 ga 古典 gah 現代融合，造成母語文藝復興 ui 民間文學 e 發覺傳統優質 e 迷人風潮，伊 e 演說 gah 教材內容實厚，加有文學素養、播音經驗、全精神 e 投入熱情，ui 台灣尾到台灣頭伊 e 課攏相當 ga-iah。（註一）

Di zit 本冊 e 每一篇文章，攏鋪排著民間文學 e 引用 gah 詮釋，參融 di 母語文化運動開拓論述、服務業 gah 情緒管理教學、母語特性、認識台灣、常民史觀等主題。以 B5 紙面印刷 e 版面，一頁 ziann 千字 e 文章，只要有空白，伊 dor 插排自己 e 詩文，一方面出版、二方面 gah 人分享、三方面 gorh 省紙，真有環保概念，第四方面，是加重古典文式重新創作，透過活用 ho 復育中 e 母語重生 e 旨意 ma 有傳達著，第五方面是冊中有一篇周定邦 e 文章〈阿爸 e 教示〉gah 由徐秀如原作 e〈Seh seh 念 e 播音員〉是作者 veh ga 咱做一個散文寫作 gah 播音內文 e 範例，這 gorh edang 看出作者疼惜台語 e 苦心。

伊樂觀積極 e 筆調 mdann di 平常時 e 溫和笑容 gah 信念顯示，ma di zit 本論述散文展示，雖然伊講所有 e 著作只是台語 e 一部份 niania，講起來工作以外 di 短短 e 期間內底，有按呢 e 成績，是繼續 "第一擺體會會著啥麼叫做 "有路用" e 人，帶來真大 e 成就感"，所持續 e 精彩人生光影，有第一擺 dor 有第二擺、第三擺……，成功是好習慣，按呢食飯攪鹽做夢嘴角攏會笑。

董峰政講母語文化是拭金師，我講董峰政是民間文學 e 活化石，伊所結晶 e 文化財本身是寶石。

通尾仔，請伊寫文章愛有文獻書目，因為，如〈思想起——參「平埔媽」共舞〉(p.15-17)、〈語言是 kng 文化 e 光碟〉(p.26)、〈為「台語」正名〉(p.46、49)、〈台灣歌謠——踏話頭〉(p.81)等，所提著 e 段落明顯有參考文獻做底，一定有真濟有趣味 e 背景 edang gorh 再深入了解，應該提供書目，ho 人 gorh 去滾絞 zit 粒文化球體。

〈阿爸 e 教示〉gah〈Seh seh 念 e 播音員〉edang kng di 附錄文獻，按呢 ka 配合文本。

總講一句，董峰政 e 民間文學活動是立體 e，伊 e 運動、推動氣力充滿著生動 gah 流動 e 活泉，伊是民間文學 e 活寶。

註解：

（註一）

配合 2001 年母語教學 e 在校老師母語種籽教師訓練，董峰政 ui 台南到新竹師院、新竹地區，另外 di 南部台南、高雄、屏東 e 活動，ui〈個人演講記錄一覽表〉(p.144-51、1988-2000,5 月)密 zat e 行程，dor 知影伊受歡迎 e 程度，難得 e 是伊做人謙虛。

三、結論

　　台語散文，除了本冊所提過 e 作者，親像周東和、周定邦、王惠珍、陳美均、林春生、沈冬青、鄭永國、鄭有舜、糠獻忠、王松亭、程華淮、王南傑、陳金秀、陳麗雪、黃佳惠、蔡秀菊、陳香蘭、江秀鳳、張秀鑾、柳秀慧、胡秀鳳、闕杏芬、紀傳洲、陳金順、杜文靖、林仙養、鄭良光、莊純巧、李清澤、許世楷、盧千惠、何子龍、簡學壽、黃良欽、張啓中、施政鋒、廖炳惠、蕭嬿嬿、董育儒、吳長能、曾岱宗、廖常超、張哲嘉、張正修、楊谷洋、蘇育德、蔡慶賢、黃淑惠、張淑惠、林青青、呂興昌、丁鳳珍、孫岩章、李啓明、周純慧、林宗良、洪惟仁、蔡丰祺、陳恒嘉、施炳華、杜正勝、……等等，攏是書寫母語 e 高手，期待 yin gorh 寫 ka 濟 e 作品，或者是積合做合集。

　　Di 台語文內底因爲是初胚，寫一、二本 dor 有作家 e 封號，這是咱台語人 mtang 自我滿意 e 所在，咱應該 di 無啥麼市場 e 困境，共力拍拚，mtang 驚困難，勇往直行，有努力咱 dann 有資格 tang gah 人比並。相合米、煮有飯，眾力成城，起造咱 e 文化是逐家 e 責任，ui 散文 e 多樣性、實際性落筆，"試看 mai 你 dor 知！"（註一）

註解

（註一）

沈冬青，發刊 e 話——試看 mai 你 dor 知！《時行台灣文月刊》第 1 期，1998·11，p.7-10。

第六講座

台語合集

一、合集 e 形態

台文合集有二種形態：1. 全款文體無全作者 e 合集，如《台語詩六家選》（詩集）、《台語文學運動論文集》、《楓樹葉仔 e 心事》（散文集）等等；2. 全一個作者 ga 個人 e 作品合做一本冊，如：胡民祥 e《胡民祥台語文學選》、東方白 e《雅語雅文：東方白台語文選》、蔣爲文 e《海翁》等。

文體顯明如詩選、散文選、小說等，分別歸類 di 詩、散文 gah 小說介紹。其他如相同一位作者，以文類份量偏重 kng 屬 di 各種集類，如楊照陽 e 二本個人專集篇幅內底以散文爲大量，所以以散文類介紹，又如尤美琪 e 詩作特色顯明 ma 抽出 gah 台語詩女性觀點合論，不過，cun e 文篇則 kng di 合集 e 單元。

以下咱來介紹個人、或是文體 e 綜合作品：

二、台語合集作品

1. 學生台灣語文促進會編輯；楊允言主編。台語這條路──台文工作者訪談錄。台北市：台笠，1995。

《台語這條路──台文工作者訪談錄》ui 冊名看，真明確講這是一本台文工作者 e 訪談記錄。一群各大學台語社 e 少年人所組成 e "學生台灣語文促進會"分工合作 e 成果。

做台文有現實 e 壓力，書寫方式無穩定、無外濟人知、無經濟市場、gorh 接近愛啥麼無啥麼，事事項項攏是 ui 無 e 程度 veh 起造基石，本底按呢 e 擔頭是政府愛做 e 文化工程，結果是由民間自發性 e 危機感對消失中 e 母語文化搶救保育 e 工作記錄。

　　訪談 e 對象有洪惟仁、林央敏、黃元興、陳慶州、陳雷、羅文傑、吳秀麗、林宗源、陳冠學等九人。當然，hit 當時 e 台語文化工作者，不只 zit 幾個 niania，只是有一寡無 du 好 e 因素會有遺珠之憾（比如，受訪稿 vedang 如期整理打印等），mgor，訪談錄音 gorh 撰寫整理是足辛苦 e 代誌，有按呢 e 成果，必然 dor 親像是生一個 qin-a hiah-nih-a 無簡單。Zit 本冊 e 重大意義是替九〇年以來台語運動 e 過程做著歷史 e 見證，無外久 e 將來台文有標準化以後，veh 研究台語文按怎形成顯學、如何進入體制，di zia edang 看會著前輩 e 努力 gah 奮鬥所拍拚出來 e 演化 e 過程。

　　受訪者，講出來 yin 個人行台文 zit 條路 e 經驗 gah 看法，各種運動 e 招數 ham 姿勢 gah 咱分享，如何 veh 成就母語書寫落實台灣社會，逐人有獨特 e 看法 gah 觀點。Zit 群熱心 e 人無去做股票，顛倒出錢出力來行 zit 行 e 冷門，每一個人攏有精彩 e 心路歷程解剖。趣味 e 代誌是逐位一律攏反應出對"台語全漢字" e 困擾，這 gah 出過第一本冊 e 台文作家全款攏愛 di zit 個困難 gorh 餾一遍，無人用心無艱苦，這 ganna 說明講將全漢字硬加 di 另有特色 e 母語頂面有所"抱殘守缺" e 現象，是保育台文 e 困境。綜觀受訪者對書寫方式 e 經驗有：贊成漢羅並用者包括洪惟仁（p.33）、黃元興（p.86）、陳雷（p.121）、羅文傑（p.169）、吳秀麗（p.178）、林宗源（p.203）；全羅或全漢：陳冠學（p.226）；林央敏（p.58）傾向將來用全羅；另外是台文 e 獨行俠陳慶州只有伊一人會曉 e 科根寫法。事實上，由漢羅並用 e 書寫方式本身 gah 本質來看，書寫障礙 ka 低，作品量 ka 濟，作品內容 ka 多面化，這 ma 是參與台語書寫使用者多數人傾向漢羅並用 e 趨勢。

　　本冊以漢羅並用寫就。

　　受訪者，吳秀麗是唯一 e 女性，而且 gorh 是因為教會工作關係接觸台文，這表示過去 di 母語工作群女性參與 e 比率稀微。Mgor 九〇年代以來，女性參與者漸漸上升,陳豐惠、張春凰、尤美琪、沈多青、蕭嫣嫣、江文瑜、陳玉玲、丁鳳珍、鄭雅怡、黃佳惠、楊嘉芬、鄭芳芳、陳素主等以無全款 e 面貌出現。Di 九年一貫教育課程中 e 母語教學,受訓 e 女老師 ma 佔絕大多數,女性 di 母語承傳上有真大 e 機會 gah 份量,應該把握。

2. 許丙丁著作;呂興昌編作。許丙丁作品集。台南市:南市文化,1996。(上、下冊)

許丙丁,1900～1977,出世 di 台南市大銃街。字鏡汀,號綠珊？主人,簡署綠珊？,另有綠珊莊主、錄善庵主、肉禪主人、默禪庵主等眾多筆名。七歲讀私塾,細漢時常去天后宮 cit-tor,並聽說書者講《三國演義》等章回小說。十三歲做過辯護士事務所 e 小史,十四歲進入警界做類似送公文 e kangkue,二十歲考入台北警察官練習所特別科,後來時常破案有功,升官。由許丙丁 e 個人奮鬥成就 di 台南獨秀一枝,咱看會出來只要有機會台灣人 e 好天資一定 edang 發揮,由伊 e 筆名來看顯然是台灣人 e 文化素質普遍偏低,而且過度附庸 di 漢文化之下。

呂興昌,1945 年出世,彰化和美塗厝人,台大中文研究所碩士,任教清華大學、成功大學,專 qau 台灣文學、台語詩專題等,1995 年左右開始對母語文熱 putput。

Zit 本冊是台南市 e 士紳才子許丙丁 e 作品,由呂興昌整理編作再 gorh gah 咱見面。台南市 e《菅芒花詩刊》dor 是 veh 傳承許丙丁 e 精神 gah 紀念 zit 個文人作家,並繼承創作 e 香火 ham 推展在地文風,所設立 e 府城地區刊物。

全集包括:卷一 台語文學創作 《小封神》e〈上帝爺赴任受虧〉等二十四篇、附錄《小封神》(1956 年中文改訂版初版本 23 回)、詩 gah 散文、歌詞；卷二 文學論述；卷三 歷史論述；卷四 許丙丁研究資料；卷五 年表。

由卷四 e 研究資料，已經有真濟有關許丙丁 e 研究 gah 肯定，有 zit 本冊 gorh 完整再現江湖，呂興昌教授 e 整理編作苦心應該需要講一寡。呂教授是一位目睭弱視者，伊用 ham 鏡看字是不止 a 辛苦，mgor，伊講許前輩長年寫作，伊用短月收集、整理、考訂，無經費幫贊 ma 真拚勢 gorh 歡喜 e 熱情 gah 苦心 ho 人貼心。呂興昌是謙卑 e，伊疼惜台灣文化 e zit 條命脈，di 伊近年來投入 e 心血，逐 gai 有伊演講、教課 e 所在 gah 場合，開始 gah 結束一定會唱許丙丁 e〈菅芒花〉e 歌曲。伊中氣十足，唱著全精神貫注滿腹情意 gah 敬心，無文人相輕 e 酸味，只有敬愛，這 dor 是正港 e 台灣精神。

3. 許丙丁。許丙丁台語文學選。台南市：金安文教，2001。

本冊包括歌詩篇、小封神二輯，加上附錄。《小封神》e 部份請看本冊小說單元 e 介紹。歌詩有〈飄浪之女〉、〈青春的輪船〉、〈南部三景〉、〈我愛我的綺霞〉、〈思想起〉、〈漂亮你一人〉、〈去後思〉、〈可愛的花蕊〉、〈菅芒花〉、〈關仔嶺之戀〉、〈六月茉莉〉、〈牛犁歌〉、〈卜卦調〉、〈丟丟銅仔〉、〈留春〉、〈薄命姊妹花〉、〈南國的賣花姑娘〉、〈嫁粧〉、〈車鼓調〉、〈女性的哀愁〉等 20 首。許丙丁跨過日人時代 gah 戰後國民黨來台統治 e 二個殖民時代，伊 ga 淒涼、清麗 e 台灣女性同胞，用讚美、疼惜 e 筆調吟誦，ga 本土民風歌調 e 直樸 gah 活力重新注入生命力，使得台灣文化得著保留 gah 延續。

許丙丁字面上愛用女性做題，其實是以惜花連枝愛 e 筆尖來隱喻台灣人 e 命運，國家 e 象徵是女性、是母親。伊用〈菅芒花〉吟出 1960 年初，hit 當時台灣人 e 鬱卒、自生自滅、眾人食、眾人騎，無人疼，親像心酸 e

苦女。佳哉,自然界 e 風、月、金姑無棄嫌,風、月、金姑 e 疼惜 ho 人感覺有路用,ma 得著安慰、爽快 gah 自由。菅芒花同時 ma 是生命力堅強 e 植物,象徵母親堅定 e 意志,雖然人情薄離、現實,菅芒花 ma 是 qau 生湠。許丙丁 e 歌詩,運用白話歌詞表達 真有口語民謠 e 風格,淺顯好了解,ma 真有現代性,請欣賞:

> 菅芒花,白無芳,冷風來搖動。
>
> 無虛華,無美夢,啥人相疼痛?
>
> 世間人,錦上添花,無人來探望。
>
> 只有月娘,清白光明,照阮 e 迷夢。(第一葩,1960 作品)

咱 gorh 來看一段有關許桑 e 介紹:

> 台南眾多 e 文學家內底,許丙丁是一位多才多藝 e 人,伊不但新舊精通,雅俗兼美,中日文俱佳,對繪畫、攝影、圍棋、戲劇、音樂、電影、體育更加有所涉獵,edang 講是一位才子型人物。(附錄五龔顯宗 e〈博學多能 許丙丁〉p.149)

超過半世紀,許丙丁 e 作品,仝款流行、迷人,有歌詩經典之風,這是台語保存 e 命脈。

4. 胡民祥。胡民祥台語文學選。台南縣新營市:南縣文化,1995。

胡民祥 台南縣善化人,1943 年出世。南一中,台大機械工程畢業,1973 年紐約州立大學水牛城分校機械工程博士。目前定居北美洲匹茲堡茉里鄉,現職西屋公司做工程師。留學期間參加政治運動,變做被禁 21 冬 vedang 入故鄉門腳口 e 烏名單。1980 年開始行踏台灣文學 e 門路,真早,di 外國他鄉 ga 阿公寫台語批。

筆者 gah 伊四度會面,發見伊本人有恬恬傾聽人講話 e 好習慣,台灣人 e 土直本性，gah 伊 di 詩文意氣風發所表達 e 文情 gah 鼓吹國族語言、文藝復興 e 旺盛章理另現一款面貌。

《胡民祥 e 台語文選集》分做散文、詩、文學評論三輯。

散文 gah 詩集 e 文風 gah 意象是 "來" gah "去"、"時空" gah "地域" 感應比對 e 呼應。二十外多 gah 母國遙遠隔開之下，di 憶戀 e "存有（present）" gah "缺欠（absent）" 所交織出來 e 思慕，個人 e 處境 gah 遭遇，時時刻刻意念楞想凝聚，di "家鄉" gah "他鄉" 距離 e 轉換、變化情景所交叉出來 "對比"、"對稱" e "衝突" gah "和諧" 關係。Ui 飄洋渡海（sojourning）、遷移定居（immigration），到被禁足踏入曾文溪邊 e 胡厝寮，gah 故鄉親人 e 離散（diaspora）到政治 e 放逐（exile），一隻在地鳥鷲變做候鳥，連後是親像留鳥 e 渡海者（sojourner）。鳥名單 e 身份被放逐、為故鄉付出 e 一切是精神 e 回歸 gah 寄望，這是胡民祥 di 海外台灣人 e 寫照。

台灣 e 亞熱帶 di 嘉南平原有白茫茫 e 甘蔗園，di 北美洲有白 siaksiak e 雪花，di 台灣有陳文成被謀殺 e 命案，di 北美洲為著生 e 權利有滾絞 e 抗議，di 西方吸著自由民主 e 空氣 veh 引進入來東方 e 厝內，熱火火 e 所在只是 du 著風霜，一波過一波 e 風風雨雨，光明 e 火種終歸尾克服過火焰山 e 燒魔，一粒麥 e 種籽落土發出一大穗 e 麥仔，豐滿結實。

一個僑居旅客受著西方文化 e 洗禮，人情、世事、政治、文化、風景、感性、理性、悲傷、憤怒種種 e 牽腸掛肚，只不過是對原生母國 e 蕃薯精神優質部份 gah 新生命力關愛心切意強。逐工日夜思思念念，一面是貼心 e tang 疼，一面是天方夜譚比上天 gorh ka 難以親近 e 故鄉土泥，心悶 e 實境只有 di 夢中相見，所以作者 e 散文 gah 詩作 dor di "來" gah "去"、"時空" gah "地域"、"存有" gah "缺欠"、"家鄉" gah "他鄉"、"對比" gah "對稱" e "衝突" gah "和諧" 關係出現著 "蒙太

（*montage*）"式 e 轉換鏡頭。一下仔台灣、一下仔美洲，一下仔悠遊自在交接、一下仔心境 gorh 變更鬱卒悲憤：di〈阮阿公〉寫公孫情、兩地相思 gah 隔開無法度見最後一面相送 e 悲情，為啥麼一個愛故鄉 e 人著愛流浪四分之一世紀，vedang 入家己 e 廳門？〈gorh 再烏青～父母疼团長流水，团孝父母樹尾風〉di 題名馬上有對比，di 文中不時 dor 交插著做团 gah 做老父 e 心境 gah 外口 e 景緻運轉，ma 是心頭氣頭重，莫非是烏名單 e 大網牽制；〈蟬仔聲〉gah〈火種〉除了追思同志陳文成，全款是蕃薯精神 e 理想國 di 北美洲 e 他鄉國度濃縮 e 意志綿綿感化，"壓制"gah"突破"、"被害" gah"重生"e "衝突"gah"和諧"再現。〈楓樹葉仔 e 心事〉gah〈四季家居記事〉kia 地 gah kia 家 e 物種、風情、景色 e 描寫 ma 是聯想蕃薯國，怨嘆 tun 踏變形 e 蕃薯地。Di 29 篇 e 詩作，東西文化比較如〈团仔的世界〉、〈用情〉、〈東西方相會〉、〈東西方數學〉等；描景寫物如：〈雪景〉、〈秋天雲〉、〈新春大雪〉、〈冬楓班脂迎春風〉、〈湖邊花〉、〈燈仔花〉等；評判、鼓勵台灣人如〈了然的野蠻的台灣人〉、〈蕃薯免著驚〉、〈伊 cua 蕃薯仔行向天光〉、〈台灣製〉、〈草 gah 群眾〉等等；諷刺、pinn-siunn tai-gor 人如〈牛馬人的歷史〉、〈中央古物院〉、〈yin 按呢講〉、〈世界傳奇〉、〈東海天鵝〉；另外，除了親情〈翻頭去〉、〈你莫去〉、〈妹妹的心事〉、〈鄉親〉用詩意描述，dor 是上遺憾陳文成 e 政治迫害 gah 白色恐怖，〈伊 cua 蕃薯仔行向天光〉、〈再訪母校〉gah 散文〈蟬仔聲〉gah〈火種〉呼應，一再出現 di 胡民祥 e 作品，陳文成 e 精神永恒深刻化約 di 胡民祥 e 行動中。

因為 due 著心思變換流轉，"異國"gah"母國"e 對比、對應，di 胡民祥 e 筆法內面，有時仔會牽 gah lorlor 長，鏡頭 e 轉彎不免小可模糊焦點，mgor，雲開見月，經過按呢 e 苦楚流瀉 gah 理念 e 建立，滅空 ziann 有再生，胡民祥 e 寫作風格必然會 di 伊心愛 e 台灣，gah 伊 kia 居 e 國度所 du 著 e 交接區域（*contact zone*）產生蛻變。

評論 e 部份是文學評論，筆者若是 gorh 再批評 dor 是 "後設批評"（*metacriticism*），dizia 請直接參考胡民祥 e 原文。九〇年代左右 e 台語文學是一個現代化發展 ka 有形、ka 連貫 e 母語運作，文學評論是再創作，kia di zit 個基礎面向，一來 veh 藉著分析 gah 感想來講出文風流派 gah 特徵，順續呵咾 gah 提醒作者；二來 veh ho 讀者群對作品做了解 e 橋樑。胡民祥 e 文學評論對 zit 個時期 e 作品做整理，是重要 e 里程碑，文學 e 進展透過省察，一 qim 一 qim 疊起來起造，一磚一石攏是材料，按呢 e 文學理論 e 粗胚，雖然 m 是有啥麼比較文學背景 e 學者專家來錦上添花，mgor，關心疼心 gorh 加上願力，全身 ga liau 落去。除了散文、詩，胡民祥對台灣新文學 gah 文藝復興論說是開拓先鋒之一。經過西方學術觀察 gah 論文書寫 e 訓練，ui 系統性 gah 方法論 e 觀點出手，角度、理路特出是難得 e 科學人思維精華，功能是台灣文學血脈 e 承先啓後，無簡單 dor 是啦！（註一）

註解：

（註一）

有關胡民祥 e 部份請看本冊母語運動、散文單元、gah 簡忠松合集部份。

參考文獻：

Chen，Allen. Diasporas of Mind, or Why There Ain't No Black Atlantic in Cultural China. Incultural Studies, Ethnicity and Race Realtions Working Papers Series no.14. Dept. of Comparative American Cultures, Washington State University, 2000.

Susan Rubin Suleiman edited. Exile and Creativity. Duke UP：Durham and London，1998.

羅蘭巴特（Roland Barthes）；江耀進、武佩榮譯。戀人絮語一本解構主義的文本。台北市：桂冠，1991。

5. 陳雷。永遠 e 故鄉──陳雷台語文學選。台北市：旺文，1994。

　　陳雷，本名吳景裕，1939 年出世，台南縣麻豆人，台大醫科畢業，加拿大 *Univ. of Toronto* 免疫學博士，現此時 di *Canada Ontario* 開業。蕃薯詩社社員，《台文通訊》共同發行人。

　　陳雷以早 deh 寫是華文小說《百家春》（1982-85）當中，du deh 寫鄉親人物 e 對話時陣，自然發覺 zit 陣人攏講在地話，自按呢 dor 自我學習、探索台文 e 寫作，1986 年投入台文全方位 e 戰鬥 gah 文化革命。伊是多面向、多樣性文類 e 多產作家，詩、散文、評論、小說、翻譯、編、寫、企劃、運作、捐獻等等逐項來，成就台文變做伊一生 e 志事。有免疫學 e 背景，陳雷代先 di 心靈 gah 文化上 e 毒素免疫，一如伊 e 詩作〈永遠 e 故鄉〉是伊 e 聖水，逐遍若聽著 zit 首歌，伊 e 目屎永遠 nihnih 流。若講著寫台文，伊 di 他鄉外里 e 客居 ma 親像腳踏著台灣地，di 眾人面頭前 e 台頂，伊 e 目屎 ma 永遠 nihnih 流。是歡喜是悲傷是感歎是 m 甘，總 a 共 a 攏是台語文化工作者理想特徵 e 浪漫性格，使命感 ho 伊堅持信念，以生命 e 愛突破人類 e 寂寞、孤單、悲苦、悽慘來起造豐滿、充實 e 國度。一如母語運動者本身是理念 e 化身，使得陳雷 di 文化上基本教義派 e 色彩 dor 真明顯。因為 veh 行到 zit 個高峰 zinbong，峰迴路轉，*Shangrila*[香格里拉] gorh 一村，台灣人 e 台灣文化村里、國土 dann 會清氣、免烏煙 taigor。陳雷是台語文國 e 苦行者。伊對台灣 e 深愛貫穿 di 言語 gah 著作中。

　　《永遠 e 故鄉：陳雷台語文學選集》，分做短篇小說 5 篇、中篇小說 1 篇、詩 7 篇、評論 2 篇。小說有 6 篇〈美麗 e 樟腦林〉、〈出國這項代誌──紀念葉豆記先生〉、〈大頭兵黃明良〉、〈飛車女〉、〈阿春無罪〉、〈李石頭 e 古怪病〉。詩有〈性命無價南榕魂──紀念鄭南榕先生〉、〈我是一個台灣人〉、

〈Di 遠遠 e 所在〉、〈M 驚風來 m 驚雨〉、〈有人問你有啥麼——送林哲夫回台〉、〈思念雨〉、〈永遠 e 故鄉〉。評論有〈台灣人對台灣母語 e 錯覺〉、〈Horlor 話 gap 拼音字用法 e 寫作經驗〉。

陳雷。陳雷台語文學選。台南縣新營市：南縣文化，1995。

　　詩有 4 首：〈夢〉、〈母語 e 愛情〉、〈舊事〉、〈金山頂〉；散文有 6 篇：〈若是時間 e 倒轉去〉、〈未忘花〉、〈牽牛 ziunn 殿〉、〈Basu 頂 e 革命〉、〈咱 e 厝邊〉、〈凱西講 qu〉、〈心事二三件〉。小說有 13 篇：〈救鞭〉、〈生 giann 發 bong〉、〈白茱博士〉、〈起 siau 花〉、〈放送第四台〉、〈鳳凰起飛 e 時陣〉、〈先生媽二戰林鳳嬌〉、〈草地 cue 牛〉、〈阿春無罪〉、〈Buah-giau 出頭天〉、〈圖書館 e 秘密〉、〈悲心〉、〈李石頭 e 古怪病〉。短劇有〈La-li-orh 廣播劇〉。評論卷有 9 篇：〈台灣文學發展 e 下一個階段〉、〈台灣人對台灣母語 e 錯覺〉、〈目前台語文學 e 境界〉、〈漢羅合用法一致性 e 問題〉、〈台文運動是啥物？爲啥物？〉、〈錯誤 e 大漢疑問主義〉、〈國語家庭 e 悲苦劇〉、〈按「洛神」看「台灣本位」e 心理建設〉、〈賴和文學 e 精神〉。另外有附錄：鄭良偉 e〈台灣話文的開拓及認同〉、羅文傑 e〈告別殖民地文學 寫出台灣人主體文學〉、陳明仁 e〈笑 gap 目屎讀〈李石頭 e 古怪病〉〉。

　　綜合上列二冊，整理一下，詩有 11 篇、散文 6 篇、評論有 10 篇、小說有 17 篇、短劇 1 篇、〈陳雷台語文學選〉鄭良偉等 e 3 篇附錄 du 好是〈永遠 e 故鄉〉e 踏話頭。

陳雷。陳雷台語文學選。台南市：金安文教，2001。

　　詩有 9 首：〈記池〉、〈綠川有白鴿鷥〉、〈溪〉、〈苦痛 e 三月天〉、〈思念雨〉、〈夢〉、〈永遠 e 故鄉〉、〈舊事〉、〈金山頂〉。

散文有 4 篇：〈凱西講 qu〉、〈Basu 頂 e 革命〉、〈咱 e 厝邊〉、〈若是時間 e 倒轉去〉。

小說有 17 篇：〈歸仁阿媽〉、〈The Unspeakable〉、〈痣〉、〈虎姑婆〉、〈傳道者〉、〈鄉史補記〉（短篇）、〈主席萬萬歲〉、〈無情城市〉、〈死人犯〉、〈食老按呢想〉、〈贏〉、〈悲心〉、〈草地 cue 牛〉、〈阿春無罪〉、〈出國 zit 項代誌〉、〈大頭兵黃明良〉、〈鄉史補記〉（長篇）。

戲劇有 4 篇：〈厝邊隔壁〉、〈有耳無嘴〉、〈拼生無拼死〉、〈Hit 年三月有一工〉。

附錄：陳雷台文寫作年表。

全款攏是陳雷台語文學選，經過比對、列出清楚以後，咱分別來討論伊 e 作品：

陳雷 e 詩

詩有 15 篇，ui 標題看起來，對解放民族主義 gah 文化帝國主義 e 色彩真明顯，如：〈性命無價南榕魂——紀念鄭南榕先生〉、〈我是一個台灣人〉、〈M 驚風來 m 驚雨〉、〈有人問你有啥麼——送林哲夫回台〉、〈母語 e 愛情〉。懷念母國 e 厚重鄉愁（*nostalgia*），如〈Di 遠遠 e 所在〉、〈思念雨〉、〈永遠 e 故鄉〉、〈夢〉、〈舊事〉、〈金山頂〉、〈記池〉。

陳雷 e 詩，文筆簡明淺白，氣味平穩深遠，di 激烈抗爭 gah 美文中間，有隱有顯：你會使拍我 e 皮，/你 zing 是我 e 肉，/但是我母語 e 權利/ve 使 ho 你來剝奪。（〈母語 e 愛情〉）；過去 e 代誌永遠 ve 轉來，/咱 e 約束 di 夢中來交待；我 veh 牽你 e 手，/學蟬 a na hau na 等待，/hau gah 無聲，等到天暗雨落來。（〈舊事〉）。

咱 gorh 來欣賞 zit 篇〈記池〉，伊優雅達上境 e 文筆，若歌若詩將伊意

愛 e 理想對象化做詩國 e 永恒性，燦爛美滿，記池若遙遠星河 e 夢 gah 望，
純白忠實，有生、死 e 哲理，詩藝 di 輕巧中深栽重意：

> 若是你會記，
> 請你 ga 我講起，
> 全世界 e 歡喜，
> ve 輸五彩西照日。

> 若是你會記，
> 請你 ga 我提起，
> he 星若 sih 一 sih
> dor 是思念 e 時。

> 若是你會記，
> 請你 ho 我表示，
> 我 e 人生玉蘭花一蕊，
> 開時清芳分 ho 你，
> 開了 len 去 dor 結子。

陳雷 e 散文 gah 評論

　　陳雷 e 散文有 6 篇，文筆 ma 是簡明淺白，di 美文 gah 批判中間，隱
顯意象 gah 現實交換，尤其是母語文運動做羅漢 e 角色在在處處自然流露
e 重意識 gah 責任感。Di 散文全款是 di liau-liau-a 講內面，思念舊情，ho
阿母 e 批文〈若是時間會倒轉去〉gah〈未忘花〉是柔軟 e 親情 gah 純情；
di〈牽牛 ziunn 殿〉、〈Basu 頂 e 革命〉、〈咱 e 厝邊〉、〈凱西講 qu〉、〈心事

二三件〉等篇對台灣人 e 母語自覺 gah 自主時時刻刻提醒，一點仔 dor 無厭 sen，因為台灣人經過欺壓、處罰到屈服了後，已經麻痺 a，無勇氣 a 無血氣，ga 應該正常使用母語者看做奇人怪胎，di 了然 e 狀況之下，伊無放棄每一遍消費者 gah 勸導 e 機會，無一點點仔懈怠（hai1-dai2）：

車上高速公路了，電影就開始。片名大概是 "深宮怨"。……這明明是咱 e vah-suh，坐 e 是台灣人客，駛 e 是台灣 e 車手，窗仔看出去，兩爿攏是正港台灣 e 光景，那會放這款電影，是 veh ho 鬼看！

愈想愈 m diorh，失望變作受氣。Beh 起來，去頭前 cue 放電視 e 車掌。……

He 天壽車掌 deh 放台語片！……，呵都 ze，那 m 放 ho 咱看？……有夠三八！

……di 台中夠台南 e vah-suh 頂，無意中做了一個革命，因為我有去 ga 車掌講："阮 veh 看 ze！阮 m 愛看 he！" 同時心內疑問："zia e 人客 m 是攏 deh duh gu 著難災，連坐車看電視也 gu zai 人凌治，無一個人會去反對抗議！"〈Basu 頂 e 革命〉

陳雷 e 評論文，ui 早期發表 di《蕃薯詩刊》到近期 e《台文通訊》猶原繼續著運動精神。伊 e 論評卷屬 di 短評，雖然是短幅，但是用母語書寫 e 評理入肉入骨，siappah 兼 daudah。一向紳士派 e 筆鑽對 "大漢沙文主義"，tau 開對台灣子民歧視、封建 a 霸、扭曲事實 e 大騙局，叫人 mtang 頭昏昏腦頓頓，對抗吞食母語 e 虎姑婆上好 e 武器是母語 gah 鄉心連做伙 e 力量，憨鳥替人孵卵應該愛覺醒 a！用家己 e 母語寫作，寫家己 e 代誌 gah 身體，四邊 e 環境、風物 gah 人物，有問題咱家己上 gai 清楚何必自我矮化，伊講："文學創作有三個必要 e 條件：一個是作者所 dua e 環境（人情，事故，政治，文化……等等），一個是作者對四周環境感受 e 敏感度，gorh 一個是作者寫作所用 e 語言。台灣文學 e 創作按賴和、吳濁流到黃春明等等，內容豐富，技巧一直成熟，會使講是台灣鄉土文學 e 花季。但是

zia- e 描寫 m 是母語（台語）寫 e。用日文或者是中文（外語）來描寫有
關台灣 gap 台灣人 e 事故，實質上是一種翻譯性或者半翻譯性 e 文學創
作……。因為必須經過這個無行 e 翻譯過程，難免會失去某種程度 e 精
細、正確、活潑 gap 親切感。若對母語是台語 e 讀者來講，deh 讀 e 時，
頭腦內必須親像經過一擺反方向 e 翻譯過程，gorh 反譯做台語來體會作者
e 本意，然 gorh 一擺失去某種程度 e 精細、正確、活潑 gap 親切感。這個
問題就是自來 gap 現在台灣文學一個雙重 e 弱點。"〈台灣文學發展 e 下
一個階段〉

　　陳雷除了有真好 e 直覺來說明用別人 e 字、文受著二層剝削以外，有
接觸過母語 e 人，上大 e 困擾是經過中文翻譯過 e 漢字串，隱晦 di 漢字串
e 模糊不明 gah 剝削取代之下，母語馴服、隱居 di 漢字後壁，按呢對母語
e 認知更加 gorh 受損害。比如現任 e 美國總統柯林頓，hong 以為美國總
統姓單 "柯"、或是複姓 "柯林" 單名 "頓"，啥麼是 "普羅塔爾亞"？
本來原文是 "Clinton、proletariat〔勞動階級〕" 等等 e 字詞，經過再次漢
譯 e 稀釋之下變做 "gua-lim-dun"、"po-lor-dah-ni-a" 一寡亂七八糟 e 印
象，這當然產生著 gorh veh 克服 e 另外一層轉換問題。所以做一個運動者、
評論者 gah 創作者、使用者 e 觀點，以漢字本位主義強加 di 台語罕用、艱
難 gah 特別詞 e 缺點，gorh 是使得弱勢母語 e 雪上添霜。因此，伊 ui〈台
灣人對台灣母語 e 錯覺〉、〈錯誤 e 大漢語文主義〉、〈國語家庭 e 悲苦劇〉
來解毒，以〈台文運動是啥物？為啥物？〉來解說，用〈漢羅合用一致性
e 問題〉來提供解答。台灣自 KMT 來，五十外多 e 語言政策是徹底 e "中
華民國食台灣" 實行是母語 e 謀殺，人民 di 被壓抑以後 ma 馴服做順民，
對母語做自殺 e 幫兇，實在是雙層拖累，這 dor 是母語運動者對 zit 種先天
不良、後天失調 e 文化劫數上大 e 急迫感，按呢咱 dor edang 了解，為何陳
雷流目屎。

陳雷 e 小說 gah 劇本

小說 gah 劇本是目前陳雷主要 e 部份，小說 e 量上濟，ma 上精彩。主題針對有關近代台灣重要政治事件 "二二八"、失語症頭 gah 環保問題揭發真相，對台灣人 e 性格弱點 gah 殖民之下被扭曲 e 變形敘述，種種 e 面向藉著文學 e 想像充足台灣 e 過去、現在，對歷史、社會、制度 gah 人性 e 鹹、酸、甜、苦、毒、惡面貌，做一個醫生 ui 醫人、醫心到醫國 e 心願，使人敬佩。

陳雷 e 小說 gah 劇本 e 深入介紹，請看本冊小說 gah 劇本 e 單元。

陳雷 gah 胡民祥 e 比較

Ui 母語文化工作者 e 角色來講，陳雷 gah 有胡民祥一寡共同點 gah 特色，dizia 來做一點仔比較。

Yin 二人全款 e 永遠故鄉攏 di 嘉南平原、早年 dor 飄洋過海 di 他鄉居住（*sojourners*），1980 年代開始 di 海外積極寫母語文，身兼數職鼓吹母語文刊編輯。陳雷 di *Canada* 是台文通訊共同發行人 gah 主筆，胡民祥 di 北美是台灣公論報主編。兩人 di 台文界以開放、疼惜 e 心胸經營母語運動，時常海內外奔走，文場武場攏做伙來。

書寫方式，陳雷傾向用漢羅並用 e 文字方式，胡民祥習慣用簡單傾向全漢字訓讀 e 方式書寫。

二人攏是多樣文體 e 人才，有詩、散文、評論、小說，是二人共有。陳雷戲劇、小說作品豐富，論文方面陳雷親像報紙專欄短評 ka 濟；胡民祥 e 詩 gah 散文量 ka 濟，有關母語歷史運動 e 長篇論說豐沛，比如〈台灣新文學運動時期「台灣話」文學化發展的探討〉、〈歐洲文藝復興中民族母語文運動的啓示〉，不過，短文如〈用母語思考〉zit 篇是重要 e 運動文宣，以 "母語思考" e 具體方法是針對個人靈魂 e 所在徹底改造思考習慣，做到書寫、演說、講課、辯論、做夢講陷眠話 dor 用母語 e 自然生活化程度，按呢台語 dann edang 算是正常， "用母語思考" 是一帖活化母語母體 e 靈丹。

陳雷早期用別人 e 文字寫台灣 e 二二八事件，對話愈寫愈奇怪，開始反省走 cue 台文。對二二八 gah 白色恐怖 e 受難者故事做一聯串敘述 gah 描繪，別人落水落難，陳雷 dor 流目屎，雖然伊本身 m 是烏名單，但是伊心感身受，ma 來揹台灣 e 十字架，如：〈有人問你有啥麼——送林哲夫回台〉。胡民祥 di 八〇年代開始研究台灣文學史，落手探討台語文學。胡民祥是烏名單，受著白色恐怖 e 加害，好友同志陳文成事件更加增添對不公不義 e KMT 國府抗爭，ui 人文關懷出發，忠實 e 醫生 gah 工程師 e 良心，兩人攏是 "我是台灣人用母語，是典型 e 母語 gah 國族主義結合作家"。

二人拋棄知識份子 e 脆弱性，擔起母語 e 筆戰 gah 筆花，同時留落來時代英雄光彩 e 記錄。接觸著陳雷 gah 胡民祥，不時不陣 dor 感受著 yin 用心誠意，對同志 gah 台灣文化深沈疼惜 e 熱力。

參考書目

學生台灣語文促進會編輯；楊允言主編。台語這條路——台文工作者訪談錄。台北市：台笠，1995。

Fanon, Frantz. Black Skin, White Masks. London: Pluto, 1986.

Liao, Ping-hui. Postcolonial Studies and Multiculturalism in Taiwan :Issues in Critical Debates. Incultural Studies, Ethnicity and Race Realtions Working Papers Series no.20. Dept. of Comparative American Cultures, Washington State University, 2000.

6. 黃勁連。黃勁連台語文學選。台南縣新營市：南縣文化，1995。

包括《潭仔墘手記》全部、gah 節選《雉雞若啼》（29 篇，其中 8 篇 ma di 台語詩六家選內底）、《偃促兮城市》（共 52 篇，除了 "阮細漢兮時"、"阿輝兮娘"，選 50 篇）。

合集提供了讀者 cue 仝一位作者 e 作品 e 方便。有關黃勁連 e 作品請分別參考本冊詩集 gah 散文 e 單元。

7. 東方白。雅語雅文：東方白台語文選。台北市：前衛，1995。

東方白本名林文德，1926 年出世 di 台北市，台大農業工程系水利組畢業，加拿大莎省工程博士。有接觸著台灣文學 e 人攏知影東方白 e 《浪淘沙》大河小說內底 e 對話是用漢字台語表達 e，若讀著伊 e 小說，對台灣小可有疼心 e 人，攏會 ho 家己族群 e zit 份母語原汁再現深深感動著，連續一口氣 ga zit 大抱小說看 ho 了，無打緊仔 gorh 報朋友弟兄來鬥鬧熱。Zit 種力是來自母語文 gah 人 e 感情黏做伙，母語文 ga 人 cue 根 e 靈魂搖醒，順著 zit 條血跡 e 路線咱來探索 "雅言雅語" e 情懷。

《雅語雅文》包括散文 gah 小說，有 5 篇散文，7 篇小說。東方白 ui 大學時代已經有散文 gah 小說發表 a，是文學界 e 前輩。Di《雅語雅文》e 冊名頂面，咱加減讀會出來伊 e 心意。Zit 位老先覺，苦心研究台語文十外多，di 用字用語中間體會出來文語 gah 口語 e 細節，平平 "ga"（註一）伊 dor 用英語 e 例 ga 咱講對應 "with" 是 "跟、與、和"，對應 "and" 是 "以及" 等等，全文除了外來語採用拼音字以外，是以漢字做寫作 e 重點，因為遷就漢字 e 關係，di 伊 e 文本內底出現以下 e 一寡現象：

（1）訓讀 e 情形，訓讀 gorh 分訓音 gah 訓意。

　　訓音 dor 是借著某一字，不管著字 e 原意，只取 hit 字 e 字音 e 移花接木法，比如：冷奇奇（gigi，p.20）、春（cun[剩餘]，p.71）、一割（zit gua，p.69，（註二）、碎鹽鹽（iam，p.81）、罵罵嚎（ma-ma-hau，p.89）、肝苦（《ㄢ ko，p.96）、上心色（sik，p.121）等等。

　　訓意 dor 是借著某一字，不管著字 e 字音，只取 hit 字 e 意思 e 挪用做法，比如：在（di/zai）、而而（nia-nia/qi-qi）、多（ze/dor）、都在（long-deh/do-zai）、復（gorh/hok）等等。

　　如此，dor 有 "本文生字"、"本冊生字" e 負擔。Di 171 頁內底 "本冊生字" 佔 18 頁，"本冊生字" 是將逐篇後壁面 e "本文生字" 做羅馬字發音字母順序排列，大概頁數 ma 差不多。Zia- e 36 頁 e 篇幅是作者對讀者 e *special survice*。單純對欣賞來講，zit 種負擔應該比例愛降低，甚至無必要。除了作者定義 e 生字，大量訓讀 e 情形，若 m 是讀者會曉講台語，可能 iau 有真濟，比如 "歹骨格" e 台語特別詞 dor 無 di 生字例裡。大量訓讀台語會 ho 華語吞去，ma 會失去台語 e 本質，可能變做字面翻譯 e 組合，ganna 為著 veh 用漢字 niania，斬掉腳婆 long 鞋，用準 e，形成訓讀混亂 e 情形，m 是訓讀原來 e 優點。漢字本底 am 是 veh 設計 ho 台文用 e，一直 veh 遷就漢文 e 全漢字 gah 音 dor 真礙 qioh。

（2）造字 （註三）

　　"身入"（ng）、"身莫"（moh）、"身九"（qiu）、"火怎"（zuann）"土屯"（tun）等等 e 造字，mai 講作者辛苦，按呢落去，讀者 ma 真食力，這種負擔 mtang 隨便　ga 人指責是人無認真、無聰明。（註四）

　　歹勢 o！先拾一鼎珍珠飯粒內底 e 砂粒 gah 石頭仔了後，ka 來享受飯芳。

阮 ma 愛 ui 讀通尾仔篇追溯倒轉來講。〈父子情〉ho 人讀著目睭會游泳，一個困苦 e 老父為著伊少年時代愛讀冊，厝內散赤無法度完成 e 心願攏寄望 di 大漢後生 e 身軀頂，種種 e 付出已經超過正常家庭 e 負擔，gorh 講 di 海外落腳 e zit 口灶，ma 奮鬥著真辛苦，雙方面 zit 種超人的（dik）e 做法只有"愛" e 意志 dann 會克服。有一點 ho 人想 ve 通 e，究竟是啥麼困難，台灣人無愛轉來台灣？dor 愛 di 遠遠 e 所在刻骨刻肉 deh 思念 zit 種跨國 e 親情？老父對囝 dor 是信任 gah 祝福，一直付出一句怨言 dor 無？a 是故事內底 e 敘述者（narrator）ma 真感心老父 e 愛，ga 家己 e 自私或者是困境用來凸現老父 e 偉大？

〈奴才〉是 deh 講一個卑微 e 老芋 a 阿富 a，三代做奴才，宿命、戀直被奴化入骨，來台灣 dor 是有機會 du 著開明 e 校長民主 e 對待 gah 親如厝內人 e 疼惜，種種差不多是強迫伊脫去奴才階級 e 做法，猶原無法度轉移被扭曲 e 奴性。奴性 e 菌種已經遍植阿富全身軀細胞，dor 是等到伊往生骨肉消散以後，已經定型 e 火印 di 心頭頂恐驚 gah 伊 e 靈魂 iau 離未開，因為"贖身"觀念 e 鎖鍊，ho 伊 vedang 自由，唯一 edang 解套 e 是原本老爺 e 厝內人。這是對封建、階級、落後 e 諷刺，同時對長久被奴化 ve 曉改造命運 e 悲哀。〈阿姜〉寫一位散赤女性 e 遭遇，以人道 e 觀點記述著頭家厝內 e 小千金對查某 gan 仔 e 感情 gah 同情，文中表露出來 gah〈奴才〉zit 篇顯然對基本人權有真深 e 寄望 gah 感歎。

〈黃金夢〉gah〈孝子〉ga 墓、財、眠夢、真實、陰間、陽界、福報、處罰 e 情節用寓言式 e 手筆處理，警世 e 意味真重。〈池〉gah〈道〉攏 deh 描述人 deh veh 知影未來 gah 苦心追索人生來源 gah 意義，期待 e 結果是 di 期待中浪費生命，接受比期待 ka 無虛空，接受比期待 ka ve 失意。用倒追 e 方式，〈池〉是〈道〉deh 求道 e 過程延伸，親像禪 e 公案，哲學的（dik）e 意味足重。

以上是小說文作。

通尾仔，咱來看上頭前 zit 5 篇散文：〈上美的春天〉、〈學生沒嫌老〉、〈論姦情〉、〈青盲〉、〈自畫像〉，是對話式 e 散文。百合花 gah 蝴蝶 di 春天對話，學生 gah 老師對話，兩性對性定義 e 對話，青盲 gah 目光 e 對話，自己 gah 心靈對話，最後作家 e sng 法是 "哼！無比阮做編輯 e 猶原復（gorh）較您即割作家黑白臭彈的「連篇鬼話」丫啦⋯⋯"（〈自畫像〉p.27），dor 按呢一路 gah 你 siann，ho 你看到尾仔，目屎會滴落來。

1997 年夏天，作者 di 清華大學中文系演講，講著《浪淘沙》e 寫作背景 ga 寫作 e 經驗。伊不但 qau 寫 gorh 會講，腳手表情體態唱作 gorh 豐富，看伊 e 台語文選，親像 deh 洗三溫暖，心情 due 伊 e 故事起起落落，dor 按呢一路 gah 你劫 leh，ho 你一 kun 看到尾仔，目屎會滴落來。

註解

（註一、二）

作者 e 腔口用 "h" 結尾 e 束喉音，親像無去 a，gah、guah 攏變做 ga、割（guah）gah 寡（gua）仝款。

（註三）

造字 e 部份，阮 ganna 有法度簡單用左右 e 兩字縮小黏造一字，部首 e 變形 gah 上下 e 疊字 di zia 無法度顯示。

（註四）

請參考文字形式 e 論點。

8. 蔣爲文。海翁－The Whale。台北市：台笠，1996。

蔣為文，1971 年出世，高雄縣岡山人，淡江機械系畢業，現 di 美國德州大學讀語言學博士。

蔣為文 e 生長過程是台語 e 生活表現，因為一直 gah 阿媽做伙 dua，而且本身真知影家己是啥麼人，讀大學了後，積極參與台語文復興運動，所以 di 25 歲 e 時陣 dor 出版了一本《海翁》e 台語文學作品。這證明講只要對母語文化有關心 e 知識份子，用母語書寫 m 是 hiah-nih-a 困難，因為大部份 e 人攏認為，台語講會 lau e 人 ganna 存在 di 年紀 ka 大 e。

海翁是台灣四箍笠仔海洋 e 鯨類，zit 個大家族自古以來 di 宇宙年深月久，自由逍遙、來來去去去，mgor 到十八世紀，人類 e 手已經橫霸霸 deh 屠殺 zit 個大家族。二十世紀初初，連南極 e 海翁 dor 逃 ve 過毀滅性 e 大劫數，到 gah 二十世紀尾，全世界 e 海翁 dor dih veh 瀕臨絕代。

本底台灣 e 母語親像海翁族群，多樣、自然生湠，有土、有人 dor 有自然 e 法則 deh 生生滅滅，文化 e 基因 ma 有變種 e 機制，按呢有競爭、淘汰 gah 生存 e 平衡。不管生生滅滅，總 m 是國家機器控制、文化霸權、削除廢害，致使滅亡 e 人害。台灣地圖親像一隻大海翁，di 海邊靠海食海，di 山頂靠山食山，自給自足，美麗婆娑，不幸，懷璧其罪，自 1624 年以來 di 殖民歷史中，開始了台灣人 e 反抗史，gorh ka 悽慘 e 代誌是 m 管有 veh 屈服 e、a 是被蹧踏 e，上 vedang 忍受 e 是死亡進前所遭受 e 侮辱。

為文 di 詩作〈海翁〉zit 篇，按呢 deh 做悲歌式 e 控訴：

> 我聽 diorh 海翁 deh 叫
> 伊，浮出我 e 腦海
> 親像 deh 抗議
> 為啥物
> 海
> 對伊來講

是痛苦 e 深淵

白色恐怖時代，無論是過去海外 e 烏名單對故鄉 e 思念，有故鄉 ve dang 轉來，厝內有序大人 vedang 親近探望 e 苦楚，連已經偷偷轉來 di 國內 e 人 ma 愛繼續偷偷 di 心愛 e 故鄉流浪。台灣是台灣人 e 故鄉，親像海是海翁 e 大厝，故鄉 gah 厝是人 gah 海翁 e 生存所在，生養 yin e 所在應該是上快樂 e 避風港，是啥麼苦難 gah 折磨 ho yin 心酸、驚惶？

台灣人所有 e 台灣話，本底 dor 比 hit 種五十多來唯一獨尊 e 語言代先存在真久真久，生存 di 山空、海墘，是按怎聽阿母 gah 阿媽 deh yin e 講話，身軀 e 血流加速、甚至聽無，通尾仔，dor 愛偷偷 vih dua 壁角暗暗流目屎？讀〈我有聽見〉zit 篇詩，接著海翁被轟炸、殺害 e 模式，台灣人被壓制、凌治，有嘴親像啞口、有耳親像臭聾，順從 e 過來做二等國民，m 順 e ho 死，最後 e 命運是馴服 e 外軀，只是僵屍 hit 樣款，有殼無靈氣。為文 qau 用 zit 種強烈 e 重搥來抗議，同時 ma 激烈 deh kau-seh 台灣人自身 e 反省力。Di〈鬼仔洞〉zit 篇是寓言，ma 是 deh 預言恐怖 e 人心貪婪 e 果報，顯然 zit 個少年作者是 deh 擔心台灣 e 環保，逐個所刁工注重 e "聖水"只不過是毒水，雖然是諷刺，mgor 事實是害人 e 烏水。台灣人愛 ga 人警告 gah 咒 le，上殘酷 e 報應是 "ho 雷公摃死！"作者 ma 用 zit 種上沈重 e 語詞來預言。為文 m 是 deh 使弄風平浪靜 e 心波起風颱，事實上，目前台灣 e 水污染已經存在 di 所有 e 河溪，水是生命 e 泉源，有錢 gam dor 有活命？趁烏心錢，大自然一定反撲，ho 人憂心。歹樹下重藥、好酒沈甕底，台灣人 veh 按怎 dann 會醒過來？

《海翁》有詩 20 篇、文篇 7 篇，另外有精彩 e 附錄。相對利劍劍 e 詩、文，di〈阿媽 e sai-kia〉e 主題分別以詩 gah 散文二種形式，描述媽孫二人相處 e 溫情 gah 三代人 e 分工合作，頂一代人 e 美德孫仔看會著。為文自稱拍鐵兄哥、台灣語言文化、重建工程師，一個時常恬恬 di 你 e 身邊，恬恬聽人講話 e 人，可是伊超越大學學習機械本行，暫時離開故鄉去遠遠 e 所在修語言學博士。Di 附錄篇〈廢漢字 chiah/ziah 有 chai-tiau /zai-diau 獨立〉有伊 e 切入點，這就是文化 e gor 纏，心態 gah 觀念受著漢字 e 束縛，按呢 e 漢文化本位主義若是毒 dor 歹獨。

為文 di 文中已經採用真濟 "詞（*word*）" e 觀念，比如："amkng/amgng〔水缸〕" "anchoa/anzuan 按怎"、"sichun/sizun 時陣"、"siokphang/siokpang 土司" 等等，有別傳統 e 漢單字。雖然用華語 e 外來語如 "於是"、"至於" 等等，但是華語台語化可能是歷史背景造成所免不了 e 事實，dor 親像真濟人講 "那麼" 按呢，di 社會上留落來 zit 段時間 gah 空間 e 語言使用 e 交混現象（*hybridity*）。

寫作是一種修行 e 過程，少年 e 本身有真大 e 可塑性，好 vai 為文 di 過程當中會自我修正，海翁種類 e 體積有大有細，生命 ma 有長有短，復育母語文化 gah 海翁 e 物種，全款人才、文化 gah 海翁有一種生命本質 e 共同點，百年樹人需要奮鬥努力，所以《海翁》e 出版，再一遍清楚表達著用母語書寫 m 是 hiah-nih-a 困難 e 代誌。為文用台語寫 e "台灣人反抗史" 簡明 deh 交待台灣人 e 歷史 gah 性格。台語書寫當然 ma 是全面性 e edang 包括人文、科技。台語書寫是台語文化 e 基礎，為文做一個起頭、做一個少年輩 e 示範，阮 m 知做一個台灣人 e 知識份子 veh 如何推辭咱 edang 盡 e 責任？

9. 賴妙華。台灣之戀。台中市：賴妙華，1997。

賴妙華，1948 年出世，dua 台中，輔仁大學法文系，做過國中教師、電台主持人，現此時，從事台語研究 gah 寫作。

Zit 本合集有散文、傳說故事、小說、小品集、答嘴鼓五部份。賴女士對母語 e 堅持 gah 台灣人 e 自我反省、台灣意識等等有直接、真坦白 e 強烈批評。伊 e 政治立場清楚，對台灣人 e 母語認知 gah 國家 e 認同滿腹操煩，尤其是 di "答嘴鼓" zit 個單元，對國民 e 價值觀、環保、守法、守規矩、貪官、自我放殺語言 gah 國家認同錯亂，有時單刀直入嚴厲批判、有時用 kau-seh 反諷 e 手筆來曝露扭曲、醜烏 e 一面，這 gah 伊 di 小品集內底如：〈人生若浮雲〉、〈山中景〉、〈秋日遊〉等等表現 e 柔軟形成強烈 e 對比。Di 散文 e 篇幅內底同時 ma 現出來伊 e 同情心：〈一個賣絲瓜 e 老歲仔〉；對環境毀壞 e m 甘：〈白翎鷥咸（ham）雞屎藤〉、〈拋荒 e 田園〉；，對人物：〈阿權即個 qin-a〉、〈阿發叔 e 歌聲〉、〈我所知影 e 阿媽〉攏是伊對台灣之戀 gah 怨，愛台灣 e 優點 gorh 氣台灣 e 缺點，恨鐵 ve 成鋼。

Di 小說篇〈阿土伯 e 決定〉，論述一對草地父母 ciann 養親生仔囝成家立業搬去都市以後，對待父母冷淡、疏遠，膨風背後 gorh 自卑 e 心理，ho 土直 gorh 老實 e 父母傷心看破 gah 骨肉斷路 e 故事。透過都市人輕視台語、歌仔戲、土味、土產對親人 e 斷情，阿土伯 yin 翁仔某 ma 自有拍算，等到 buah 股票了錢 e 做外交官後生 veh 倒轉來 cue 老父贊助，只有 no-sut，鼻仔摸 e gorh 越頭看，最後用沈重 e 腳步，di 地平線消失去。Zit 篇小說親像 deh 反應賴妙華 e 個性，烏白分明，強烈 e 批判性，有南非 *Nobel* 文學獎主小說家 *Nadine Gordimor* 女士 e 範勢。

賴女士 di 文中，華語 e 語法借用 e 情形 iau 真濟，如：不禁令人欷歔（p.29）、不禁矛盾叢生，難道…（p.41）、濃濃 e 台灣氣息（p.55）；另外，用 e 漢字 ma 是 ka 罕看 e 比如：zabo/諸夫/男人、zavo/諸姥/婦仁人、qin-a（電腦無字）、cit-tor/蛆蹈/（遊戲）等等；di 修辭 gah 技巧頂面伊 iau 有真大 e 發展空間，ma 是因為伊大膽去寫，所以 edang di zit 層底來改進，先寫 ka 講，驚驚 ve 著一等。

10. 呂興昌、林央敏主編。台語文學運動論。台北市：前衛，1998。

　　Zit 本冊收錄 36 篇有關台語文學運動 e 論述。Ui 1886 年劉清茂 e〈白話字的利益〉到 1996 年林央敏 e〈台語文學的地位與未來〉。內容 e 文類真多彩，有台文 14 篇、半華文 1 篇、半台文 1 篇、古漢文 1 篇、華文 19 篇（其中二篇是央敏 e 台文翻譯 e）。

　　1886 年到 1936 年有關論述 gah 論戰 e 資料是本冊提供台文界上 gai 珍貴 e 寶藏，這愛經過辛苦 e 田野調查、資料收集 gah 整理，是難得 e 貢獻。尤其是自頭開始 dor 有劉清茂 gah 蔡培火提出來拼音 e 方便性。三〇年代 e 論戰屬 di veh 使用台灣話 gah 中國話 e 辯論，基本上受著中國話 gah 漢文 e 束縛 iau 真深化，雖然無提出明顯具體書寫方式，台灣話文、鄉土文學 e 意識已經具備，這代表台灣意識、台灣民族 gah 語文 e 密切關係。1987 年林宗源 e〈沈思 gah 反省〉跨出一大步，接落來宋澤萊 e〈台語文字化的問題〉咱看會出來八〇年代台灣文學論戰 e 痕跡，將九〇年代 zit 波母語運動 sak 到上高峰。九〇年代有洪惟仁 e〈一篇台語文學評論的盲點與囿限——評廖文〈台語文學的商榷〉gah〈台語寫作要不得嗎？〉、宋澤萊 e〈何必悲觀——評廖咸浩的台語文學觀〉、林央敏 e〈用民族的語言寫作真要得——駁陳若曦的中國本位觀〉等是對廖咸浩、陳若曦 e 反駁，ma 是繼續對抗余光中等人 e 壓霸、歪理 e 封建心態，發出台灣人寫母語文 e 基本人權 e 保護戰。

　　為啥麼 veh 寫台文 zit 種基本民權 e 代誌，dor 愛按呢車 buahbing？

　　鄭良偉 e〈更廣闊的文學空間——台語文學的一些基本認識〉、黃勁連 e〈我手寫我口〉、林錦賢 e〈愛用筆寫出來家己的尊嚴〉、洪惟仁 e〈台灣文學愛有原作〉、許極燉 e〈台灣文學著用台語來栽培〉e 主體性，林央敏有 6 篇文章各以台華版出招，耕闊讀者 e 視野。另外李喬 e〈寬廣的語言大道——對台灣語文的思考〉更加講出 di 多語台灣 gah 族群 e 互重 gah

和諧。

　　總講一句，語言 m 是交通 e 工具 niania，伊代表土地、人文、風物之文化象徵，gorh 講人是有初語權 e，對人類 e 任何壓迫，為著 veh 脫離強制、辨識混淆視聽，zit 本冊表示著對復興 gah 歧視母語兩面 e 對比，ga 所有 e 在地母語人鼓舞著 "弱勢者必然無悲觀 e 權利"。

　　經過九〇年代 e 努力，對技術 gah 工具 e 解決，加上時空 e 演進，真濟人攏提出具體 e 文字書寫方法，如鄭良偉 e 漢羅並用，林繼雄 e 現代文書法，以及江永進 ui 輸入法、工具幫助教育 gah 練習法等等 e 台文意見，攏將台文 sak 向前一步。有關進一步 e 訊息 edang 參考下列 e 參考書目。

參考文獻：

洪惟仁。台灣文學與台語文字。台北市：前衛，1992。

洪惟仁。台灣語言危機。台北市：前衛，1992。

鄭良偉。演變中的台灣社會語文。台北市：自立晚報，1990。

鄭良偉。走向標準化的台灣話文。台北市：自立晚報，1989。

鄭穗影。台灣語言的思想基礎。台北市：臺原，1992。

江永進。台文意見。台北市：前衛，2001。（出版中）

許極燉。台灣語概論。台北市：前衛，1998。

林繼雄。台灣話語文。台南市：大夏，1990。

林央敏。台語文學運動史論。台北市：前衛，1996。

王育德著。黃國彥譯。台灣話講座。台北市：自立晚報，1993。

王育德著。黃國彥譯。王育德全集。台北市：前衛，2000。（全十五卷，其中包括：《台灣話講座》、《台語入門》、《台語初級》、《台灣話常用語卷》、《閩音系統》、《台灣話研究卷》、《閩南語研究卷》）

彭瑞金。台灣新文學運動四十年。台北市：自立晚報，1991。

11. 林明男著作；林央敏導讀。一陣雨，台北市：茄苳出版社，**1999**。

林明男，1943 年出世 di 台南府城大銃街出世。日本東京大學農學博士。曾任駐中美洲 *Henduras* 共和國漁技團第二任團長、台語文推展協會第二任會長、台灣教授協會執行委員、高雄市蝦類繁殖協會顧問、愛鄉文教基金會顧問、台灣環保聯盟學術委員等等。Ui 伊 e 經歷咱看會出來，伊所行踏 e 腳跡是語言、文化、政治、專業、環保 e 結合，發射《一陣雨》落 di 台灣 e 國土。

一陣雨，di 民生實際上，有消除熱氣 e 作用，有清除垃圾 e 功用，di 精神上，有淨化靈魂 e 功效。林明男 e zit 陣雨是結合政治、語魂、人文 gah 科技 e 甘霖心靈洗禮。水、雨水、海洋 gah 漁業、農業攏有絕對 e 關係，林明男是農業 gah 漁業專家，是水、陸兩棲 hann 文化、科技 e 台語人。一方面伊 kia di 家己 e 土地，寫台灣人需要建立民族、獨立健全四正 e 國格 gah 自信大方 e 人格，一方面 ga 咱講咱有啥麼優質 e 文化 gah 海洋資產，如何利用生態，以敬畏天地、眾生共存倫理，謹慎取得資源，保持永續經營，自強不息、生生不息 e 海洋國家倫理。

《一陣雨》有詩有文，di 詩文 e 部份，有文學家林央敏 e 導讀 gah 序文，除了林央敏所點出詩文部份： "慣用連珠式的短句營造斷裂意象" qau 用實體關鍵字，如〈二跤沙文主義〉e "鐵窗。鎖匙。山豬。黑熊。野鳥。白鴿鷥。" ；di〈西瓜〉用西瓜倚大丬、西瓜子落土生湠來暗喻，分別來諷刺人情世故、gah 看重守本份 e 細粒種籽以外，一寡日常生活 e 小品詩文 e 溫情，無論是對大海洋、撓抔（la bue，黑面琵鷺）、對序大、對序細、母語文化工作者，祝壽賀喜、童誌、家族相片、查某囝細漢 e 時所畫 e 插畫，三代同堂 e 人倫和樂，攏是台灣文化 e 精髓。

Di 答喙鼓，短評：〈趕鳥〉、〈中國——你的名字叫河魨〉、〈莫做母語青瞑牛〉、〈分裂〉、〈閹雞趁鳳飛〉、〈斟酌二字歹學〉，建國相關論述：〈陷阱〉、〈「大陸」gap「中國」的故事〉、〈「老芋仔」大聲講出我嘛是台灣人的故事〉、〈台灣人的麻薯性格〉，伊積極 deh 拆穿中國 e 真面目，呼籲台灣人認同愛有自信，用生物活細胞愛〈分裂〉e 情形來解說、告戒、喚醒、做人處事態度，好嘴 nualen e 急迫氣口，在在溢 di 言句。

上特殊、gai 精彩 e 部份是海產、海菜、海藻、魚蝦……等等，各種海洋水產生態 gah 生物界 e 食物鏈、各種傳統經驗所累積 e 智慧 gah 現代 e 漁業科學知識描述，ho 人看 gah 津津有味，是人類 di 現代過度工業化所深思 e 自然生態書寫 e 佳作。海洋台灣 veh 認識台灣，烏魚、虱目魚、草蝦 e 題材才是海洋子民 e 親近好教材。Di 人文歷史 gah 科學養殖所結合 e 台灣水產用語，水產物 e 生活史、生態史，比如 ui 烏魚延伸出來 e 特殊烏魚文化：出航祭拜儀式、烏金、烏柱、趕烏、節氣、煮食料理、天然藥材、營養成份 gah 民生經濟利益、健康 ham 醫療等等，甚至 dor 是 "烏魚母 painn 卵時，親像台灣 e 形體"（p.138）zit 款聯想；虱目魚 e 歷史 gah 過洋度海去南美洲，虱目魚 e 音名 "subado" 已經生 di *Henduras* 共和國。虱目魚 gorh 叫膜塞魚、麻虱目、虱目、虱目仔，自古早古早 dor gah 台灣做伙存在，有關虱目魚 e 養殖技術用語有苔培養、水質、生長、收成、魚栽、過冬、魚病等等 e 分類，各類特徵分明，比如 gah 收成相關 e 有：試綾仔、消肚、寸目、寸聲、浪杯仔、食肚、打箍、內箍、外箍、拍尾等等，分類愈幼愈正確，分工 dor 愈有效率，當然 gah 經濟有密切 e 好處。

無論是草蝦、虱目魚、環島大海洋 zit 個海產銀行所有 e 大自然資源攏是國寶。林教授透過書寫 ga 海洋國家 e 精華進一步表露展示，尤其是海洋文化 gah 生死相關 e 用語如：〈自信心——位台灣水產用語講起〉，豐富多彩 e 專業術語、外來語台語，di 諺語內容頂面比如：田螺含水過多，飼魚先飼水、飼水先飼土，龜頭龜尾惜，紅目魚鬥鬧熱等等 e 述說，ziah-nih-a

寶貴 e 文化資產長久以來被掩 kam、ho 人遺忘，ho 我 zit 個庄腳人看 gah 醉醉醉，真正是漁民所得 e 智慧。這 ma 提供咱巡迴台灣 e 海洋探索之旅，ve 輸《*Discovery*》e 精密報導，這 dor 是咱 e 土地。咱攏知影 di 建築界，台語 e 建築用語 ma 是非常豐富，無 zia- e 術語表達傳訊 kangkue dor 無好進行，m 知 e 人只是外行 e，若無 ga 記錄落來是真可惜。至少愛親像林教授按呢用母語 ga 寫落來，ho 咱有接觸 e 機會，有查詢 e 資料，達到 zit 種層面才是母語正常化 e 開始。

Zit 本冊 di 漢字 e 難字部份林教授講是參照、根據胡鑫麟編著 e《實用台語小字典》gah 林央敏 e〈台語較難字筆劃註解一覽表〉。阮真誠意 ga 林教授講，讀 zit 本冊遇著 e 漢字阻礙親像 deh be 一碗白米飯去哺著石頭仔，讀 ve 緊，這 dor 是作者 di 自序所講 e "漢字業障"，edang 寫出來 zit 本冊伊是用真濟苦心 e。但是對讀者來講，接受 gah 理解是像我已經讀到三分之二 a，iau 是真無順，比較一般漢羅並用 e 讀本，實在加真 tiam。謙和 e 林教授聽著我 e 反應 di 電話中 ga 我講："失禮" "漢字無路用" "我 zitma deh 學習白話字"，ui zit 點 edang 看出來一個台灣人 e 誠懇。

林教授深深 ng 望台灣 e 溪河、環海 edang 水清魚現，人心清白、政治清明，國民本底 dor 是自給自足，加上人民本來 dor 有 di 風浪中冒險、骨力 e 精神，有通食有通穿，台灣獨立原本 dor 是 m 是問題。若 m 是中國一日到暗文攻武嚇 veh 吞食台灣，豐衣足食，好額了後，文化提昇，富裕好禮謙和 e 理想國其實早早 dor 降臨咱台灣，只是台灣人無夠自信而已。林教授按呢 deh 呼籲台灣人認識家己，拾轉來信心。

Di 十外多前，廖中山教授一直 deh 呼籲台灣是一個海洋國家，咱有豐沛 e 資源，靠海食海，海上 e 發展必然 gah 通訊、資源、漁民 e 生活安全環環相扣，必須注重各種管理，特別呼籲救生訓練。結果呢，專家講 vong 講，政府去發展大量備戰 e 陸軍，所以 2000 年 7 月底 dann 有八掌溪 e 烏龍事件，讀過《一陣雨》咱更加知影 Formosa 是按怎一回事。

參考書目

洪秋蓮編撰。漁村諺語 100 首。台南縣：台南縣漁會特別企劃，1996。

吳瀛濤。台灣諺語。台北市：台灣英文出版社，1975。

Benedict Anders on 作；吳叡人譯。想像的共同體：民族主義的起源與散布=Imagined
　　Communities：Reflections on the Origin and Spread of Nationalism。台北市：時報文
　　化，1999。

12. 丁鳳珍。行過的路：丁鳳珍作品敬選集。自費出版：1999。

　　丁鳳珍，1970 年出世，彰化埔鹽鄉西勢湖庄，1992 年開始接觸台語文，1994 年正式踏入台文界。成功大學中文所碩士，現任台中市私立明德女中國文老師，並就學東海大學中文所博士班。

　　《行過的路》包括短篇小說 4 篇：〈阿蘭〉、〈猴山仔〉、〈祖孫的一工〉、〈豌豆情事〉；散文 13 篇：〈Au 的外頭〉、〈荷 lin 豆田 e 日子〉、〈傷痕舊事〉、〈個別單身 e 心情〉、〈Sia Ho Kiann E Phoe〉、〈過去 e gin-a 時代〉、〈寫台文 e 滋味〉、〈灶〉、〈Ho 中，離開台南〉、〈散赤的年代〉、〈落雨〉、〈晚春〉、〈坦白話〉；詩 3 篇：〈鐵道文化之旅〉、〈看見鹿仔港的美麗〉、〈無題目〉；文藝評論 3 篇：〈女性的未來〉、〈當愛與不愛的矛盾找上他時〉、〈望郎早歸〉（中文）；翻譯 4 篇：〈M 驚田水冷霜霜〉、〈玉兒 e 悲哀〉、〈無花果〉、〈到異鄉〉；應用文一篇：喜見「葫蘆墩文教協會」成立賀詞。

　　丁鳳珍寫作 e 特色是 gah 生活牽連做伙，身邊 e 事務、人物、親情攏是伊寫作 e 題材，伊用口語白話寫作，讀起來相當親切，加上伊操筆 e 天賦，流暢 e 筆劃 ga 讀者 cua 入台文之美，具有真 guan e 感染力。親像〈祖

孫的一工〉，伊有法度將 lilikokkok e 雜碎點滴寫 gah 會轉；〈晚春〉ga 頂一代父母 e 感情寫 gah 真豐富，頂一代一向攏 hong 當作無值得寫作 e 平凡小人物，真少上文學 e 舞台，若有 dor 少數帶有 *romance* e 氣氛表示高尚 niania，〈晚春〉e 書寫無避免常民 e 鏡頭，如以男性 e 粗話表達情意，寫著入骨，畢竟真 e 感覺是美 e 基礎。

文作表現著日常生活，小說落筆 di 鄉里 e 小人物，散文描繪雙親、家己生長 e 種種，攏勾 an 著台灣農村、兩性婚姻、家庭生態 gah 生活點滴。小說 gah 散文是丁鳳珍順手 e 創作筆路，看伊 e 文章，不但感受著鄉庄荷 lin 豆田 e 美景，ma 感受著傳統婦女 e 美德，母性愛 gah 生活奮鬥 e 意志。因為行過散赤的年代，鳳珍一步一步認真踏過來，一個歸身軀攏是力 e qin-a 豚、di 透早 e 風霜中挽荷 lin 豆 e 少女，半工半讀，行到出社會，ma 猶原 deh 繼續進修，有土地 gah 人民（生長中 gah 身邊 e 親人 ham 厝邊）做伊看顧 e 對象，使得鳳珍珍惜，因為疼惜、在意，使得鳳珍 e 生命力發揮到無限。以鳳珍 e 拚勢 gah 天份，無外久，一定有驚人 e 成果出現，

13. 簡忠松 gah 胡民祥 e 合集作品

(1) 簡忠松，胡民祥。台語文 工程話 故人情。美國（Huston）：蔡正隆紀念基金會，1999。

Zit 本雙人合集，依順序，a.〈魂歸來兮〉/ 簡忠松；b.〈樹花湧楓〉/ 胡民祥；c.〈大樹〉/ 簡忠松； d.〈火種〉/ 胡民祥；e.〈蜻蜓點水〉簡忠松；f.〈台文路上說工程〉/ 胡民祥；g.〈工程路上話台文〉/ 簡忠松；h.〈談簡忠松的文學〉/ 胡民祥；i.〈簡忠松談文學〉/ 簡忠松。

前 5 篇攏是對好友、親人 e 哀思 gah 心悶。〈魂歸來兮〉gah〈樹花湧楓〉是 deh 數念蔡正隆博士、〈大樹〉是 m 甘李雅彥醫師、〈火種〉是

感念陳文成博士、〈蜻蜓點水〉是簡忠松對失囝 e 疼心。其他 e 文章，對 zia- e 親友 ma 一再提著，ui 深遠 e 思慕表達著一貫 e 信仰 gah 理念。上可貴 e 是 yin 二人，攏誠心誠意 ui 喪失親友 e 悲傷中，重新整理心緒，將生命發揮光度，拍拚 di 母語文化頂面種栽，所以胡民祥一再 di 台文路上大力鼓吹，並提拔後進（註一）。連後，浸久 ma 知步數，親像簡忠松 ga 伊 e 台文心路告白，ma 提出看法（註二）。

《台語文 工程話 故人情》e 特色是：a. 詩 gah 散文、論說合體，用無全 e 文體互相交織，加強文體本身 veh 傳達 e 意念；b. 展現著海外台美人 e 生活台文面貌，對母語 e 根留種 gah 寶惜，對比著國內滿街滿家 e 華語家庭，真使人敬佩 gah 面紅；c. 國族主義 gah 母語建國運動，充分現出海外台灣人"旅行、認同、記憶" e 議題，gah 現代文學特色,；d. 中年人 e 眼光、意志，ui "看重"到"看輕" e 人生觀，ui "放落"到"堅持" e 實踐力，爲台灣獨立 gah 母語運動留落記錄，"嘴講結合力行 e 精神"edang 做後輩人 e 典範。

"人死留名、虎死留皮"di 極權政治之下，親像陳文成 e 死，若 m 是因爲屍體落 di 台大校園，經媒體發報，可能只是以一個失蹤人口處理，免講 veh 留啥麼大名。Mgor，di 司法無公開之下，當權者表示 tai 雞教猴 e 手段 勝過破案 e 決心，其實是 veh 食案，所以到 dann 冤情 ve 清。當年若 m 是陳文成 di 美國教冊 e 校長爲正義出來爭取同事 e 不明慘死，台灣 e 政權 e 烏布 iau gorh ka 一手遮天。因爲烏名單，所以濟濟台灣人攏驚出代誌，zit 時有一個勇敢 e 台灣人蔡正隆排除眾議："1981 年伊去美國國會作證，指證台灣人中的敗類，為著每一個月領四百箍美金，做國民黨校園特務學生，是謀殺陳文成的幫兇"〈樹花湧楓〉（p.24）（註三），veh 替陳文成出一口氣，可惜人命失 di 事先安排好 e 陷阱，陳文成 e 案件一直無雪洗。二十多來，zit 項冤屈 ve 洗清，可是陳文成 e 精神，猶 gorh 留 di 咱 e 心肝深處，伊 e 好友 gah 伊所意愛 e 台灣人感念伊，按呢 e 意義比 "人死留名" iau 確實際（註四）。上顯明 e 是，蔡正隆 gorh di 身體相當無勇健 e 情形下，繼承陳文成 e 志事，早 dor 拋棄身命堅持 veh 奮鬥到底，zia e 英雄本色攏分別 di〈火種〉、gah〈樹花湧楓〉出現。透過文學 e 表達，陳文成 e 火種傳 ho 濟濟台美人，蔡正隆是台獨 gah 母語建國大將，不幸過身，mgor 留一葩焰火 ho 台美人，di 胡民祥 gah 簡忠松身上精神再生 gorh 大放光彩。

註解：

（註一）

　　除了 zit 篇〈談簡忠松的文學〉，胡民祥博士 ma 替筆者 e 作品《雞啼》寫過〈情深活跳 e 散文〉，親像按呢 e 代誌，胡博士 iau 有做真濟，請參考 1995，《胡民祥台語文學選集》作品年表。

（註二）

　　2000 年總統大選期間，胡民祥 gah 簡忠松轉來台灣做文化考察，yin 二位來新竹阮 dua e 宿舍，簡忠松一直坐 di 邊仔 deh 看台文作品，伊恬 zu-zu，真罕發言，阮一群人 di 邊仔講話，伊 dor 專注如修道者，讀過 zit 本文集 dann 了解伊 e 心靈世界，這對喪親 e 人有真大 e 安慰作用，尤其是 ui 外表看 ve 出來伊 du 過生死離別 e 洗禮。另外，請參考本冊台語詩單元提著有關簡忠松 e 文作。

（註三）

　　請參考全冊〈台文路上說工程〉p.104

（註四）

　　請參考 曹欽學〈高唱福爾摩沙為殉難者鎮魂：感念陳文成 共同為台灣歷史上的受難者禱福…〉台灣日報第九版，2001/6/29。

參考文獻

廖炳惠。旅行、認同、記憶。《當代》2001，7。

林雙不。胡厝寮與茉里香。台北市：晨星，2000。

(2) 簡忠松、胡民祥。颱。美國德州 Houston：蔡正隆紀念基金會，2000。（Chien, J.S.、Hu，V. S.；The Winds of Taiwanization. Houston：Dr. Robert Tsai Memorial Fund，2000。

Zit 本合集由簡忠松操筆，主文有三篇：〈颱〉、〈暴風雨〉、〈台獨湧〉；胡民祥有〈台語風台文雨〉一篇，另外 e 一項特色是 ma 有英文版面，按呢 e 目的，一如趙紀論 e 序文，一開始 dor 按呢破題講：

> "蔡正隆博士紀念基金會秉承蔡博士生前遺志用出版台語文作品為首要工作。蔡正隆生前是台灣獨立建國聯盟美國本部主席；在伊擔任主席時重新釐定台灣獨立建國兮實際與真諦。伊發覺若無在文化落根，台灣人經過國民黨半世紀兮洗腦，是無辦法跳出大中國沙文兮圈套。"

簡忠松、胡民祥二人是蔡博士 e 好友，伊二人為著死忠兼換帖 e 同志 e 遺志，拍命為著心愛 e 故鄉 e 一切振筆急書，希望鄉親智覺著做一個真正 e 台灣人 e 尊嚴。Ui 序文中咱 ma 感受會出來趙紀論 e 知友體貼，ui zit 個角度咱 edang 觀察著台美人對故土 e 疼心，ui 關懷出航，無暝無日，為著起造一個真正自由、平等、博愛、民主 e 現代國家，所抱負 e 意志 gah 期待。簡忠松 ui 歷史源流到台灣 2000 冬 e 總統大選切入，先 ga 鄉親講咱 e 根 di dor 位，續落來，胡民祥 gorh di 根源補強，ga 咱吩咐愛 ui 人心文化改造，以〈台語風台文雨〉來點出本土母語運動 e 來由 gah 全球民族國家 e 形成如何 qiah 母語做頭陣 e 實例並呈，聲聲句句為台灣。

到 dann，不止台灣所在多風颱，歷史過往 ma 厚風颱，母語文 e 形塑 ma di 風颱飄雨中。颱 e 威力大，veh 形成 e 台語運動 e 氣勢 ma 真雄豪（*sublime*），台語人 e 心胸 du di zit 個規模 ve 細 e 捲螺風徑內牽成，台灣人 veh 家己做主人，愛有展風威 e 氣魄，爲著正義不惜向壓制、不義吹颱，做一個台灣人按怎 ve 生氣？！

台英並呈，一方面用母語文向鄉親說喩鼓舞、一方面用英語來教示海外台灣人 gah 第二代、另一方面 ma deh 向世界宣示："*Say Yes to Taiwan*！"

胡民祥 gah 簡忠松 e 作品有深遠 e 意義

胡民祥 e 作品 di 本單元有介紹三本；簡忠松 e 作品除了 zia- e 兩本，di 台語詩 gah 散文單元 ma 有分別介紹著《黑珍珠》gah《愛河》，其他 e 作品《簡勇台語文自賞集》（1995）、《順生善後》（1996）、《循道上岸》（1997）、《逆道》（1998）請參考《台語文 工程話 故人情》胡民祥所寫 e〈談簡忠松的文學〉pp.147-81。（註一）

胡民祥 gah 簡忠松攏是海外台獨運動者 ham 烏名單，經過超過四分之一世紀 e 禁腳，變成旅居海外 e 第一代移民。Ui yin e 作品中，edang 看著台美人 e 留學史、移民史、建國史 gah 文化史，所經歷 e 故事、漂泊 e 生活，di 異國是一部台美人 e 奮鬥史。對應著建國運動，心懷台灣所拍拼 e 心血 gah 汗滴，是台灣殖民歷史所延伸出來 e 反殖民 e 實戰 gah 論戰。台美人 e 跨國奮戰，爲祖土爭取抗衡空間，zit 種大時代 e 逆流向心力，di 台灣建國 e 胎動期，展現著無限 e 英雄本色，代表著社會中產階級 e 起動，社會菁英爲民主國家出世 e 種種陣痛，付出相當 e 代價，ho 咱不得不信仰："成功是唯一 e 美德"。

看到 zit 對雙人至友 e 文作，到 veh 一半，讀者真顯然 dor 想 veh ga

二位壯士講，寫一部大時代小說，du 好胡民祥有提著講 veh 寫 "淒涼壯美一世台美人" e 小說構思，按呢心頭 e 石頭 dann 放落來，期望 "時勢造英雄" 來轉化 "英雄創時勢" e 光影，ho 台灣人 e 囝孫感念並保持做台灣人 e 光榮。

註解

（註一）

感謝民祥兄用航空郵寄《台語文 工程話 故人情》、《颱》、《黑珍珠》、《結束語言二二八》gah《愛河》五本冊 ho 我大開眼界。

參考文獻

廖炳惠。〈後殖民研究的問題及前景：歸個亞太地區的啓示〉《另類現代情》，北市：允晨，pp.247-85，2001。

14. 鄭良偉等編。大學台語文選作品導讀（上冊）。台北市：遠流，2000。

鄭良偉，現任美國 Hawaii 大學東亞語文學教授，主要著作：《台語、華語結構及動向》。

曾金金，國立台灣師範大學華語文教學研究所副教授，博士論文：《台語音律系統》

李櫻，國立台灣師範大學英語系教授，主要研究：台灣話的語尾助詞語－言談語用的分析。

盧廣誠，現任真理大學台灣文學系兼任講師，著有《台灣閩南語辭彙研究》。

　　這是一本合集，文體包括散文、詩、評論、歌謠、諺語、歌仔冊等 6 種分 26 課，除了牛犁仔歌作者 m 知，gah 諺語是民間集體創作二篇以外，分屬作者 30 人次。

　　編輯方針 di 文選部份包括作者簡介、題解、本文、註解、問題討論、用字對照表，gorh 有〈台語音系〉、〈台語的構詞法〉、〈台語的句法〉、〈常用字檢索表〉來輔助了解台語語言 e 特色，另外有附 CD。

　　一個 veh 進入書面化 e 語文，初期 ka 有系統性 e 資料普遍 ka 缺，一般攏注重 di 國小 e 基本教材，忽略著成人教育層次。事實上，一初開始，無論是初入國校 e 小學生、a 是初次接觸者包括普羅大眾、大學生到有博士學位 e 人攏愛經過基本知識 zit 關，所以親像《大學台語文選作品導讀》e 讀本 dor 有開拓性 e 必要。因為下冊猶未出來，所以整體 veh 達到如 di〈前言〉部份所述 e 原住民文化、深入文學評論、電影、哲學等面向 di 本冊無明顯，除了文學性、社會性、現代性、gah 實用性，一寡如科普知識、人格 e 培養 gah 創作想像力 e 文章愛 gorh 加強，當然這是雞生卵、卵孵雞 e 供需問題，假使台文作者若無 zit 類 e 作品，選讀 ma 無資料，另外 dor 是選錄者必須盡責任 ho 佳作 gah 人分享，達到編輯 e 目標。

　　另外，篩選 e 原則、要點、文體比例、作者分配等項 e 標準根據欠缺，真可惜。以上各點愛說明清楚，以利便做選材取用 e 示範。

15. 林央敏。林央敏台語文學選。台南市：金安文教，2001。

　　Zit 本台語文學選集，包括新詩篇、散文篇、論文篇 gah 林央敏著作簡表 e 附錄。

　　有關詩品 gah 散文著作，請參考本冊台語詩專題 gah 散文講座單元。

　　論文集有〈回歸台灣文學的面腔〉、〈台語文學代表台灣文學──文學

vedang 逃避語言的界定〉、〈台灣文學的兩條水脈——兼論台語文學的地位〉，zit 部份屬啓蒙、學術性、運動性論文。

講央敏 di 台語界是文武全才是相當適當，央敏聰慧，不但文藝創作量濟，運動實務 gah 筆戰論說 ma 真精彩，屬快筆 e 戰士。伊 gorh 會寫、會編，di zit 本冊 e 著作附錄內底，伊有詩集 3 本、散文 6 本、評論集 5 本，工具冊 3 本、編選集 4 本、其他 iau 有未出版 e 散作，得獎真濟。有關台語文作 e 部份，分別 di 本冊相關單元提著，顯示央敏不但是台灣 e 一代作家，ma 是母語文 e 義工。有按呢 e 成就，不時 dor 看著伊勤儉 e 美德，伊惜物穿插無講究華衣，伊拍命寫作 iau 有散文《悲傷河》、短篇小說《陰陽世間》veh 出版，有代誌伊 dor 去遊行、參加會議，無代誌伊 dor kut deh 寫冊、編冊，透暝寫 gah 三更天 va 霧，所以作品量驚死人。

16. 施炳華。行入台語文學的花園。台南市：金安文教，2001。

施炳華，1946 年出世 di 彰化鹿港，現任成功大學中文系教授。2000 年，得著文建會「文耕獎——碩士優良地方文化人員」母語推廣獎。

Zit 本冊包括歷史篇、文字篇、文學篇、台語文作品。以簡易明淺 e 方式，介紹台語的歷史、文字、文學，輔以台語文學作品做印證。主要 deh 說明台語 e 特色 gah 優美，使用台語漢語應有 e 原則 gah 各種狀況，台語 gah 台語文學 e 區別，針對一般人對台語是粗俗 e 錯誤觀念做改變。文學篇是繼續文字篇 e 理論所表現 e 實踐，如〈祭母文〉gah 爲朋友寫 e 序。

施教授 di 台南傳教母語文學，ma 積極參加母語文化推 sak 活動，在校爲師，在社區做指導，爲九〇年來 zit 波母語運動，ui 校園淡到社區做了真疊實 e kangkue，施教授 di 文藝 e 創作上 ka 無 hiann 目，可是 di 推 sak 上真熱心，所以伊得著文建會「文耕獎——碩士優良地方文化人員」母語推廣獎，是實至名歸。Di 台灣、ia 是海外，親像施教授對母語文 ziah-nih-a 熱心 e 人 iau 真濟，文建會應該自動發覺鼓勵。

17. 尤美琪。若是相思仔花照山崙。(forthcoming)

有關尤美琪 e 介紹請見本冊台語詩女性觀點 e 部份簡介。

假使，你若只認為美琪是浪漫、純情 e 女子，按呢 dor 無看著伊 e 實力。看伊 e 外表甜甜 e 笑容、輕聲細說、穿插典雅，卻是做 kangkue e 時陣攏用走 e、拚暝工，di 電腦 e 管理 gah 修護、對生物科學基因 e 知識、女性主義理論 e 厚度、音樂 e 修養、社會 gah 文化運動 e 參與、心理學派 e 了解、文學理論 e 背景等等，除了課業成績有驚人 e 記錄以外，伊將 1996 年到千禧年 e 母語著作《若是相思仔花照山崙》集冊做台文界 e 見面禮。

除了 4 首詩作 gah 一篇論文，散文大約有二個類含：評論散文、文學散文。評論散文有 25 篇：〈你甘是一蕊貧血 e 向日葵？〉、〈教育動物園〉、〈頭生仔囝 e 鬱卒 gah 歡喜--記淡水學院台灣文學系創立〉、〈北京台語人人愛〉4 篇；文學散文有 14 篇：〈若是相思仔花，照山崙〉、〈風吹 dior 是阮一生 e 名〉、〈鳳凰花若開〉、〈關於咖啡 e 兩種心情〉、〈孤單 ma 是一種生命 e 美麗〉、〈找一工，咱鬥陣來去看海〉、〈重新 cue 回翅仔 e 彼得潘〉、〈 "You are the Wind beneath the Wings" 〉、〈走找繼續旅行落去 e 理由〉、〈Mai 講流浪〉、〈生命旅行中 e 兩地相思〉、〈成人非童話——我甲意按呢想你〉、〈燒熱 e 寒日，di 客家庄北埔〉、〈我 gah 泰雅有一個約會〉；有七篇介交 di 兩者之間：〈我甲意按呢想你〉、〈永遠 e 笑容——追思廖中山教授〉、〈1997 年熱日 e 記事〉、〈想法〉、〈孤兒，無關亞細亞〉、〈心碎 e 島嶼——關於一齣心理聯想劇內底 e 舊年冬天〉、〈《網路社會 e 崛起》中 e 3 篇文章〉。

　　評論 e 部份是以台灣心、台灣情對台灣文化主體性認同錯亂、教育 gah 母語 e 缺失做真相評述。理路分明、言詞 daudah、筆尖見血、愛深責切，不止是封建教育冰庫之下 e qin-a 是冷凍鴨（〈教育動物園〉），連大人 e 認同錯亂變做"失聲 e 畫眉"（〈你甘是一蕊貧血 e 向日葵？〉）以後 ma 麻痺去，"語言 gam 會變做一隻古董僵屍"？（〈北京台語人人愛〉）；申請台灣文學系 dor 愛 gah 一寡青面獠牙 e 政治事件牽連被退回七次？（〈頭生仔囝 e 鬱卒 gah 歡喜〉）。反正別人 e 囝死 ve 了，眾人食眾人騎無人疼，只有家己疼家己惜，〈孤兒，無關亞細亞〉是對環保、反核、地動災變以後 e 重建，以台灣精神國度 e 純潔 e 高砂百合鼓勵安慰創傷 e 城鄉 gah 受傷 e 心靈。〈我甲意按呢想你〉、〈永遠 e 笑容——追思廖中山教授〉、〈1997 年熱日 e 記事〉、〈想法〉、〈心碎 e 島嶼——關於一齣心理聯想劇內底 e 舊年冬天〉，示現作者對島嶼 e 事件、人物點滴 e 接觸 gah 投入社會關懷。〈《網路社會的崛起》中 e 3 篇文章〉以母語展示現代文化趨勢。其他 14 篇文學性 e 散文是以下 veh 討論 e 重點。

　　美琪是文藝少年，天生有弄筆 e 氣質 gah 傾向，伊無論是 di 詩文或是散文，自然流露著文藝細胞 e 靈氣。具體 e 論述 gah 抽象 e 感知、題目一再重覆焦點、主題一再探討，一方面因為問題猶 ve 解決、一方面是深入探索。每一個面向有一貫性 gah 整體性，親像 deh 演化一粒種籽，zit 粒籽雖然體積無外大，具備細胞核、細胞液、細胞壁、細胞膜等等質素，結實健全，只有為著文化 e 優生遺傳。Zit 文學粒籽有愛、有苦、有希望、有記憶。

　　讀美琪 e 散文有幾個想法：

　　(1)"你" e 意象相當豐富。 a."你"有將"我"kng di"你" e 角色轉換形象，時常 ga"你"省視、審視、照護，然後 gorh 起造一個新 e "我"。"我"若有脆弱、疲勞、艱苦、鬱卒，"我"問"你"是按怎啦？"我"gah 另外一個"我" e "你"deh 對話，是一張一張 e 自畫像：〈孤單 ma 是一種生命 e 美麗〉、〈找一工，咱鬥陣來去看海〉、〈重新 cue 回翅仔 e 彼得潘〉等；b. "你" 有一個親像 "主" e 完美對象，ho zit 個曾經折傷翅股 e 天使安慰、療傷：〈 *"You are the Wind beneath the Wings"* 〉, hit 個 "你" 變做 "我" e 信仰殿堂，有真、善、美結做一體，親像婚約：*"I Can't Stop Loving You"*；c. "你" 是台灣國 e 眾英雄，鄭南榕、胡慧玲、胡民祥、廖中山等：我甲意按呢想你〉、〈永遠 e 笑容〉；"你" 有二二八受難者 e 遺族 gah 遺孀，奉獻者 gah 弱勢者 ho 美琪心痛、m 甘、追隨 gah 救贖 e 力：〈若是相思仔花，照山崙〉；d. "你" 是一個 *Formosa* --〈孤兒，無關亞細亞〉，一個失去青翠島嶼 gah 深藍大海原貌 e "台灣"，mgor，猶原有婚約 e 愛盟，因為 "你" 是 "我" e 愛，一個大家族 e "你" 包括 "我" 眾多意愛 e 親友 e hit 個 "你"，一個一個 e "你" gorh 是親像 "我" e "心肝仔囝" 攬 diaudiau，zit 個 "你" 包括台灣各族群 e "你"：〈燒熱 e 寒日，di 客家庄北埔〉、〈我 gah 泰雅有一個約會〉；e. "你" 是一欉一欉 "我" 用心滋潤、顧慮 e，veh 栽培 e "樹栽" gah "花栽"：〈生命旅行中 e 兩地相思〉，有生命有靈性；f. "你" 是一位 "小王子"、"一粒星"、"hit 輪月娘"：〈孤單 ma 是一種生命 e 美麗〉、〈成人非童話──我甲意按呢想你〉："一條歌"、"一個花園"、"一間家己 e 房間"、"一座圖書館"、"一個哲學家、詩人、歌者"……等。

(2) *"CARE"* gah *"CURE"* e 意念非常豐滿。Zit 個人有敏利 e 感應力、zit 個人有幼路 e 音感 gah 聽覺、zit 個人目識真睿猛，親像一個吸鐵，只要伊 du 著，伊是一個緣來接緣、歡喜做甘願受 e 慈悲者，世俗 e 偃促、生存 e 奮鬥並無拍倒做一個人 e 意義。Zit 個人自大學起 ga 家己管顧，除了無法度 di 台頂自在演論，逐項 dor 第一，為著伊深深摯愛 e 人，心苦病痛伊家己擔，一寡無法克制 e 極限，伊終於克服過來，ho 伊身邊 e 人看 ve 出來傷痕 ganna 因為愛 gah 奉獻，veh 燒著伊 e 生命，好佳哉，是一路 e *"care"* 攏將家己 *"cure"* 好好。斟酌讀伊 e 心事，伊如何拋棄現實 e 壓力，去走 cue 自療 e 藥方 gah 咱分享伊 e 經驗。Di〈風吹 dior 是阮一生 e 名〉〈關於咖啡 e 兩種心情〉、〈孤單 ma 是一種生命 e 美麗〉、〈找一工，咱鬥陣來去看海〉、〈重新 cue 回翅仔 e 彼得潘〉、〈*You are the Wind beneath the Wings*〉、〈走找繼續旅行落去 e 理由〉、〈Mai 講流浪〉、〈生命旅行中 e 兩地相思〉、〈成人非童話──我甲意按呢想你〉、〈燒熱 e 寒日，di 客家庄北埔〉、〈我 gah 泰雅有一個約會〉e 篇文中作者會 cua 你漫步行踏伊 e 心靈之旅。伊愛讀各種各類 e 冊，神話、人類學家 *Joseph Campbell* e《生活美學》、《神話》、《神話 e 智慧》、伊修習音樂 ma 愛台、外 e 音樂，冊 gah CD、LD 一部份是伊 e 學生職業，一部份是伊 e 安眠曲。"你 ga 家己交付 ho 生命 e 方式是 ga 俗事置 di 身外"、"用 cittor e 方式去完成逐項代誌"、"生命總是痛苦 e，咱無法度改變伊，mgor edang 改變家己對伊 e 態度"（註一）。愛是完美 e 慈悲，讀美琪 e 散文有關懷、操心、照護、細膩各面向 e "*care*"，ma 有醫療、修補、對策 e "*cure*"，兩項過程、作用運作運生。

(3) 旅行流動 e 轉 seh。心想 veh 飛只有以想像 e 翅股自由起落，伊 e 旅行有騎腳踏車 e seh 溜──〈找一工，咱鬥陣來去看海〉、有都市街頭巷尾 e 冒險──〈孤單 ma 是一種生命 e 美麗〉、文化旅行──〈燒熱 e 寒日，di 客家庄北埔〉、有記憶 gah 思念 e 時空旅行，飄逸自在：

> 真正誠親像是，一切從來攏無 di 時空內底改變過，包括微笑、生命，gah 已經無 gorh 是仝一個象限 gah 座標 e 家己。

> 透過每一個生命 di 老相片 gah 記持 e 刻印內講故事，我因此 edang 一直 di 生命 e 旅行中，兩地相思。（〈生命旅行中 e 兩地相思〉）

(4) 用一寡人文典故、童話、傳說、歌曲等來增加文學 e 張力。比如，阿保美代 e 童話 vang-gah、*Peter Pan*、小魔女琪琪、小王子，虎姑婆 kia 掃帚、月娘會 ga qin-a 割耳仔，〈望郎早歸〉、〈*You are the Wind beneath the Wings*〉等。按呢 edang 提高文學 e 意象、情境 gah 背景，伊 e 文字濃縮、文意稠厚、牽引淡開讀者 e 想像空間。親像 *Ireland* 作家 *James Joyce* 寫作風格，qau 運用希臘、羅馬神話 gah 象徵襯托文意加添文學 e 厚度。另外，dor 是除了語句 e 稠厚，句落 ma 長，有時一段才一個、二個句號，擲 ho 讀者一種直接真深 e 感受。文學 e 生命力存在 di 歷史、文學、社會、美學 e 意識當中，ui 網際網路 e 現實世界到神話、a 是網路 e 虛擬世界，作者引用大量台語 e 新生詞，如魔幻寫實（*magic realism*）、藍山、*ka-bu-gi-no* e 咖啡、中產階級（*bourgeoisie*[布爾喬亞]）等，mgor，伊更加使用大量原汁 e 在地詞，如眠夢、山崙、土角厝、恬恬、倥促、au 查某、甲意、做穡等，加上台語 e 常用詞 dor 是伊少年 e 台語文，當然愈用 e 愈在地，攏是絞起來 gorh 累積起來 e，按呢 ma edang 降低部份華語 gah 華語外來語 e 取代性。

文作雖然大部份攏是濃縮、短短，甚至佳句清采 cue 清采有，咱來欣賞 zit 段：

> mgor 阿淘 deh 講，用吉他講、用像詩仝款 e 語言講、用簡單 e 配器講、用草埔交參 e 乾草講、用廟埕前 qin-a e 吵鬧聲講，伊 deh "發聲練習"，ziah nih 久來，一直講 gah ziah-nih-a 濟、ziah-nih-a 好，親像寒天溫暖 e 大日頭 gah 熱天寧靜 e 海水仝款 e 恬靜甜美，雖然素樸，不二過卻真耐聽，乍聽之下假若有陳明章 e 氣味，mgor 卻無陳明章 e hit 種滄桑感，而是，記持盒內底轉 seh 牽纏 e 影片海湧，溫柔 e 思慕，dior 假若是永遠無變 e 凝視 gah 守望。〈燒熱 e 寒日，di 客家庄北埔〉

(5) 理論嚴密，經過學術訓練 e 方法，di〈侯孝賢電影中性別與政治論述的保守性格──以〈悲情城市〉ham〈好男好女〉為例〉zit 篇學術報告呈現，dizia 無愛論評 zit 篇文章本身，是 veh 講 zit 篇台語論文 e 意義。有真濟人 m 知影台語 edang 寫 zit 項歷史，更加濟人 m 知影台語 edang 寫任

論文，一如江永進所指導 e 統計 gah 母語研究 e 碩士論文，已經有 6 篇
用台語寫完成 e（註二）。美琪寫 zit 篇報告，當然 di 少數當中有宣告示
e 意味。文中有現代人文學術專門用語 gah 外來語，veh 按怎處理 e 問
，是台語文早慢愛面對 e。台語文 veh 行向正常化是 ui 生活四面八方各
位、新定位做伙來，ve 使自我限制。

溫柔 gah 激烈 m 是 veh 為著 kia di ho 伊 pok-a 聲 e 國來倚靠 gah 受人
咾、po-tann，是順真理叫溫柔 gah 激烈本身 e 良知 gah 良心來做工。無
留 e 批判 gah 文學想像 e 隱喻是《若是相思仔花照山崙》e 特色。有一
芳草叫做 *Rosemary*〔迷迭香〕，只要你有 gah 伊接觸過，重重 e 芳味 dor
迷魂 e 影，只是細葉細葉，伊 dor 散佈著曠地 e 空氣中，只要 kng di 車
一 dan-mi 仔 dor 會留 ho 你芳味，尤其是 di 暗靜 e 夜，di 無限天星之下，
種難忘 e 芬芳，是美琪散文 e 特徵之一。讀伊 e 文 dor 有想 veh 唱真久
gorh 唱 e 歌：〈*Feeling，Nothing More Than Feeling*〉，同時伊親像一粒
珠，di 台語文學界新生代 e 珍寶，又 gorh 親像瓔珞。

註解

（註一）

請參考

Diane K. Osbon；朱佩如譯。坎伯生活美學。台北縣新店市：立緒文化，1997。

Joseph Campbell、Betty Sue Flower；朱佩如譯。神話。台北縣新店市：立緒文化，
1995。

Joseph Campbell；李子寧譯。神話的智慧：時空變遷中的神話。台北縣新店市：
立緒文化，1996。（上、下冊）

（註二）

顏國仁 江永進。台語口語常用詞頻率調查初步報告（碩士論文）。新竹市：清華
大學統計所，1995。

楊正文 江永進。台語音轉文問題研究（碩士論文）。新竹市：清華大學統計所，
1996。

黃將豪 江永進。台語文轉音問題研究（碩士論文）。新竹市：清華大學統計所，
1996。

林宗儀 江永進。用雙連語言模型探討台文自動斷詞與分群（碩士論文）。新竹市：
清華大學統計所，1997。

劉惠玟 江永進。用 TTS 輔助台語語調 e 處理（碩士論文）。新竹市：清華大學
統計所，1999。

王寶能 江永進。在 MLLR 裡調適語料 e 選擇（碩士論文）。新竹市：清華大學
統計所，2001。

第七講座

台語圖文集

一、 台語圖文集 e 定義 gah 紹介

台語圖文集 e 定義，簡單講是除了圖畫 gorh 有台語書寫，圖文並列 e 資料。

下面 veh 介紹 e 台語圖文集是一個起點，包括五本是漫畫、二本是兒童繪本、一本是散文 gah 水印版畫、另外一本是散文詩 gah 彩墨畫。

到 2001 年 9 月為止，台語文字化攏是民間自發性去努力保育 e 過程 gah 成果。為著 veh 爭取教育權，dor ho 民間團體舞 gah 頭暈目暗，di 長期嚴肅 e 氣氛當中，確實台文使用者遭受著真大 e 打擊 gah 折磨，一寡輕鬆 e 畫本，如 vang-gah（漫畫）、繪本 gah 笑話集等，攏是隱處 di 邊緣文化中 e 弱勢邊緣烏暗內底。大部份 e 母語文化工作者，一面做整理、搜集 e kangkue，一面分心 gorh 用盡心力 di 爭取母語出頭天 e 意向頂面。為著 veh 管顧母語使用進入體制內 gah 初步 e 正常化，沈重 e 心情無力解放弱勢者 e 困惑，階段性 e 工作攏傾向 di ka 嚴肅、基礎的（dik）e 根基方面。所以台語圖文集 zit 方面 e 著作蘊藏著下一步開發 e 潛力。

成人 e 領域，親像用圖繪做主體以母語文並行書寫、或是以母語文做主體以插畫 e 方式來表現，di 下面咱 veh 介紹周宇棟 e《陀螺人生》gah 落山風 e《無藝倆繪圖扑納涼》做示範。另外有陳義仁 gah A-bon e 尪仔冊。

對學童年齡 e qin-a 咱 ma veh 來介紹黃武雄 e 繪本。經過長期 e 努力，教育部 di 2000 年 9 月終於宣佈 2001 年 9 月開始將母語納入課程。一時之間，準備 ve 赴，除了課程 e 教材，母語教育應該 gah 生活各種面向結合，所以圖文冊是一項切入點。創作在人變化，趣味性 gah

生活性會吸引人 e 注意力， qin-a 冊是一個應該注重 e 基本項目，如
何 di 生活中實行多語教育激發 qin-a e 腦力，為兒童學習 gah 認知心
理 e 過程中，di 德、智、體、群、美五育教習當中增加學習 e 趣味性，
是值得開發 e 母語市場，圖文冊 e 開拓是一個指標。真幸運，2001 文
建會 ma di 2001 年發文到各縣市中心，請各有關單位使用母語以繪本
做材料來推行母語，zit 個好消息傳來，有二項欠缺：第一 師資欠缺，
尤其是客家族群 gah 原住民 e 講師；第二 教材欠缺，di 市面上 e 母
語繪本，目前 dor ganna 黃南《彼有一條界線 》zit 本是台語版，真正
ho 人深深智覺著台語人準備 ve 赴市 e 青黃期。

　　為著 veh 應接 zit 款情形，傳授母語繪本 e 講者，攏先借用外文、
中文 e 版本做底，用母語發聲。Magu，按呢有一個缺點，是母語 e 文
字化 iau 無上 zit 個舞台，qin-a 無機會家己接觸著母文。講者無固定
e 文本做基點，ma 是一個小 ki 角。為著 veh 補足 zit 款情形有幾個面
向愛注意：第一 督促出版商出各種母語版 e 繪本，mdann 是只以中
文翻譯 e 單一市面佔斷；第二 舉辦各種母語版 e 繪本比賽，鼓勵優
良作品；第三 籌組繪本相關人才，專題對母語文補育 gah 出版。

　　總講一句，台灣母語長期被歧視、壓制、扭曲，用圖文 e 視覺加
強閱讀 e 感知，對復育中 e 母語文化是一項生力元素。

二、 作品

1. Vang-gah

(1) 陳義仁

陳義仁。我 m 是罪人。台北市：前衛，1994。

陳義仁。信耶穌得水牛。台北市：前衛，1996。

陳義仁。上帝愛滾笑。台北市：前衛，1999。

陳義仁，1953 年出世 di 屏東縣南州鄉。擔任過《台灣教會公報》、《基督徒家庭》副刊編輯、美工，1989-1992 年發行台語羅馬字《風向》雙月刊。現任台灣基督教會屏東縣高樹教會牧師。

《我 m 是罪人》ui 冊名來看，一開始 dor 有幽默 e 成份，咱時常看著路邊 e 電火柱貼一張標語講："你是罪人！"，民間上 e 認知是法律上 e 罪行，ho 人看 gah 心驚眼跳，陳義仁牧師應該有觀察著 zit 個現象，所以用 zit 個有力 e 口號做冊名。陳牧師將伊 e 職份 gah 母語文結合做伙，做伊實行職務 e 使命。這是現代第一本以台灣話 gah 圖畫 e 四角格仔漫畫。講一寡人性 gah 現代人對信仰 e 觀感，適度 deh 反應台灣 e 民情。其實伊將嚴肅 gah 硬 biangbiang e 教條流轉做日常生活 短短輕鬆 e 四角格仔圖畫，是伊高明 e 所在。特別加強 di 反省 e 能力來指出牧師、長老 ma 是人有人性 e 弱點，是伊一再思考 e 重點。另外，di 中間穿插心適 e 笑詼料，如頁 26，媽媽 gah 囝 e 對話 gah 結果，四個格仔 dor 表明，食 ve 起貴 somsom e 蘋果樣，di 邊 a 看報紙 e 爸爸替母囝解決 e 方法，是去水果擔向老闆買一寡蘋果 gah 一寡土樣仔，轉來 ga 囝建議二項水果做伙食，dor 是蘋果樣 e 氣味。真完滿 e 解決方法，當然咱 ma 會使聯想二項做伙絞果汁全款是有蘋果樣 e 風味。其實，水果農，確實用無全種 e 接枝移植法按呢栽培新種，比如高接梨，這 dor 是四角格仔漫畫 e 效應。基本上，這是一幅家居溫情 e vang-gah，ho 人看著嘴角微微仔笑。

台灣漫畫市場 ho 日本人佔足濟款，櫻桃小丸子 ma 以漫畫家出名，伊 e 故鄉清水鎮因爲伊一個出色少年 e 女子變做觀光地，咱 mtang 忽略繁忙 e 現代生活中漫畫 e 趣味 gah 功能。有《我 m 是罪人》e 例，開展母語 vang-gah 是滋潤心靈 e 良方。

《信耶穌得水牛》gah《上帝愛滾笑》，zit 二本 ma 是圖文漫畫。

"信耶穌得永生" e 箴言，是時常 di 教會 e 牆圍頂頭看會著，因爲年久月深 落雨水、日頭將字劃沖曝無去，suah 變做 "信耶穌得水牛"。"信耶穌得水牛"ziann 口語化，ma 反應當時農業社會牛對台灣做穡人 e 重要性，水牛 gah 耶穌有重要 e 角色，一個是民生經濟需要，一個是心靈信託 e 需要，趣味 gorh 有人情味。

《上帝愛滾笑》，作者用一貫 e 牧師身份，愈來愈純熟 e 筆法 ga 咱講、畫 ho 咱看，zit 種功力愈來愈入上境。上帝除了 ga 伊 e 笑神透過陳義仁 e 沈思借力使力傳達智慧，跳過嚴肅 gah 指責，全款 di 笑笑 e 過程中留 ho 讀者反省 e 擴散力。真難得 e 是，除了教會 e 活動，漫畫主題 ma 取自小鎮頭 e 常民生態，時常關注著身邊 e 人物、事務，透過圖文，足有親切感，上帝是愛滾笑，因爲上帝知影人 e 有限，有時輕鬆一下 a，頭腦顛倒會精光。

陳義仁 e 漫畫是另類 e 台語文。

(2) Abon

Abon。Khoann Siann=看啥。台北縣三重市：5%台譯計劃工作室，2000。

Abon。Lo-ma-ji e Ko-Su＝羅馬字 e 故事。台北縣三重市：5%台譯計劃工作室，2000。

Abon 本名董耀鴻，高中時代 dor 創立過台語社團，時常寫鬼故事 di《台文罔報》發表，有關伊 e 小說請看本冊台語小說單元。

《Khoann Siann=看啥》塑造台灣超人 Lais、Sut-a 鳥、幼齒蛇、刺毛蟲四個角色。"看"雖然無聲無說,表面上 ve 落一塊皮肉,可是 di 心理上 dor 有幾 a 種 e 反應,比如:曝露 di ho 人監視 e 範圍、ho 人 qin、di 舞台表演等,相對 e 有 ga 人看、ga 人 qin、專心注目、欣羨 e 眼神等。Di 自動、被動 e 互動,有控制、衝突、妥協、學習、愛慕、關懷、注意等等 e 情況,ui 看見、凝視、觀看、觀賞、觀想、觀望 e 看者 gah 被看者,每一個時刻攏 di 生活中 deh 交互發生。

日時所看著是實體,看心去 e dor 會 di 夢中出現,夢 e 意識 di 暗眠 gah 心內底重演,如 p.6 sut-a 鳥 e 睏夢,四個四角格仔,有三個夢境過程,最後一個 ganna 驚醒起來講一句話:"陷眠真恐怖"。除了 zit 種心中陰影 e 恐怖感,di p.12 zit 隻 qen 頭 e 幼齒蛇,tuitui 去食一粒外表 suisui e 卵,中 sut-a 鳥 e 計,vih di 邊 a e sut-a 鳥 dor 探頭出來講:"互我騙著 a!",橫直別人 e qin-a 死 ve 了 e cangciu、zizu,這 gorh 是表達著 di 陷阱中 ho 人監視 gah 控制。反倒轉來,di p.13,Lais gah sut-a 鳥經過二個小山崙 e 接凹,凹處頂面發出靜態騷動:a. 日頭 veh 出--來 a! b. 出--來 a! c. (無字句,山凹處出現鏡頭特寫) d. 幼齒蛇 e 頭長長 liong 出山凹,吐信喝講:"看啥?"這是幼齒蛇 e 反制行動。Di p.20: a.(sut-a 鳥仔 kia di 山岩腳沖水)"水真燒!"b.(液體愈來愈大港)"爽快!"c."礦水味怪怪?"d.(sut-a 鳥)"味怪怪?";(岩頂 e Lais)"放尿真爽快!"zit 幕充滿著觸感、音感 e 感官反應,親像按呢 e 詼諧、趣味、創治 di zit 四個角色中間輪來輪去,有互相倚靠 gah 陷害 e qen 頭代誌一層一層輪流出現。

這是一本想像空間無限擴大 e 尪仔冊,真難得!

《羅馬字 e 故事》zit 本,將 ABC 羅馬字母配合圖講故事,以外

國人駛船來到 *Formosa*,輸入羅馬字來台灣起頭,連後開始教羅馬字母,ma 是由超人 Lais、Sut-a 鳥、幼齒蛇三個角色互動,ga 台語 e 羅馬字母發音做初級 e 入門認識。

《看啥》、《羅馬字 e 故事》二本,文圖攏是仝一個作者,仝款是用烏白明顯線條 e 對比,材料 e 紙質真好,初看,對中年人來講目睭會花花,慢慢仔看,卻是看出來趣味,尤其是《看啥》zit 本愈看愈有味,有閒去買一本,罔看罔笑!

2. 繪本

(1) 彼有一條界線 /文圖:黃南;CD 旁白:林真美、劉森雨。台北市:遠流,1997。

黃南,本名黃武雄,台大數學系教授,主張全民 e 教育、推動教改、熱心社區大學教育。

林真美,兒童文學講師,致力推動親子共讀。

劉森雨,時行台灣文月刊顧問,文字、文化工作者,尤其對影片、音樂評論有內行。

Zit 本冊是中、台文版並存。(註一)

黃老師一向注重教育,ui 細漢到年老 e 終生學習是伊 e 理想。伊本身是一位實踐者,所以伊 dor ga 細漢童真 e 夢 di 五十外歲 e 時,尤其是 di 破病 e 時,認真實現 di 詩句 gah 圖畫頂面。老師 e 病是肝癌,但是伊 dor 是 di 阮 e 面前,講話聲若宏鐘、思路清楚。冊中 e 畫,畫中 e 鳥 a,鳥 e 身體 hit 種生命勁力,表現 gah 飽實 gorh 健康,讀者無難感受著伊 e 心靈 e 活力 gah 理念。

細漢 e 夢想沈 di 伊 e 心肝堀 gorh 浮起來,一種本能 e 直覺,暗

gah 光 e hit 條界線，森林內動物 e 世界、動物 e 意識、愛、和平、順序，後來，銀光驅散了 zit 條界線，後來，伊了解以後，病 dor gah 伊和平共存。1999 年底，di 一場母語研討會上遇著黃老師，阮問伊講按怎治病 e，伊講："盡量食 ka 清 leh！"我想除了伊本身 e 善意念以外，gorh 有 ka 濟其他因素 deh 醫療著伊 e 病體，親像 zit 本冊 ho 大人、qin-a 攏有真好 e 意象空間，如希望、責任、慈愛等。咱來 due zit 條線認識大自然 e 變化：

不（m）知是在（di）咱的（e）身邊，

抑是在遙遠的天邊，

彼有一條界線，

一旁（ping）是光光的日時，

一旁是烏烏的暗暝。

開始 qiu 開 zit 條界線值得探索 e 想像空間是無限 e 生命力，ga 聽、ga 讀、ga 想、ga 接受，心一直溫溫仔燒起來，啊！暗時 e 夢 ziah-nih-a 甜，噢！日時 e 行動 hiah-nih-a 活 putput，gorh 講暗時 e 天星 hiah-nih-a 光，太空、宇宙，心一直闊，夢境真豐富，天啊！當時水銀燈來照耀（cior2），害阮 ve 睏 leh，火金姑、鳥隻 ma 無夢，是按怎？有啥麼？

Zitma du leh 提倡 e 繪本讀冊會，母語繪本 dor 是一個切入點。兒童文學家林真美最近出版《在繪本的花園裡》，是伊多年來小大讀冊會，小大刊物多層推展看講故事 e 手冊 gah 心得，母語文教育者 edang 參考，進一步為各族群認識台灣 e 課本做準備。母語繪本目前非常少，mgor，講述者，edang 利用現成 e 繪本用母語表達做轉換階段 e 變巧。

　　繪本是兒童圖畫冊，名稱是 ui 日本來 e。主要 e 對象是字 iau 認識無濟 e 幼童，但是大人若 veh 講得好、生動，也愛投注心力 gah 時間。親子活動互動實際上是無分年齡 e。

　　事實上，做人 e 父母 di 實用性 e 觀點來看，gah 咱土地上親密 e 生活 dor 是在地 e 語言 deh 反應文化，ui 身邊 e 人物、事物來了解咱厝內 e 人際關係 gah 社區 e 環境，是上基本實在 e。Ui 開發智力 e 角度來講，神經醫師 ma 發現只使用一種語言只有開發著左爿 e 腦半球，若是同時使用幾種語言 edang 開發右半腦，若是無愛 ho 你 e qin-a 輸 di 起跑點，腦力 e 開發 di 多種語言 e 起跑點是真重要 e 開始。Di 人格上 e 生長 gah 身份、土地 gah 認同頂面，做一個多元 e 開端，di 繪本 e 花園裡，老師、講者、父母 ma 是愛 di zia 盡一份責任。

　　活潑、生動 e 母語繪本值得咱來提倡。

註解：

（註一）

新版（2001）e ma 有英文版。

參考文獻：

林真美。在繪本花園裡。台北市：遠流，2000。
于根元、張朝炳、韓經禮編。語言的故事。台北市：洪葉文化，1996。
黃武雄 童趣之外，《時行台灣文月刊》，2001，5，22 期，P.16-20。
張春凰 繪本物語，《時行台灣文月刊》，2000，9，19 期，P.46-47。
（多謝小大讀冊會會員、《小大季刊》總編輯蔡慶賢女士，引 cua 阮認識繪本世界）

(2) 梁馨中 圖、文、聲。棍仔（forthcoming）

梁馨中，1981 年出世 di 高雄市，祖厝 di 中壢。現就學美國 *U of Illinois* （*Urbana-Champaign*）建築系二年。

Zit 本繪本以 CD 製作，並以客、台、英文並列，看情況可以選有聲放送，或以人聲表現二種。

《棍仔》單純 ho 咱實際 e 意義是硬直，以過去生長 e 經驗，棍仔用來拍尻川、趕雞鴨、a 是準備用來搌賊仔，親像按呢 e 印象只有賦 ho 棍仔 ka 偏負面 e 角色。透過梁馨中豐富 e 想像力，活潑 e 動物擬人化畫面，ga 歸個故事架構 gah 氣氛攏展現著相當跳躍 e 生命力，加上伊年輕 e 發聲，讀者、講者、欣賞者 edang 感受著古錐 e 繪本，he！你看！"離家出走 e 時，一支棍仔 edang 用來 painn 行李"；"若 ho 鱷魚追 qiok e 時，二支棍仔 edang 用來踏 guan 翹，ka 緊 suan"；"veh 睏 e 時，足濟支棍仔 edang 用來做樓梯，beh 去 li 月娘頂面睏"。請讀者目睭瞇瞇，想一下，ma 會使聽一下，然後目睭 tih 開來看迷人 e 童話彩圖，做伙感受文學之美。

3. 文圖冊

(1) 周宇棟

周宇棟。陀螺人生。台北市：漢藝發行、錦德圖書總經銷，1987。

周宇棟，彰化田尾人，1950 年出世。文化大學美術系畢業。個展多次。有〈蔭〉gah〈壁旁的線〉二幅圖附錄 di 宋澤萊 e《福爾摩莎頌歌》（1983）詩集內底。〈蔭〉zit 幅畫，以 di 樹腳納涼停睏 e 人 e 神情表達樹蔭（ng4）e 秋清，一欉大樹勝過幾台冷氣，用蔭 e

綠意 gah 涼快來表達鄉土味,凸顯都會 e 物化。〈壁旁的線〉,壁邊一條線親像是壁前 hit 個女子比手畫刀 e 流線,薄絲 e 衫仔裙、倒手展伸 e 飽水 gah 紅色 e 頭毛流露力 gah 美,目睭 e 表情 ma 專注用心 deh 體會,親像 deh 沈思 a 是 deh 祈禱,表達出來現代味 gah 活力,親像宋澤萊 e 歌詩 deh 頌讚 Formosa:

> 頌讚福爾摩莎
>
> 妳在我們的夢中
>
> 婆娑起舞
>
> 妳的舞姿優美
>
> 膚觸圓潤
>
> 妳像少女
>
> 又像母親
>
> 你總是那麼輕盈
>
> 廝磨我們受挫的
>
> 心靈　　　　（請用台語訓讀 zit 首〈頌讚福爾摩莎〉）

啊!優美豐富 e *Formosa* 一如女體,只是愛台灣 dor 愛抱 gah hia-nih-a 艱苦。是真艱苦,因為台灣 e 身姿自然 sui,身體卻被糟蹋數百年,周宇棟以 zit 本冊來表達台灣文藝 e 身份,di〈蔭〉gah〈壁旁的線〉早 dor 有跡可尋。

Di zia veh 介紹是伊 e《陀螺人生》,真奇怪,冊名用華語,冊內底 e 散文用台語。研究台灣文學 e 陳萬益教授,時常 ga 我提起《陀螺人生》zit 本冊應該是台灣第一本台語散文集。Zit 本小品文當年出版市場反應可能冷冷清清,但是到 gah 今仔日,veh 刁工去買可能 di 冊店真 orh cue 著(註一)。周宇棟,其實了解 zit 種情形,di 伊 e 自序文內底,伊講:"冊內 e 圖片攏是水印版畫";"文章用母語書寫，ma 是為著比較 ka 生動趣味。真濟往事 veh 表達 e 時陣，頭殼內總是交雜著大量 e 母語，動筆 e 時 veh gorh 翻成做北京話，感覺 qai-qiorh，直直全用母語"；"我寫母語是實驗性 e，手邊無一本約定成俗完整 e 母語辭典，東倒西歪假若細漢 qin-a 行路"。Di 冊面內頁，一張相片下面按呢 deh 介紹 zit 位藝術家 e 訊息："歡喜作一個自然 e 人，愛畫、運動，愛過頭 tiam dor 躺 leh，愛睏 dor 睏去。愛看人，看物件，看山看水，歡喜輕鬆自在。"母語是人心靈 e 泉，語文 e 泉是母語，出泉若 m 是母語，思考 e 過程若 m 是母語，創作 e 圖繪 dor m 是真善美。尤其一個自由真性情 e 人，孤一個人衝破層層 e 困難 dann 有 zit 本冊 e 成果。Zit 本冊 e 內文版面，正爿用台語文書寫一項細細物件，一段故事、往事，左爿用圖提供視覺效果，ho 人清楚意識著圖書本身 e 語文，其實早早 dor 超越文字符碼 e 限制。

過去眾多台灣老畫家如李梅樹、陳澄波等，甚至日人石川欽一郎 e 圖畫，攏為台灣醇風美景留下可貴 e 文化資產，同時為台灣西畫作法印證台灣文藝現代化 gah 中國無關 e 進步現象。Zia- e 畫作群透過繪畫展現著本土特有風物，di 台灣畫壇添加光彩，周宇棟是有學院 e 西畫背景訓練，自然伊 ma 深染著 zit 部份美學 e 浸透，用生長 e 環境、彩化 di 藝術佳作，加上母文 e 表達，真是畫味、文味十足，有土芳、有人情味，ho 人歡喜、激動。

周宇棟是戰後出世，雖然伊自認是"好 sng dor 好"，伊用四兩力撥千斤重罩，有一寡 kongkong 假憨，其實伊是土地 e 蕃薯仔囝，啥麼是性靈 e 潮流，伊是心知肚明，創作是真善美，veh 按怎違背良心良知 leh？以本土為主體 e 藝術精神是自然存在 di 咱 e 生活中，"生活 dor 是藝術" ka 是周宇棟 veh 流露 e。

　　周宇棟 di《陀螺人生》e 畫線受著現代學院派 e 訓練，所呈顯 e 民俗生活風物、人物 ho 人真緊 dor 聯想著日人立石鐵臣台灣民俗圖繪 e 版畫。無全款 e 是立石鐵臣以一位他者、殖民者以藝術無境界 e 心胸版畫落來異國情調 e 感動，伊同情台灣、欣賞台灣，甚至 di 伊 e 身後 ma 將畫本版權捐 ho 伊意愛 e 台灣，伊 e 台灣心 gah 台灣情 ho 咱在地人感動。周宇棟進一步融會常民生活中 e 事、物、人，以文、以畫作現身說法，文中有情、文邊有畫、畫中有意、畫邊有字，一篇大約四百字 e 台灣文配合一幅圖，一頁一對比、相輔相成，構成一本特殊台灣 50-70 年代普羅大眾文化 e 生活史。台灣已經準備好 veh 進入二十一世紀已開發國家行列，di 週休二日 e 休閒生活，台灣民俗 gah 一寡古早味復古優質 e 精純活動 gah 地區適時 deh 提供懷古 e 思愁追溯 e 腳跡。周宇棟 e "ganlok 人生" di 1987 年出版 e 意義 dor 有繼承立石鐵臣 e《台灣民俗圖繪集》e 延續，對在地人 e 感情、老年代 gah 戰後出世 e 中年代挑出來共同 e 記憶，ho 人心湖起波。親像陳明章用歌聲撩起人 e 感情，短短一條〈新莊街〉吟出來鬧熱市井 e 生活記事，尤其是對四五十歲人 zit en e 人，對 qin-a 時代 e 生活懷思有全款 e 氣味。周宇棟卻用圖畫、文字偏重 di 庄腳物語，全款是勾起咱童年 e 深情。Di 庄腳 gah 都會漸漸無距離 e 台灣，時空 e 變換叫 ve 轉來原鄉 e 實體，可是音樂、文藝 di 感情上 dor edang 追補 zit 份失落，周宇棟 e ganlok ga 咱迴 seh 倒轉來記憶 e 腳跡光影。

　　60 篇 e 小品文，di 生活內底有時是用作者自我 e 主觀意識表達，有時是以境外 e 客觀巡察者表現身邊 e 鏡頭，採取主、客觀 e 角度連接，提供讀者閱讀心靈旅行 gah 圖畫視覺 e 途徑，對小人物、物項、民俗、女性、娛樂 e 生活生態掠取景緻，正爿 e 文是：

對畚箕開始有印象，是因為伊裝著一堆一堆的牛屎。有人共我講彼是 veh 取去做牛屎紙，gorh 講牛屎尚清氣。

後來，感覺看竹掃帚 gah 畚箕是不可分 e。…

…ho 我想起人類 e 老圖騰。何嘗 m 是圖騰？一個人生歷程 e 象徵。輕輕 e 落葉，畚箕負荷起來，沈重 e 沙石雜物，畚箕也負荷起來。…

被放棄悚（hiau sak）無哀傷與歎息，如同安靜黃昏天空上，無聲 e 最後彩雲。(〈心中一種標記〉)

倒爿圖面是樹仔腳一對畚箕 gah 一支長掃梳 e 水印版畫，zit 二項物件本來是清除糞埽 e 下賤物，用土、墨、綠色 gah 竹編 e 畚箕 gah 掃梳掃帚以幼路 e 線條、彩筆勾勒出來服務 e 高尚本質，變成一件藝術品，使人心波起花。

轉來庄腳，看著一間一間四角角 e 紅毛土樓仔厝，密密 zatzat gorh 插幾棟大樓，稀微稀微幾落古錐古錐 e 紅瓦厝，正身 gah 護龍當 deh 消失 di 現代建築當中。周宇棟 e ganlok 人生，du 好講出來時空 e 變化，ma ga 現存 e 三間、五間、七間厝 e 外表添滿過去食、衣、住、行 e 形態。熱天坐 di 大廳戶碇 te 門壁看冊、看人，埕斗 e qin-a sng ganlok，騎鐵馬 seh linglong，放風吹，三不五時 di 粿葉樹仔腳青盲仔相命仙停腳歇睏、師父坐 di hia 補鼎補生鍋，喝 ling-long 賣雜什 e 停 di 厝前 ho 阿母買雪文、針線、白粉、齒粉，年節時挨磨仔磨米漿，通做紅龜 gah sor 圓仔，厝邊紅毛姆仔 yin 兜 e 一個古井，hiap 水、濾水扛水入 am 缸，用腳桶洗腳手面，sak 面桶架，有時送人客叫阮走去三角湧仔叫三輪車，叫車坐 di 車頂 cua 路轉來厝裡接人客 e 風神，一幕一幕攏 ho 阿棟仔 e 鑼鼓聲牽引著：

鑼鼓聲若響，注定要穩穩仔響，長長久久響（〈鑼鼓聲若響〉，p.116）。

註解

（註一）

若有需要，試（02）2394-4854 錦德圖書事業有限公司、（02）-2381-1669 漢藝色研文化事業有限公司，可能電話有改過，gorh 問查號台。因爲這是 1987 年 e 資料。

另外，有一個文化事業叫紫宸社（錦德）電話是 02-82215697，m 知有關連無？

參考文獻

宋澤萊。福爾摩莎頌歌。台北市：前衛，1983。

立石鐵臣。立石鐵臣——台灣畫冊。台北縣：北縣文化，1996。

向陽編著；立石鐵臣圖。巧筆刻繪生活情：台灣民俗圖繪。台北市：台原出版：
    吳氏總經銷，1994。

廖炳惠。"由幾幅景物看五○至七○年代台灣的城鄉關係，何謂台灣？近代台灣集"，文建會出版，1997，頁 38-55。

（2）落山風

落山風。無藝倆繪圖扑納涼。台中市：劉麗珍發行，1999。

落山風，本名叫林順隆，1952 年出世，屏東恆春人。屏東農業專科獸醫科畢業。現任台中市惠犬醫院醫師。

Zit 本《無藝倆繪圖扑納涼》e 圖文冊總共有一百幅 e 圖畫 gah 一百葩段若散文、若詩 e 台文。橫排由左到右，倒爿是台語散文詩

e 短文，正爿是圖畫，du 好 gah《陀螺人生》e 直排文字，圖文排版位置對換。圖是彩墨畫，錄取 1994 到 1998 e 個人圖畫集。

圖文集 e 好處是 ho 外行人、藝術欣賞初入者真緊 dor 悠遊著紙面畫廊 e 感受，mgor，先看圖 ka gorh 看稿，無一定有畫師筆下文字全款 e 聯想，咱會使講畫師本底即定 e 意念，ma 同時會使講，按呢順續會限制著觀賞者 e 視野 gah 想像意境。

本來詩、畫是美感 e 直接顯示，一向攏有精神國土 e 理想（*Utopia*〔烏托邦〕），傳統上 gah 本質上攏有按呢 e 傾向，mgor 藝術家是追求真善美 e 良心人，免講大師 *Picasso*〔畢卡索〕對戰爭以圖畫發出憤怒 gah 鬱卒，做一個正常 e 人受著壓抑 dor 會反抗，所以落山風免不了 di 圖文發洩，替普羅大眾抒發苦悶。

以台語文同時 gah 彩墨圖繪並呈，作者有達到台灣文藝復興 e 多重目標。一百套 e 圖文份量 ve 少，大約有風景、舞台 gah 舞蹈、靜物畫、人物等類別，透過圖文一面 ho 圖片講話，一面 gorh 對社會現實批判，圖 e sui 透過圖畫本身保持一時美感 e 永恒性。Mgor 環境是變動 e，人心若是無夠照護，事物 ma 會更替消失，文化 e 靈氣 gah 旺氣 edang 維持 gah 開拓，其實是藝術家所在意 e 意境。Cue 圖畫 e 對象是畫家 e 本能，落山風 e 意向 di 圖畫尤其是 di 風景表達出感性 e 高度感染力，同時 di 書寫文字展示理性 e 評論，畫家、詩人、哲者 e 氣質積聚 di 伊 e 身上，現示長期以來 e 文化修養。

風景畫佔著全冊 e 大篇幅，除了田園 dor 是山 gah 海 e 畫面：日出、海邊、台東山景、海景、港口、冬天 e 楓港山、透早、相思林、風景、旅、水沖、黃昏、林、島嶼、山水、春雨、海岸、山、雲山、山溝、風景、蓮花田、蓮霧園、秋、新生地、冬天黃昏 e 海口庄、小山跤、田頭看、日頭落山、四月冬等畫/話題，充分表達著台灣 e

山海島嶼 e 特色，落山風以風速 e 內心滾絞掠留台灣柔靜 e 美貌，這 dor 是伊 e 手功。

〈透早〉日之光明，透過文字有加持 e 效果：

暗瞑若卡有飽足 e 水氣，
草尾才會留著團圓 e 露水。
東平（bing5）遙遠 e 天邊若變白，
甲阮講今仔日 e 空課（kangkue）著愛開始，
巡著日夜所寄望 e 田穡，
毋知影家己 e 褲跤已經澹去

Di 社會現實、政治、環保、醫療倫理一再反映對生命 e 關懷，身邊 e 環境對內如：港口、城市、色墨隨緣、柳川、喂學勘（ue-or-kam/*welcome*）事件、手術刀下、隔離，充滿著台灣各種環境 gah 個人個體 e 健康 ng 望，同情心四界是。Dor 是注重農家收成美景 e〈四月冬〉，一心一意 ma 是 deh 掛意著做穡人 e 艱苦 gah ng 望。對外對抗中國 e 壓力如：〈閏八月〉等，回顧到對美麗島嶼 e 美學是仙境求 ve 夠完滿，mgor 逐家來拍拼 e 心胸，一再突出 deh 傳達。有生活哲學 e 祈求：如〈居之安〉，di 衝突當中，用一個圓 kok 仔圓一個美夢，用色 e 和諧傳達出安詳 e 意味，ho 人看著愉快，di 圖畫 e 背後伊按呢講：

食會安、住會安，人平安，
生活愛有好習慣。
如今社會茹氅氅（cang4）
治安欲好有困難，
搶劫、偷盜一大堆，
想欲居之安實在無簡單。（〈居之安〉）

〈居之安〉e 背後，有〈強姦犯〉e 驚惶、致使〈隔離〉，攏是對應自然和諧出問題，無平衡心緒煩亂致使精神分裂 e 面貌，再次流露作者 e 關懷。

作者 qau 用抽象 e 手法示現流動 e 心事，如：空間、阿母 e 心痛、等候、心花、快樂、自由、誕生、迫緊等，表現喜樂苦痛 e 張力，di 舞蹈 e 系列，如：芭蕾舞、舞、圓 gah 線，充滿美感 gah 力，ho 人欣羨畫家觸及 e 闊面 gah 創作力。

靜物畫 gah 心事，如：花、春芽、瓜、苦瓜、芎蕉仔、茱瓜、梅花、菊、竹，九重葛，透過焦點鏡頭以母語報導畫師 e 心懷，用圖文，畫/話出植物史 e 殖民交 lam。

標新出異，一再重覆再現，凸現主題，有類似後現代寫實攝影 e 手法 e 流動如：瓜、窗門、雲龍、迫緊、*Dalai La Ma*〔達賴喇嘛〕、望春風、畢業等，一再重覆再現傳達〈瓜〉豐富 e 結實；〈窗門〉目睭 e 眼光；〈雲龍〉求雨不如滿天風吹 e 實在，暗喻著人為 e 慎重；〈迫緊〉有速度、節奏、腳步 e 急迫感，以障礙襯托出層層疊疊被包圍 e 空間；〈Dalai La Ma〉以一蕊 gorh 一蕊微笑 e 嘴形 gah 眾生開示智慧 gah 慈悲；〈望春風〉以多重跳躍 e 音符開展，接應春風，跳脫不如意 e 心事；〈畢業〉以學士帽 gah 人數、坐位、希望、或代價隨人去想，卒業 gah 出業，結業 gah 創業，結束 gah 開始 e 關聯。總講一句，畫風自由，內容豐富多元。

近代 e 女性主義 ma 無逃過畫師 e 目睭，如：性、爽、查某人、cittor 物、線索等，初看對女性有貶過於褒 e 印象，等 gah 你看透全冊，也無一定是按呢，尤其 gah 人物畫，如：牽手、自畫像、院長等，比較起來 ka edang 感受著兩性 e 公平觀點。尤其是 di〈爽〉e 部份，隱約是對一寡奇怪 e 女性主義者提出爽之解放 e 歪論，親像咒誓 ho 別人 e qin-a 去死 ve 了，m 顧優生倫理 e 婦幼衛生，提出抗議。對〈強姦犯〉造成社會不安，對查甫人 e 變態全款痛打，以長文發出嚴重 e 指責。

除了畫面種種 e 意識，對本土文化 e 危機意識也是真值得呵咾 e。伊用上頂真 e 態度 ga 咱 "水沖" dor 是瀑布 e 母語詞講 ho 咱知，甚至每一幅畫攏有學科名稱，物種生態 e 名詞，如：九重葛號做 *Bougainvillea*、菜瓜是 *Luffa Cylindricalroem*、想思林叫做 *Acacia Confusa Merr.* 等等，按呢 di 台語文 ma 提供著生物知識 e 另類教育，同時發揮著美育 e 功能，當然豐富著台語文 e 內涵。因為有英文名稱，有 e 呼名 ma 有隨機變動如 "居之安" 直譯做台音呼 "KI CI AN/GI ZI AN"，喂學勘（ue-or-kam） gorh 直譯轉自 *welcome*，因為落山風 e 執著，最後 ho 咱看著 zit 本獨特 e 圖文書。

Di zit 本圖文 e *salon*〔沙龍〕，唯一 ho 讀者 ka 無確定 e 是一寡難漢字讀起來往往 sa 無貓仔毛，di 欣賞 e 過程小可阻擋著，但是圖畫本身引 cua 觀看者視覺上 e 流暢度並無影響。作者表示，若是 edang 將原音配聲 kng di 網站，dann edang 完整傳達伊 e 語魂 gah 意念，以伊 e 執著，日後真緊應該會有解答。

《無藝倆繪圖扑納涼》e 風景畫面，親像引 cua 咱走 cue 著台灣畫三〇年代西化以來 e 腳跡，ho 咱回顧著立石鐵臣 e〈赤光〉（台 9 西 38 1935）；廖繼春 e〈台南故寄〉（1926）、〈港〉（1964）；陳澄波〈淡水風景〉（1935）；鄭善禧 e〈蕉園春色〉（1974）等 zit 條台灣畫史，帶 ho 咱親切 e 土味，提供咱人 gah 土地 e 關照互動，活靈靈 e 生命 iah di 出世 e 所在、安居 e 所在、落土 e 所在 e 歸宿感，是近代難得結合母語 gah 圖畫 e 性靈盛宴。Zit 本著作 ga 台灣圖畫 e 視覺文化向前 sak 一步。

參考文獻

廖炳惠。"由幾幅景物看五〇至七〇年代台灣的城鄉關係,何謂台灣?近
代台灣集",文建會出版,頁 38-55,1997。

第八講座

台語小說

一、台語小說 e 起頭 gah 背景

1. 1920～30 年代：台語小說 e 初 inn[芽]

受著外來殖民 e 壓力，當年 e 知識份子，di 1920 年代，如蔡培火提倡以羅馬拼音書寫台文，zit 項主張有兩位牧師小說家表現出來真具體 e 成績。當年 e 印刷品並無普遍流傳，識教會白話字 e 人也無濟，傳播媒體 ma 無發達，所以社會大眾除了漢字才是字 e 單向接受，非常少數 e 人知影羅馬字早 dor 為在地語文記錄。

其實羅馬拼音字 di 一百五十多前早 dor 存在 di 教會 e 聖經內底，一直到鄭溪泮 gah 賴仁聲牧師用基督教文學來宣揚教義，使得台語小說 e 早春有伊美麗 e 花蕊 deh 開放。Zit 二位小說家以原汁特有、雅俗共賞 e 台語文發落，已經是純粹 e 台語文化精華，後來因為日本皇民化 gah 國府 e 語言政策，全拼音式 e 台語白話文沈埋了七八十多，一直到九〇年代 gah 二十一世紀初 ho 鄭良偉 gah 李勤岸二位教授重新以漢羅文展現 di 世間，早前鄭教授先出《可愛 e 仇人》e 改寫版，後來李教授以台語小說 e 早春系列繼續，yin e 整理 ho 咱後代人 edang 重新看見早期台語小說 e 面貌，因為一開始 dor 有豐盛 e 成果出現，這 gorh 直接推翻著小說 di 文學 e 文體是屬 di ka 後來形成 e 理論。

台語小說 e 早春系列，目前有發現 e 是有以全拼音字書寫 e 有 5 本： (1) 賴仁聲 e a.《十字架 e 記號》（1924）、b.《阿娘 e 目屎》（1925）、c.《可愛 e 仇人》（1950）、d.《荊菝中 e 百合》（1954）；(2) 鄭溪泮 e《出死線》（1926，只存上冊，下冊 di 太平洋戰爭空襲 e 時，受損）。

另外有以漢文書寫 e ，如：黃石輝 e〈以其自殺，不如殺敵〉（1931，原稿現藏彰化 "賴和紀念館"）、許丙丁 e《小封神》（1931/03/26～1932/07/26「三六九小報」50～202 號）、賴和 e〈一個

同志 e 批信〉(《台灣新文學》創刊號，1935)、蔡秋桐 e〈保正伯〉(1931)、〈放屎百姓〉(1931)、〈奪錦標〉(1931)、〈新興的悲哀〉(1931)、〈興兄〉(1935)、〈理想鄉〉(1935)、〈媒婆〉(1935)、〈王爺豬〉(1936)、〈無錢拍和尚〉(1936)、四兩仔土(1936)。Di 文字方式書寫 e 量來講，以目前所發現 e，di zit 段期間內全羅文 gah 全漢文相當，因為鄭溪泮 gah 賴仁聲所寫 e ka 屬 di 長篇小說，其他攏篇幅 ka 短。黃石輝 gah 賴和等是 di 日治時代參與台灣話文理論 gah 運動 e 先輩，會使講是提倡者 gah 實踐者，這 ma 是第一遍 di 母語文化書寫 e 一個開端。Zit 次 e 語文爭論，edang 講是第一次本土語言書寫爭論。

2. 1960～80 年代：鄉土文學 gah 台語小說 e 粗胚再生

三〇年代 e 母語話文運動，因為 1937 年皇民化運動式微，好佳哉！因為第二次世界大戰日人退台，中止日化，顛倒 ho 人想 ve 到 e 是，di 國民黨執政下，在地 e 生活語卻遭受一連串 e 語言政策壓制。Di zit 中間(1960-1964)有王育德先生 di 日本提倡以"漢羅並用"方式來寫台文，mgor di 當時 e 政治環境 zit 項主張並無普遍，顛倒有過度型 e 文章 di zit 一二十多中間 deh 醞釀。這是 ui 七〇年代"台灣鄉土文學論戰" e 延伸，被斷裂五十多 e 台語話文重新提出上台面，這個論戰直接影響著九〇年代 e 母語文藝復興 e 過□度型自然走向，為母語文 e 園地犁耕著種植 e 土地，等候 ia 子、等候開花結果 e 願景。

所謂過度型包括對話型、混合型 gah 有實驗型性質 e 作品。對話型 e，如：陳雷 e《百家春》(1986)、東方白 e《浪淘沙》(1990)、陳信聰 e〈世界、阿財伯與觀世音 e 目屎〉(1999)；混合型 e，如：呂秀蓮 e《這三個女人》(1985)、范麗卿 e《天送埤之春》(1993)。實驗型 e，如：胡民祥 e〈華府牽猴〉(1987，5)、宋澤萊 e〈抗暴的打貓市〉(1987，6)、陳雷 e〈美麗 e 樟樹林〉(1987，9)。

　　其中以 1987 年胡民祥、宋澤萊、陳雷三人作品上 gai 趨向完整形成型。

3. 1990～新世紀：台語小說 e 成品

　　解嚴以後，壓 ve 死 e 台灣人以一種拍斷手骨顛倒勇 e 精神，以自發性 gah 草根性 e 憨牛氣勢爲台語文藝復興灌注一港活水，一時之間台語社團 edang 出頭，台語 gah 台文成做顯學，是九〇年代一個台灣在地文化重要記事。雖然台語文書寫方式 iau 是百花齊放 e 階段，mgor 台語文學 e 體系已經成熟，到新世紀初期，台語小說已經累積出來成熟作品，其中以漢羅並用、全羅、全漢書寫方式展現在地 e 文化。

　　雖然，台語文 e 書寫 iau 無標準化，mgor，zit 群疼惜台語文 e 人一直拍拚 deh 記錄 gah 搶救日漸萎縮嚴重 e 母語文化，yin 有真厚 e 危機感 gah 使命感，veh 達到母語使用正常化 e 狀況 iau 有真久長 e 一段路 veh 行 gah 維持，以下是台語小說 e 個體，做一個大略 e 介紹，希望眾多經營者所流過 e 血汗 edang 滋養著台語小說 e 花園。

參考文獻：

楊雲萍、張我軍、蔡秋桐作；張恆豪編。楊雲萍、張我軍、蔡秋桐合　　集。台北市：前衛，1990。

呂秀蓮。這三個女人。台北市：自立晚報，1985。（初版）

呂秀蓮。這三個女人。台北市：草根，1998。（再版）

胡民祥。〈華府牽猴〉（《台灣新文化》第八期，1987／5）

宋澤萊。〈抗暴的打貓市〉（《台灣新文化》第九期，1987／6）

陳雷。〈美麗 e 樟樹林〉（《台灣新文化》第十三期 1987／9）

東方白。浪淘沙。台北市：前衛，1990。

范麗卿。天送坤之春—— 一位台灣婦女的生活史。台北市：自立晚報，1993。

陳信聰。〈世界、阿財伯與觀世音 e 目屎〉選錄 di《一九九九年竹塹文學獎得獎作品輯》

陳惠妹，陳月嬌，邱秋容執行編輯。新竹市：竹市文化出版：竹塹文化發行，1999 （p.73-85）》。小說組第一名。

陳雷。台文小說 gap 戲劇 （節要）。2001 年初 di 南鯤鯓台語文學營 e 演講大綱。

林央敏。台語文學運動史論。台北市：前衛，1996。

彭瑞金。台灣新文學運動 40 年。台北市：自立晚報，1991。

二、台語小說 e 個體

Ui 賴仁聲、鄭溪泮、賴和、黃石輝、蔡秋桐到二十一世紀台語小說創作新生代，其中經歷將近八十外多，經過日據時代外來殖民 gah 內在殖民 e 壓制，台灣人士猶原勇敢發揮至誠 e 良心，守護著生存 di zit 塊土地子民 e 文化血脈，楊逵講是 "壓 ve 扁 e 玫瑰"、林宗源吐詩："凍 ve 死 e 日日春"、宋澤萊更加以 "論台語小說中驚人 e 前衛性 gah 民族性" 宣告，以個別 e 創作，跨過世紀，以下，咱來看咱有 e 基礎。

參考文獻
楊逵。楊逵全集。台北市：前衛，1992。

林宗源。大寒——凍 ve 死 e 日日春（CD）。台南市：林宗源，1998。

宋澤萊主編。〈論台語小說中驚人的前衛性與民族性〉——《台語小說精選卷》導讀。台北市：前衛，1998。

1. 賴仁聲 e 作品

(1) 賴仁聲原作；李勤岸譯註。《十字架 e 記號》。1924。(forthcoming)

賴仁聲本名是賴鐵羊。出生年地待查。牧師。

Zit 本算起來是 ua di 中長篇 e 小說，讀起來有真濟所在 gah《莿菠中 e 百合》有重覆 e 所在，人名、故事 e 架構同質性真 quan，《十字架 e 記號》應該是《莿菠中 e 百合》e 底基，將《十字架 e 記號》擴充做《莿菠中 e 百合》，《莿菠中 e 百合》e 故事 ka 完整。《十字架 e 記號》e 結尾有："高雄　裾野逸人（ ku-ia2 ek8-jin5 ）賴仁聲著　A.D. 1924: 11:1—8" gah 1954 年出版 e 《莿菠中 e 百合》是 di 台中清水教會完成 e，前後有差三十多。

(2) 賴仁聲原作；李勤岸譯註。《阿娘 e 目屎》。1925。(forthcoming)

天賜 a 浪蕩愛食愛開、歹行橫做、拍老父 gorh 拍牽手、tai 人犯罪，氣 lo 傷老母心，一切 e 表現攏是不可赦罪，但是回頭是岸，信主了後，出死入生，最後 gorh gah 厝內人團圓。天賜 a e 小妹美懷 a 真完美，可是英年早逝，不過 di 天堂得著永生。啥麼是好人有好報，歹人有惡報，表面上看起來真了然。人間 e 世事不可料想，天賜 a e 老母福源姆 a 處處 du 著 e 災難，dor 攏交 ho 主來倚靠。阿娘 e 目屎、耐心 gah 愛 ho 天賜 a 感動、天賜 e 某是細漢來 sak 做堆 e 新婦仔 ma 是一位勇敢 e 查某人，伊 ma 是做人 e 阿娘 a，來到 zia 個家庭 ma 流著無數 e 目屎，總是目屎是真情，懺悔是良心 gah 目屎 e 真情，目屎是愛，所以有悔改 e 人 iau 有救。

作者真愛用 "請按下" 來轉、換、停來跳脫故事 e 情節發展，一方面是吊讀者 e 胃口成做 sann 人 e 效果，一方面是方便轉換變化，不過，用了 siunn 濟 ma 會破壞故事 e 邏輯 gah ho 讀者產生 li-li-lak-lak e 感覺。

Zit 本冊 e 背景是設 di 中國,真趣味 e 代誌是用台灣 e 觀點來寫中原 e 故事,zit 種設定有真前衛 e 文化主體性,gah 目前一四界所看著是台灣被漢文化殖民 e 附體比較起來,zit 本小說完全顛覆著 zit 種現象,而且是七十多前 e 人所看見 e 代誌,ho 咱現此時濟濟分 ve 清楚身分 e 人流清汗啦!而且母語文 e 失勢之罪過 gorh 是啥人愛負上大 e 責成?

《阿娘 e 目屎》ma 是失去父母話 e 人一本阿娘 e 心聲作品。

(3) 賴仁聲原作;李勤岸譯註。《莿菠內 e 百合》。1954。(forthcoming)

這是一本愛情(*romance*[羅曼史])故事以三條線進行:一開始 dor 是新婚 e 登良 gah 雪梅離別出遠門去國外做生理,結果登良身亡途中,gah 家後一別千古;第二線是登良 e 同伴昆芳轉來 ga 登良 e 厝內人講登良往生 e 代誌,連後留 di 登良 yin 兜 gah 登良 e 小妹惠美產生一段戀情;第三線是惠美入昆芳厝家,大某 gah 細姨三個 e 相處,秀春 ham 美珠 聯合 苦毒 gorh 殺害惠美,順續牽連著命案 gah 辦案 e 複雜過程。

Di zit 三條線發展情形之下,故事 di 惠美 gah 昆芳相關 e 人際關係中間穿插展開,基督教義 gah 男女戀愛情素平行、交互做對比式 e 敘事:ui 如何戀愛到建立家庭愛守本分,著愛男重義、女重節 dann 會得幸福,著愛親像 "刺仔內 e 百合花一生 dor 是苦,只有堅忍,潔白(結-bek6)。"(雅歌 2:2)(堅忍)。第一個對比是,某 gah 翁:苦楚是惠美 e 象徵,苦汁 e 來源來自苦情亂性脆弱 e 昆芳,惠美 a zit 蕊百合花 di 刺中生存,生存 di 昆芳 e 癡情 gah 迷情所帶來 e 傷害,男性 e 花心亂意對比表現著女性 e 純潔堅忍;第二是,惡 gah 善 e 對比,男主角 e 另外二個某,秀春 ham 美珠 e 外表妖艷內心無單純來襯托惠美 e 樸素美質;第三是,兄嫂雪梅短暫 e 婚姻卻是化做永遠 e 情意 gah 小姑惠美拖 sua 無歡喜 e 婚姻品質形成對比;第四是,宗教 e 觀點對比:做過離譜代誌 e 人,離上帝愈遠,一旦浪子回頭,迷失 e 羊仔對信仰愈有強烈 e 意向,最後昆芳 a di 悔過中得著重頭生;第五是,秀春 ham 美珠連計 veh 害惠美 a,顛倒先死。除了,以上五個明顯 e 對比,di 開庭 e 辦案過程 ma 出現了回轉性 e 關鍵,di 教義 gah 愛情故事以外 gorh 增加著偵探小說 e 情節。

這是一本講因為信仰無全、勉強結合 e 婚姻所引起 e 衝突,ma 講 di 信仰邊緣折磨 gah 堅信得救基督教教示文學。全文有真長 e(大約超過五分之二)篇幅攏引用著聖經對愛、疼、仁愛、戀愛、性愛、亂愛、亂倫 e 是非觀點 gah 上帝 e 幫贊道理,會使講是婚前、婚後基督教 e 婚姻教養、教義十全精選錄。親像作者 e 另外一本作品《可愛 e 仇人》對愛 e 警告、疼是犧牲做一個系統性 e 提醒,ma 對當時社會所出現 e 鱸鰻豬哥(romantic)現象有教訓作用,反映著當年社會男女之愛頭昏昏腦頓頓 e 症頭,veh 頭腦清楚必須透過信仰 gah 耶穌 e 護持 di 謙卑、自愛、疼人 e 信守之下 dann 有完滿。

作者 e 筆法操作已經將台語小說 cua 入現代化 e 形態:a. ui 本地掠陸、海線到國外,如登良 gah 昆芳離開台灣去做中國西南、東南亞附近做生理 gah 去香港、上海 e 任職 ham 逃亡等路線; b. 有天方夜譚式 e 豐富想像力,如*1. 取中國西南路途過境去印度、緬甸 du 著出草 e 混戰 gah 苦戰;*2. 昆芳 e 母舅張將軍派人去掠惠美搶婚,di 路中惠美厝內 e 長工守仁親像野牛壯士,一人獨戰兵群,鋤頭對槍頭 e 救美行動戰,攏安排 di 暗暝落雨時分 gah 無月光 e 氣氛中,增加故事 e 彎曲 gah 趣味性;*3. 夢境 e 心理描寫,如登良受害 hit 暗 e 夢中,因為思念愛妻 gah 身心 e tiam 頭,潛意識 e 意愛夢境描繪,真浪漫、淒美;*4. 鼓勵男女平等,女方愛自動 gah 主動追求婚姻幸福 mtang 活 di 封建制度之下，顯示基督教積極 e 精神；
*5. 除了情愛糾紛 gorh 有辦案偵探小說 e 高潮冒險 e 情節 ma 非常
精彩；*6. 保育母語文 gah 在地 e 諺語智，親像："m 免 siunn qau
揀，豬仔過槽芳"、"大漢長成 lah。俗語講翼股尾仔乾 lah。Mvat
父母 lah，忘恩背義 lah。"

最後咱來欣賞作者感性 gah 理性、具有台語 e 特點 gah 聖經詩篇
簡約 e 經典筆調：

"疼 m 是感情，是犧牲。"

"你若去花街柳巷，m 免坐落 3 杯酒，你 ia 會聽見愛情 e 話。
Di 遐有親像臭肉，Nua bin-gor e 愛情俗賣有臭味 tang 鼻，tang 聽。
假有心假有意，teh 薑母 ce 目墘，騙你 zit-ziah 戇大豬，無生 cng 便
是你造化時。這款 e 疼情是 cua 你到 di 死滅 e 深淵。"

"燒裸 e 愛情 e 力量。

a. tang 補救寒冷，喪失，荒廢 e 心情。

b. tang 挽救頹廢（due2uoe4），流落放蕩 e 心境。

c. tang 拭去絕望悲慘憂傷 e 目屎。

d. tang 照光叫醒烏暗迷路 e 心靈。

e. tang ho 人放火 e 兇犯歸正。"

"燒裸 e 疼情親像潤滑油滴 di veh 火燒心 e 機器，tang m 免發
火。親像烈日會得消散結冤殘忍 e 心腸。家庭夫婦燒裸 e 疼。父囝，
母囝燒裸 e 疼。兄弟姊燒裸 e 疼真正寶貴啊！"

"有影，婦仁人 di 家庭親像鹽 e 寶。鹽會調和一切 ho 攏總 e 物
顯出好 e 素 gorh m 免 du diorh 腐敗。婦仁人 ia 是按呢，婦仁人 di
家內調和，ho 家庭得著幽雅，和平，燒-裸 e 生活。"

"愛情是親像調皮（diau-pi5）e 囝仔，無張持-a 不知不覺 e 中
間會走入你 e 心房內，後來發覺 ziah veh 叫伊出去，真困難。Ia 親

像樹藤-a deh 纏上大樹，不知不覺 ho 伊纏 diorh 真 orh bak。Diorh 慎重 m 免著急，m 免餒志。婚姻 m 免著急，m 免自卑。花無錯開，緣無錯對。Vai 無底止，gah 意 kah 慘死。若有緣千里 dor 會來相 du。無緣對面 dor dit sior 對。修德、立志這是最根本。用祈禱 gorh 等候。"

　　Zit 本小說正面是 deh 宏揚基督教義，邊仔看起來 ma 凸顯著信仰衝突 e 悲劇。信仰 e 代誌本來 dor 是互相尊重，m 是互相排斥，聖經有說服力，佛經 ma 有真義，雖然作者以伊 e 立場來詮釋基督 e 愛，所以講一片 e 世俗，只是世俗 e 一面，真正 e 宗教攏有優點 deh 牽引人，"達賴喇嘛講："宗教是慈悲，培養利他 e 慈悲，咱會得著上大 e 快樂"、"對著其他宗教，達賴喇嘛十分尊重，而且非常讚嘆其他宗教慈悲博愛 e 精神"（註一）。藉著小說 e 情節趣味變化來宣揚疼是犧牲，是《莿菝中 e 百合》主題，讀者 edang 看著惠美 e da 家深深受著惠美 e 疼感動，di 病疼中良心發現，宗教 e 力量 dor 是 ziah-nih-a 大。雖然《莿菝中 e 百合》是 *romance*，讀者 edang 得著 e 智慧 ma di zit 個 *case* 當中，做獨立 e 思考反省。

註解

（註一）

　　　請參考沈美真 "達賴喇嘛要來了" 《台灣日報》2001、3/29 第六版。

參考文獻

Joseph Campbell 作；李子寧譯。神話的智慧：時空變遷中的神話。台北縣新店市：立緒文化，1996。

Joseph Campbell 作；朱佩如譯。生活美學。台北縣新店市：立緒文化，1997。

(4) 賴仁聲原著；鄭良偉編。可愛 e 仇人=Kho-ai　e siu-jin=Beloved

enemy。1950。台北市：自立晚報，1991。

這是一本以羅馬字由賴仁聲牧師寫就 e 原作，初次 di 1950 年出版，大約 di 七〇年代由王耀南將第一章到十二章改寫做漢羅，連載 di 當時台語推廣中心所辦 e《台灣語文月報》，後來再由鄭良偉教授以漢羅台文編寫 e 台文小說，再版 e 另外目的 dor 是加強 zit 本冊做台語教材 e 功能。Di zia 以小說 e 角度來討論。

基本上，這是一本宣揚教義 e 基督文學，人性 e 弱點 gah 遭遇 di 主 e 愛疼惜之下經過懺悔會得著重生 e 力量，所以冊內 e 人物 di 墮落、孤單 gah 脆弱、迷失當中攏 ho 主 e 寬諒 gah 溫愛所滋潤，di 信仰中來得著鼓舞 gah 甘願接受人生 e 各種考驗 ham 安排。

以文化 e 觀點來講，伊替當時 e 台灣社會情景描繪著農民 gah 漁民 e 生活 ham 倫理觀感，同時保留落來台語 e 根底，語詞 e 生動性加添著土地 gah 人民深刻 e 關係，zit 點補充著作者平面敘述無華麗變曲 e 寫作手法，zit 種樸素無大變化運筆若辯話士 e 台語初胚小說文學 ma ho 文中不時穿插 e 優美景緻 e 描寫運筆有所添彩，凸現著台語 e 文化，再次證明著台語 e 實厚。

Di 日期時代，du 好是台灣現代小說塑造 e 時期，有人用白話中文書寫，有人以日文書寫，有人以台灣式 e 漢字白話文書寫，同時 ma 有人用原聲 e 台灣話羅馬字書寫，小說 e 主題往往有真濟全款 gah 同質性 e 所在（註一）。1936 年，徐坤泉 ma 以〈可愛的仇人〉做題 di《台灣新民報》用中文發表，敘述王志中女友 e 翁仔某生活無檢點，自我墮落 e 情節，但是按呢 e 小說 gorh di 少年男女讀者群中流行。賴牧師有可能看著按呢 e 流風以故事鬥 an 著教義來提醒引誘 e 魔力慾望 gah 需要付出 e 代價，如〈可愛的仇人〉e 女主角蘭香 e 老父福財 a 當初 e 墮落、困苦 gah 得救；蘭香一時控制 ve diau 貪歡一夜 e 快感，一時走精 e 行為造成一世人 e 苦楚，因為願心救贖，最後 ma 有得著願望 gah 安歇；清泉 a di 最後 e 時刻 gah 蘭香 yin 母仔囝相認，受領奇妙 e 恩典 ma 信受主 e 安排，真心懺悔、認真拍拚、珍惜福份。福財 a、蘭香 gah 清泉 a 攏 di 血氣旺盛 e 年紀 ve 堪得引誘來造錯受折磨，迷失 e 羊仔 gah 無負責任 e 浪蕩遊子，一旦信守主 e 教化 gah 受主 e 帶領，回頭是岸 dor edang 得救。藉著信仰 e 規矩，其實對現代 e 少年人 e "只要我甲意有啥麼 ve 使" e 自我主義是有平衡作用 e。

讀著 zit 篇小說，edang 看見過去悲情 e 台灣、當時社會道德上 e 限制、物質缺乏 e 散赤、農民 e 生活、漁業出海無氣象報告生命受著威脅、醫藥 gah 生產衛生 e 欠缺。描寫純樸日常民風 gah 卑微生命 e 可貴，dor 按呢溫暖著普羅大眾 e 心靈。

這 ma 是一本女性小說，主角以蘭香 e 角色 gah 人生 e 境遇做主線。鄭良偉 di 清華大學開台語課 dor 以 zit 本冊做教材，張聰敏 e 女性小說《阿瑛！啊》應該有受著影響。（註二）

註解：

（註一）

    a. 請參考張明雄 e《台灣現代小說的誕生》（台北市：前衛，2000），p.56。

    b. zit 款現象，可能 gah 愛 due "流行" 有 "好奇心" e 台灣人性有關，如前年流行 e "蛋塔" 一開始塞倒街，veh 買 gorh 需要排隊，連後供應 siunn 濟 sen-sen dor 棄嫌，所以 "蛋塔" 店 dor gorh 一間一間消失滅跡。開始另一種流行是去 "中國投資"，講起來是拚 gah 生存，實際上是移民社會 gah 認同 e 根 e 架構問題，其實 "魯肉飯" 一直留 di 大街小巷，ve 受著景氣 vai hong 淘汰。

（註二）

    1992 年 9 月，鄭良偉教授 di 清華大學客座開 "台語寫作班" 張聰敏、陳福東、藍美津、王淑芬等遠路 ui 彰化來新竹上課。筆者 ma 是課座其中之一，其中張聰敏上積極寫小說，陳福東 gah 王淑芬編教材，藍美津熱心教學生，彰化 e 台文通訊彰化讀者聯誼會，到 dann iau 是由陳福東做聯絡人，陳福東 gah 張聰敏真熟，《阿瑛！啊》出版陳福東受張太太委託送冊 ho 母語工作者。

2. 鄭溪泮原作；李勤岸譯註。《出死線》。1926。(forthcomings)
鄭溪泮。《出死線》。[屏東]：屏東醒世社出版，1926。(上卷，全羅 221p.)

鄭溪泮，1896～1951 年，台南永康出世。牧師、小說家、作曲家。台灣白話字極少數 e 台灣話作家。下卷已經 ma 寫到 99%，mgor 太平洋戰爭，鄭牧師一家人疏開去屏東庄腳，一寡物件攏 kng di 防空壕，du dng 美軍轟炸對對 ga 炸著，下卷 dor 變炮 hu。(註一)

Zit 本類似傳記式 e 小說，上卷四十章回，故事除了是基督教文學 e 特徵，伊有幾個特色 gah 意義：

（1）出死入活、勇敢面對人生 e 挫折。故事本身以至勤阿媽、真聲牧師、事必能媽孫 a 三代人，家族信奉耶穌 e 虔誠 gah 做事工為主線。人生一出世 dor 行向死亡："死，是咱人結尾 e 路；死是刑罰 e 法度；死是好歹 e 方式實驗所"。每一刻攏是苦杯，只有交 ho 萬能 e 主，才 tang 脫離，全卷以神蹟 gah 信 e 奇妙，透過實踐 e 工表達，引錄耶穌講："信 e 人雖罔死的確活"來詮釋冊名《出死線》，dor 按呢，認為若是死 ma 是去天國受永遠 e 樂，m 免驚 hiann gah 掛礙，所以出死入活。

（2）女性 e 典型。至勤是一位奇女子，勇敢、伶俐、勤勞、qau kinn 家 ui 細細漢 a dor 責成到後生成人，其中經過家破人亡到嫁入 da 家層 e 遭遇。本底後頭厝是好過 e 大做穡家，但遭受當時 e zing biang 賊，搶劫、tai 人、放火，傢伙攏去了了，阿叔 ma 當場身亡。此後，失明 e 老母 gah 老父相連往生，放伊 gah 阿叔所留落來 e 小弟 a，ho 至勤擔當。伊 e 好德行受著鄉里人 e 呵咾，真濟人 veh ga 做親，但伊固謙知進退，尾後去嫁人做後 siu，不過真疼惜前人囝，日子雖然過了 ve vai，但翁 gah da 官過身了，放三個 qin-a gah 老 da 家 ho 伊照顧，做父、做母、做新婦管內外，刻苦克難無打緊 a，gorh 愛 du 著查某囝 e 死亡 gah 後生 e 病疼 ham 前人囝 e 歹德行，但是 zit 個婦仁人攏真堅強，靠信仰 e 力量 gah 守本分，完成伊 e 任務，是一位模範女性 gah 母親，有聖女 gah 聖母 e 身影。

　　（3）　牧師 e 模範。至勤 e 後生真聲，身體 lam，但是聰敏、有志氣，老母 e 愛 gah 堅強性格一派相傳，di 主 e 引導下，堅心建立優良家風，有溫文、謙和、吞忍、寬恕、誠信、仁慈、認真、勤儉 e 美德，時常反省做主 e 事工，實踐 "基督是我家" e 模範家庭。真聲 e 性地有老母 e 遺傳，真平衡和親，真聲 e 太太惠子 ma gah 翁婿相當密合，gorh 來是 yin 第三後生事必能，不時笑頭笑面、聰慧 e 個性，ma 有 zit 款流風，zia e 一切，yin 攏歸做主 e 賞賜。"用信來祈求攏無僥疑，因為僥疑 e 人，親像海湧 ho 風拍來起落"，真聲一家一切 e 苦難攏 di 信 gah 祈禱中得著安寧 gah 福氣。道德條理深深內化 di yin e 身上，無教條 e 硬性，有溫情 e 明理 ho 人愛接近作品，會吸引人來閱讀。

　　（4）　反映當時社會生活。Ui 信仰 e 事件 gah 內涵、庄腳 e 民情、校園 e 趣味、同窗之愛到交通、氣候、颱風、水流、病症、醫療、平埔人、民間傳統、西化 e 程度，是當年內島 e 風物誌。西樂、西醫、人權思想、自輪車、火車、航海事蹟、教育 e 現代化，一一講出當年 e 台灣鏡頭，十分精彩，di 注重西方文明 e 時陣，作者 ma 有介紹平埔人 e 粗俗草藥頭 a，如肺病 e 藥方："鹿仔樹根 dim 鴨卵，半酒水，卵愛 dok ho 伊有痕"、"青 lo2-qio2 煮糜" 等民俗療法。

（5） 文藝造就。如：一開始第一章"有一個女子"dor 呈現一幅台南市外 e 幽靜優美圖；敘述做白糖 e 描寫親像是一則採風錄；至勤平常時一直 deh 做工操勞趁錢，是因爲受傷 ve 做 kangkue dann 有閒 tang 去學寮 cue 囝，zit 幕母 a 囝會面又心酸又甜甘 e 畫面使人感動；文筆書寫相當平實、優美、簡潔，有聖經 zit 種經典作風，真正是台語文作 e 早春文風好典範，非常難得。如："生理人用錢做中心，父母用疼做要緊"m 是作者 e 詩篇哲理嗎？ 照上卷 e 尾站，咱 ma 來欣賞當時 e 台語之美，掀詩篇來讀：

"我雖然行過死 e 蔭影 e 山腳，我嘸驚災厄；因為你 gap 我參及，你 e 杚 你 e 棍安慰我。"

"我 e 對敵 e 面前，你有 ga 我設宴；你 vat 用油抹我 e 頭殼；我 e 杯滿出來。"

"慈悲 gap 憐憫，的確會 due 我到一世人；我 veh 永遠 kia 起 di 耶和華 e 厝；" （詩篇 23: 4-6）

3. 鄭溪泮 gah 賴仁聲 e 貢獻

鄭溪泮 gah 賴仁聲攏是牧師兼好朋友（註二）。鄭溪泮 e 後生鄭泉聲講 1924 年 e 時，賴仁聲頭一個牧師娘 a 過身 e 時，相當痛心 m 甘，dor 作一首詩叫做〈湖邊蘆竹〉寄來 ho 鄭溪泮作曲，zit 首詩 di《出死線》有提著。

台語文書寫發展做成熟 e 長篇小說 di 二〇年代發跡，ui 鄭溪泮 gah 賴仁聲開始，yin 二人 e 認真是使用著教會白話字 e 全羅馬字拼音來書寫，一方面宣揚基督教義，一方面 ma 保留著當年 e 社會民情，ho 後代人 edang 看著台語 e 生動性 gah 土地文化 e 特質是 yin 二人上大 e 貢獻。

鄭溪泮牧師 e《出死線》上卷已經真長，下卷 ma 完成到 99%，可惜被美軍轟炸掉，若無數量 ma 真可觀，鄭牧師 e 文章結實定晶；賴牧師有 4 本小說留 ho 咱，伊 e 文筆 ka 活潑，對舊社會 e 突破性 ka 衝。因為伊二人是好朋友 gorh 是同工，所以有真大 e 使命感 deh 結合宣教 e 事工。難得 e 是 di 台語文被壓制過半世紀，用心人 gorh ga 另一款面貌 gah 二十一世紀 e 台灣人見面，因為有 yin 熱心 e 種籽 ho 咱 edang 繼續 di 台文界湠根，di 台語文化替咱留著豐富 e 產業。

註解

（註一）

請參看 http:/ws.twl.ncku.edu.tw e 網站，有李勤岸筆錄 e〈二零年代台語小說〉《出死線》作者鄭溪泮－採訪鄭泉聲牧師〉。

（註二）

gah 註一同。

參考書目：

李筱鋒。台灣史 100 件大事。台北市：玉山社，1999。

4. 蔡秋桐 e 短篇小說

蔡秋桐 e 短篇小說取自《楊雲萍、張我軍、蔡秋桐合集》（楊雲萍、張我軍、蔡秋桐作；張恆豪編。台北市：前衛，1990。），有〈保正伯〉（《台灣新民報》三五三號，1931）、〈放屎百姓〉（《台灣新民報》三六一號，1931）、〈奪錦標〉（《台灣新民報》三七四－三七六號，1931）、〈新興的悲哀〉（《台灣新民報》三八七－三八九號，1931）、〈興兄〉（《台灣文藝》二卷四號，1935）、〈理想鄉〉（《台灣文藝》二卷六號，1935）、〈媒婆〉（《台灣文藝》二卷十號，1935）、〈王爺豬〉（《台灣新文學》一卷三號，1936）、〈無錢拍和尚〉（1936，同時收 di 李獻璋 e《台灣民間故事》)、〈四兩仔土〉(《台灣新文學》一卷八號，1936)，總共十篇。(註一)。

蔡秋桐，1900 出世，雲林縣元長鄉五塊村人。Zit 個北港保正 ma 做過鄉長，細漢讀過私塾漢文，十六歲 dann 有機會讀公學校。Ui 伊 e 作品來看，若是 gah 許丙丁 e 文言文式 e《小封神》比起來，敘事 e 話語 gorh ka 接近生活用語，尤其 di〈保正伯〉、〈奪錦標〉、〈理想鄉〉、〈媒婆〉、〈王爺豬〉zit 幾篇表現了上明顯。

〈保正伯〉諷刺一位無 dah 無 sap e cit-tor-a 人，對家己 e 姑 a tai 一隻死豬仔好意請伊，伊 ma 無 veh 代念 zit 份親情顛倒去報 "大人" 告發親人，dor 用親像 zit 款無恥 e 手段去巴結 gah 黑紗大人，甘願做人 e 走狗，憑按呢 e 小聰明 gah 奸巧得著保正 e 官位。

〈放屎百姓〉賤地叫狗屎地，卑微 e 人叫放屎百姓，發哥仔有一塊看天地愛去役場納莫名其妙 e 稅，別人無愛做 e 代誌 butbut ho 伊，小人物 di 狐假虎威 e 半官民 e K 組合 ma 將伊唯一 e 地開水路拆 gah 化整為零，發哥 veh 哭叫天 天 ve 回、叫地地無應，親像 di 貓爪之下 e 細隻貓鼠仔，發哥是一個衰尾道人。

〈奪錦標〉表面上是 veh 獎賞消滅寒熱仔鬼 e 大會，為著 veh 排場面叫農民 ga 田裡 e 稿頭放 leh 去做一個外月 e 無錢工，勞民傷財，結尾 a，ma 是龜殼龜內肉，得名聲 e 統治者 "仁政愛民" e 形式，老百姓得著 e 是賬單。

〈新興 e 悲哀〉資本家掛羊頭賣狗肉，以開發會社 gah 殖民者商官交結，害死戇直 e 放屎百姓，新興 e 都會無影無掠跡，只有 "開查某、lim 美酒" e 騙局。

〈興兒〉興兒為著 veh 栽培囝去東京讀冊，借款、刻苦割手肚肉 ho 伊完成學業，少年 e 學成轉來 sua 娶一個大和姑娘，夫妻二人 dua di 城市，連過年 dor 無 veh 轉去團圓。老歲仔興兒 di 庄腳備受在地新婦

e 款待，想著 zit 對無 di 身邊、有才調 e 囝 gah 新婦，從來 dor 無問燒問冷，ve 堪得氣，ui 庄腳摸去都市 cue，受著種種 e 冷落 gah 束縛，草地 song e 興兄 a 是轉來踏土 ka 自由。

〈理想鄉〉諷刺表揚老狗母仔藉著美化庄鄉 e 名目來得著 "理想鄉" e 榮譽 gah 建造 "理想鄉" e 大恩公，背後 e 勞動害死普通百姓。

〈媒婆〉媒人婆小三仔嫂靠伊 e 嘴 gah 變巧趁飼一家人，是庄仔內 e 一號人物。文中將媒人婆仔描繪得真 dau-dah，ma 巧妙將台灣人嫁娶、婚禮、民俗、講好話 e 細節帶出來，尤其將得兄 zit 位主婚人對 "大人"po-lan-pa 奉承 e 心態十足表達，得嫂做 da 家 e 心態反映 di 一再吩咐後生 di 洞房內 e 口訣，壓新婦落家教 e 意念 ma 存 di 心智無開 e 偏見上。有聘金 e 婚事親像是一場交易，這 ma 意味著傳統女性嫁入 da 家厝門，豬母肚愛會生、人愛會做 ka 有等值回饋。

〈王爺豬〉庄仔內 veh 請王爺，禮俗上愛有豬、羊牲禮，可是統治者 dor 嚴禁私宰，目的是 veh kiorh 稅金，苛政 ho 人、雞犬不寧。

〈無錢拍和尚〉表面上是一則笑話，其實藉著一位不肖子誤解老父 e zit 句 "無錢拍和尚" e 遺言走去拍和尚，顛倒 ho 和尚知影其中 e 祕密得著遺產 e 運用，這 ma 襯托和尚 e 創治人 e 暗算。

〈四兩仔土〉四兩仔土本底是一個一流 e 資產者，因為受著甘蔗會社 e 欺榨淪落做尾流 e 落伍者。

蔡秋桐 e 文路 di 語文現出混合型 gah 純粹型 e 母語書寫，其中 lam 著一寡日語，因為用全漢字，所以有寡台語詞彙難以讀著，其中可能是七十多前 e 台語 gah 今仔日 e 社會用語有差別，另外是透過漢字 e 訓音、訓意 gah 轉借失去原來 e 語貌。

Zit 位甘蔗農作時代 e 作家，長期接觸著當時農業社會 e 常民，看著身為統治者 e 日人對待被統治者 e 同胞受壓欺 e 一面，伊用鎮靜 e 手筆為被榨取利益 e 弱勢者記事，以人道主義為平民 di 權威 gah 共

犯架構做歷史 e 見證，di 民俗 gah 信仰中反映出衝突 e 背景，對台灣
e 殖民史之下常民 e 冤屈 gah 投機做代言。

註解：

（註一）

多謝陳萬益老師借我 zit 本冊，同時伊 ma ga 我講："蔡秋桐 iau 有台灣白
話文手稿，有人向伊 e 後代將手稿提去 veh 打印，結果遺失，若無作品應
該 gorh 有 ka 濟！"Veh 寫蔡秋桐 e 台文作品 ma 是 di 七八冬前去聽陳老師
e 台灣文學所上課所得著 e 資料之一。

參考文獻：

張燕萍。〈好以小網捕大魚的漁父——蔡秋桐與其〈興兄〉〉，聯合文學，1999，
　　10 號第十五卷第 12 期，pp. 101-6。

5. 許丙丁。小封神。1931。（原載《三六九小報》）許丙丁台語文學選。台南市：金安文教，pp.60－142，2001。

　　許丙丁 e《小封神》是典型 e 道教文學。藉著台南地區附近眾臣
群像之間 e 爭吵，ui 神界 e 神性 gah 凡間 e 人性相輝映。親像民間 e
布袋戲，雙方對手拚對頭，為著情分，di 感情上只有友、敵 e 二分法，
a 無理性 e 裁決，無問原因，五（誤）會六會絞 ga 做一堆，自認是好
人，對方 dor 是歹人，對立 e 狀況拍來冤去，難分難解，情、仇、喜、
怒莫非是肉體 e 人性之反應 gah 人生 e 場景。《小封神》是一部戲劇性
真 quan e 台語漢字文言文創作。作者描寫台南三宮三廟 e 正神 gah 偏
神，表面上親像荒誕無正經，實際上是借題發揮諷刺無理性 e 民眾。

（註一）

註解

（註一）

請參考本冊合集有關呂興昌編注 e 單元。

6. 宋澤萊主編。台語小說精選卷。台北市：前衛，1998。

Zit 本小說總共選錄 8 篇，分屬 5 個作者：賴和 e〈一個同志的批信〉、黃石輝 e〈以其自殺，不如殺敵〉、宋澤萊 e〈抗暴的打貓市〉、陳雷 e〈美麗的樟腦林〉、〈大頭兵黃明良〉、〈起痟花〉、〈圖書館的祕密〉、王貞文 e〈天使〉。主編宋澤萊真體貼，ga 每一篇 di〈論台語小說中驚人的前衛性與民族性〉 e 導讀內底攏講 gah 真清楚，只要會曉講台語、有一點仔心讀者足容易讀 zia e 本文。

〈一個同志的批信〉（1935）。賴和 kia di 勞苦大眾 e 苦難者 zit 爿反抗日人異族 e 高壓統治，長期以來除了行醫濟世，ma 支助抗日事業，長期 e 付出 gah 少年一輩 e 運動者理念無合，di zit 篇小說講出來伊 e 能力限制、無奈來退居後台、gah 時代 e 背景。這是賴和 e 第一篇台灣話語文。

〈以其自殺，不如殺敵〉（1931）。黃石輝是三〇年代母語文運動 e 健將，伊主張用台灣話做文、做詩、做小說、做歌謠、描寫台灣 e 事物，伊講到做到，di〈以其自殺，不如殺敵〉zit 篇小說表現實踐台灣文人 e 骨氣。坐 leh 等死、不如 ho 敵人先死，將當年反日、反資產、反封建 e 血氣激做無產階級鬥爭 e 原由呈現。黃石輝 di 台灣文學小說界內底雖然作品並無濟，不過對 zit 篇小說宋澤萊 ho 伊真獨特 e 評價："di 台灣 e 文學史上，iau mvat 有過 ziah-nih-a 標準 e 普羅文學。首先伊是大眾語言的；第二是革命的；第三人物是英雄的；第四是有無產階級思想的"；"黃石輝 e 小說是戰鬥的、樂觀的、有方向的革命小說"；對黃石輝 e 作品所表達 e 生命力，宋澤萊 ma 詮釋講："除了黃石輝本人是台共指導下文協的中央常任委員外；大概是這篇小說是用台語寫作 e 罷。"台語 di 台灣有廣大 e 社會民眾做基礎，德國 e 哲學家 gah 語言學家 *Wittgenstein*[維根斯坦]ma 講過："語文 dor 是生活形式"，普羅文學普遍性 e 闊度所滾絞 e 感染力 du 好對應貴族文學 e 限制性。

〈抗暴的打貓市〉原本登 di《台灣新文化》（第九期，1987，6月）gah 戰後第一篇台語小說〈華府牽猴〉差一個月（註一）。台、美兩地互相呼應著台灣 e 內外處境，一個是 deh 反映台灣內境一款人變種 e 牛稠內惡牛母 e 狀況，一款是台灣人 di 海外對國家地位 e 認同 gah 處境。〈抗暴的打貓市〉以一個台奸家族做中心，牽連著二二八事件、白色恐怖、到八〇年代烏金政治，ga 台灣戰後 zit 種地方自治史 e 烏幕背後暴露，作者以意識流 e 筆法聯想插敘交織，並以亡魂神祕角色 gah 氣氛鋪陳事件 e 進展 gah 回溯，zit 種魔幻寫實 di 現實生活 gah 陰影心理 e 現象，間接控訴著新殖民時代假民主 e 手段，並且 di zit 個所謂 e "自治"形式包裝之下充分發揮著人治 e 權威。Zit 寡共犯架構是人禍手段，一如白色恐怖 e 烏手，無知使得奸巧得逞，暴力使得無辜造成冤屈，利益使得公義暗淡無存，所謂 e 外省人對本省人 e 欺壓可怕 e 程度比魔神仔 gorh ka 厲害，zit 個現象延伸到 gah 二十一世紀初 gorh di 立法院、媒體、選舉頂面爭鬥，八〇年代小說家以敏利 e 智覺為台灣內在殖民敘事，無疑 e 是為台灣政治亂源解剖。

陳雷 gah 王貞文 e 小說請參考本單元作者作品 e 單獨介紹。

Ui zit 本小說精選集來看，讀者 edang 了解七十多來台灣現代文學按怎開頭，di 長久以來 di 惡險 e 環境中，台灣人無驚強權抗拒，經營出母語小說 e 一片天。Di 主流文學路途長期 di 獨尊華語 e 文化霸權壓制之下，台語小說凸顯 e 前衛性 gah 民族性所展現 e 台灣人真性 gah 本質。

註解

（註一）

    a. 請參考宋澤萊主編 e《台語小說精選卷》導讀。

    b. 請參考本單元，"胡民祥、楊照陽 gah 洪錦田 e 小說" zit 節相關紹介。

參考文獻

林瑞明。台灣文學與時代精神——賴和研究論集。台北市：允晨，1993。

林央敏。台灣文學運動史論。台北市：前衛，1996。

廖炳惠，"語文 dor 是生活方式"。台語世界，試刊號，1996，4。

李喬。台灣人的醜陋面：台灣人的自我檢討。台北市：前衛，1988。

三、 三〇年代 e 肥底 gah 九〇年代 e 前階

以上所提著 e 作品分別發表 di《台灣文藝》、《台灣新文學》、《三六九小報》、《台灣新民報》、《台灣新文化》等雜誌，這 e 出版品，無疑 e 是 di 三〇到九〇年代 zit 段斷層貧血 e 本土文化鋪築著台語文學 e 肥底，使得九〇年代母語文化 e 復興有前階 tang 好疊地基，氣脈雖然無十分豐盛，氣勢 du 是九〇年以後鼓勵母語文化工作者 e 契機，各式運動形態 e 台語雜誌 gah 作品出現，形成百花齊放 e 前序曲。

咱若按 zia e 雜誌 e 取名來看，用 "台灣" e 名義已經是自來 e 傳統，有歷史性 gah 社會性存在，"台灣" zit 個名稱 e 正當性 du 好 ga 咱 e 根深種 di zit 塊土地，甚至 di 文學 e 傳統，到今 a 日 e《台灣文藝》、《台灣新文學》、《台灣新文化》、《文學台灣》、《台灣 e 文藝》等 ma 一直 deh 繼承 zit 個優良血脈。

1. 黃元興

黃元興。彰化媽祖。台北市：台閩系研究室，**1993**。

黃元興。關渡地頭真麗斗。台北市：茄苳台文月刊雜誌社，**1996**。（**1992** 初版，《關渡媽祖》新修版）

　　這是二本台語講古 e 鄉土文學，採取章回敘述。《彰化媽祖》有十二萬字；《關渡地頭真麗斗》有十四萬字。

　　《彰化媽祖》是 deh 講霧峰望族林家 e 家族興衰起落史，di zit 個家族本身 e 地位 gah 清朝官府 e 糾紛，隨著官紳 gah 政治衝突事件，中部 e 歷史地理 gah 有關 e 台灣地理歷史攏有講著，尤其 di 語言 e 因素 gah 政治 e 背景，作者 unna 有用著分析者 gah 評論家 e 觀點來論述。

　　《關渡地頭真麗斗》是作者描寫伊 e 血跡地 Gan-Dau 種種 e 鄉土典故、人文 gah 世事。

　　元興仙慣用講冊人 e 語氣寫文章，du 著一個 *case* 伊 dor 會用接枝方式 gah 穿插百科全書式來講述介紹。有關伊 e 文筆風格部份請參考本冊有關伊散文 e 部份。

　　元興仙 e 作品特色是用著真濟台語原汁 e 口音，口語 e 部份對戲劇創作者應該真有幫贊，值得參考運用。

　　"三月痟媽祖"，媽祖是台灣人常民文化 e 一部份，ma 是精神信賴 e 重鎮，元興仙取書題 ma 全然以鄉土 e 面貌展現。

2. 黃連。愛恨一線牽。台中縣大里市：綠川，**1998**。

　　黃連，本名黃福成，1960 年出世，高雄市人，中國醫學院藥濟學系出業。台文社會員。

　　《愛恨一線牽》是一部以國府來台到 228 八事件做主軸 e 小說，冊皮用烏底為背景，以台北和平紀念公園二二八紀念碑做封面，凸顯往上寄望、向下沈思 e 主題。冊名以白字鑲紅邊印出來 "愛恨一線牽"，同時有"Ai-hin-it -soaN- khian" e 台文拼音 gah 字體，烏白分明。"紅色"有兩層意思，一面是生命，一面是流血，生 gah 死明顯對比；烏色表達人民 di 二二八 gah 白色恐怖烏暗 e 情景；白色 di 歹人 e 手下是一種漂白 e 包裝 gah 手段，di 正常狀況感受是追求和平。

二二八事件 gah 白色恐怖使台灣陷入烏暗期，長期 di 無形魔界操作之下，人性扭曲，身份認同錯亂，親像嘴裡 gam 黃連 e 苦楚，黃連先生發自良心，忠實 ga 伊 e 美夢用小說 e 敘事方式塑造一位鐵血青年積極參與改造 gah 受苦 e 經過，對五十多來受盡壓制退活 di 軟弱 gah 無聲、馴服 e 冷漠 gah 自私大眾，凸顯著熱血 gah 理想，按呢 e 角色，其實是對濟濟犧牲者、海外烏名單、反抗者 gah 改革者 e 追思 gah 禮讚，藉著踏過歷史 e 迷失，使得無法控制 e 因素 gah 失誤得著改善。

這是一部以高雄人做底 e 小說，高雄港口、柴山、愛河、高雄中學等地域 e 特色 gah 歷史 e 過往，是台灣人殖民歷史 e 一個悲慘 e 縮影。這部小說長 500 頁，以全知觀點敘述，中間 iau 有一寡細節略跳過，應該 gorh edang 補 ho 飽水，因為講 ho ka 詳細 e，di 228 為台灣犧牲者 gah yin e 後代人同時 ka 會徹底得著安魂 gah 淨化心靈，真相洗清冤屈、理解超度眾生。

Zit 類 e 小說 di 戒嚴時期是無法度講幾句仔話來替含冤 e 靈魂釐清 e，國共內戰波及到台灣，一直到現在，zit 個問題一直是所有台灣住民 e 陰影。Zit 款 e 情形，作者巧妙安排女主角文玟，看過人性 e 殘酷，愛著一個有才調、理想、正直、古意 e 高雄人世忠 a，珍惜人性 e 高貴面，對抗伊 e 老父胡築中校，一位極權統治者 e 偏見、歧視、仇恨 gah 罪惡，超越族群意識型態拋棄老父 e "不義 e 榮華富貴"，為追求一個美麗新世界 gah 投身台灣人 e 家庭做見證。文玟甘願為真、善、美付出代價。

　　阿招 a，世忠 e 老母，細漢 e 時，因為斷掌 ho 破雞母 e 兄嫂香 a 虐待 ga 趕出門，後來嫁 ho 添旺 a，以賣豆花過日，添旺 a 死 di 228 事件了後宵禁清算當中，只是伊 di 日時開門 ho 一絲仔日頭光照入來，du 好 ho 蔣軍監視著 "見人便彈，格殺勿論"（p.460）來死亡。而且進前，阿招 a 有二個後生 di 南洋死 di 日本人 e 手中，三個做慰安婦 e 查某囝，一家人活 di 散赤被迫害 e 情境，台灣人 e 命 ka 無值狗屎。香 a 現實自私 gorh 無情，用強勢手段 "qau lu、qau 管家、牛椆內惡牛母"，心機重重，結果是有田、有園，在家有權，日子好過，除了人性 e 描繪，ma 顯示台灣人上好 e 大概 ma 是按呢 e niania，而且這是少數中 e 少數。

　　賴億煌是典型 e 台奸、大惡霸、大獨梟（siau1），無恥、奸巧，只要有私利 dor 聯合外人殘害家己人，手段殘忍，"歹人" e 角色突出。

　　胡桀代表有權、專制、貪污 e 阿山 a，死就 m 願認同台灣 e 心態，受著查某囝 e 挑戰，一副石頭心肝。惡毒無人性，伊交結軍警系統壓迫台灣人更是可怕，對台灣人 e 屠殺手段更加殘酷變態。

　　世忠 a，代表 hit 個時代單純 e 讀冊人，為著理想，放棄醫學院去做阿兵哥，認為 "以毒攻毒"、"嘛只有入體制才能改變體制…"（p. 28）。Mgor 台灣人 di 軍中無地位只是奴才賤兵，所以伊處處受考驗，尤其是 gah 文玫 e 愛情，致使文玫老爸對伊 e 殺機，命大 e 憨少年，因為戰鬥 gah 奮鬥 e 意志，早 dor 落 di 對岸共產黨 di 軍政系統所佈線 e 間諜手中，世忠 a 步步踏入陷阱，卻是 gorh 當凶化吉，逃去美國，見機行事，這愛靠伊 e 機智 gah 判斷。按呢 e 情節將小說帶入高潮。

　　Zit 本小說除了愛情 e 纏綿、普羅主義 e 抗革，有硬強 e 男性抗戰對立，有殘酷 e 內在殖民屠殺，有國家機器 e 宰制，但是人性尊嚴 e 一面 di 踐踏謀害之下，猶無消失，文玫 gah 阿招 a 新婦 da 家拍拚 deh ciann 養伊 e 新生代，di 歷史 e 無奈當中起造 ng 望，文玫講台灣話做新住民，作者選錄二句話 di 後壁冊皮 "台灣話 e 真、善、美盡在咱 e 心靈感動中，台灣人 e 建國夢繫 di 咱 e 靈魂深處裡"。 Di 殖民、移民歷史之下台灣人整體 e 文化比較有 ka 低，台灣人韭菜命，歷史上雖然有真濟反抗 e 事件，不過成功 e 比率真少，di 威脅 e 情況下，脆弱 e 反抗顯然是無效 e，台灣必須愛有健全 e 制度，換一句話講台灣 zit 個被殖民 e 社會，組織 gah 鬥爭是薄弱 e，veh 建立一個美麗 e 國度，台灣意識 e 抗爭必須是為人權、正義、公益、民主做目標 dann 做會長久，人民 di 健全 e 制度之下 dann 會受著保障。看著殘害 e 事實是何等 e 厭 sen，di 厭棄 e 心情拋離殘害，積極、樂觀建立願景，一如 *Ireland* 獨立紀念碑文〈咱看著一個美夢〉：

di 無夢傷心 e 烏暗中，咱看著一個美夢 / ho 咱一絲希望 e 火星，永遠 ve hua 去 e 火種 // di 悲傷鬱卒 e 沙漠中，咱看著一個美夢 / 咱種一欉勇氣 e 樹仔，a 伊 gorh edang 世代青翠 // di 寒冬 e 鐵牢中，咱看著一個美夢 / 咱 e 熱情 ga 雪攏融去 a，凍河變做活潑 e 水流 // 咱實現咱 e 美夢，親像天鵝泅過水面 / 夢會成真，冬天會變過熱天，鐵牢會變成自由，這就是阮 veh 留 ho lin e 財產 // 噢！自由 e 下一代，愛會記得著咱 zit 個有美夢 e 一代 //

作者用心至苦，寫就 zit 本台語長篇小說，有一寡所在讀起來真成中文漢文詩，大部份 e 台語特別詞攏是去 cue、準、借漢字，致使愛用 43 頁 e 長度來註解 916 個詞條，按呢掀來掀去看起來有一點仔 tiam。除了閱讀 e 一屑仔無方便，一寡情節 e 跳離 ma siunn 過緊，如志忠 a 轉去厝內休假 suah veh 回營上車一點鐘 e lang-pang 到王繼仁小兒科短短當中，安插 e 情節過多，di 時間 e 長短限制中有一寡無合邏輯，志忠 e 意志內心轉折一開始 e 部份交待有淡薄薄弱以外，其他雖然是虛構 e 小說，女性志節堅定、英雄氣勢澎湃，歸本冊 e 意念 gah 整體性架構攏真好。總講一句是無簡單 e，藉著 zit 本冊，咱寄望所有 kia 台灣 e 人做伙檢討、反省，歷史 e 錯誤 edang 原諒，千萬 mtang gorh 重演。

另外，作者進前 gorh 有寫一本《台灣國元年》，用母語以歷史 e 源流書寫 2002 年台灣國度 e 願景，讀者有興趣 edang 配合讀，可以了解一位正港 e 台灣人為著 veh 追求一個理想 e 國家所付出 e 心力，按呢咱 dor ka 明白《愛恨一線牽》e 熱血奔瀉 e 情感。

參考文獻

黃連。台灣魂。(詩集。根據黃太太講這是一本好冊，當年伊真感動，因為 zit 本冊促使 yin e 婚緣，mgor 冊已經無 a！)

黃連。台灣國元年。台中縣大里市：綠川，1995。

吳潛誠。島嶼巡航。台北市：立緒，1999。

汪郁蓁；許碧珊。〈咱看著一個夢〉，《台語世界》第七期，1997，1，pp82-3。

3. 張聰敏。阿瑛！啊。彰化市：彰縣，文化，1999。

張聰敏，1939～1997，南投人，台中一中高級部畢業。注重環保、疼惜母語文化鍾情平埔族優質文化，有寫戲劇《百年基業》內容對水沙連 e 原住民樂天 gah 自然融合、敬畏自然規律、尤其是平埔族女性 e 堅忍更加禮讚，平埔族漢人 gah 平埔族 e 互動 ma 有鋪排架構，可惜因為有遺傳性糖尿病，加上併發症頭，身體一向無好，di 在生無法度完成 zit 個心願非常遺憾。(註一)

　　《阿瑛！啊》 ui 冊名 dor 真明顯看出女主角是阿瑛。阿瑛自細漢 dor ho 日昇 gah 秀津接去做新婦仔，yin 對待阿瑛親像親生查某囝，ho 讀冊 ga 栽培，等阿瑛大漢成年 dor gah yin e 孤囝紳添 a ho yin 送做堆。Zit 對少年翁仔某平靜拍拚做，過著平凡 e 日子，可惜天不從人願，紳添 a 年歲輕輕 dor 車禍意外過身去 a，放一個擔 ho 阿瑛擔。阿瑛 di 傳統 gah 現代社會 veh 生存，飼 da 家官 gorh ciann 二個囝。Di 台灣社會 e 變遷中為著 veh 生存，做生理需要用頭腦經營 ma 愛看時勢做營利 e 事業，所以阿瑛 e 完美形象除了有典型傳統、農村婦女 e 三從四德以外，veh kinn 家 ma 愛做一個巧勢、變通 e 做生理人。

　　一個 qau e 查某人 veh huann 家，內內外外雜雜碎碎，事業上有淡薄仔成就，同時家庭 ma 有一寡無順利 e 所在。問題出 di 老母有才情趁錢 ho 查某囝阿娟出外讀冊，食好 gorh 做輕可，suah 變歹 gah 人食毒，毒食 gah qen gorh 會偷 ke 錢，顛倒 gah 無老母 e 歹命囝阿 nai、阿香姊妹仔骨力做 gorh vat 代誌，形成對比。好佳哉，di 阿 nai、阿香姊妹仔 e 老父慶堂 a e 幫助下，趕緊 ga 阿娟送去做適當 e 醫治，di 恢復當中做老母 e 對著一個反抗期 e 青少年 ma 需要真大 e 愛心 gah 耐心幫忙查某囝行出來。講倒轉來，一個堅強 e 婦仁人一直 deh 付出，同時 ma 是一個普通人 unna 有需要愛 gah 關懷，du 好，某離家出走 e 慶堂 雖然 ga 阿瑛 a yin 兜做長工，mgor 人老實，vat 世事，di 適當 e 時間 dor 適當幫忙阿瑛 a，di 查某人心理 gah 生理上攏需要一個平衡，慶堂 a dor kia dizit 個平衡點。阿瑛 di veh 選擇生命第二春 e 時陣 gah da 家唇出現了衝突，一面是階段責任完成 e 阿瑛 a 為著追求家己 e 生活，di 家業、親情、愛情 gah 流言中間做決定，最後三方諒解，ma 有得著實質上完滿 e 結果。

　　Zit 本女性小說同時明顯 deh 形塑一個理想 e 現代女性觀，di 轉變 e 社會中點出來男女關係 e 道德觀念，並以 da 家秀津、新婦阿瑛、查某囝阿娟老中青三代做背景顯示社會、家庭、角色 e 主軸。守寡多年 e 阿瑛最後得著厝邊隔壁 e 祝福，針對無溫度 e 禮教之下守貞節做樣板仔 e 封建思想出破。

作者 e 手筆 gah 技巧是一種生活中 e 經驗 gah 觀察，筆法自然流露，技巧 ma 是順順 a 將故事表達，除了一開始破題 dor ga 讀者講結果有真明顯 e 回溯倒敘（*flashback*）方式以外，文體 e 技巧展現並無啥麼現代小說理論 gah 高深複雜 e 架構，因為故事本身 gah 台語 e 親切自然會感染著讀者，這是真成功 e 一點。不過，其中往往穿插著作者本身 e 觀點 gah 價值觀，批判 e 味一下加入，加減 dor 拍斷著述事 e 流暢性，小說判斷 e 部份應該愛留空間 ho 讀者做感受、回想，m 是固定 di 傳教士或道德 e 訓示。小說本身 veh 顯示是如何 di 簡潔、加重 e 語氣 ga 焦點平舖直敘講 ho 清楚，ho 讀者 ka 好吸收，經營一種氣氛比 ga 讀者講結論 gorh ka 有小說文藝 e 境界。換一句話講，"先驗 e 主觀意識"留 ho 讀者去感受，比作者 e 直接旁白 ka 有神祕感，作者用隱暗、抽離 e 意境來寫小說比介入主觀直述 ka 吸引人。

對一個初寫母語 e 人，尤其是 di 台語文學 iau 無真普遍 e 當中，張聰敏先生一落筆 dor 寫出來二百頁 e 長篇小說，edang 表示出來伊 e 用心。Di 1992 年鄭良偉教授 di 清華大學 deh 教台語文課，筆者 gah 張先生攏是做伙 deh 上課，張先生逐遍攏 ui 彰化坐車來新竹來參與，zit 款心意 gah 熱情是少年人 due ve 著 e，阮 zit 批人其中 ma 有幾位攏是九〇年代 zit 波台語文運動 e 工作者（註二）。

Zit 本小說一出手 dor 有看頭，gah 初期 e 女性小說《可愛 e 仇人》對比起來，有真明顯 e 進展，ma ga 近代 e 台灣女性 gah 社會留落來可貴 e 記錄 ham 生活鏡頭。當然 ga 台語文化記著重要 e 一筆，ma 是張先生身後送 ho 台灣人 e 一項禮物。

註解

（註一）

a. 多謝張太太謝盧惠寬女士受電話訪問提供資料。根據張太太盧惠寬女士 di 我無約束 e 初次訪談中，透早，張太太以懷念、心酸 e 心內話 ga 我講："張聰敏熱愛生命，一生淡薄 ve 曉表現風采，是性情中人，痛恨漢人沙文主義，敬愛疼惜平埔族生活理念、規律…"張太太一度中斷，聲音 kut 喉，"伊相當愛惜消失中 e 平埔族文化，有一工伊 deh 駛車，突然間 dor 無法度控制，車停 di 路邊一直哮，目屎流無停，伊講對《百年基業》e 故事背景架構非常有感覺……，suah 一直哭，伊 e 父母親過身去我 dor mvat 看伊哮按呢，伊 a 無想著阿扁會選著總統，政黨 edang 輪替，可惜伊無看著。阮一生夫妻恩愛，伊講伊陪我行過一段足長 e 路，伊 hiong-hiong dor 轉去，我 vedang 替伊完成 zit 項志業，相當遺憾！"

b. 張先生在世 e 時陣 ma 有交一部份《百年基業》e 稿 ho 我過目。

（註二）

請參考本冊小說單元《可愛 e 仇人》e（註二）。

4. 陳雷 e 小說

陳雷 e 小說 di 量 gah 質頂面是九〇年來，kia di 領導地位 e 喇叭手，gah 阿仁二人相當，阿仁是專業 e 台語文化工作者，陳雷是業外，阿仁 ka 少年，陳雷 ka 長老，mgor 拍拚創作 e 熱情無輸人，是台文界 e Z 世代。伊 e 小說分別刊登 di 合集內底 gah 刊物頂頭（請見合集單元陳雷著作內容），zia 所 veh 介紹 e 是九〇年前後 e 台文小說。

(1) 短篇類型

a. 表露台灣人 e ciau 花、愛面子、戇頭、迷信、短目、拜金等
性格 gah 世俗流風：

〈飛車女〉（1991），描繪拚車輸贏趁錢 e 情景，一個查某少年
兄載一個小姐 di 後座，阿英 a 是第一遍坐 dor 出人命 e 飛車女。焦
點報導集中 di 拚車 e 情況，每一個段落功力攏真好，尤其細節 e 刻
繪真成功入肉。Zit 篇小說反映出台灣少年拚車飛行 e 風氣，變相做
趁錢 e 歪風，十冬前按呢，十冬後 e 現此時，zit 種飆車族群 e 少年
iau gorh ka 迷失，時常 dor 有暴力事件發生，對無辜過路人造成威
脅，表面上是拚車 e 行為，背後是家庭 gah 社會教育出問題。

〈救鞭〉（1992），講生理人邱董 e 性無能，去買俄羅斯馬戲團
來台灣演出 e 西伯利亞 e 虎 gah 食虎鞭 e 助陽威特效藥無效 e 代
誌，mgor，tai 虎 suah 趁真濟錢，雖然食救鞭無起色，賣虎 e 全身
以後，gorh 有四領虎皮掛 di 客廳展示，人客呵咾講有價值，ma 真
滿足伊 e 虛榮心。

〈生 giann 發 bong〉（1992），諷刺話虎 lan e 風水師一支嘴糊
luilui 專門騙食騙 lim，做 da 家 e 張李氏枝迷信生辰八字強叫新婦看
日剖腹生囝得大富貴 e 自私自利，迷信 gorh 落伍 e 固執觀念做對
頭，結果生一個早產囝兒，致使白癡 e 悲劇。

〈放送第四台〉（1994），ui 一間庄腳店仔 deh 賣薑母鴨兼消息
轉播站，描寫一寡鄉里人物 gah 代誌，講起一個藉著佛堂用師父 e
名義騙色拐財 e 真相。

〈先生媽二戰林鳳嬌〉（1993），身為阿媽 e 先生媽老大人，重

男輕女，原來壓抑 gah 苦毒伊 e 查某孫仔攏是 zit 種封建 e 思想 deh 做 kior，而且先生媽當年將家己 e 查某囝 ho 餓死專飼就查甫 e，現實又 gorh 殘酷 e 做法攏是有目的 e。

〈鳳凰起飛 e 時陣〉（1994），di 台中繁華都市，唱 MTV e 娛樂場所燈紅酒醉，有烈酒 gah 美女 e 奉待，ma 有色 gah 性 e 交易，而且爲著處女招牌 gah 行情，抽頭 e 捐客 gah 顧趁錢 e 醫生交易做處女膜修護，強迫未成年 e 幼齒少女賣身 gah 展風花場所 e 招術。

〈草地 cue 牛〉（1994），主角 ui 外國回轉去草地 cue 細漢 e qin-a 伴牛 a，感想一寡年久月深離鄉背井 e 時空變化，ma 回想著 qin-a 時代 e cittor 趣味代。尤其對簽 "阿樂" e 下場 e 感歎 gah 警示。

〈Buah giau 出頭天〉（1994），描述台灣人 buah giau e 風氣，尤其是簽 "阿樂" suh 著大多數 e 民眾 e 貪財之心，阿婆 a gah 做苦工 e 普羅大眾，輕勞逸樂想 veh 食好做輕 kor，最後輸 gah 褪褲，甚至走頭無路，人掠厝拆，某走財散 gorh 起痟 e 代誌。

〈悲心〉（1995），有悲憂症頭 e 許月，聽白童仙子 e 話講："凡是十八歲以前未成年去陰間者，先落地獄去受罪"。所以伊雖然有數次心情低落 tau ve 開 e 情形，mgor zit 個意志 ma ho 伊忍耐到滿十八歲 e 生日 ka 來自我結束幼輕 e 性命。另外，是伊 e 父母疼惜 yin e 孤生查某囝，di 伊身前 gah 身後開一大把錢去寺裡做功德 e 憨愛 gah 操煩 e 自我心理平衡，du 好是 hong 利用人性弱點欺騙、捻財 e 好機會。其實，作者是藉著 zit 篇文章 ho 咱一個問題去了解憂鬱症頭目前是有適當 e 醫療法。當然許月有堅持活到十八歲 e 信念，應該有活到八十歲 e 機會，只是父母 e 經驗無夠 gah 欠少醫療常識 gah 適當 e 機緣，這是陳雷無講出來 e 一面。

〈贏〉（1997），描寫比賽粉鳥愛財 gah 迷信 e 心理，變相 e buah

giau 行爲，貪無實在 e 幻滅 gah 教訓。

〈食老按呢想〉（1997），老歲 a 人認爲厝內人看見 e 是財產 m 是真正 deh 關心伊 e 病疼，di zit 個假設之下，少年 e 一言一行攏 gah 錢有關聯，疑心重，用老人 e 自白式講出想法，語氣 ma 相當有身份代表性。二代人溝通 ma 無真順，各人想 e 攏 ga 合理化，老人最後以離家做抗議。

〈無情城市〉（1998），烏道誤綁普通家庭認做有錢人 e 子弟，摃錢過手 gorh 滅口，二個家庭攏爲著愛囝 e 堅持，一個普通家庭 ma 納 ho 綁架者 e 金額，結果人財兩失；有錢家庭雖然是佳哉逃過 zit 劫，但是自私 gorh 迷信，最後醫生 ma 無法度醫好家己 e 骨肉猶原人財兩失。無緣無故 e 小學生變做勒索 e 對象，人類 e 喪心狂比禽獸 gorh ka 毒兼無情。

〈傳道者〉（2000），一位長老愛旅行兼傳道，過去一暫 a 連續逐多攏去中國旅行，近來 dor 無 gorh 去，原因是去一個散赤 e 庄腳，伊 du 著一個起痟 ho 厝內人關 di 豬椆 e *case*，除了 ga 洗身、安慰 gorh 出手大方提醫藥費去醫治一位不幸 e qin-a。後來 zit 庄 e 人 suah 真濟人假起痟藉口 ga 討錢，傳教士心知肚明，mgor 無死心 veh 救人 ma 是同情 yin e 遭遇，最後受堪 ve 著 e 是有人無 teh 著錢目睭紅去報警，當地 e 公安提出罪訴講長老"妖言惑眾、非法傳道" ga 禁起來，後來是長老 e 後生傳一把錢 dann 救出 zit 個傳道者。Zit 種遭遇比去原野動物園 gorh ka 悽慘。

〈虎姑婆〉（2000），分別 ui 台灣 gah 中國去美國加州 e 移民，一個生活好過、善良單純 e 台灣家庭主婦 gah 一個 di 飯廳做工假做高級知識份子 e 中國 a 太太，zit 個好命 e 婦仁人相信 gah 同情 hit 個用心機 e 阿山太太。Zit 個親像虎姑婆 e 查某人，伊拚命用計一步一步吞食 zit 個台灣人 e 家庭，目的是 veh 愛台灣人 e 財物 gah 細漢後生來交換家己 e qin-a 來美國，利用騙、偷、拐、吞 e 手段，最後逍遙法外。

〈痣〉（2000），一位 di 生產台 e 婦仁人 di 麻痺藥 a iau 未盡退以前做一個夢 gah 新生兒有巧合 e 部份，陰影造成心理壓力 gah 產後憂鬱症頭。因為查某囝 e hit 粒痣，親像心中 e hit 個陰影（dark side），ma 是正常皮膚中加出 e 物件，一直到一個查某囝 veh 二十歲 a，出去 seh 街 du 著相命仙 e ga 點痣改運。文中前半 e 夢境 e 生死對話相當有哲學性。夢中 e 異象 di 現實中造成 e 幻覺，交融著現實使得小說有魔幻寫實 e 特色。

〈歸仁阿媽〉（2000），先講述歸仁阿媽 e 趣味代 gah 獨步台灣 e 歸仁口音，後述歸仁阿媽 e 過去，雖然歸仁阿媽因為一寡因素 gah 觀念放棄養飼親生囝，後來 gorh 無依無倚，大漢了後 e 親生囝兒 ma 無計較 ga 接來奉養，講來講去攏是親結善緣 dor 著。

〈揀婚〉di 台文通訊第 82 期 2000 年 12 月刊登。寫一個 sui 姑娘 gah 一個博士相親交往 e 過程，zit 個姑娘 sui gorh 聰明，精差手有一 zua 紅 gonggong e 傷痕蛇 ki，愛情若 ve 勘 di zit zua 傷痕，恐驚 zit 位博士 dor 愛去看精神科是揀婚 e 經驗。

b. 環保控訴：

〈阿春無罪〉（1992），描寫農藥廠毒害 e 環保事件，受害 e 草地百姓，無知識、m 知公害法律，清采 dor ho 一點點仔錢買收去，隨在人用烏道嚇驚 gah 權力欺負（工廠 gah 環保局官商勾結），連驚惹事 e 醫生 dor 無良心 m 敢出具病害證明，人命假若土畚屎 hia m

值，結果 dor ho 無抵抗力 e 細漢阿春破病受罪、犧牲著無辜 e qin-a e 過程。

〈救鞭〉（1992），生理人邱董倒陽，a 無管虎是保育類動物，靠有錢有路草 dor 去買俄羅斯馬戲團來台灣演出 e 西伯利亞 e 虎 veh 來食虎鞭，gorh 利用世俗人 e 迷信，炒虎錢顛倒趁著，犧牲環保得利 dor 親像 di 台灣 e 一寡生理虎 gah 大官虎趁錢家己 lak 袋 de ho 飽飽，管 tai 普羅大眾 e 平民去死。

〈白菜博士〉（1993），講農民陳桔下重農藥種出大粒 e 白菜，只賣 ho 別人食家己 m 敢食 e 代誌，雖然陳桔受農藥毒害致使染著肝癌過身，但是新化人 iau 認為伊是比讀冊人 ka qau，因為 edang 發明種出 zit 號肥白 e 白菜，所以無知、白癡 e 人民稱呼伊做"白菜博士"。

c. 白色恐怖 gah 人權：

〈美麗 e 樟樹林〉（1986），台大森林系畢業 e 青年阿澤 a 去顧山林食頭路，發現山貓鼠偷剉老樟腦樹，盡職想 veh 向相關單位報告，山貓鼠其實是平時伊身邊伊時常請 yin 食酒 e 同事。正直 e 阿澤 a，m 知影一旦去通報不但揭發監守自盜 e 同事，而且拍歹大家 e 飯碗，zit 群人 dor 以當時上驚人 e 白色恐怖作計陷害伊。被貪污者嫁禍、怨 do、滅證之下，好好一個優秀、條直 e 台灣青年，被拷問，zing-sinn 不如按呢 ga 通電、注射等酷刑，gorh 用語言暴力侮辱伊，阿澤坐牢未滿一冬，歸片 suisui e 百年樟腦林 do di 地球上消失去 a。

〈大頭兵黃明良〉（1987），做兵 e 黃明良 hong 派去金門，du 著

823 炮戰，歹死死 e 連長無能 gorh 惡，專門惡聽無伊 e 話 e 阿良 a，人道 e 林班長 di 現場 ga 實情報告，連長馬上見笑轉生氣當場 dor 賞伊二槍，阿良 a ma 碎骨分屍 di zit 個槍籽若西北雨之下。人命若賤物，二位死亡報告攏是套用條令，極權者可比死神 e 化身，看了你 ma 學會曉講："他媽的，不是人！"。

〈出國 zit 項代誌──紀念葉豆記先生〉（1989），寫記故鄉 e 人情味，廟公葉豆記 ga 二二八事件中犧牲 e 湯德章先生收屍 e 事蹟。湯德章律師本底 dor 是二二八事件 e 無辜犧牲者，當局為著 veh tai 雞教猴，連累著賣肉粽 e 阿伯講伊替湯德章先生收屍，其實賣肉粽 e 阿伯是無辜 e，真正去替湯德章律師收屍 e 是廟公葉豆記，雖然 di 白色恐怖全面封鎖之下，人性可貴 e 良知，iau 無完全被拍消。

〈起 siau 花〉（1993），描述鴨母寮賣碗粿 e 婦仁人招 a e 翁萬斤 mvat 字 di 學校做校工仔，teh 學校 e 字紙倒轉來起火，被控告做匪諜，送去警總。連招 a ma sa 去刑問身心受著大刺激，放轉來了後，驚 gah 起 siau，致使家破人亡 e 悲劇。

〈圖書館 e 祕密〉（1994），掀開國家機器利用圖書館 e 借冊單做餌，監視 gah 控制中學生 ham 人民 e 思想自由，利用極權統治牽制 gah 製造"匪諜"ham"思想犯"陷阱掠捕善良、天真學生，並描寫一個少年勇敢 e 圖書館員查某 qin-a 麗娟 a 為友情 gah 愛情做出保命正義 e 護衛 gah 智慧。

〈Unspeakbale〉是登 di 2000 年 12 月中出刊 e《島鄉》台文雜誌二十世紀尾 e 台文小說展系列裡，同時收錄 di《陳雷台語文學選》（2000）。Di zit 篇短篇小說明顯看會出來，陳雷用一貫 e 表現主義表達鄉親俗民 di 白色恐怖變態 e 嚴控範圍內所遭受 e 痛苦 gah 折磨。國府內在殖民統治之下 e 台灣人，不但 vedang 講家己 e 母語變成有嘴無話 e 壓制如同啞口，上嚴重 gorh 酷刑 e 代誌是 di "甘願錯殺、亂殺、狂殺、毒殺，ma 無愛漏過任何一個 ui 逃亡統治者驚 gah cuah 屎 e 心中反射出來 e 扭曲形影"、"ho 死、ho 死"、"他媽的，你們台灣人！去死！"無辜人民 e 性命連一隻狗蟻仔 dor ve 比 zit。Di 一個暗鎖、殘殺 e 專制國家機器監控、無開放 e 社會、無言論自由，陳雷一開頭，以英文做題目現出來 zit 種 "m 通講"、"ve 使講" e 強度 gah 二位女性二十外多來堅守 di 心肝堀仔深處 e 祕密，相當搖 sannh 著戒嚴政局 e 牽制，zit 個搖 sannh e 力道 ma 強烈嚴護 di 一位高貴 e 婦仁人 e 身上，為著醫生 e 全屍 gah 囝兒 e 安全，一直到目睭瞌去，連家己 e 後生 ma m 知其中 e 緣故，為著 "愛" gah "公義"，一個尊貴 e 母親對囝 e 保護、一個患者家屬、一位女性對醫生 e 厝內人 e 情分，"千萬 ve 使講"、"絕對 ve 使講" 堅持 e 智慧 gah 毅力相當猛 sannh 著主題 e 焦點。

d. 極權政治

〈死人犯〉（1997），di 極權國家人無人權，判刑無經過公開審判，一個孤囝 gah 一個老母只有接受，為著冤死 veh 求 ka 好看 e 死相，只是 ganna 一點點仔卑微 e 要求，老母將 veh 傳 ho 囝娶某 e 錢 king-king dau-dau gorh 去借 dann dau 一千箍 veh 去買通，結果無效，因為人 e 器官 iau ka 值錢，為著錢，一個死人犯 ho 獄長 gah 獄醫出賣二遍，親像一隻牛 hong 剝二層皮。一個接受器官移植者，一粒按呢違背良心 e 腰子 di 身體內底，時常引起罪業 e 感覺，要求醫生 ga 取掉。醫學倫理問題 ganna di ka 文明 e 國家存在，gah 器官捐贈 e 性命延續意義倒反。

〈主席萬萬歲〉（1999），di 極權國家，政治控制者 e 圖騰肉體已經死亡，面具 gah 陰魂不散，權力 e 操作 gah 控制無所不止存在，結果死牛作活馬處理，di 政治 e 障眼法之下，人民 iau deh 崇拜，相當諷刺。

〈學甲公〉（2000），敘述學甲公阿餘本人 di 學甲發跡 e 代誌。雖然是鄉土故事採集式，陳雷以人性 e 優點 gah 明理兼拍拚講出正面 e 民間故事。

Ui 1986 到 2000 年期間，陳雷 e 台語短篇小說有列 di 2001 年新輯 e《陳雷台語文學選》dor 有 30 篇，產量相當可觀，量若濟質 dor 提昇。近年來陳雷 e 短篇小說手筆相當 an 密，鏡頭 e 切題焦點報導節奏相當集中，小說關注 e 影像 ui 台灣 e 時空變換延伸到美國 gah 兩岸，一項一項（*case by case*）e 案件假若個案研究（*case study*）以小說 e 方式示現。

台灣人 di 戒嚴中間過 e m 是人 e 生活，解嚴以後，普遍 ui 散赤 e 情景有一點仔自由 e 空氣 edang 出脫，社會上問題開始出癖，陳雷以筆劍 e 功力一項一項解剖 ho 咱看。如〈*The Unspeakable*〉zit 篇有散文 e 結實架構 gah 密集 e 濃縮力，ma 有小說急轉 e 破題效應，文意關節骨脈所相關 e 意象四面八方放射；〈虎姑婆〉、〈死人犯〉ho 讀者看著心驚眼跳，人性一項一項掀開 di 日頭下驗看。陳雷寫 zit 款 e 小說已經精進到順手 e 上境，m 是現此時台灣任何文學獎 edang 頒賞伊 e，"寫、寫、寫" 這 dor 是台文 e 實力所必要 e 條件。陳雷一直 deh 拍拚寫，ho 作品家己講話。

(2) 中篇小說

〈李石頭 e 古怪病〉（1989－91），（取自陳雷 e《永遠 e 故鄉》

台北市：旺文，1994，pp.82-181)。

Zit 篇台語小說是陳雷 ka 初期 e 台語中篇小說，ma 是一篇身份認同覺醒小說。李石頭 di 所謂 e "骨肉同胞" 外來政客殖民政治下，被迷魂了 suah 出現失常、失態、失憶、失語 e 古怪症頭，di 染病一冬經歷魔境中邪（*obssesed*）e 種種畸形怪狀事件，厝內人為著 veh 救贖李石頭 e 古怪病，付出相當 e 代價，李石頭本身 e 付出 ma 足傷重，好佳哉 iau 有活 leh 一口氣，所以 edang 回魂重新做台灣人。

Ui 前後二冬 e 寫作建構 dor 知影作者所 kut e 馬勢功夫。一開始 dor 點出李石頭 e 耳孔聽覺功能 e 問題，反映台灣人 di 變換環境中對母語 e 疏離 gah 變調，表面上雖然是 deh 講衰尾道人李石頭 e 古怪病，實質上卻是以伊 e 遭遇做主線，暴露出重中輕台、崇漢滅台 e 計策，zit 個陰謀 du 好親像台灣人 di 七月 e 鬼月，地獄門一開，去 du 著惡鬼被魔掌操作 e 怪異氛圍，ui 大溝事件李石頭變性開場，中間加添著大大細細 e 事件架構，以連環套 e 鏡頭表述。其中經過補習班事件、馬義士揩油事件、偷 tai 豬事件、行棋事件、亭仔腳條約事件、改名事件、「拍馬屁定理」、龍傳人事件、德國仙丹事件、酒家女事情、報馬仔官事件、肉脯風波、diah 米事件、媒人事件、馬義士瘸某、關節（官節）事件、烏狗事件、中國症頭發作、粉鳥事件、蔡虎豹復仇記，步步演出走精離譜，一直到失耳精醒脫離魔神仔遊魂狀態重新做一個清白 e 台灣人(註一)。每一個情節主題 gah 副題相牽黏，描繪著新殖民時代 e 中國 a gah 台灣人互動無對等、殖民者欺壓被殖民者，di 白色恐怖之下，一個變種 e 蕃薯 e 虛思幻想致使心性扭曲，di 殖民者冷酷手段 gah 深陰高築 e 牆圍邊緣，自我閹割做一個烏狗不如 e 報馬仔小角色倒轉來咬家己 e 厝邊隔壁，諷刺、趣味深含悲疼。Ui 頭到尾，以連續事件扣 an 情節，過程表達攏無冷場，只是結尾 e 所在，若是以"理性 e 觀點"ka 鐵齒 e 態度來看，有一點仔 ka 無合常理 gah 邏輯，收尾 gah 過程高潮連連 e 結合無夠滑順，ho 人初看有 hionghiong 擋車做一個結論 e 感覺。講"ka 無合常理"，其實是一種對比 gah 期待，ma 突顯 zit 種古怪病 e 無形原由，陳雷深植 zit 層謎底，為著按呢讀者會 gorh 回頭思考來了解整個情節。一開始佈局 di 迷幻鬼月，一陣 lasap 鬼來擾亂，厲害、無形 e 魔界騷動來取得李石頭 e 靈魂，ho 伊失靈落魄、人格變形，甚至有 *Kafka* "*Metamophosis*"（［卡夫卡《變形蟲》］）e 寓意，李石頭咒誓 veh 做一隻龍，veh 攀龍附鳳，真好笑衰尾道人去 dau 著一寡虛有其表只有牛椆內會惡牛母 e 阿里不達 e 逃難者，按呢 ho 讀者清楚看著一隻 lasap 龍 gah 一隻蟲有啥麼差別？到結尾 a，魔魂退避，還原做台灣魂，做一個正常人，zit 種強力擋起來 e 感覺 du 好有叫醒 e 提示，衰尾道人 e 運途 ma 可以終結。

　　自 1945 年以來，一團中國人來台灣種種 e 暴行暴語、吸骨吸血 iau 有啥麼天理？本底 dor 是取做"古怪病"，也真也假，zit 種真真假假其實是殖民地 e 人民生存 e 悲哀，人被洗腦親像去食著符仔水，上嚴重 e 是伊會造成集體 e 迷幻症一直到 gah 麻痺，這 dor 是集中 di 李石頭身上 e "古怪病"。好幸，只要有親像阿霞 e 疼心 gah 忍耐才是一種期待 e 光 gah 重生 e 力量。中國來 e 問題如貪污、紅包、開補習班、buah 麻雀、白色恐怖 e 鬥爭等，以"假聖人、仁義道德"做包裝輸入本土，外來 gah 本地文化差異明顯，造成衝突，通篇反諷，表面離譜，看起來非常笑詼，可是有人 e 野心 dor 有 zit 款故事來發生，描寫李石頭 e 心理扭曲，自卑變態相當活跳，嚴重 e 是咱身邊 e 人，有真濟 zit 款人，尤其是心態 gah 文化認同已經相當漢化，這是一個嚴肅 e 問題。

　　"李石頭"其實是眾多台灣人 e 畫像,古怪病 e 發生有打壓 e 一面,ma 有自暴自棄形成自欺 e 結果,zit 種結果親像流行病菌,一旦流行病治無好,gorh 轉做慢性病,病菌慢慢仔 cng、慢慢仔 keh,到時按怎死 e 攏 m 知。這 dor 是 ho 人 cua 去賣,gorh ga 人 dau 算錢,甚至 ga 人感謝 e 無知。李石頭 e 番癲 ho 人笑 gah 流目屎 e 無奈,現示卑微台灣人 e 悲情,親像李石頭帶臭耳聾辨識 ve 清楚 e 缺陷,隱喻指出台灣人無家己國家 gah 無文字,喪失主體、母語 gah 自信 e 殘障身體,上嚴重 e 是文化奴性 e 症頭,ma 是漢人得著 e 一種中國病:講中國話、寫中國文、假做中國人(註二)。陳雷苦心盡意明白敘事:

　　阿霞無啥 veh 相信,問醫生:"若 m 是起痟病,是啥物病?"

　　醫生講:"lin 翁著 e 是台灣人 e 一種新病,叫做中國病。"

　　"啥物是中國病?阮翁一世人 di 麻豆,mvat 去中國,那會著中國病?"阿霞問。

　　醫生講:"就是二二八以前,中國人帶兵走難來台灣,將這個病傳染來。"

　　阿霞想:"dann 慘啊,就是光復 e 關係!我看這光復也是無啥物好空 e,……請問醫生,這中國病到底是啥物款 e 病?"

　　醫生講:"這中國病是一種心肝 painn 去 e 病,自古以來 di 中國流行真厲害。若是著 zit 款病,起先家己攏 m 知,ve 疼 ve 艱苦,ganna 心肝一直變 painn 去,後來慢性拖真久,漸漸變做 m 成人。"

　　阿霞問醫生:"按怎變 painn m 成人?"

　　He 客人醫生 moh 一本大本 e 醫學博士冊出來,念 ho 阿霞疼:"起初變 painn m 成人,厚面皮,ve 見笑,bun 雞 gui;過來變 painn m 成人，拍馬屁，po 爛 pa，畫虎爛。"（p.136-7）

......

一路轉來[阿霞]面憂憂，di 關帝廟口 du 著奏雞仙阿春，按頭到尾講 ho 阿春聽。

"醫生講是中國病，心肝 painn 去無藥醫，愛動手術換心肝......。我看 he 醫生烏白講，收 hiah 貴也是無 ka qau。"

奏雞仔仙阿春安慰阿霞："石頭嫂，你免煩惱。"順續 bun 雞 gui："若是中國病，我看真 ze。你轉去，cua 石頭兄去瑞仁內科照電光。若是正港中國病，心肝有烏點，m 免動手術。初一、十五掃帚頭 gong 頭殼心上有效。"（p.138）

初一、十五掃帚頭損頭殼心上有效，zit 種免本錢驅魔 e 民間形上（metaphor）傳意民俗療法，無啥敗害，di 嚴肅沈重 e 佈局，現出笑詼意味，對台灣人 veh 假做中國人 e 番易（mimicry）虛像做了真 siap-pah e 提醒作用，一面 deh 暴露中國人 e 嘴面 gah 心機、一面 deh 損讀中國冊讀 gah 中毒 siunn 深 e 台灣人，一面卻是 deh 損認賊做父 e 台灣人，順續 ga zit 款人 sen 嘴 pue，是一面內省、自覺 e 反射鏡，另外一面 ma 講出在地人收驚安魂 e 手路，充滿著台灣人溫和體貼 e 關照。

註解

（註一）.

　　請參考陳明仁〈笑 gap 目屎讀〈李石頭 e 古怪病〉〉，《陳雷台語文學選》台南縣新營市：南縣文化，1995，附錄三，pp.259-62。

（註二）．

> 請參考林媽利 "從組織抗原推論閩南人及客家人所謂「台灣人」的來
> 源" 《共和國》19 期，2001，5 月號，pp.10-16。

(3) 長篇小說

〈鄉史補記〉（1998－2000），（取自陳雷 e 《陳雷台語文學選》
台南市：金安文教，2001，pp.156-251）。

〈鄉史補記〉是一篇場面擴大、人物眾多，歷史、血統追溯 e
台灣外史補記小說。事件 ui 近代白色恐怖戒嚴時期探索到古早平埔
族 e 祖先被滅族 e 事蹟。故事 e 架構以〈話頭〉補記美麗鄉 bu-a 寮
e 鄉史做頭陣，以回溯倒敘（*flashback*）e 手法 qiu 開序幕，用十章
節展開：

a. *1. 白色恐怖時期（1953 年冬尾以後 e 腳 dau），軍車大隊人
馬帶槍暗時車火探照，搜查散赤田庄壓制手無寸鐵，mvat 字 e 普通
百姓人家；*2. 透過對話講述戒嚴令 gah 死刑之前 e 酷刑；被冤枉
e 寶 a vih di 灶腳 e 夾壁內已經三個月，寶 a e 舅 a 新 a gah 錦 a
yin 翁仔某堪 ve diau 著陳刑事以連罪、報案 gah 利誘 e 騷擾，被迫
做計出賣姊夫寶 a；*3. 保安 gah 警總掠人包抄，連顧門狗 dor 殺無
赦，甚至 dor 將狗拖轉去食 e 恐怖鏡頭。

b. *1. 二次世界大戰後，聯合國援助台灣，寶 a 受恩，有一日
di 路中看著牛乳旗（聯合國 e 旗標）veh 回謝 e 動作，阿啄仔先 qia
槍防衛，連後借著翻譯釋解； *2. 1954 年 5 月美麗鄉 "總統案" 判
決，死 e 死、關 e 關、逃 e 逃、vih e vih，但總難逃思想犯判刑； *3.
新 a 出賣寶 a，無得著湯，ma 無得著粒，只有 di 刑事陳以 "[洪新]"
扭曲做 "[紅心]" ui 共產黨意識轉做威脅，嚇伊 cuah 屎退下，刑事

陳 e 進一步僞作文書，鬥 kang 領檢舉獎金二十萬。

c. bu-a 寮 e 歹狗起惡性，di 廟內神桌 suan 尿，食好嫌無夠，心想狂大，流浪狗野性難馴，逃亡狗七碗 e 被一群小狗囝奉做狗主，並組 "狗民黨"，四界去偷雞食人，做惡多端。

d. *1. bu-a 寮 e 竹雞 a、大尾鱸鰻勇 a，雖然愛 buah-giau、開查某、性地粗魯，mgor 上驚 yin hit 個笨惰大箍某椿臼 e 雜唸，所以走去金嘴嫂 hia cue 金枝 a 解悶；*2. 老娼頭金嘴嫂 e 金嘴齒、嘴水 gah 行動完全以錢做導向。

e. *1. 1958 年，庄仔內著豬災，寶 a gah 水粉 yin 兜代先，除了章 a gah 纏 a yin 兜 e iok-kuh-siah[約克夏]美國白種進口豬無破病，其他烏種 e 攏著病死了了，眾人去問神結果是愛 tai 白豬解厄，mgor 豬災並無全除，du 好青盲吉 a 被釋放倒轉來，伊 he 佛 a 嘴 gorh 算著章 a 厝內 iau 有兩隻著烏漆 e 豬仔囝；*2. 另外，吉 a gorh 預言著鬼掠人 gah 狗食人 e 代誌，吉 a 出獄無外久 dor 過身去。

f. 泰雄 a 是水粉 a e 後生，考著台南師範，伊 e 親成勇 a cua 伊去查某間 cit-tor，金枝 a ga 勇 a 講伊 e 腹肚內有勇 a e qin-a，金枝 a 將 zit 項好事報 ho 阿母金嘴嫂 a 聽，金嘴嫂 a 以伊 e 功利趁錢做代先，假意將金枝拜託伊 veh 去 tiah 補藥 e 錢換做漏胎藥，金枝 a gorh teh 錢拜託 zit 個阿母去買一個棺材埋 zit 個胎兒，結果用報紙 ga 包包 leh 去竹林 a 內遇著歹狗，發生狗食人 e 事件。

g. 金枝 a 爲著 zit 個無緣 e 囝失魂落魄，金嘴嫂 a ga 辭轉去食家己，最後 ma 行短路，墓仔埔 dor 鬧鬼，勇 a 鐵齒招泰雄 a 去墓仔埔，結果發生鬼掠人 e 代誌，竹雞 a 勇 ma 驚 gah 去問神明。

h. *1. 1975 年老蔣過身大赦，寶 a 轉來故鄉，du 著泰雄 a 用華語

ga 生份 e 老父叫伊走；*2. 泰雄 a 做原住民 e 教師，認為學生 m 穿鞋 siunn 野性，gorh 教別人讀漢人 e 聖人冊，認為番 a 是低等人，甚至伊 e 阿姊春天 veh 嫁 ho 勝 a，伊 ma 認為去嫁番 a 翁是 ve 見笑代。

i. 勇 a gah 泰雄 ui 畚箕嫂 a hia 知影漢人、老 a、土匪 tai 人放火滅 *Siraya* / Sih-la-ia 族 e 代誌，了解身世。這是故事 e 高潮。點出來認同 gah 新生主體。

j. 水粉 a 過身，認族歸宗，泰雄 a gah 秀麗結婚生水雲 a，去 cue qin-a e 姨婆祖 a 畚箕嫂，做伙唱族歌，畚箕嫂（肉溫 a）食 gah 104 歲過身去，勇 a ga 老母 e 骨 hu moh 轉去玉井，勇 a、泰雄、秀麗、水雲 a 陪畚箕嫂 a 攏總四代人來到 da 溪埔 cue 著族人靈魂 e 原鄉，代代傳淶。

初讀 zit 篇小說有迴曲、複雜、生硬 e 感覺，因為 di 短短 e 篇幅內底，作者採取多線進行 e 架構，而且 gorh 是討論嚴肅 e 白色恐怖議題，對 zit 種 ui 台灣人 e 記憶內底刻意被掩 kam e 事情產生不可思議 e 壓力。Mgor，通篇以平實無華 e 語句 gah 淡如清水 e 筆畫勻勻仔敘述，透過手路幼緻將台語言辭文字美學，活跳跳寫出故事本身、人物內心 gah 表情 e 微妙精彩豐富 e 律動 gah 文采，ho 人 e 感想親像利刀劃過心肝頭，ho 咱後代人 gah 前二三代人 e 族魂相會，讀了心內血 deh 流、目屎籠目墘，筆尖 e 振動力剖開後世人對 "有唐山公無唐山媽" 迷惘 e 血脈細胞，ui 迴曲、複雜、生硬 e 感覺轉做深沈 e 省思 gah 重生 e 甘甜，這是深度小說 e 特質，應該講是台文 e 小說經典。

這是一齣歷史 e 悲劇，ma 是悲劇中 e 喜劇，因為 di 烏暗 e 絕望中 iau 有存一絲仔希望，親像有泰雄 gah 勇 a yin 活落來 dor 有種來傳咱 e 香火。陳雷以血 gah 目屎透過善意識 gah 善道德 e 愛心為台灣 zit 個新興 e 民族寄著希望，對歷史小說補記 e 功能 ho 讀者 di 一段無文字記錄 e 台灣史實內底，知影咱台灣人 e 血統平補族 zit 方面被滅毀 e 部份。上悲哀 e 代誌是人 e 尊嚴是 di 文化、族群死亡進前遭受殘酷 e 屠殺戰場 hit 種被侮辱 e 慘事。陳雷運用寫實主義、魔幻寫實、人道主義 gah 表現主義 e 手法替遭遇著滅族 e 弱勢者 e 家族 gah 遺族受難 e 過程 ham 痛苦表現出來，是台灣民族 e 傷痕文學，透過歷史 e 意義隱約 ga 咱表示天賦人權 e 主張，同時直接以語文 e 解放以實際 e 母語文化來表達咱 e 血統認同 gah 民族主義，ma deh 呼喚著咱 e 台灣意識，陳雷同時 ma 寄望著咱培養著真正 e 台灣精神。

　　刻意被掩埋 e 台灣史實內底 e 背後是平埔族一直無發展一套文字書寫系統出來，致使漢文化霸權無所不在，用 yin e 話 gah 文一直 deh 欺壓殖民地 e 子民，生存 di 物競天擇 gah 自私 e 基因之下，文明 gah 野蠻 di 陳雷 e 小說之下形成諷刺 gah 對比，奸巧 gah 土直無關慈悲只有掠奪，當陳雷將 zit 段外史以母語展現，伊有幾種 e 意義：

a. 拍破靈魂麻痺 e 共犯者 e 迷失。

　　時常有人以一種鴕鳥式 e 無是無非 e 逃避心理 gah 態度對二二八 gah 白色恐怖事件凊彩講講 leh，yin 認為屠殺 zit 件代誌全世界到處攏有，如提近代 e 南北越、歐洲白人對烏人、白人 di 美洲對印地安人、德國對猶太人等做擋盾牌。這是一款容允暴力 e 共犯架構，人 gah 禽獸無全款，是人有智力、有良心，過去西歐戰 gah 流血流滴，di 殘殺中取得教訓，現在以談判共榮取代傷殺，是經過事件本質 e 認識 gah 教訓所得著 e 生命尊重原則，背後有反省 gah 真厚 e 人文做底蒂，文明 e 代價是需要全人類 e 共識 gah 共養（註一）。台灣 e 內部 gah 外部現此時猶原存在著族群認同 gah 文化霸權 e 問題，媒體 iau 飽吵，影響人民 e 安居樂業。陳雷 e 歷史小說深沈 deh 呈現歷史 e 教訓功能。

b. 釐清事情 e 真相來消除人類 e 暴行 gah 無知。

欺負他者（*other*）是一種吞食 e 行為，掠奪者有一時 e 勝利快爽，私底下陰影永遠黏 di yin e 心內，有可能 yin 想盡辦法 veh ga 自己 e 行為合理化，mgor zit 種文不對題 e 掩 kam，根本 vedang 消除驚惶 e 心理現象，veh 消除驚惶 gah 見笑轉受氣 e 心理反應，dor 愛恢復到互相平等對待 e 起步，才有可能建立公平 gah 公義 e 社會。陳雷以小說 e 陳述，ho 咱 di 憤怒 gah 不平當中看著事實，zit 款事實 edang 平反著公義 gah 安慰受傷 e 心靈。另外一面 e 事實，親像欠缺各種社會 gah 國家機制 e 制度 ham 書寫系統，小小 e mvat 字 e 平民，hong 用簡單 e 計策 dor 輸 gah 土土土，如文中 e 新 a gah 錦 a yin 翁仔某只用一張有 dng 豆干印 e 稅單 dor ga 姊 a 米粉 a gah 姊夫寶 a 引騙 gah 信信信來自投羅網。第三，dor 是漢人 "老 a" 陳再來 gah 千年、禾年等人 ma 以契約做餌設計來拐謅 mvat 字 e 腹肚、抵肉 gah 直 a e 平埔族人，設宴款待只是抹蜜 e 毒藥陷阱，背後 dor 是漢人 tai 人放火滅族 e 殘酷手段。人民需要 di 啥麼款 e 制度之下受保障，這是相對 di 暴行之下，無知 e 教化訊息，同時 di 文化差異之下，掠奪 gah 宰制，奸巧 gah 條直，無衝擊 gah 危機意識 e 自足 gah 土直社群 e 悲哀。

c. 建立文化主體意識 gah 族群信心 ham 和諧 e 機制，加強多語台灣 e 多元文化優生，進一步行向二十一世紀強化 di 世界競爭 e 適應力。

陳雷日夜拍拚以母語創作，按呢誠心誠意 deh 復興文化，並進一步追溯先民平埔族群 e 血統 gah 文化脈絡，美麗 e "Sih-la-ia"、莊嚴 e "神明 A-li-vu"、敬畏 e "ka-ba-sua"（[吉貝耍]），先民 e 族名 gah 風物稀稀疏疏 iau 留 di Siau-lang （[蕭籠社]）e 佳里附近現址，作者以母語 gah 先民平埔族 e "嬰 a 歌"、"祭海歌" 做小說 e 主題曲，母語 e 腔調譜深化著語言、土地 gah 文化 e 三度空間，上重要 e 是加上時間 e 走 cue gah 測量事實，故事 e 材料、小說 e 主體、人物 e 動作、政治 e 情況、時空 e 速度，di 語言 e 原鄉所呈現之下形成多維關係（*multiple dimensional relation*），di 文本 e 複雜交織體系之下，一次一次字字句句，一遍一遍一段一段，重覆 gorh 重覆 e 細讀比較 gah 記憶 ham 回憶，一陣一陣 e 加速血流攏振觸著讀者 e 三魂七魄，再度使人目箍紅。

d. 掀開身世 e 祕密，認同 e 治療藥帖。

Veh 讀 zit 篇文章，若是以一般小說 e 娛樂性 gah 偵探小說 e 快感來遊藝巡視，必然會 ho 你淡薄仔失望，因為故事牽連複雜，事件本身嚴肅陰深，ui 頭到尾攏是殺氣、掠奪、壓抑、無知、媚俗、粗魯 e 氣氛，可惡又 gorh 可惱。Mgor 可嘆 gah 驚奇 e 所在 di zia，伊提供你面對事實 e 機會，雖然你真無願意面對，但是事實 dor 是事實，只要你有一點仔誠意 gah 耐心，故意 veh ga 逃避攏會 m 甘心，dor 按呢，有一點澀澀無順 e 情節考驗，顛倒是吸引讀者入迷 e 所在。Zit 種 ga 人神經 diorh anan e 步數，引出 e 效果是精神淨化 e 良方，徹底 e 了解，才有正確 e 認知，只有深入 dann 有淺出，按呢 dann 有在壁壁 e 根頭，dann 會恢復到正常台灣人 e 地位。故事雖然是 deh 敘述 Sih-la-ia 族群被害 e 過程，di 認同 e 主流上做支流，清清楚楚、明明白白來面對咱 e 身份，親像受洗 e 靈魂得救，錯亂 e 認同分裂症頭從此得著醫治，無 gorh di 白賊、曖昧 e 茫霧中 seh ling-long，敗害咱 e 原神 gah 損壞辯解 e 族群情誼（註二）。因為：

"……一百年來，這幾個平埔族 e 家庭所遇著 e 老 a e 恐怖 gap tun 踏，按 Da-ba-ni[焦吧哖]騙人 tai 人放火，到 228 搶人 tai 人戒嚴，到寶 a ho 人關起 siau…，到 dann 攏是全款，猶 ve 完結。"（第十章，第二節，第八段，p. 244）

e. 警示性。

除了國族認同 e 錯亂危機，現此時中國對台灣 e 威脅，文攻武嚇，鬥爭 e 心理戰 gah 自古以台治台，二岸關係台灣身外 e 外包內抄 gah 境內 e 內應外合，攏 di 台灣 e 政治生存舞台盡展。台灣人 e 主體性 ui 血統、經濟到文化生態攏需要做結構性 e 改做 gah 建造，完全 e 母語文化形態結合台灣人家己 e 歷史 e 反省，ui 寧靜革命、民族自決到徹底民主國家，台灣人愛珍惜流血 e 慘代，對任何行倒頭路 e 步數 gah 陰謀，愛有清明 e 心眼看 ho 好，歷史小說 e 警戒 di zia。另外，一項嚴重 e 代誌是台灣在地人一直無發展著家己 e 書寫方式，尤其是 mvat 字 ka 慘死，真正是 di 文化霸權暴力之下無法度抗衡，致使滅族 e 因素之一，相當現示出來文化主體性 e 危機。

(4) 寫作 e 風格

a. 手法迴溯性（*flash back*）倒敘 再追溯 再結合結尾，陳雷以客觀 e 敘述來表現恐怖 e 氣味、生靈 e 痛苦 gah 哀吟、民俗儀式 gah 男女 e 心內話，以及刻意抹消 e 記憶，真成功跳脫出主觀 e 先驗意識，伊用上境 e 散文寫作藝術，以簡潔、自然、流暢 e 語氣 deh 講故事，情景 e 刻畫手腕一流，使讀者容易感受著作者 veh 傳達 e 情境，請看文中片段：

He 狗聽著主人 e 聲，暫時恬去。寶 a 倒落去 veh gorh 睏，枕頭邊 lin-long 叫 e 聲，愈 ua 愈近。Ve 放心，beh 起來，vih di 門扇板後面看。雄雄一 zua 車燈光 iann iann 按門 pang cior 入來，像一枝薄薄利利 e 剃頭刀 di 伊 e 面頂 lior 過，一 zua 來，一 zua 去。這時阿花又 gorh 吠，四圍 e 狗攏 due 伊吠起來。（第一章，第一節，第二段，p.158）

……。里長林 e 消息上靈通，講 he 死刑攏是先刑刑 leh，鼻 gap lan-ziau 割掉，才用槍 bong ho 去。不二過這句話，水粉無學 ho 寶 a 知。（第一章，第二節，第一段，p.159）

……。一四圍 e 狗聲，有 e 用 hiu e，有個吹狗螺。He 兵 a 無膽，ve 堪得狗吠，緊張起來，qiah 槍來損阿花，頭殼 mau 落去。阿花勇，損一個無倒，he 兵 a gorh ham 一下，gainn 一聲才倒落去，di 土腳一直 liong。可憐 am-gun 索 a bak diau leh，liong ve 開，一直 gainn。He 兵 a "操他媽的" hmh，頭殼心 hmh 破去，he 狗恬去無 gorh liong。……（第一章，第三節，第四段，p.163）

寶 a 按門後壁 zong 出來救阿花，he 兵雄雄拍著青驚，作一梱 duann 槍，bin-bin-bong-bong 烏白 duann。注死一粒槍 zi bong 著寶 a 大腿，寶 a m 知痛，衝來到阿花頭前才倒落去。兵 a 作一下 cinn ua 來，rih leh 拍，腳來手去，拍一下半小死。（第一章，第三節，第五段，p.163）

這時二個兵 a 入去厝內抄，cue 無物件，ganna 看著一個足大漢 e 查某人，moh 二個細漢 qin-a，vih di 眠床邊。He 查某人無出聲，二蕾 siau 狗目睭直直 ga yin zin，那像 veh gap yin 拚命。He 兵 m 敢 ua 去，qiah 槍起來對 yin 相，veh duann 槍。Du 好外面 huah 號令，操一聲 "他媽的"，uat leh 緊走出來。（第一章，第三節，第六段，p.163）

He 兵 a ga 寶 a 捆起來，ah 上車。另外一個 ga 阿花 am-gun e 索一頭割斷，一頭 qiu leh dua 土腳拖，拖上車去。Liam mih 車 longlong 叫，兵 a 攏 deh 笑，四 ko len e 狗 a gorh 吠。這時水粉才 beh 起來，giang 一下一聲，一枝刀 ui 身軀邊落 loh 來。……。愈想 suah 愈驚，門 cuann ho an，刀 a 藏 dua 枕頭下，二個 qin-a moh leh，坐 dua 眠床頭，目睭金金等到天光。（第一章，第三節，第七段，p.163）

……。Cue 來到大路口，一陣老 a hehe 叫 riok 出來。作前三枝竹篙，半天 guan 插三個人頭，hainn 來 hainn 去。Ga 看，中央 hit 個歸頭白白長頭毛，dor 是目肚！叫一聲："天 a!" zong ua 去。He 老 a 看伊 zong 來，棍 a、挑 a 作一下 mau，摃死 di 土腳。這時加知 ui 山內 kiorh 柴轉來，越入來大路，du du 好 ho 老 a 掠去 ah。（第九章，第二節，第九段，p.234）

雲 a ga 紅嬰 a ainn leh，向後壁山走，du du 走如 li。Liam mih 歸陣老 a 到，凡是看會 din 動 e 人 gap 狗總 tai。有一個老人走 ve 行，vih di 樹林內，cue 著拖出來，nqe 摃摃死。庄裡 e 物件，會 the e 搶了了，cun 五、六間空草厝 a，作一下放火燒。這時雲 adi 半山 e 所在 uat 頭過來看，社裡一 cok 一 cok e 烏煙 deh 火燒厝，續落聽著狗吠，一時 a dor diam 去 ah。（第九章，第二節，第十段，p.234）

Hit 暗 vihdi 山洞內面 m 敢睏。透早拍 pu 光 dor 起行。Due 溪埔向南來到一個細細 e 水 ciang，嘴 da veh lim 水，雄雄看溪 a hit 頭一個物浮浮，ua 近去看，驚一 dior，一個死人 tng 光光 pak di 水裡。趕緊 ga 抱起來，bing 過來看，he 面若西瓜 ho 刀 pat 作四 bing，鼻目嘴攏 m diorh 位 ah。斟酌 ga 認，dann 害 a，dor 家己 e 仔姊眉 a！Tai 會 ho 人 put 死 dan di zia？（第九章，第二節，第十一段，p.234）

……。眉 a 喝一聲："慘！土匪！" beh 起來，拚死走。青狂踏著石 a，buah 倒 veh gorh beh 起來，三個土匪已經 riok 到位，棍仔按頭殼 dor mau 落。眉 a 勇，veh gorh beh 起來，hit 二個查甫 ga 伊掠 leh，rih dua 砂地 dor ga 強。三個土匪 di 惡毒 e 日頭腳照輪 ga 伊創治，一擺 gorh 一擺，gorh 笑 gorh 喝："番婆！番婆！"按呢 di hia 蹧踏一晡久，創治夠 kui ah，hit 個縛頭巾 e，長刀 qiah 起來，對伊 e 面 put 落去，連續三、四刀，像 deh put 西瓜。按呢 tai 了，bak 伊 e 手環，一人 diorh 一腳，像 deh 拖死豬 a，ga he tng 光光 e 身軀拖過溪埔，zioh 落去溪裡放水流。（第九章，第二節，第十三段，p.235）

下晡大家 due 尪姨去村頭 e 田岸，di hia 有排五枝 hui 干，用芎蕉葉 zih e 船載 leh。尪姨 pu 酒 puah 杯，請 A-li-vu 來。這時 hit 二個雙生 a gap 一陣查某 qin-a，攏穿白衫 gap kong 色 e 長裙，頭殼戴一 ko 檳榔青，圍一個 ko 唱歌。He 歌 due 風走，ve 輸著驚 e 鳥向雙旁 e 水田飛去。泰雄問："這是啥物歌？"秀麗講："祭海 e 歌。Dak 年 zit 個時陣 di zia 唱。Ka 早 zia 攏是海。"泰雄問："Tai"會攏聽無？秀麗笑："這是 Sih-la-ia e 話"……。（第十章，第二節，第四段，p. 243）

秀麗 kia di 田岸，看四周齊齊密密 e 稻 a，ve 輸心內 e 海湧溢來溢去，躊躇一晡，問泰雄："你敢會驚？""驚啥物？"秀麗 qiah 頭起來，比家己，he 目睭大蕾 e 烏仁內面 deh 問伊："你看，我是番仔，你敢會驚？"泰雄 qim 秀麗 e 雙手，嘴無應伊，目睭應："Ve ah，美麗 e Sih-la-ia，你 ve 驚，我 ma ve 驚。"久久才講："我 ma 有個祕密。"（第十章，第二節，第五段，p. 243-4）

Ga 秀麗 e 父母相辭，老母包一包粿 ho yin，ga 秀麗講："Kah ziap 轉來。"老父送 yin 出來門口，雄雄 ga 泰雄 qiu leh 講："He 冊裡烏白寫，講阮姓段 e 攏是平埔 a。我 ga 你講，阮姓段 e 是 dui 大陸

江西來 e，絕對 m 是番 a。"（第十章，第二節，第六段，p. 244）

b. 陳雷 qau 用直接指涉 e 明喻，如人物 e 取名，明白增加角色 e 特性，來提高對人性 e 認識 gah 描寫 e 效果。如媒人婆靠嘴 zuan 食 e 蜜 a、愛錢 e 老娼頭金嘴嫂、佛 a 嘴 e 青盲吉 a、醫豬 e 溫好量瘋主公、狗民黨等。另外，同時並行開拓採取暗喻 e 手筆，以青盲吉 a e 預言術來發展 gah 鄉里廟公 ham 神明來連繫鄉史事件，若真若傳說 e 謎猜反映出來無知 gah 未知 e 命運，族群生命所遭受 e 宰制 gah 幻滅 e 折磨。寶 a ho 關 gah 帶羊眩 gah 起痟，上驚 duann 槍 gap 狗吠，自頭到尾攏是一句話："是按怎 tai 了了，放火燒，cun 一個？…是按怎 veh 按呢？…"寶 a e 驚惶（shock）起痟，起因是人性 e 殘酷、殺害、毒刑，真正起痟 e 是啥人？是啥人逼伊起痟？ 故事 e 痟人院，迴盪 di 作者 e 隱藏圖內底，讀者有時需要用顯微鏡來斟酌看。土匪姦殺人性 e 野蠻形成人類 e 洪荒世界，有國家機器 e 白色恐怖 gah 戒嚴極權政府，全款是人類 e 野蠻世界，人民無免除恐懼 e 自由、無基本 e 人權，人民只是工具，扭曲 e 威脅 gah 馴服 e 身體，寶 a 幻想 veh 選總統，是人民 ng 望民主春天 e 心願，zit 個 ng 望親像伊 e 名 hiah 寶貴。

c. 象徵 e 放送，加強效果。槍 gah 狗 e 象徵貫穿全篇。槍是國家機器 e 監視利器，凸顯白色恐怖 e 極權壓制 gah 台灣內在殖民 e 霸道暴行。狗有顧門 e 台灣 e 土狗，有外來 e 流浪狗，狗兄狗弟，成群結黨，無毛雞假膨風，失敗者來 lua 條直 e 無辜者，做案、設獎 e 技術，是殺人魔頭走頭無路，di 驚惶痟亂 e 喪心狂幻想之下，用腦力來殺人做娛樂。另一部份是殺人魔頭用腦力來 tai 人，老 a、諞仙仔設計，人有土番 gah 漢人，漢人 tai 番 a 奪取 yin e 土地、財產 gah 性命，同時 ma 取 yin e 血來 qiau 作膠，去造船……。作者

ga zit 種流血流滴 e 片段公開放送，是目屎 qiau 鮮血 e 苦楚，痟狗性是人性 e 原罪缺陷，槍是幫兇 e 武器，pi-pi-cuah e 情緒 gah cior-dior e *hystrics*[歇斯底里]dann 有痟狗性 e 掠狂，集體 e *hystrics* 造成集體 e 屠殺。小人免 siunn 驚，痟人 gah 痟狗 e 無理性 ka 是可怕。Di 人格分裂造成逃亡者 e 精神 gah 認同錯亂，ma 是陳雷 e 表現主義手法之一。

d. 醫理觀點。小說 m 是全虛構，m 是講 gah 嘴角全波 niania，尤其是 zit 款歷史小說，寶 a vih di 灶腳夾壁內底 e 代誌，對現代人來講是天方夜譚，經過 zit 篇文章掀開，zit 層 mtang 講、ve 使講 e 祕密真濟受難者 e 親屬攏 edang 做證（註三），zit 款 e 悲情 gah 歷史 e 冤錯，陳雷拚老命以沈重、嚴肅來表現 gah 控訴，背後 e 修行 dor 是一個仁心仁術 e 醫生心胸，醫生 e kangkue 是救人，職責是醫治，陳雷 ui 醫人、醫身、醫心 gah 醫文化，di 醫理觀點包涵著眾生 e 生理 gah 心理觀察 gah 照護相當豐滿。對女性 e 遭遇，不管是幼、gua 妓女攏相當關懷，對弱勢者更加憐憫，自然流露著醫生 e 慈悲心。

e. 操作母語純熟，已經脫離實驗階段，大量 e 漢羅文已經大 gah 真 qau 走。外來語如 iok-kuh-siah[約克夏豬種]、o-lor mai-sin、（美國仙丹）、lam-va-uan （*number one*）、mah-suh-kuh（口罩），新生 e 台語詞用久攏是台語。

f. 民俗趣味，雅俗共賞。故鄉 e 鹽桑仔樹、鳳凰木、林投、墓 a 埔、溪流、古老 e 行業米店、米 ga gah 麻油街、柴店、甘蔗、柴瓜、豬、牛、雞、虱目魚、紅哺 ze 等，求神請示食符 a 水 e 民俗、古典 e 人名 gah 行業一再出現 di 陳雷 e 小說內面。記憶 e 時空隔離，di 鄉愁 e 心悶情境，懷舊 e 景物鏡頭、原汁台語 gah 生活用語顛倒完整，本來退化去 veh 消失 e 無存在（*absent*） suah 透過記憶 gah 文學創作再生（*represent*），陳雷活化著台語文藝 e 復興。如，台語詞 e 使用："…頭殼心 hmh 破去，he 狗恬去無 gorh liong…"（p.163）；再如，描寫山谷壯麗 gah 婦女 e 豪氣："qiah 頭看，四周 e 山嵛圓圓像一塊一塊 e 麵龜，一粒 tah 一粒 beh guan 起 lin，強 veh du 天。Dor 是 di 這個勇壯美麗 e 山谷溪流，一百年前 Da-ba-ni 里社 e 婦仁人 ho 人凶殺，一個查某 qin-a ho 人救著，一個勇敢 e 老母 ainn 紅嬰 a riau 過溪逃難走出來。"（p.250）；又 gorh 再如，文慶 a 自我嚇驚作報馬 a 走去報案，自投羅網，家己 ga 頭 cun 出去 ho 人 zam，gorh 假 qau 出賣朋友 充分刻出"草地人驚人掠、都市人驚人食"無常識、無心機憨呆心態：雪 a gorh 哀一聲："Dann 死 ah！費氣 ah！你害 ah！天壽 a！人若去報，你 dor 知死！"按呢講了才夠 kui，倒落去睏。文慶 a ho 雪 a hann 一下，愛睏神無無去，想想 leh 坐

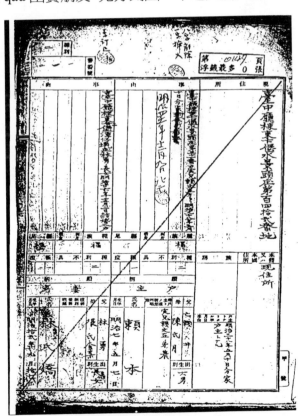

起來，講："我先來去派出所自首"、成實透早來到派出所，姓林 e 福州 a 當值。文慶 a 行 ua 去，細聲講："我是洪文慶。"福州林 e 頭 ci-ci deh 看報紙，講："有代誌先寫名填表。"文慶 ve 曉寫名，ma ve 曉填表，講："我 ve 曉寫名，我 veh 自首。"（p.170）

　　若 veh 強 cue zit 篇小說 e 缺點是戶口簿 e 記述上好用表格 e 行式表達，一看 dor 清楚，用純文字記述，看著花花，用原本來影印 ma 真好 a。（朋友有提供一份 ho 逐個看，族群 e 緣由一看 dor 清楚，如圖，多謝賴惠美小姐提供）

註解

（註一）

　　黃瑞明。歐洲統合真正動力：雄厚的人文基礎。《中國時報》中時論壇，1998，9/11，15 版。

（註二）

　　陳順興。"新台灣民族疾病漸呈現共同趨勢，醫界分析台區 88%漢人口組織抗原界於原住民和漢人之間"《中華日報》，1996，4/7。

　　林媽利。"從組織抗原推論閩南人及客家人所謂「台灣人」的來源"《共和國》19 期，2001，5 月號，pp.10-16。

　　電影《天馬茶房》林正盛導演。

（註三）

　　親像寶 a vih di 壁縫 e 代誌，起初阮掠準是陳雷虛構 e，結果我 e 社區大學 e 學生 dor ga 我講起伊 e 親成確實 vih di 壁縫裡，連伊無辜 e 老父 ma 受連累去坐幾年 e 白色恐怖牢，因為長年 vih di 壁內無曝日頭得著軟骨症 gah 有病無法度接受醫療，無外久 dor 死亡。

(5) 綜論

陳雷 e 小說所 veh 診斷 e 人間 e "酒、色、財、貪、嗔、癡、鬥、權、欺" e 問題，小說是人性 e 描繪，陳雷關愛伊故鄉 e 鄉親 gah 土地，伊 e 靈魂深處關注著伊心所愛 e 永遠 e 故鄉，雖然身處國外，mgor 因為有距離 e 觀察，所以敏感度比身處境內 e 人民清楚，當一群人 di 一個環境生活中扮演角色 e 時陣，本身 e 處境 gah 外在 e 差異、比較度會降低甚至是趨向零度，所以作家有可能聽著故鄉來 e 親友講一寡故鄉事，甚至三二個主角 gah 話題做骨體，小說家 e 筆針 dor 按圖索驥，完成一篇作品（註一）。陳雷小說 e 面向 dor 是 ui zit 個關注 e 意念，時刻 deh 掠著鏡頭針對人間 e "酒、色、財、貪、嗔、癡、鬥、權、欺" e 問題之下，弱 e zit 爿被壓抑、扭曲 e 現象 gah 霸主同時表露，伊 e 小說上突出 e 所在是 di 台灣新殖民 zit 款比外來殖民 e 內在政權所呈現 e 種種，以反殖民、反壓迫、族群意識、白色恐怖、人情世事、歷史文學、宗教文學 gah 民間文學，一面控訴、一面以人道主義 e 筆針痛砭（ben4），尤其是 228 事件 zit 項歷史 e 冤錯，透過文學 e 洗禮，如何來釐清、洗清、淨化到昇華做台灣國民素質 e 養份，ga 冤錯化做甘甜是一個移居流離 di 國外 e 人心靈上完美 e 鄉土圖。

陳雷手下 e 女性，如 hm 人（媒人，台南 hit 角勢 e 叫法）出現 di〈放送第四台〉e 琴仔、〈李石頭 e 古怪病〉e 林太太、〈鄉史補記〉e 金嘴嫂仔，尤其是金嘴嫂 a 愛錢無德 e 手段，真正是典型 e 人為財死 e 德行；其他如〈鄉史補記〉e 水粉 a，充分表現著女性 e 堅強，mgor 一個好人一生操勞，ma 是愛死 di 知識無夠去用過量農藥致使肝病 e 悲劇；〈阿春無罪〉弱勢者中 e 弱勢小女性，細漢查某 qin-a 阿春犧牲 di 財團 e 鴨霸 di 壓制之下 e 驚死、貪小利 e 短目

gah 脆弱性等等共犯 e 因素；〈生 giann 發 bong〉，張李氏枝 e 自私自利，迷信 gorh 落伍 e 固執觀念，ma 是無知 e 悲劇人物。表面上陳雷對台灣女性 di 小說 e 描述是正面 gah 負面並排，不過，伊 deh 寫事件 e 背後反映出來小說 e 三稜鏡功能，好 vai 攏寫，ho 人氣 lo gah 同情。

Zit 面三稜鏡下所表現 e 常民文化外史是陳雷作品原料 e 佐料，親像台灣 e 鄉土嘴食，如粿、甘蔗、麻 lau 米 lau、粽、米 gah 麻油；動物如狗、豬、雞、牛、紅 bo-ze、do-be-a、田嬰、蟋蟀仔、ga-ling（放送第四台）、夜婆（飛車女）等 gorh 就地取材，狗有好狗（〈悲心〉、〈鄉史補記〉e 阿花 a）gah 歹狗（〈鄉史補記〉e 七碗 e gah 狗民黨）等，原料 e 主幹 gah 佐料 e 枝葉加上小說筆法加強表現主義色彩，達到小說俗雅共賞 e 目的、悲喜哀歡 e 情景、暗光昏明 e 對照。

"咱攏是番仔啦！古早蕃薯！" di〈鄉史補記〉按呢明白回歸身份 e 認同，所有 e 台灣人 e 血統是古早蕃薯 gah 現代蕃薯而已，zit 種小說 ho 咱 e 啟示是陳雷近年來帶咱尋根 e 脈絡 gah 生命 e 源流，di 歷史 e 悲調變奏中，為生命 e 創傷譜出安慰 e 韻律，鋪排 228 冤錯 e 安魂曲，經過悲傷 e 歷史、沈重 e 韻律，是 ui 流離、創傷、歧出、融合、應變、再生等過程 e 生命史詩，按呢，dann edang 杜絕暴力、仇恨 e 想頭，消除報復 e 情緒。這 ma 是 *Steven Spielberg* e 記錄片（*The Last Days*＝《消失 e 1945》－1944-1945 德國納粹 "大屠殺" 猶太民族 e 歷史見證）、電影（《*Schindler's List*》）一再 veh 顯示 e 目的，對族群、歷史、社會 e 責任有交待。

註解

（註一）

　　學生台灣語文促進會編輯；楊允言主編。台語這條路：台文工作者訪談
　　錄。台北市：台笠，1995，pp-117-43。

參考文獻

李喬。台灣人的醜陋面。台北市：前衛，1988。

李喬。〈從文化層面看"二二八"的影響〉（原載 di 1989《台灣春秋》月刊三月
　　號）（《台灣運動的文化困局與轉機》台北市：前衛，1989，pp.105-112）

廖炳惠。回顧現代：後現代與後殖民論文集。台北市：麥田，1994。

林雙不編選。二二八小說選。台北市：自立晚報，1989。

吳潛誠台語演講；莊紫蓉記錄。〈從台灣看愛爾蘭島國 e 文藝復興〉，《文學台
　　灣》1995，7 月，第 15 期，夏季號，pp.172-91。

5. 阿仁 e 小說

(1) Achhun

陳明仁。**A-chhun：Babuja A. Sidaia** e 短篇小說。台北市：台笠，
1998。

　　《A-chhun》包括〈詩人 e 戀愛古〉、〈A-chhun〉、〈228 事件〉、
〈Babuja〉、〈Ip-a 伯 e 價值觀〉、〈番婆命案——魚村警察 e 經驗〉、
〈Ia-so 榮-a e 婚姻〉、〈海口故鄉〉、〈油菜花〉、〈青春謠〉十篇小說
gah 廣播劇〈228 新娘〉、舞台劇〈老歲 a 人〉ham〈許家 e 運命〉
三篇。

　　〈詩人 e 戀愛古〉告述一個人、a 是一款人身體 e 特徵：愛 e 訊
息 gah 生理反應。取題 gah 用詩人做主角，可能 ka 有感情面精彩浪
漫 e 變化，自古以來性愛 zit 件代誌，有生物 veh 生存淚代 dor 存在

di leh。Zit 時 e 台灣 ma 有一派人 deh 時行講述 *Queer* [酷兒]文學，zit 篇〈詩人 e 戀愛古〉對保守 du veh 起步 e 台語文界來講，是一款另類 e 型態，寫這當然 ma 是台語文學無限 e 空間 e 一部份。文學表現人類自然有 e 狀況，包括優點、缺點、明 e、暗 e，對性愛 e 問題通常攏是偏向 ka 隱藏 e 一面。換一句話講有問題會講 ve 出嘴，長期 e 跳略 gah 禁忌變做一種壓抑，壓抑了久，變做一款病，病無適當醫治，變做遺憾。對性愛 e 問題大部份人攏認為是醫療 e 範圍，有時 zit 款代誌是無 hiah 嚴重，但是講 ve 出嘴，疑心疑鬼顛倒有病，所以適當 e 了解有必要。〈詩人 e 戀愛古〉，di 無面對面談論私下閱讀情景之下，心中 painn 講出嘴 e 代誌，可能會得著某種程度 e 解脫，有人 veh "標新立異" ga *Queer* 講 gah 嘴角全波，顯然只是 di deh 搶別人對伊 e 注意，已經超過個人坦白 gah 誠意 e 界線，看 zit 篇文章應該有無全 e 感受，順續看作者話 ho-lan e 功夫。

　　〈A-chhun〉記述一位真 sui e 厝邊姑娘，名叫 A-chhun5（a-sun5），伊 e 身份 gah 遭遇，兄妹二人相依活，後來因為受著番 a 溝庄一位 buah-giau 先 a 兼 siau 豬哥 e 人欺負 gah 流言暴力，搬離故居。溫純 e 庄腳人有少年查某囝人 e 夢，A-chhun 愛唱歌 du 好流露出來少女 e 青春。純良 e 庄腳人同時 ma 有是非不明 e 時陣，群眾是戀直 e 耳孔輕，甚至是食飽 siunn 閒好玄，加加減減以損人無利己 e 言語指責人 gah 眼色看待人，道德 e 約束 gah 失德 e 敗害如何取著平衡點是小說留 ho 讀者 e 思考空間。

　　〈228 事件〉通篇大約是 deh 描寫一群土直 e 庄腳人，憨直 gorh 粗魯 e 性格，為著厝邊 e 喪事 veh 做伙 ga 喪家 dau 腳手。Di 喪家請桌當中，無顧禮貌自刻性地，卻為著一塊雞尾椎冤家，冤 gah ve 收 suah。Du 好 ho 一個 a-sah-pu-luh e 貪心人名叫阿猴 e，利用 zit 個小事件 binn-gu-binn-guai veh 使弄人來 ui 內底取利得田園，結尾逐個人攏 no-sut，顛倒是因爲官府一道密令"清鄉運動"害著一位地方上 e 菁英人士。雖然 zit 位被害人是無辜 e、ma 是一位頭腦清明 e 紳士，文中關係伊 e 描寫比例非常低，但是 dor 變成一群粗淺好事者 gah 陰險 e 人 e 祭品，這是真正 e〈228 事件〉。初初看起來是笑詼笑詼，尤其是用做穡 e 農具做家私相拍，gah 相拍 e 動作一節一節攏黏續真密紮無冷場，事實上，尾仔是 ho 讀者一個憤怒訊息 e 大轉變，gorh 回歸並結束 di 一個食桌場面 e 賠會 gah 笑談中間。受陷害 e 人命 ganna 是一個人一條命，親像一粒石頭仔 dan 入一堀大湖水內底，深藏著傷心 e 無底深處，用篇幅無濟 e 筆路，提供人沈思 e 空間，顛倒有強化著主題 e 突出性 gah 人性出 ceh e 所在。

〈Babuja〉是作者另外一個形象 gah 筆名 e 描繪，顯示一個人同時有幾 lor 種性格，比如有"三面夏娃"，所以用另外一個名來旁白 gah 解說做自白 e 自畫像是趣味 e 所在。按呢 e 安排創造出一個新意境，橫直人生真真假假，有時 m 免 siunn 過認真，無變竅顛倒造成障礙，這 ma 是作者想 veh 顛覆固定 e 文風 e 創作。

〈Ip-a 伯 e 價值觀〉Ip-a 伯有古典 e 價值觀，ham 漢人社會 e 標準 gah 教條等等世俗觀念無全款，比如娶某 e 時陣獨排眾議，認爲娶一個有身 e 牽手過門來娶一個送一個做便老父算會和，真正伊做人公道內外一條腸仔 tang 尻川，伊對 zit 個 due 腹 dor 來 e 大漢後生 ve vai，分財產 ma 攏公道；坐車 tiah 車票只有省錢單純 e 想法，坐慢車坐愈久票價愈低 ma 是算會和盤 e 好代誌。伊勤儉 e 美德，連死 zit 項人生 e 大代誌，dor 無拖徙，一聲 dor"去"a，ma 無拖累著厝內人，伊是一個具有古典價值觀、講 gah 做攏 gorh 一致 e 實踐者，按呢來看待一個老歲 a 人，可能 ka edang 認同 LKK 世代 e 正面觀，

ma 是少年 e gah 老人 edang 相處互相尊重 e 心理準備。事實上，有一寡是相對 e 觀點，m 是 di 老人身上加一句"固執"edang 清采忽略 e 。

〈番婆命案——漁村警察 e 經驗〉以一位警察辦案 e 經過，講述漁村獨獨一位基督徒叫林巫番婆 e 女性為信仰 veh 去聖地朝拜，一世人為著 zit 個心願逐期攏買獎券，通尾 a dor 真正中獎，suah 來發生奪財命案。本來 get 散 gorh 低 song e 漁村人命 dor 是真臭賤，外省官驚麻煩起初 dor 將辦 zit 個案看做親像會染著傳染病全款，恨 vedang 食案趕緊了事；古意 gorh 執著 e 少年警察直覺上 gah 責任感認為愛將出人命 e 代誌調查 ho 清楚，dor 盡力去偵察，到 veh 水清魚現 e 時機，外省官 dor 靈機隨動，駛順風船全盤接受，濫用威權調虎離山，出現案中案，其中必有緣故……。這是一篇有起起落落偵探性、趣味性 gah 沈重性 e 轉折小說，gorh ka 奇 e 代誌是，描景、漁村 gah 作家、台灣歌詩 e 特色 ma 同時發揮兼顧著相當 e 文藝性。另外，林巫番婆親像是一位殉道者，a 凶手被烏官暗算威脅恐嚇，當事人 e 遭遇 ma 悽慘落魄，烏官粗殘 e 手段 ho 人起 ga-ling-sun。

〈Ia-so 榮-a e 婚姻〉信耶穌 e Ia-so 榮 a，mvat 字，孤一個人顧著幾分田地，可是人品一粒一，真守本分，通庄 e 人攏 deh 期待伊早一日成家做大人。教會裡有二位有教養 e 青春姑娘苩莉 a gah 主音 a 真有慈愛心，為著 Ia-so 榮 a e 婚姻不但教伊讀白話字 ho 伊提昇做親 e 條件，尾來 a 看做親無一撇，二人前後 gorh 願意以身配伊，結果是人 Ia-so 榮 a 三斤人有除（di5），iau 狗 m 敢 siau 想天鵝肉，人本底 dor 一個人真自在，只是皇帝無急，急死太監。歸篇用輕鬆 e 文路展現著庄腳人 gah 教會姊妹仔 e 溫暖關懷，趣味心適，連聖經內底 e 話語："gan-dann 看著兄弟目睭內 e 草 a 幼，無看著 ga-di

目睭內 e inn-a 柴" ma di 好 sng e 氣氛中放送。Veh 知 Ia-so 榮-a e 婚姻請看〈油菜花〉。

〈海口故鄉〉基本上是 deh 寫海口故鄉 e 小人物，女主角阿彩 e 脫變，親像一隻無物 e 鴨 vi 仔變做一隻 sui 天鵝，ui 外表到內心 e 理想，ho 一位細漢 e 時是同伴、小學同窗，大漢了後是畫家兼作家 e 詩人貴族感心。一個細漢無看頭 e 隔壁同學，心中有嚴肅 e 理念 gah 愛心，因爲外表 e 生張，連一個 ka 有高尙氣質 e 同鄉一開始 dor 無體會著阿彩 e 高貴心胸，ganna 看伊生粒仔 e 雙腳有胡蠅愛 due deh 沾 e tai-gor 外表，啥麼人 veh cap 伊？但是按呢 ma 無拍倒 zit 位姑娘 a 向上 e 意志，出去國外看過世面以後 dor 決心 veh 回歸故鄉來參與保鄉、建鄉 e 行動，過去所有 e 偏見、差錯 gah 衝突 du 好顯出世俗人 e 現實 gah 短目。讀了 zit 篇作品，ho 人印象更加 ka 深刻 e 是，作者並無用強烈 e 語詞來坦露人性 e 歹 de-luh，只以記憶 gah 地理 e 採訪錄款款 a 展開 "拒抗外來、入世鄉土" e 主題。趣味 e 代誌是伊跳脫出平述直講 e 硬板方式，採取迴 seh e 鋪排，將庄腳人 e 純良以相當高段 e 表現法，將鄉里記事、文化屬性、庄腳人身份、鄉土歸屬、土地 gah 人民 e 密切關係自然流暢 deh 注入人力資源 gah 關懷心意，表面無說教 e 意味，可是有真強 e 說服力。作者 ga 重心安排 di 一個海口 e 場景，記錄海口庄社 e 風物，足頂真 gorh 細膩 e 舖述，故事有隱藏 e 伏筆，有牽連 e 掛疑，作者 di zia 處理 gah 真順事密 zat，ve 一下手 dor ho 讀者看破腳手，而且趣味連連，引人一節一節 due 著伊 e 節奏入迷，gah 作者本身其他 e 作品比較起來，zit 篇小說架構是 ka 嚴密 e。Zit 種文章其實是真歹寫，因爲 veh 同時兼顧理念、寫景、寫情 ga 輕鬆 gah 趣味調理做伙，gorh 有整理一層一層 e 線結 ga 讀者交待 gah 清楚，是無簡單。

〈油菜花〉是以一位叫 A 韻 e 查某 qin-a 做第一人稱講 e 故事。A 韻 a 有考 diau 大學，yin 阿爸無錢 tang ho 外出去讀大學講："za-vo-qin-a 人油菜籽 a 命，ai kah 認份 le，有 tang 讀 gah 高中卒業就 ai 偷笑-a，讀 kah guan e 冊無效，目頭 guan，orh cue 對象，ve 安分 dua 庄 ka。"（p.294）"庄 ka 查某 qin-a 就 na 像油菜花，gorh-kah sui e 花都無 lo-iong，價值是花 len 去了後，結籽生 giann，ziah 有經濟效益。庄 ka 人 veh 娶 vo，愛娶 kah qiam-nqi 會作 sit 粗勇 qau 生 giann- e，智識、sui-vai long kah 無 hiah 要緊。一蕊青春 dng 妖嬌 e 花，生 di iap-tiap e 庄 ka，hit 款心情 gam 是熱心台灣運動 e 人會去關心 e？"（p.299）。無去讀大學留 di 故鄉 di 國校做代課老師，經過一段男女 e 熟 sai gah 體會，對未來 A 韻 a 有大漢起來 e 心路歷程。（zit 篇 e 註解 gah 其他幾篇全款有編註解號碼，但是註解 e 文肉無附起去，可能是編排上有漏勾去）。

〈青春謠〉寫一位初二 e 學生 gah 一個初出校門 e 查某老師鬥陣，過程中單戀老師 e 苦悶 gah 快樂，後來 zit 位女老師 gah 一位愛唱台灣歌 e 男同事真正戀愛。庄腳人去都市讀冊 di "國語" gah "土腔"中間 e 自卑 gah 自信 ma 反映出來語言壓抑 e 年代，同時 ma 牽引出來當年有理想 e、有自主性 e 查甫青年老師 e 遭遇，因爲熱血青年心中有台灣、有理想，受著當局戒嚴刑法被掠禁 e 悲劇。戀愛甘甜、優美 e 純情若一首輕快 e "青春謠"若歌若詩 e 春天 e 意愛，只是政治 e 北風無情拆破 zit 場美夢。

〈選舉〉台灣 e 選舉 gah 買票自來 dor 真蹧踏台灣人，一種烏金、權力政治 e 民主假像。看過 zit 篇小說，現出結構性 e 基本問題，如教育 gah 語文等攏愛做深耕 e kangkue。台灣人愛趁錢，另一面卻愛看別人 e 表現 gah 出身有家教無，這 gam m 是 gah 教養有真深 e 關連？所以明 e 是 deh 講選舉，其實是 deh 暴露背後 e 國民素質，富裕中 e 散赤人是精神上 e 喪鄉人。

(2) 特色 gah 企圖

阿仁 e 文藝累積 e 功夫 gah 修行 e 厚底蒂，di 伊 e 小說有幾個特色 gah 企圖：

a. 用口語白話文顛覆漢文 e 堆砌束縛。對台語文詞 e 文藝復興，伊採用大量 e 口白台語詞。M 是逐個作家攏是天才 gah 講 veh 啥麼 dor 像 he 變魔術按呢 veh 寫啥麼 dor 有啥麼，全款是戰後出世 e 台灣 qin-a，di 華語文獨尊做主流文化 e 大環境，台語文詞 e 運用 di 阮 zit 代並無受過任何 e 學堂母語教育（2001 年 9 月以前 從來無真正 di 正規教育教過），當然 ma 輸人 di *Chinese* e 使用。Edang di 阿仁 e 文本中讀著 ziah 濟 e 口語用詞，是伊用心去聽、去讀，類似田野調查 gah 老人群眾、社運團體、台灣 e 勞苦大眾接觸、講話互動所累積起來 e 生活語詞，伊巧妙用 di 故鄉 e 人情世事、田園光景、包含了庄腳 e 人物、事物、風物、景物、美食 gah 土地 e 戀情等，連台灣諺語 e 使用 ma 無濟，這 gorh di 解構 e 寫作手法頂面，有解除傳統四句工整 gah 知識階級 e 流動意向。真明顯，di 阿仁小說中伊展現著語言 e 實用性 unna 兼顧著虛構部份 e 真實性 gah 趣味性，往往伊用羅馬拼音 ho 萎縮去 e 日常生活用語、在地語、新生語 di 文中再造生命，如：

*1. bih-zah（穿插整齊）、vor-lam-vor-ne（動作慢、無積極）、bit-sun-koh-huann〔裂痕乾旱〕、ling-ko（gui 氣、乾脆）、ging-te（kau-se）、sua-sap（無清氣、囉嗦全借口）、a-sah-puh-luh-e（無正經 e）、dun-denn（起浮 ve 定）等。

*2. Tap-a（[塔馬]平埔族語一種海魚）延伸做地方名（其他如 Ra-hau[羅浮]原住民語意是陷阱、Ba-long[巴陵]是大欉/箍樹木），來追溯土地、語言 gah 文化 e 草根性。

*3. 語言 e 多樣性 gah 特性，如腔口差，海口音 e "風" 發做 "hoang" （p.242）、地域 e 變調差（p.242）、地方對生物名稱 e 差異，比如蟬（siam）有下港人叫 "am-bo-ze" ，別位（如新竹人）叫 "git-le" （p.258）。

*4. 語言 e 現代性，di 文字方式無 gorh 再獨尊漢字 e 本位主義，真自然 deh 反映台灣現時 e 社會語言新生含混交織 （*hybridity*）現象，veh 現代化代先去中國化直接 gah 國際交涉，證明 gah 國際平 guan kia 起 e 成員地位（*one of the world*）。文作除了漢語 gah 台語拼音字、ma 有日文、英文、原住民語等等多音交響 e 多語台灣特性，外來語 e 使用 asari[乾脆]、tangsuh（衫褲仔廚）、ovah（over-coat）、Ne-ong[霓虹]、KTV、 "Sayonara，Sayonara，Ore wa sabisin da" 、 "紅 gah 烏 e Blues" 等，直接表現出來台灣另類現代文化。

*5. 語言 e 音樂性，自來漢字 dor 偏重 di 讀 gah 看 e 意傳圖形頂面勝過讀音 e 功能（古早切音 e 方式無圓滿），一字 a 是一組漢字形象有真濟款 e 發音，di 客語、華語、Horlor 話 dor 攏讀無仝款，甚至 di 台語 e 文讀音 gah 白話音攏有人用來展示漢文 e 知識，過度 di 單一文字本身頂面 sng 弄學問，顛倒 ve 記得文章 e 活潑性 gah 意義等 e 各種目的。雖然台語本身有真明顯 e 音樂性，阿仁卻是將 zit 種單獨 e 字詞 gah 語句進一步 ga 整體活化，本身 dor 真愛台灣歌謠 e 阿仁，將台語 e 歌詩穿插 di 相關 e 情境當中，不但加強語言 e 組合厚度，尚且 gorh 提 guan 台語文學 e 質素，脫離口語文學 e 單薄範疇，差不多，di 逐篇作品內底攏有古典優雅 e 歌 gah 詩 e 配施。

*6. 語言 e 戲劇性，聲音 e 巧妙 di 音色、音量、音度所表現 e 語氣，本身傳達著語境 gah 語魂 e 特質，口說 gah 戲劇 e 對話加強著口頭證據 e 傳意厚度，如〈Ip-a 伯 e 價值觀〉gah〈老歲 a-人〉e 小說 ham 戲劇 e 製作，di 口語 gah 動作 e 配合互換交接 e 作用，充分發揮著台語 e 特色。

*7. 新詞 e 運用 gah 實驗，如有 "竹圍 a" ma 有 "花圍 a"，"智覺" 比類似知識、智慧、頓悟 ka 好講 ma 有無全款 e 語言角度，另外直接使用外來語來 gah 世界同步接軌，親像日本按呢 deh 發揮語文 di 智識經濟 e 效用，有 ziann 好 e 機會吸收 gah 能量釋放，補充漢字現代性 e 不足，這 di〈詩人 e 戀愛古〉表現了真 siap-pah gorh dau-dah，按呢對語言 e 萎縮 gah 新生台語文詞 e 活用 gah 創新，值得咱注重 ham 呵咾。

*8. 語言 e 指涉明顯，如〈許家 e 運命〉，zit 篇是 1993 年 e 作品，作者迴旋 di 台灣 e 悲情情景，心情有 ka 沈重，gah 作者本身其他 e 作品比起來，指控成份 ka 重，反映 du 戒嚴了後 e 台灣民情氣氛。其他篇名 ma 真淺白直接。

(3) 寫作 e 風格

a. 豐富 e 綜合性。寫作 e 風格，十足以畫家 gah 詩人 e 身份 gah 製作 zit 個綜合角色流露著浪漫 e 性格，ma 加強文藝、文化工作者 e 份量，文學 e 高尚性 m 是以流通 e 錢財可以換算，mgor，文學是國家財 e 一部份。阿仁以接近信仰或創造信仰，抱持 "歌詩、愛情、脫變、主體、自由、尊嚴" e 自主原音以文字流動 e 音韻來寫台灣人 e 心聲，運用自然樸素 e 母語 du 好 ga 台灣人 e 語言用一款隨想接近意識流 e 方式，適當表達出來，而且 ga 社會面向注重 di 農村

gah 漁村。小說 e 範圍包括著偵探命案、台灣人 e 價值觀、性愛話題，用笑詼 e 語氣講嚴肅 e 議題。Gah 阿仁對話，時常有感覺著伊 zit 種深化／內化（*internalzation*）過 e 氣質，有時 a，你會掠 ve 著伊 e 語意是真 e 正經、a 是假 e 笑詼，伊 zit 種性情 e 原鄉真有回歸平埔族性 e 單純面，往往 di 伊 e 文路內底，無做強烈 e 道德、教條批評，只以敘述、化約輕鬆 e 話題落手，筆調相當輕巧。台灣人數百多來滿腹 e 滾絞，只以浪漫 e 氣氛、巧妙 e 雙手 ia 過種籽，輕淡、在腹、平穩 e 口語白話文，若船過無水痕來展示優秀、醇美 e 台灣在地國風，edang 按呢來表達知足純良 e 民性，宣揚著海洋子民無掛無礙 e 大方 gah 土直，di 台語界目前應該是阿仁特屬，親像專門表演小丑 ho 人歡喜 e *Chaplin*（[卓別林]，1889-177 英國喜劇明星），di 台後 e 辛勞 du 好 gah di 台前表演 e 純熟，gah 一位藝師 e 成就形成正比。

　　b. 小說 e 多面性。脫變是一種新生 e 實驗，阿仁 m 是滿足 di 短暫、固定、安穩 e 人，新 gah 舊、變 gah 守攏是伊 e 靈思創意，弄筆路數 qau 用藏筆舖路 ga 讀者點一下，轉折 gah 衝突起起落落，如〈海口故鄉〉e 倒敘、穿插、排解謎題。Di 內容頂面以被壓抑 e 農村對流行 e 都會，來顛覆主流文化，這 dor 是後現代主義（*postmodern*） veh 解構（*deconstructure*）固守主流、階級 e 結構。阿仁 deh 看代誌假若是用倒頭栽（*up-side-down*）e 角度來看 e，普通人講伊九怪，但是伊是受過戲劇寫作訓練 e 人，視覺文化 e me-gak 伊當然知影，di 伊 e 血底本來 dor 有反對文化霸權 e *sense*，zit 種直覺 gah 智覺是一種本能 ma 是人 e 良知，基本上伊用實踐 e 方式來表達對土地 e 愛 gah 誠懇。

　　c. 故事 e 連環關係。雖然是以單篇小說 ho 讀者看，但是歸本冊有整體性、關聯性 gah 互通性，按呢顯出一種獨特性。如人物 e 配置 ga gann-gann 做伙，〈詩人 e 戀愛古〉e 主角轉去〈海口 e 故鄉〉、大 ko Choe-a（Zue-a）、Ip-a 伯、Babuja、A-chhun、〈青春謠〉e 安田伯 a 攏出現 di〈油菜花〉zit 篇。尤其是理念 e 再現，差不多逐篇攏有講著台語文 e 問題 gah 鼓吹白話字，當代 e 歌詩攏一再介紹安插 di 逐篇文中，按呢 e 安排有連續劇 e 提醒功能 gah 在在處處強化理念 e 加權指數作用，如慶伯 a gah 228 事件（p.306）、榮 a 娶紀滴水 e za-vo 孫 a 秀（p308），ma gorh di〈油菜花〉zit 篇現身。甚至 di 伊 e 散文小說〈Pha 荒 e 故事〉，dor 有一致 e 主題連續性存在。（註一）

(4) 勞苦大眾卑微小人物 gah 海洋民族代言者

阿仁時常用哀愁 e 目睭（p270、271）來看故里鄉親 e 遭遇，除了海口故鄉 e A 彩，二林 e A-chhun、A 韻，都會 e 趁食 za-vo A 秀 gah 歌星，以庄腳 e 小人物，阿婆、阿公、Ip-a 伯、添 a、慶 a、榮 a……等生活方式表現常民 e 心意 gah 習性，取代用大家族、或有頭面 e 人物 ga 故事寫 gah 氣勢獨吞，mgor deh 寫海面 e 景色 gah 海風 e 霸氣，gorh 變化多端，英雄氣派一如台灣 e 海洋國風：

……Seh 到海邊都也暗-a，天邊 cun 一絲紅霞 ho 海風搧 gah giu 入去 na 墨賊（vak-zat）a 血 e 雲 ni。海泳想 veh zong 起來埔 a，mgorh long 隨 ho yin e 家族 a qiu-dng 去，一 bai gorh 一 bai 一直衝一直 hau。遠海暗紅暗紅，無 rua 久就 long 暗-去，感覺有 gui din 怪物 vih di hia，m 知 di 時會 beh 起來食人？風 tau gah 我若無落來用牽 e，鐵馬會去 ho 捲去。（〈番婆命案〉p.198）

黃昏 gorh 來到海岸，風 gang 款真 tau，海水 ve 輸 gui 鼎湯 ho
風 sak gah 滾起來，起波 e 水是海泳；烏雲 ga 日頭 kam 布袋，cun
氣絲紅霞 di 海 e hit bing veh-si-na-hainn （〈海口故鄉〉p266）

注重勞苦大眾卑微小人物，對性別 e 扭曲 gah 權力 e 腐敗，對
女性 e 同情 di〈詩人 e 戀愛古〉（p.56）、A-chhun 內面 e 描寫，對
烏金政治（〈選舉〉）、白色恐怖（〈228 事件〉、〈228 新娘〉），阿仁用
哀愁 e 目睭 gam 著流目屎倒流入腹肚底。不過，阿仁定定用熱情 e
願力，以清淡、溫靜 e 口氣，表達豐富 e 彩色台灣，至少安慰著咱
長期以來受傷 e 靈魂。Di〈海口故鄉〉gah〈選舉〉有起造女性 e 新
形象，積極參與為民服務，發揮女性 e 能力，ho 認真 e 查某人上 gai
sui。作者基本上，ma 隱約呼籲著母系社會 e 功能（見〈Babuja〉貫
上某姓），veh 激出兩性共榮 e 台灣人新世紀，所以伊愛勞苦大眾卑
微小人物並鼓吹海洋民族 e 國民氣度。

(5) 自然主義 gah 價值觀

看重庄腳自然生活 gah 發見存有 e 價值觀，如〈海口故鄉、
Ip-a 伯 e 價值觀、Ia-so 榮 e 婚姻〉有加強社會人心教化 e 養份 gah
提昇 e 功能，親像歐洲十六世紀以後，一寡思想家如法國浪漫主義
e Jean *Rousseau*[盧梭]、德國 e 民族主義 *Johann G. Herder*[赫爾德]
看著庶民生活 e 生命力，重啟著文人重視民間文學是人類文化共同
e 寶藏之觀念。以農村農民做主體 e 平民大眾 iau 保育著 ka 完整
e、醇美 e 傳統，zit 個傳統優質 e 部份，dor 是價值觀 e 永恒性。
所以阿仁用緬懷式、疼惜 e 愛心追蹤，小說內含有真厚 e 田野調查
氣味。

(6) 小說式 e 田野調查 gah 報導文學色彩

　　土地永遠是寫作 e 靈感，土地 gah 文學是分 ve 開 e，寫海、記海，親像報導文學 e 小說式 e 田野調查，充分發揮著小說是反映另類知識 e 功能：

　　這庄名叫 "Tap-a" 離二林街 a 6、7 公里，聽講 "tap" 是平埔語，一種海魚 e 名，zia kah 早 zit 款魚真 gau，到底是 siann-mih 魚就無人真知 a，Tap-a 若講緊就變 "Ta-va"，漢字寫做 "塔馬" 庄，差不多 30 幾戶，全姓林一 e kah ze，long 是食海生活 e，有 e di 海 ginn 插蚵 a、牽網 kiorh hue-ka-cih-a gap 雜魚，也有 gor 船 a 起近海放網 a，gui 庄 long 臭臊 gap 鹹味。（〈番婆命案〉p.197）

　　海是性命 e 源頭，也是性命 e 歸宿；海族 e giann 孫，ui 深到淺，有無 gang 款 e 生活場，水 e 深淺、溫度、鹹度、水流、水文攏決定性命生存 e 條件，yin e 性命 ui zia 起，di zia 煞，ma 生 tuann 後代，延續 gang 款 e 運命。⋯⋯（〈海口故鄉〉p.243）

　　⋯⋯Dng-a 是用網 a 做 e，安 di 塭邊 e am 空前，借 kor 流 gap lam 流 e 時差、溫差、水位，蝦 a 會 zinn 去 am 空，用網 a diam hia dng，蝦若入去 dng-a 內就 vedang 出來。這款蝦 a 肉真幼，頂手來收，一斤 3、4 百 ko，一工加減 dng，2、30 斤 a，收入 iau 算 ve-vai。暗時安 dng-a，透早去收，kangkue 輕 ko。（〈海口故鄉〉p.272）

　　阿仁親自去草地 cue 寫作 e 題材，發覺存在 di 民間 e 常民生活，本身 ga liau 落去，可見伊重視田野資料 e 程度！到 dann，台語界無一個是專業 e 作家，阿仁會使講是一位 ka 接近台語文專業作家，可能會使講是台語文學生活 e 阿舍。Di 台語文界，除了詩集，其他 e

文學作品，大量欠缺，mgor，讀了阿仁 e 小說，ho 咱有鼓勵，ma ho 阮想起一件故事，di 二十世紀以來，當全世界 e 交通電信系統已經 真發達，di 法國 zit 方面卻是真過時 gah 落伍，按呢 e 狀況，用阿仁 e 話是屬 di pa 荒 e 故事，gah 法國本身二三百多前 dor 有全世界上 進步 e 地下鐵比較起來實在有夠走精，但是 yin di 二十世紀尾期， 後來做前，淘汰舊系統，採用全世界上蓋進步 e 技術，變做世界一 流，dor 親像一個 ka 無現代化 e 所在無電視通看，等 gah 八〇年以 後，yin dor 直接看彩色電視全款，咱台語文 e 起步雖然慢，但是 mtang 餒志，阿仁 e 例 dor 是講只要咱有心，猶原 edang 達到相當特 出 e 願景。

註解

（註一）

　　請參考本冊"散文"有關阿仁 e 單元。

（註二）

　　請參考本冊"民間文學" e 單元。

四、 少年人 gah 新手 e 小說

　　經過九〇年代 e 母語文化釘根運動，陸陸續續有新人 gah 少年人 加入母語小說寫作 e 隊伍，這是 ho 人歡喜 e 代誌，因爲做前 diorh 火 車頭 e 人總是會老，上煩惱 e 是愛有薪傳 e gor 排仔手，蔣爲文、丁 鳳珍（註一）、楊嘉芬、董耀基、王貞文 gah 胡長松等 zit 群小說寫手 加入，使得台文界 e 接頭有 ka 遠 e 底 gah ka 遠 e 光。其他如胡民祥、 張春凰、洪錦田 gah 楊照陽 e 台語人 di 小說頂面 ma 有所表現。

1. 楊嘉芬 e 小說

楊嘉芬，1968 年出世 di 台北，政治大學外交系畢業，1996 年開始接觸台文。

嘉芬 e 小說是用全羅文，採用"台語字"書寫系統寫 e。除了全拼音 e 表現，同音異形字 e 設計是這套文字系統 e 特色，如：ee（的）/ xee（個）qauw（九）/qxauw（狗）。另外，"詞" e 連寫觀念，伊 ma 有充分表達出來，如：vylee（玻璃），denrnauw（電腦）等。

主要小說作品有四本，攏是自費出版發行。

《JINGCIU DINGW EE QONGQINGW＝榕樹頂的光景》，zit 本小說集是由〈Jaboxde=查某地〉、〈Kicqag ee Violin＝缺角的小提琴〉、〈Jingciu Dingw ee Qongqingw＝榕樹頂的光景〉三篇輯合，1998 年出版。

《SI'ANGW TAII SIW GUANW JEXHUX＝啥人 tai 死阮姊夫》是一篇偵探小說，1999 年出版。

《JIT XEE SENSNILANGG EE 1997＝一個醫生大夫的 1997》是一篇寫實小說，2000 年出版。

《SIR JIXMUE＝四姊妹》四篇短篇 deh 講四個查某人 e 故事，屬 di 女性小說，2000 年出版。

筆者一時之間雖然對楊嘉芬小姐所採取 e 系統無熟 sai，mgor，ganna 對小說 e 篇名變化已經有看著作者關注 e 多面性 gah 鼻著一位勇敢展現著前進理念 e 實踐者所放射出來 e 文學力。

按呢另類 e 書寫，無疑是脫漢具體 e 展現，新秀 gah 新銳 e 氣質爲新一代 e 母語運行注入一港生命力，無疑是台語文另類現代情景 e 寫照，按呢 e 台文是足有現代感 e。

讀者有興趣請參考網站：

http://m0501.seedcity.com/fr05/daigixzi

2. 董耀鴻 e 小說

董耀鴻，1977 年出世 di 台北三重埔，筆名叫 A-Bon，就學花蓮師院。台北市大同高中台文社 gah 花師台文社創立人 gah 社長，辦 TGB 高中生台語生活營 gah 台教會青年營。除了出版過**《Khoann 看 Siann 啥？！》**、《Lo-ma-ji e go-su／羅馬字 e 故事》二本尪仔冊，ma 有寫小說登 di《台文 Bong 報》雜誌。以下來介紹伊 e 台語小說。

〈考試〉學生坐 di 教室內底考試，考 gah 頭殼內空空，人坐 di 考試監獄，一肢手劃 gah 酸麻，人 dor 楞楞 m 知人 veh 行出考場，一直到考官還考生一肢 lak di 桌頂 e 作答 e 手。

〈上北火車〉ui 花蓮 veh 去台北 e 夜班火車，一群旅客出現 gorh 跳車，出現 gorh 跳車……影無體、來無蹤、去有影，靈異陰陽交界 e 奇遇更替 di 一班上北夜火車……。

〈咖啡店〉di 路過國姓 e 途中，一間拾人無愛 dinn e 材料重建 e 柴厝，叫做 "鐵帽仔" e 咖啡店，暗時一群 921 天災地變 e 冤魂來鬥陣，zit 陣人講述 hit 暗 e 苦慘遭遇，以後做伙定時聚會互相交流安慰，店主 gah 文中 e "我" 做伙燒金安魂祭亡。

〈魚肉〉deh 講一位老師暗時轉去學校提考試紙 veh 轉來厝內改考題，看著校長室電火光光順續過來 ai-sah-zuh，煞 ho 張校長 gah 江教官認為同事聽著 yin 二人替對岸顛覆政府擾亂台灣 e 擾耙 a，驚內神通外鬼 e 陰謀 ho 同事破去，先落手做 ket 掉，移屍安排做跳樓自殺結案。死者 e 身體 hong 擲 di 文中 e "我" dng deh 煮魚準備 veh 食魚肉 e 進前 e 洋台頂，透過正義感 gah 精敏 e "我" 一連串 e 觀察 gah 聽證出面干涉翻案，替死者冤死申冤。

〈吹狗螺〉（第 53 期 2001/2/15）deh 描述高中生 e 校園生活，尤其是補考 e 操煩，di veh 偷提補考試單 e 暗暝，意外發現一件同學 e 命案 gah 對岸浸透入來台灣 e 間諜戰。

A-Bon e 小說攏是台語鬼 a 古，將台灣少年 e 惡夢，包括考試 e 壓力、中國不時文攻武嚇恐怖 e 打壓、血腥屠殺 e 間諜謀殺案、冤魂顯靈藉著怪異 e 話題 gah 鏡頭 ga 人間地獄現象表露，來凸顯著天災人禍 e 厄運。一方面講著 zit 個現世 e 殘酷世界、一方面 gorh 講著 gah 歹人纏 ve 煞 e 冤魂，看起來陰界是相當 e 恐怖離奇，其實野蠻 e 陽間比深靜 e 陰間 iau ka 惡質。A-Bon 一旁抗拒 gorh 一旁入世，有人 edang 做小留學生去外國讀冊，但 m 是所有 e 人攏 edang 移民離開台灣，gorh 講台灣是生養咱 e 土地，咱 e 根當然 dizia，這是 A-Bon 所 veh 護衛 e 故鄉。Zit 個少年 e 作家以冤魂救贖 gah 偵探小說 e 特質 ga 台文 e 境界推向另外一個面向，白話書寫生動，文筆手路、情節 e 安排攏有足好 e 形體，小說 e 吊疑、迴轉、氣氛鋪排 iau 有真大 e 發展空間，A-Bon 替台灣出一個 *Holmes* 已經有具體 e 開始!

3. 王貞文 e 小說

王貞文，1965 年 gah 雙生仔阿姊 di 淡水出世，di 嘉義大漢，筆名號作田嬰。東海大學歷史系出業，台南神學院神學研究所出業，現在 di 德國畢勒佛 e 伯的利神學院進修神學博士。

王貞文除了 di《台語小說精選卷》zit 篇〈天使〉（1997），iau 有〈十歲 hit 冬〉（收錄 di《台語散文一紀年》原載 1995，8，《台文通訊》

第 41 期)、〈一個置熱天 e 墓〉(刊登 di 2000 年 12 月中出刊 e《島鄉》21 號)、〈欲食 Pang〉(《台灣 e 文藝》第三期,2001,秋)等。

〈十歲 hit 冬〉(1995),zit 篇雖然被選錄 di 台語散文集內底,是小說散文,ma 是散文小說。一個家庭爸爸無 di 厝內,十歲 e qin-a-pi 失去保護 e 安全感,dor 親像一塊四角桌仔欠二支腳,若是人已經死亡有確定,上少接受 zit 種結果 ma 是不幸中 e 大幸,不幸 e 是吊 di 半空中 e 無確定——避開極權逼害 e 逃亡。"阿爸有平安無?!"一個十歲敏感 e qin-a di zit 款無確定中驚惶 gorh 絕望,di 極權 e 國家、歹人烏暗 e 世界不時 dor 驚 gah pi-pi cuah、頭殼疼,破病醫生查無原因,情形是"zit 個 qin-a 足奇怪,伊老爸若無 di 厝,伊 dor 破病,伊老爸若轉來,伊 dor 好起來",親情 e 得 gah 失,無輸愛情 e 相思病 e 悲慘,zit 款親離放囝 e 離別親像 di 人 e 身軀頂深深割一刀,不時不陣 e 臨檢、掠捕 dor 是白色恐怖、思想控制背後 e 烏手所 ia e 毒素 gah 羅網。

〈天使〉(1997),di 繪畫 e 世界,添木 a 一世人寄望做畫家,無端捲入去白色恐怖 e 陷阱內底,原因是 di 三十七冬前,伊 ho 一個瘦細殘障 e 細漢查某 qin-a 滿腹寄望天使 e 天真 gah 單純 e 心感動著,畫出《天使》zit 幅珍貴 e 畫,ma 因為去教堂 gah 人接觸致使惹來食十二年牢飯。Zit 段冤屈 ho 伊當初培養出來 e 對"天使" e 盼望 gah 良善 e 心靈完全喪失。三十七冬中間 e 變化,出獄了後,伊選擇開店經營美術相關 e 畫工行業,真 du 好 zit 條線引伊一 zua 心靈回贖 gah 重新訪畫 e 探索心路歷程,再度重逢已經做序大 gah 長老 e 女性——當年 hit 個跛腳 e 查某 qin-a 阿慈,di zit 位女士身上伊看著永恆 e 真善美德行,彷彿看見"天使" e 化身,重拾信念。雖然添木受冤食苦 gorh ceh 心,對家己 e 理想 ma 曾經消磨了了,最後 ma 體悟著人生 e 真諦,

小說點出來 "受苦 e 人有福 a" e 智慧，di 奇妙 e 機遇之下，人性 e 善根重新發揮，"天使" e 使命感再度 di 添木 a e 筆下活潑放送。

〈一個置熱天 e 墓〉（2000），以 "我" 引述同學 *Thomas* gah *Thomas* e 媽媽三面 e 情誼，"我" e 同學過身了五多，"我" ka 以一種深度 e 交流、了解、體貼，以虔誠 e 心意，款款 a 呼應著 zit 個媽媽身軀頂繼續 deh 為著囝兒 veh 維護人類唯一 e 地球實踐公義。母愛 e 堅持 gah 獨特性結合理想，爆出生命 e 光彩，親像上帝愛世間無夠 ziau 勻，派老母 zit 個角色來看顧家己 e qin-a，雖然心愛 e qin-a 無去 a，但是將愛延伸，用聖經舊約內底將上帝比喻作一隻受氣 e 熊母，熊母攻擊人、咬人、拆裂一切，雷公性地大發是因為伊所疼 e 熊 ho 人奪走去，為著絕對 e 護持、公義 e 堅持，ga 母愛、上帝 e 愛，zit 款利己 e 自私化做利他無私 e 大愛，dor 按呢 "我" gah "同學 e 媽媽" 歡喜做伙來到 "zit 個熱天 e 墓"。

〈欲食 Pang〉（2001），老爸來歐洲 gah 查某囝相會，去博物館看圖，因為看著食 pang e 圖，引出老爸久年心事，挑起查某囝想著故鄉 e 人事 gah 往事。Zit 個查某留學生有征服天下 e 氣魄，看著台灣謝雪紅、愛慕德國 e 女畫家 *Kathe Kollwitz* 對普羅大眾 e 女中英豪，dor 是 zia 久來無真正體會阿媽因為阿公走路無 di 厝內所遭受 e 驚惶，阿媽 e 心願、台灣人 e 奮鬥，想 veh "出頭天" gah "平安" e 期望 di 老爸沈味看圖 e 目神 ho 伊感動，gah 阿爸對話中智覺著平凡 e 深度，veh 食 pang e iau 飢 gah 目屎，di 馴服了後已經表面平靜 e 生活，外濟咱會珍惜？

貞文 e 小說有幾點特質：

(1) 基督教文學 e 台灣使者。貞文早 dor di 台灣文界被公認做少數基督教文學 e 先秀之一。〈天使〉、〈一個置熱天 e 墓〉是基督教文學 e 典型。貞文文章幼路 e 所在展現 di 款款仔描繪牽 seh 人物內心深度 e 雕刻，同時 qau 用外景 e 場況配合情節 e 氣氛。伊透過宗教式 e 禱告，彷彿告解、懺悔式 e 冥想 gah 反思過程，產生一款特殊 e 觀看 gah 察審 e 分析能力，來調理 gah 處理伊 veh 表達 e 小說情節，伊用小說寫作 e 藝術將訓示 e 教條婉約、流入人心，展現著小說 e 感染力，宗教家 e 智覺：“人生 e 好 vai 同時攏是雙生牽手做伙來，咱平凡 e 肉體身，好親像‘我並無祈求風平浪靜，只有祈求上帝 ho 我力量渡過難關’”zit 類 e 連想 gah 啓發自然流露，dor 按呢，人性 e 脆弱 gah 人生 e 挫折、甚至台灣人 e 228 恐怖大劫數 gah 冤錯攏會 di 信望愛當中得著赦免 gah 重生。貞文做一個傳道者，總 a 共 a，一直 deh 傳達“平安” e 訊息，甚至〈欲食 Pang〉zit 篇 dor 愛藉著主角大漢以後，di 他鄉外里 dann 感受會著過身 e 阿媽伊按怎堅心愛 di“我 dor 會將平安鬥陣 e 每一分鐘看作出頭天 e 時刻” e 心意。貞文寫作淑世 e 德行，以故事本身傳佈出來 gah 讀者分享。現此時 dng deh 修博士學位 e 伊，創作量攏保持飽水漂撇 e 水準，除了天生 e 文藝細胞，事實上，伊以傳道者 e 使命透過文章 e 媒介，願力是真顯明 e。

(2) 寫作 e 風格，除了上 qau 心理描繪，筆法細膩、幼秀 gorh 透理，真有英國女作家 *Virginia Woolf*（1882～1941）e 散文詩 e 小說風格 gah 主體性。女性書寫天生 e 斟酌、體貼 gah 敏感自然流露。多面牽連 e 立體文風，di 文體中充分表現女性 e 生命力度。處理小說 e 結局往往攏 ho 讀者一個強烈 e 感覺空間，比如〈欲食 Pang〉：

Pang 是深色 e，咬起來真實在，初初有一點啊酸酸 e 感覺，慢慢啊餔餔咧，就有五穀 e 芳味。

Zit 種感官世界 e 韻律，mdann 交 an、呼應著文意，gorh 提供著作品豐富 e 想像空間，擴充著文本 e 渲染力。

(3) 女性主義 e 色彩。小說中 e 女性特色明顯，女性 e 角色詮釋 gah 入世 e 意志相當強，如〈欲食 Pang〉e 女性觀點綜合環保、國家認同、民主運作、基本人權、起造人間樂園 gah 女性生命力資源 e 放射，具備著前衛、積極 e 女性主義因素。按呢 e 寫作不但 di 文化、性別頂面發酵，ma ga 台語文藝 sak 向新世紀 e 舞台。

(4) 照護 gah 醫療（*care and cure*）e 面向真大、真深。美育中 e 感動，如〈Veh 食 Pang〉、〈天使〉e 圖畫 ham 意含 gah〈十歲 hit 冬〉e 音樂 ham 歌唱，尤其以圖畫化解個人心中、人 gah 人 e 互動、過去 e 影跡 gah 現在 e 映象等攏用一款另類 e 語言來整理人心靈中 e 內暴紛亂，以看圖 e 感受 gah 對話引點啓發，藉著書寫表現圖畫 e 療效，猶原 di 信望愛 e 關照之中。Di 每一篇小說內底，貞文表述人 e 冤屈、驚惶、精神壓力、心理結頭，一如受難者 gah 精神 san 鄉 e 人，只要堅信，和樂平安 dor 會 di 生活中如〈天使〉中 e 慈雅長老，ho 添木 a 抹去心中 e 陰影 gah 滋潤著放棄長久 e pa 荒心田，同時因爲一段苦難 e 經過使得添木 a gorh 回頭 cue 著創作 e 泉水，這隱含著受難者替世間擔負苦難 e 意願 gah 甘願。基督教文明、西方文明 gah 美育文化是分 ve 開 e，貞文真成功消化 di 文藝創作當中。

(5) 再現創傷 e 面向。透過歷史背景 e 訓練，作者觀察力精闢再度表現二二八 gah 白色恐怖 e 烏暗對台灣人無所不止 e 影響，五十多來不止現有 e 三代人，如〈Veh 食 Pang〉e 描述，事實上，台灣人若無好好處理 zit 件代誌，甚至 gorh 不止三代人會重覆浸 di zit 個悲劇當中，di 無形 e 憂鬱悲戀當中可能會做一個永遠 e 沈淪。貞文 di〈十歲 hit 冬〉、〈天使〉、〈Veh 食 Pang〉內底不時 dor 提著 zit 款現象，zit 個影響 e 範圍，不止是專門寫白色恐怖 e 陳雷 zit 個六十歲 e 人 ve 喘氣，連三十歲 zit en e 人 ma 驚魂不安,二二八 gah 白色恐怖 di 台灣陰魂不散,因為 zit 個問題到 dann 猶原 iau 未清白。

(6) 完滿 e 結局。有主 e 意旨 gah 傳道士 e 真愛,生命重生 e 起造 gah ng 望一直 deh 鼓勵眾生,所以受苦受難者,攏 edang 將苦難轉做肥料豐富生命體,終歸尾看見生命 e 春天。

(7) 空間 e 擴大。台語小說 e 範圍隨著貞文留學 e 腳步,空間擴充到歐洲 e 人文,但是鄉土兼顧,文中 ga 國外他鄉 gah 國內 e 家鄉交混,離鄉情重,作品由生養 e "故鄉"（ I ）擴到 "他鄉"（Other）,如〈一個 di 熱天 e 墓〉、〈欲食 pang〉e 場景,但距離 e 展開所生 e 思鄉情分,gorh 充分表達著 "故鄉是出外人 e 故鄉",故鄉 e 圖景形象明朗。

(8) 歷史 e 意識。貞文本身有歷史訓練 e 背景,所以對台灣 e 228 事件議題 e 處理注重,是接陳雷以來,清理白色恐怖 e 新生代。白色恐怖其實 di 台灣 iau 有變種 e 陰謀 di leh,zit 個問題 dor 是族群對立、權力 e 爭奪 gah 國家認同 e 問題,使得台灣 e 民主化 e 障礙如媒體背後 e 魔手一直表面 qia 著 "新聞自由"、"言論自由" 來操作公共機器,zit 種情形 e 另一面是台灣人 e 文化意識無夠,文化工作者人手無夠。貞文繼續看見 zit 個問題,除了歷史 e 意識 gah 教育以外,ma 是親身做一個文化建設者 e 先鋒,而且貞文是入世 e 傳教工作者,政治、社會倫理、環保、文化、女性主義逐項 dor di 伊所關懷 e 範圍之內,生活 e 內容 gah 事件變做歷史 e 事蹟,是生活方式一點一滴 e 痕跡,歷史 ganna 留下好 e 落來,只有靠著了解歷史 e 原由 gah 教訓,好 e 部份 dann 有可能成做人類文明 e 累積,作者 e 意圖 di 歷史 e 意識頂面是厚重 e。

貞文 e 用字,傾向用圖形 e 漢字（應該 m 是傳統 e 漢文）,伊講按呢無全 e 族群 edang 欣賞（註一），按呢有加強 di 視覺 e 認知，卻是稀釋 gah 剝削著台語特別詞 e 語音 gah 原貌，往往讀伊 e 文詞攏愛猜測，按呢 e 狀況往往愛 di 借、訓、轉、連接中間調伏 di 漢字 e 統管當中，佳哉，貞文 e 文路架構補償著 zit 個 ki 角，台語人用愛心經營台語文 e 園地，其實 m 免 dor 完全受著 zit 款一式化 e 文字工具 e 束縛，造成認知 e 無方便（ho 常用範圍 e 方便），這 ma 是多元無穩定 e 母語另類 e 開放空間，di 形成過程中 e 一項現象。

註解

（註一）筆者 gah 作者 e-mial 通訊

　　春風：

　　我自己 e 原則，是盡量用漢文來寫，因為安呢較有可能互所有的族群看有。我自己對漢文的「圖形式 e 表達」有好感，過去 di 長老教會內，嘛訓練到漢文掔起來就會當讀出台文。在德國文化浸久，顛倒會珍惜漢文豐富 e 表達方式。羅馬字對我來講變做是用來注音，來幫助咱讀它。

　　不過，我 ma 接受、欣賞目前漢羅併用 e 台文寫作的努力，只不過我 e 文章著要不時勞煩編輯者來改。

　　盼望妳 e 台灣文學研究，會結出真好 e 果子。

貞文 2001/3/13。

參考書目：

Woolf，Virginia・Women and Writing・1904・Orland ：Harvest，1980・

——・A Room of One's Own・1928・ London：Penguin，1945・

——・To the Lighthouse・1927・ Orland：Harvest，1989・

　　電影《超級大國民》，萬仁導演。

4. 胡長松 e 小說

　　胡長松，1973 年出世，高雄柴山人，清華大學資訊研究所出業。1995 年開始寫小說。已經有出過《柴山少年安魂曲》、《骷髏酒吧》兩本華文長篇小說，少年文才 dor 發光，難得 e 是最近伊用阿母 e 話來寫作，一出手 dor 寫著相當有看頭，ga 台語小說 sak 向另類 e 層面，看過伊 e 作品，咱 dor 愛相信人生 e 創作高峰是、有 di 二十五歲左右，真是英雄出少年按呢生！屬戰後第四代。

　　〈紫色 e 金龜〉（登 di《島鄉》21 號，2000 · 12 月）是安排 "我 gah 伊" 二個角色，主角 e "我" 身上，表現某一款人性天生 e 殘暴，另外一款對抗 "伊" e 天生力量，性惡 gah 性善並列，烏白分明。透過一個資本階級 e 自白，類似懺悔 e 回想，講出權力家世腐化人心到宰制變態 e 扭曲人格，zit 種環境 e 因素 gah 內在 e 天生，di qin-a 無夠修養、無知 e 情形下，一種家風 e 習性 gah 無形 e 權勢引誘，dor 行為出 ceh，最後 zit 種無理性 e 作為 ma 愛受著 "伊" zit 個人 e 基本尊嚴 gah 正直 e 拒絕（negation）權力超越，得著教訓，di 回憶中透過反省延綿到出社會，做一個人倒轉來珍惜 zit 個心中刺疼 e 祕密，mgor zit dah 烏 pi 無張持持去 ga 抓著 iau 會流出鮮血。除非麻痺，若無，無形 e 回憶一生 dor 會 due 著人 e 心走，胡長松 e 功力表現 di 回憶寫作 e 文藝色彩。另外，ho 人聯想 e 是人 e DNA edang 改造，身軀內底 e 化學質素 edang 改造，連後有感覺著上帝 ma 愛滾笑！

　　〈死 e 聲嗽〉（登 di《台灣 e 文藝》2001 二月創刊號），內容全款鋪排 di 細漢做伙 e 伴，大漢同時踏入烏社會 e 場域，"我 gah 伊" zit 二個黑社會角頭頂面談判結果，小說一開始死者已經身亡，mgor 若無真斟酌看第一遍有人會問講："有死無？" 作者利用偵探小說吊胃口（suspend）e 迴 seh 手筆，di 人 e 靈魂 veh 脫離肉體前進回想、留戀世間，親像超語言對話 e 回味告示一場潛意識意念 e 內容。死者 iau deh ziau 想談判 e 成果來表示談判 gah 衝突 e 過程，同時 di 內心深處 e 良心 deh 搖 hainn，di 業果中滾絞。有意識流派 e 意味 gah 魔幻寫實 e 氣味，氣氛奇異冷酷，短短一篇小說，將烏道社會、名利爭奪、烏金選舉、虛擬夢境 gah 生死幻象 e 現實提到超現實 e 作風。"伊 e 烏目鏡"，ma 象徵著烏暗 e 交易 gah 人性 e 烏心肝、現實 e 烏社會，所有烏 e 罪過滋生 e 場境 gah 烏暗時空 e 墮落情景，解決 e 方法只是目睭前 e 一片烏 sorsor e 表現方式。

〈一滴值錢 e 目屎〉（登 di《島鄉》2001．3 月 22 號），敘述二位大學同窗畢業了後就業，南北會面聚餐 e 對話，di 事業、婚姻中間 e 選擇，反映現此時台灣社會工商經濟狀況，di 流行趨勢內底 e 理想、青春、愛情、親情、銀票、股票之間 e 價值觀。〈一滴值錢 e 目屎〉有比對、諷刺 e 意味，一個已經結婚，但 m 是追求去食餐廳，只是 di 南部過著親像隱遁 e 生活；一個 di 都會滾絞，拍算 veh ho 女方幸福，但愛等到趁真濟錢了後，去食餐廳目睭無 nih 一下 e hit 種生活水準，結果 di 雨水 e 流動中講著女朋友 e 代誌，孤一個人流落一滴值錢 e 目屎。相對 e，有錢無錢娶一個某 tang 好過年，有一個普通 e 家庭雖然可能食飯配菜脯米 a，至少 ma 心頭定。中間穿插著餐廳外口落雨 e 情景，一個 qin-a gah 一個老人 di 都市 e 雨中 e 鏡頭，形成場內 gah 場外 deh 講述著人生交互 e 情景。Zit 篇有真好 e 散文小說效果。

〈貓語、烏布 gah 貓 e 民族〉（《台灣 e 文藝》第二期，2001，4 月）。這是一篇寓言式小說，按作者兼《台灣 e 文藝》編者家己 e 講法是"暗指台灣母語發展受著打壓 gah 扭曲 e 現實，並且諷刺外來中國文化媒體界 e 自大、優越 gah 混亂、接近群魔亂舞 e 現況"。作者代先用膨風迷人神魂親像 ho 你食著符 a 水 e 技巧，透過動物園主塑造一隻神秘 e 老貓精，用心計較結合媒體、利用障眼法只有聲 gah 影，製造假若萬能神主 e 幻影，以一塊烏布隔開觀眾 ho 群眾 di 看無真相 e 面目之下迷失。製造魔神 a 引誘人 e 魔音傳腦，相準人類 e 各種需要，只要有空 a 有縫 a 無所不止，唱做攏來，利劍劍 qen de de[高高在上]一直 deh 迷惑社會大眾。魔鬼用比上帝 gorh ka 精緻 e 手法，ho 人認為 zit 隻神貓是五千多來 e 先知、智者，ve 使現身只有神祕 e 言語，真緊 dor ga 大細漢迷 gah 東倒西歪，尤其 hit 種怪異 e 貓聲居然造成人類 e 自我價值破產、精神錯亂，ma veh 去學貓語做貓族。Zit 種反映台灣社會 e 失語 gah 喪失主體 e 失憶症頭，是內在殖民偏執狂 e 謀殺法所設 e 計謀，另外 dor 是人心 e 愚癡所表現 e ki 斜現象，zit 種自踏險境被催眠 e 自殺法，甚至到出賣靈魂認賊做父 e 心，透過小說來 tiah 開亂象 zit 塊烏布所遮 e 騙局，一筆一中，擊重中心，相當有力。雖然 zit 種陰謀 e 世界 ho 人氣憤，mgor，讀著 zit 篇小說，ho 人忍 ve diau 想講世間有 zit 款貓，比貓 di 人類界受著帝王貴族 e 崇拜 gah 禮遇 gorh ka 靈巧 e 突變種，ma 來複製一隻如何！這 dor 是作者 qau e 所在。Zit 塊烏布有魔術師 e 功夫，ho 咱看著 mase mase，妖言、妖氣充天連語言學家 gah 社會學者攏無法度診斷。

Di 短短半多內底，長松 dor 寫出可觀 e 台語小說有幾個特點：

(1) 反映台灣社會意象。長松時常 di 報紙反映時事評論文，清楚看著台灣 e 社會異象，任何關懷 zit 塊土地 e 子民 gah 人文生態，語言、政治、媒體、政策、族群 zit 種 ui 流亡 gah 驚惶 e 心理所延伸 e 痟貪、歧視、虐待、奪權危機現象 di 台灣 e 天頂出現怪異 e 魑魅魔力，擾混著台灣人 e 價值觀，表面上物質真進步、科技 ma 真現代化，事實上，社會流 seh 著野蠻奪搶 e 橫雄慾望，過度強調經濟、物化，親像〈貓語、烏布 gah 貓 e 民族〉e 貓鼠被消滅，可能引起無可預測 e 後果，小說 dor 親像一面照妖鏡，照出幕後 e 藏鏡人。Zit 種社會意象 du 好影響著台灣人 e 價值觀，同時 di 時下流行 e 知識經濟氣氛 lior 析出認同 e 基調 gah 沈重 e 症頭。

(2) 反抗單一文化霸權。經過競爭，文化多元共生共榮，文化 e DNA 多樣 e *Meme* 百花齊開，增加豐富性，是互相尊重做多語多元多族群 e 多向發展，m 是排斥，所以長松聽著 dor 信，變做母語文學 e 新力生產者。

(3) 書寫男性 e 陽剛世界。雖然寫過長篇華語小說，作者 ma 真認分足經濟 ui 短篇母語小說落手，ui 經營 "我 gah 伊" 二個角色開始，呈現男性 e 世界，ho 女性讀者 e 資訊是了解 zit 款人物，畢竟女性看男性無同性本身 hia 深刻。

(4) 突破母語小說 e 現有範圍。敢試敢衝 e 筆調 gah 風格加上天生書寫 e 操筆能力，提供 e 無全文體，加添母語花園 e 種類。

(5) 自然 e 母語情感流露。真好 e 母語，新一代 e 台語文人，迴溯母體 gah 母土，對台語 e 新生詞 gah 原汁生活詞 e 掌握自然，di 當今塞倒街親像貓言貓語 e 單一外族語，永遠無法度取代 e 在地各族語，必須愛親像長松 zit 款使命感，dann 會有承傳。無未來 dor 無傳統。

5. 胡民祥、張春凰、楊照陽 **gah** 洪錦田 e 小說

胡民祥、張春凰、楊照陽 gah 洪錦田已經有全集出版，除了散文 gah 詩 e 作品，yin ma 分別 di 小說展示，zit 種多樣性 e 作家，veh 傳承母語 e 性命使命感攏真強。

胡民祥 e〈華府牽猴〉(《台灣新文化》第八期，第八期，1987，

5。以李竹青 e 筆名刊登,另外 ma 刊 di《郡王牽著阮 e 手》蕃薯詩刊第四集 p.262-274)。這是解嚴前後,突破白色恐怖 e 重圍,代表著台語現代小說初期作品之一。

Di 美國 e FAPA 全名叫做"台灣人公共事務會",是台灣人反抗國民黨獨裁政權組織。1986 年菲律賓運用美國 e 力量,*Akino* 夫人拚倒馬可仕政權,zit 項鮮花革命成功 e 例 FAPA 希望美國人所扮演 e 角色 ma edang 使用 di 台灣 e 情勢,ng 望用和平 e 手段建立台灣 e 民主政治,所以 FAPA e 外交部長 dor gah 美國國會 e 議員交涉 veh 進行遊說。結果,國民黨用超大 e 政治現金 gah 分化 e 步數 dor ho 美國 e *Senator* di 政治交易中,出賣 zit 批 liap 腸 ne 肚,平常時募款一向支持伊 e 台灣人,甚至因為內部有人對 FAPA e 宗旨產生搖動,其中一寡政客 e 私心 gah 目標 e 無一致 dor di zit 個關節中間檢驗出來西瓜派 e 人心。這是一篇海外 e 政治寫實文學,當然相當明顯 deh 敘述著寄居他國者 e 心中理想母國 e 起造,所以 ma 是漂泊 gah 旅行文學。諷刺 e 是 zit 批人辛辛苦苦 deh 經營,心血用盡,但是反省 gah 判斷 e 能力有 ka 差,zit 種情形,必須愛超越殉道,因為有理念之下,成功是唯一 e 美德,從來 dor mtang 看輕敵人 gah 對手,眼光 gah 心胸時常愛做合情合理 e 推想。雖然,這是一篇八〇年代尾站 e 小說,但是 di 2000 年 e 台灣政治輪替局面以來,iau 有相當可做借鏡 e 所在,因為野心者時常藉著計謀無所不止 deh 瓦解台灣人 e 意志。政治是眾人 e 代誌,一個好 e 制度 e 建立是民主社會所需要 e,政治 gah 人性全款是 vedang 存有幻想,這一方面 ma 愛看國民 e 素質囉!

張春凰 e〈入厝〉登 di《民眾日報》鄉土副刊 e 台語文園地,1995,10.5～10。故事 deh 描寫,年輕守寡 e 金葉 a 牽一對子女,di 翁婿過身了後,靠家己 e 雙手奮鬥 kinn 家,無外久買一棟透天厝準備 veh 入厝 e 心情故事。Ui 入厝 e 八仙彩 di 風中飄動、人生際遇所代表 e 喜事，象徵心中 e ng 望 gah 甘甜。〈阿杉哥嫁查某囝〉登 di《台語世界》第七期（1997，1）寫一對賣水果 e 翁仔某，靠賣水果買厝 gah 嫁查某囝 e 成就。〈劍〉登 di《台語世界》第八期（1997，2），寫一個家庭二代人 e 婚姻、信仰 gah 參與社會運動 e 代誌。〈入厝〉gah〈阿杉哥嫁查某囝〉敘事焦點 di 平民小人物，主題 iau 算明顯流暢；〈劍〉e 故事關係二代人，篇幅 di 短短內底 veh 展現顯然無夠透底，故事架構安排無夠嚴密，寫人 e 心情 gah 景有伊寫散文 e 特色，mgor 小說 e 描述筆法 di 故事 e 敘事功力無夠，愛 gorh 加油。

楊照陽 e〈世間人百百款〉(《台灣 e 文藝》創刊號，2001，p232-43）是台灣人物 e 寫實小說，直批愛食愛 lim 無愛討趁 e 男人，專門拐來拐去，先騙父母 ka gorh 向耳根軟、感情空虛 e 查某人獻殷勤釣人心，騙財騙色，表面上假若是查某人無 hia 憨，查甫人也無 hia 好食睏 e 甜頭通 vau，事實上，日頭腳 e 現實社會比小說攏 gorh ka 嚴重。這是一篇針對男性敗德 e 小說。Zit 篇小說楊照陽再度以母語特色表現出鄉土文學 e 氣味。

洪錦田 e〈炎火箍置芋仔冰〉、〈犯勢敢是巧合〉分別登 2000 年 12 月、2001 年 3 月 e《島鄉》21、22 號。洪錦田一向攏 ka 注重 di 鄉土講古，伊 e 作品非常濟，近一二冬來已經有現代詩 gah 小說 dau-dau-a di 台語文壇出現，親像伊按呢用另外一種面貌 deh 面對讀者是真好 e 代誌。〈炎火箍置芋仔冰〉真大膽 deh 講一個現代女性獻處女身 e 完美，表示絕對 e 愛之回應，因為一遍 e 身心結合，對方 zit 個純情查甫人為著初戀長久守情，到 dann 攏無去動感情 e 代誌，雖 bong zit 個現代女性已經去外國落腳，zit 個男性 ma gorh di 故鄉 deh 等待。這是一篇戀愛古。〈犯勢敢是巧合〉描述一位查甫人去食花酒，中美人計，gorh 以調虎離山計，ho 厝內放空城著賊偷 e 教訓，文中描述查甫人 e 心理反應足精彩。

Zit 兩篇攏是有牽涉著情欲 e 小說。

註解

（註一）

a. 蔣為文、丁鳳珍 di 合集 e 部份有介紹著。

b. 其他 e 資料一時收集無著 gah 時間 e 限制，希望本冊有機會再新版 e 時陣，edang 補充。

五、 台語小說 e 前景

Ui 1920 年到 2001 年以來，台語因為受著二個朝代語文政策 e 壓制 gah 歧視，強強 dor veh 絕種。日治時代因為太平洋戰爭，戰敗自台灣撤退結束外在殖民，接落來是國府對台灣人 e 內在殖民，第一次 1937 到 1945 期間 e 傷害比第二次 1947 到 1990 年代 zit 段期間 ka 輕淡薄仔，原因是十外多 gah 將近五十多 e "壓罰技術" gah 時間厚度形成正比。不過，台灣人親像 di 大寒中凍 ve 死 e 日日春，ui 台語文學 e 早春到接近 2001 年新正年以來有一個 e 初果，ui 初期到發展期，di 創作 e 量 gah 質有幾個面向需要重視：

1. 深度 gah 闊度 e 拓展

Ui 鄉土文學到現代文學台語小說已經有一個雛型，di 文化 e 復興期間 ui 本土文學 veh 達到世界文學水準，必然愛針對時代性切入，台灣文藝 e 現代化必須愛跨過中國化長期以來單元浸透，dan 掉 zit 個單一文化 e *mummy* [木乃伊]過度崇拜 e 變異取代現象，徹底清除 zit 層帶有侵略性 e 壓抑習性，行向全球化重視國際趨勢取向值得咱注意。Di 創作 e 量 gah 質方面，台語小說顯然 iau gorh 欠缺經典作品，為著 veh 補充 zit 項市場供需，台語人 edang 考慮 "大量翻譯" 世界 e 文學經典作品，按呢 e 計劃，可以有幾個好處（註一）：

(1) 直接接觸世界文學典範 e 模式，藉此豐富台語創作，到 dann 咱台語小說 iau 無一部長篇經典，親像歐美文藝復興、重建時期以來，各國 e 作者 gah 作品 hit 種影響著全民 e 民族經典代表作，換一句講，*Nobel* 文學獎 e 作品 dor 是真好 e 選擇。

(2) 暢銷作品往往有伊市場存在 e 價值，翻譯 zit 類 e 作品只要伊有一堆讀者，無論是古典也是偵探、科幻小說，甚至愛情小說，嚴肅到輕鬆範圍攏可以納入，按呢 edang 將台文 e 運作擴充到進一步 e 境界。

(3) 藉著環球經典，直接吸收全人類已存 e 智識，文學 e 永恆性 gah 領導價值，edang 豐富著本土小說體系。

2. 母語小說創作 e 鼓勵 gah 保障

真濟人講台語人 a 無好作品，甚至 ia m 知影冊 di dor 位賣？其實這是卵生雞 gah 雞生卵 e 問題，各縣市 e 文化中心近年來，攏有舉辦年度文學獎，母語 e 書寫並無 due 著 zit 班列車，問題出在創作者無夠濟，另外是主流 e 華語文化掩 kam diau leh，投稿 e 人少，評審 e 人有 e 無具備 zit 方面 e 評審條件，甚至有 e 評審者一開始 dor 有排斥 e 態度，ho 人遺憾（註二）。除了，民間自發性 e 組織有心，但小規模 e 母語文學獎勵以外，政府 di zit 方面一向並無積極，甚至有歧視 e 情形（註三）。母語人一方面愛努力創作，一方面 ma 愛督促文化機關做適當 e 照顧 gah 保障，zit 項代誌更加愛加倍 di 原住民 e 族群。

3. 創作人 e 遲疑

"母語 e 寫作爭論性大、無穩定"、"學校無教啦！我 ve 曉"、"a 做這無前途啦，無人看有啦！"，zit 款觀望態度一直 di 大多數 e 寫作群當中，zit 寡創作人 e 遲疑，m 是無心、dor 是既得利益者，咱 ga 想看 mai 咧，母語是咱 e，dor 是無人看 ma 愛寫，若無啥人 veh 替咱做，gorh 講若是社會上已經有真濟機構 veh 優先獎勵母語創作 gah 相關事工，無好作品，ma 是空設。

小說一向攏以故事吸引人，gah 散文、詩作等文類無全款 e 所在 di 小說故事本身 e 系統性 ho 人一口氣讀 gah 入神，讀小說親像跳入人生 e 河流洗浴，沿著人生之河看著各種鏡頭 gah 經驗，是一款容易接受 e 平面媒體，gah 戲劇 e 特質又 gorh 無全款，期待台語人濟濟 e 經典大作帶領台語文藝興四方！

註解

（註一）

以一個運動者長期 di 做台語文化工作，長期 di 困境 vok-vok 泅，親像做了有 ka 偏 e 注重，tiam e 心境 ma 會發生，dor 寫到台語小說 veh 結束 e 坎站，我 ga 永進問談，伊以關懷 gah 讀者 e 觀點，提出來 "大量翻譯" e 台語文化糧食補給站，ng 望有人有份。

（註二）

筆者 dor du 著 zit 款情形。

（註三）

廖炳惠。〈母語運動與國家文藝體制〉，回顧現代：後現代與後殖民論文集。
台北市：麥田，1994，pp.255-267。

參考書目：

張明雄。台灣現代小說的誕生。台北市：前衛，2000。

張文智。當代文學的台灣意識。台北市：自立晚報出版：吳氏總經銷，1993。

單德興主譯；朱錦華初譯。英美名作家訪談錄（Writers at Work）。台北市：書林，
1986。

鍾肇政著；莊紫蓉編。台灣文學十講。台北市：前衛，2000。

第九講座

台語戲劇

一、劇本是一座裸體雕塑

　　戲劇 e 文本應該講是一種半成品，因為戲本只是提供文字描述、對話 gah 註解 e 腳本，其他 e 演者、語聲、音響、燈幕、動作、場景等攏需要現場表演補充。雖然 文本需要實地演出來配合並提高戲劇效果，劇本是一項基本的(dik) e 根據，若是講現場演出是立體多面進行 e，戲本是單線接受 e，zit 個單線接受 e 平面形式，du 好 di 無全 e 讀者、演出者提供著無限 e 想像空間。好 e 戲本親像一尊裸體 e 雕塑呈現 di 讀者 e 面前，原體無需要任何 e 穿衫、妝扮 dor sui gah 無地講，這 dor 是戲劇文本 siann 人 e 所在。

　　戲劇自早 dor 以團體儀式做一種集體互動 e 活動，輸人 m 輸陣，keh 燒做伙去看戲有趣味 dor di zia。古希臘 di 祭典中發展出來戲劇，歐美 e 戲劇自來興盛，劇場、歌劇院是 yin 文化 e 一部份，來講咱台灣 ui 原住民 e 祭典、現代 e 歌仔戲 gah 新劇團到近年來 e 社區小劇團演出，戲劇攏有存在 e 必要因素，台語劇本 ma 無缺席，mgor，ma 愛加油。Di zia dor 做一個簡略 e 介紹。

二、1990 年前後以前傳統戲劇 gah 戲文

　　講著 1990 年左右以前 e 傳統戲劇 gah 戲文，南管、北管 gah 歌仔戲大約 edang 做代表。
陳秀芳編。《鹿港所見 e 南管手抄本》。台中市：台灣省文獻委員會，1978。
陳秀芳編。《台南所見 e 南管手抄本》。台中市：台灣省文獻委員會，1979。
陳秀芳編。《台灣所見 e 北管手抄本》。台中市：台灣省文獻委員會，

1980。

　　南管 gah 北管是民間文學 e 一支系統，民間文學是集體創作，絕大部份 m 知影起頭 e 作者，陳秀芳編 e《鹿港所見 e 南管手抄本》、《台南所見 e 南管手抄本》gah《台灣所見 e 北管手抄本》提供著 zit 部份 ka 完整 e 歌詞 / 曲、戲文(北管)。南、北管 e 戲曲是台灣民俗音樂 ham 戲曲 e 根頭，ma 是台灣在地 e 歌仔戲演唱 e 主調。

王振義編。琴劍恨。1990。

　　是一齣歌仔戲劇本，劇本無 di 市面流傳，難以介紹，以後有機會再補充。（見林央敏《台灣文學運動史論》P.91）

施炳華編註。南管戲文：陳三五娘。台南縣新營市：南縣文化，1997。(上下二冊)

　　根據吳守禮 e 校勘本，施炳華教授編註 zit 本南管戲文有幾項意義：

(1) 1566 年出版 e《荔鏡記》是現有上早 e 閩南語戲本，ma 是白話文學作品。

　　台語書寫 e 源流 edang 追溯到全語源 e 中國閩南語系 e 部份，ui zit 部戲文 edang 提供戲劇、語言、音樂等 e 研究資料。

(2) 這是第一本 ka 有系統性 e 書寫文獻，總共有五十五齣。有 zit 個記錄，閩南語系 gah 台語 e 牽連 dor 有一寡線索。

(3) 敘述 e 愛情故事 ui 閩南隨移民流傳到台灣，幾百年來，以傳統戲劇(南戲、梨園戲、高甲戲)、歌仔戲、歌仔冊、民間說唱、小說、舞劇、電影等形式留 di 頂一輩 e 腦海中，故事 e 架構 gah 言語藉著戲文猶原流傳到 dann，經過現代人 e 整理，咱 edang 欣賞著 zit 齣古典戲。

(4) 故事本身代表 e 意義是顛覆幾千年來封建婚姻 e 惡習。

(5) 融合著戲劇、語言、音樂 e 特色，結合著娛樂 gah 文藝。

歌仔戲 gah 新劇

　　歌仔戲受著漢文化 e 影響 ka 深，但是 ma 有自己生出來家己 e 特色(1950 年前後十多是歌仔戲團興盛時期，當時全台有約 235 團)，雖然 zit 部份已經沒落，猶原是過去台灣戲劇 e 一部份。Zit 寡戲文 gah 歌詞大部份用字無固定，內容包括俗字、借音、借義、錯字、簡體字、造字等(註一)，因為戲文只有幫助唸唱 gah 演出 e 功能，只是量其大約準準 e dor 算，所以有口述 e 特色，書寫 e 精密性並無講究。1937 年日人時期提倡皇民化、1950 年以後 e 國府 e 語言政策 gah 社會 e 變遷，歌仔戲 dor 衰弱無勇。Mgor，ui 頭到尾，歌仔戲文 ma 無真正全面現代化過，甚至，以台灣話演出內容卻是古漢封建思想，值得咱檢討 zit 種戲文 gah 精神萎縮 e 情況。(註二)

　　後來雖然有新劇團 e 形式出現，mgor，文獻上 ma 親像無真濟具體 e 記錄。只有介紹一寡零散 e 文獻，如：《可憐之壯丁》、《壁》、《閹雞》等。

　　《可憐之壯丁》(1910 登 di《語苑雜誌》，作者署名"幢影樓主人")，描寫一個高強大漢查甫人，娶戲旦做某了後食真濟苦 e 代誌。

　　簡國賢 e《壁》di 1946 年首演，有台、日、中文三版。簡國賢是日治時代台灣 e 重要作家。Zit 本劇本 di 1994 年 ho 藍博洲重 cue 著，中文版發表 di 1994 年二月號 e《聯合文學》，由洪隆邦改寫 e 台文版發表 di 1996 年一月號 e《茄苳台文月刊》。《壁》反映 228 事件進前 e 台灣社會、政治 e 無公義 e 狀況，作者有理想、具有悲憫社會主義 e 情懷。

　　張文環 e《閹雞》Loonng(盧誕春)譯張文環 e《閹雞》台文版登 di 第 4 期 1992.10.10、第 5 期 1992.10.20、第 6 期 1992.10.30、第 7

期 1992.11.10、第 8 期 1992.11.29、第 9 期 1992.11.30、第 11 期 1992.12.30、第 13 期 1993.1.10 e《台語學生》(已經停刊)。(註三)

《閹雞》原以日文寫作，di 1943 年 ho 林博秋改編做台語話劇，由厚生演劇研究會成員 di 台北永樂座公演，創下台灣話劇史上 畫時代 e 成功。劇本 e 女主角月里為著追求真愛殉情，以堅強 e 意志表明心機："我願意永遠 ainn 你走！" 月里 a 背負著 bainn 腳、有藝術天份 e 阿凜 a 投身碧潭。兩人攏已經結婚 a，做出 zit 種 gah 世俗道德常理無全款 e 代誌，背景是月里 a 接受父母兄哥安排 e 利益交換婚姻、月里 e da 家唇 ham 翁 e 不幸遭遇 gah 後頭唇 e 自私絕情，所產生 e 衝突；阿凜 a e 婚姻 ma 是順父母 e 逗合，月里 a gah 阿凜 a 為著兩人 e 真情意愛脫離世俗 e 制約，以 "死" 處理兩人 e 決心，zit 種結果有一寡 gah 九〇年代 e 日本電影《失樂園》(由黑木瞳主演)類似，另外是世俗之下 e 犧牲，gam 講文明 e 社會一定愛為著 "甲意" dor 死做堆？

a 代誌 dor 是按呢發生！西洋有 *Romeo and Juliet*，台灣 ma 有 "月里 a gah 阿凜 a"。表面上是 deh 爭取愛情，實質上是 deh 控訴欠缺人道溫情。

三、1990 年左右以後 e 現代戲劇

1990 年左右以後 e 現代戲劇，數量 ma 無真濟，換一句講，veh 發展 e 空間 ma iau 真大，值得眾英雄女劍客參與 zit 個鬧熱 e 舞台戲。

戲劇交流道劇本系列總共有 25 本作品，有以下五本是台語劇本：
1. 蔡明毅。台語相聲──世俗人生。台北市：周凱劇場基金會，1993。(戲劇交流道劇本系列；16；華燈劇團)

蔡明毅，1961 年出世，台南人，淡江大學保險系出業，vat 擔任

過中廣 "厝邊隔壁" 台灣節目中 e "蔡阿炮話仙" 主講，另外有《吃在台南》e 台語答嘴鼓。

《台語相聲》分做婚事、相親、冥婚、迎娶、喜宴等五幕。雖然攏是 deh 講婚事 e 代誌，ma 是 zam 然 a deh 反映台灣世俗人生趣味 gah 諷刺意味，相當程度 deh 表達一寡結婚 e 場合無合理 e 現象，比如冥婚娶柴頭尪 a 做某；世俗中 e 一寡兩性權力 e 比拼如衫鞋 e 頂上下 kng 表示啥人壓管過啥人 e 觀念，顯示出來一般人 e 偏見；食桌請一寡政治人物講身份 gorh 膨風 e 代誌，竟然 gah 結婚喜事本身一點仔 dor 無相關等。

《台語相聲》是一齣拍破語言限制 e 答嘴鼓實驗劇。此劇強調 di 台南地區古都文化特色、普羅大眾 e 悲喜為主，雖然有一寡保守但是特殊，劇團希望透過表演對社會 e 回饋、文化 e 提昇付出相當 e 責任。

2. 許瑞芳。帶我去看魚。台北市：周凱劇場基金會，1993。(戲劇交流道劇本系列；17；華燈劇團)

許瑞芳，台南人，1983 年淡江中文系畢業，1987 年 di 台南參與 "華燈劇團"，1991 年考入國立藝術戲劇研究所創作組。

《帶我去看魚》透過姊妹仔、母仔囝 e 家庭對話，表現家庭關係 e 愛 gah 束縛，1991 年參加國家劇院 "實驗劇展" 以台語演出。

Ui《帶我去看魚》e 主題表示一個 qin-a e 願望，要求大人 cua qin-a 去看魚，但是無人 cap 伊，只有孤一個人辦 go-ge-hue-a 來滿足 ng 望。大漢了後，老母愛查某囝照伊講 e 意思去安排，做姊姊 e 事事順從，做妹妹 e 處處家己來，di 設想 gah 獨立做主 e 衝突之下，二個查某囝 e 表現 gah 吵架 la 架之下，老母出現以 e "雙手攏是身軀肉 e 疼惜" e 父母心來做序場 e 開場表白。Di 序場一開始用倒敘 e 筆法演出姊妹仔相罵 e 鏡頭，di 第十四場 gorh 重覆出現，表達出 di 仝一間厝內 e

愛 gah 恨 e 糾纏，價值觀 e 差異，這款情形，假若 di 每一個家庭攏濟少發生過。

Zit 齣戲本處理 e 手法，將演員分做二組分別演做無全時空 e 角色，舞台 ma 用圓型舞台，部份內容 ma 是用團員 e 親身經驗，場次 e 轉換 ma 拍散傳統直線型 e 順向，初頭遍看會感覺無順 e 效果，zit 種無順，du 好引 cua 讀者 gorh 做一次瀏覽，同時加強對戲本 e 浸透，是特出 e 所在。

3. 陳慕義。過溝村的下晡。台北市：周凱劇場基金會，1993。(戲劇交流道劇本系列；18；台北新劇社)

陳慕義，1956 年出世 di 台北市，國立藝術學院戲劇系畢業，編劇兼舞台演出。

過溝村 di 嘉義縣布袋鎮，是全台灣非鄉鎮治範圍上大 e 漁村，ma 是南台灣上大 e 農漁村。清朝嘉慶時期，掌潭人氏用竹排仔渡過一條大河溝來開始耕作，移民積聚成庄，號名"過溝"，過溝村三百多來禮賢敬神，有特殊 e 民風。透過蓬萊伯 a e 口白，講出在地 e 認同如："所以講這教育即會失敗。咱教囝 mdor 愛教伊按怎對待序大人、自己 e 故鄉。He 國家別人 e，是 veh 按怎愛？你看 he 日本時代，你若講台語，你著 ho 人點油作記號。尾啊！he 國民黨政府，自己中國人連台語也未引得講。恁娘 deh 鹹牛奶！"(p.16)、"我講 e 攏實在話，咱人若是對自己 e 土地無了解。活著一定會浮浮。"(p.17)。故事發生 di 1991 年春天尾溜熱人頭站 e 一個下晡，過溝村 e 哈佛專業釣蝦仔場，有一場全世界初創 e 釣蝦仔結婚典禮，一對新人男方是一個中國來 e 新住民 ham 原住民通婚 e 第二代 gah 一位客家小姐 veh 結婚，因爲 zit 塊土地轉手 ho 財團，二禮拜後人 veh 起大樓……，土地 e 景觀 gah 傳統 e 歌仔戲攏會變做過去，ganna cun 人 e 熱情演出，見證台灣母土親像失落中 e 母語。

劇本以全漢書寫,主要是台語參一點仔日語歌詞、華語 gah 客語,反映出台灣多語社會 gah 過去日人時代 e 影跡。

4. 游源鏗
(1) 游源鏗。噶瑪蘭歌劇。台北市:周凱劇場基金會,1993。(戲劇交流道劇本系列;20;宜蘭小劇場工作室)

游源鏗,1966 年出世 di 宜蘭,國立藝術學院戲劇系畢業。

這齣新編歌仔戲劇首演是 1991 年,地點是宜蘭縣立運動公園體育館,目的是為紀念 "開蘭 195 週年",縣長游錫 kun(方方土) gah 一陣漢人等為著歷史上漢人對原住民所做 e 一切無公義 e 代誌,向原住民公開道歉,希望此後達到族群和諧 e 情況。

劇本描寫漢人張聰明 gah 平埔族潘阿囥兩家做田邊地主,以一欉老橄仔樹隔開,為土地田界爭吵無交陪,張聰明自來認為家己是漢人,所以看潘阿囥無目地,mgu 雙爿 e 子女 dor 愛 gah veh 死 veh 活,後來張聰明 ma 知影原來伊 ma 是平埔族 e,最後二個家庭冤家變親家。土地相對人類 e 壽命 dor 是不能再生 e 資源,自來 dor 是漢人來台 lau-a 騙拐 e 肥肉,司功土 a 愛人 e 地,去竄合愛潘阿囥 e 查某囝 e 豬哥標 a,二人對財色痟貪全款流豬哥 nua,做計 veh gorh 以契約 dng 手印以文書奪取,好佳哉,被拆破。

全冊只有 40 頁,mgor 對談、歌詞相當簡約明快,Horlor 話 e 智慧、趣味、相關語意 gah 音韻節奏充滿全場,透視著台灣文化 e 鄉土之美,大碗 gorh 滿墘,每一個角色攏刻劃入木六分,會曉講阿母 e 話 e 讀者,真緊 dor 感受著常民通俗生活 e 活力。

Zit 種小區域 e 地區戲劇,對地方 e 認同感相當強烈,一欉老橄仔樹代表著 Gavalan [噶瑪蘭族] e 精神象徵,zit 種根 e 內涵,dor 是多族群、多語台灣 e 特色之一。

(2) 游源鏗。走路戲館。台北市：周凱劇場基金會，1993。(戲劇交流道劇本系列；21；宜蘭小劇場工作室)

這齣地方戲劇演出時間是 1992 年，演出地點是宜蘭縣 e 庄頭。宜蘭是台灣歌仔戲興盛 e 所在，代表著演戲藝術 e 源頭，ma 敘述著一段在地 e 文化特徵。歌仔戲 e 興 gah 敗隨時空 e 變化 ma 變化，團長、戲班、旦生、戲譜等隨著老一代藝人漸漸行入歷史。這齣戲 dor 是 deh 講一寡人 gah 一寡代誌相關歌仔戲史本身。

北管音樂 e 戲曲有亂彈 gah 四平戲，亂彈又有分西皮 gah 福路二個流派。《走路戲館──西皮福路遺事》明顯屬北管派，戲本總有十三台戲，接第一台開幕戲以後，第二台"禁鼓樂 e 時代"dor 講出日據時代 1937 年皇民化時期地方戲被禁止 e 斷層，到 1945 年以後 e 十外多中間是全盛期，然後 gorh 衰退，所以到九〇年代歌仔戲 dor 離離落落囉！不但是按呢，而且是一間細細間 ganna 十外坪 e 老戲館，di 財團 e 利爪深愛之下，愛搬徙、愛走路，di 無情 e 工業時代變換、拜金主義 gah 孫仔 e 前途之下，西皮派子弟張青番封管五十年 e 戲館，為著阿孫 e 工廠 e 開春晚會演出再度開館，過程中 e 衝突，老阿公 e he 龜病 gorh qia 起來，戲是伊 e 命，所以伊堅持、固執、m 甘、無奈，真情全盤流露。

Zit 齣戲演員相當濟，無團名，身份有學生、西藥房老闆、qiu 保險 e 、教師、店員、野台戲演員 gah yin e 子女，保證 m 是專業 e 戲班，只是為著地方過去 e 光榮 yin 結合，透過搬戲 yin 為鄉土特色做出見證。歌仔戲本身受著漢文化 e 影響真大，zit 本《走路戲館》除了表示移民 e 痕跡，作者 di《噶瑪蘭歌劇》dor 先講平埔族 e 事實，事實上，漢文化 di 台灣 e 時空攏已經變更，有獨特 e 表現法。

作者長期 dua di 戲班，目的 ma 是 veh 搶救一寡地方戲，青番公 e 戲館存活所面臨 e 問題，反射出來作者 e 對地方文化 e 危機感。

5. 呂毅新 e 台文戲劇

呂毅新，1974 年出世，成功大學中文系畢業，現在 di 美國 *Montana* 大學專攻戲劇。曾任華燈藝術中心表演活動企劃。

呂毅新 e〈春日戲——月夜愁〉(1997)、〈河變〉(1998)、〈紅唇西施〉(1998) 是《呂毅新戲劇作品集》(台南市：南市文化，1999)內底 e 台文戲劇。

〈春日戲——月夜愁〉作者群(毅新 gah 瓊霞、美英、蕙如 e 集體創作，1998 由毅新重新修改)巧妙將民間遊藝 gah 信仰 e 婆姐陣 ham 婆姐媽結合做伙，寫就一篇有地方民俗特色 gah 土地、身份認同 e 戲劇，將古老 e 傳統 gah 民間陣頭 di 時代流變之下注入新意義，相當有創意。古典優雅 e 部份活靈靈 gorh 重現 di 咱 e 面頭前，婆姐陣跳躍、搖 seh e 節奏彷彿活現 di 咱 e 面頭前，親像春日 e 天韻處處生姿。

〈河變〉以漢羅並用方式書寫，di 伊 e 老父呂興昌教授指導合作下，以端的(duan2 diah7)原汁 e 台語文現身。分〈老婦獨白〉、〈說運河〉二部份展現，老婦 e 獨白 gorh 加上說運河中三位女性 e 安排 du 好看著討海人 e 男性 e 缺席。Zit 種缺席是海湧無情吞食男丁 e 悲慘，過去氣象報告、天候預測無發達、船 ma 無 hiah-nih-a 現代化，通訊等等攏等於無，只有用意志、經驗、雙手 gah 大自然博鬥。男丁是家庭 e kia 柱，雖然知影人無一定會勝天，mgor 海洋 e 子民 ma 是用生命 gah 天候決鬥，zit 種認命 e 性格其實是 gah 自然配合 e 接受，ma 是台灣人冒險精神 e 一部份。海口故鄉 e 海口生態 gah 海口人 e 生死是結做伙 e，靠海食海，查某人無去討海 ma edang 用雙手挖蚵 a 殼 gah 準備來年 e 蚵 a e 收成來飼家。海，雖然吞食著一個家族 e 壯丁，人，想 veh 脫離心底 e 陰影、想 veh 放棄海河加 di 家族 e 運命，mgor，海河 ma 是 gorh 長久 di hia，尤其是活 di 人 e 記憶深處 e 永恒性難以取代。尤其是過往 e 盛事 gah 代表心靈深處寄望 e 儀式洗禮，種種 e 深刻呈現著 zit 塊土地上 e 人民 e 生命力，男丁 e 死亡 m 是結束，卻是激起女性 e 潛力來傳承生命 e 延續，死亡轉化做一種生 e 鼓舞，河變化做推 sak 演進 e 現象。

〈紅唇西施〉以台華語交織出身份 gah 場域 e 區別，安排幼齒查某 qin-a gah 傳統 e 老母做對比。Di 婚姻暴力陰影生活 e 老母用雙手骨力無暝無日 deh 勤儉趁錢 ng 望查某 qin-a 好好讀冊出頭天，zit 個小姐卻是突破 zit 種傳統觀念，去做檳榔西施，用飼眼妖嬈 e 體態 gah 性感藉著檳榔攤來販賣附帶 e 顏色 gah 眼神，用按呢趁錢比以勞力辛苦粒積是天差地。台灣特有 e 檳榔西施，di 透明玻璃廚仔內各色各樣 e 身材暴露，ka 明 e 一面是提神 e 作用，若是 ganna 觀看而已，並 m 免 siunn 過大驚小怪，卻是 zit 種挑情 e 鏡頭，背後有真重 e 情欲關連 (*erotic relation*)，zit 種原始 e 性觀，帶來二面 e 對比。另外是就業 e 議題，社會變遷親像七 gam 仔店 e 服務業已經吸引真濟少年人，值得咱注意自動化 e 生產業 dileh 取代人力 e 時陣，生產 e 社會倫理如何 gah 工具 e 文明取得平衡。〈紅唇西施〉隱約 di 指出一個家長對家庭 e 責任 gah 教育 e 原因，除了少年 e 色彩，其他 ho 人擔心 e 是 zia-e 少年人一旦青春退色，需要轉變行業，心理 m 知有準備好無？這可能是另外一齣可以繼續探討 e 戲。

毅新以女性敏感 e 觀察力寫戲劇，ma 真關心女性 e 議題，伊細膩 e 筆調 gah 伶利 e 話句，充分表現著女性寫女性 e 第一手文藝料理。

〈春日戲──月夜愁〉、〈紅唇西施〉、〈河變〉di 台語文字 e 運用上前後比較有無全款 e 品味，畢竟前二齣是用漢字"準、訓、譯、借、轉"台語特別詞 e 結果，無比 di〈河變〉音讀 gah 意會 e 四正。總是難得 e 是毅新有才調 gorh 有心 di zit 片台語戲劇 e 花園耕營，而且 gorh 是全家總動員，因爲毅新 e 媽媽是台灣人 e 新婦 ma 是認真 deh 學台語噢！

6. 汪其楣 e 台語劇本
汪其楣。一年三季。台北市：**遠流**，**2000**。

汪其楣，1946 年出世 di 安徽，台灣大漢。美國 *Oregon* 大學戲劇碩士，得過真濟文藝獎。現在 di 成功大學中文系教冊。

《一年三季》zit 個表面上看起來親像講是無常識 e 題目，du 好顛覆著平原大塊陸地爲中心 e "一年四季" 硬硬 e 固定講法，同時 ma 勾筆出來台南地區 zit 個亞熱地帶冬天無明顯 e 南台灣。台灣是寶島，下港一年有三季 e 稻作，美麗島 Formosa 是咱珍貴 e 家園，di 台南市 e 海安路有一位庄腳來 e 聰慧巧勢少年查某 qin-a，伊認份、細膩、骨力，經歷三年四個月 e 師仔工磨練，勇敢踏入轉型中 e 社會職場，zit 個職業 dor 是獨立經營一間裁縫店替人做衫。Dor 按呢趁錢顧家 gorh 無滿意 zit 款成就，雖然有意愛 e 人 deh 等伊，伊 ma 一直無拍算趕緊結婚，用伊 e 雙手 gah 求進步 e 心胸行出海安路出國去，通尾仔 gorh 倒轉來海安路。Ui 七〇年代經過八〇年代到九〇年代 e 後期，zit 段地圖 e 變遷，十冬做一季 e 奮鬥，行出台灣女子 e 天地，有成就以後，一位女裁縫師時時刻刻 ma deh 關心台灣母土 e 變化，希望土地無生靈廢敗 e 寒天，台灣會勇健，親像一年三季，台灣永遠無冬天 e 冷霜。

做裁縫 gah 電頭毛總是歸類做台灣農業社會到工業社會 zit 段期間查某人 e 事業，過去做裁縫是女子真普遍 e 行業，電頭毛 unna ve 少，不過因爲機器 gah 成衣工廠 e 生產，zit 項 ka 屬 di 家庭 e 行業 dor 漸漸式微，顛倒美容院塞倒街，服務業 e 形態 ma 有 deh 變。繡花、做衫 e 手藝 ho 一個女性有獨立趁食 e 自尊，除了幫助家內收入，這 ma 代表一種查某人 e 能力。往往 dor 是按呢，家庭 e 經濟有靠山，太太做 gah 面無洗、頭無梳、款三頓 gah 睏眠攏 gah 時間比賽，厝內 e 查甫人時常變做閒閒無代誌，而且為著查甫人 e 尊嚴，開嘴 dor 大聲、甚至出手 dor 拍，這親像過去咱厝邊 deh 發生 e 代誌。

除了量身軀、選衫仔形，粉土、尺、剪刀、線、針車等，裁縫師 e 態度，一項一項攏重現 di 全款 zit en 行過來同年歲 e 生活記憶當中。

這是一本關係女性 e 書寫，zia- e 女性有耐心、智力 gah 奮鬥 e 精神，ma di 台灣社會家己撐出一片天，地球 seh 一 ling 了後，ma 是 veh 轉來故里有溫情義理 e 所在。另一面是呈現著地方認同 gah 家己 e 關係，海安街拆路發展但工程問題真濟，藉著發達 e 名義，事前 e 規劃 gah 事後 e 處理攏 m 是以怪手 zit 種粗魯機器損損 leh hut hut leh dor 準 suah，公共空間 e 規劃 gah 文化 e 保存，總是愛適當保持著家己 e 特色，空間 gah 語言表達人 e 生活生態，總 mtang 一切看起來 ganna 是單調 e 速食店 gah 七 gam 仔店，總是 di 現代化 gah 國際化愛有主體性。

《一年三季》zit 個主題所呈現 e 內涵，真有地域特色 gah 時代性，全文對話以在地語呈現，一點點仔不足 e 所在是解說用華語 e 部份，因為畢竟母語是生活中 e 語言，既然 veh 表演 dor 愛 di 工作中運用，mtang 離開舞台 dor gorh gah 生活脫離。

汪其楣 ui 策畫戲劇交流道劇本系列到《一年三季》e 編寫，原則上攏有一個特色是對地方 e 認同色彩相當顯明，發揮著人 gah 土地區域互動放射出來 e 生命力。閱讀《一年三季》是一個好 e 經驗，伊有積極 e 力度、有明朗 e 南部精神、有親和 e 姊妹仔情份、有男女 e 尊重 gah 相欠債 e 翁仔某情，時代是無 veh 等待任何人，任何懶絲、偏差 e 延誤，時代 e 輪仔 dor ga 伊 gau 過，錯誤 e 決策 gah 清采 e 應付對海安路 e 損斷，其實是台灣自然、人文生態逼近崩潰 e 一個縮影，ho 人 m 甘。

〈歲月有情：寫 ho 屬於劇場〉是汪其楣 di 戲劇交流道劇本系列 e 序文，ui 蔡明毅、許瑞芳、陳慕義、游源鏗、呂毅新到汪其楣本人 di 排戲、教戲、導戲 ham 看戲 e 日子一路行過來，本土母語戲劇份量 iau 偏低，愛 gorh 加強！

7. 陳雷 e 戲劇

陳雷台灣話戲劇選集。[台中市]：台中市教育文教基金會，1996。

〈厝邊隔壁〉(1995)，一包 bunsor di 厝邊隔壁 dan 過來 dan 過去，gorh 倒轉來家己厝門，藉著厝邊隔壁引出出國旅行買物件、公德心、抓扒仔、著賊偷、海外烏名單、貪污、移民匯錢等問題，dor 親像 bunsor，無人 veh 遵守公共倫理，致使所有活 di zia- e 人民 ma 親像 bunsor，虛有錢財，犧牲環保 gah 生活素質，只有家己無別人 e 短目，最後台灣攏是 bunsor，走 e 走、逃 e 逃。通篇看起來笑詼，kau seh e 筆調 ho 人笑著會沈重。

〈阿港伯 a veh 選舉〉(1995)，對選舉、烏金政治、權力慾望 e 面向 ki 一爿 e 描述來襯托民主政治制度 e 歪哥面。

〈鳳凰起飛 e 時陣〉(1994)，這同時 ma 是一篇拜金主義 e 小說，請參考本冊小說 e 單元有關陳雷作品 e 介紹。

〈Hit 年三月有一工〉(1995)，1947 年台灣發生 228 事件，3 月接落來大屠殺，河邊水上、街路四界攏是恐怖 e 屍體，恐怖 e 驚惶深透人心 ho 受難者家破人亡，受難者 e 家屬起痟所遭受 e 隔離、排斥、恥笑、歧視 e 冤屈 gah 絕望無尾。另外一爿是政府 e 官僚作風 hit 種別人 e qin-a 死 ve 了 e 惡質 gah 被動應付 e 態度，ho 人民看著 hong 火著。

〈一百年 gorgor 纏〉(1995) ，1895 到 1995 年是台灣割 hc 日本以來 100 多 gor ve suah e liong-gong 代。這是一篇歷史、政治戲劇，zit 群人食碗內看碗外，食台灣米放中國屎 e 中國人，yin 愛台灣愛到親像貓仔 veh ga 老鼠吞食落腹 e 程度，台灣米 e 芳往往 gorh 是 teh 來飼貓鼠仔咬布袋。Zit 篇 e 戲劇效果 di 笑詼當中，ho 人會流目屎。

〈Buah qiau 出頭天〉(1994)，這同時 ma 是一篇拜金主義 e 小說，看題名 ma 知影作者 deh 反諷 buah qiau zit 項十 buah 九輸 e 代誌，一旦踏落 zit 途 e ，是 vedang 出頭天 e。請參考本冊小說 e 單元有關陳雷作品 e 介紹。

〈有耳無嘴〉(1995)，是一篇敘述阿媽 gah 孫仔之間 e 語言 e 斷裂問題，古早是 qin-a 人有耳無嘴，zitma 是老人 di 台灣華語 e 世界有耳無嘴，老人聽無華語 dor 頭殼疼，有嘴親像啞口，有耳親像是臭耳 lang，心因性 e 壓抑病佔 ka 大頭。阿孫去美國 dann 學著拾回阿媽 e 話 e 寶貴，語言 e 親情 gah 關愛拍通病中阿媽 e 靈魂，ma 明顯指出中生代 e 父母對母語 e 流失愛負上大 e 責任。

〈圓滿功德〉(1996)，一群師父、弟子、居士做伙 deh 討論如何做善事來得 *Nobel* 和平獎 e 計劃 gah 積財 e 事業："實在是獻心獻佛，有錢有名，有利閣有榮譽" e 自我陶醉。可怕 e 代誌是世俗人 dor di 佛寺 e 名下，甘願捐獻，親像中世紀 e 歐洲宗教 deh 販賣贖罪券，表面上是開錢赦罪，其實是利用人性 e 弱點，助長人性 e 痟貪。這是一篇趣味 gorh 諷刺政治和尚 gah 迷信 e 短劇。

〈生 giann 發 bong〉(1992)，這是一篇記述迷信 e 戲劇，以 la-ri-ioh 廣播劇演出，用旁白 gah 鑼鼓加強傳聲情景，同時 ma 以小說 e 形式表達，請參考請參考本冊小說 e 單元有關陳雷作品 e 介紹。

〈女俠〉(1995)，描述一位 di 工廠火災事件當中，面肉受著火燒傷著 e 女性，翁 ma di 火窟中死去，工廠無賠償，國家無保障，甚至因為伊 e 破相連 veh cue 公家掃地 e kangkue dor 困難，生活無保障，為著 veh 顧幼囝 gah 三頓，包頭包面出去賣衫趁食，gorh dng 著一位賣衫 e 地頭蛇，二位女俠 dor 動嘴相嚷、動腳手相拍拚輸贏。這不但顯出婦仁人 e 粗硬 ma 暴露出國家社會福利問題，其實 zit 款硬頸 e 人性 gah 人生 m 是完全天生 e，一部份是環境壓迫 e。

〈河 a 轉來去〉(1996)，這是火車頂內二位人客對話 e 內容，情節複雜，中間 gorh ho 火車進行 e 雜音拍斷去，所以有一寡代誌無交待清楚，mgor，談話內容相當驚人，m 是平常、正常 e 合理合法普通代誌，出人命 a 無報案？！

〈拚生無拚死〉(1996)，地下錢莊 gah 賣毒逼人死 e 慘事，總講一句是人為財死，起販厝 ma 是 buah，反映台灣社會 e 過度拜金主義。

〈河 a 轉來去〉gah〈拚生無拚死〉是二篇相關 e 作品，〈河 a 轉來去〉是作者用伊敏感掠捕 e 記述能力敘鋪故事，連後 gorh 以戲劇 e 形式 di〈拚生無拚死〉展現。

陳雷經常以全一個題材用小說 gah 戲劇形式表白，兩處來去自如，彷彿是台語小說 gah 戲劇界 e 教主。

陳雷 e 戲劇特色是使用真濟台語 e 押韻口語句，表面上是真笑詼，但反諷 e 意味非常強烈。對財、色、名利、權力、虛榮、毒害、迷信、選舉、烏金政治、認同錯亂 e 種種亂象 ging te 兼 kau seh，目的 ma 是 deh 替台灣人無理性、青盲心 e 診斷醫病，這 dor 是陳雷 deh 表達 e 戲劇人生 e 危機感 gah 訓示明度。

除了 zit 本戲劇選集，iau 有〈Va-suh 頂 e 革命〉(1992)、〈咱 e 厝邊〉(1993)、〈英雄先知〉(1997)三篇劇本，可以肯定 e 是陳雷是現代台語文戲劇著作大粒頭 e。

8. 陳明仁 e 戲劇

陳明仁 e 戲劇有廣播劇〈228 新娘──228 50 週年紀念作〉
(1997)、舞台劇〈老歲 a 人〉(1998 年 3 月 13 日環亞飯店演出)gah 舞
台劇〈許家 e 運命〉(原載《台灣文藝》122 期 1990 年 12 月，1993 年
5 月 14，國立台灣藝術教育館首演)zit 三篇收錄 di《A-chhun》zit 本小
說集內底，另外有舞台劇〈看紅霞 e 日子〉(1999 年 2 月 28 日 di 台北
市二二八紀念館廣場演出)。

〈228 新娘──228 50 週年紀念作〉gah〈看紅霞 e 日子〉是 deh
描述 228 事件 gah 白色恐怖 e 悲劇。

〈許家 e 運命〉是近代第一齣 ka 完整 e 台語舞台劇本，分五幕，
許(ko4)家 e "苦"　(ko4)gah 台灣 e 苦難是國民黨來台灣以後對台灣
人內在殖民迫害 e 具體反映。

〈許家 e 運命〉、〈228 新娘〉gah〈看紅霞 e 日子〉基本上攏是 deh
反映台灣人 di 國民黨來台統治之下 e 霸權 gah 變態現象，殖民者對被
殖民者 e 壓迫 di 鎗尖、恐嚇之下 e 所壓縮 e 宿命環境，被迫害 e 弱勢
者 e 悲傷、絕望 gah 無奈。這種重大 e 事件 gah 歷史傷痕，ganna 透
過面對、釐清 ziann edang 排解，用作者 e〈E-bo di 228 公園〉(大紀
元時報，2001，3，12 16 版，自然人文)zit 首詩來解說 zit 三篇戲劇 e
心意，應該 edang 清楚台灣人遭受過 zit 種苦難 iau 是 ziah-nih-a 溫和，
阿仁用沈重 e 平靜 gah 見證 e 輓歌替 zit 段沈冤 e 歷史代言，並且化做
希望 e 笑聲：

有 gua 風吹過 / 樹 ue 搖 din 動 / 聲音就流落來 / 斟酌聽 斟酌
聽 / 是 lan 平靜 e 哭聲 //

有 gua 思念 ui 池 a 流來 / 心情泳起來 / 歷史 e 青苔 diau 底 /
斟酌看 斟酌看 / 看 tang 烏暗 e 驚惶 / 有人 deh 唱歌 / Di 久長無詩
e 時代 / 長暝會 a 做見證 / gan-dann 伊聽著 lan / diam 靜 e 悲哀 //

Mai di 我面頭前流目屎 / 我無 hit 款心 ziann / 目屎 edang 清洗歷

史 / vedang 消 tau /心肝頭 e 血跡 //

　　當人 leh 喝咻 e 時陣 / 天地 e-gau / 雲 gang 款悠悠 a 泅 / 無留 gua 陰影 / Ho lan tang bue-hue //

　　天色 dng 烏 e 時 / 日頭猶原炎熱 / gam 有 gua 火星 a / ga lan dau 照(zoir)路 / 行出 pa 荒 e 草埔 //

　　Mai 講古 ho 下一代(de)聽 / 歷史無寫 di 課本 / gan-dann 樹葉 a gui 塗 ka / 葉 a 頂 e 紋路 / E-mail lan e 哀愁//

　　E-bo e 公園 / 有 gua 風吹過 / He 是 siann mih 聲 / 斟酌聽 斟酌聽 / 一 din qin-a e 笑聲 //

　　〈老歲 a 人〉是 ui 小說〈Ip-a 伯 e 價值觀〉改編做戲劇,劇中 e 吉 a 伯是一位老古錐,思想古典但前後一致 e 人,伊 e 獨立思考 du 好是做一個人 e 自由意志,言行一致。歸齣戲劇對話 ka 活潑,表面上 ka 偏向喜劇,mgor ma 是將 228 事件穿插 di 劇中做一種樂中思苦 e 提醒,而且 di 漢字 gah 外來語 e 轉換中間,一方面展現著激骨做聯想 e 答嘴鼓,一方面凸現出以漢字本位主義語意被扭曲,一丈差九尺牛頭無對馬尾 e 走精混淆現象,另外 dor 是庄腳老歲 a 人去台北國語言 ve 通所產生 e 疏離感,ve 輸是去外國全款,語言 e 斷裂已經迫害著家庭倫理。

　　〈老歲 a 人〉ma 是 di 時代 e 變遷 gah 價值觀 e 差異當中,表達無奈,mgor 吉 a 伯至少有伊 e 堅持 gah 尊嚴,zit 種無受著漢人文化影響 e 尊嚴已經是真少數 a,台灣 di 漢文化本位主義之下,被壓抑 gah cun 一點點仔氣絲仔 e 在地文化親像吉 a 伯 e 存在,du 好反映著台灣人 e 自由意志被消磨 gah 剝削 e 悲哀,上悲慘 e 代誌是台灣人 e 自覺性是 ziah 低落,這 dor 是半路認老父 e 悲哀!老歲 a 人一方面是智者 e 象徵,但是無人肯定 gah 繼承 dor 會退化、毀敗,親像人 e 肉體 e 滅亡,ho 人心頭艱苦 e 是 zit 款人文精神資產 dor 從此失落!

阿仁 e 劇本比較攏 ka 長 gorh ka 完整，總是伊是編劇出身 e，對台語戲劇 e 貢獻 gah 陳雷 edang 平 guan-a 平大。

四、台語戲劇表達 e 另類現代性

石光生 e《台灣人間〈兼〉神 / 1996 /》，以混合式 e 台華語，其中台語有真大 e 比例來講出台灣世紀末 e 怪力亂神現象。以諷刺利尖 e 筆調現示台灣人心靈 e 迷失 gorh 迷信、失身 gah 失財，拆開藉宗教名義騙財、騙色 e "忠神愛財" e 騙局，對一寡一時迷失甘願受騙 e 人，心靈空虛 e 人頭殼 ga 重重摃一大下，看過 zit 本劇本無感覺 e ma 難。

紀蔚然 e《也無風也無雨》，雖然一半以上 e 對話攏是台語，卻 m 是純台語文學，原則上是 deh 反映都會生活，有錢了後過度物化 e 都市生活。作者以也無風也無雨 e 空白來凸顯風風雨雨 e ga-la 吵，筆法相當靈活，語言 e 使用 ma 相當生活化，戲劇語言 e 力度強："《也無風也無雨》刻意呈現國台語夾雜 e 情形，藉以反映台灣 e 語言生態。伊雖然描繪一個「台灣人家」，但為了反應劇中人物 e 年齡背景 gah 意識型態，我足小心 deh 替每一位角色設定伊 e 語言基調。雖然各有基調，逐個角色會看情況 ham 講話 e 對象隨時轉換變語，甚至 di 一句話內底攏會出現語言雜交 e 情況。按呢 e 選擇原因有二：國台語交雜 e 對白 ka 貼切生活、寫實，另外是台灣已經 m 是某種語言一統天下 e 局面，顛倒是各種語言雜交 e 現象。"(引述作者 e 話)。

《黑夜白賊》e 對話一半以上使用台語，歸本對話淺顯，作者用意："是一齣有一點仔通俗 e 反通俗劇，m 免推理 e 推理劇。珠寶著賊偷 ganna 是一個藉口 niania，veh 探究 e 是家庭是啥麼碗糕 ka 是重點。"

　　《台灣人間〈兼〉神》、《也無風也無雨》、《黑夜白賊》gah 戲劇交流道劇本系列全款 di 用字上大量用訓讀轉、借、譯用漢字，用字 gah 句法 ve 比陳雷 gah 陳明仁 zit 款純精 e 漢羅並用 e 台語文成熟，mgor，因為 zit 批人士是 sng 戲劇 e(註四)，當然有無全 e 面貌展現，對戲劇有興趣 e 人可以參考各方 e 優點為台語戲劇開創新局面，畢竟台語文 e 復興愛了解市場上 e 需要，"鐵獅玉玲瓏"、"黃金夜總會"按呢 e 節目背後 iau 有真嚴肅 e 議題 di leh，親像陳雷 gah 陳明仁 e 戲劇對 228 事件 e 呈現，ga 問題釐清了後所 ng 望 e 和諧社會。

　　自古以來，戲劇以無全 e 形式一直 deh 搬演，電影以一種第八藝術 e 形態展現，到一百多來，經過電視行入家庭 e 考驗，一度衰弱，到二十世紀尾 gorh 回魂，雖然會使講是新技術 e 擴展吸引著票房，基本上猶原愛有好 e 劇本，這是一項迷人 e 綜合藝術 gah 人生舞台 e 移情、訓化功能，值得咱台語人拍拚經營。

　　台語戲劇語言 e 現代性示現著族群 e 代表性 gah 自主性(族群寫族語)、實際性(反映台灣社會)、歷史性(歌仔戲、新劇到現代舞台戲)、多元性(多語台灣 e 社會)所交織 e 雜匯語文 e 情境，表達出台灣語文 e "另類現代文化 e 表意體系" e 開放性、流動性 gah 獨特性，di 互相尊重 gah 恢復各族語文化 e 信心上做了初步 e 鼓舞，同時展出島嶼本身特殊 e 表達，di 語文、生活、思想習慣上，gah 中國形成區隔作用。

註解

（註一）：請參考

　　a. 洪惟仁　南管文學之美（《台語文學與台語文字》台北市：前衛，1992 ，p.26-38。）

　　b. 王育德　談歌仔冊《台灣話講座》(台北市：自立晚報，1993， p.169-215)

c. 施炳華註 e《陳三五娘》註者序文。

（註二）

有關 zit 部份傳統 e 戲文，請參考本冊"民間文學"單元 e 參考書目。

（註三）

a. 多謝楊允言 ga 我講一個確實 e 資料，有關《台語學生》請參考母語運動單元 e 社團 gah 刊物介紹。

b. 《閹雞》中文版請參考 許俊雅編 日據時期台灣小說選讀。台北市：萬卷樓，1998。pp.305-52。

（註四）

a. 紀蔚然，1954 年出世 di 基隆和平島，Aioho 大學英美文學博士，現任國立範大學英語系。

b. 石光生，1954 年出世 di 台灣高雄縣，美國 UCLA 戲劇博士，現任教成功大學藝術研究所。

參考文獻

簡上仁。台灣民謠。台北市：眾文，1992。

紀蔚然著。夜夜夜麻＝Metamorphosis。台北市：元尊文化，1997。

紀蔚然編劇；李國修導演；屏風表演班。也無風也無雨。台北市：元尊文化，1998。

紀蔚然著。黑夜白賊。台北市：文鶴，1998。

姚一葦。戲劇原理。台北市：書林，1992。

廖炳惠。另類現代情。台北市：允晨，2001。

林央敏。台語文學運動史論。台北市：前衛，1996。

石光生。台灣人間〈兼〉神 / 1996 /。台北市：書林，1987。

第十講座

台語文字形式

第十講 台語文字形式

摘要

本講目標主要是討論台語 e 文字形式，贊成漢羅台文，並且提出注意義漢羅文 e 辦法，希望edang減輕現時 e 台文困境。除了文字 e 討論，本講也討論外來語、拼音字；對阮來講，拼音字也是字，甚至可能是台語文字上重要 e 傳統；阮 e 台文，是漢字、拼音字做伙使用 e 形式，原理上接近日語 e 做法，只是漢字用卡濟而已。

一 · 紹介

用拼音 e 方式所寫 e 字，叫做拼音字；拼音字可以使用 羅馬字母(也叫拉丁字母，gorh 有其他形式 e 字母)，使用 日本假名式 e 漢字(偏旁，但是無適合音節加足濟 e 台語)，韓國 e 拼音底、漢字形 e 諺文，甚至使用ㄅㄆㄇ e 拼音字(比如最近台灣華語流行 e ㄅㄧㄤˋ)。英語、法語攏是使用羅馬字母書寫，是台灣人卡siksai e 拼音方式，所以拼音字 e 一般意義是 用羅馬字母書寫 e 拼音文字，所以也叫做羅馬字。本講原則上只討論拼音字可以做字 e 事實原理，m是細節，基本上，阮認爲，

漢字、拼音字攏是台語 e 文字傳統。(的)

台語有漢文傳統(主要透過漢學堂教育)，對台語來講，漢字過去主要寫漢文(漢文是文言文，漢文m是台文)，雖然有人用漢字來寫戲文、歌詞，可惜無深化發展到其他 e 生活教育政治層面，無行入體制內，致使喪失台灣文化、台灣教育等等 e 解釋權。

台語也有拼音字 e 傳統。這是 150 年來教會白話字寫聖經所領導 e 傳統，雖然層面無擴大到滿足其他非教督教徒 e 需要，致使台灣做現代社會國家 e 基礎是由華語來完成(現代國家社會需要文字來運作)。教會白話字無迅速擴大 e 原因之一是台灣人 e 漢字情結；有人主張台語文"有音dor有字"(就)，其實意思是"有音 dor 有漢字"，不自覺 dor 將拼音字無當做台語文字(阮認為"有音 dor 有漢字"只是一種信念)。

在zit二種傳統之下(這)，台文文字形式現在會使分做三大類：

1. 全漢字；

2. 全羅馬字，或者叫全拼音字；

3. 漢羅並用，或者叫音漢並用，意思是漢字拼音字做伙使用。

本冊 e 文字寫法是寫做漢羅並用，拼音字 e 部份是使用台音式拼音(也就是原來陳水扁做台北市長 e 時^的 e 通用拼音);拼音字若寫做其他拼音方案,意思是類似 e,雖然無全拼音方案 e 拼音字有無全 e 效果。

雖然台灣有濃厚 e 漢字心態,但是至少對阮,全漢字台文實在一直有實踐上 e 困難,到目前iauve^{還未}解決,拼音字有伊補足全漢字 e 功能,所以本冊書寫方式用漢羅,本講也明確加強調拼音字 e 優點,拼音至少有五種重要功能:

1. 做音標標注發音;
2. 做文字資料 e 順序;
3. 做文字使用;
4. 方便標寫外來語;
5. 做電腦輸入法;

阮有siksai^{熟悉}阮相當佩服 e 朋友,寫簡單好讀 e 全漢字,也非常無贊成文字 e 爭論,伊 e 意思真清楚,台文是實際使用當中才有生路,m^不是爭論dor^就有出路 e,阮完全同意,無未來 dor 無傳統,爭論 e 結果如果ve^不記得寫台語,創作台文好作品,那麼爭論是有害 e。阮是台文 e 實踐者,dizia^{在此} m 是講理論,爭論而已,至少,阮是用台文討論台文 e 問題。如果有人贊成全漢字,請用你 e 全漢字台文寫作來討論,說服阮以及逐家跟隨,阮無排斥漢字 e 使用,但是阮是寫台語，m是寫漢字。
（不）

　　本講是討論台語文字，內容是：第二節語詞分類，第三節漢字台文 e 困難，第四節外來語，第五檢討三種台文方式，阮 e 結論其（的）實反應在全冊 e 書寫方式頂面，然後六、七節是注意義漢羅文，以及注意義 e 變通。"選擇台文文字方式 e 一寡準則"(江永進(1995))是筆者發表過 e 一篇文章，為著避免重複過濟 e 篇幅，該文 e 細節盡量無dizia重複，請參考。本講卡新 e 內容是，語詞分類是新 e，（在此）外來語有進一步探討，注意義漢羅文也是新 e。注意義意思是對拼音字、台語特別詞用華語注意義，本講是注意義實踐 e 試驗，所以編排 e 方式gah前面講座小可有差別。（和）

二·台語語詞 e 一種分類 gah 爭論點

　　本節先提出台語語詞 e 一種使用者觀點 e 分類，然後檢討出問題引起爭論 e 所在。

　　自語詞看，台文 e 使用語詞會使分做四類(中括弧內底表示華語註解)

　　1.　共同詞(台客華語共同使用 e)，如，國家、民主、商店等；

2. 有適當漢字寫法台語特別詞，如，攏[都]、頭殼[頭腦、頭殼]、做伙[一起]等。

3. 無適當漢字寫法 e（的）台語特別詞，如，edang[可以]、vevai[不錯]、ganna[僅僅]等等。

4. 日語式外來語：如，odovai[機車]，baku[倒車]，bangbo[灌水泥的支架]等。

以下稱第二類語詞叫**有漢字特別詞**，第三類叫**無漢字特別詞**，第四類外來語後面才來討論。台語漢字專家一定無贊成有漢字、無漢字 e 稱呼，對 yin 來講，"有音dor（就）有漢字"，但是 yin 互相之間難以達到一致 e 寫法意見，我 ma 難以學習使用奇怪艱難 gorh 無一致意見 e 漢字，所以在此用有漢字、無漢字來稱呼、方便討論。

共同詞使用 e 頻率相當濟，因爲華語漢字教育 e 成功，會使講台語 e 人一般對共同詞 e 使用真少有問題，效率也真好(看著漢字讀出台語音，聽著台語音寫出漢字)。雖然是按呢，並m（不）是所有華語詞攏有一般容易接受 e 台語讀法，譬如，[覲覦]，[敘述]，[剖析器]，營養[均衡]，[以簡御繁]等等(無妨叫華語特別詞)，可能是看有讀無(然後自認台語程度無好；漢字仙可以全用**文音**讀出，但是台語口語中極少用)，只有部份溝通 e 程度。書寫 e 時咱若特別注意(避免使用台語語法，避免使用華語特別詞)，咱會使寫出台語式

e 華語文章，讀者 edang（可以）真簡單用台語讀出來，因為只要共同詞語詞層面 e（的）翻譯，可以快速反應；但是一般 e 華語文章，若 veh（要）用台語讀，除了華語特別詞需要翻譯以外，一般 gorh 需要包括語法 e 翻譯，真少人做會到。大部分台語新聞報導，聽起來怪怪，he（那）主要是華語特別詞、語法轉換做台語 e 效率不足 e 結果，這是即時翻譯 e 困難；設想英語即時翻譯做華語，並 m 是自然可以達到。

有漢字特別詞，非台語人可能有困難。比如講，"會使"意思是[可以]，"甲意"意思是[中意]，mvat（不認識）台語 e 人一般 m 知影，雖然想像力可以幫助；gorh 比如講，過溝頭(借音)意思是[顴骨]，過人孔(借音)意思是[腋下]，雖然會使講 he（那）有適當漢字，但是甚至台語人 dor（都）有大問題，需要特別學習。

無漢字特別詞，阮認為是引起台語文字爭論 e 主要來源。zit（這）種詞外濟？過時、少人使用 e 以外 gorh 有外濟？日本人小川尚義 e "台日大辭典"，收集真濟台語詞，可能 edang 提供解答，但是阮無看過什麼人統計過；而且，什麼叫過時，隨人無仝，什麼叫無適當漢字，也因人而異，所以難有適當 e 數字。有某個漢字家講過，除了華語常使用 e 漢字以外，台語漢字 gorh 需要約三千漢字；注意這是單字，若論(多音節)詞，數目不止按呢。(任何語言 e 語詞隨便dor^就有十萬，中研院統計過數億字現代華文，用字不足 6 千，一般人一般情形會曉主動使用 e^的 漢字不過 2~3 千。)若用使用頻率來看，無漢字特別詞大約是漢羅台文內底 e 拼音字部份，he^那大約是10%~20%之間。一般人無看過真正台文(尤其是大量特別詞台文)，因為共同詞非常濟，常常有漢字edang^{可以}方便寫台語 e 錯覺。數年前暑假，我參加過新竹師院舉辦 e 母語師資訓練班，對象是相關學科 e 教授專家，有人提出一張百年以上 e "拍某歌" 歌詞，在場近20 位教授專家(中文系、語言學)，居然無能合力全讀。

針對無漢字特別詞，台語文運動者採取無仝款態度，所以形成有三類文字方案：

1. 全漢字：去cue^找漢字(考證正字、本字)，去造字(用六書原則)；
2. 漢羅並用：將zit^這部份用羅馬字書寫；
3. 全拼音：乾脆全部無用漢字。

嚴格講起來，全拼音文是繼承自教會白話字傳統，是對漢字全部 e 反應，無應該將伊當做對無漢字特別詞 e 反應。教會為什麼採用全拼音 e 方式寫台語呢？聽講如果當地若已經有文字，教會ve^不另外替人創文字(若無標音系統，會創拼音系統)，因為di^在漢字傳統之下無普羅的 e^的 台語文字，所以才創白話字。全漢字寫台文，m^不是現在才有困難，自古dor(就)是按呢。

　　贊成全拼音 e 人，有真無仝 e 意見，完全放棄漢字 e 使用，阮 m 敢隨便議論(譬如，免用齒盤 e 漢字輸入法是一個好理由)；漢羅文 e 方案有漢字，基本上是承認共同詞 e 作用，將拼音字、漢字互補做台語文字；全漢字 e 人堅持台語必須寫漢字，努力cue(找)台語 e 漢字出路([等而下之]是替漢字cue(找)台語 e 出路)。不管是用什麼方向，咱應該先肯定所有人 e 努力。

　　總講，絕大部分 e 台語漢字爭論是集中di(在)無漢字特別詞，有漢字特別詞 ma 會形成其他語族 e 溝通困難。受過教育 e 台語人若講 ve 曉讀(全漢)台文，主要 ma 是zit(這)類語詞引起 e，但是 zit 類語詞 e 使用是台語 e 特色，vesai(不可)規定台語人無用台語特別詞(想像規定華語vesai(不可)使用華語特別詞)。

三‧檢討全漢字台文

　　本節討論全漢字台文 e 困難。全漢字台文對漢字情結 e(的) 人大約是衝擊上小，這是優點，但是觀察現有全漢字主張，至少有如下五大困難：電腦造字，訓音漢字、訓義漢字、艱難漢字、漢字標準爭論，另外 gorh 有 對外來語無能 e（的）困難，留 deh（在）外來語第四節討論。現在分別就五大困難簡要討論，爲了避免長篇大論，請參考江永進(1995)。

1. 電腦造漢字引起種種使用困難。

台語漢字家充其量是考證、六書原則 e 專家，一般欠少對電腦本質 e 了解，親像 gorh 停留 di（在）將電腦當做拍字機、印表機 e 階層，親像 edang 印（可以） di 紙上 dor（就）無問題，m 知有溝通網路 e 需要，m 知有（不）searching e 需要，所以無顧慮任意造字；但是，有電腦造字 e 台語實在難以追隨，ganna（僅僅）看現在總統府祕書長，網路常常寫做 "游錫方方土"，如此重要常見人物 e 姓名 dor（都）無法度解決，造字漢字如何生存？台語台文如何生存？

而且，gorh 有多種場合需要電腦造字，譬如，康熙字典有近五萬漢字，超過一般 2byte 內碼 e 能力，到底是康熙字典卡重要也是台語？也是客語？廣東話？有人會講 he（那）是電腦技術問題，而且只要國家定做標準 dor 可以，但是，爲什麼 CCCII code 無真正看著產品？台北公會碼爲什麼失敗？爲什麼行政院 e Big5Plus 會放棄？這 m 是簡單一個技術問題 dor edang 回答 e 。Unicode(也無解決電腦做字 e（的）問題)挾著國際化 e 需要，也遲遲 iauve（還未）真正普遍，新 e 台語漢字何時才通行全世界？

我認為咱無應該將台文前途交付電腦造字。(本節真濟術語無解說，請參考江永進(1995)。)

2. 訓義漢字引起 e 種種台語讀音 e 困難。

由於華語教育 e 普及，台灣人對漢字gah意義 e 聯想速度真緊，所以濟人用訓意義 e 方式寫台語，如，e 用[的]，gah 用[和]，sa 用[抓]，cittor 用[遊玩]，mvat 用[不識]。但是訓讀漢字基本上畢竟是語詞翻譯 e 過程，讀寫台文 gorh 需要翻譯，m是正常。

訓意義 e 辦法絕對 m 是萬靈丹。譬如，台語 e 手 e 動作，相當濟：līam，līah，mē，sā，lāk，nī，kēh，tēh，qīap，gìng，vōng，sōr，…，有一日阮就想會著 e 來計算，dor有五十以上，印象內底比華語加足濟，如何多對一用華語詞來訓讀呢？

用意義訓讀語詞，有單音節詞，有多音節詞。單字詞 e 訓讀，咱 iaugorh 會使當做破音字看待，如，用"的"代表"e"(意思對，但是音 m 對)，那麼咱等於將"的"加一個讀音，gorh 加一個意義；但是如果多音節詞 e 大量訓讀，那麼會混淆台語 e 音韻系統，ho 讀者m知按怎讀，如，台文若寫"遊戲"，到底表示 iuhi，也是cittor呢？"遊"(遊玩)是發音做 iu 也是 cit 呢？

訓讀 e(的) 時，有時音節數無對應，譬如，[明天]訓讀做 vin-ā-zại 三個音節，[昨天]訓讀做 záng，[被人]訓讀做 hŏng 一個音節，[這些]訓讀做 zūai，等等，按呢是有麻煩。

訓義漢字 ma 會走火入魔，有人考證"人" e 本字是"農"，所以台灣人愛寫做台灣農？有人堅持"愛台灣"應該做"要台灣"，因爲"要"卡是正字(其實，這應該是訓義)。事實上，一位先生爲著"愛是要" gah(和) 我爭論近半點鐘，伊提出種種理由，我從此以後難以聽入(相信)漢字正字 e 道理。

3. 勉強訓音漢字引起種種台文粗俗印象。

訓音ganna(僅僅)借漢字讀音，無兼顧意義，所以常常會借著容易引起粗俗負面 e 漢字，譬如，有人 cittor 寫做"七桃"，有人 vat 將 hoding 寫做"戶奠"，KTV e 台語歌，真濟訓音台語漢字，粗俗 e 聯想親像真強。其實訓音漢字對台語人算是容易，不幸是，漢字表意 e 功能強烈，zit(這) 種漢字不免引起奇怪粗俗 e 聯想。

4. 濟濟艱難漢字引起 e 種種閱讀、學習 e 困難。

有人認爲全漢字台文卡好讀，結果 yin 不過是排斥羅馬字，mvat(不曾)

讀過全漢字台文。其實全漢字台文 e 困難相當 guan(所以全漢字台文少，漢羅文困難少所以作品濟)。

艱難，大約是非常用引起 e；非常用，gorh 分漢字 e 非常用(情形 1，語詞常用) gah語詞本身 e 非常用(情形 2，語詞非常用)。嚴重 e 是二種非常用做伙發生(情形 3)。反轉來講，如果語詞是常用，而且漢字本身提供某種線索，那麼可能 ma 會使看有(如，"七桃" dor 是)。現在，就這三種情形舉例簡單說明。

情形 1，語詞常用，漢字非常用。譬如講，"彳丁"筆劃少，卻是華語 e 非常字，結果變艱難，一般人mvat。(這是連橫 e cittor，因為 cittor 是常用詞，"彳丁"接受其實無難，但是無一定勝過社會通用 e "日月加上走馬斤"，可惜 hit 二字需要電腦造字)。gorh 有濟濟漢字造字，本文無法度顯示，ma 是zit類。

情形 2，語詞非常用，漢字常用。這大約是頂節討論過 e 有漢字 e 台語特別詞，不再重覆。其實有一寡語詞應該是常用(如，過溝頭)，但是欠少教育使得變做非常用。

情形 3，漢字、語詞二者攏非常用。

出問題 e 所在是，非常用語詞合做伙會 ciaⁿciaⁿ出現，雖然任何單獨一詞攏是非常用。類似 e 例是漢字 e 使用頻率，雖然任何一人大約使用二、三、四千字(所以其他漢字是對此人講是非常用)，但是合做伙，現代報紙雜誌使用字數 guan 到五千外字(中研院調查究)，所以每人大約有二、三千字 e 現代非常字；漢字可以有七萬以上(中文資料庫小組收集)，康熙字典有近五萬字，攏可能在古籍出現，攏m是現代人 e 常用字；有人形容 zitgua 字是死字，應該無過分；不幸 e 是，這正是漢字家 e 正字本字 e 來源，莫怪艱難。

5. 標準漢字制定引起種種 e 爭論。

　　"有音dor有漢字"，是台語漢字家 e 基本信念，所以 yin 去中國古籍去考證正字本字，考證無字 dor 根據六書原則去造漢字。

　　但是，yin 雖然宣稱根據全款原則去決定台語漢字，結果卻是一人一套(所以一個台語音有數套)，套套攏是自己有道理，引用漢字 "故紙堆" (胡適 e 形容詞) e 證據用來攻擊別人是歪理；一般台語人看著一個台語詞有 ziah 濟互相攻擊 e 漢字道理，其實是無可適從，漢字家 e 正字 e 爭論只好是台文 e 亂源，什麼時陣 yin edang 討論出來標準字？考證六書若當做一種方法，卻是親像變形蟲隨研究者 e 喜愛變出 ziah 濟無仝 e 漢字，咱應該質疑正確性：敢真正有正字？

其實語言發生在先，文字發生在後，mvat[不曾]聽過什麼語言是 ui 文字生出來 e[的]，承認有正字親像承認台語是生自文字；甚至，就算咱承認第一次使用 e 文字dor[就]叫做正字，但是現有 e horlor 話文獻最早 ma 是四百年左右 e 少量 e 歌仔戲劇本(充滿訓讀)，咱敢 veh[要]相信千年 e 外語人著作替咱寫 horlor 語？"有音dor[就]有字"，不過是無證實過 e 神話，咱文化 e 自尊心敢需要建立di[在]如此脆弱 e 證據上？

更何況，文字 ma 會使隨環境改變，現代英語m[不]是古英語(第一次使用？)，敢一定愛採用現此時有大麻煩 e 所謂正字？

gorh 進一步，就算咱願肯使用考證六書原理來制定台語漢字，magorh 有問題需要面對：什麼機構什麼人用什麼程序來決定？是 m 是有權勢、有學歷證書 e 人來決定？人講語言文字是約定俗成，zit[這]種做法是倒反做。就算政府羅致 e 漢字學家edang[可以]定出標準，約定俗成換做漢文古籍學問 gam 會成功？漢文古籍學問有 zia 大價值？咱，普通人，是 m 是學會曉？外久學會曉？學會曉了後是 m 是 ho 工作卡有效率？卡有法度表達滿足台語人 e 現代感情、概念、思想、生活需要？(現代文明 e 語詞已經遠遠超過康熙字典 e 時代。)gorh 有，是 m 是標準有問過認知心理學家？認知心理學家是 m 是有了解文字問題、台語問題？是m[不]是有做過實驗，證實he[那]是台語文字 e（的）好方案？是 m 是問過電腦技術，是 m 是台語漢字可以無阻礙無受歧視可以使用 di（在）網路頂面？可以無受歧視尋 cue（找）資料？電子冊？所有 zia- e 種種，gorh 需要外濟時間來解決？是 m 是會赴今年母語教育 e 需要？

　　以上是全漢字台文 e 五大困難。如果這無夠 vai，咱 gorh 有外來語 e 問題。

四・外來語

　　現在來討論外來語。關係外來語，有幾個典型 e 問題需要回答：

- odovai（機車）是 m 是台語？

- 太空船 是 m 是台語？民主、社會是 m 是台語？仝類 e 問題是，人之初是 m 是台語？

- 外來語應該如何書寫？

本節先討論前二個問題，主張 odovai（機車）、民主、人之初攏是外來語，ma 攏是台語；然後討論台語外來語書寫方式 e 問題。

　　外來語，一般 e（的）印象是來自日本話 e 外來語，譬如 odovai（機車）、sledo、lolaiva，雖然有人無承認 he（那）是台語，但是真少人主張將日本

來源外來語寫漢字。爲什麼會感覺odovai（機車）m（不）是台語呢？至少可能因爲

- he（那）是來自日本，m 是中國；

- 無合漢字接受外來語 e 習慣，m 知漢字按怎寫才有法度寫出特殊 e 讀音方式(漢字 e 聲調無一定適當該外來語 e 讀法)；

- 音節數目常常過頭長，寫漢字負擔大。

用漢字書寫日語式外來語，親像是難以想像，漢字家大約是避免漢字寫法 e 討論，少有大力主張外來語寫漢字。現在台灣建築界，至少有三千以上 e 日本式外來語(張光裕)，華語無能取代；漁業也類似(林明男)，大概是離政治卡遠 gorh 是生活必需要，所以 edang（可以）避開獨尊華語政策 e 逆潮，加上華語本身處理外來語 e 無能，所以 gorh 活潑活 di（在）台語內底。套用流行語，日據時代 e 台灣文化透過日文 gah（和）世界接軌，因爲方法好，所以戰前台灣現代化程度勝過中國，這是重要因素之一。因爲日式外來語一世紀以來已經是生活 e 重要成分，咱只要願肯書寫，應該是健康 e；對阮，阮用羅馬字書寫外來語，阮進一步承認 odovai ma 是台語；甚至，現代溝通利便，台灣文化可以直接 gah（和）世界接軌，無需要透過其他語言，所以更加需要外來語 e（的）處理方法。

其實，人會學習，文化也會模倣學習，外來語不過是學習模倣結果 e 呈現，文化無可能封閉發展。阮有 du 過一種漢字專家，獨尊古早漢文文化，用[不屑] e 態度否定外來語，親像台語人講odovai^{機車}是無格 e 代誌；日語式外來語在台灣生活中，實際上活跳存在，有滿足台語人生活某一層面 e 需要，為什麼討論著如何書寫外來語 e 時，為什麼咱愛容允zit^這種少數漢字專家，原因可能ganna^{僅僅}是因為漢字寫 zit 類外來語有困難？

如果有人無承認 odovai 是台語，那麼伊應該知影，太空船是起自蘇聯美國，ma m^不是台語；民主、科學翻譯自日本(胡適時代翻譯做德先生、賽先生)，ma 是外來語；媽媽 ma 是三十外年才開始使用 e 外來語，原來台語是用阿母阿娘等；漢文化有時真奇怪，123等一定愛叫做阿拉伯數字，人英語慣習ganna^{僅僅}叫 *figure* (數字)；是 m 是加一個阿拉伯 e 形容詞只是是 m 是麻煩而已，重要 e 是，咱 e 文化一定愛有數字數學；冰箱電視攏是外來語，代表外來文化 e 一部份，無人有權利主張台語人 ve 使使用。

gorh 進一步，至少是針對復古 e 漢字專家來講，漢文使用 e 語詞是 m 是台語語詞？"人之初、性本善"等三字經語詞，"關關雎鳩、在河之洲"，"采采芣苢，薄言采采"等詩經語詞，到底是m是台語？是 m 是關鍵應該是原作者是 m 是台語人？若是，那麼，在漢文曾經流行e所在，包括韓國、日本，有幾仔個大語族，某一個漢文著作只可能對其中一個語言語族 m 是外來語，譬如，如果三字經是客人寫e，那麼對台語人dor是外來語；如此，那麼所有e所謂漢文古籍，大概除了連橫e《台灣通史》等少數以外，攏總是外來語著作。zit個結論足奇怪，所以表示是 m 是外來語e判斷無應該用作者e語族做分類。其實，漢文是一種書寫記錄e方式，獨立於語言之外，漢文化圈內底e語言(包括日韓越)攏有自己特別e閱讀方式，是一種跨語言e溝通工具，意思是，仝一個著作，北京人用北京語讀法，日本人用日本式讀法，台語人有台語e讀法；講起來，會使算是了不起e成就，雖然其實讀漢文無什人聽有，顛倒看漢文是卡簡單。漢文e地位類似中古歐洲e拉丁文，攏是跨語言e溝通工具，牛頓是筆者上尊敬e科學家，伊e "自然哲學e數學原理" ma 是寫拉丁文；甚至漢文可能厲害過拉丁文，因為如何讀拉丁文著作？應該是用拉丁文讀法，漢文卻是有無仝語言e讀法(原因應該是漢文重表意，拉丁文用拼音)。

但是咱仝款需要回答一個問題： "漢文使用 e 語詞是 m 是台語語詞？" 接近仝款e問題是， "漢文語詞如何產生？"，設想連橫e台灣通史，he用漢文書寫，m是台語白話文，是 m 是內底有台語語詞？粗想之下，應該是加減有台語詞，但是大部分 m 是，類似，無仝語族 e 人寫漢文，加加減減會帶入該語言 e 語詞，但是寫漢文 e 時，無人特別考慮台語人 e 需要，驚台語人讀無，故意僅僅ganna 使用台語人讀有 e 語詞，這是正常 e，所以漢文若用台語來讀，無外濟人聽有；仝款，華語人寫華語，ma 無考慮台語人 e 需要，這dor就 是為什麼華語報紙讀台語 e 時，無什麼人聽有 e 道理仝款；華語 m 是台語，華文 m 是台文，漢文也 m 是台文，漢文古籍大部分 m 是台語人所書寫，漢文語詞也無等於台語語詞，充其量，只是可以台語文讀音發音而已(甚至zit這點 dor 有問題)；現在 e 台灣華語，也吸收著台語語詞，比如，[打拚]、[走透透]、[三不五時]等等，he那是用華語發音 e 台語語詞，真正常語言 e 交流借用；說文解字 e 字，數目不滿萬，現在至少有七萬個漢字，後世倉頡有造真濟字出來，這 gam 是正字？出名 e 揚雄《方言》，聽講內底有數十詞是 horlor 語(台語)，就算是，單單數十詞也無夠咱生活使用 e 需要；日本人小川尚義所做 e《台日大詞典》，收詞 e 級數是十萬！所以，代誌真清楚，漢文是獨立 e 文字系統，所用 e 語詞大部分 m 是 horlor 語！

拉丁文其實是死的e 語言，牛頓以後 e 學者，慢慢改用各種 e 民族語言寫著作，這是西方文藝復興 e 特點之一，結果是互相尊重 e 多元化，繽紛豐富，顛倒是具備 "跨語言 e 溝通工具" 功能 e 拉丁語時代，叫做中古歐洲文明烏暗時期。我私下 e 感想是，過度強調跨語言溝通 e 目的，損害獨特性，欠少獨特性接近是欠少創新；無創新 e 文化是死文化，顛倒無什麼人一定無愛溝通。

在中國 e 情形，白話文運動是對漢文脫離常民生活 e 反應，中國 e 現代化gah(和)白話文 e 成功息息相關；可惜，白話文運動ganna(僅僅)帶動北京語 e 現代化、生活化，無同時提倡鼓勵漢藏語系其他語言 e 現代化，致使台語等語言，在白話文運動 80 年了後，gorh dizia(在此) gah 漢文奮鬥；當年如果有全面 e 漢藏語系現代化，中國大陸可能是另外一個互相尊重 e 西歐，有真正發生過文藝復興，…。

回到 "有音dor(就)有漢字" e 敘述，頂面已經討論過，現在應該真清楚漢文語詞m(不)是等於台語語詞，那麼如何去古籍內底cue(找)正字本字呢？自古籍cue(找)所謂台語本字 e 辦法，咱愛知影 gorh 有一個大缺點：康熙字典、中國古籍無民主，無科學，無現代研究方法，無生出現代文明；過度強調中國古籍 e 本字正字，有反現代化 e 傾向。其實轉一輪轉來，有音 dor 有漢字 e 敘述，充其量是一種信仰，相信edang(可以)用六書 e 原理製造出來台語語詞需要 e 漢字而已(我 ma(的) 相信，只是製造出來無一定適合使用)。zit(這)種m(不)是古早人製造 e 現代台語漢字(尤其是用偏頗無周全 e 訓音訓意原則所製造 e 台語漢字),使用上 gorh 無卡方便,甚至有大困難(如電腦造字),gorh 無外來語,咱台語人,是m是 veh種台文 e 根基建立在此?其實,語言在先,文字在後,已經是非常明顯 e 理由,台語絕對 m 是產生自中國古籍,相信有音dor有漢字,接近是迷信。

有人會議論講,台語中有真優美 e 漢文語詞,gam m是事實?是啦,這是事實,但是,這只是台語 e 一部份而已;我認為真正發生 e 代誌是:漢文、漢文化曾經發展卡先進,Horlor 話環境可能無出現過 e 表達法概念,所以咱 e 祖先 dor ui 漢文環境接收過來,所以台語內底有真濟漢文語詞,gorh 因為漢字讀音 gorh 有某種有限 e 系統,所以接受漢文語詞卡容易過日本式 e 外來語。但是這是一部份台語語詞而已,而且漢文gah常民生活脫節(這是白話文運動 e 主題),現代化 e 台語文,需要自現代文明 e *context* 中間去滿足生活 e 需要,過度強調漢文傳統,甚至輕視外來語,絕對是對台語有害 e 。

現在,咱會使總結什麼是外來語 e 討論,然後進行外來語書寫問題。自來源時間來分類,外來語至少有

- 日據時代以前 e 外來語,包括來自漢文化圈 e 外來語。
- 日語式外來語。

● 現代外來語。

台語源自中國福建，血統語言一定是gah（和）當地有相當 e 混合，來到台灣，全款 gah 台灣原住民混合，自來有"唐山公無唐山媽" e 講法，說明台灣人m是（不）純漢人 e 事實，語言若有可能在外？"有音 dor 有漢字"應該是漢文化 ho 人過度強調 e 結果，zit（這）種語詞可能非常濟其實是來自在地語言。其實，文化互相影響，語言一直隨著需要變化，存在外來語是自然 e 代誌，只有封閉 e 人才免外來語。日據時代以前 e 外來語，大約是沈底di（在）台語內底，因爲時間久證據欠缺，一般接受做傳統台語詞。看ve起（不）日語來源外來語 e 意見，咱 m 免 gah yin 一般見識、浪費時間。

確定外來語是台語 e 一部份，現在來討論外來語 e 書寫問題。就方法看，外來語寫法有漢字式、學自日語 e 台灣外來語寫法(用台語拼音或者是用日語 kana)，以及用原文。

日語音韻系統簡單，音譯外來語可以大而化之，少有差異，阮相信這是日本迅速現代化 e 重要原因之一。套用一句流行語，日據時代 e（的）台灣文化透過日文gah（和）世界接軌，因爲方法好，所以戰前台灣現代化程度勝過中國，這是重要因素之一；現在，現代社會溝通方便，台灣文化可以直接 gah 世界接軌，無需要透過其他語言。漢字提供如何方法處理新外來語？

　　看華語音譯翻譯外來語，因爲全音字眾多而且講究意義，漢字音譯有本質的 e 混亂。譬如，連 *Levinsky* dor(就)有十外種翻譯，gorh 出動立法委員開公聽會批評；雷根、黎根是無仝人(美國總統 gah 國務卿)，羅西、洛希(Rosi)卻是仝人(伊是 1984 世界杯腳球賽 Italy 主將)，蘇聯倒台 e 時八個將軍，什麼人會記得 yin e 名？電腦冊翻譯 e 外來語部份，雜亂錯誤是 ho 人罵 gah 無力(因爲量濟，所以可見度 guan)，設一個國立編譯館做真濟統一名詞翻譯、音譯 e 代誌，我看除了制定名詞 e 人以外，無什麼人使用，互相也無使用，逐家上課用華洋挾雜，快樂過日子：做方法來講，華洋挾雜 iaugorh 比統一名詞翻譯好真濟，所以禁dor(都)禁vediau(不住)。現在電腦冊因爲需要非常濟，親像無看著無漢羅並用 e，連發展成熟 e 華語dor(都)需要漢羅並用才有法度接收外來文化，台語edang(可以)自外？

　　所以台語如何選擇？採用容易一致拼音字音譯 e 方法，也是用漢字音譯忍受混亂？華語翻譯名詞 e 問題真濟，無法度dizia(在此)詳細討論，台語人也 m 免煩惱過界；咱需要自問 e(的) 問題是，是 m 是 veh(要)爲著漢字去學華語 e 翻譯名詞 e 辦法？漢字人親像輕視日語，無看著別人 e 優點，最後是自殘而不自知。

但是代誌無 zia 簡單，現在 gorh 有外來語多重輸入 e 問題：仝一個語詞、概念，除了可以直接接收自原文，gorh 會來自華語、日語，這需要考慮可能 e 衝突。比如講，

- 假設接收自華語，柯林頓，到底應該讀做 gua-lim-dun 也是 kor-lin-dun？無仝漢字翻譯 e 二種讀法，gorh 引起更濟 e 分歧。

- 假設接收自華語，羅西、洛希，無仝華語漢字翻譯，可能讀做[luo2si1]、[luo4si1]、lorse、lokhi。這是加倍 e 歧異。

- [彼得]，[約翰尼斯堡]，[去氧核糖核酸]：大部分 e 台語人m知應該如何台語發音，m是所有 e 華語外來語攏有容易有台語發音，這致使華語外來語有華語發音 e 趨向；

- 高爾夫：讀做 gor-ni-hu 也是 gau-er-fu？也是日語式 e goluhu？

- 雪思比亞：這是有人對 Shakespeare[莎士比亞] e 台語漢字翻譯；

- 一組 5-樣本：這是我對 a sample of size 5 ([一組樣本數為 5 的樣本]) e 翻譯。

如何選擇才是好選擇？

自漢字音譯、翻譯 e 角度看，台語漢字翻譯一定愛面對gah華語漢字翻譯競爭 e 問題，尤其是華語現狀強勢 e 事實需要考慮；借用華語漢字翻譯一定愛面對台語讀法也是華語讀法 e 問題。漢字有部份解決台語腔口差 e 問題(雞讀做 ge 或 gue)，但是外來語 e 漢字卻是困擾 e 來源之一。這 gorh 無講著漢字音譯本質的 e 混亂，以及排斥其他好方法(如日語式、或者原文)採用 e 可能性。

如果翻譯名詞一定愛用漢字，我認爲解決混亂 e 上好方法是，制定標準音譯漢字，m是政府設立國立編譯館。m 是所有 e 外來語攏適合用意譯，人名地名常常標音卡好；如果漢字edang發展出來純表音漢字，那麼翻譯外來語 e 混亂可以減少真濟。日本主要用音譯接收外來語，但是這無妨害好 e 意譯 e 創造(物理、民主聽講是由日本傳過中國，然後傳來台灣)，意譯卡困難，di好意譯iauve創作以前，一致 e 音譯其實是非常重要 e；台灣常常看著有人寫文章攻擊別人意譯音譯名詞 e 無適當(真正真濟無適當)，結果是大眾也無可適從，致使"ganna cue鞋，ve記得鞋是爲著行路"。

欠少標準音譯漢字，致使翻譯語詞混亂，文化進展阻礙大過日語。但是標準音譯漢字只是理想，因爲漢字表意功能過頭強，用漢字dor會生出意義聯想，連外國女性人名翻譯，dor愛去cue有女字爿

e 漢字。講起來，寫漢字無引起意義聯想 e 只有ㄅㄆㄇ注音符號(有音 e 聯想)，ㄅㄆㄇ拼音寫外來語極無適當(柯林頓拼寫做ㄎㄜㄌㄧㄣㄎㄨㄣ？也是ㄎㄜ‧ㄌㄧㄣ‧ㄎㄨㄣ？比用漢字 gorh 卡差)。韓國人di 1642 年 dor 製作拼音的 e 方塊字諺文，二十世紀初 e 中國所創作 e ㄅㄆㄇ，開始 dor 無考慮音譯 e 需要，連用ㄅㄆㄇ來標記其他語言發音 dor 有大困難(所以台語ㄅㄆㄇ gorh 需要加符號，致使無電腦，用來打字也難)，當然，ㄅㄆㄇ只是設計做北京語注音，但是中國漢語拼音方案(用 abc)，全款會使講是設計做北京語注音，但同時edang用來做查字典資料，同時用來做電腦輸入，甚至用來拼寫外來語(譬如，kelindun 好讀過ㄎㄜㄌㄧㄣㄎㄨㄣ，當然，我m是主張中國人應該按呢做，只是指出可能性)，後面三種用途攏大大強過ㄅㄆㄇ。咱可能無應該苛求當時ㄅㄆㄇ設計者 e 見識，但是，在如此明顯 e 競爭比較之下 e 台灣，gorh 如此食古不化，繼續信任放任ㄅㄆㄇ做台灣 e 基礎，實在 m 知如何批判。(關係中國漢語拼音做電腦輸入法gahㄅㄆㄇ輸入法 e 比較，只要去問去中國經商 e 台灣生理人，常常 e 情景是打ㄅㄆㄇ e 台灣經理，gah 一群打 abc e 中國職員，二個中間 e 差別，台灣生理人上知，這實質上拖累台灣 e 資訊應用。)

自現實 e 角度看，台語總是愛面對其他語言強勢影響 e 事實，排除ㄅㄆㄇ拼寫外來語，台文可選擇 e 外來語處理法，至少有三種：

- 台語漢字；

- 台語拼音字以外；

- 直接寫讀原文(華語、日語、英語等)。

dor一種是卡好 e 辦法？台語文字化運動大約iau gorh 停留di cue回

傳統 e 階段，外來語書寫 iauvue 引起普遍注意，現在實在難以判

斷何種辦法卡適應環境。

　　我 e 意見是，採用台語拼音字來滿足外來語需要。雖然拼音字

書寫日語式外來語真好，但是對強勢華語外來語無夠自然，譬如，

GuaLimDun 是 m 是勝過柯林頓，實在無把握。下面提出 e 注意義

漢羅文，可以提供一個免操煩會使試驗 e 途徑。但是先來結論三種

文字方式。

五‧檢討三種文字方式

　　全拼音 e 優點是只需要一套拼音方式。全拼音大約需要標記調

號，所以雖然 gorh 有調號標記 e 問題(調號標記有二類問題：第一：

用什麼標調？調形、數字調、字母調？第二：標本調也是標變調？

1. 標本調/單字調，如教會白話字，2. 以詞做單位標變調，如現代

文書法，以及 3. 標口語調/變調，如台音式拼音)，但是基本上爭論卡小。全拼音 e 主要缺點是，難以抵擋台灣濃厚 e（的）漢字心態，無充分利用已有 e（的）漢字教育，gah其他二大語族(客、華)（和）溝通卡困難(因為台客華語 e 大量共同詞，寫漢字 e 時雖然讀無但看有，寫拼音 e 時連看有 e 功能也失去)，好寫但卡難讀(至少對已經受過漢字教育 e 成人)，全拼音方式 veh（要）進入教育體制內做正式方案，可能有困難。針對全拼音台文方案，雖然下面提出 e（的）注意義辦法全款edang（可以）使用，但是阮無準備進一步討論。

頂面二節是討論全漢字台文 e 困難。阮希望讀者edang（可以）了解he（那）m（不）是deh講理論，也 m 是爲反對漢字而反對，he 是阮實際寫台語文（在）e 經驗。但是 he ma 是自台語人 e 立場來看全漢字台文，若就多語台灣 e 立場來講，所有 e 台語特別詞以及外來語攏可能是語族溝通 e 可能障礙。當然，kiadi（站在）台語 e 立場，咱並無需要遷就其他語族讀台語 e 需要(咱去學英語，m 是英語來遷就咱；咱若遷就，dor寫ve（就）（不）好，台灣華語 e 書寫，也從來mvat（不曾）顧慮台語人客語人是 m 是有法度用母語閱讀)，但是如何在無損害台語文字本身 e（的）方便之下，gorh有法度達到溝通 e 目的呢？需要咱進一步思考；第六節 e 注意義漢羅文，可能可以提供edang（可以）加減疏解滿足語族溝通 e 需要。

　　台文 e 第三種方法，漢羅並用，是指漢字羅馬字(拼音字)做伙使用，使用原則講起來真簡單：有適當(音、義雙合)漢字 e 時寫漢字，若無寫拼音字。拼音字有人記調，有人省略調號。本文是省略調號 e 漢羅文，對台語人來講，常用拼音字使用頻率真 guan，其實無一定需要記調號(漢字 ma 無調)，其他拼音字應該 dor 需要。等待以後工具、教育完備，那麼注調拼音字應該是加足理想。

　　因為只要需要一套拼音，全漢字 ma 需要學拼音，學了拼音 dor m 免艱難漢字，dor edang 讀寫無漢字 e 特別詞，台文 dor 無問題；拼音 gorh 是學台語必要 e ，無增加負擔，可以避免漢字 e 五大問題，對外來語有解答，這是漢羅文 e 優點。事實上，自 1990 年代以來，漢羅文 e 作品創作量，di 漢字情結之下，阮印象內底是遠超過全漢字 e ，這應該gah方法本身 e 簡單，有絕對 e 關係。

　　漢羅文主要 e 缺點是一般人無羅馬字教育，讀拼音字有困難，顛倒排斥拼音字 e 現象卡無明顯，請注意這是台語運動圈內底 e 現象，zia-e 人大約事先 dor 認同寫台文。是 m 是排斥拼音字，基本上是文化認同 e 問題，m 是技術問題，無法度dizia討論。對拼音字有困難，阮 e 態度一向是鼓勵台語人學一套拼音，羅馬字有正式教育以後，情形應該edang改善。但是離開已經出社會 e 人，如何 ho yin 學會曉拼音呢？這是現階段台語運動 e 挑戰。

注意義漢羅文，應該是值得 dam 試 e 辦法。

六‧注 意義

注音漢字是 di（在）漢字頂面注音。日文使用真濟訓讀漢字，一般人對訓讀漢字無一定有能力，所以日文常常使用注音漢字，台灣小學語文課本，也使用注音漢字幫助初學者；差別是正常日文 ma 有注音漢字，但是正常華語卻是無注音。

相對 e（的），阮提議注音可以換做注意義，標注 e 對象是台語特別詞，尤其是無漢字 e 特別詞，以及其他有需要 e 所在。當然，對拼音字注意義 e 效果卡好，因為已經有音；對漢字注意義效果卡差，因為讀音無一定知影。

雖然是小改變，但是效果可能 vevai（不錯）。本文是使用注意義 e 漢羅文寫就，效果如何，直接 kngdi（放在）讀者 e 眼前。當然，判斷效果，需要比較 e（的）基礎，對第一次接觸台文 e 人，比較 e 基礎其實是華語，這是無公平 e。真正 e 效果應該是 gah（和）漢羅、全漢文比較。

漢羅加上注意義，以下是阮認為可能得著 e（的）優點，主要針對拼音字注意義來討論。

1. 避免全漢字台文 e 五大困難。這是漢羅文 e 優點。頂面已經討論過。

2. 使得現時就需要 e 台語教育有標準可循，解決眼前 e 文字標準爭論，避免倉促採用一家漢字之言所引起 e 種種問題。這 ma 是漢羅文 e 優點。頂節已經討論過，漢字標準爭論攏是問題，小學母語教育實施 gorh 迫在在眼前，根本無夠時間可以充分討論台語寫法 e 問題；如果倉促採用某一人 e 見解，必定引起其他人(如，無討論權投票權 e 漢字家)種種 e 抗議糾紛遺憾；而且對無贊成使用艱難漢字 e 人，也無可追隨，這攏需要付出社會代價；而且，阮也難以想像漢字爭論 e 久年雜症，如何在少數人開少數會 dor edang^就^{可以}解決，若 edang 按呢簡單解決 dor 無叫久年症頭。另外一方面，在拼音方案有標準了後，漢羅文等於有標準寫法，遵循容易，edang ho duveh^{將要}起步 e 母語教育有穩固無混亂 e 好起頭；而且，注意義 e 變通辦法，edang 註記各人自己 e^的 漢字見解，多少尊重保留流通各人 e 心血，保留做為未來標準 e 可能性。

3. 注意義 e 漢羅文，閱讀容易。假設讀者siksai^{熟悉}拼音而且是台語人,一般來講,漢羅台文是容易閱讀 e,大約是因為無使用艱難漢字、羅馬字比率只有 10~20%左右 e 關係。但是畢竟台灣 e 羅馬字教育極弱,濟人反應閱讀困難 e 情形。在漢羅台文 e 三種語詞(共同詞、有適當漢字特別詞,無適當漢字特別詞)當中,特別詞是引起閱讀困難 e 主要來源,其中大部份 gorh 是由拼音字來標寫。現在,注意義了後 e 拼音字,因為頂面 dor 有意^就義,閱讀者不止隨時可以知影意義,甚至可以由意義知影羅馬字代表 e 發音;這是注意義漢羅文 e 重大優點。閱讀 edang^{可以}簡單 e 主要原因是,(華語)語詞翻譯(做台語) e 過程相當緊 gorh 有效率,大約 gah^和全漢字台文 e 訓意義漢字 e 功能相當;有人看華語稿報台語新聞,有人寫台語式 e 華文,使得容易用台語讀出,攏是快速語詞翻譯 e 作用。注意義 e 辦法有具備 zit^這種優點。

4. 明確提倡羅馬字功能,保留台語外來語 e 活潑性。漢字接受外來語 e 能力低落,這是明顯 e 事實,(華語)翻譯名詞 e 混亂是明證。雖然注意 e^的人少,其實華語外來語處理法近來有漢羅並用 e 傾向,佔大宗 e 電腦冊大約全部是漢羅並用,he^那應該是大量新生詞、外來語已經超過原有翻譯名詞能力 e 負擔,所以華語也使用羅馬字因應外來語 e 衝擊。台語文化需要現代化,外來語一定愛有,台文一定愛有主意,不可單聽漢字家 e 古籍漢字意見;採用羅馬字解決外來語 e 需要是合理 e 辦法,但是需要讀者siksai羅馬字;漢羅台文 e 羅馬字是常態,明確提倡羅馬字功能,這edang使得台語文 e 外來語功能活潑完備。另外一方面,注意義 e 辦法也可以解放如何用羅馬字寫外來語 e 混亂:有人主張用原文寫外來語,有人主張拼音台語讀法做外來語,何者卡好?寫原文做外來語 e 時,會使注台語讀法或者是華語翻譯,寫台語讀音做外來語 e 時,會使注原文,這攏是注意義辦法 e 小變通。

5. 保持各語族特色,促進各語言族群 e 溝通了解。有人居心強調語言只是溝通 e 工具,故意忽略母語消失 e 事實,在錯誤 e 語文政策 deⁿ 殺母語接近滅亡 e 時陣,故意主張華語是唯一各語族 edang 共同接受 e 語言,準備最後徹底消滅母語,消滅台灣可貴 e 多元文化。卡有良心 e 人雖然 edang 贊成寫母語,但是有人加減反對母語特別詞 e 使用,主張寫華語人看有 e 母語文;加上限制 e 母語文,會限制感情、思考 e 表達,我無相信是好 e(相對的 e,咱想像規定華語vesai使用台語客語讀ve出來 e 語詞,dor edang 了解限制 e 意義)。注意義 e 漢羅台文,一方面 ho 母語書寫自由,一方面因爲標注(華)意義,會凍達到文字溝通 e 目的,雖然這無解決口語溝通 e 需要。本文應該是一個例，相信有華語漢字教育 e 人，閱讀了解本文並無問題。

6. 強化母語環境 e 土壤gah動機，促進多元台灣 e 誕生。文章，
edang分供給需求二面來看。di需求面，內容 e 豐富是決定性因
素，但是傳達工具 e 方便也需要。有人講台文寫出去別人看
無，市場 siuⁿ 細，無愛用母語創作；有人講傳達理念卡重要，
寫台文顛倒是理念傳達 e 阻礙，所以甚至討論台文問題 e 文章
dor使用華語來表達；這在在攏是母語發展 e 內部大阻礙。現在
注意義漢羅文 edang 實質上解決傳達工具 e 障礙(可以看有)，
母語市場 edang 實質上擴大，邪麼文字生產者應該 edang 書寫
最好 e 內容，媒體也卡無使用讀者看無 e 藉口。這應該是母語
環境 e 改善，是多元台灣可行 e 路。

7. 拼音字會使永久(筆者贊成)，ma 會使暫時(以後卡改用標準
字)；全款 e，注意義 ma 會使永久(日本會使講是按呢)，ma 會
使是暫時(標準化、正常化了後 e 台文 m 免 gorh 注意義、注音)。
就算咱以後 veh用全漢台文，也需要一條路通向未來，注意義
漢羅是一個合理 e 方法。只要咱保持自由，無受束縛，咱是edang
得著咱合用 e 台語文字。

七‧注意義 e 變通

頂節 e 討論，主要是針對漢羅文 e 拼音字，注意義 e 時可能得著 e 好處，但是咱無什麼道理ganna 僅僅 限制注意義。針對其他需要，咱會使變通使用。

● 有適當漢字 e 台語特別詞 ma 會使注意義。這是針對語族溝通 e 需要。譬如，過人孔腋下。這 edang 有效率完全解決書面溝通 e 問題。

● 有適當漢字 e 台語特別詞 ma 會使注音，這是針對台語人讀音需要。譬如，夕陽sĩk ïong。這 edang 解決台語人 ve 曉讀台語音 e 問題。

● 針對台語漢字專家 e 漢字 ma 會使注音同時注意義。當然這是回轉去全漢字 e 做法，對原有 e 漢字六大困難 e 解決並無理想。另外，可能排版也困難(注 e 物件 siuⁿ 長)。

● 全拼音寫法 ma 會使注意義。這變做語詞翻譯，我 m 敢斷言這有什麼意思。

● 外來語變通，可以有卡自由 e 的 外來語處理法，可以兼顧各種做法 e 優點。台語外來語有三種來源：a. 日語式外來語； b. 來自華語 e 外來語； c. 來自原文(尤其是英語) e 外來語。其中，來自華語 e 外來語 e 問題上大。

　　日語式 e 外來語非常豐富，台語接受日語外來語也真慣習，使用也平常，甚至發展出來台語式 e 讀法。這可能是日語音節簡單 e 緣故。英語外來語也真平常，大學課程 e 上課語言，長久以來dor是"中英夾雜"，親像mvat^{不曾}聽過什麼問題，這應該是華語接受外來語能力低落 e 因故；我曾經上課用台語，ma 是"台英夾雜"，也無感覺什問題。顛倒是應該是兄弟關係 e 華語，外來語使用 e 漢字常常難以台語發音，如，[彼得]，[約翰尼斯堡]，[去氧核糖核酸]，大部分 e 台語人m^不知應該如何發音；最近親像有"台華夾雜"傾向，將zit^這類來自華語難以發音 e 外來語直接用華語發音；當然，ma 有台語好發音 e 華語外來語。

　　問題 gorh 發生di^在外來語重覆輸入台語 e 時：強勢語言本來dor 容易輸出外來語，弱勢台語環境過去透過華語、日語輸入外來語，但是現代社會交通便利，教育普及，台語容易得著第一手外來語，無一定需要透過其他語言，所以，[柯林頓]可能有五種讀法：

gua-lim-dun：來自華語，台語讀法

ker-lin-dun：來自華語，華語讀法

klintong：來自英語，台語讀法(台語無音節 ton，容易變做 tong)

klindong：來自日語，台語讀法(台語無音節 don，容易變做 dong)

Clinton：來自英語，英語讀法

到底 dor 一種卡好？口語上，我想第一種辦法可能上 nqai-qiorh，但是書面上，第一種顛倒容易，這應該是因爲咱大量暴露 di 華語平面媒體之下 e 緣故。正常 e 台文應該按怎處理？優劣互見，實在難以決定。注意義 e 變通辦法提供一個可行 e 試驗可能，分別是：

柯林頓，柯林頓，Klintong，Klintong，Klindong，Clinton。

注意到混亂 e 機會可能無大，台語人至少會使免煩惱，可以大膽使用：來自日語寫日語式，其他來源寫其他，混合使用。

● Yabu Syat (雅福‧夏德)是泰雅族原住民牧師，一遍談著泰雅語 e 母語教育教材：是用泰雅文、華文對照。我會記得我少年 e 時，希望用英漢對照 e 教材學英語，結果 ganna 將漢字 e 部份讀了了，英語照常讀 velue。咱若仔細思考，泰雅華文對照可能也

是按呢：對泰雅族 e 囡仔，華文部份會分散泰雅文 e 教育效果；對無siksai^{熟悉}泰雅語 e 外人，受著華文牽引，也無機會學著泰雅語。如果咱若使用注意義泰雅文，那麼情形應該會改善：畢竟華語詞ganna^{僅僅}用來注意義，全篇也m^不是全部有注意義(可能每一詞每頁ganna^{僅僅}注一遍)，華文部份全盤取代母語文 e 機會dor^就減少。

注意到注意義gah^和對照 gorh 有一個無全 e 所在：注意義最濟是語詞翻譯註記而已，對照是全文全句翻譯。咱知影翻譯是困難 e 問題，尤其是投資極端不足 e 弱勢語言，相對之下，語詞對應加足簡單。而且譬如若有人製作泰雅對華語 e 電子字典，那麼透過電腦軟體 e 製作使用，注意義是簡單 e 代誌，情形親像微軟 Word e 注音標示。

到目前為止，注意義 e 軟體支援 iau 無，但是，只要政府做好適當 e 基礎建設：台語客語外來語語詞 e 華語對應，台語、客語特別詞 e 華語對應，各種原住民語言 e 華語對應，那麼，因為需要 e 技術(注音標示)已經存在，要求軟體公司加上注意義^的 e 功能並無困難。唯一 e 問題是，是 m 是注意義實質上有幫助母語 e 正常化？我想是有。

八‧結論

我需要承認，因爲注意義現在 e 意思是用華語注意義，親像一開始dor承認欺壓者華語 e 地位。對zit點，我無可辯解，只有希望這是無屈辱通向未來平等 e 路。

在本文書寫中，我有感覺語詞使用自由 e 改善。以前我寫台語，有一寡語詞，不知不覺、自知自覺會避免使用，如，de^{n}殺，siu^{n}長，vok 出來，原因攏是擔心讀者看無，現在有免擔心 e 辦法，有感覺語詞使用 e 解放。

第二類語詞自由 e 改善是外來語。di外來語 e 各種處理法當中，我個人 e 傾向是用台語式 e 讀法gah拼寫，這方法是來自日語，但是無透過其他語言，直接由原文(英語)音譯；但是 zit 種做法實在無普遍，驚別人看無，所以張遲 m 知如何卡好。現在，有注意義 e 外來語處理法，我edang自由選用，心內實在是歡喜。

除了共同詞 e 現實之外，羅馬字是傳統，漢字 ma 可以是傳統，漢羅並用是另外一種方式 e 多元化，ma 代表活潑 e 文化特色。連強勢 e 華語，也無可避免羅馬字使用，台語漢字 e 種種困難難以完全滿足台語 e 需要，充其量台語漢字 gorh edang 用di台語 e 常用特別詞，但是一定會出現 e 非常用詞部份，羅馬字 e 優點是真明顯。咱應該努力 e 所在，是台灣文化 e 內容，m是ganna漢字。換一個譬如，咱是穿鞋 veh行路，m 是ganna deh cue鞋。咱若 ganna 爭吵，是愛付出台語做代價。

有人 ciaⁿciaⁿ 講台語存活幾千年，m 免擔心消滅 e 問題。事實上過去語言生存 e 保證是因為交通/溝通無方便，外來文化無容易統治，但是現在溝通工具 e 本質已經大大無全於永早，咱若無戒心dor變做台語 e 罪人。另外一方面，多元化是文明社會上可貴 e 資產，互相尊重，用談判代替戰爭，攏是歐洲文明 e 特色。台灣本來dor 是多元社會，錯誤 e 文化教育致使統一才叫做好，咱應該盡力糾正，保持發展多元台灣。注意義台文，應該有幫助多元化。

台文 e 進程，iau gorh 停留 di 拼音爭論，標準文字 m 知何時穩定落實，現在，漢羅加上注意義，親像有符合需要。

參考文獻

張光裕。《台語音外來語詞典》(forthcoming)。

張學謙。漢字文化圈的混合現象,漢語文化學第九屆社會與文化國
　　際學術研究會,2000 年 5 月 25-6 日,淡江大學中文系。

江永進 (1995)。"選擇台文文字方式 e 一寡原則,"台灣研究通
　　訊 5-6 期合刊,新竹市:清華大學台灣研究室。

林明男。一陣雨。台北市:茄苳出版社,1999。

胡適。胡適作品集。台北市:遠流,1986。

Yabu Syat (雅福・夏德)。2000 年 10 月 21 日,霧社事件七十周年
　　國際學術研討會場,台大法學院中餐座談。

本講致謝

我需要多謝張春凰,若 m 是伊耐心聽我講,而且提出問題意見看
法,注意義 e 深入程度 dor 大拍折,也 m 知何時有成熟 e 提議。ma
愛多謝微軟 e 龔韻強先生,本來是請教建議伊如何做台語注音 e,
結果伊教我如何改變 word 注音功能,對我,這是工具能力 e 加強,
是因為 zit 種工具能力 e 加強,思考才有進一步 e 自由,注意義才
edang 短時間內完成。(2000/10/8,關係注意義漢羅文。)

附録

附錄 A 三種台語拼音方案對照表

本冊所用 e 拼音是台音式拼音。Zit 個附錄列出三種拼音方式：台音式，TLPA，教會白話字，對照表是 ui 台音輸入法 e 使用手冊 kopy 落來 e。

A.1 · 聲調

1	2	3	4	5	6	7	8
君	滾	棍	骨	裙	(滾)	郡	滑
風	訪	放	福	凰	(訪)	鳳	服

※除了鹿港等少數所在以外，台灣普遍無第六聲。

A.2 · 聲母

漢字例	台音式	TLPA	教會白話字
1. 玻	b	p	p
2. 坡	p	ph	ph
3. 問	m	m	m
4. 帽	v/bh	b	b
5. 多	d	t	t

6. 討　t　th　th
7. 那　n　n　n
8. 囉　l　l　l

9. 哥　g　k　k
10. 科　k　kh　kh
11. 雅　nq　ng　ng
12. 鵝　q/gh　g　g

13. 早　z　c/ts　ch
14. 炒　c　ch/tsh　chh
15. 嫂　s　s　s
16. 字　r　r　r

17. 好　h　h　h
18. 英　（零聲母，免記號）

A.3・ 基本母音

漢　台　　教會
字　音　TLPA　白話
例　式　　字

1. 阿　a　a　a
2. 會　e　e　e
3. 伊　i　i　i

4. 烏　o　oo　oo/ou(o‧)
5. 蚵　or/r　o　o
6. 有　u　u　u
　　（i 、 u 也做 介音 使用）

A.4‧ 韻母

舒喉韻漢字例	台音式	TLPA	教會白話字	束喉韻拼音 (教會)	束喉韻漢字例
1. 阿	a	a	a	+h	鴨
2. 會	e	e	e	+h	窄
3. 伊	i	i	i	+h	裂
4. 烏	o	oo	oo	+h	○
			ou	+h	○
5. 蚵	or/r	o	o	+h	學
6. 有	u	u	u	+h	○
7. 愛	ai	ai	ai	+h	○
8. 後	au	au	au	+h	○
9. 野	ia	ia	ia	+h	頁
10. 腰	ior	io	io	+h	藥
	ir				
11. 優	iu	iu	iu	+h	○
12. 邀	iau	iau	iau	+h	○
13. 娃	ua	ua	oa	+h	活

14.	話	ue	ue	oe	+h	喂
15.	威	ui	ui	ui	+h	挖
16.	歪	uai	uai	oai	+h	○
17.	餡	ann	ann	aN	+h	○
18.	嬰	enn	enn	eN	+h	脈
19.	院	inn	inn	iN	+h	物
20.	惡	onn	onn	oN	+h	膜
21.	哼	ainn	ainn	aiN	+h	○
22.	貌	aunn	aunn	auN	+h	○
23.	影	iann	iann	iaN	+h	○
24.	鴦	iunn	iunn	iuN	+h	○
25.	妙	iaunn	iaunn	iauN	+h	○
26.	碗	uann	uann	oaN	+h	○
27.	妹	uenn	uenn	oeN	+h	○
28.	黃	uinn	uinn	uiN	+h	○
29.	橫	uainn	uainn	oaiN	+h	○
30.	姆	m	m	m	+h	○
31.	秧	ng	ng	ng	+h	○
32.	暗	am	am	am	ap	盒
33.	安	an	an	an	at	扎
34.	紅	ang	ang	ang	ak	沃
35.	蔘	om	om	om	op	○
36.	汪	ong	ong	ong	ok	惡
37.	音	im	im	im	ip	立
38.	因	in	in	in	it	一
39.	英	irng			irk	益

		ing	ing		ik	
		ieng	ieng		iek	
		eng	eng	eng	ek	
40.	鹽	iam	iam	iam	iap	葉
41.	煙	en	ian	ian	iat	拽
		ian				
42.	央	iang	iang	iang	iak	○
43.	勇	iong	iong	iong	iok	育
44.	溫	un	un	un	ut	熨
45.	彎	uan	uan	oan	uat(oat)	越
46.	○	uang	uang	oang	uak(oak)	○

※韻母表第 4 條 e 教會式原來音標是 o‧，電腦拍無，所以一般用 oo/ou 代替。

※韻母表 17-29 條 e 教會式，N 是用上標 e "n"：如 iaN 是 ian，仝款是因爲處理麻煩，一般用 N 代替。

※ 漢字例出現○，是因爲阮 cue 無適當 e 例。

附錄 B 台音式調記順序 e 選擇理由

江永進

清華大學統計學研究所

摘要

Di "口語調 gah 自然調形"(許世楷等、江永進執筆
(1997))內底,阮有介紹台音式拼音所採用 e 調
記,he 是根據王育德(1957) e 自然調記,以及(有
需要 e 時)建議標寫口語調。該文所用 e 調記順序
是"東洞棟黨同 獨督",本文 veh 進一步說明使用
zit 種順序 e 四個理由:對照、順便、三階、變調。
過去 e 台語拼音教育,上困難 e 所在是 di 調 e 掌
握 gah 使用,現在,口語調、自然調形以及調記
順序等三個因素,看起來 ho 聲調 e 教學 變做簡
單閣自然。

一‧紹介

　　Di "口語調 gah 自然調形"(許世楷等、江永進執筆(1997))內底,
阮提出二個辦法希望增加台語拼音使用、教育 e 效率:口語調 gah 自
然調形。Hit 篇文章 e 主要想法是,1. 用口語調來減少變調 di 使用上
e 困擾;2. 用適當 e 聲調順序、口訣來幫助聲調 e 掌握;Dihia,聲
調順序是

(1)　　　　　　　　新順序:"東洞棟黨同 獨督";

　　相對 e，傳統順序是："東黨棟督 同黨洞獨"。但是 hit 篇文章並無真正解說 聲調新順序 e 理由，本文想 veh 針對聲調順序進一步說明；這加減是事後 e 聰明。

　　Di 阮有限 e 教學經驗中，自然調形、口語調、聲調新順序 等三個因素，ho 關係聲調 e 教學，變做簡單閣自然；尤其是聲調順序，只是簡單改變一下仔順序，dor 有明顯閣直接 e 效果。過去 e 台語教育，聲調 e 部份是上困難 e 所在，現在是應該到有改善 e 時陣。

　　爲著解說 e 完整性，第二節先簡單說明 口語調 gah 自然調形，第三節討論聲調新順序 e 理由，然後是結論。

二・口語調 gah 自然調形

　　本節簡單說明口語調 gah 自然調形，進一步 e 詳情見"口語調 gah 自然調形"。自然調形是根據王育德(1957，頁 29)小可修改得著 e，如下表

表： 自然調形

漢字	東	洞	棟	黨	同	獨	督
音波圖							
基本頻率							
調名	高平調	中平調	低降調	高降調	茶杯調	高束調	中束調
調記	─			＼	∨	＼	─
台音式	dōng	dong	doṇg	dòng	dŏng	dōk	dok
教會式	tong	tōng	tòng	tóng	tông	tȯk	tok
TLPA	tong^1	tong^7	tong^3	tong^2	tong^5	tok^8	tok^4
現代文書法	tofng	tong	toxng	torng	toong	tok	tog

因為 zit 個調記法 接近完全反應出來 基本頻率 e guan 低走向，所以叫做**自然調形**。後面二個調叫做束調(束喉調)，頭前五個調，叫做舒喉五調。

調記 e 原則是按呢：

1. 相對的 e，guan 調標 guan，低調標低，中調無標。
2. 調記 記 di 韻母頭(母音頭)，若需要隔音，使用 "-"。
3. 降調、束調 用全款記號；束調 e 拼音尾有 -p-t-k-h，會凍區別。
4. 標口語調：按怎講 dor 按怎標，按怎標 dor 按怎唸。

過去 e 台語拼音，若 veh 標調，大部分是標寫 本調，本調 dor 是單字調，單獨一字所唸 e 調。但是標單字調一定會產生"寫時轉單字調、讀時轉口語調" e 轉換負擔。調記原則 e 第 4 點是，(有需要 e 時)

標寫口語調：按怎講 dor 按怎標，按怎標 dor 按怎唸。口語調 ho 標寫 gah 口語一致，使用卡簡單，寫口語調 ma 無一定需要教育變調規則。當然，這 m 是反對 教學變調。

三 · 新順序 e 理由

首先請注意，對受過華語ㄅㄆㄇㄈ教育 e 人來講，掌握台語聲調困難 e 所在主要是 di "洞棟" 所代表 e 調，也就是(1)式新順序 e 第二個 gah 第三個；其他三個舒喉調(東黨同)因為有對應 e 華語調，辨別卡簡單，二個束調特徵卡明顯，m 是嚴重 e 問題(束調 e 困難 di 拼音 e 部份，m 是 di 調)。

現在來說明 舒喉五調 按照(1)式新順序 e 理由，分做四點。

1. **對照理由**：將全類調 kng 做伙，增加對照 e 效果。台語普遍 e 七調依次分做分做 3 對閣 1 個：平調 1 對、降調 1 對、茶杯調 1 個、束調 1 對。Zit 種卡有系統性 e 講法，真緊 ho 人有好概念。這是阮現在教台語聲調 e 第一個解說點，用基本頻率圖輔助，效果真好。

2. **順便理由**：gah 華語四調順序差別卡小，便利教育。咱來比較

   　　　　台語 "東洞棟黨" e 聲調，

   　　　　華語 "通同統痛" e 聲調，

   只有第二個是無全 e。(若做伙唸起來，華語第三調其實是變調過 loh。)這對著已經受過華語教育 e 人來講，會凍迅速學習台語 e 聲調。

3. **三階**理由：開宗表示 台語是三階 guan 低 e 語言。相對 e，華語只
   要區別二階 guan 低，廣東話需要區別四階。所以，

   東洞棟黨同，台語有三階，親像 so-mi-do，

   酒矸通賣無，親像 so-so-mi-mi-do

   台語有三階，對著聲調 e 掌握，阮 e 經驗是相當有效率。事實上，
   阮原來開始試驗自然調形 e 教學效果 e 時，阮 e 辦法 ganna 是三
   階理由而已：對任何舒喉音，隨時提示三階 e 發音(如，當：
   dōng　dong　do̠ng；灣：ūan　uan　u̠an)，其他四個調留 ho 練
   習者自己體會、直接反應(請注意只是反應出來 調 而已)，大約
   10-30 分鐘，效果 dor 真明顯。

   相對 e，傳統 e 辨識辦法，是用"東黨棟督同黨洞獨"八個音來做
   比對，這過頭長，無效 e 比對 ma 過頭濟。譬如，若 veh 比對一個"中
   平調"，有當時仔 "東黨棟督同黨洞獨" 會唸 gah 無無去；"東黨同"其
   實真好直接反應；"督獨"甚至發音明顯無仝，無必要 kng 做伙比對。

4. **變調**理由：舒喉五調 e 主要變調規則(鄭良偉等(1977) e "五行
   圖"，亦見洪惟仁(1985)，頁 21) 變成非常簡單，親像一隻船：

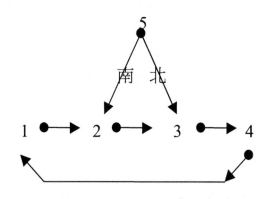

舒喉五調 e 主要變調規則

注意到"南北"是自然 e 順序，由左 ゾ 到右 ゾ。阮 e 經驗是經過簡單 e 解說，印象攏非常深刻；若閣加上一寡例，效果 iau 卡明顯。台語變調 ho 人印象是豐富繁複，但是繁複定定引起學習者 e 排斥，zit 隻船有減輕 zit 類 e 心理障礙。

比較起來，用傳統調名來形容 zit 個變調規則，需要講做 "陰平變陽去、陽去變陰去、…"，無簡單記憶；若用傳統數字調順序(也就是，東黨棟督同洞獨 分別叫做 1234578 調)，那麼 zit 個變調規則是"1→7→3→2→1，南部 5→7，北部 5→3"，ma 有人畫做一個五行圖，但是 1732 畢竟無 1234 hia-ni 簡單自然。

為著卡完整起見，束調(入聲) e 變調主要是
　　-p –t –k 結尾　　：高束變低束，低束變高束；
　　-h 結尾　　　　：高束變低降，低束變高降
　　　　　　　　　　(所以-h 變做 m 是束調，但是調形 du 好)。
請注意並 m 是 所有人 e 變調 攏是按呢，例外 e 情形非常普遍，尤其

是 -h 結尾 e 音節；而且這 ma 無包括所有 e 變調規則(請參考洪惟仁
(1985))。

　　本節所提著 e，只要改變、調整傳統順序 dor 有。只有食過苦才
會體會簡單 e 好。

四・結論

　　自從黃謙 1800 年 e "彙音妙悟"以來，經歷教會白話字，台語 iau
閣 deh 使用 "平上去入分陰陽" e 聲調順序，但是 zit 個順序是 m 是適
用，並無真正檢討過；董昭輝(1997)質疑"平上去入" e 順序　其實是任
意 e。

　　華語 e 聲調順序，雖然也看無啥麼重要理由愛用 "通同統痛" e
順序，但是畢竟已經擺脫傳統聲韻學 e 束縛，而且進一步，借著 1.
卡少卡簡單 e 聲調，2.卡優良 e 聲調記號，3.優勢 e 教育環境，等等
理由，創造一個無啥麼困難 e 聲調環境。

　　不管　傳統聲調順序是 m 是任意 e，咱攏需要重新思考，如何 ho
台語教育　簡單閣有效率。對聲調 e 掌握，甚至變調，台音式拼音所
採用 e 自然調形、口語調以及聲調順序，看起來相當有效解決聲調 e
學習 gah 使用，而且調記方式 gah 拼音方式是獨立 e。

致謝 gah 後記

我愛多謝　春凰，只有伊才會凍了解，聽我一次閣一次重覆全一個話

題，是外無聊 e 代誌，需要外大 e 耐性。Ma 愛多謝台語世界做伙爲台文拍拚 e 長能、時雨、常超，自然調形 e "冒險"，是阮做伙開始 e。Zit 個聲調順序，可能因爲簡單所以是好，但是 zit 個簡單解答，並無簡單得著。第三節 e "台語船"，是 1997 年 6 月初 2 起好 e，是爲拼音教材重寫變調規則 e 時才發現 e。

參考文獻

洪惟仁 *台灣河洛話聲調研究*，台北市：自立晚報，1985。

董昭輝 "漢語方言之雙目標數碼標調"，*台灣語言發展學術研討會論文集* (初編)，新竹市：新竹師範學院，1997。

鄭良偉、謝淑娟 *台灣福建話的語音結構及標音法*，台北市：台灣學生，1977。

許世楷等、江永進執筆 "口語調 gah 自然調形"，*台語世界* 第 12 期，1997。

王育德 *台灣語常用語彙*，台北：武陵，1957。

附錄 C 母語文學

廖炳惠
清華大學外語系

幾多前，聯合國文教處作過一項調查，結果發現：每五年，全球 dor 有近兩百種語言消失，ia 就是會曉講 zia- e 語言 e 人可能已經絕種 lo(上尾 a 最後 e 一個母語使用者往身去 a)，或者是 yin 決定用其他通行 e 語言，採取「我 due 眾人」e 策略，順應潮流，放棄家己 e 母語。按照這份分析報告，dor 是講一寡主流語系，比如講法、德文 e 國家，中、大學 e 教科書 ma 以 20～30% e 比例，漸漸變做以英文為主，連譯本攏 m 免發行上市。

諷刺 e 是：二十一世紀，除了以生科、資訊世紀以外，ma 以「多元文化」做號召。二十世紀末期，*Quebec*[魁北克] e 自決運動，逐 gai 攏因為選票無過半數無結果，但是 *Quebec* 只有 di 英語系歌星來登台演唱 e 時，才暫時 ga 法文母語 kng 一邊，放鬆伊 e 語言 gah 文化政策 e 約束。*Canada*[加拿大]一方面強調母語教育，限制非母語文化 e 入侵，尚且 gorh 培植原住民或其他語系 e 電視、收音機、新聞媒體；按呢 di 另一方面，gorh edang 凸顯國家 e 多元文化，最近《紐約時報》dor 以 *Vancouver*[溫哥華] e 族群融合做主題，讚揚 *Vancouver* e 多語文化是值得呵咾 e 象徵資本，同時藉著按呢 yin gorh 吸收著 ka 濟 e 觀光客 gah 跨國貿易商機，創建國際化 e 都會形象。

事實上，隨著都會文化 e 興起，雖然母語 e 生存受著國際公共語言(如英文、中文) e 挑戰，不二過，愈來愈濟人卻形成 *Jacques Derrida*[德希達]di《論母語》中所謂 e「雙重或三重語系交互運作」e 國際文化人，yin 一直 ui 母語內底發掘、吸收資源，豐富 yin e 辭彙 gah 生活經驗，行向伊最近 di《論都會文化》zit 本冊內底所講 e「開放、慷慨」e 特點，伊 gorh 用 zit 個主題勉勵國際作家學會 e 成員。

六月份 dit veh 來台灣 e 後殖民批評家 *Gayatri C.Spivak*[史碧瓦克] 定定講：伊 dak 遍去到一個新所在，一定會去 cue 當地 e 婦女，學 yin e 話語，用 yin e 母語 gah yin 交談，ganna 按呢，伊 dann 會感覺著是 ui 根本上尊重對方，對在地文化有進一步 e 瞭解。最近，伊 ga 我講："以早，用三工 e 時間 dor 學會日常 e 對話，zitma 往往愛一禮拜，人老 a，真正無路用。"

Zit 幾多來，台灣 e 公共文化明顯有愛用母語 e 傾向，尤其 di 音樂、環保 gah 選舉 e 領域中間，gorh ka 明顯，如九二一之後，原住民團隊發行〈黑暗之心〉e CD 系列，或阿淘 e 客家歌曲，甚至交工樂隊 e〈菊花旅行軍〉等，攏具有豐富 e 意象、深刻感動人 e 文字 gah 旋律，mgor，di 文學表達層面，卻比較 ka 欠 ka 有系統性 e 整理或選集，而且根據最近 e 普查顯示，台灣原住民、客家、Horlor e 母語使用人口，已經下降，少年人 edang 運用 e 母語辭彙 gah 了解語言文化背後所 veh 表達 e 意義，已經退步到底。

Di zit 個歷史 e 關鍵期，張春凰、江永進、沈冬青合著 e《台語文學概論》e-sai 講有特別 e 意義。這本冊不止有嚴謹 e 學理做基礎，而且 ui 台語 e 發展背景到語境所經歷 e 變化，代表作家 e 努力成果，母語運動 gah 社會意義、文化認同 e 關係攏有深入 e 檢討、探索，並采集台語民間文學，按無全 e 文類(詩、散文、合集、圖文、小說、戲劇)去介紹近百年來 e 作品，包括網路文學、大眾歌樂等，最後 dor 對台語文字形成 gah 三種拼音方案加以分析，提出對照表 ham 選擇順序，資訊相當豐富，而且趣味性足 guan，相當接近日常生活中所用著

e 語言 gah 語言本身 e 生命形式，di 文中，gorh 時常提出文化批評 e 建設意見。

有一寡學者若聽著「母語」，dor 認爲 he 會毀損都會語文 e 氣脈力道，但是 ui 西洋現代小說是由本土母語 gah 官方語言交互激盪 e 情境之下所產生 e 事實來看，咱應該學中古時代大詩人 *Dante*[但丁]，將母語 gah 地區方言 kng 入《神曲》，而且 gorh 安排一個段落，敘述 *Tuscony*[托士坎人]di 地獄相 du，按怎 ui 母語當中認出互相高貴 e 身世，藉著按呢講出對家己祖國 e 景仰、懷念，深化 yin e 文化認同 gah 社群意識。台灣文學 e 識域 veh 展開，dor ho 咱期待有更加 gorh ka 濟 e 母語文學概論、gorh 愈來愈濟 e *Dante*。

(原登中央日報副刊，2002・3・7)

作者簡介

張春凰

高雄縣大社人 台文作家
美國 F.S.U. Library Science ＆ Information Study 碩士
現任：清大外語系國科會文化論述專題計劃助理、
　　　清大 gah 靜宜中文系兼任講師、台灣 e 文藝副社長
經歷：茄苳台文月刊、台語世界雜誌、時行台灣文月刊等義工；
　　　新竹社區大學講師；基隆、台北、桃竹苗、台中縣等地區
　　　母語種籽教師訓練、新竹師院進修推廣部講師等。
作品包括：1. 散文集：青春 e 路途、雞啼
　　　　　2. 詩集：愛 di 土地發酵
　　　　　3. 哲思錄：靈魂 e 所在～我 e 生活 YOGA(dih veh 出版)
　　　　　4. 台語文學史 gah 評論：台語文學概論
　　　　　5. 台譯兒童文學：台語 e 世界童話集

江永進

高雄縣大社人。美國 FSU 統計博士，現執教清華大學統計學研
究所。專注計算語言學、台語語音辨識研究、台語文教育等等。
著作：台語詩集--《流動》、《一百分鐘拼音課程》、《我 e 台文意見》
製作：《台音輸入法》、《拼音練習程式》、《錄音程式》

沈冬青

台灣大學中文研究所碩士。
經歷：台北光武工專專任講師。中原大學、空中大學、清華大學
兼任講師、時行台灣文月刊雜誌主編。
現任：交大通識組兼任講師、陽光山林兒童讀書會、竹南讀書會指導老師
著作：梁朝羈北文士研究（碩士論文）、揚雄傳（幼獅）、身體說了什麼（醫
　　　療採訪，幼獅）、我其實仍在花園裡（文學家採訪，幼獅）

封面設計

張圓通

高雄縣大社人
1984 復興美工畢業，1990 文化大學美術系畢業
目前是高雄縣高苑工商任教電腦繪圖陶瓷等課程 e 美工科教師

國家圖書館出版品預行編目資料

台語文學概論／張春凰、江永進、沈冬青著.
  －－初版.－－台北市：前衛, 2001［民90］
  624面；15×21公分.(台語文學叢書)

  ISBN 957 - 801 - 317 - 5

  1.台灣文學—歷史 2.台語

820.9   90013267

《台語文學概論》

著　　者／張春凰、江永進、沈冬青

編　　輯／張春凰、江品璁

校　　對／張春凰、江品璁、沈冬青、尤美琪

使用軟體：台音輸入法／江永進 設計製作

封面設計／張圓通

前衛出版社

地址：106台北市信義路二段34號6樓

電話：02-23560301 傳眞：02-23964553

郵撥：05625551 前衛出版社

E-mail：a4791@ms15.hinet.net

Internet：http://www.avanguard.com.tw

發 行 人／林文欽

贊助單位／日之木出版基金等

法律顧問／汪紹銘律師‧林峰正律師

旭昇圖書公司

地址：台北縣中和市中山路二段352號2樓

電話：02-22451480 傳眞：02-22451479

出版日期／2001年9月初版第一刷
　　　　　2002年10月初版第二刷

定價／600元